10
18

12, AVENUE D'ITALIE. PARIS XIIIe

Sur l'auteur

Né à Kyoto en 1949, Haruki Murakami est le traducteur japonais de Scott Fitzgerald, Raymond Carver et John Irving. Ne supportant pas le conformisme de la société japonaise, il s'est expatrié en Grèce, en Italie puis aux États-Unis. En 1995, après le tremblement de terre de Kobe et l'attentat du métro de Tokyo, il a décidé de rentrer au Japon. Haruki Murakami a rencontré le succès dès la parution de son premier roman, *Écoute le chant du vent* (1979), qui lui a valu le prix Gunzo. Suivront notamment *Chroniques de l'oiseau à ressort*, *Au sud de la frontière, à l'ouest du soleil*, *Les Amants du Spoutnik*, *Kafka sur le rivage*, *Le Passage de la nuit* et la trilogie, *1Q84*. Plusieurs fois favori pour le Nobel de littérature, Haruki Murakami a reçu le prestigieux Yomiuri Prize et le prix Kafka 2006. Son œuvre est traduite dans plus de trente pays.

HARUKI MURAKAMI

1Q84

LIVRE 1

Traduit du japonais par Hélène Morita
avec la collaboration de Yôko Miyamoto

10/18

BELFOND

Du même auteur
aux Éditions 10/18

APRÈS LE TREMBLEMENT DE TERRE, n° 3379
AU SUD DE LA FRONTIÈRE, À L'OUEST DU SOLEIL, n° 3499
LES AMANTS DU SPOUTNIK, n° 3684
KAFKA SUR LE RIVAGE, n° 4048
LE PASSAGE DE LA NUIT, n° 4136
L'ÉLÉPHANT S'ÉVAPORE, n° 4213
LA BALLADE DE L'IMPOSSIBLE, n° 4214
SAULES AVEUGLES, FEMME ENDORMIE, n° 4318
AUTOPORTRAIT DE L'AUTEUR EN COUREUR DE FOND, n° 4420
SOMMEIL, n° 4493
1Q84, LIVRE 2, n° 4605

Titre original :
1Q84 (Book 1)
publié par Shinchosha, Tokyo

ISBN 978-2-264-05788-4

It's a Barnum and Bailey world
Just as phony as it can be,
But it wouldn't be make-believe
If you believed in me.

« It's Only a Paper Moon »,
E.Y. HARBURG & Harold ARLEN

LIVRE 1

Avril-juin

1

Aomamé

Il ne faut pas se laisser abuser par les apparences

La radio du taxi diffusait une émission de musique classique en stéréo. C'était la *Sinfonietta* de Janáček. Était-ce un morceau approprié quand on est coincé dans des embouteillages ? Ce serait trop dire. D'ailleurs, le chauffeur lui-même ne semblait pas y prêter une oreille attentive. L'homme, d'un âge moyen, se contentait de contempler l'alignement sans fin des voitures devant lui, la bouche serrée, tel un vieux marin aguerri, debout à la proue de son bateau, appliqué à déchiffrer quelque sinistre pressentiment dans la jonction des courants marins. Aomamé, profondément enfoncée dans le siège arrière du véhicule, écoutait, les yeux mi-clos.

Combien y aurait-il d'auditeurs, à l'écoute des premières mesures de la *Sinfonietta* de Janáček, qui reconnaîtraient immédiatement ce morceau ? Disons : entre « très peu » et « presque aucun ». Mais Aomamé, elle, pour une raison ou une autre, en était capable.

Janáček avait composé cette courte symphonie en 1926. Le thème principal avait été conçu à l'origine pour une fanfare à l'occasion d'une rencontre sportive. Aomamé imaginait la Tchécoslovaquie de 1926. Après la Première Guerre mondiale, le pays s'était enfin libéré de la très longue domination des Habsbourg, les gens buvaient de la bière Pilzner dans les cafés, ils fabriquaient des mitrailleuses efficaces et raffinées, ils goûtaient la paix passagère qui visitait l'Europe centrale. Franz Kafka, encore méconnu, avait disparu deux ans auparavant. Bientôt apparaîtrait Hitler, qui ne ferait qu'une bouchée de ce joli petit pays. Mais, en ce temps-là, tout le monde ignorait que des événements aussi terribles allaient advenir. Ce que l'Histoire enseigne de plus important aux hommes pourrait se formuler ainsi : « À l'époque, personne ne savait ce qui allait arriver. »

En écoutant cette musique, Aomamé imaginait les vents qui balayaient sans obstacle les plaines de Bohême et laissait ses pensées vagabonder sur l'Histoire.

1926, c'était la mort de l'empereur Taishô, le commencement d'une ère nouvelle, l'ère Shôwa. Au Japon aussi, ce serait le début d'une époque sombre et terrible. Le modernisme et la démocratie avaient joué leur bref intermède. Celui-ci achevé, le fascisme imposerait sa loi.

L'histoire, comme le sport, était ce qui intéressait le plus Aomamé. Elle ne se lassait pas de lire de nombreux ouvrages historiques, alors qu'elle n'était guère portée sur les romans. En matière d'histoire, elle aimait avant tout que tous les événements soient bien reliés à une chronologie et à un lieu précis. Elle n'avait aucune difficulté à se souvenir des dates. Même quand elle ne l'avait pas apprise par cœur, la chronologie se dessinait automatiquement, du moment qu'elle avait saisi la cohésion d'ensemble des divers événements.

Au collège et au lycée, Aomamé avait toujours les meilleures notes de la classe aux contrôles d'histoire, et elle trouvait étrange qu'un élève ait du mal à retenir la succession des dates, alors que c'était si facile d'y parvenir.

Aomamé était son vrai nom. Son grand-père paternel était originaire de la préfecture de Fukushima et là-bas, dans des petites villes ou villages des montagnes, un certain nombre de personnes portaient réellement ce nom d'« Aomamé » – haricots de soja verts. Elle-même ne s'était jamais rendue dans cette région. Avant sa naissance, son père avait rompu avec sa famille. Il en allait de même avec sa lignée maternelle. Par conséquent, Aomamé n'avait jamais rencontré un seul de ses grands-parents. Elle n'avait pour ainsi dire pas voyagé, mais, en de rares occasions, elle avait consulté l'annuaire téléphonique de son hôtel pour chercher si des gens portaient ce patronyme. Jamais elle n'en avait trouvé nulle part, dans aucune ville, grande ou petite. Elle avait chaque fois l'impression d'être une naufragée solitaire jetée dans un immense océan.

Donner son nom était pénible. Dès qu'elle l'avait prononcé, son interlocuteur prenait un air surpris ou la considérait d'un œil embarrassé. Mademoiselle Aomamé ? Oui, c'est bien ça. Et mon nom s'écrit A-o-m-a-m-é, comme les haricots de soja, bleu-vert, oui. Quand elle avait travaillé dans une entreprise et qu'elle avait dû avoir des cartes de visite, les tracasseries avaient été d'autant plus nombreuses. L'autre regardait longuement, d'un œil méfiant, la carte qu'elle lui tendait. Comme si elle lui avait fait lire une lettre maléfique à brûle-pourpoint. Lorsqu'elle se présentait au téléphone, il y avait même des rires étouffés. Dans la salle d'attente de la mairie ou de l'hôpital, dès que son nom était appelé, les gens levaient le nez pour la regarder. Quelle tête pouvait bien avoir quelqu'un affublé d'un nom pareil ?

Parfois, les gens se trompaient et l'appelaient « Edamamé » – haricots de soja encore verts – ou même « Soramamé » – fèves. Chaque fois, elle rectifiait. « Non, ce n'est pas Edamamé (ou Soramamé). Bien sûr, ces noms se ressemblent… » Et la personne de s'excuser avec un petit rire. « Voyez-vous, c'est un nom tellement rare… » En trente ans, combien de fois lui avait-il fallu entendre la même chose ? Combien de plaisanteries stupides ?

Si je n'étais pas née avec un nom pareil, peut-être ma vie aurait-elle pris un tour différent. Si je m'étais appelée « Satô » ou « Tanaka » ou encore « Suzuki », un patronyme bien banal, j'aurais peut-être eu une existence plus tranquille et regardé les autres d'un œil plus tolérant. Possible.

Aomamé, les yeux clos, écoutait la musique avec attention. Elle se laissait envahir par les belles vibrations produites par l'unisson des bois. Brusquement, quelque chose la frappa. La qualité de la musique était trop bonne pour une radio de taxi. Même à faible volume, le son était profond et les harmoniques clairement restitués. Elle ouvrit les yeux, se redressa et examina la stéréo encastrée dans le tableau de bord. L'appareil était tout noir, élégant et brillant. Elle ne pouvait voir le nom du fabricant mais comprenait bien que c'était un modèle de prix, avec ses multiples réglages et son affichage numérique vert en façade. Sans doute un appareil de première qualité. Pour un taxi ordinaire appartenant à une compagnie, une aussi belle installation stéréo, c'était étonnant.

Aomamé examina l'intérieur de la voiture plus attentivement. Elle n'y avait pas vraiment prêté attention en montant, car elle était absorbée dans ses pensées, mais avec un examen plus minutieux elle voyait bien que ce n'était pas un taxi ordinaire. La qualité de l'équipement intérieur était remarquable, le confort des sièges parfait. Et surtout, le calme régnait dans l'habitacle. La voiture semblait être équipée d'un dispositif antibruit, et le vacarme extérieur ne pénétrait pratiquement pas à l'intérieur. Comme dans un studio insonorisé. Peut-être s'agissait-il d'un taxi indépendant ? Il existait parmi eux des chauffeurs qui dépensaient sans compter afin d'améliorer leur véhicule. Elle chercha de l'œil la plaque d'enregistrement, en vain. Il n'avait cependant pas l'air d'être un clandestin, sans permis. Il y avait bien un compteur qui calculait précisément le prix de la course. Il indiquait alors 2 150 yens. Mais on ne voyait nulle part de plaque portant le nom du chauffeur.

« C'est une belle voiture ! Très silencieuse, dit Aomamé dans le dos du chauffeur. Qu'est-ce que c'est, comme marque ?

— Une Toyota Crown Royal Saloon, répondit l'homme d'un ton laconique.

— On entend bien la musique.

— C'est une voiture silencieuse. C'est pour cette raison que je l'ai choisie. Et pour ce qui est de l'insonorisation, les Toyota sont parmi les meilleures au monde. »

Aomamé approuva et se renfonça dans son siège. La façon de parler du chauffeur l'intriguait. Comme s'il laissait entendre que des paroles importantes n'avaient pas été dites. Par exemple, qu'il n'avait rien à critiquer sur l'isolation sonore des Toyota, certes, mais qu'il y avait un problème à propos de *quelque chose*. Voilà, par exemple. Et puis, une fois qu'il avait fini de parler, subsistait un petit bloc de silence lourd de sens. Dans l'espace étroit de la voiture se découpait nettement comme un nuage miniature imaginaire. Qui provoquait chez Aomamé une certaine inquiétude.

« Vraiment silencieuse, reprit-elle comme pour chasser ce petit nuage. En plus, votre installation stéréo est de première qualité.

— Quand je l'ai achetée, j'ai jugé que c'était indispensable, répondit le chauffeur sur le ton d'un officier d'état-major retraité qui veut expliquer une opération militaire du passé. Je passe énormément de temps dans ma voiture, je voulais entendre des sons aussi bons que possible, et en outre… »

Aomamé attendit la suite. Il n'y eut pas de suite. Elle ferma de nouveau les yeux et se concentra sur la musique. Aomamé ne savait pas quelle sorte d'homme était Janáček. En tout état de cause, il n'avait vraisemblablement pas imaginé que des hommes de 1984 auraient écouté sa musique dans une voiture parfaitement silencieuse, une Toyota Crown Royal Saloon, coincée dans de terribles embouteillages sur une autoroute urbaine de Tokyo.

Mais pourquoi, se demandait Aomamé, perplexe, ai-je su immédiatement qu'il s'agissait de la *Sinfonietta* de Janáček ? Et aussi, pourquoi est-ce que je savais que ce morceau avait été écrit en 1926 ?

Elle n'était pas spécialement fan de musique classique. N'avait pas non plus de souvenirs personnels sur Janáček. Pourtant, à l'instant où elle avait entendu une simple mesure du morceau, ces diverses données s'étaient inscrites comme un flash dans sa tête. Comme une nuée d'oiseaux qui auraient fait irruption dans une chambre par une fenêtre ouverte. En outre, cette musique laissait à Aomamé une curieuse impression de « tordu ». Non pas de douloureux ou de déplaisant. Elle ressentait seulement que tous les constituants de son corps s'étaient comme retournés et tordus. Aomamé n'en comprenait pas la raison. Serait-ce cette *Sinfonietta* qui provoque en moi cette sensation incompréhensible ?

« Janáček », prononça Aomamé presque sans s'en rendre compte. Puis elle pensa qu'elle aurait mieux fait de s'abstenir.

« Pardon ?

— Janáček. L'homme qui a composé cette musique.

— Je ne savais pas.

— Un compositeur tchèque.

— Ah…, fit l'homme d'un ton admiratif.

— Vous êtes indépendant ? demanda Aomamé, pour changer de sujet.

— Oui », répondit le chauffeur. Puis il laissa un silence. « Je travaille en indépendant. C'est ma deuxième voiture.

— Les sièges sont très confortables.

— Je vous remercie. Au fait, madame, dit le chauffeur en tournant légèrement la tête vers Aomamé. Est-ce que vous êtes pressée ?

— On m'attend à Shibuya. C'est pourquoi je vous ai demandé de prendre la voie express.

— À quelle heure est votre rendez-vous ?

— À quatre heures et demie.

— Il est quatre heures moins le quart. Je pense que vous n'y serez pas.

— Les embouteillages vont continuer ?

— Il doit y avoir un gros accident plus loin. Ce ne sont pas des bouchons ordinaires. Ça n'avance presque pas depuis un bon moment. »

Pourquoi ce chauffeur n'écoute-t-il pas les informations sur le trafic à la radio ? se demanda Aomamé, étonnée. Voie express totalement bloquée en raison d'embouteillages monstres. D'habitude, les chauffeurs de taxi recherchent les fréquences réservées à ces bulletins.

« Vous comprenez ce qui se passe sans même écouter la radio ?

— Ça ne sert à rien, les infos trafic, dit le chauffeur, d'une voix atone. Ces trucs, c'est à moitié faux. La régie du réseau routier ne diffuse que ce qui lui convient. Ici et maintenant, avec mes yeux, avec ma tête, je comprends qu'il se passe vraiment quelque chose.

— Et donc, selon vous, ces embouteillages ne vont pas se dissiper facilement ?

— Sûrement pas, confirma tranquillement le chauffeur en hochant la tête. Je vous le garantis. Une fois qu'elle est bouchée comme ça, la voie express, c'est l'enfer. Votre rendez-vous, c'est pour une affaire importante ? »

Aomamé réfléchit.

« Oui. Très. Je dois rencontrer un client.

— C'est ennuyeux. Je suis désolé mais vous n'y serez sûrement pas à temps. »

Sur ces mots, le chauffeur secoua légèrement la tête à plusieurs reprises, comme s'il voulait soulager une courbature. Les rides de sa nuque bougeaient à la manière d'un animal préhistorique. À cette vue, Aomamé se souvint brusquement de l'objet pointu et aiguisé placé au fond de son sac en bandoulière. Ses paumes étaient moites de sueur.

« Bon, qu'est-ce que vous me proposez ?

— Rien. On ne peut rien faire avant la prochaine sortie. La voie express, ce n'est pas une route ordinaire, on ne peut pas descendre le plus près possible d'une gare pour prendre le train.

— La prochaine sortie ?

— C'est Ikejiri, mais si ça se trouve, on n'y arrivera pas avant le coucher du soleil. »

Pas avant le coucher du soleil ? Aomamé s'imagina enfermée dans ce taxi jusqu'au crépuscule. La musique de Janáček continuait. Les cordes qui jouaient en sourdine ressortaient à présent au premier plan, comme pour atténuer l'émotion croissante d'Aomamé. La sensation de distorsion qu'elle avait éprouvée depuis un moment avait sensiblement disparu. Qu'est-ce que ç'avait donc été ?

Aomamé avait arrêté ce taxi non loin de Kinuta, et la voiture roulait depuis Yôga sur la voie express n° 3. Au début, le flot des voitures s'écoulait tranquillement. Mais, un peu avant Sangenjaya, les embouteillages avaient brusquement commencé. Ensuite, la circulation avait été presque bloquée. Dans le sens Tokyo banlieue, on circulait normalement. Mais le sens inverse était affreusement embouteillé. D'ordinaire, à un peu plus de trois heures de l'après-midi, il n'y avait pas de bouchons sur la voie express n° 3 dans ce sens. C'est pourquoi Aomamé avait indiqué au chauffeur de l'emprunter.

« Je ne vous compterai pas le temps passé sur la voie express, dit le chauffeur en regardant dans le rétroviseur. Ne vous faites pas de souci pour ça. Mais, dites-moi, c'est embêtant si vous êtes en retard à votre rendez-vous ?

— Bien sûr, ce serait ennuyeux ! Mais on dirait qu'il n'y a rien à faire, non ? »

Le chauffeur regarda de nouveau brièvement Aomamé dans le rétro. Il portait des lunettes de soleil légèrement teintées. À cause de la lumière, Aomamé ne pouvait voir son expression.

« Écoutez… Il y aurait tout de même une possibilité. Si, par la force des choses, vous recourez à une mesure d'urgence, vous pourrez ensuite aller en train jusqu'à Shibuya.

— Une mesure d'urgence ?

— Une façon de faire qu'on ne crie pas sur tous les toits… »

Aomamé resta silencieuse et attendit la suite, les yeux plissés.

« Vous voyez, là-bas, un peu plus loin, le petit espace de stationnement, dit le chauffeur en désignant un point devant lui. Du côté du grand panneau publicitaire Esso. »

Aomamé fixa son regard dans la direction indiquée et distingua sur le côté gauche de la double voie une aire aménagée, réservée aux voitures accidentées. Comme il n'y a pas d'accotement sur les voies express, des zones d'arrêt d'urgence ont été prévues de loin en loin. On y trouve une petite colonne jaune, qui renferme un téléphone de secours, d'où l'on peut appeler les employés de la voie express. À cet instant, aucune voiture n'était stationnée là. Sur le toit d'un immeuble de l'autre côté de la voie opposée était installé un grand panneau publicitaire Esso. Un tigre, tout souriant, tenait dans sa patte le tuyau d'une pompe à essence.

« En fait, à côté, il y a un escalier qui permet de rejoindre la nationale en dessous. En cas d'incendie ou de grand tremblement de terre, les conducteurs laissent leurs voitures et descendent par là. D'habitude, ce sont les ouvriers qui travaillent à la réfection des routes qui s'en servent. Une fois qu'on a descendu l'escalier, on n'est plus très loin de la gare de la ligne Tokyû. Vous prenez le train, et tout de suite après, vous serez à Shibuya.

— Je ne savais pas qu'il existait un escalier d'urgence à partir de la voie express, dit Aomamé.

— Presque personne n'est au courant.

— Mais si on emprunte cet escalier simplement par commodité personnelle, en dehors d'une véritable nécessité, on s'expose à des problèmes, non ? »

Le chauffeur laissa s'écouler une petite pause.

« Qu'est-ce que je peux dire ?.... Moi non plus, je ne connais pas leur règlement en détail. Mais si ça ne gêne personne, je suppose qu'ils se montrent indulgents. En général, personne ne surveille ce genre d'endroit en permanence. La régie des transports est connue pour compter un grand nombre d'employés, mais il n'y en a pas beaucoup qui travaillent réellement.

— C'est quel genre d'escalier ?

— Eh bien, il ressemble à ceux que l'on utilise en cas d'incendie. Vous savez, comme ceux qui sont accolés à l'arrière des vieux immeubles. Il n'y a pas vraiment de danger. La hauteur totale fait à peu près celle d'un bâtiment de deux étages mais il se descend sans problème. À l'entrée, il y a bien une grille pour le principe, mais elle n'est pas haute. Vous pourrez la franchir sans souci, j'imagine.

— Et vous-même, vous avez utilisé cet escalier ? »

Pas de réponse. Le chauffeur eut simplement un petit rire dans son rétro. Un rire qui pouvait avoir toutes sortes de significations.

« C'est vous qui voyez…, dit le chauffeur en tapotant son volant pour accompagner la musique. Moi, vous savez, cela ne me gêne absolument pas de rester là, assis bien tranquillement, à écouter de la musique, avec des sons bien rendus. Et tant que nous sommes coincés là, nous pouvons l'écouter ensemble. Mais si vraiment vous avez une affaire urgente à conclure, il vous reste cette possibilité. »

Aomamé grimaça légèrement, jeta un œil sur sa montre, puis releva la tête et contempla les voitures autour. À leur droite, une Pajero Mitsubishi noire, couverte d'un peu de poussière pâle. Sur le siège conducteur, un jeune homme, fenêtre ouverte, fumait, l'air exaspéré. Cheveux longs, bronzé, il portait un coupe-vent rouge foncé. Dans son coffre s'empilaient un certain nombre de planches de surf sales, très usagées. Plus loin, devant, une Saab 900 grise était immobilisée. Les vitres teintées étaient fermées et, de l'extérieur, il était impossible de deviner quels passagers s'y trouvaient. Elle était si bien lustrée que les véhicules proches se reflétaient sur sa carrosserie.

Devant le taxi d'Aomamé, une Suzuki Alto rouge portant les numéros d'immatriculation de Nerima dans le creux du pare-chocs arrière. Une jeune mère était agrippée au volant. Debout sur le siège, une petite fille qui s'ennuyait ne cessait de s'agiter. À bout de nerfs, la mère la grondait. On pouvait lire sur ses lèvres à travers la vitre. Exactement la même scène depuis dix minutes. Et durant ces dix minutes, la voiture n'avait sans doute même pas parcouru dix mètres.

Aomamé se plongea dans ses pensées quelques instants. Mentalement, elle ordonna divers éléments selon leur priorité. Il ne lui fallut pas longtemps pour conclure. Comme pour s'accorder à sa décision, la *Sinfonietta* parut également entamer sa phase finale.

Aomamé sortit de son sac ses petites Ray-Ban de soleil et les chaussa. Puis elle prit dans son portefeuille trois billets de 1 000 yens et les tendit au chauffeur.

« Je descends ici. Je ne peux pas être en retard », dit-elle.

Le chauffeur acquiesça et prit l'argent.

« Vous voulez un reçu ?

— Non, ce n'est pas la peine. Vous pouvez aussi garder la monnaie.

— Je vous remercie, répondit l'homme. Le vent a l'air assez fort, faites attention. Ne manquez pas une marche.

— Je serai prudente, répondit Aomamé.

— Et puis, poursuivit le chauffeur en regardant dans le rétroviseur, j'aimerais que vous vous souveniez d'un point, c'est que les choses et l'apparence, c'est différent. »

Les choses et l'apparence, c'est différent, se répéta Aomamé mentalement. Puis elle fronça légèrement les sourcils.

« Qu'est-ce que vous voulez dire par là ? »

Le chauffeur répondit en pesant ses mots :

« Eh bien, qu'en quelque sorte vous allez accomplir des choses *pas ordinaires*, n'est-ce pas ? Comme de descendre en plein jour un escalier de secours depuis une voie express. Des gens normaux ne le feraient pour rien au monde. Et encore moins une femme.

— Non, sans doute pas…, dit Aomamé.

— Et une fois que vous aurez agi de la sorte, il n'est pas impossible qu'ensuite le paysage vous paraisse, comment dire, assez différent de celui de tous les jours. Moi aussi j'ai eu ce type d'expérience. Mais il ne faut pas se laisser abuser par les apparences. Il n'y a toujours qu'une réalité. »

Aomamé réfléchit aux paroles du chauffeur. Pendant qu'elle méditait, la musique de Janáček s'acheva et instantanément les applaudissements éclatèrent. C'était sans doute la retransmission d'un concert. Des applaudissements enthousiastes, qui durèrent longtemps. On entendait aussi, de temps à autre, des « Bravo ! » Aomamé voyait clairement la scène. Le chef d'orchestre, un petit sourire aux lèvres, debout, tourné vers le public, inclinait la tête à plusieurs reprises. Puis, le visage relevé, il donnait une poignée de main au soliste, se retournait, levait les deux bras pour féliciter l'ensemble des musiciens, se retournait une nouvelle fois et saluait en s'inclinant profondément. À force d'entendre ces applaudissements enregistrés, elle finissait par ne plus les entendre. Elle avait l'impression d'écouter une tempête de sable interminable qui sévirait sur Mars.

« Il n'y a toujours qu'une réalité, répéta lentement le chauffeur, comme s'il soulignait une ligne importante.

— Bien sûr », dit Aomamé.

Cela va de soi. Un corps ne peut se trouver que dans un seul lieu, en un seul temps. Einstein l'a prouvé. La réalité était une chose à tout jamais froide, à tout jamais solitaire.

Aomamé désigna la stéréo.

« Le son était très bon. »

Le chauffeur approuva.

« Vous aviez dit que le nom du compositeur était qui, déjà… ?

— Janáček.

— Janáček », fit en retour le chauffeur.

Comme s'il apprenait par cœur un mot de passe important. Puis il tira le levier qui ouvrait automatiquement la porte passager.

« Faites bien attention. J'espère que vous arriverez à temps à votre rendez-vous. »

Aomamé descendit de la voiture, son gros sac en cuir à la main. Les applaudissements à la radio continuaient à crépiter. Elle avança précautionneusement sur le bord de la voie, vers l'aire de stationnement d'urgence, à une dizaine de mètres seulement. Chaque fois qu'un gros camion la dépassait sur la voie opposée, elle sentait le sol trembler sous ses talons hauts. En fait, cela ressemblait davantage à une ondulation. Comme si elle marchait sur le pont d'un porte-avions au-dessus d'un océan déchaîné.

La petite fille de la Suzuki Alto rouge sortit la tête par la fenêtre et contempla Aomamé, bouche bée. Puis elle demanda à sa mère : « Dis, la fille, là, qu'est-ce qu'elle fait ? Où elle va ? » Et elle se mit à réclamer en criant avec insistance : « Dis, moi aussi, maman, je veux marcher ! Maman, dis, je veux sortir, maman ! »

Sa mère se borna à secouer la tête en silence. Puis, furtivement, elle jeta un regard de reproche vers Aomamé. Mais alentour ce fut la seule voix qui s'éleva, la seule réaction qu'elle constata. Les autres conducteurs se contentaient de fumer, les sourcils un peu froncés, en suivant du regard, comme s'ils n'en croyaient pas leurs yeux, la silhouette qui se faufilait d'un pas décidé entre le mur de l'autoroute et les voitures. Ils paraissaient réserver leur jugement. Même avec les voitures immobilisées, un piéton qui marchait sur la voie express, ce n'était certes pas un événement ordinaire. Il leur fallait un certain temps pour que la scène prenne sa réalité et qu'elle entre dans leur perception. D'autant plus qu'il s'agissait d'une jolie jeune femme en minijupe et talons hauts.

Aomamé, le menton rentré, les yeux braqués droit devant elle, le dos étiré, continuait à avancer d'un pas déterminé en sentant leurs regards sur sa peau. Les talons de ses Charles Jourdan marron claquaient sèchement sur le sol, le vent faisait onduler le bas de son manteau. On était déjà en avril, mais le vent était encore frais et pouvait devenir violent. Sur son léger tailleur vert en laine Junko Shimada, elle avait enfilé un manteau de printemps beige, et portait à l'épaule un sac en cuir noir. Ses cheveux noirs, très soignés, étaient coupés net aux épaules. Elle n'avait pas le moindre bijou. Elle mesurait un mètre soixante-huit, n'avait pas un soupçon de graisse, tous ses muscles étaient parfaitement entraînés. Ce qui ne se voyait pas avec son manteau.

Si l'on observait avec attention son visage, on s'apercevait que ses oreilles étaient sensiblement différentes, par la taille comme par la forme. L'oreille gauche était bien plus grande que la droite et elle était déformée. Mais au premier regard personne ne le remarquait car ses oreilles étaient en général cachées par ses cheveux. Sa bouche fermée, en un seul trait, suggérait une personnalité qui s'adaptait difficilement. Son petit nez étroit, ses pommettes un peu saillantes, son front large et ses longs sourcils horizontaux plaidaient en faveur de cette disposition. Pourtant elle avait un visage ovale aux traits réguliers. Même si c'est là affaire de goût, on pouvait bien dire d'elle que c'était une jolie femme. Le problème était son manque total d'expression. Ses lèvres étroitement closes ne laissaient jamais apparaître le moindre petit sourire, à moins d'une nécessité absolue. Ses yeux étaient vigilants et froids, tels des marins veillant à ce que le pont de leur navire soit parfaitement briqué. C'est pourquoi elle ne laissait pas d'impression vivante aux autres. Ce qui suscite l'attention ou l'admiration chez une personne, la plupart du temps, c'est avant tout le naturel ou le charme de ses expressions. Et pas un visage impassible.

La majorité des gens ne pouvait arriver à bien saisir ce qu'était le visage d'Aomamé. À peine l'avaient-ils quitté des yeux qu'ils étaient incapables de le décrire. Même s'il avait forcément quelque chose d'individuel, il ne leur restait en tête aucune particularité précise. En ce sens, elle ressemblait à un insecte doué d'une brillante faculté de mimétisme. Que ses couleurs ou ses formes changent, qu'elle se métamorphose selon l'arrière-fond, qu'on la remarque le moins possible, qu'on s'en souvienne mal, voilà cc qu'Aomamé avait toujours recherché. Depuis qu'elle était enfant, c'est ainsi qu'elle avait réussi à se protéger.

Pourtant, lorsqu'elle crispait son visage pour une raison quelconque, sa physionomie à l'ordinaire si froide était complètement transformée. Comme au théâtre. Chaque muscle de son visage se convulsait fortement dans toutes les directions. L'asymétrie de ses traits se renforçait à un degré extrême, partout des rides profondes se creusaient, ses yeux s'enfonçaient soudain, son nez et sa bouche devenaient féroces, sa mâchoire se tordait, ses lèvres s'écartaient et laissaient apparaître de grandes dents blanches. Comme un masque dont les cordons seraient coupés, qui serait arraché et qui tomberait, elle devenait en un éclair quelqu'un d'autre. Si un témoin assistait à cette horrible métamorphose, il en restait révulsé. Tant sa volte-face stupéfiante la faisait basculer d'un anonymat complet à une horreur abyssale. C'est pourquoi elle prenait bien garde à ne jamais grimacer devant des inconnus. Elle réservait cette transformation aux moments où elle était seule, ou bien quand elle voulait intimider les hommes qui ne lui plaisaient pas.

Une fois arrivée à l'aire de stationnement d'urgence, Aomamé s'immobilisa et jeta un coup d'œil aux alentours, cherchant l'escalier. Elle le découvrit immédiatement. Comme le lui avait dit le chauffeur, une grille métallique qui lui arrivait un peu plus haut que la taille, et dont la porte était fermée à clé, protégeait son accès. C'était un peu embarrassant de la franchir avec sa minijupe moulante, mais, si elle ne tenait pas compte du regard des autres, il n'y avait pas là de difficulté particulière. Sans hésitation, elle ôta ses chaussures à talons hauts et les enfonça dans son sac. En marchant pieds nus, son collant serait peut-être perdu. Mais elle pourrait en acheter un autre n'importe où.

Les automobilistes ne la quittaient pas des yeux, muets, tandis qu'elle se déchaussait et qu'elle ôtait son manteau. On entendait en arrière-fond, venant de la fenêtre ouverte d'une Toyota Celica noire arrêtée juste à côté, la voix suraiguë de Michael Jackson. « Billie Jean ». Comme si je montais sur une scène pour un strip-tease, pensa-t-elle. Ça m'est égal. S'ils ont envie de regarder, qu'ils regardent. Ils doivent être excédés d'être bloqués dans ces embouteillages. Mais je vous préviens, je n'enlèverai rien d'autre. Aujourd'hui, ce sera juste les talons et le manteau. Tant pis pour vous.

Aomamé mit son sac en diagonale autour d'une épaule pour qu'il ne tombe pas. La Toyota noire, toute neuve, dans laquelle elle était montée auparavant, la

Crown Royal Saloon, était loin à présent. Son pare-brise étincelait comme un miroir au soleil de l'après-midi. Elle ne pouvait distinguer le chauffeur. Mais il y avait des chances pour qu'il regarde de son côté.

Il ne faut pas se laisser abuser par les apparences. Il n'y a toujours qu'une réalité.

Aomamé prit une grande inspiration et souffla profondément. Puis elle escalada la grille métallique, avec la mélodie de « Billie Jean » dans les oreilles. Elle avait roulé sa minijupe jusqu'aux hanches. Et après ? se dit-elle. Regardez si ça vous chante. Ce que vous voyez sous ma jupe, ça ne vous dit rien de ce que je suis vraiment. Par ailleurs, Aomamé estimait que ses jolies jambes sveltes étaient ce dont elle était la plus fière.

Une fois de l'autre côté de la grille, Aomamé remit sa jupe en place, s'épousseta les mains, enfila de nouveau son manteau et reprit son sac à l'épaule. Elle rajusta soigneusement ses lunettes de soleil. L'escalier de secours était là sous ses yeux. Un escalier métallique peint en gris. Un escalier simple, pratique, conçu uniquement pour être fonctionnel. Qui n'avait pas été prévu pour être utilisé par une femme en collant sans chaussures, vêtue d'une minijupe moulante. Junko Shimada non plus n'avait sûrement pas dessiné son tailleur dans l'idée qu'une femme le porte en descendant l'escalier de la voie express n° 3, réservé aux évacuations d'urgence. Un gros camion qui passait sur la voie opposée le fit trembler. Le vent s'engouffrait entre ses barreaux métalliques. Il n'empêche, c'était un escalier. Et, en bas, il y avait la terre ferme.

Aomamé se retourna une dernière fois. Tel un conférencier qui vient de terminer sa prestation et qui attend, debout sur l'estrade, les questions du public, elle promena son regard de gauche à droite sur les files des voitures qui s'alignaient pare-chocs contre pare-chocs, puis de nouveau de droite à gauche. Les voitures n'avaient absolument pas avancé depuis tout à l'heure. Les automobilistes, immobilisés, en étaient réduits à observer ses moindres gestes. Ils se demandaient certainement ce qu'elle pouvait bien être en train de faire. Sur Aomamé passée de l'autre côté de la grille se fixaient leurs regards mêlés d'intérêt, d'indifférence, de jalousie, de mépris. Comme une balance instable, leurs sentiments restaient oscillants, incapables de s'arrêter d'un côté ou de l'autre. Un profond silence s'était appesanti sur les alentours. Personne n'avait levé la main pour poser une question (et si ç'avait été le cas, Aomamé, évidemment, n'aurait eu nulle intention d'y répondre). Muets, les gens restaient juste dans l'attente d'une occasion qu'ils ne parviendraient jamais à saisir. Aomamé serra un peu les mâchoires, mordit sa lèvre inférieure, et, de derrière ses lunettes de soleil vert foncé, elle les évalua globalement.

Vous êtes sûrement incapables d'imaginer qui je suis, où je vais aller et ce que je vais faire. Aomamé prononça ces mots sans bouger les lèvres. Vous êtes tous prisonniers du lieu, vous n'irez nulle part. Vous ne pouvez même pas reculer. Mais moi non. Moi, j'ai un travail à achever. Une mission à accomplir. C'est pourquoi je me suis autorisée à avancer.

Aomamé avait envie de grimacer une dernière fois face à tous ces gens. Mais elle réussit à y renoncer. Elle n'avait pas le temps de ces gestes superflus. Quand son visage était convulsé, il lui fallait un moment pour revenir à son expression habituelle.

Elle tourna le dos à son public muet et, alors que la plante de ses pieds éprouvait le froid du métal brut, elle commença à descendre prudemment l'escalier. Le vent de ce début d'avril plutôt froid soulevait ses cheveux et dévoilait parfois son oreille gauche déformée.

2

Tengo

Une idée mirobolante

Le premier souvenir de Tengo remontait au temps où il avait un an et demi. Il voyait sa mère sans chemisier, sa combinaison blanche descendue au-dessous des épaules, et un homme qui n'était pas son père lui suçait les seins. Il y avait un bébé dans le lit d'enfant, probablement Tengo. Il se regardait lui-même en tant que tierce personne. Ou bien était-ce son frère jumeau ? Non, sûrement pas. Il s'agissait bien de Tengo, à l'âge d'un an et demi. Intuitivement, il le savait. Le bébé, les yeux fermés, sommeillait en petits souffles paisibles. Tel était le premier souvenir de Tengo. Cette scène d'environ dix secondes s'était gravée très nettement sur le mur de sa conscience. Il n'y avait rien avant, rien après. Cet unique souvenir émergeait au-dessus des eaux troubles, comme une flèche pointant au-dessus des rues envahies par les flots d'une gigantesque inondation.

Tengo avait interrogé les personnes de son entourage à chaque occasion possible. À partir de quel âge environ avaient-elles des souvenirs ? En général, c'était vers quatre ou cinq ans. Au plus tôt, vers trois ans. Personne n'avait de souvenir plus précoce. Un enfant devait avoir au moins trois ans, semblait-il, pour que, jusqu'à un certain point, son environnement soit perçu comme logique et cohérent. Avant cette étape, le monde n'est pour lui qu'un chaos incompréhensible, sans ossature ferme, insaisissable, telle une molle bouillie de riz. Tout s'échappe par la fenêtre, sans que les souvenirs se fixent dans le cerveau.

Bien entendu, un enfant d'un an et demi ne peut comprendre ce que signifie une scène où un homme qui n'est pas son père suce les seins de sa mère. C'est évident. Aussi, si le souvenir de Tengo était vraiment exact, cette scène s'était-elle imprimée telle quelle sur sa rétine sans qu'il la juge. Comme une caméra pour laquelle les objets sont un simple mélange d'ombre et de lumière, qui les enregistre mécaniquement sur un film. Par la suite, en même temps que sa conscience se développait, il avait peu à peu analysé cette image fixée, gardée en réserve, jusqu'à être capable de lui donner sa signification. Cependant, ce fait avait-il vraiment pu se produire ? Et puis pouvait-on envisager que cette image ait été conservée dans le cerveau d'un nourrisson ?

Ou bien était-ce seulement un souvenir fabriqué ? Est-ce que ce n'était pas le résultat d'une manigance arbitraire que sa conscience aurait menée après coup ? Tengo avait aussi beaucoup réfléchi à cette éventualité-là. Qu'il s'agisse d'un souvenir falsifié. Et il avait abouti à la conclusion que ce n'était probablement pas le cas. Son souvenir était tellement clair, il possédait une telle force de persuasion. Il débordait de lumière, d'odeur, de pulsations. Il était si plein de réalité. Impossible que ce soit une invention. De surcroît, dans l'hypothèse où cette scène avait réellement eu lieu, bien des choses advenues par la suite pouvaient s'expliquer. Logiquement et aussi sentimentalement.

La scène, qui durait environ dix secondes, lui revenait sans avertissement dans toute sa clarté. Sans aucun présage et sans sursis non plus. Ni toc-toc-toc. L'image rendait soudain visite à Tengo quand il prenait le train, quand il traçait des chiffres sur le tableau, quand il mangeait, quand il parlait avec quelqu'un (comme c'était justement le cas en ce moment). Comme un raz de marée silencieux qui déferlait violemment sur lui, le laissant groggy après son passage. Le cours du temps se figeait. L'air environnant se raréfiait, il respirait mal. Il perdait tout lien avec les gens et les choses alentour, tout lui devenait étranger. Cette paroi liquide l'engloutissait tout entier. Malgré sa sensation que le monde s'était fermé et assombri, sa conscience ne s'était pas diluée. Simplement un aiguillage avait été changé. Sa conscience était même partiellement plus aiguisée. Il n'avait pas peur. Mais il ne pouvait pas ouvrir les yeux. Ses paupières étaient étroitement scellées. Les bruits environnants se faisaient lointains. Et l'image familière ne cessait de se projeter sur l'écran de sa conscience, encore et toujours. Il ruisselait et sentait ses aisselles trempées sous sa chemise. Il commençait à trembler de partout. Le cœur lui battait vite et fort.

Lorsque cela se passait en présence de quelqu'un, Tengo prétendait qu'il était pris de vertige. Et, de fait, cela ressemblait à des étourdissements. Au bout d'un certain temps, tout redevenait normal. Il sortait un mouchoir de sa poche et le pressait sur sa bouche. Il levait la main pour montrer que tout allait bien, qu'il n'y avait pas de souci à se faire. Parfois, la scène durait trente secondes, mais quelquefois plus d'une minute. Pendant cette durée de temps, la même image se reproduisait, comme sur une bande magnétique qui n'aurait cessé de se rembobiner automatiquement. Sa mère, déshabillée jusqu'au bas des épaules, les mamelons durcis, un homme inconnu qui les lèche. Elle a les yeux fermés, elle soupire avec force. Il y a une légère odeur qui flotte dans l'air, celle du lait de sa mère, qu'il hume avec nostalgie. L'odorat est le sens le plus aiguisé chez le nourrisson. Il lui apprend beaucoup. Quelquefois il lui apprend tout. Les bruits sont inaudibles. L'air s'est liquéfié comme de la bouillie. Seul est perceptible le doux battement de son cœur.

Regarde ça, disent-ils. Regarde *seulement* ça. Tu es là, tu ne peux aller ailleurs, disent-ils. Ce message se répète sans cesse.

Cette fois, la « crise » avait duré longtemps. Tengo avait fermé les yeux, il avait porté un mouchoir à sa bouche comme d'habitude, et il avait serré les dents dessus. Il ne savait pas combien de temps il était resté dans cet état. Quand tout fut fini, il ressentit seulement une extrême fatigue. Il était terriblement épuisé. C'était la première fois qu'il éprouvait une fatigue pareille. Il lui fallut beaucoup de temps pour être tout juste capable de soulever les paupières. Il voulait retrouver sa conscience au plus tôt mais ses muscles et son système interne résistaient. Comme un animal qui a hiberné et qui, se trompant de saison, ouvre les yeux plus tôt que prévu.

« Hé ! Tengo ! »

Quelqu'un l'appelait depuis un moment déjà. Cette voix lui parvenait de très loin, brouillée, comme venant du plus profond d'une caverne. C'était bien son prénom, et, cela, Tengo le comprit. « Et alors ? Encore la même histoire ? Ça va ? » disait la voix. À présent, elle était un peu plus proche.

Enfin Tengo ouvrit les yeux, fit une mise au point et regarda sa main droite qui agrippait le bord de la table. Il s'assurait ainsi que le monde ne s'était pas décomposé et que lui-même en faisait toujours partie. L'engourdissement subsistait encore un peu, mais assurément c'était bien sa main droite qui était là. Il y avait aussi une odeur de transpiration. Étrangement cuisante, comme celle que l'on sent dans un zoo, devant la cage d'un fauve. Pourtant aucun doute n'était permis, cette odeur venait de lui.

Il avait soif. Il allongea la main par-dessus la table, saisit un verre d'eau et en but la moitié en prenant garde à ne pas en renverser. Il marqua un temps d'arrêt, régularisa son souffle puis avala le reste. Sa conscience revenait peu à peu là où elle devait se trouver, il retrouvait ses sensations physiques habituelles. Il reposa le verre vide, s'essuya la bouche avec son mouchoir.

« Pardon. Ça va, maintenant », dit-il. Puis il constata que l'homme qui lui faisait face était Komatsu. Tous deux s'étaient retrouvés dans un café proche de la gare de Shinjuku. Tengo percevait à présent les voix des gens qui parlaient autour comme des voix ordinaires. À la table voisine, deux personnes, soupçonnant que quelque chose s'était produit, l'observaient. Une serveuse se tenait là tout près, une expression inquiète sur le visage. Peut-être avait-elle peur qu'il ne vomisse sur les sièges. Tengo leva les yeux et hocha la tête en souriant. Comme pour lui dire : « Pas de problème. Ne vous faites pas de souci. »

« Tu viens d'avoir une crise, non ? demanda Komatsu.

— Ce n'était rien du tout. Juste des sortes de vertiges. Simplement un peu pénible », fit Tengo.

La voix qu'il entendait n'était pas encore vraiment la sienne. Mais elle s'en rapprochait tout de même.

« Si ce genre de chose t'arrivait quand tu es au volant, ça pourrait être embêtant, observa Komatsu en regardant Tengo dans les yeux.

— Je ne conduis pas.

— Eh bien, ça vaut mieux. Je connais un type allergique au pollen de cyprès. Il s'est mis à éternuer alors qu'il était au volant et il a percuté un poteau électrique ! Mais toi, Tengo, ça m'a l'air bien plus sérieux. La première fois, ça m'a fait un choc, c'est sûr. Après, je me suis un peu habitué.

— Excusez-moi. »

Tengo prit sa tasse de café et but une gorgée de ce qui restait. Cela n'avait aucun goût. C'était juste du liquide tiède qui coulait dans sa gorge.

« Tu veux que je réclame encore un peu d'eau ? » demanda Komatsu.

Tengo secoua la tête.

« Non, ça va, maintenant. Ça s'est calmé. »

Komatsu sortit un paquet de Marlboro de la poche de sa veste, mit une cigarette à la bouche et l'alluma avec une allumette du café. Puis il jeta un bref regard à sa montre.

« Alors, de quoi parlions-nous ? » demanda Tengo.

Il fallait revenir au plus vite à la normalité.

« Oui… De quoi parlions-nous, déjà ? » réfléchit un instant Komatsu en levant les yeux. Ou peut-être faisait-il semblant. Tengo ne le savait pas. Komatsu avait une façon d'agir ou de parler qui contenait une part non négligeable de théâtralité.

« Oui, donc, nous avions commencé à parler de cette jeune fille, *Fukaéri*. Et de *La Chrysalide de l'air.* »

Tengo acquiesça. Fukaéri et *La Chrysalide de l'air*. Il allait lui donner des explications à ce propos quand sa « crise » était survenue, interrompant la conversation. Tengo sortit de sa serviette en cuir une copie du manuscrit et la posa sur la table. Les mains dessus pour s'assurer de sa sensation.

« Je vous l'ai déjà dit au téléphone, commença-t-il prudemment, la qualité première de cette *Chrysalide de l'air* réside dans le fait que l'auteur n'imite personne. C'est très rare pour un texte de débutant. Qu'il n'y ait pas au moins un peu de : *Je voudrais faire comme*. Il est vrai que son style en reste à l'état d'ébauche. Le choix de ses mots est enfantin. Dans le titre, notamment, elle confond "chrysalide" et "cocon". Je pourrais énumérer un grand nombre de défauts du même genre. Malgré tout, dans ce récit, il y a des éléments captivants. L'ensemble est de type fantastique, mais les descriptions offrent certains détails étonnamment réalistes. Et l'équilibre entre les deux est tout à fait réussi. Je ne saurais dire si son originalité, sa logique ou son vocabulaire sont suffisants. Vous pourriez estimer que le niveau global est faible. Oui, peut-être, en effet. Pourtant, quand on a fini de lire l'ouvrage, même si on est déconcerté, cela vous laisse après coup comme un grand *calme*. Comme quand on a une impression inconfortable et étrange que l'on ne peut expliquer. »

Komatsu, silencieux, regardait Tengo. Il attendait de lui d'autres commentaires.

Tengo poursuivit : « Je n'aimerais pas qu'on retire ce texte de la sélection juste parce qu'il y a des maladresses de style, des imperfections. Depuis toutes ces années que je fais ce travail, j'ai lu des piles et des piles de manuscrits soumis au concours. Enfin, plutôt, survolé, ce serait plus juste. Certains étaient relativement bien écrits, sur d'autres il n'y avait rien à tirer —— ceux-là étant bien sûr largement majoritaires. En tout cas, de tous les textes que j'ai eus sous les yeux, *La Chrysalide de l'air* est le premier qui m'ait autant frappé. Et pour la première fois aussi, j'ai éprouvé le sentiment d'avoir envie de relire un livre que je venais d'achever.

— Mmm », fit Komatsu.

Puis il souffla la fumée de sa cigarette avec un air de vif intérêt avant de pincer les lèvres. Connaissant Komatsu depuis assez longtemps, Tengo n'allait pas se laisser tromper facilement par cette mimique. Très souvent, chez cet homme, le fond de la pensée n'avait aucun rapport avec ce que manifestait le visage, voire était à l'opposé. Aussi Tengo attendit-il patiemment que l'éditeur ouvre la bouche.

« Moi aussi, je l'ai lu, déclara finalement Komatsu après un assez long moment. Immédiatement après ton coup de téléphone, j'ai lu le manuscrit. Bon, c'est vrai, il est maladroit. Grammaticalement, il est bancal, et il y a des phrases dont le sens n'est pas vraiment compréhensible. Avant d'écrire un roman, ou quoi que ce soit, l'auteur aurait dû réapprendre les bases de la rédaction.

— Mais vous l'avez lu jusqu'au bout. Non ? »

Komatsu sourit faiblement. Un sourire qui avait l'air de sortir d'un tiroir rarement ouvert.

« Oui. Tu as raison. Je l'ai lu jusqu'au bout. J'en ai été étonné moi-même. Parce que, dans ces manuscrits qui concourent pour le prix des nouveaux auteurs, il n'y en a presque aucun que je lis jusqu'à la fin. Et dont je relis une partie, encore moins. C'est exceptionnel, je ne sais pas, un peu comme un alignement de plusieurs objets célestes… Je le reconnais.

— Il y a là *quelque chose*, n'est-ce pas ? »

Komatsu posa sa cigarette sur le cendrier, se frotta l'aile du nez avec le majeur de la main droite, mais ne répondit pas à sa question.

Tengo reprit : « Cette fille n'a que dix-sept ans, elle est lycéenne. Elle n'a pas suffisamment travaillé ses exercices de lecture ou d'écriture. Ça me paraît franchement difficile que le texte obtienne le prix. En revanche, il vaut la peine d'être retenu dans la dernière sélection. Vous en avez sûrement le pouvoir, j'imagine ? Et comme ça, ensuite, elle rédigera un autre texte.

— Mmm », marmonna de nouveau Komatsu, avant de bâiller d'un air ennuyé.

Puis il but une gorgée d'eau.

« Écoute, Tengo, réfléchis bien. Suppose que ce truc incroyable fasse partie de la sélection finale. Nos chers membres du jury en resteront comme deux ronds de flan. Ils seront peut-être même furibonds. De toute façon, ils ne le liront pas jusqu'au bout. Dans le comité figurent quatre écrivains en activité. Tous archidébordés. Après avoir vaguement lu les deux premières pages, ils laisseront tomber. "C'est quoi, ça ? On dirait la rédaction d'une écolière !..." Eh bien, oui... Et tu crois qu'ils m'écouteront si je leur affirme qu'une fois bien poli, ce texte deviendra un vrai bijou ? Même si je m'enflamme avec de grands discours ? En admettant que j'aie le pouvoir dont tu parles, alors j'aimerais offrir à ce manuscrit un avenir bien plus prometteur.

— Vous voulez dire, qu'on l'abandonne sans autre forme de procès ?

— Justement c'est ce que je ne dis pas, fit Komatsu en se frottant le nez. Pour ce livre, j'ai une autre idée, une idée mirobolante !

— "Une autre idée, une idée mirobolante" », répéta Tengo.

Il entendait confusément dans ces paroles un écho funeste.

« Tu as dit que nous devrions attendre son prochain texte, reprit Komatsu. Moi aussi, évidemment, j'aimerais avoir cette attente. C'est un grand bonheur pour un éditeur de voir un jeune auteur progresser avec le temps. Un frisson au cœur comme lorsqu'on scrute un ciel dégagé, la nuit, et que l'on découvre une nouvelle étoile avant tout le monde. Mais, pour parler franchement, il est difficile de penser que cette jeune fille donnera autre chose. Moi, avec tous mes défauts, cela fait tout de même vingt ans que je gagne mon pain dans ce monde de l'édition. Et j'ai vu pendant tout ce temps toutes sortes d'écrivains qui ou bien émergeaient, ou bien se retiraient. Et j'ai appris à distinguer parmi eux ceux qui feraient autre chose, et ceux dont on ne pouvait pas l'espérer. Donc, si tu veux bien me croire, pour cette petite, il n'y aura pas de suite. C'est peut-être dommage, mais pas de suite de suite. Ni de suite de suite de suite. Pour commencer, on ne peut pas espérer que son style s'améliore avec le temps ou le travail. On aura beau attendre tant et plus, il n'y aura rien. Ce sera juste un vœu pieux. Et si tu me demandes pourquoi, je te répondrai qu'on ne peut pas écrire un bon texte si on en a *l'intention*, mais pas la moindre idée de la façon de s'y prendre. Pour écrire, il faut soit en avoir reçu le talent dès l'origine, soit dépenser une énergie démentielle pour s'améliorer, jusqu'à en crever. C'est l'un ou l'autre. Et, chez cette petite Fukaéri, c'est ni l'un ni l'autre. Il est évident qu'elle n'a aucune disposition innée, et vraisemblablement pas la moindre intention de faire des efforts. Pourquoi, je n'en sais rien. Mais, au fond, elle n'a aucun intérêt pour la littérature. Elle voulait vraiment raconter son histoire. Et là, son désir devait être très fort, je le reconnais. Car cette forme brute a été suffisamment convaincante pour attirer ton attention, Tengo, et j'ai lu ce manuscrit jusqu'au bout. C'est déjà formidable en un sens. Cependant, il est clair qu'elle n'a aucun avenir en tant que romancière. Pas plus qu'une fiente de punaise. Au risque de te décevoir, tu voulais mon opinion, la voilà. »

Tengo tenta de réfléchir. Il lui semblait qu'il y avait dans les objections de Komatsu une part de vérité. De toute façon, comme éditeur, il avait un instinct très sûr.

« Pourtant, ce ne serait pas mauvais de lui donner sa chance, dit Tengo.

— Jetons-la à l'eau et voyons si elle surnage ou si elle coule. C'est ça ?

— En un mot.

— Je me suis déjà montré suffisamment cruel. Je n'ai pas envie en plus de voir quelqu'un se noyer.

— Et dans mon cas, qu'est-ce qui se passerait ?

— Toi, Tengo, le moins qu'on puisse dire, c'est que tu fais des efforts, répondit Komatsu en choisissant ses mots. Pour ce que j'en vois, tu ne bâcles pas ton travail. Et tu te montres très humble face à l'écriture. Pourquoi ? Parce que tu aimes ça. Ce que j'apprécie aussi. Aimer écrire est la qualité la plus précieuse chez ceux qui visent à devenir écrivains.

— Pourtant, ce n'est pas suffisant.

— Non, bien sûr. Cela ne suffit pas. Il faut aussi un "quelque chose de spécial". À tout le moins, il faut qu'il y ait quelque chose qui m'empêche d'interrompre ma lecture. Moi, vois-tu, là je te parle surtout des romans, c'est ce que j'estime plus que tout. Quand le livre me tombe des mains, c'est qu'il n'a aucun intérêt. C'est extrêmement simple. »

Tengo resta un moment silencieux. Puis il reprit la parole : « Et il y avait ce quelque chose, dans ce qu'a écrit Fukaéri, qui vous a fait aller jusqu'au bout ?

— Oui, bien sûr. Cette fille possède quelque chose de très important. Quoi exactement, je l'ignore, mais c'est sûr. Ça se voit très bien. Toi, tu le vois, et moi aussi. Comme la fumée d'un feu de plein air, un après-midi sans vent, tout le monde la voit clairement. Seulement, écoute-moi bien, Tengo, ce que cette petite possède, ça la dépasse.

— Si on la jette à l'eau, il n'y a aucune chance qu'elle surnage.

— Exactement, dit Komatsu.

— Par conséquent, elle ne figurera pas dans la sélection finale ?

— Eh bien… », répondit Komatsu. Puis, grimaçant, il joignit les mains sur la table. « Au point où nous en sommes, je pense que je dois bien choisir mes mots. »

Tengo prit sa tasse de café et contempla ce qui restait au fond. Puis il la remit là où elle était. Komatsu ne disait toujours rien. Tengo ouvrit la bouche.

« Arrivé là, il vous est donc venu à l'esprit, comme vous l'avez dit, *une idée mirobolante* ? »

Komatsu plissa les yeux comme un enseignant face à un bon élève. Puis il hocha la tête lentement.

« C'est exactement cela. »

Chez cet homme, Komatsu, il y avait un je-ne-sais-quoi d'insondable. Il était difficile de déchiffrer, à son expression ou aux inflexions de sa voix, à quoi il pensait, ou ce qu'il éprouvait. Et lui-même semblait prendre un certain plaisir à envelopper les autres d'un voile de fumée. Il avait en tout cas l'esprit vif. Il était du genre à émettre des jugements sans se soucier de l'opinion des autres, en suivant sa propre logique. Par ailleurs, sans en faire étalage inutilement, il avait lu quantité d'ouvrages et possédait des connaissances précises sur des domaines variés. Ce n'était pas seulement une question de savoir, car il devinait les gens intuitivement et il avait aussi l'œil pour sentir les œuvres. Il entretenait un certain nombre de préjugés en la matière mais, pour lui, les préjugés aussi faisaient partie des éléments essentiels de la vérité.

Peu disert par nature, il détestait donner des explications à tout propos, mais, s'il le fallait, il était capable de donner son avis avec subtilité et logique. Quand il estimait qu'il fallait y aller, il pouvait même se montrer carrément acerbe. Il visait le point faible de son interlocuteur et, en un clin d'œil, le transperçait en quelques mots. Il était extrêmement partial, et le nombre d'œuvres ou d'individus qu'il ne supportait pas était infiniment plus important que les autres. Aussi, tout naturellement, le nombre de ceux qui n'entretenaient aucune bienveillance à son égard était-il infiniment plus large que les autres. Mais c'était justement ce qu'il recherchait. À ce qu'en voyait Tengo, Komatsu préférait être isolé et se réjouissait plutôt d'être tenu à distance par les autres – voire d'être franchement détesté. Il professait volontiers que la finesse d'esprit ne naissait pas d'un environnement plaisant.

Komatsu avait quarante-cinq ans, c'est-à-dire seize ans de plus que Tengo. Il donnait beaucoup de lui à sa revue d'art et de littérature et il était reconnu pour ses compétences par ses pairs. Sur sa vie personnelle en revanche, on ne savait rien. De par sa profession, il avait de nombreuses relations, mais il n'évoquait jamais de questions privées avec quiconque. Tengo ignorait où il était né, où il avait grandi et où il vivait à l'heure actuelle. Même au cours de leurs longues conversations, ces sujets n'étaient jamais abordés. Comment se faisait-il, se demandaient les gens, incrédules, que lui qui était d'un abord si austère, qui n'avait aucune relation digne de ce nom et qui professait une sorte de mépris vis-à-vis du monde littéraire, se voie remettre autant de manuscrits d'écrivains réputés ? Et pourtant, de fait, il n'avait guère de difficultés à trouver des manuscrits quand il en avait besoin. Bien souvent, c'était grâce à lui que la revue parvenait tant bien que mal à sortir. C'est pourquoi il était respecté, à défaut d'être aimé.

Selon les ouï-dire, Komatsu avait participé au combat contre le traité de sécurité nippo-américain dans les années soixante, alors qu'il étudiait à la faculté des lettres de l'université de Tokyo. On disait qu'il appartenait aux cadres du mouvement étudiant, qu'il était tout près de Michiko Kanba, pendant la manifestation où la jeune femme avait été tuée par les forces de police. Lui-même aurait été sérieusement blessé. Il n'était pas simple de démêler le vrai du faux dans tout cela. Mais ce qui se racontait paraissait vraisemblable. Il était grand et maigre, la bouche étrangement large, le nez étrangement petit. De longues jambes, de longs bras, le bout des doigts taché par la nicotine. Il faisait penser à un de ces révolutionnaires reconvertis en intellectuels, tels que les décrit la littérature russe du XIXe siècle. Il ne riait pratiquement pas mais, lorsque cela lui arrivait, c'était son visage entier qui riait. Même dans ces moments-là pourtant, il ne semblait pas vraiment joyeux. On aurait plutôt dit un vieux sorcier, riant sous cape, qui s'apprêtait à prononcer une prophétie de malheur. Il était très soigné dans sa présentation, mais portait toujours des habits semblables, dans l'intention sans doute de montrer au monde qu'il n'avait aucun intérêt pour les questions vestimentaires. Son espèce d'uniforme se composait d'une veste en tweed, d'une chemise Oxford en coton, blanche, ou d'un polo gris clair, d'un pantalon gris et de chaussures en daim. Il ne mettait pas de cravate. On imaginait aisément, suspendues dans sa penderie, soigneusement brossées, une demi-douzaine de vestes en tweed à trois boutons dont la couleur, le tissu et la taille des motifs différaient à peine. Peut-être même les avait-il numérotées pour mieux les distinguer.

Ses cheveux drus, on aurait presque dit de très minces fils de fer, qui commençaient à blanchir légèrement sur le front, étaient ébouriffés et masquaient ses oreilles. Leur longueur, bizarrement, était toujours identique, même s'il avait dû aller chez le coiffeur la semaine précédente. Tengo ne comprenait pas comment c'était possible. De temps en temps ses yeux se faisaient soudain perçants, comme des étoiles qui scintillent dans une nuit d'hiver. Si, pour une raison quelconque, il devenait muet, c'était alors un mutisme obstiné comme un roc sur la face cachée de la lune. Son visage n'exprimait plus rien et même sa température corporelle paraissait avoir diminué.

Cela faisait bien cinq ans que Tengo avait fait la connaissance de Komatsu. Il avait concouru pour le prix des nouveaux auteurs, patronné par la revue littéraire qu'éditait Komatsu, et avait été retenu dans la dernière sélection. L'éditeur lui avait téléphoné, lui avait proposé une rencontre pour discuter. Ils s'étaient retrouvés dans un café à Shinjuku (le même que celui de ce jour). Je pense que tu ne seras pas lauréat avec ce texte, lui avait annoncé Komatsu (en effet, il ne l'avait pas été). Mais, moi, personnellement, j'ai aimé ce que tu as écrit. Je n'attends pas de remerciements de ta part, mais c'est extrêmement rare que je parle ainsi à quelqu'un (à ce moment-là, Tengo l'ignorait, mais c'était la pure vérité). J'aimerais que tu me fasses lire ton prochain texte, en avant-première, et avant quiconque, avait-il ajouté. C'est entendu, avait répondu Tengo.

Ensuite, Komatsu avait voulu en savoir un peu plus sur Tengo. D'où il venait, ce qu'il faisait à présent. Tengo s'était expliqué aussi honnêtement que possible. Il était né à Ichikawa, dans la préfecture de Chiba, où il avait grandi. Peu après sa naissance, sa mère était tombée malade et avait disparu. Du moins, c'est ce que lui avait dit son père. Il était fils unique. Son père ne s'était pas remarié, et l'avait donc élevé seul. Son père travaillait pour la NHK, il était chargé de collecter la redevance, mais à présent, atteint de la maladie d'Alzheimer, il était soigné dans un établissement médical situé à l'extrémité sud de la péninsule de Bôsô. Tengo avait fait ses études à l'université de Tsukuba, dans le département bizarrement intitulé : « Première section des mathématiques et des sciences naturelles ». Puis il était devenu enseignant en mathématiques dans une école préparatoire de Yoyogi. Il aurait pu chercher à enseigner dans un lycée public de son département d'origine, mais il avait choisi de travailler dans une « école préparatoire » car les horaires lui laissaient davantage de liberté. Il vivait seul, dans un petit appartement, à Kôenji, et, parallèlement à son travail, il écrivait des romans.

Lui-même ne savait pas vraiment s'il voulait devenir romancier à plein temps. En avait-il réellement le talent ? Ça non plus, il ne le savait pas très bien. Ce qu'il savait, en revanche, c'est qu'il lui était impossible de rester un seul jour sans écrire. Pour lui, écrire, c'était comme respirer. Komatsu avait écouté Tengo attentivement, sans lui donner une opinion quelconque.

Tengo ignorait pourquoi, mais il semblait que l'éditeur avait pour lui une sympathie spéciale. Tengo était très développé physiquement (il avait été champion de judo, du collège à l'université), et ses yeux faisaient penser à ceux d'un paysan matinal. Avec ses cheveux coupés court, sa peau bronzée par tous les temps, ses oreilles rondes et chiffonnées comme un chou-fleur, il n'avait l'air ni d'un jeune homme de lettres, ni d'un professeur de mathématiques. Mais c'était ce que Komatsu semblait aimer aussi. Dès que Tengo avait achevé un nouveau roman, il le soumettait à l'éditeur, qui le lisait et lui donnait son avis. Tengo modifiait alors son manuscrit selon ses indications. Puis il le lui présentait une nouvelle fois et Komatsu le conseillait encore. Comme un entraîneur qui place peu à peu la barre plus haut. « Dans ton cas, lui avait-il déclaré, il te faudra peut-être du temps, mais tu ne dois pas te presser. Reste confiant et écris chaque jour, sans exception. Garde tout ce que tu écris, ne jette rien. Cela te servira peut-être un jour. – C'est entendu », avait répondu Tengo.

Puis Komatsu lui avait procuré un petit travail journalistique. Il s'agissait de rédiger des articles non signés pour un magazine féminin appartenant à sa société. Tengo devait aussi bien récrire des textes, rédiger quelques lignes de présentation pour des films ou de nouveaux ouvrages que concocter des horoscopes. Il acquit d'ailleurs une certaine réputation en la matière car, bien souvent, il tombait juste. S'il notait : « Attention ! Risque de tremblement de terre au petit matin », à l'aube, la terre tremblait. Les rentrées supplémentaires que lui procurait ce travail étaient les bienvenues, et, de surcroît, il avait ainsi la chance de s'exercer à écrire. Il se réjouissait que ce qu'il avait rédigé de sa main se retrouve imprimé et bien en vue dans les librairies. Peu lui importait sous quelle forme.

Au bout d'un certain temps, il participa à la présélection des manuscrits pour le prix des nouveaux auteurs. Qu'il examine les textes des autres candidats alors qu'il concourait lui-même comme auteur était certes étonnant. Mais Tengo évaluait ces œuvres avec impartialité, sans s'inquiéter de la bizarrerie de son statut. Il lisait une quantité invraisemblable de romans ratés ou inintéressants et étudiait consciencieusement en quoi tel ou tel roman était raté ou inintéressant. Sur la centaine de textes qu'il lisait chaque fois, il en choisissait dix qui retenaient son attention, et il les transmettait à Komatsu. Pour chacun il rédigeait une note avec ses réflexions. Finalement, cinq ouvrages étaient retenus et le jury désignait le nouveau lauréat.

À côté de Tengo, il y avait aussi plusieurs lecteurs occasionnels et, à côté de Komatsu, d'autres éditeurs participaient à la sélection éliminatoire. Si on attendait de l'objectivité, il était inutile de se donner trop de peine. Car les textes un tant soit peu prometteurs, tout au plus deux ou trois sur la masse énorme, avaient peu de chances d'échapper aux lecteurs. Les propres écrits de Tengo s'étaient retrouvés dans la sélection finale trois fois. Bien entendu, Tengo n'avait pas lui-même choisi ses textes. C'étaient deux autres lecteurs, ainsi que Komatsu et un des rédacteurs qui les avaient retenus. Aucun n'avait finalement reçu le prix, mais Tengo n'en avait pas été déçu. D'abord, les paroles de Komatsu – « Tu dois prendre ton temps » – étaient gravées dans sa tête, et puis Tengo n'était pas tout à fait sûr de vouloir devenir romancier tout de suite.

En réglant au mieux son emploi du temps à l'école, il pouvait faire ce qui lui plaisait quatre jours par semaine chez lui. Cela faisait sept ans qu'il travaillait comme professeur dans la même école préparatoire et sa réputation chez les étudiants était plutôt bonne. En effet, sa manière d'enseigner était juste, précise, il était capable de fournir sur-le-champ les réponses à n'importe quelle question sans tourner autour du pot. À son propre étonnement, il avait un talent oratoire. Il était brillant dans ses explications, sa voix portait bien, il savait faire rire avec une plaisanterie. Avant de travailler comme enseignant, il se jugeait très mauvais orateur. Et même aujourd'hui, il lui arrivait de ne pas trouver ses mots quand il était anxieux. Dès qu'il se trouvait dans un groupe de plusieurs personnes, il se contentait d'écouter. Mais lorsqu'il était en chaire, face à un public d'étudiants, il avait soudain l'esprit parfaitement lucide et il était apte à parler avec aisance tant et plus. Les hommes, décidément, ne sont pas simples à comprendre, pensait-il toujours.

Il n'était pas mécontent de son salaire. Sans dire que ses revenus étaient démesurés, l'école lui versait une rétribution qui correspondait à ses compétences. Les enseignants étaient régulièrement évalués par les étudiants et le traitement augmentait en fonction d'une évaluation positive. En effet, la direction craignait que les excellents professeurs ne soient débauchés par d'autres écoles (de fait, des « chasseurs de têtes » avaient fait, à plusieurs reprises, des propositions à Tengo). Cela ne se passait pas ainsi dans les écoles ordinaires, où le salaire évoluait avec l'ancienneté, la vie privée devant s'adapter en fonction du supérieur, sans tenir compte des capacités ou de la popularité. Et puis il était heureux de son travail à l'école préparatoire. Une grosse moitié des étudiants fréquentaient sa classe avec comme but conscient et clair de réussir le concours d'entrée à l'université. Ils écoutaient le cours avec ferveur. Le professeur n'avait pas d'autre souci que d'enseigner. Et de cela, Tengo était très content. Il était inutile de se tourmenter avec des problèmes de délinquance ou de manquements aux règlements de l'école. Il devait simplement se tenir sur son estrade et enseigner la manière de résoudre des problèmes mathématiques, rien d'autre. Et Tengo excellait dans l'exercice purement conceptuel des nombres.

Quand il était chez lui, il se levait tôt et il écrivait jusqu'au soir, en général. Avec son stylo à plume Montblanc à encre bleue, sur du papier de quatre cents caractères. Avec ces seuls matériaux, Tengo était bien, complètement satisfait. Il n'avait besoin de rien d'autre. Une fois par semaine, sa petite amie, une femme mariée, venait lui rendre visite et ils passaient l'après-midi ensemble. L'amour avec cette femme de dix ans son aînée se faisait sans souci, d'autant plus qu'il ne supposait aucun engagement, et il lui convenait. En fin d'après-midi, Tengo se promenait longuement, et, à la tombée de la nuit, il lisait en écoutant de la musique, seul. Il ne regardait pas la télévision. Quand venait le collecteur de la redevance de la NHK, il l'éconduisait poliment, en lui expliquant qu'il ne possédait pas de téléviseur. Non, non, je vous assure. Entrez, vérifiez par vous-même, cela m'est égal. Mais ces gens-là n'entraient jamais chez lui. Les collecteurs de la redevance NHK ne se permettaient pas de s'introduire chez les gens.

« Ce à quoi j'ai pensé, vois-tu, c'est à quelque chose d'un peu énorme, dit Komatsu.

— Énorme ?

— Oui. Je ne te parle pas d'un petit machin comme le prix des nouveaux auteurs, tant qu'à faire, je vise un objectif bien plus phénoménal. »

Tengo resta silencieux. Les intentions de Komatsu n'étaient pas claires mais il sentait qu'il se tramait là quelque chose de plutôt inquiétant.

« Le prix Akutagawa ! déclara Komatsu après un temps.

— Le prix Akutagawa, répéta Tengo, comme si Komatsu avait tracé les idéogrammes en gros caractères, avec un bâton, sur du sable mouillé.

— Le prix Akutagawa. Dis-moi, naïf Tengo, ça te dit quelque chose, non ? Tu sais, ce prix dont on parle sans arrêt dans les journaux, et même aux infos à la télé.

— Écoutez, monsieur Komatsu, je ne suis pas très sûr de vous comprendre, c'est bien de Fukaéri que nous parlons ?

— Mais oui. Nous parlons de Fukaéri et de sa *Chrysalide de l'air*. À part ce livre, nous n'avons rien d'excitant, je crois… »

Tengo se mordit les lèvres, essayant de deviner ce qui se cachait dans ces mots.

« Vous avez pourtant bien insisté sur le fait que cet ouvrage n'avait aucune chance pour le prix des jeunes auteurs, non ? Enfin, en l'état, c'est impossible ?

— Justement. En l'état. C'est une évidence. »

Tengo eut besoin d'un temps de réflexion.

« C'est-à-dire que vous voulez qu'on retouche le manuscrit qui a été déposé ?

— Voyons, il n'y a pas d'autre moyen. C'est une pratique courante que des éditeurs fassent récrire des œuvres prometteuses. Simplement, cette fois, cela ne pourra être fait par l'auteur, et il faut donc que quelqu'un d'autre s'en charge.

— Quelqu'un d'autre ? »

En répétant ces mots, Tengo connaissait déjà la réponse à sa question. Il ne la posait que pour en être certain.

« C'est toi qui vas la récrire ! » dit Komatsu.

Tengo chercha les mots justes. Mais les mots justes, il ne les avait pas. Il soupira et reprit : « Enfin, monsieur Komatsu. Pour ce texte, il ne suffit pas de rectifier ceci ou cela. Il faut tout reprendre, de A à Z, il faut procéder à une réécriture totale, sinon…

— Bien entendu. Il te faudra reprendre et changer le texte de A à Z. Tu devras utiliser le noyau de l'histoire comme un squelette. Garder autant que possible l'atmosphère générale. Mais le style, il faut le modifier en profondeur. Autrement dit, procéder à une vraie adaptation. C'est toi, Tengo, qui seras chargé de ce travail. Moi, je m'occupe de la production dans son ensemble.

— Est-ce que ça pourra vraiment marcher ? dit Tengo comme s'il se parlait à lui-même.

— Mais oui, ça marchera, répliqua Komatsu en pointant sa cuillère à café en direction de Tengo, comme un chef d'orchestre qui désigne un soliste avec sa baguette. Cette petite Fukaéri, elle a quelque chose de particulier. Quand on lit *La Chrysalide de l'air*, on le comprend. Ce n'est pas rien, cette puissance imaginative. Malheureusement, sur le plan formel, ça ne vaut rien. Un style d'une extrême pauvreté. Alors que toi, Tengo, tu sais écrire. Tu as ce don et, en même temps, tu as un sens artistique. Même si tu as tendance à en faire trop, ton style est spirituel, délicat et dynamique, c'est sûr. Seulement, à l'opposé de Fukaéri, tu n'as pas encore saisi ce que tu devais écrire. Alors bien souvent, dans tes textes, on ne voit pas où est le cœur de l'histoire. Ce que tu devras écrire, tu le trouveras en toi. C'est comme un petit animal apeuré tapi dans un trou profond, qui aimerait s'enfuir, mais qui n'arrive pas à s'échapper. Tu sais qu'il est caché là, au fond. Mais tant qu'il ne sort pas, tu ne pourras pas l'attraper. C'était en ce sens, d'ailleurs, que je te disais qu'il te fallait prendre ton temps. »

Tengo changea maladroitement de position sur sa chaise en plastique. Il ne répondit rien.

« L'affaire est simple, poursuivit Komatsu en agitant sa cuillère à café. En vous réunissant tous les deux, on obtient un nouvel écrivain, en une seule personne, et voilà. Fukaéri apporte son histoire à l'état d'ébauche et Tengo lui donne un style élaboré. La combinaison idéale. Et tu es le seul à pouvoir le faire. Voilà pourquoi, tout ce temps jusqu'à maintenant, je t'ai toujours épaulé sur le plan personnel, tu le sais, hein ? Pour ce qui se passera ensuite, fais-moi confiance. Si nous unissons nos forces, le prix du nouvel auteur, ce sera du gâteau. On pourra même se permettre de viser le prix Akutagawa. Tu sais, dans ce monde-là, je n'ai pas gagné ma vie pour rien. Je connais la chanson. »

Tengo, la bouche entrouverte, fixa un moment Komatsu. Ce dernier reposa sa cuillère sur la soucoupe. Ce qui fit un grand bruit, pas naturel.

« Admettons qu'on obtienne le prix Akutagawa, que se passera-t-il après ? demanda Tengo en se ressaisissant.

— Le prix Akutagawa, eh bien, c'est la réputation assurée. La plupart des gens ne savent pas apprécier la valeur d'un roman. Mais ils ne veulent pas rester à l'écart de la mode. Donc, il suffit qu'un livre ait reçu un prix, que tout le monde en parle, pour qu'il soit acheté et lu. D'autant plus si l'auteur est une jeune lycéenne. Et si le livre se vend bien, ça nous fera beaucoup d'argent. On se le partagera gentiment en trois. Je sais comment m'y prendre.

— La répartition de l'argent, aujourd'hui, ça ne m'intéresse pas, répondit Tengo d'une voix cassante. Mais j'aimerais savoir si, avec ce genre de pratique, vous ne dérogez pas à la déontologie de l'éditeur ? Si ça venait à se savoir, vous auriez beaucoup de problèmes. Vous pourriez même être licencié, j'imagine ?

— Mais non, je suis capable de faire les choses prudemment, et que ça soit sûr pour nous. Et quand bien même ils voudraient me virer, je serais ravi de laisser tomber ma société. De toute façon, j'ai toujours été mal vu là-haut et on ne m'a jamais très bien traité. Et pour ce qui est d'un travail, j'en retrouverais aussitôt. Ça ne m'intéresse pas de faire de l'argent, tu sais. Ce qui me plaît dans cette affaire, c'est l'occasion qui m'est donnée de me moquer du monde littéraire. J'ai vraiment envie de leur rire au nez, là, à tous ces tristes individus qui fourmillent dans l'ombre, qui se courtisent les uns les autres, et se léchouillent leurs petites plaies, et s'asticotent, et qui, en même temps, jacassent à n'en plus finir sur la mission de la littérature. Je vais te les rouler dans la farine en torpillant le système littéraire. Tu ne trouves pas ça drôle comme idée ? »

Tengo ne voyait là rien de spécialement amusant. Il est vrai qu'il ne connaissait pas encore le monde littéraire. Que Komatsu, un homme tellement capable, s'apprête à traverser un pont dangereux sous des mobiles aussi enfantins le laissa muet sur le moment.

« Dans ce que vous venez de dire, pourtant, je crois entendre comme une sorte de fraude...

— Les œuvres faites en collaboration, ce n'est pas exceptionnel, répondit Komatsu en grimaçant. Par exemple, dans les revues de manga, ça se passe comme ça la plupart du temps. L'équipe fournit l'idée et bâtit le scénario, le dessinateur esquisse les images à grands traits, et puis les assistants ajoutent les détails et les couleurs aux dessins. La même chose qu'une usine qui fabrique des réveille-matin. Et tu sais, il y a des exemples du même genre, même en littérature. En particulier pour les romans sentimentaux. Pour la plupart, les écrivains embauchés là-dedans se contentent de fabriquer des histoires en se conformant au "knowhow" fixé par la branche éditoriale. C'est le système de la division du travail, ni plus ni moins. Sinon, on ne pourrait pas obtenir de production de masse. Simplement, comme on ne procède pas ainsi officiellement dans le monde de la littérature pure, sérieuse, nous utiliserons une stratégie pragmatique, à savoir que la petite Fukaéri apparaîtra seule comme l'auteur de son livre. Si l'histoire est découverte, eh bien, ça fera peut-être un petit scandale. Mais cela ne veut pas dire que ce soit illégal. C'est juste une façon de s'adapter aux mœurs de l'époque. Et puis, là, on ne parle pas de Balzac ou de Murasaki Shikibu. Nous tentons juste de faire une œuvre plus consistante à partir d'un texte plein d'imperfections écrit par une jeune lycéenne. Pourquoi s'en priver ? Une œuvre réussie, de bonne qualité, qui plaira à de nombreux lecteurs, c'est bien, non ? »

Tengo réfléchit à ce que venait de dire Komatsu. Puis il répondit prudemment :

« Je vois deux problèmes. Même s'il doit y en avoir beaucoup d'autres, je vais me limiter pour le moment à ces deux-là. Cette jeune Fukaéri, l'auteur, donc. Consentira-t-elle à ce qu'un tiers récrive son texte ? Si elle refuse, votre projet tombe à l'eau. Si elle accepte, serai-je capable de mener vraiment à bien la réécriture de son histoire ? C'est le deuxième problème. Travailler en collaboration, c'est quelque chose de délicat, et ça ne se passera pas forcément bien. Vous-même l'avez sûrement envisagé.

— Si c'est toi qui t'en charges, Tengo, ça marchera, répondit Komatsu du tac au tac, comme s'il avait anticipé l'objection. J'en suis persuadé. L'idée m'en est venue d'un seul coup lorsque j'ai lu pour la première fois *La Chrysalide de l'air. Voilà une histoire que Tengo doit absolument récrire*. Je dirais plus encore, c'est une histoire qui s'y prête particulièrement bien. Elle attend que tu la récrives. Tu n'es pas d'accord ? »

Tengo secoua la tête. Les mots ne lui venaient pas.

« Il n'y a aucune urgence, reprit tranquillement Komatsu. L'affaire est importante. Penses-y sérieusement pendant deux ou trois jours. Relis *La Chrysalide de l'air*. Je voudrais qu'ensuite tu réfléchisses bien à ma proposition. Ah, au fait, et si je te montrais ça ? »

Komatsu sortit de la poche de sa veste une enveloppe brune et la tendit à Tengo. Elle contenait deux photos en couleurs. Des photos d'une jeune fille. L'une était un portrait en buste, l'autre en pied. L'une et l'autre avaient sans doute été prises à la même époque. La jeune fille était debout devant un escalier.

Un grand escalier en pierre. Son visage était d'une beauté classique, elle avait de longs cheveux lisses et tombants. Elle portait un chemisier blanc. On devinait qu'elle était petite et mince. Sa bouche faisait un effort pour sourire mais ses yeux résistaient. Des yeux très sérieux. Des yeux en quête de quelque chose. Tengo contempla les deux clichés un moment, l'un après l'autre. Il ne savait pourquoi mais ces photos faisaient resurgir en lui des souvenirs du temps où il avait le même âge. Il eut un peu mal dans la poitrine. C'était une douleur particulière, qu'il n'avait plus ressentie depuis longtemps. La vue de cette jeune fille semblait la réveiller.

Komatsu reprit : « Voilà, c'est Fukaéri. Elle est assez jolie, je trouve. Elle est du genre discret, d'ailleurs. Dix-sept ans. Impeccable. Son nom complet, c'est Ériko Fukada. Mais pour l'extérieur, nous l'appellerons simplement : Fukaéri. Imagine qu'elle obtienne le prix Akutagawa, tu vois d'avance le tapage ? Les médias fondront sur elle, comme des nuées de chauves-souris au coucher du soleil. Le livre se vendra immédiatement. »

Tengo se demandait comment Komatsu avait obtenu ces photos. Car les manuscrits qui concouraient n'étaient pas accompagnés des photos de leur auteur. Mais il s'abstint de poser la question. Parfois, on préfère ne pas connaître la réponse.

« Garde-les. Elles pourront t'être utiles », dit Komatsu. Tengo remit les photos dans l'enveloppe, qu'il posa sur le manuscrit de *La Chrysalide de l'air*.

« Vous savez, je ne connais pas grand-chose à ces questions. Mais le simple bon sens me dit que ce projet paraît extrêmement périlleux. Si on commence à mentir au monde, on ne pourra plus jamais s'arrêter. Il faudra rester cohérent coûte que coûte. D'un point de vue psychologique, mais aussi sur le plan pratique, cela risque de ne pas être très facile. Si quelqu'un commet une bévue, une seule, cela risque d'être fatal à chacun de nous trois. Vous ne pensez pas ? »

Komatsu sortit une nouvelle cigarette et l'alluma.

« Bien entendu. Ton objection est juste, valide. Ce projet comporte de vrais risques. À l'heure où nous parlons, il y a trop d'éléments incertains. Impossible de prévoir ce qui peut arriver. Peut-être que nous ferons une erreur et que le plan échouera. Tout cela, je le sais très bien. Pourtant, tout bien pesé, Tengo, mon instinct me souffle : "Vas-y !" Une chance pareille ne vous arrive pas tous les jours. À moi, en tout cas, ça ne m'est jamais arrivé jusqu'ici. Et sans doute que ça ne se reproduira pas à l'avenir. La comparaison avec un jeu n'est peut-être pas bonne, mais nous avons toutes les cartes en main. Nous pourrons même distribuer un pourboire royal. Toutes les conditions sont réunies. Si on laisse échapper cette occasion, on le regrettera plus tard. »

Tengo, silencieux, observait le petit sourire un peu funeste qui flottait sur le visage de Komatsu.

« Et puis, le plus important, c'est que nous aurons transformé *La Chrysalide de l'air* en une œuvre bien plus aboutie. C'est une histoire qui *pourrait être* infiniment mieux écrite. Il y a là-dedans quelque chose de très important. *Quelque chose* que quelqu'un doit absolument faire apparaître. Et je crois que c'est ce que tu penses, au fond de toi. Je me trompe ? C'est dans ce but que nous allons unir nos forces. Mettre sur pied ce projet et y apporter nos talents respectifs. Et nos mobiles n'ont rien de honteux.

— Pourtant, on aura beau tenir tous les raisonnements qu'on voudra ou invoquer la bonne cause, il n'en reste pas moins que c'est frauduleux. Il est possible qu'il n'y ait pas à rougir de nos mobiles, il n'empêche qu'en réalité nous ne pourrons pas agir ouvertement. Nous serons obligés de nous agiter en cachette, par-derrière. Si le terme “frauduleux” ne vous semble pas adéquat, disons alors qu'il s'agit d'un abus de confiance. Même si ce n'est pas contraire à la loi, cela pose un problème du point de vue moral. Voyons, qu'un éditeur arrange une œuvre pour un prix que sa propre revue organise, est-ce que ce n'est pas un délit d'initiés, pour employer le jargon de la Bourse ?

— On ne peut comparer la littérature et la Bourse. Ce sont deux choses totalement différentes.

— En quoi par exemple ?

— Eh bien, tu viens d'omettre quelque chose de très significatif », répliqua Komatsu. Sa bouche semblait incroyablement grande, et il l'élargissait joyeusement. « Ou plutôt, tu as fait en sorte de détourner les yeux. De quoi ? Du fait que déjà tu *as envie* de faire ce travail ! Tu es déjà engagé dans l'idée de récrire *La Chrysalide de l'air*. Et ça, moi, je le sais très bien. Les risques et la morale, finalement, ça n'a aucune importance. Tengo, je sais que tu meurs d'envie de récrire *La Chrysalide de l'air*. Tu crèves d'envie de prendre la place de Fukaéri et de faire apparaître quelque chose de son œuvre, de ta propre main. Tu vois bien comme la littérature est différente de la Bourse. Dans la littérature, il y a des raisons d'agir, bonnes ou mauvaises, pour lesquelles l'argent n'entre pas en ligne de compte. Quand tu seras rentré chez toi, examine donc tes véritables désirs. Mets-toi en face d'une glace, regarde bien ton visage. Ce sera écrit dessus, c'est sûr. »

Tengo eut l'impression que l'air environnant s'était soudain raréfié. Il jeta un rapide coup d'œil circulaire. Est-ce que sa vision allait encore venir le visiter ? Mais non. Cette raréfaction de l'air provenait d'ailleurs, d'un autre domaine. Il sortit de sa poche un mouchoir, essuya la sueur de son front. Comment se faisait-il que ce que lui disait Komatsu soit toujours juste ?

3

Aomamé

Certaines choses ont changé

Aomamé descendait l'escalier étroit, un simple collant aux pieds. Le vent qui soufflait sur les marches découvertes était assourdissant. Sa minijupe était serrée mais parfois s'engouffrait dessous une forte rafale qui la faisait gonfler comme la voile d'un yacht, soulevant Aomamé et la déséquilibrant. Ses mains nues s'agrippaient avec force aux barreaux métalliques tandis qu'elle descendait à reculons, marche après marche. De temps en temps, elle s'arrêtait, chassait les cheveux qui lui tombaient sur le visage, s'assurait que son sac était bien en place.

Au-dessous, c'était la nationale 246. Aomamé était cernée par les mille échos qui composent le tintamarre urbain. Le vacarme des moteurs, les klaxons, les stridences des alarmes antivol, les véhicules des groupes d'extrême droite avec leurs haut-parleurs diffusant de vieux chants nationalistes, le fracas des masses qui brisaient du béton quelque part. Un tumulte qui déferlait à 360°, venant d'en haut, d'en bas, de toutes les directions, qui dansait avec le vent et qui, peu à peu, lui donna une espèce de nausée (même si elle ne voulait pas l'écouter, elle ne pouvait guère se boucher les oreilles), comme un mal de mer.

Après être descendue un certain temps, elle vit un cat-walk, une passerelle plate qui permettait de revenir vers la voie express. Elle poursuivit sa descente.

À travers les barreaux, elle aperçut, de l'autre côté de la route, un petit bâtiment résidentiel de quatre étages. Un immeuble assez récent dont le toit était recouvert de tuiles brunes. Avec des balcons sur les façades donnant sur les voies, dont toutes les fenêtres étaient hermétiquement fermées, protégées par des rideaux ou des stores. Quel architecte avait eu l'idée d'installer des balcons donnant pile sur une artère aussi assourdissante ? Comme si quelqu'un allait faire sécher des draps à un endroit pareil, ou boire un gin tonic en contemplant les embouteillages du soir. Pourtant, elle voyait sur certains de ces balcons les habituels étendages en nylon. Sur l'un d'eux, il y avait même des chaises de jardin et un caoutchouc en pot. Un caoutchouc aux couleurs misérables et passées, dont les feuilles s'étiolaient et se desséchaient. Aomamé ne put s'empêcher d'éprouver de la sympathie pour la plante. Si elle devait renaître, elle n'aimerait sûrement pas que ce soit sous cette forme.

L'escalier semblait n'être pratiquement jamais utilisé, et des toiles d'araignée s'y déployaient un peu partout. Les bestioles noires restaient cramponnées là, attendant avec une patience exemplaire l'arrivée de petites proies. Mais une araignée n'est sans doute pas consciente d'être spécialement patiente. Un style de vie où elle n'a d'autre faculté que de filer sa toile et de rester immobile à attendre ne constitue pas un choix pour elle. Sa vie se passe dans l'attente perpétuelle d'une proie, jusqu'à ce que s'épuise sa longévité et qu'elle finisse par mourir, toute racornie. Tout a déjà été fixé en amont, dans ses gènes. Les araignées ne connaissent ni hésitation, ni désespoir, ni regret. Ni doute métaphysique, ni conflit moral. C'est ce qu'on suppose. Mais moi, pensait Aomamé, je ne suis pas comme ça. Je dois atteindre mon objectif, et c'est bien pourquoi, depuis la voie express n° 3, je descends seule cet invraisemblable escalier, quelque part du côté de Sangenjaya – même si je déchire mon collant à cette occasion. J'arrache au passage les toiles de ces pauvres araignées et j'observe l'arbre à caoutchouc poussiéreux sur son balcon stupide.

Je bouge. Donc je suis.

Alors qu'elle continuait à descendre l'escalier, Aomamé se mit à songer à Tamaki Ootsuka. Ce n'était pas son intention, mais une fois qu'elle eut la pensée de son amie en tête, elle ne put l'en ôter. Lorsqu'elles étaient lycéennes, Tamaki avait été sa plus proche amie. Elles jouaient dans la même équipe de soft-ball et partageaient aussi toutes sortes de choses. Il leur était même arrivé une fois d'échanger des caresses de nature sexuelle. Cela s'était passé lors d'un voyage durant les vacances d'été. Elles avaient dormi dans le même lit. À l'hôtel, il ne restait qu'une chambre avec un lit semi-double. Et à cette occasion, elles s'étaient caressées mutuellement. Elles n'étaient pas lesbiennes, non. C'était uniquement la curiosité qui avait poussé ces très jeunes filles à faire ce genre d'expérience audacieuse. À cette époque, ni l'une ni l'autre n'avait de petit ami, et elles n'avaient encore eu aucune expérience sexuelle. Les événements de cette nuit-là étaient pour Aomamé l'un des épisodes les plus « extraordinaires et intéressants » de sa vie qu'elle gardait en mémoire jusqu'à ce jour. À cette évocation, Aomamé eut l'impression de sentir monter en elle une certaine chaleur, pendant qu'elle descendait l'escalier métallique nu. Elle se rappelait encore aujourd'hui, avec une netteté plutôt étrange, les mamelons ovales de Tamaki, sa légère toison pubienne, les jolies rondeurs de ses fesses, la forme de son clitoris.

Alors qu'elle remontait à tâtons dans ces souvenirs encore vifs, comme en arrière-plan musical, retentissait dans sa tête l'unisson allègre des cuivres de la *Sinfonietta* de Janáček. Ses paumes avaient délicatement effleuré la taille mince de Tamaki Ootsuka. Au début, Tamaki lui disait, ça me chatouille, mais bientôt ses petits rires avaient cessé. Son souffle avait changé. À l'origine, cette partition avait été composée pour une fanfare à l'occasion d'une réunion sportive. Le vent soufflait doucement, en accord avec la musique, sur les steppes verdoyantes de Bohême. Aomamé avait senti durcir soudain les mamelons de Tamaki, comme les siens aussi. Puis les timbales avaient dessiné un motif sonore complexe.

Aomamé s'immobilisa et secoua légèrement la tête, à plusieurs reprises. Il ne faut pas que je pense à des choses pareilles, dans un endroit pareil. Je dois me concentrer sur la descente de cet escalier, se dit-elle. Mais elle en était incapable. L'une après l'autre, les scènes de ces moments-là lui revenaient à l'esprit. Vivantes, claires. La nuit d'été, le lit étroit, l'odeur légère de transpiration. Les mots qui leur étaient venus à la bouche. Les sentiments qui ne s'étaient pas traduits en mots. Les promesses qu'on finirait par oublier. Les espoirs qui ne se réaliseraient pas. Les aspirations sans issue. Une bourrasque souleva ses cheveux, qui lui fouettèrent les joues. La douleur lui fit venir les larmes aux yeux. Puis une nouvelle rafale de vent les sécha.

C'était quand, voyons, tout cela, songea Aomamé. Mais le Temps s'embrouillait dans sa mémoire, tels des fils enchevêtrés. La rectitude de son axe était perdue, le Temps filait dans tous les sens. Les tiroirs avaient été intervertis. Elle ne pouvait plus se rappeler les choses dont elle aurait dû se souvenir. Aujourd'hui, c'était le mois d'avril 1984. Elle était née, oui, c'est bien ça, en 1954. Jusque-là, elle se souvenait. Mais les dates ainsi imprimées dans sa conscience perdaient rapidement de leur réalité. Elle visualisait une scène dans laquelle un vent violent emportait les cartes blanches où étaient imprimées les années et les éparpillait dans toutes les directions. Elle courait, tâchant d'en ramasser au moins quelques-unes. Mais le vent était trop fort. Trop de cartes étaient perdues. 1954, 1984, 1645, 1881, 2006, 771, 2041... L'une après l'autre, les années s'envolaient au loin. Leur succession ordonnée disparaissait, la connaissance se dissipait, l'escalier de la pensée menaçait de s'effondrer sous ses pieds.

Aomamé et Tamaki sont dans le même lit. Elles ont toutes les deux dix-sept ans, elles jouissent pleinement de la liberté qui leur est octroyée. C'est la toute première fois qu'elles voyagent seules, entre amies. Cela leur procure à toutes les deux une grande excitation. Elles se baignent dans un établissement thermal, elles partagent une canette de bière du réfrigérateur, puis elles éteignent la lumière et se glissent dans le lit. D'abord elles plaisantent. Puis, un peu pour rire, elles se donnent de petites tapes. Mais à un moment donné Tamaki allonge le bras, elle pince doucement le mamelon d'Aomamé par-dessus le mince tee-shirt qui remplace le pyjama. C'est comme un courant électrique qui traverse Aomamé. Peu après, elles ôtent leurs tee-shirts et leurs sous-vêtements. Elles sont nues. Nuit d'été. C'était où, ce voyage, déjà ? Je n'arrive pas à m'en souvenir. Peu importe. Sans se consulter, chacune commence à explorer le corps de l'autre. Elles se contemplent, elles se touchent, se caressent, s'embrassent, se lèchent. Un peu pour rire, mais sérieusement aussi. Tamaki est petite et assez potelée. Ses seins sont épanouis. Aomamé est plutôt grande et mince. Elle est musclée et ses seins ne sont pas très gros. Tamaki ne cesse de dire qu'elle doit faire un régime. Mais Aomamé la trouve très bien telle qu'elle est.

Tamaki a une peau douce, une peau au grain fin. Ses mamelons sont gonflés, avec une jolie forme ovale. Ils font penser à des olives. Ses poils pubiens sont fins, légers comme de délicates feuilles de saule. Ceux d'Aomamé sont raides et durs. Elles rient de leurs différences. Elles se touchent sur tout le corps et s'enseignent mutuellement les endroits le plus sensibles. Certains concordent, d'autres non. Puis, avec le doigt, chacune caresse le clitoris de l'autre. Toutes les deux ont l'expérience de la masturbation. Fréquente. Et chacune songe, lorsque l'on se caresse soi-même, c'est bien différent. Le vent traverse les steppes verdoyantes de Bohême.

Aomamé est toujours en arrêt, elle secoue la tête encore une fois. Soupire profondément et rectifie sa prise sur les barreaux métalliques. Il faut que j'arrête de penser à ce genre de choses. Je dois me concentrer sur la descente de cet escalier. J'en ai déjà accompli plus de la moitié, se dit-elle. Mais pourquoi le vacarme est-il si terrible ? Pourquoi le vent est-il si violent ? J'ai l'impression qu'il m'accuse, qu'il veut me punir.

Et si je tombe sur quelqu'un en bas, que pourrai-je lui répondre s'il m'interpelle et me demande ce que je cherche, et qui je suis ? Si je lui dis : « Il y avait des embouteillages sur la voie express, j'ai donc pris l'escalier de secours. Parce que j'avais une affaire pressante », est-ce que ça suffira ? Je risque d'avoir des ennuis. Aomamé ne le souhaitait pas. Du moins, pas ce jour-là.

Heureusement, une fois arrivée en bas, il n'y eut personne pour lui adresser des reproches. Son premier réflexe fut de sortir ses chaussures de son sac et de les enfiler. Là, au pied de l'escalier, elle se retrouvait sur une espèce de terrain vague coincé entre les deux voies de la nationale 246 qui servait à entreposer du matériel. Le lieu était clôturé. Plusieurs poteaux métalliques, sans doute abandonnés après des travaux, restaient là à rouiller sur le sol nu. Dans un coin, on avait posé une sorte de toiture en plastique, sous laquelle étaient empilés trois sacs en tissu. Ce qu'il y avait dedans, impossible de le savoir, mais la couverture de plastique avait été installée là pour les protéger des intempéries et s'éviter la peine de les transporter ailleurs. Sous la toiture il y avait aussi quelques gros cartons écrasés. Quelques bouteilles en plastique et des mangas jonchaient le sol. À part cela, rien d'autre. Juste des sacs en plastique dispersés au hasard par le vent.

La clôture métallique était munie d'une porte, mais plusieurs tours de chaîne s'enroulaient autour avec, attaché dessus, un gros cadenas. Une porte haute, hérissée de fils de fer barbelés sur sa partie supérieure. Il lui parut impossible de l'escalader. Son tailleur n'y survivrait pas. Elle tenta néanmoins de la pousser, de la tirer, mais la porte ne bougea pas. Pas même d'une fente où un chat aurait pu se glisser. Enfin quoi ! Pourquoi avait-il fallu fermer cette porte aussi soigneusement ? Il n'y avait pourtant rien à voler. Aomamé grimaça, jura et cracha même par terre. Dire qu'elle s'était donné un mal fou en descendant cet escalier depuis la voie express, et elle se retrouvait emprisonnée dans ce dépôt. Elle jeta un coup d'œil sur sa montre. Il lui restait encore du temps. Mais il n'était pas question de lambiner bêtement dans le coin. Et puis, bien entendu, encore moins de remonter vers la voie express.

Son collant était troué aux talons. Elle s'assura que personne ne la voyait, ôta ses chaussures, remonta sa jupe, fit glisser son collant, l'arracha de ses pieds et remit ses chaussures. Elle fourra le collant déchiré dans son sac. Après quoi, elle se sentit un peu soulagée. Elle fit alors le tour du terrain et l'inspecta attentivement. Il était à peu près grand comme une salle de classe. Le tour était vite fait. Il n'y avait qu'une issue. La porte cadenassée. Le grillage métallique qui entourait le terrain était mince, mais entièrement fixé par des boulons. Sans outils, il semblait impossible de les enlever. C'était sans espoir.

Elle inspecta les cartons qui se trouvaient sous la toile en plastique et comprit que c'était sans doute un abri pour dormir. Quelques couvertures élimées, mais pas très vieilles, étaient roulées là. Des vagabonds devaient y passer la nuit. Ce qui expliquait les magazines et les bouteilles en plastique qui traînaient. C'était ça, sans aucun doute. Aomamé fit travailler sa tête. S'ils venaient dormir sous cet abri, il y avait forcément un passage caché par lequel ils entraient et sortaient. Ces gens-là avaient perfectionné leurs techniques pour dénicher des lieux où ils étaient protégés de la pluie et du vent, tout en restant hors de vue. Comme les animaux sauvages qui s'assurent d'un sentier retiré, dont eux seuls connaissent l'existence.

Aomamé scruta minutieusement chaque montant de la clôture. Elle chercha à les faire osciller avec une poussée des mains. Comme elle l'avait supposé, elle découvrit un endroit où des boulons étaient desserrés. Le montant correspondant branlait. Elle le secoua dans tous les sens. En le tirant légèrement vers l'intérieur selon un certain angle, elle réussit à dégager un mince espace dans lequel un homme pouvait se glisser. C'était sans doute par là que les vagabonds se faufilaient à la tombée du jour pour dormir dans leur abri. Ils auraient des ennuis si on les découvrait dans ce dépôt. Alors, pendant la journée, ils en sortaient pour aller se ravitailler ou récolter de la monnaie en ramassant des bouteilles vides. Aomamé eut un élan de reconnaissance envers ces habitants anonymes de la nuit. Elle était leur camarade, elle qui avait dû comme eux se déplacer en cachette, anonymement, sur le versant secret de la mégalopole.

Aomamé se pencha et se glissa dans le passage étroit. Elle prit bien garde à ce que son tailleur de prix ne s'accroche pas à une pointe. Il ne fallait pas le déchirer. C'était le seul dont elle disposait. Habituellement, elle ne portait pas de tailleur. Ne chaussait pas non plus de talons hauts. Mais pour ce *travail*, il lui fallait une tenue impeccable. Pas question d'abîmer ce vêtement précieux.

Par chance, il n'y avait personne de l'autre côté de la clôture. Après avoir vérifié sa tenue, recouvré son calme, Aomamé avança jusqu'à un feu, traversa la nationale 246, entra dans un drugstore et acheta un nouveau collant. Elle demanda à la vendeuse la permission de l'enfiler dans un coin du magasin. Après quoi, elle se sentit nettement mieux. L'impression désagréable, comparable à un mal de mer, qui lui était restée au creux de l'estomac était à présent complètement passée. Elle remercia la vendeuse et sortit du magasin.

La circulation sur la nationale 246 était plus mauvaise que d'habitude. Peut-être parce que la nouvelle s'était répandue d'un accident sur la voie express qui entraînait des embouteillages. Aomamé renonça à arrêter un taxi. Elle décida de se rendre à la gare la plus proche et de prendre la ligne Tokyû Shintamagawa. C'était le mieux. S'imaginer de nouveau dans un taxi coincé dans les bouchons, non merci.

Elle croisa un agent de police à la gare de Sangenjaya. Un homme grand et jeune, qui avançait rapidement. Un court instant, elle se sentit nerveuse, mais le policier paraissait pressé, il marchait droit devant lui et ne lui accorda pas le moindre regard. Juste avant qu'ils se croisent, elle remarqua qu'il y avait quelque chose d'inhabituel dans son uniforme. Ce n'était pas la tenue qu'elle connaissait. La veste était toujours bleu marine, mais la coupe avait changé. Plus confortable. Pas aussi ajustée qu'auparavant. Le tissu semblait aussi plus souple. Le col était un peu plus court, et la couleur légèrement plus claire. Et puis son arme était différente. L'homme portait à la ceinture un automatique de gros calibre. D'ordinaire, les armes des policiers japonais sont des revolvers. Comme les délits à main armée sont très rares, les policiers ne se retrouvent presque jamais pris dans une fusillade. Ils peuvent donc se contenter des modèles anciens à six coups. Ces armes bon marché possèdent un mécanisme simple, s'enraient rarement et sont d'un entretien aisé. Et pourtant, pour une raison inconnue, ce policier était muni d'un semi-automatique dernier modèle. Une arme qui pouvait recevoir jusqu'à seize balles de neuf millimètres. Peut-être un Glock ou un Beretta. Enfin, que s'était-il passé ? Les normes des uniformes et des armes auraient changé et elle en aurait tout ignoré ? Non, c'était invraisemblable. Aomamé lisait assidûment les journaux. Et si ce changement avait bien eu lieu, on l'aurait annoncé à grand bruit. De plus, Aomamé était toujours très attentive à l'allure des policiers. Jusqu'à ce matin, à peine quelques heures plus tôt, ils portaient leur uniforme raide de toujours, ils étaient armés de leurs revolvers rustiques de toujours. Elle s'en souvenait parfaitement. Étrange.

Mais Aomamé n'avait pas le temps de s'appesantir sur le sujet. Elle avait un travail à accomplir.

Aomamé déposa son manteau dans une consigne automatique de la gare de Shibuya et gravit d'un pas rapide la pente qui menait à l'hôtel. Un hôtel de moyen standing, pas vraiment luxueux, mais très propre, bien équipé et qui n'accueillait pas de clients douteux. Au rez-de-chaussée, il y avait un restaurant et une supérette. L'hôtel était bien situé, tout près de la gare.

À peine entrée dans l'hôtel, elle alla droit aux toilettes. Par chance, il n'y avait personne. Pour commencer, elle s'assit sur la lunette et urina. Elle urina très longuement. Les yeux clos, sans penser à rien, elle écouta l'écoulement doux de son urine, comme si c'était la rumeur d'une mer lointaine. Puis elle se savonna soigneusement les mains au lavabo, se brossa les cheveux et se moucha. Elle sortit sa brosse à dents et se brossa rapidement les dents sans utiliser de dentifrice. Comme elle n'avait plus tellement de temps, elle supprima les finitions au fil dentaire. Ce n'était pas la peine. Ce n'était pas comme si elle allait à un rendez-vous. Face au miroir, elle se mit une touche légère de rouge à lèvres. Lissa ses sourcils. Elle ôta sa veste, arrangea l'armature de son soutien-gorge, effaça les plis de son chemisier blanc, sentit ses aisselles pour déceler une odeur de transpiration. Il n'y avait pas d'odeur. Après quoi, elle ferma les yeux et récita sa prière comme toujours. Les paroles en elles-mêmes ne signifiaient rien. Peu importait même leur sens. Seule la récitation comptait.

Sa prière achevée, elle ouvrit les yeux et s'examina dans le miroir. Tout allait bien. Une impeccable business-woman. Le maintien strict, la bouche serrée. Seul son sac à bandoulière trop volumineux faisait un peu déplacé. Elle aurait dû porter un mince attaché-case. Mais il lui donnait l'air très professionnel. Par sécurité, elle inspecta encore une fois les instruments qui se trouvaient à l'intérieur. Pas de problème. Tout était bien au bon endroit. Ce qu'elle devrait sortir était à portée de main.

Ensuite, il suffirait d'exécuter ce qui avait été programmé. Elle devrait accomplir son devoir avec une conviction inébranlable et sans la moindre pitié.

Aomamé défit le bouton du haut de son chemisier, pour mieux laisser apercevoir son décolleté lorsqu'elle se pencherait. Cela ferait tout de même plus d'effet, regretta-t-elle, si j'avais des seins plus gros.

Sans que personne la remarque, elle prit l'ascenseur, monta jusqu'au troisième étage, s'avança dans le couloir et trouva immédiatement la porte de la chambre 326. Elle sortit de son sac la chemise préparée à cet effet, la plaqua sur sa poitrine et frappa à la porte. Un toc-toc discret, léger. Elle attendit un peu. Frappa de nouveau. Des coups un peu plus forts, plus secs. Elle entendit à l'intérieur une voix impatiente. La porte s'entrouvrit, un homme apparut. La quarantaine. Chemise bleu marine, pantalon de flanelle gris. Il donnait l'impression d'un homme d'affaires qui avait momentanément ôté sa veste et défait sa cravate. Il avait les yeux rouges, l'air irrité. Sans doute n'avait-il pas suffisamment dormi. Il examina, étonné, Aomamé et son tailleur. Peut-être attendait-il une femme de chambre qui viendrait réassortir le réfrigérateur.

« Excusez-moi de vous déranger. Je m'appelle Itô, je fais partie de la direction de l'hôtel. Nous avons des problèmes avec la climatisation, et je viens vérifier. Puis-je me permettre de vous déranger, je n'en aurai que pour cinq minutes ? » demanda Aomamé sur un ton expéditif mais en souriant.

Énervé, l'homme plissa les yeux.

« Je suis en plein dans un travail important et urgent. Je dois sortir de cette chambre dans une heure environ, vous ne pourriez pas attendre jusque-là ? D'ailleurs, je n'ai pas l'impression que la climatisation pose problème.

— Je suis tout à fait désolée, mais comme il s'agit d'une mesure impérieuse de sécurité, liée à un court-circuit, nous voudrions régler les choses le plus vite possible. Il nous faut vérifier chaque chambre. Grâce à votre collaboration, cela ne prendra pas plus de cinq minutes.

— Bon, eh bien, tant pis, allez-y, dit l'homme avec un claquement de langue. Quand je pense que j'ai retenu cette chambre exprès pour faire ce travail sans être dérangé ! »

Il pointa du doigt les documents posés sur la table. Des graphiques détaillés s'amoncelaient dessus, imprimés depuis son ordinateur. Probablement était-il en train de préparer des matériaux nécessaires pour sa conférence du soir. Il y avait une calculatrice, et une foule de chiffres s'alignaient sur un bloc-notes.

Aomamé savait que cet homme travaillait dans le pétrole. Il était spécialisé en investissements dans les pays du Moyen-Orient. D'après ce qu'on lui avait dit, il était tout à fait compétent dans ce domaine. On pouvait le déduire en observant ses manières. Il avait reçu une bonne éducation, jouissait de hauts revenus et conduisait une Jaguar neuve. Il avait eu une enfance privilégiée, avait étudié à l'étranger, parlait bien l'anglais et le français, et il débordait de confiance en lui sur tous les plans. Le genre d'homme à ne pas supporter qu'on lui réclame quoi que ce soit. Ne supportant pas les critiques non plus. En particulier si elles lui étaient adressées par une femme. Par ailleurs, cela ne le gênait pas du tout de réclamer quelque chose aux autres. Qu'il ait cassé plusieurs côtes à sa femme en la frappant avec un club de golf ne le dérangeait pas le moins du monde. Il se considérait comme un acteur central de ce monde. Il estimait que, sans lui, la terre ne tournerait sans doute pas aussi bien. Il se mettait en colère si quelqu'un entravait ou refusait ses projets. Il pouvait même entrer alors dans une rage folle. Comme si le thermostat était déréglé.

« Je suis vraiment désolée de vous ennuyer », répéta Aomamé en affichant un large sourire commercial. Puis, comme si le fait était acquis, elle entra dans la chambre, et, tout en refermant la porte derrière elle, ouvrit sa chemise et se mit à y noter quelque chose avec son stylo-bille. « Euh, voyons, vous êtes bien monsieur Miyama… ? » demanda-t-elle. Elle avait regardé sa photo plusieurs fois et reconnaissait bien son visage. Mais elle voulait être sûre de ne pas se tromper. Une erreur serait irréparable.

« Ben oui, Miyama… », répondit grossièrement l'homme. Et il soupira avec résignation. Comme s'il voulait dire, allez, j'ai compris, faites comme bon vous semble. Puis il retourna à sa table, un stylo-bille dans une main, reprenant dans l'autre les documents qu'il avait commencé à lire. Sur le lit à deux places étaient négligemment posées sa veste et sa cravate rayée. Toutes deux visiblement coûteuses. Aomamé, son sac toujours à l'épaule, se dirigea droit vers le placard, où, d'après ce qu'on lui avait dit, se trouvait le tableau du branchement de la climatisation. Étaient accrochés là un trench-coat coupé dans une étoffe moelleuse et une écharpe en cachemire gris foncé. Comme bagage, l'homme n'avait qu'un porte-document en cuir. Pas de vêtements de rechange ni de trousse de toilette. Sans doute ne comptait-il rester dans cette chambre que très peu de temps. Sur la table, un pot de café du room-service. Après avoir feint de vérifier le panneau durant environ trente secondes, Aomamé s'adressa à Miyama.

« Merci de votre compréhension, monsieur Miyama. Il n'y a pas de problème avec la climatisation de votre chambre.

— Je vous l'avais bien dit, hein, que ça marchait bien ! répondit-il avec hauteur sans se retourner.

— Euh, monsieur Miyama, reprit Aomamé sur un ton timide, excusez-moi, mais j'ai l'impression qu'il y a quelque chose sur votre nuque…

— Sur ma nuque ? »

Il se frotta un peu l'arrière du cou puis examina sa paume d'un air suspicieux.

« Mais enfin, qu'est-ce que vous me racontez !

— Pardon, si vous me permettez…, continua Aomamé en se rapprochant de la table. Puis-je regarder de plus près ?

— Oui, oui, bon…, répondit Miyama, l'air de n'y rien comprendre. Ça ressemble à quoi ?

— On dirait une trace de peinture. Vert clair.

— De la peinture ?

— Je ne sais pas. À la couleur, je pense que c'est ça. Pardon, cela ne vous dérange pas que je touche la tache avec la main ? Je pourrais peut-être l'enlever.

— Si vous y tenez… », fit Miyama en se penchant pour présenter sa nuque à Aomamé.

Ses cheveux étaient coupés très court, sa nuque était tout à fait dégagée. Aomamé prit une grande respiration, bloqua son souffle, se concentra, détermina rapidement *le bon endroit*. Puis elle pressa légèrement ce point précis du cou, du bout du doigt, comme si elle y imprimait une marque. Elle ferma les yeux et vérifia au toucher que son doigt était au bon endroit. Oui, c'est bien ici. Elle aurait préféré évidemment avoir plus de temps, mais là, tout de suite, elle ne le pouvait pas. Elle faisait de son mieux étant donné les circonstances.

« Excusez-moi, mais voudriez-vous rester immobile dans cette position ? Je vais sortir de mon sac un stylo-lampe. On n'y voit pas grand-chose.

— Mais c'est quoi, cette histoire de peinture ? Comment ai-je bien pu m'en mettre dans le cou ? dit Miyama.

— Je ne sais pas. Je vais voir ça tout de suite. »

Le doigt toujours légèrement appuyé sur la nuque de l'homme, Aomamé sortit de son sac une petite boîte en plastique rigide, souleva son couvercle et en sortit un ustensile enveloppé avec une étoffe mince. Elle défit l'étoffe d'une main habile, et apparut alors ce qui ressemblait à un minuscule pic à glace. D'une longueur de dix centimètres environ. Avec une poignée en bois solide. Mais ce n'était pas un pic à glace. L'objet en avait juste l'apparence. Il n'était pas destiné à casser de la glace. Elle-même l'avait conçu et fabriqué. L'extrémité était aussi aiguisée qu'une aiguille à coudre, piquée sur un fragment de liège pour ne pas se briser. Du liège qui avait été spécialement traité afin d'avoir la souplesse du coton. Avec son ongle, elle ôta avec précaution le bout de liège et le glissa dans sa poche. Puis elle appliqua la pointe de l'aiguille dénudée sur *le point* de la nuque de Miyama. Reste calme, c'est le moment crucial, se dit Aomamé. Je ne peux me permettre la moindre erreur, serait-ce d'un dixième de millimètre. Un infime décalage, et tous mes efforts seraient réduits à néant. J'ai besoin d'une concentration maximale.

« Ça va durer encore longtemps ? Jusqu'à quand vous allez faire je ne sais quoi ? demanda l'homme, visiblement énervé.

— Pardon, c'est presque fini », répondit Aomamé.

Ne t'en fais pas, ce sera terminé sans que tu aies eu le temps de dire ouf, disait-elle intérieurement à l'homme. Encore une toute petite seconde. Et après, tu n'auras plus à te soucier de rien. Ni du système de raffinage, ni des tendances des prix du pétrole, ni du rapport trimestriel pour ton groupe d'investissement. Tu n'auras plus besoin de penser au vol pour Bahreïn, aux pots-de-vin à verser aux bureaucrates, aux cadeaux pour ta petite amie. Terminé, tu n'auras plus besoin de penser à rien. Finalement, ce devait être pénible, non, tout ce à quoi tu devais penser ? Je suis désolée, je te demande d'attendre juste encore un peu. Mais ne me gêne pas, s'il te plaît, parce que je dois me concentrer et achever mon travail. Je t'en prie.

Le point déterminé, sa décision prise, elle leva la paume de la main droite en l'air, retint son souffle et, après un bref intervalle de temps, la laissa retomber *tout droit*. Sur la poignée en bois. Sans y mettre trop de force. Sinon, l'aiguille aurait pu se casser sous la peau. L'extrémité de l'aiguille ne devait pas rester en place. Elle devait laisser tomber la paume de sa main légèrement, tendrement, selon l'angle approprié, avec la puissance appropriée. Sans résister à la pesanteur, *tout droit*. Comme si l'extrémité de la fine aiguille allait être naturellement aspirée par *ce point*. Profondément, moelleusement, et puis fatalement. L'important était l'angle et la manière selon lesquels elle y mettait de la force —— non, plutôt, comment elle supprimait la force. Si elle prenait les précautions nécessaires, c'était aussi simple que de piquer une aiguille dans du tofu. L'extrémité transperçait la chair, atteignait une zone précise située sous le cerveau et le cœur s'arrêtait de battre. Comme une bougie sur laquelle on aurait soufflé. Tout prenait fin en un très bref instant. Presque trop court. Et cela, seule Aomamé était capable de l'accomplir. Personne d'autre ne savait déterminer, juste au toucher, ce point vital et pourtant si délicat. Mais elle, elle savait. Au bout de ses doigts, elle possédait cette intuition particulière.

Elle entendit que l'homme en eut le souffle coupé. Tous ses muscles tressaillirent et se contractèrent. Elle retira rapidement l'aiguille après une dernière vérification. Puis elle appliqua sur la piqûre un petit morceau de gaze préparé dans sa poche. Il empêcherait tout saignement. La pointe de l'aiguille était extrêmement fine et elle était restée piquée à peine quelques secondes. Si jamais il y avait saignement, il serait très faible. Elle devait néanmoins y prendre garde. Il ne fallait pas qu'il y ait la moindre trace de sang. Une seule goutte serait fatale. La prudence était la qualité première d'Aomamé.

Le corps de Miyama allait se rigidifier peu à peu, l'énergie s'en irait graduellement. Comme quand un ballon de basket se dégonfle. Elle maintint son index appuyé sur le point de sa nuque et fit basculer son corps sur la table. Ses documents lui faisaient à présent office d'oreiller. Dans ses yeux ouverts, elle lisait une sorte d'étonnement. Comme si, lors de ses derniers instants, il avait assisté à quelque chose d'incroyablement étrange. Il n'y avait pas de peur. Ni de souffrance. Seulement de l'étonnement pur. Quelque chose de pas ordinaire lui était arrivé. Mais quoi ? Il n'avait pas pu le comprendre. Il n'aurait pas su dire si cela avait été plutôt douloureux, ou si cela avait été comparable à une démangeaison, une sensation agréable, ou une révélation. Il y a dans le monde toutes sortes de manières de mourir, mais lui n'aurait jamais dû avoir une mort aussi agréable.

Tu as sûrement eu une manière de mourir trop heureuse, tu sais, pensa Aomamé en grimaçant. Bien trop simple. J'aurais peut-être dû te casser deux ou trois côtes avec un club de golf, te faire bien souffrir, et seulement après t'administrer une mort miséricordieuse. Une mort misérable aurait mieux convenu à un salaud de ton espèce. C'est bien ce que tu as imposé à ta femme. Malheureusement, ce n'est pas moi qui choisis. Ma mission consistait à t'expédier dans l'autre monde très vite, sans que personne en sache rien. Elle est accomplie. Il y a quelques instants, tu étais bien vivant. Maintenant tu es mort. Tu es passé de la vie à la mort sans même t'en rendre compte.

Aomamé conserva le morceau de gaze sur la piqûre exactement cinq minutes. Patiemment, avec juste la pression adéquate pour ne pas laisser la moindre trace de doigt. Pendant ce temps, elle ne quitta pas des yeux la trotteuse de sa montre. Cinq longues minutes. Qui lui parurent durer une éternité. Et si quelqu'un ouvrait la porte, entrait dans la chambre, découvrait la scène : elle, son arme effilée à la main, un doigt posé sur la nuque de l'homme, tout serait terminé. Elle n'aurait aucune échappatoire. Le garçon allait peut-être venir chercher le pot de café. Là, tout de suite, il allait peut-être frapper à la porte. Pourtant, ces cinq minutes décisives, elle ne pouvait les écourter. Pour se calmer les nerfs, elle respira profondément et paisiblement. Il ne faut pas t'affoler. Il ne faut pas perdre ton sang-froid. Tu dois être l'Aomamé impassible de toujours.

Elle entendait les battements de son cœur. En rythme avec ses pulsations résonnait dans sa tête la fanfare de l'ouverture de la *Sinfonietta* de Janáček. Une douce brise soufflait sans bruit en traversant les steppes verdoyantes de Bohême. Elle savait qu'elle était elle-même divisée. Une partie d'elle, imperturbable, gardait le doigt appuyé sur la nuque du mort. Mais l'autre moitié avait horriblement peur. Celle-ci aurait voulu tout abandonner, fuir cette chambre. Je suis ici, et en même temps je n'y suis pas. Je suis dans deux lieux en même temps. C'est contraire aux théories d'Einstein, mais c'est ainsi. C'est le zen de l'assassin.

Les cinq minutes s'écoulèrent enfin. Mais, par précaution, Aomamé maintint son doigt sur la nuque de Miyama une minute de plus. Attends une minute encore. Pour une mission aussi importante, on n'est jamais assez prudent. Elle résista patiemment à la pesante minute qui n'en finissait pas. Puis elle souleva doucement son doigt et examina la piqûre à l'aide de son stylo-lampe. L'aiguille n'avait même pas laissé la trace d'une piqûre de moustique.

Une piqûre faite avec une aiguille extrêmement fine à un point précis situé au-dessous du cerveau provoque une mort qui a toute l'apparence d'être naturelle. N'importe quel médecin pensera à une attaque cardiaque. Cet homme était penché sur sa table, en train de travailler, et, brusquement, il avait succombé à un infarctus. Le stress et le surmenage. Rien ne permettait de suspecter quoi que ce soit de pas naturel. Une autopsie n'était pas indispensable.

C'était un homme très compétent, mais il travaillait un peu trop. Il avait gagné beaucoup d'argent dans sa vie mais à présent il était mort, il ne pourrait plus en profiter. Avec ses costumes Armani, sa Jaguar, au final, une fourmi. Il a travaillé, et encore travaillé, et puis il meurt, et sa mort n'a aucun sens. Bientôt on oubliera même son existence. Le pauvre, il était encore jeune, diront peut-être les gens. Ou peut-être pas.

Aomamé sortit le bout de liège de sa poche et le ficha à l'extrémité de l'aiguille. Elle enroula de nouveau le précieux outil dans l'étoffe fine et remit le tout dans la petite boîte, qu'elle glissa au fond de son sac. Elle alla chercher une serviette à la salle de bains, essuya soigneusement ses empreintes dans la chambre. Elle n'en avait laissé que sur le tableau de la climatisation et sur la poignée de la porte. Elle n'avait rien touché d'autre. Puis elle retourna mettre la serviette à sa place. Elle déposa dans le couloir le plateau sur lequel se trouvaient le pot de café et la tasse. Ainsi, le garçon d'étage qui viendrait les récupérer ne serait pas obligé de frapper à la porte, ce qui retarderait la découverte du corps. Dans le meilleur des cas, ce serait la femme de chambre chargée du ménage qui ferait cette découverte, le lendemain, après l'heure du check-out.

Comme l'homme serait absent à sa conférence du soir, peut-être essaierait-on de le joindre par le téléphone de sa chambre. Mais il n'y aurait personne pour répondre. Peut-être que ses collègues, inquiets, demanderaient au manager de faire ouvrir la porte. Ou peut-être pas. Cela dépendrait de la tournure des événements.

Devant le miroir de la salle de bains, Aomamé vérifia sa tenue. Elle referma le bouton du haut de son chemisier. Elle n'avait pas eu besoin de laisser entrevoir son décolleté. Cette espèce de minable salaud, il ne m'a même pas jeté un œil. C'est qui, celle-là, s'était-il dit, et rien de plus. Elle grimaça un peu. Puis elle remit de l'ordre dans ses cheveux, massa légèrement les muscles de son visage pour les détendre et se fit un aimable sourire dans le miroir. Qui lui découvrit des dents bien blanches, grâce à un traitement récent chez le dentiste. Voilà, et maintenant, je vais quitter la chambre du mort et retourner dans le monde réel. Je dois faire redescendre la pression. Je ne suis plus un assassin flegmatique. En tailleur simple et net, je suis une businesswoman souriante et compétente.

Aomamé entrouvrit la porte, jeta un coup d'œil alentour et, après avoir vérifié que personne ne se trouvait dans le couloir, quitta la chambre en hâte. Elle ne prit pas l'ascenseur, préférant l'escalier. Personne ne lui prêta attention quand elle traversa la réception. Le dos bien droit, les yeux fixés devant elle, elle avançait rapidement. Mais pas au point d'attirer l'attention. C'était une pro. Une pro proche de la perfection. Si ses seins étaient un peu plus gros, elle serait sans conteste une pro parfaite, se disait Aomamé avec regret. De nouveau, elle crispa légèrement son visage. Enfin, tant pis. Je fais avec ce que j'ai, c'est tout.

4

Tengo

Si tu le désires

Tengo fut réveillé par la sonnerie du téléphone. Les aiguilles lumineuses de son réveil indiquaient une heure passée. Bien entendu, il faisait tout à fait sombre. Tengo sut immédiatement qu'il s'agissait d'un appel de Komatsu. Personne d'autre ne lui aurait téléphoné à une heure du matin. Personne n'aurait laissé l'appareil sonner aussi longtemps, avec autant d'insistance, sans se lasser, jusqu'à ce que, à l'autre bout du fil, on se décide à décrocher. Komatsu n'avait pas la notion du temps. S'il pensait à quelque chose, à l'instant même il téléphonait. Peu importait le moment. Que son coup de fil puisse gêner son interlocuteur – en pleine nuit ou à l'aube, durant sa nuit de noces ou sur son lit de mort –, ce genre de considération prosaïque ne se formait jamais dans sa tête ovoïde, semblait-il.

Non, tout de même, il n'était pas possible qu'il agisse ainsi avec tout le monde. Parce que, enfin, Komatsu était un salarié à l'intérieur d'un système. Il était impossible qu'il se comporte sans discernement avec n'importe qui, qu'il affiche des manières aussi insensées. Mais il estimait pouvoir le faire avec Tengo. Pour Komatsu, Tengo était plus ou moins un prolongement de lui-même. Pour ainsi dire l'un de ses propres membres. Il ne faisait pas de distinction entre eux. Donc, puisque lui ne dormait pas, il était persuadé que Tengo, forcément, était lui aussi éveillé. Tengo, sauf incident, se couchait à dix heures et se levait le matin à six heures. Il menait une vie régulière. Il avait un sommeil profond. Mais, si quelque chose le réveillait, il lui était difficile de se rendormir ensuite. En ce qui concernait le sommeil, il était de tempérament délicat. Cela, il l'avait expliqué bien des fois à Komatsu. Il l'avait supplié de cesser de lui téléphoner en pleine nuit. Je vous en prie ! Comme un paysan qui conjure les dieux de ne pas envoyer une nuée de sauterelles dans son champ avant les récoltes. « C'est d'accord. Je ne te téléphonerai plus la nuit ! » avait affirmé Komatsu. Mais sa promesse, peu profondément enracinée dans sa conscience, était balayée à la première averse.

Tengo sortit de son lit et, se cognant au passage à quelque chose, finit par atteindre le téléphone de la cuisine. Pendant tout ce temps, la sonnerie continuait à retentir impitoyablement.

« J'ai parlé avec Fukaéri », lança Komatsu tout de go. Comme d'habitude, sans aucune salutation. Ni préambule. Ni « Tu dormais ? », ni « Pardon, il est très tard… » Quel type incroyable. Tengo, malgré lui, ne pouvait s'empêcher d'en être émerveillé.

Tengo resta silencieux dans le noir, le visage grimaçant. Quand il était réveillé brutalement au milieu de la nuit, sa tête ne fonctionnait pas très bien.

« Hé ? Tu m'entends ?

— Oui, je vous entends.

— Bon, pour l'instant, je ne lui ai parlé qu'au téléphone. En fait, c'était surtout moi qui parlais, et elle se contentait d'écouter, alors ce n'était pas vraiment ce qu'on appelle habituellement une conversation. Cette petite, elle est particulièrement silencieuse. Et sa façon de parler assez étrange. Quand tu l'entendras, tu comprendras. Enfin, quoi qu'il en soit, je lui ai exposé mon plan dans les grandes lignes. Serait-elle d'accord pour que *La Chrysalide de l'air* soit récrite par un tiers, le texte bénéficiant ainsi d'une forme bien plus élaborée qui nous permettrait de prétendre au prix des nouveaux auteurs, enfin, tu vois. Bon, comme c'était au téléphone, moi, de mon côté, je suis resté approximatif. Les questions concrètes, on en parlera quand on se verra, lui ai-je dit. Je lui ai demandé si ça l'intéressait ou pas, mais en parlant de façon plutôt détournée. Si j'avais été trop direct, je me serais trouvé dans une situation plutôt embarrassante, ma proposition étant un peu spéciale.

— Et alors ?

— Elle n'a pas répondu.

— Pas répondu ? »

Komatsu marqua alors une pause éloquente. Une cigarette coincée entre les lèvres, il l'alluma avec une allumette. Tengo n'entendait tous ces bruits que par le téléphone, mais la scène se dessinait clairement à ses yeux. Komatsu n'utilisait pas de briquet.

« Fukaéri, donc, a dit que d'abord elle voulait te rencontrer, reprit l'éditeur en soufflant une bouffée de sa cigarette. Sans dire si elle était intéressée ou non. Sans dire non plus si elle acceptait de nous laisser faire. En tout cas, elle va te rencontrer, et cette conversation en tête à tête, ça me paraît décisif. Une fois qu'elle t'aura vu, m'a-t-elle dit, elle donnera sa réponse. Une lourde responsabilité, tu ne crois pas ?

— Et puis ?

— Demain, en fin d'après-midi, tu es libre ? »

Ses cours à l'école commençaient tôt le matin et se terminaient à quatre heures de l'après-midi. Par chance ou par malchance, il n'avait rien de prévu ensuite.

« Je suis libre, répondit Tengo.

— À six heures, tu iras au Nakamuraya de Shinjuku. J'ai réservé une table à mon nom, au fond du restaurant, un endroit calme. C'est ma société qui offre, alors prenez tout ce qui vous fera plaisir. Et surtout, discutez bien tous les deux.

— Vous voulez dire que vous ne serez pas là ?

— C'est Fukaéri elle-même qui a posé cette condition. Elle souhaite te parler à toi seul ! Il semble que pour le moment ma présence ne soit pas indispensable. »

Tengo resta silencieux.

« Je compte sur toi, Tengo, continua Komatsu sur un ton péremptoire. Tu es grand et fort, tu fais bonne impression. Et, en outre, comme tu es professeur dans une école préparatoire, tu as l'habitude de parler avec des lycéennes précoces. Le rôle te convient bien mieux qu'à moi. Si tu te montres souriant et persuasif, si tu lui inspires confiance, tout ira bien. Moi, j'attendrai la bonne nouvelle !

— Une seconde, s'il vous plaît. Tout de même, monsieur Komatsu, c'est bien vous qui avez mis en branle cette affaire. De mon côté, je ne vous ai pas encore donné ma réponse. Comme je vous l'ai déjà dit, ce projet est très risqué, et moi, j'estime qu'il y a de grandes chances que les choses ne se déroulent pas comme prévu. Il y aura des problèmes, j'en suis sûr. Comment voulez-vous que je sois persuasif avec une jeune fille que je ne connais absolument pas alors que, moi-même, je n'ai pas encore décidé si j'allais ou non accepter ce travail ? »

Komatsu laissa s'installer un silence. Puis il reprit : « Voyons, Tengo, l'histoire est déjà en marche. Il est impossible d'arrêter le train et de descendre. Moi, ma décision est prise. Et puis quoi… je suppose que la tienne aussi est plus qu'à moitié arrêtée. Toi et moi, nous partageons le même sort ! »

Tengo secoua la tête. Partager le même sort ? Allons bon ! Et depuis quand les choses avaient-elles pris des proportions pareilles ?

« Pourtant, monsieur Komatsu, ne m'aviez-vous pas dit de prendre mon temps et de bien réfléchir ?

— Oui, c'était il y a cinq jours. Donc, tu as longuement réfléchi, et qu'est-ce qu'il en ressort ? »

Tengo se trouva à court de mots.

« Eh bien, en fait, rien, répondit-il honnêtement.

— Bon, en tout cas, le mieux est que tu rencontres Fukaéri et que tu essaies de parler avec elle. Tu jugeras après. »

Tengo appuya fortement le bout de ses doigts sur ses tempes. Sa tête ne fonctionnait pas encore correctement.

« C'est d'accord. Je vais rencontrer Fukaéri. Demain, six heures, au Nakamuraya de Shinjuku. Je lui expliquerai la situation à ma façon. Je ne vous promets rien. Même si je suis capable de lui donner des explications, je suis tout à fait incapable de la persuader.

— Après, nous verrons, bien sûr.

— Que sait-elle de moi, d'ailleurs ?

— Oh, je lui ai juste fourni quelques indications sommaires. Que tu as vingt-neuf ou trente ans, que tu es encore célibataire, que tu enseignes les mathématiques dans une école préparatoire à Yoyogi. Que tu es grand et fort, et que tu n'es pas un méchant type. Pas du genre à manger les petites filles. Que tu vis simplement, que tu as des yeux tendres. Que tu aimes ce qu'elle a écrit. Voilà à peu près tout ce qu'elle sait. »

Tengo soupira. Il tentait de réfléchir, mais la réalité lui semblait insaisissable.

« Dites, monsieur Komatsu, je peux retourner me coucher ? Il va bientôt être une heure et demie et je voudrais vraiment dormir un peu. Demain matin, j'ai trois cours à donner, vous comprenez ?

— Oui, oui. Bonne nuit ! répondit Komatsu. Fais de beaux rêves ! »

Et sans façon, il coupa la communication.

Tengo contempla un moment le combiné qu'il avait dans la main puis le reposa. Il aurait aimé se recoucher immédiatement et faire de beaux rêves. Mais il savait qu'il ne pourrait pas se rendormir facilement après avoir été réveillé à cette heure impossible. Avec cette histoire embêtante en plus. Il avait bien la possibilité d'avaler un peu d'alcool pour retrouver le sommeil. Mais il ne s'en sentait pas d'humeur. Finalement, il but un verre d'eau, retourna dans son lit, alluma la lumière et commença à lire. Son idée était de lire jusqu'à ce qu'il s'assoupisse mais, en fait, il ne s'endormit que juste avant l'aube.

Une fois ses trois cours achevés, il prit le train pour Shinjuku. Il acheta quelques livres à la librairie Kinokuniya puis se dirigea vers le Nakamuraya. Il donna le nom de Komatsu à l'entrée et on le conduisit vers le fond, à une table tranquille. Fukaéri n'était pas encore arrivée. J'attends quelqu'un, dit-il au serveur. Lorsque celui-ci lui demanda s'il désirait boire quelque chose en attendant, Tengo lui répondit qu'il ne voulait rien. Le serveur posa sur la table de l'eau et le menu, puis s'éloigna. Tengo ouvrit un des livres qu'il venait d'acheter et commença à le lire. C'était un livre sur la magie. L'ouvrage traitait de la fonction des malédictions dans la société japonaise. Les malédictions avaient joué un rôle important au sein des communautés antiques. Leur fonction était de colmater les manques ou les contradictions à l'intérieur du système social. Que cette époque semblait heureuse.

À six heures et quart, Fukaéri ne s'était toujours pas manifestée. Sans vraiment s'en inquiéter, Tengo continua sa lecture. Il n'était pas très surpris du retard de la jeune fille. L'affaire dans son ensemble était à peu près incompréhensible. Qu'elle se poursuive de manière tout aussi déconcertante, personne n'allait s'en étonner. Il n'y aurait rien de bizarre, franchement, à ce que Fukaéri ait changé d'avis et décidé de ne pas se montrer. D'ailleurs, il lui en serait plutôt reconnaissant. Ainsi, l'histoire se terminerait très simplement. Il lui avait fallu attendre une bonne heure, mais Fukaéri ne s'était pas montrée, expliquerait-il à Komatsu. Bon, et maintenant, qu'allait-il se passer ? Tengo s'en moquait. Il allait dîner seul et ensuite il rentrerait chez lui. Et ainsi, il aurait accompli son devoir vis-à-vis de Komatsu.

Fukaéri apparut à six heures vingt-deux. Elle s'approcha de la table, guidée par le serveur, et s'assit en face de Tengo. Sans ôter son manteau, elle posa ses mains menues sur la table et le regarda droit dans les yeux. Elle ne dit pas le moindre « Pardon d'être en retard » ou « Vous m'avez beaucoup attendue ? ». Ni « Enchantée », ni « Bonjour », rien. Les lèvres étroitement closes, elle se contentait de fixer Tengo en face. Comme si elle contemplait un paysage inconnu depuis un lieu éloigné. Incroyable, songea Tengo.

Fukaéri était toute petite et d'une constitution délicate, beaucoup plus jolie que sur les photos. Ce qui dans son visage attirait avant tout le regard, c'étaient ses yeux. Des yeux impressionnants, qui avaient de la profondeur. Tengo commença à se sentir mal à l'aise d'être ainsi fixé par ces prunelles d'un noir de laque brillant. Les yeux de la jeune fille ne cillaient presque pas. On aurait même dit qu'elle ne respirait pas. Ses cheveux lui tombaient tout droits comme s'ils étaient tirés à la règle, et la forme de ses sourcils allait bien avec sa coiffure. Comme beaucoup de jolies adolescentes, son expression manquait de vie. On sentait en outre qu'il y avait chez elle comme un déséquilibre, peut-être dû à ce que ses yeux étaient légèrement différents l'un de l'autre. Cela provoquait un sentiment de malaise. Il paraissait impossible de pénétrer dans ses pensées. En ce sens, elle n'appartenait pas à cette catégorie de jolies jeunes filles, comme les mannequins des revues ou les chanteuses à succès. Et pourtant elle avait quelque chose qui provoquait les gens, qui les attirait.

Tengo ferma son livre et le posa de côté sur la table. Puis il se redressa pour rectifier sa position et but un peu d'eau. C'était exactement comme l'avait dit Komatsu. Si cette jeune fille obtenait un prix littéraire, les médias ne la laisseraient jamais tranquille. Il était évident qu'il y aurait un sacré tapage. En agissant comme ils projetaient de le faire, pourraient-ils s'en tirer à bon compte ?

Le serveur s'approcha et posa devant elle un verre d'eau et un menu. Mais Fukaéri ne fit pas le moindre mouvement pour autant. Elle n'effleura même pas le menu et continua à fixer Tengo. « Bonjour », en fut-il réduit à dire finalement. Face à elle, il se sentait d'autant plus grand.

Sans répondre à son salut, Fukaéri continuait à l'observer.

« Je sais des choses sur toi…, dit-elle enfin d'une petite voix.

— Sur moi ?

— Tu enseignes les maths… »

Tengo acquiesça.

« C'est exact.

— Je suis venue deux fois…

— À mes cours ?

— Oui… »

Sa manière de parler était très particulière. Des phrases sans aucun qualificatif, un défaut constant d'accentuation, un vocabulaire limité (du moins, selon l'impression qu'il en avait). Comme l'avait dit Komatsu, elle était assurément un peu spéciale.

« Tu veux dire que tu as été une de mes étudiantes ? » lui demanda Tengo.

Fukaéri secoua la tête.

« Juste venue écouter…

— Pourtant, en principe, on n'entre pas dans la salle de cours sans carte d'étudiant. »

Fukaéri haussa légèrement les épaules. Comme pour dire, ça, c'est bien d'un adulte.

« Et c'était comment, les cours ? » interrogea Tengo.

Encore une question qui n'avait pas de sens.

Fukaéri but une gorgée d'eau sans détourner le regard. Elle ne répondit pas. Bon, puisqu'elle est venue deux fois, supposa Tengo, sa première impression n'était sans doute pas trop mauvaise. Si son intérêt n'avait pas été piqué la première fois, elle ne serait pas revenue.

« Tu es en troisième année de lycée ? demanda Tengo.

— Si on veut…

— Tu te présentes aux concours d'entrée de l'université ? »

Elle secoua la tête.

Est-ce que cela signifiait : « Je n'ai pas envie de parler de ces concours », ou bien : « Je ne me présente pas à ces concours » ? Tengo n'avait aucun moyen de le deviner. Il se souvint que Komatsu lui avait dit au téléphone qu'elle était incroyablement taciturne.

Le serveur s'approcha pour prendre les commandes. Fukaéri avait toujours son manteau sur elle. Elle commanda une salade et du pain. « C'est tout…, dit-elle en rendant le menu au serveur. Et du vin blanc… », ajouta-t-elle, comme si l'idée lui était soudain venue.

Le jeune serveur parut vouloir dire quelque chose à propos de son âge, mais, comme Fukaéri le regardait fixement, il rougit et ravala ses paroles. Incroyable, pensa de nouveau Tengo. Tengo commanda des linguine aux fruits de mer. Et, pour accompagner Fukaéri, il prit aussi un verre de vin blanc.

« Tu es prof tu écris des romans… », dit Fukaéri.

Il semblait qu'elle lui posait une question. Mais, comme elle omettait toute marque interrogative, sa manière de parler en devenait très singulière.

« En ce moment, oui, répondit Tengo.

— Tu n'as pas l'air ni l'un ni l'autre…

— Oui, peut-être », dit Tengo.

Il eut envie de sourire et parvint avec peine à s'en empêcher.

« J'ai le titre de professeur, j'enseigne dans une école préparatoire mais je ne suis pas ce qu'on appelle officiellement un professeur, et j'écris des romans, mais comme ils n'ont pas encore été publiés, je ne suis pas non plus un romancier.

— T'es rien du tout… »

Tengo acquiesça d'un hochement de tête.

« C'est ça. Pour le moment, je ne suis rien du tout.

— Tu aimes les maths… »

Après avoir ajouté mentalement un point d'interrogation à la fin de sa phrase, il répondit :

« Oui, j'aime les maths. Depuis tout petit. Et encore aujourd'hui.

— Qu'est-ce qui…

— Tu veux dire, qu'est-ce qui me plaît dans les mathématiques ? reprit Tengo en complétant la phrase. Eh bien, quand je suis en face des chiffres, je me sens tout à fait détendu. Les choses se trouvent là où elles doivent être.

— L'histoire des intégrales c'était amusant…

— … que j'ai expliquées à mon cours ? »

Fukaéri hocha la tête.

« Et toi, tu aimes les mathématiques ? »

Elle secoua la tête faiblement. Elle n'aimait pas les mathématiques.

« Mais le cours sur les intégrales, tu as trouvé ça intéressant ? » interrogea Tengo.

De nouveau, Fukaéri rentra les épaules.

« Tu as parlé des intégrales comme si ça t'était précieux…

— Ah bon… ? » fit Tengo.

C'était la première fois qu'on lui disait une chose pareille.

« Comme si tu parlais de quelqu'un que tu aimais bien…

— Quand je ferai le cours sur les séries, je serai sûrement encore plus enthousiaste, répondit Tengo. Dans les maths du secondaire, les séries, c'est ce que je préfère.

— Tu aimes les séries…, demanda Fukaéri, de nouveau sans marque interrogative.

— Pour moi, c'est comme *Le Clavier bien tempéré* de Bach. Je ne m'en lasse pas. Je fais toujours de nouvelles découvertes.

— *Le Clavier bien tempéré* je connais…

— Tu aimes Bach ? »

Fukaéri eut un hochement de tête affirmatif.

« Le Maître l'écoute tout le temps…

— Le Maître ? répéta Tengo. Tu veux dire, un de tes professeurs ? »

Fukaéri ne répondit pas. À son expression, Tengo comprit qu'il était trop tôt pour parler de ce sujet.

Alors, comme si l'idée lui passait seulement maintenant par la tête, elle retira son manteau. En se tortillant à la manière d'un insecte qui se débarrasse de sa mue, puis, sans le plier, elle le posa sur la chaise d'à côté. Sous son manteau, elle avait un pull en laine légère ras du cou, vert clair, et un jean blanc. Aucun bijou. Pas de maquillage non plus. Mais elle était saisissante. Sa taille était très mince par rapport à sa poitrine plutôt épanouie, ce qui, immanquablement, attirait le regard. La forme de ses seins aussi était très jolie. Tengo dut faire un effort pour ne pas les fixer. Pourtant, il avait beau s'appliquer, involontairement il restait attiré. Comme si son œil était irrésistiblement aspiré vers le centre d'un grand tourbillon.

Les verres de vin blanc furent apportés. Fukaéri en but une gorgée. Elle contempla son verre pensivement puis le reposa sur la table. Tengo trempa à peine ses lèvres dans le sien. Ensuite, il faudrait en venir à la question importante.

Fukaéri passa ses mains dans ses cheveux lisses et noirs et se peigna un petit moment avec les doigts très légèrement écartés. Un geste tout à fait charmant. Des doigts charmants. On aurait dit que chacun de ses doigts fins possédait sa propre intention et son propre projet. Il y avait même là comme de la magie.

« Qu'est-ce que j'aime dans les mathématiques ? s'interrogea à voix haute Tengo, afin de détourner son attention de la poitrine et des doigts de Fukaéri. Les mathématiques, eh bien, c'est comme de l'eau qui coule. »

Une pause, puis il poursuivit :

« Bien sûr, il y a dedans plein de théories compliquées, mais les raisonnements de base sont parfaitement simples. Tout comme l'eau coule toujours en suivant la ligne la plus courte possible, du haut vers le bas, le cours des chiffres n'a qu'un sens. Si tu le regardes bien, ce chemin t'apparaît de lui-même. Il suffit de bien le fixer. Sans rien faire. Si l'on se concentre en gardant son regard rivé dessus, il se dévoile entièrement, très clairement. Dans ce vaste monde, rien n'a été aussi prévenant à mon égard, en dehors des mathématiques. »

Fukaéri réfléchit un instant.

« Pourquoi tu écris des romans… », demanda-t-elle d'une voix neutre.

Tengo transforma sa question en plusieurs phrases plus longues.

« Puisque les mathématiques te rendent si heureux, en quoi est-il nécessaire que tu prennes tant de peine à écrire des romans ? Pourquoi ne pas te consacrer uniquement aux mathématiques ? C'est bien ce que tu veux dire ? »

Fukaéri opina.

« Voilà. La vie réelle et les mathématiques, ce n'est pas pareil. Dans la vie, les choses ne se limitent pas à couler suivant le chemin le plus court. Les mathématiques, pour moi, c'est, comment dire, trop naturel. Comme un beau paysage. Simplement, les choses *sont là*. Sans qu'il y ait quoi que ce soit à y changer. C'est la raison pour laquelle, quand je suis dans le monde des mathématiques, j'ai parfois le sentiment que je deviens de plus en plus transparent. Et, de temps en temps, cela me fait peur. »

Fukaéri regardait toujours Tengo, droit dans les yeux. Comme si elle observait une maison vide par une fenêtre, le visage collé sur la vitre.

Tengo continua : « Quand j'écris un roman, je cherche, grâce à mes mots, à transformer le paysage environnant pour qu'il me devienne plus naturel. En somme, j'opère une reconstruction. Et, de la sorte, je m'assure de mon existence dans ce monde, en tant qu'être humain. L'opération est complètement différente lorsque je suis dans le monde des mathématiques.

— T'assures de ton existence…, répéta Fukaéri.

— Enfin, je ne dirais pas que j'y parviens tout à fait », reconnut Tengo.

Fukaéri ne paraissait pas convaincue par les explications de Tengo, mais elle se contenta de porter le verre à ses lèvres. Puis elle aspira un peu de vin, sans bruit, comme si elle buvait à la paille.

« En fait, toi aussi, finalement, tu fais la même chose. Le paysage que tu regardes, tu le reconstruis, tu le changes avec tes mots. Et donc, tu t'assures du fait que tu existes bien là comme être humain », ajouta Tengo.

Fukaéri immobilisa la main qui tenait son verre et réfléchit un moment. Mais, bien entendu, elle ne livra aucune opinion.

« Le processus aboutit à une forme, qui demeure. Une œuvre, dit Tengo. Et si cette œuvre suscite l'accord et la sympathie d'un nombre suffisant de gens, elle devient alors une œuvre littéraire qui possède une valeur objective. »

Fukaéri agita la tête catégoriquement.

« La forme ça m'intéresse pas…

— La forme ne t'intéresse pas, redit Tengo.

— La forme ça n'a pas de sens…

— Dans ce cas, pourquoi as-tu écrit cette histoire et t'es-tu inscrite au prix des nouveaux auteurs ? »

Fukaéri reposa le verre de vin sur la table.

« C'est pas moi… »

Pour retrouver son calme, Tengo prit son verre et but une gorgée d'eau.

« Tu veux dire que ce n'est pas toi qui as voulu concourir au prix des nouveaux auteurs ? »

Fukaéri eut un hochement de tête.

« Pas moi qui l'ai envoyé…

— Bon, alors, c'est quelqu'un d'autre ? Qui a envoyé ton texte à l'éditeur ? »

Fukaéri haussa légèrement les épaules. Elle demeura silencieuse quinze secondes environ. Enfin, elle lâcha :

« Peu importe qui…

— Peu importe qui », répéta Tengo.

Puis, la bouche serrée, il soupira lentement. Ah là là. Les choses n'avancent pas facilement. Il fallait s'y attendre.

Jusque-là, Tengo avait noué à plusieurs reprises des relations personnelles avec des étudiantes à qui il avait fait cours. Uniquement une fois qu'elles étaient sorties de l'école et entrées à l'université. C'étaient elles qui avaient repris contact, qui avaient dit qu'elles voulaient le rencontrer, pour bavarder ou pour sortir quelque part. Qu'est-ce qui les avait donc attirées chez Tengo ? Il n'en savait rien. Enfin, de toute façon, il était célibataire et ses partenaires n'étaient pas ses étudiantes. Il n'avait pas de raison de refuser un rendez-vous.

Ces rencontres avaient été par deux fois suivies de relations sexuelles. Mais ces aventures n'avaient pas duré longtemps et s'étaient terminées tout naturellement. Tengo ne se sentait pas vraiment tranquille lorsqu'il était avec ces jeunes filles pleines de vie qui venaient juste d'intégrer l'université. Un peu mal à l'aise. Comme s'il s'amusait avec des chatons espiègles. Au début, il les trouvait fraîches et amusantes, mais il s'en lassait bien vite. De leur côté, les jeunes filles découvraient qu'en fait ce professeur, qui, en chaire, expliquait les mathématiques avec tant de flamme, avait en dehors de ses cours une tout autre personnalité. Elles étaient finalement un peu déçues. Tengo comprenait leur sentiment.

Il était rassuré avec des femmes plus âgées. Dès qu'il comprenait qu'il n'avait nul besoin de diriger les choses en quoi que ce soit, il se sentait plus léger. D'ailleurs, un certain nombre de femmes plus âgées éprouvaient de la sympathie pour lui. Aussi, depuis un an environ qu'il entretenait une relation suivie avec une femme mariée qui avait une dizaine d'années de plus que lui, il n'avait plus eu aucun rendez-vous avec une jeune fille. Sa petite amie lui rendait visite une fois par semaine et satisfaisait globalement ses désirs (ou ses besoins) sexuels. Le reste du temps, il écrivait son roman, il lisait, il écoutait de la musique. Parfois il allait nager dans une piscine couverte des environs. Il avait très rarement des échanges avec ses collègues et ne parlait presque à personne. Mais il n'était pas vraiment insatisfait de cette vie. Non, cette existence, pour lui, était même proche de l'idéal.

Cependant, face à Fukaéri, cette toute jeune fille de dix-sept ans, Tengo ressentit comme un violent tremblement de cœur. La même sensation que lorsqu'il avait vu ses photos, la première fois. Mais à présent elle était là devant lui et, intérieurement, il en tremblait bien plus fort. Ce n'était ni un sentiment amoureux, ni un désir sexuel. Il avait l'impression que *quelque chose* s'était glissé par un interstice et cherchait à combler un vide en lui. Non pas que Fukaéri ait créé ce vide. Il existait à l'intérieur de Tengo depuis toujours. Elle y avait seulement apporté sa lumière spéciale et l'avait illuminé d'un nouvel éclairage.

« Tu n'as pas d'intérêt pour l'écriture des romans, et tu n'as pas cherché à concourir pour le prix des nouveaux auteurs », redit Tengo comme pour être bien certain de ces faits.

Fukaéri acquiesça sans détourner les yeux de Tengo. Puis elle rentra légèrement les épaules comme pour se protéger d'un vent froid.

« Tu ne penses pas non plus devenir écrivain. »

Tengo s'aperçut, étonné, qu'il lui avait posé cette question sans mot interrogatif. C'est sûr, cette manière de parler devait être contagieuse.

« Non… », répondit Fukaéri.

On leur apporta leurs plats. Pour Fukaéri, c'étaient donc de la salade dans un grand bol et des petits pains. Pour Tengo, des linguine aux fruits de mer. Fukaéri, avec sa fourchette, retourna plusieurs fois les feuilles de laitue, du regard que l'on prend lorsque l'on déploie un journal pour vérifier quelque chose.

« Néanmoins, quelqu'un a envoyé *La Chrysalide de l'air*, que tu as écrite, à l'éditeur, en vue de te faire concourir pour le prix des nouveaux auteurs. Ensuite, j'ai donné mon avis sur ce texte, j'ai jugé qu'il était remarquable.

— *La Chrysalide de l'air...* », reprit Fukaéri.

Elle plissa les yeux.

« *La Chrysalide de l'air* est le titre du roman que tu as écrit », dit Tengo.

Fukaéri se contenta de garder les yeux plissés.

« Ce n'est pas toi qui as donné ce titre à ton livre ? » demanda Tengo, inquiet.

Fukaéri secoua la tête faiblement.

Tengo sentit de nouveau sa tête s'embrouiller. Bon, inutile d'aller plus loin maintenant avec ce problème de titre. Pour le moment, il fallait avancer.

« Laissons cela. D'ailleurs, ce n'est pas un mauvais titre. On ressent une atmosphère, ça attire le regard. On se demande : *Qu'est-ce que ça peut bien être ?* Peu importe qui a trouvé ce titre, il ne me déplaît pas. Pour ma part, je ne vois pas vraiment la différence entre *chrysalide* et *cocon,* mais ce n'est pas franchement une question essentielle. Ce que je veux dire, c'est que la lecture de ce texte m'a fortement captivé. Je l'ai montré à M. Komatsu. Lui aussi, il a aimé *La Chrysalide de l'air*. Seulement, à son avis, il faut remanier le style pour que le texte ait une chance d'être sélectionné. Par rapport à la puissance de l'histoire, le style est un peu faible. Et, selon lui, je dois me charger de récrire ce texte. Ce ne peut pas être toi. D'ailleurs, je ne suis pas encore décidé. Je ne lui ai pas encore répondu si j'allais le faire ou non. Parce que, en fait, je ne sais pas si c'est bien. »

Tengo s'interrompit, guettant la réaction de Fukaéri. Pas de réaction.

« Maintenant, ce que je voudrais savoir, c'est ce que tu penses, toi, du fait que je récrive à ta place *La Chrysalide de l'air*. Parce qu'il m'est impossible, tu comprends, de prendre ma décision sans ton accord et ta collaboration. »

Fukaéri saisit du bout des doigts une petite tomate et la dégusta. Tengo mangea une moule piquée sur sa fourchette.

« Fais-le... », dit simplement Fukaéri.

Puis elle attrapa une autre tomate.

« Écris comme tu veux...

— Mais ce ne serait pas mieux de prendre un peu plus de temps pour bien y réfléchir... ? C'est tout de même une affaire importante ! » dit Tengo.

Fukaéri secoua la tête. Ce n'était pas la peine.

« Si je récris ton texte, expliqua Tengo, je renforcerai le style en prenant bien garde à ne pas changer l'histoire. Peut-être faudra-t-il introduire certaines modifications importantes. Mais l'auteur, ce sera toujours toi. Ce sera toujours le roman écrit par une jeune fille de dix-sept ans, toi, Fukaéri. Ça, ça ne changera pas. Si le texte obtient le prix des nouveaux auteurs, la lauréate, ce sera toi, toi seule. Si le texte est ensuite repris sous forme de livre, il sera signé de ton seul nom. Nous formerons une équipe. Nous serons trois, toi, moi et M. Komatsu, comme éditeur. Mais seul ton nom apparaîtra. M. Komatsu et moi, nous resterons en retrait, dans l'ombre. Comme des machinistes au théâtre. Tu comprends ce que je te dis ? »

Fukaéri porta à la bouche du céleri. Elle eut un faible hochement de tête.

« Je comprends...

— L'histoire de *La Chrysalide de l'air*, ce sera toujours la tienne. C'est toi qui l'as fait sortir de toi. Et cette histoire, je ne peux pas la faire mienne. Je peux seulement t'aider sur les aspects techniques. Mais tu devras rester muette à propos de mon aide. Nous devrons mentir à tout le monde sur notre complicité.

Et ça risque de ne pas être facile. Je veux dire, de devoir garder pour soi ce secret pour toujours.

— Si tu veux... », dit Fukaéri.

Tengo déposa une coquille de moule sur le bord de son assiette, alla pour attraper des linguine, se ravisa et y renonça.

Fukaéri souleva un morceau de concombre et mordit dedans prudemment, comme si elle n'en avait jamais goûté auparavant.

Tengo, sa fourchette à la main, reprit : « Je te le demande une fois encore : as-tu une objection à ce que je retravaille l'histoire que tu as écrite ?

— Fais comme tu veux..., répondit Fukaéri après avoir avalé son morceau de concombre.

— Ça t'est égal, que je la récrive dans un sens ou dans un autre ?

— Ça m'est égal...

— Mais comment peux-tu avoir une idée pareille ? Tu ne sais pourtant rien de moi. »

Fukaéri ne dit rien et rentra légèrement les épaules.

Ensuite, pendant un moment, ils mangèrent en silence. Fukaéri se concentrait sur sa salade. De temps en temps, elle mettait un peu de beurre sur son pain et en avalait une bouchée, puis allongeait la main vers son verre de vin. Tengo portait mécaniquement à la bouche ses linguine tout en imaginant divers scénarios.

Il abaissa sa fourchette et déclara : « La première fois que M. Komatsu m'a téléphoné à propos de ton roman, je me suis dit : "C'est une plaisanterie ! Cette histoire est insensée ! Je ne peux pas faire une chose pareille." J'avais l'intention de refuser, d'une manière ou d'une autre. Mais, une fois rentré chez moi, après avoir réfléchi à sa proposition, j'ai eu le sentiment de plus en plus fort que j'avais envie d'essayer. Et si je laisse de côté la question que ce soit juste ou non sur le plan moral, j'ai senti que je voulais donner une nouvelle forme à ta *Chrysalide de l'air*. Comment le dire, c'était comme un désir naturel, spontané. »

Non, ajouta Tengo intérieurement, c'était peut-être plus proche de l'avidité que du désir. Comme l'avait prédit Komatsu. Il lui était de plus en plus difficile de réprimer cette avidité.

Sans un mot, Fukaéri observait Tengo du plus profond de ses beaux yeux qui restaient neutres. On aurait dit qu'elle s'efforçait de saisir les mots que formait la bouche de Tengo.

« Tu as envie de récrire… », demanda Fukaéri.

Tengo regarda Fukaéri en face. « Oui, je crois que oui. »

Il y eut comme une étincelle, ténue, qui refléta quelque chose dans ses prunelles d'un noir profond. Du moins, c'est ce que crut déceler Tengo.

Des deux mains, Tengo fit comme s'il soutenait en l'air une boîte imaginaire. Un geste qui n'avait pas vraiment de sens mais, cette chose imaginaire, il en avait besoin comme intermédiaire pour transmettre son émotion.

« Je ne suis pas capable de bien l'exprimer, mais, après avoir relu plusieurs fois *La Chrysalide de l'air*, j'ai eu l'impression que, ce que tu as vu, j'étais capable de le voir aussi. En particulier l'endroit où apparaissent les Little People. Tu possèdes vraiment une puissance imaginative très particulière, comment dire, quelque chose dont l'originalité est contagieuse. »

Fukaéri posa tranquillement sa cuillère sur l'assiette puis s'essuya la bouche avec sa serviette.

« Les Little People existent vraiment…, dit-elle d'une voix paisible.

— Ils existent vraiment ? »

Fukaéri laissa s'écouler un instant. Puis elle dit : « Comme toi et moi…

— Comme moi et toi, répéta Tengo.

— Si tu veux les voir toi aussi tu les vois… »

Le laconisme de Fukaéri possédait une étrange persuasion. On avait l'impression que chaque mot que formait sa bouche s'enfonçait avec la précision d'un coin. Mais Tengo ne pouvait encore estimer à quel point Fukaéri, cette toute jeune fille, était honnête. Il y avait chez elle un je-ne-sais-quoi d'extravagant, d'insolite. Peut-être cela tenait-il à ses qualités naturelles. Peut-être avait-il là, à présent, devant ses yeux, un talent authentique. Ou peut-être n'était-ce qu'un faux-semblant. Parfois, les adolescentes intelligentes, d'instinct, jouent. Il leur arrive de *feindre* une excentricité superficielle. En parlant de manière très allusive afin de déconcerter leur interlocuteur. Il s'était trouvé face à des situations de ce genre. Il était parfois difficile de distinguer l'authentique de la comédie. Tengo préféra revenir à des propos plus concrets. Ou plus proches de la réalité.

« Si ça te convient, j'aimerais me lancer dès demain dans la réécriture de *La Chrysalide de l'air*.

— Si tu le désires…

— Je le désire, répondit laconiquement Tengo.

— Tu dois rencontrer quelqu'un…, dit Fukaéri.

— Je rencontrerai cette personne », répondit Tengo.

Fukaéri opina.

« De qui s'agit-il ? » demanda Tengo.

Elle ne fit aucun cas de la question.

« Tu vas parler avec…, dit la jeune fille.

— S'il le faut, je suis d'accord.

— Dimanche matin… libre…, demanda-t-elle sans marquer d'interrogation.

— Libre », répondit Tengo.

C'est comme si nous communiquions avec des fanions, songea-t-il.

Leur repas achevé, Tengo et Fukaéri se séparèrent. Tengo introduisit dans le téléphone rose du restaurant plusieurs pièces de dix yens et appela Komatsu à sa société. L'éditeur était encore au bureau, mais cela prit un bon moment avant qu'il puisse répondre. Tengo attendit durant tout ce temps, le combiné collé à l'oreille.

« Alors ? Tu t'en es bien tiré ? furent ses premières questions.

— Fukaéri accepte le principe que je récrive son roman. C'est ce que vous aviez sans doute déjà imaginé.

— Mais c'est formidable ! » s'exclama Komatsu. Il paraissait d'une humeur excellente. « Magnifique ! À vrai dire, je m'inquiétais un peu. Comment dire, je m'interrogeais… est-ce que tu avais le caractère à mener à bien ce genre de négociation.

— Il n'a pas vraiment été question de négociation, répondit Tengo. Je n'ai pas eu besoin de la convaincre non plus. Je lui ai fourni des explications générales, et il me semble que c'est elle, ensuite, qui a décidé seule.

— Bon, enfin, peu importe. Du moment que le résultat est là, je n'ai rien à redire. On va pouvoir poursuivre notre projet.

— Mais auparavant je dois rencontrer quelqu'un.

— Quelqu'un ?

— Je ne sais pas de qui il s'agit. Mais elle veut que je rencontre cette personne et que je lui parle. »

Komatsu resta silencieux quelques secondes.

« Et quand doit avoir lieu la rencontre ?

— Dimanche prochain. Elle m'accompagnera.

— Il est nécessaire que le secret soit bien gardé, fit Komatsu d'un ton grave. Il vaut mieux qu'il y ait le moins de personnes possible au courant. Pour le moment, nous ne sommes que trois à connaître ce projet. Toi, moi et Fukaéri. J'aimerais, autant que faire se peut, que ce nombre n'augmente pas trop. Tu comprends, hein ?

— Théoriquement », répondit Tengo.

La voix de Komatsu se fit alors plus douce. « Bon, quoi qu'il en soit, Fukaéri accepte que tu récrives son manuscrit. Et c'est l'essentiel. Le reste, ça s'arrangera toujours. »

Tengo changea le combiné de main. Puis, de l'index de la main droite, il pressa lentement sa tempe.

« Dites, monsieur Komatsu, je suis tout de même un peu inquiet. Je ne peux pas dire exactement sur quoi je me fonde, mais j'ai vraiment le sentiment que nous allons être entraînés dans quelque chose, enfin, de *pas ordinaire*. Quand j'étais avec Fukaéri, je ne le ressentais pas aussi nettement, mais maintenant que je me suis éloigné d'elle, cette impression est de plus en plus forte. On pourrait appeler ça un pressentiment, ou une prémonition, en tout cas il y a là quelque chose d'un peu étrange. Quelque chose qui n'est pas normal. Et ce n'est pas dans ma tête, je le ressens physiquement.

— Tu as eu cette impression quand tu as vu Fukaéri ?

— Peut-être... mais je crois que Fukaéri est honnête. Bien sûr, c'est juste mon intuition.

— Tu veux dire qu'elle a un talent authentique ?

— Je n'irais pas jusque-là. Je n'en sais rien. Je viens de faire sa connaissance, répondit Tengo. Seulement, il est possible qu'elle voie vraiment des choses que, nous, nous ne voyons pas. Elle possède quelque chose, je ne sais pas, d'un peu spécial. Quelque chose qui me désoriente.

— Tu veux dire qu'elle est dérangée ?

— Elle est sûrement excentrique, mais je ne pense pas qu'elle soit dérangée. Elle est à peu près cohérente quand elle parle », dit Tengo. Puis il marqua un petit temps d'arrêt. « Simplement, elle a un je-ne-sais-quoi qui me déroute.

— En tout cas, elle a eu de l'intérêt pour toi, en tant que personne », fit Komatsu.

Tengo chercha les mots justes, mais il ne parvint pas à les trouver.

« Non, je n'irais pas jusque-là…, répondit-il.

— Elle t'a vu et elle a estimé, pour le moins, que tu avais les qualités pour récrire sa *Chrysalide de l'air*. Cela veut dire que tu lui conviens. Tu t'en es parfaitement tiré, Tengo. La suite, moi non plus, je ne la connais pas. Bien sûr, il y a des risques. Mais le risque, c'est ce qui épice la vie. Et maintenant, là, tout de suite, tu vas commencer à retravailler *La Chrysalide de l'air*, n'est-ce pas ? On n'a pas de temps à perdre. Il faut que le texte récrit rejoigne le plus vite possible les autres manuscrits du concours. On le substituera à l'original. Tu crois pouvoir y arriver en dix jours ? »

Tengo soupira.

« Ça va être serré…

— Il n'est pas indispensable que tu fournisses le texte définitif. À l'étape suivante, tu pourras toujours le remanier un peu. Pour le moment, il faut déjà élaborer une version provisoire. »

Intérieurement, Tengo estimait *grosso modo* la charge de travail.

« Bon, je devrais pouvoir y arriver. N'empêche que ce n'est pas une mince affaire.

— Merci ! fit Komatsu d'une voix joyeuse. Regarde le monde avec ses yeux à elle. Tu es son médiateur et tu fais le lien entre le monde réel et le monde de Fukaéri. Tu en es capable, Tengo. Et moi… »

La dernière pièce de dix yens était tombée, le téléphone coupé.

5

Aomamé

Un travail qui réclame de l'entraînement et des techniques spéciales

Son travail achevé, Aomamé marcha un moment puis elle héla un taxi et se rendit dans un hôtel d'Akasaka. Avant de rentrer dormir chez elle, elle avait besoin d'alcool pour faire retomber sa tension nerveuse. Car elle venait tout de même d'expédier un homme *de l'autre côté*. Même si, incontestablement, le type qu'elle avait tué était un misérable salaud, c'était malgré tout un être humain. De ses mains, elle avait fait disparaître une vie, et elle en gardait la sensation. Il avait lâché son dernier souffle, et son âme s'était séparée de son corps.

Aomamé s'était rendue plusieurs fois au bar de cet hôtel, situé au dernier étage d'un haut building. La vue était belle et on se sentait bien au comptoir. Il était dix-neuf heures passées de quelques minutes lorsqu'elle entra dans le bar. Un duo de jeunes musiciens interprétait au piano et à la guitare « Sweet Lorraine ». À la manière d'un vieux disque de Nat King

Cole, mais ils ne s'en tiraient pas trop mal. Comme à son habitude, elle s'assit au bar et commanda un gin tonic et une petite assiette de pistaches. Il n'y avait pas encore beaucoup de monde. Un jeune couple qui buvait un cocktail en admirant le paysage nocturne, un groupe de quatre hommes en costume, apparemment en pleine discussion d'affaires, un couple d'étrangers, d'âge moyen, un verre de martini à la main. Elle prit son temps pour déguster son gin tonic. Elle ne voulait pas s'enivrer trop vite. La nuit était encore longue.

Elle sortit un livre de son sac et se mit à lire. C'était un ouvrage qui traitait des chemins de fer en Mandchourie dans les années trente. Les chemins de fer de Mandchourie (la société ferroviaire de Mandchourie du Sud) étaient nés un an après la fin de la guerre russo-japonaise, grâce au transfert des droits de la ligne de chemins de fer de Russie, et avaient pris rapidement beaucoup d'extension. Cette société, en fait l'avant-garde de l'armée impériale japonaise qui procédait à l'invasion de la Chine, avait été démantelée en 1945 par les armées soviétiques. Jusqu'au début de la guerre entre l'URSS et l'Allemagne en 1941, il y avait eu une correspondance entre cette ligne et le chemin de fer de Sibérie, ce qui permettait de se rendre de Shimonoseki à Paris en treize jours.

Une jeune femme en tailleur de femme d'affaires qui, un gros sac en bandoulière posé à côté d'elle, buvait un verre de gin dans le bar d'un hôtel et lisait avec passion un livre (grand format, cartonné) sur les chemins de fer de Mandchourie ne risquait pas d'être prise pour une prostituée de luxe, même si elle était seule, songeait Aomamé. Mais elle ne savait pas au juste de quoi avait l'air une véritable prostituée de luxe. Si ses clients étaient de riches hommes d'affaires, peut-être s'efforcerait-elle de ne pas avoir l'air d'une prostituée afin de ne pas être chassée du bar, et aussi pour ne pas inquiéter ses pratiques. Par exemple, elle porterait un tailleur Junko Shimada, un chemisier blanc, elle serait maquillée discrètement, elle serait munie d'un gros sac en bandoulière, elle lirait un livre sur les chemins de fer de Mandchourie… pourquoi pas ? À y réfléchir, d'ailleurs, Aomamé ne voyait pas de différence entre une prostituée en attente d'un client et ce qu'elle faisait, elle, réellement.

Au fur et à mesure que le temps passait, le nombre de clients augmentait. Elle s'aperçut bientôt que l'espace environnant était empli de voix et de bruits divers. Mais elle n'avait pas encore remarqué le type de client qu'elle recherchait. Elle commanda un deuxième gin tonic et des légumes en bâtonnets (elle n'avait pas dîné), et continua sa lecture. Enfin, un homme vint s'asseoir au comptoir. Il était seul. Le teint un peu hâlé, il portait un costume très bien coupé. Le choix de sa cravate n'était pas mauvais non plus. Ni trop voyante, ni trop discrète. Il devait avoir autour de la cinquantaine. Ses cheveux commençaient à se clairsemer sérieusement. Pas de lunettes. En voyage d'affaires à Tokyo, les questions de travail réglées, il avait sans doute eu envie de boire un verre avant d'aller dormir. Comme Aomamé. D'absorber la juste quantité d'alcool pour se détendre les nerfs.

La plupart des salariés en déplacement à Tokyo ne descendaient pas dans ce genre d'hôtel chic. Ils allaient plutôt dormir dans des « business-hotel », bien meilleur marché. Des établissements proches de la gare, avec une chambre où le lit occupe presque tout l'espace, où, de la fenêtre, on ne voit que le mur de l'immeuble voisin, où l'on ne prend une douche qu'en se cognant au moins vingt fois les coudes aux murs. Avec, dans le couloir de chaque étage, des machines automatiques proposant des boissons et des ustensiles de toilette. De deux choses l'une, soit leurs frais de déplacement étaient très réduits, soit ils économisaient dessus en dormant dans ce genre d'hôtel et empochaient la différence. Ils buvaient une bière au bistrot du coin puis allaient se coucher. Le matin, dans un restaurant voisin, ils engloutissaient leur petit déjeuner composé d'un plat de riz garni de viande.

Mais les clients qui descendaient dans cet hôtel-là étaient d'une autre sorte. Lors de leurs déplacements professionnels à Tokyo, ils voyageaient toujours en première classe dans le Shinkansen et ne séjournaient que dans certains hôtels de luxe. Une fois leur travail achevé, ils se rendaient au bar de l'hôtel et buvaient des alcools de prix. La plupart d'entre eux étaient cadres dans de grandes entreprises. Ou exerçaient des professions libérales, c'étaient des médecins, des avocats. Ils avaient atteint la maturité et n'avaient plus de problèmes d'argent. Et, en général, ils aimaient se divertir. C'était ce type d'homme qu'Aomamé avait en tête.

Avant même ses vingt ans, Aomamé était attirée par les hommes d'âge moyen, dont les cheveux se clairsemaient. Elle ne savait pas elle-même pour quelle raison. Plutôt que les chauves, elle aimait ceux qui avaient encore un peu de cheveux. Mais il ne suffisait pas que l'homme ait le crâne dégarni. Si la forme de sa tête n'était pas à son goût, elle n'en voulait pas. Son idéal était la calvitie de Sean Connery. La forme de son crâne était très belle, très sexy. Elle en frémissait simplement à la voir. La forme de la tête de l'homme qui était assis au comptoir, à deux tabourets du sien, n'était pas vilaine non plus. Bien sûr, pas aussi régulière que celle de Sean Connery, mais il s'en dégageait cependant une impression du même genre. La naissance des cheveux reculait vers l'arrière du front et le peu qui lui restait était pareil à un sol herbeux de fin d'automne après les gelées. Aomamé leva les yeux de son livre et admira brièvement la forme de son crâne. Les traits de son visage n'étaient pas spécialement frappants. Il n'était pas gros, mais la chair de son menton commençait à s'affaisser. Il avait aussi des poches sous les yeux. Bref, un homme mûr ordinaire, comme on en voit partout. Enfin, la forme de sa tête lui plaisait.

Quand le barman lui tendit le menu et une serviette chaude, l'homme commanda un whisky soda, sans consulter la carte.

« Avez-vous une préférence pour une marque ? lui demanda le barman.

— Non, pas spécialement. N'importe laquelle, ça m'est égal », répondit l'homme.

Il avait une voix calme et tranquille. Où elle reconnut des intonations du Kansai. Puis, comme s'il y pensait soudain, il demanda si par hasard il y avait du Cutty Sark. Oui, nous en avons. Pas mal, se dit Aomamé. Elle aimait bien qu'on ne soit pas obsédé par le Chivas Regal ou autre single malt. Aomamé estimait que les hommes trop attachés aux différentes sortes d'alcool étaient généralement peu portés sur le sexe. Elle ne savait pas très bien pourquoi.

Aomamé aimait l'accent du Kansai. Elle appréciait par-dessus tout les hommes qui étaient nés et avaient grandi dans le Kansai et qui, une fois à Tokyo, essayaient à toute force d'adopter la prononciation de la capitale. Elle trouvait ces dissonances charmantes. Leur accent spécial, bizarrement, la tranquillisait. Avec celui-là, ça ira, décida-t-elle. J'ai bien envie de tripoter le peu de cheveux qui lui reste. Quand le barman apporta à l'homme son whisky soda Cutty Sark, elle lui fit signe et lança d'une voix sonore, pour que l'homme l'entende bien :

« Un Cutty Sark avec des glaçons.

— Tout de suite », répondit le barman, qui resta inexpressif.

L'homme défit le bouton du haut de sa chemise et desserra sa cravate bleu marine à fins motifs. Son costume aussi était bleu marine et sa chemise d'un bleu plus clair. Elle continua à lire en attendant qu'on lui apporte son whisky. Ce faisant, elle défit le bouton du haut de son chemisier en un geste naturel. Le duo interprétait à ce moment-là « It's Only a Paper Moon ». Le pianiste ne chanta qu'un couplet. Lorsque le barman déposa son verre devant elle, elle le porta à la bouche et y trempa ses lèvres. Elle savait que l'homme la regardait à la dérobée. Aomamé releva la tête de son livre et dirigea son regard vers l'homme. Un mouvement tout à fait naturel, lui aussi, voire fortuit. Leurs yeux se croisèrent et elle lui adressa un sourire à peine perceptible. Puis, immédiatement, elle détourna les yeux et fit mine de regarder le paysage nocturne par la fenêtre.

C'était alors le timing idéal où l'homme devait adresser la parole à la femme. C'était elle qui avait délibérément mis en scène cette situation. Pourtant, l'homme n'ouvrit pas la bouche. Mais bon sang, qu'est-ce qu'il fiche ? se disait Aomamé. Ce n'est plus un gamin, il devrait comprendre ce genre de subtilités. Peut-être manque-t-il simplement de courage, supposait-elle. Il s'inquiète parce qu'il a cinquante ans et moi, pas encore trente. Et il se dit que, s'il me parle, je l'ignorerai. Ou que je me ficherai de lui en le traitant de vieux chauve. Allons bon. Il ne comprend vraiment rien du tout.

Elle referma son livre et l'enfouit dans son sac. Puis elle prit l'initiative : « Vous aimez le Cutty Sark ? »

Il la regarda, l'air étonné. Avec l'expression de quelqu'un pas très sûr de ce qu'il a entendu. Puis son visage se détendit.

« Ah… euh… le Cutty Sark, répéta-t-il comme s'il avait enfin compris. Oui, j'aime bien cette marque depuis toujours, et j'en bois souvent. À cause du voilier dessiné sur l'étiquette.

— Ah, vous aimez les bateaux…

— Oui. J'aime les voiliers. »

Aomamé leva son verre. L'homme aussi souleva légèrement le sien. Comme s'ils trinquaient.

Aomamé remit alors sur l'épaule le sac posé à côté d'elle, saisit son verre et se déplaça de deux sièges pour s'asseoir à côté de l'homme. Ce dernier parut un peu surpris mais s'efforça de ne pas laisser voir son étonnement.

« Une camarade du temps où nous étions lycéennes m'avait promis de me retrouver ici, mais on dirait qu'elle m'a fait faux bond, déclara-t-elle en regardant sa montre. Elle n'a pas l'air d'arriver et elle ne m'a pas prévenue.

— Elle s'est peut-être trompée de jour ?

— Oui, c'est possible. Elle a toujours été assez étourdie, répondit Aomamé. Je crois que je vais l'attendre encore un peu. Cela ne vous gêne pas que nous parlions un instant, pendant ce temps ? À moins que vous préfériez rester seul ?

— Non, non. Ça va. C'est très bien », bredouilla-t-il.

Rapprochant les sourcils, il regarda Aomamé comme s'il la jaugeait. Il avait l'air d'avoir des soupçons. Était-elle une prostituée qui cherchait à racoler un client ? Mais Aomamé ne donnait pas cette impression. Non, il avait beau l'examiner, ce n'était sûrement pas une prostituée. La nervosité de l'homme se relâcha quelque peu.

« Vous êtes descendue dans cet hôtel ? » lui demanda-t-il.

Aomamé secoua la tête.

« Non, j'habite Tokyo. Je suis juste venue ici pour retrouver mon amie. Et vous ?

— Je suis en voyage d'affaires, répondit-il. Je viens d'Osaka. Pour une réunion. Bien embêtante, d'ailleurs, mais comme notre siège social est à Osaka, il fallait bien que quelqu'un y participe. »

Aomamé sourit poliment. Si tu savais comme je m'en balance, de ton boulot. Il m'intéresse à peu près autant que du caca de pigeon. C'est juste que j'aime bien la forme de ton crâne, se disait-elle intérieurement. Évidemment, elle ne formula pas ces pensées à haute voix.

« Après tout ça, j'ai eu envie de boire un verre. Demain matin, j'ai une autre affaire à régler et ensuite je rentre à Osaka.

— Moi aussi, je viens juste d'achever un travail très important, dit Aomamé.

— Ah ! Quel genre de travail ?

— Oh, je n'ai pas tellement envie d'en parler, mais disons qu'il s'agit d'un travail de spécialiste.

— Un travail de spécialiste, répéta l'homme. Un travail que quelqu'un d'ordinaire ne peut pas accomplir et qui nécessite des techniques particulières et de l'entraînement. »

Tu es le gros dictionnaire sur pattes, toi ! songea Aomamé. Mais elle ne prononça pas non plus ces mots et se contenta de sourire.

« Eh bien, oui, ça y ressemble… »

L'homme avala une autre gorgée de son whisky puis prit une noix dans la coupelle.

« En fait, quel que soit l'intérêt que je pourrais porter à votre travail, vous n'avez pas tellement envie d'en parler ? »

Elle approuva de la tête.

« Ici et maintenant.

— Est-ce que par hasard ce serait un métier où l'on se sert des mots ? Par exemple, rédactrice ou chercheuse à l'université ?

— Qu'est-ce qui vous fait penser cela ? »

L'homme porta la main à son nœud de cravate et le resserra en le tirant d'un coup sec. Il reboutonna aussi sa chemise.

« Oh, rien en particulier. Mais vous aviez l'air de lire ce gros volume avec tant d'intérêt. »

De l'ongle, Aomamé donna une chiquenaude sur le bord de son verre.

« J'aime juste lire. Aucun rapport avec mon travail.

— Alors j'abandonne ! Je ne peux pas imaginer.

— Non, en effet », répondit Aomamé.

Impossible, à tout jamais, ajouta-t-elle en son for intérieur.

L'homme observait discrètement la silhouette d'Aomamé. Elle fit semblant de ramasser quelque chose tombé à terre, et, ce faisant, elle se pencha en avant de façon que l'homme puisse apercevoir son décolleté. Il devrait voir la forme de sa poitrine. Et la dentelle qui ornait son soutien-gorge blanc. Après quoi elle releva la tête et but son Cutty Sark. Les gros glaçons ronds tintèrent dans son verre.

« Vous en reprendrez ? Moi, je ne dirais pas non, proposa-t-il.

— Je vous remercie, répondit-elle.

— Vous tenez bien l'alcool ! »

Aomamé eut un sourire ambigu. Puis, très vite, elle reprit un air sérieux.

« Voilà, ça me revient. Il y a quelque chose que je voudrais vous demander…

— Oui ? Quoi ?

— Est-ce que les uniformes des policiers ont changé récemment ? Et aussi leurs armes ?

— Euh… récemment, vous voulez dire depuis quand ?

— Depuis une semaine environ. »

L'homme eut un air un peu intrigué.

« Les uniformes des policiers et leurs armes ont changé, ça, c'est sûr, mais c'était il y a déjà pas mal d'années. À la place de leurs vestes qui étaient plutôt ajustées, on leur a fourni des blousons, plus confortables, et leurs revolvers ont été remplacés par de petits modèles automatiques. Depuis, je ne crois pas qu'il y ait eu d'autres changements importants.

— Les policiers japonais avaient tous des revolvers à barillet, d'un modèle ancien, non ? Jusqu'à la semaine dernière… ? »

L'homme secoua la tête.

« Non, non, pas du tout. C'est bien plus tôt que tous les policiers ont été équipés d'automatiques.

— Vous en êtes sûr ? »

À son ton, l'homme hésita un peu. Des rides se creusèrent entre ses sourcils, il chercha sérieusement dans ses souvenirs.

« Euh… maintenant que vous me le demandez encore une fois, j'ai un doute. Ce dont je suis certain, c'est que, à l'époque, les journaux avaient écrit que toutes les armes des policiers avaient été changées pour de nouveaux modèles. Ç'avait même créé de petits problèmes. On a dit que c'étaient des armes trop performantes et les associations de citoyens, comme d'habitude, ont protesté auprès du gouvernement.

— Il y a combien d'années ? » demanda Aomamé.

L'homme fit signe au barman le plus âgé et lui demanda à quelle époque les uniformes et les armes de la police avaient été renouvelés.

« Au printemps, il y a deux ans, répondit instantanément le barman.

— Hé hé ! Les barmen des hôtels de luxe, ils savent tout ! » s'exclama l'homme en riant.

Le barman rit aussi.

« Non, je ne crois pas. Simplement, il se trouve que mon petit frère est policier et que je me souviens très bien de cette histoire. Mon frère n'aimait pas la coupe de son nouvel uniforme et il s'en plaignait beaucoup. Et il trouvait son arme trop lourde. Il proteste encore maintenant. Sa nouvelle arme, c'est un Beretta automatique neuf millimètres. Avec un simple commutateur, il peut le changer en semi-automatique. Aujourd'hui, c'est Mitsubishi qui les fabrique sous licence pour le pays, je crois. Au Japon, il n'y a pratiquement pas de conflits armés et on n'a pas besoin d'armes aussi performantes. On doit juste se soucier de ne pas se les faire voler. Mais l'intention du gouvernement était d'améliorer et de renforcer l'efficacité de la police.

— Et que sont devenues les anciennes armes ? demanda Aomamé en tâchant autant que possible de contrôler son intonation.

— Elles ont toutes été récupérées, et ensuite on a dû s'en débarrasser, répondit le barman. J'ai vu qu'on était en train de les détruire, au journal télévisé. Ça prend un temps fou de démanteler toutes ces armes et de se débarrasser aussi des munitions.

— Ç'aurait été aussi bien de les vendre à l'étranger, remarqua l'homme aux cheveux clairsemés.

— La Constitution nous interdit d'exporter des armes, observa le barman d'un ton modeste.

— Oh ! Décidément, les barmen des grands hôtels…

— Donc, demanda Aomamé en lui coupant la parole et en s'adressant au barman, depuis deux ans, les policiers du Japon ne se servent plus de leurs anciens revolvers à barillet ? C'est bien ça ?

— À ma connaissance, non. »

Aomamé grimaça légèrement. Est-ce que je suis devenue folle ? Ce matin, justement, j'ai vu un policier dans sa tenue habituelle, avec son vieux modèle de revolver. Je n'ai jamais entendu parler de cette histoire de destruction totale des anciennes armes. Il est pourtant impossible d'imaginer que ce vieux type et le barman se trompent tous les deux ou qu'ils puissent raconter les mêmes mensonges. Ce qui signifie que c'est moi qui suis dans l'erreur.

« Merci. Bon, je crois que ça suffit avec ces questions… », déclara Aomamé à l'adresse du barman. Ce dernier afficha un sourire professionnel, comme un signe de ponctuation bien à propos, et retourna à son travail.

« Vous vous intéressez aux policiers ? demanda l'homme âgé.

— Non, ce n'est pas ça. C'est juste que mes souvenirs se mélangent un peu », répondit Aomamé évasivement.

Les nouveaux Cutty Sark, l'un avec soda, l'autre avec glaçons, leur furent apportés et tous deux se mirent à boire. L'homme parlait voile. Il avait un petit yacht amarré au port de Nishinomiya. Durant ses jours de repos, il sortait en mer. Là, seul, il sentait le vent sur lui et c'était incroyable, merveilleux. L'homme parlait avec passion. Aomamé n'avait absolument pas envie d'écouter ses histoires de yacht. Qui ne l'intéressaient en rien. Le roulement à billes ou les conditions de la répartition des ressources minérales de l'Ukraine, voilà ce qui la passionnait. Elle jeta un coup d'œil à sa montre.

« Oh, il se fait tard… Puis-je vous poser une question très franche ?

— Bien sûr.

— Comment dire, c'est une question plutôt personnelle.

— Si je peux y répondre.

— Vous avez un grand zizi ? »

La bouche de l'homme s'ouvrit un peu, ses yeux se plissèrent, et il fixa le visage d'Aomamé un moment. Comme s'il ne pouvait en croire ses oreilles. Mais Aomamé avait une expression tout à fait sérieuse. Elle ne plaisantait pas. Il suffisait de voir ses yeux pour en être sûr.

« Eh bien…, répondit-il scrupuleusement. Je ne sais pas très bien, mais je dirais qu'il doit être normal. Je ne sais pas trop quoi dire, là, quand vous me demandez ça brusquement…

— Quel âge avez-vous ? demanda Aomamé.

— Je viens d'avoir cinquante et un ans, juste le mois dernier, répondit-il d'une voix incertaine.

— Vous vivez depuis plus de cinquante ans avec une cervelle normale, vous travaillez normalement, vous possédez même un yacht, et vous ne seriez pas capable d'estimer si votre propre pénis est grand ou petit, par rapport aux critères généralement admis ?

— Euh… il est possible qu'il soit un peu plus grand que la moyenne, déclara-t-il avec difficulté, après une petite réflexion.

— Vraiment ?

— Et pourquoi vous en préoccupez-vous ?

— Préoccuper ? Qui a dit que je m'en préoccupais ?

— Non, non, personne ne dit ça, mais…, se reprit-il en reculant un peu sur son tabouret. Mais j'avais l'impression qu'il s'agissait de cela, maintenant…

— Pas du tout. Il ne s'agit pas de ça. Absolument pas, riposta Aomamé. Mais moi, personnellement, j'aime les grands zizis. Sur le plan visuel, hein. Ça ne veut pas dire que je ne ressens rien s'il n'est pas assez grand, ce n'est pas ça du tout. Et que je ne suis pas d'accord si le zizi n'est que relativement grand, non. C'est juste que je préfère *les grands*, c'est une question d'humeur. Il ne faut pas ? Vous savez, chacun ses goûts, voilà tout. Mais si le zizi est monstrueusement grand, alors là, non, ça ne va plus. Ça fait juste mal. Vous comprenez ?

— Eh bien, je crois que le mien peut vous plaire. À mon avis, il est un peu plus grand que la moyenne, mais pas monstrueux. C'est-à-dire qu'il est bien proportionné, je pense…

— Ne me mentez pas !

— Pourquoi est-ce que je vous mentirais ?

— Mmm. Je pourrais y jeter un œil ?

— Ici ? »

Aomamé crispa son visage, en gardant néanmoins une certaine retenue.

« Ici ? Ça ne va pas ? À l'âge que vous avez, vous pensez à quoi… ? Vous portez un super costume, votre cravate est bien serrée et vous ne savez même pas ce que tout le monde sait ? Vous n'imaginez tout de même pas que vous allez me montrer votre zizi dans un endroit pareil. Et les gens, là, qu'en penseraient-ils ? Non, nous allons nous rendre dans votre chambre, vous enlèverez votre caleçon et vous me le montrerez, voilà. Juste vous et moi. C'est comme ça que les choses se passent.

— Je vous le montre, bon, mais après, qu'est-ce qui va arriver ? demanda l'homme d'un ton soucieux.

— Après me l'avoir montré, ce qui arrivera… ? répéta Aomamé, qui retint son souffle et qui, cette fois, grimaça avec audace. Eh bien, sans doute qu'on fera l'amour. Que voulez-vous qu'on fasse d'autre ? Vous croyez que je vais aller exprès dans votre chambre, que je vais regarder votre zizi et que je vous dirai : "Merci beaucoup de votre obligeance. Vous m'avez montré quelque chose de très joli. Eh bien, je vous laisse et bonne nuit" ? Quelques fils n'auraient pas été débranchés dans votre cerveau ? »

L'homme eut le souffle coupé à la vue de la métamorphose spectaculaire du visage d'Aomamé. Quand ses traits se contractaient ainsi, la plupart des hommes en restaient pétrifiés. De petits enfants en auraient même fait pipi sur eux. Tant était traumatisant son visage ainsi transformé. J'en ai peut-être un peu trop fait, se dit Aomamé. Il ne faut pas l'effrayer outre mesure. Il doit d'abord accomplir sa tâche. Elle reprit rapidement son apparence habituelle et se força à sourire. Puis, de manière que l'homme comprenne bien, elle lui répéta :

« En somme, nous allons dans votre chambre, et puis nous nous mettrons au lit et nous ferons l'amour. Vous n'êtes ni homo ni impuissant, n'est-ce pas ?

— Non, je ne crois pas. D'ailleurs, j'ai deux enfants…

— Écoutez, personne ne vous demande combien vous avez d'enfants ! Je ne suis pas un agent du recensement, alors, s'il vous plaît, pas de blabla inutile. Je vous demande juste si, quand vous allez au lit avec une femme, votre zizi est bien au garde-à-vous, c'est tout.

— Je crois que jusqu'ici, dans les moments importants, je n'ai jamais failli, mais…, dit l'homme. Pourtant, est-ce que vous êtes une pro… enfin, je veux dire, est-ce que c'est votre travail ?

— Pas du tout. Maintenant, arrêtez, s'il vous plaît. Je ne suis pas du tout une professionnelle. Ni une perverse. Juste une citoyenne ordinaire. Juste une citoyenne ordinaire qui souhaite avoir des relations sexuelles avec un individu du sexe opposé, très simplement, très franchement. Je ne veux rien de spécial, juste tout ce qu'il y a de plus normal. Y a-t-il quelque chose de mal à cela ? Je viens de finir un travail compliqué, il fait nuit, j'ai bu un peu d'alcool fort, j'ai envie de m'éclater en faisant l'amour avec un inconnu. J'ai envie de me détendre. J'en ai besoin. Vous qui êtes un homme, vous pouvez le comprendre, non ?

— Oui, évidemment, je comprends, mais…

— Je ne veux pas d'argent de vous. Rien. Et si vous m'apportez un très grand plaisir, j'irai même jusqu'à vous en donner. J'ai des préservatifs dans mon sac. Pas besoin de vous faire du souci avec des maladies. Bon, c'est d'accord ?

— Oui, oui… pourtant…

— Qu'est-ce qui ne va pas, à la fin ? Je ne vous plais pas ?

— Non, ce n'est pas ça. Simplement, je ne comprends pas très bien. Vous êtes jeune, jolie, et moi, j'ai plus ou moins l'âge d'être votre père…

— Oh là là… ne dites pas d'idioties ! Je vous en supplie. Quelle que soit notre différence d'âge, je ne suis pas votre fifille et vous n'êtes pas mon petit papa. C'est pourtant évident, non ? Ces généralisations débiles, ça me fatigue ! Voilà, je vais vous dire, j'aime votre tête chauve. Et la forme de votre crâne. D'accord ?

— Oh… mais tout de même, je ne suis pas encore tout à fait chauve et même, à la naissance des cheveux…

— Vous m'embêtez ! Ça va comme ça ! » dit Aomamé en usant de toute sa maîtrise pour s'empêcher de grimacer. Puis elle adoucit quelque peu sa voix. Il ne fallait pas terroriser son partenaire plus que nécessaire. « Bon, nous sommes bien d'accord ? Je vous en prie, allons, ne dites plus d'absurdités ! »

Quoi que tu en penses, tu es bel et bien chauve, pensait Aomamé. S'il existait une rubrique réservée aux chauves sur les listes de recensement, c'est là que tu serais inscrit, sans conteste. Si tu vas au paradis, ce sera au Paradis des Chauves. Et si tu vas en enfer, ce sera dans l'Enfer des Chauves. T'as compris ? Si t'as compris, affronte la réalité en face. Bon, alors, on y va ? Maintenant, pour toi, c'est direct pour le Paradis des Chauves.

L'homme régla l'addition du bar et tous deux se dirigèrent vers sa chambre.

Le pénis de l'homme était en effet un peu plus grand que la moyenne, mais pas démesuré cependant. Sa déclaration n'était donc pas fausse. Aomamé le mania habilement jusqu'à ce qu'il s'allonge et durcisse. Elle ôta son chemisier, enleva sa jupe.

« Vous trouvez mes seins trop petits, hein ? demanda-t-elle froidement à l'homme en le regardant d'en haut. Votre zizi est très bien, grand comme il faut, alors que mes seins sont petits. Je vous autorise à vous moquer de moi. Vous allez avoir l'impression d'y perdre.

— Mais pas du tout. Vos seins ne sont pas particulièrement petits. Ils ont une jolie forme.

— Ça m'étonnerait, répliqua Aomamé. Je dois vous prévenir que je ne porte pas ce genre de soutien-gorge avec toutes ces dentelles, d'habitude. J'ai été obligée à cause de mon travail. Juste pour laisser entrevoir mon décolleté.

— Mais alors, c'était quel type de travail ?

— J'ai été claire tout à l'heure, pourtant, non ? Je n'ai pas envie d'en parler ici. Enfin, ce que je peux dire, c'est qu'il est très difficile pour une femme.

— Pour un homme aussi, vous savez, vivre est très difficile.

— Oui, mais au moins vous n'avez pas besoin de porter des choses que vous n'aimez pas, comme des soutiens-gorge à dentelles.

— Ah, évidemment…

— Alors, s'il vous plaît, ne dites pas des trucs comme si vous le saviez ! La vie d'une femme est beaucoup plus pénible que celle d'un homme. Par exemple, avez-vous déjà descendu un escalier tout raide sur des hauts talons ? Êtes-vous jamais passé par-dessus une barrière avec une minijupe moulante ?

— Pardon », dit franchement l'homme.

Elle passa ses mains dans le dos et dégrafa son soutien-gorge, qu'elle jeta sur le sol. Elle fit rouler son collant et l'enleva, puis le jeta également par terre.

Ensuite, elle s'allongea sur le lit, sur le côté, et recommença à manier le pénis de l'homme.

« Il est merveilleux. J'avoue que je suis admirative, vraiment ! Il a une belle forme, sa longueur est quasiment idéale, et il est aussi dur que du bois !

— Ça me fait plaisir ce que vous me dites là, fit l'homme, qui sembla rassuré.

— Et maintenant, je vais te le câliner ! Il va être supercontent et il va se dresser !

— Euh, ce ne serait pas mieux de prendre une douche avant ? J'ai transpiré…

— Oh, tu nous embêtes », fit Aomamé. Puis, comme elle l'avait annoncé, elle se mit à titiller du bout des doigts le testicule du côté droit. « Écoute, je suis venue ici pour le sexe. Et pas pour la douche. D'accord ? D'abord, on le fait, à mort. La sueur, on s'en fiche. Je ne suis pas une petite étudiante timide.

— D'accord », dit l'homme.

Une fois que ce fut terminé, et que l'homme allongé sur le ventre, épuisé, présentait à Aomamé sa nuque qu'elle caressait, elle eut le désir violent de piquer son aiguille acérée au fameux point spécial. Elle se dit qu'elle allait vraiment le faire. Dans son sac, enveloppé dans le tissu, il y avait son pic à glace. À l'extrémité qu'elle avait longuement aiguisée était fiché le fragment de liège spécialement assoupli. Si je me décidais à le faire, j'y arriverais très facilement. Je laisserais tomber ma main droite *tout droit* vers la partie en bois. Avant qu'il ait le temps de rien comprendre, il serait déjà mort. Il n'aurait pas la moindre douleur. On conclurait à une mort naturelle, sans aucun doute. Mais bien sûr elle y renonça. Il n'y avait aucune raison de devoir effacer cet homme de la société. Sauf qu'il n'avait plus de raison d'exister pour Aomamé. Elle hocha la tête et chassa de son cerveau ces pensées dangereuses.

Cet homme n'est pas vraiment méchant, se disait-elle. Pour le sexe, il était plutôt bon. Il s'était retenu et avait attendu qu'elle jouisse pour éjaculer. La forme de sa tête et son crâne chauve étaient également plutôt plaisants. La longueur de son pénis juste ce qu'il fallait. Poli, bien habillé, une attitude pas trop insistante. Il avait sans doute reçu une excellente éducation. Certes, sa conversation était infiniment ennuyeuse et lui portait sur les nerfs. Mais il ne méritait tout de même pas d'être condamné à mort. Sans doute pas.

« Je peux allumer la télé ? demanda Aomamé.

— Oui », répondit l'homme, toujours sur le ventre.

Nue dans le lit, elle regarda jusqu'à la fin le journal de vingt-trois heures. Au Moyen-Orient, le conflit sanglant entre l'Iran et l'Irak se poursuivait. La guerre s'embourbait et l'on ne voyait aucune amorce de solution. En Irak, de jeunes insoumis avaient été pendus à des poteaux électriques pour l'exemple. Le gouvernement iranien accusait Saddam Hussein d'utiliser des gaz innervants et des armes bactériologiques. En Amérique, Walter Mondale et Gary Hart se disputaient la candidature du Parti démocrate pour la prochaine élection présidentielle. Ni l'un ni l'autre ne semblait être l'homme le plus sensé au monde. Comme il est fréquent qu'un président intelligent serve de cible à des assassins, il est possible que les hommes dotés d'une perspicacité hors du commun s'efforcent de ne surtout pas devenir président.

Sur la lune, l'établissement d'une base d'observation permanente progressait. Pour ce faire, les États-Unis et l'Union soviétique collaboraient exceptionnellement. C'était comme pour la station du pôle Sud. Une base sur la lune ? Aomamé était perplexe. Elle n'avait pas entendu parler de cette histoire. Que lui arrivait-il donc ? Mais elle ne réfléchit pas longtemps à cela. Elle avait des problèmes plus urgents à régler dans l'immédiat. Un incendie dans une mine de charbon au Kyûshû avait causé de nombreux décès, et le gouvernement cherchait les raisons du sinistre. Aomamé était plutôt surprise qu'à une époque où l'on pouvait établir une base d'observation sur la lune on continue encore à extraire du charbon. L'Amérique réclamait instamment l'ouverture des marchés financiers au Japon. Morgan Stanley et Merrill Lynch jetaient de l'huile sur le feu en pressant le gouvernement de trouver de nouveaux débouchés pour accroître leurs bénéfices. Dans le département de Shimané, on présentait un chat intelligent. Le chat ne s'était pas contenté d'ouvrir lui-même la fenêtre, puis de sortir. Une fois dehors, il avait refermé la fenêtre. C'était son maître qui le lui avait enseigné. Aomamé regarda avec admiration la scène où l'on voyait le chat noir, maigre, qui se tournait, allongeait une patte et, avec un regard qui en disait long, faisait glisser la fenêtre pour la refermer.

C'étaient là toutes les informations. Il n'y eut aucune nouvelle concernant la découverte d'un cadavre dans un hôtel à Shibuya. Le bulletin achevé, elle appuya sur la télécommande pour éteindre la télévision. Le silence se fit. On entendait seulement le souffle léger de l'homme âgé qui dormait, couché à côté d'elle.

L'autre homme, demeuré dans la même position, avait sans doute toujours la face contre le bureau. L'air de dormir profondément. Comme celui-ci, à côté de moi. Mais son souffle n'était plus perceptible. Le salaud n'aurait plus la moindre chance d'ouvrir les yeux et de se lever. Aomamé, les yeux fixés au plafond, imaginait l'aspect du corps. Elle secoua légèrement la tête et grimaça. Puis elle sortit du lit et ramassa l'un après l'autre les vêtements qu'elle avait jetés sur le sol.

6

Tengo

... nous irons assez loin

Ce fut vendredi tôt le matin, juste après cinq heures, que Tengo reçut un nouveau coup de téléphone de Komatsu. Il était en train de rêver qu'il traversait un long pont en pierre. Il allait rechercher sur l'autre rive un document important qu'il avait oublié. Il était seul sur ce pont. La rivière était large et belle, parsemée de-ci de-là de bancs de sable. Le flot s'écoulait lentement, et sur les terrains sableux poussaient des saules pleureurs. On distinguait les silhouettes élégantes des truites. Les feuillages d'un vert éclatant retombaient gracieusement à la surface de l'eau. C'était un paysage qui ressemblait à une gravure sur une assiette chinoise. Il se réveilla et jeta un œil sur le réveil posé à côté de son lit, dans la chambre complètement obscure. Avant de soulever le combiné, il savait qui l'appelait à une heure pareille.

« Tengo, tu as une machine à traitement de texte ? » demanda Komatsu. Sans un « Bonjour ! » ni « Tu étais déjà levé ? » Pour qu'il soit debout à cette heure-là, il avait dû passer une nuit blanche. Ce n'était pas son genre de se réveiller avant l'aube. Et là, juste maintenant, avant d'aller dormir, il s'était souvenu qu'il devait absolument parler à Tengo.

« Bien sûr que non ! » répondit Tengo. Tout était sombre autour de lui. Et il était encore au milieu de ce long pont. Tengo avait rarement des rêves aussi précis.

« Je n'en suis pas fier, mais je n'ai pas encore pu m'en payer un.

— Tu sais t'en servir ?

— Oui, oui. Je me débrouille avec un ordinateur ou une machine à traitement de texte. À mon école, il y en a une, je m'en sers toujours pour mon travail.

— Bon, alors, tu vas t'en acheter une dès aujourd'hui. Moi, tout ce qui est appareil, je n'y connais rien du tout. Donc c'est toi qui te charges de choisir la marque ou le modèle. Je te rembourserai après. J'aimerais que tu l'utilises pour récrire *La Chrysalide de l'air*. Et que tu commences aussi vite que possible.

— Il faut compter tout de même 250 000 yens pour les appareils les moins chers.

— Aucune importance. »

Tengo hocha la tête d'un air incrédule.

« Vous voulez dire, monsieur Komatsu, que vous m'offrez une machine à traitement de texte ?

— Ah... eh bien, je vais sans doute devoir vider ma maigre bourse ! Que veux-tu, il faut investir pour ce travail. On ne peut pas entreprendre de grandes choses en se montrant mesquin. Comme tu le sais toi-même, le manuscrit de *La Chrysalide de l'air* a été envoyé imprimé avec un traitement de texte, et ce serait gênant que la version remaniée n'apparaisse pas également sous cette forme. Tâche de faire en sorte que le nouveau manuscrit ressemble le plus possible à l'original. Tu crois pouvoir commencer la réécriture dès aujourd'hui ? »

Tengo réfléchit un instant.

« Eh bien, je m'y mettrai dès que tout sera décidé. Mais pour m'accorder l'autorisation de faire ce travail, Fukaéri a posé comme condition que je rencontre quelqu'un, ce dimanche. Et je n'ai pas encore vu cette personne. Au cas où, à la suite de cette entrevue, la discussion n'aboutirait pas, ce serait une perte d'argent et de travail. On ne peut pas exclure cette éventualité.

— Ne t'en fais pas. Ça s'arrangera. Ne t'inquiète pas pour ces petits détails, et mets-toi à travailler le plus vite possible. C'est une course contre la montre.

— Vous êtes aussi confiant que ça ?

— Oui, j'en ai l'intuition, répondit Komatsu. Je marche au flair, tu le sais. Il semble qu'aucun talent ne m'ait été accordé, mais j'ai de l'intuition à revendre. Permets-moi d'affirmer que c'est même grâce à cette seule qualité que j'ai survécu. Dis-moi, Tengo, à ton avis, quelle est la grande différence entre le talent et l'intuition ?

— Je l'ignore.

— Tu auras beau avoir tout le talent que tu veux, ça ne te remplira pas le ventre. Alors qu'avec beaucoup d'intuition tu ne seras jamais dans le pétrin.

— Je m'en souviendrai, dit Tengo.

— Donc, ne t'inquiète de rien et mets-toi au travail dès aujourd'hui.

— Si je comprends bien ce que vous dites, monsieur Komatsu, je n'ai pas de souci à me faire. Pourtant, je n'aimerais pas commencer quelque chose qui a l'air très prometteur, pour me retrouver ensuite le bec dans l'eau.

— C'est moi qui en prends toute la responsabilité.

— D'accord. Cet après-midi, j'ai quelqu'un à voir, alors j'essaierai de trouver une machine à traitement de texte dans la matinée.

— C'est ça. Je compte sur toi. Si nous unissons nos forces, toi et moi, le monde est à nous ! »

Peu après neuf heures, il reçut un coup de téléphone de sa petite amie mariée. Elle avait conduit son mari et ses enfants à la gare. L'après-midi, elle devait rendre visite à Tengo. Ils se rencontraient toujours le vendredi.

« *Je ne me sens pas très bien*, annonça-t-elle. Je regrette, mais je ne pense pas pouvoir venir, cet après-midi. On se verra la semaine prochaine ! »

« *Je ne me sens pas très bien* » était l'euphémisme qu'elle utilisait pour dire qu'elle avait ses règles. Son éducation voulait qu'elle s'exprime avec retenue et délicatesse. Pourtant, au lit, elle n'était pas spécialement raffinée ou retenue. Mais c'était différent. Moi aussi, je regrette qu'on ne se voie pas, répondit Tengo. Mais bon, on n'y peut rien.

En fait, il ne regrettait pas vraiment de ne pas la voir, du moins cette semaine-là. Bien sûr, faire l'amour avec elle était plaisant, mais son intérêt était déjà orienté vers la réécriture de *La Chrysalide de l'air*. Toutes sortes d'idées lui venaient en tête puis disparaissaient, comme le frémissement de la vie naissante dans les mers immémoriales. En somme, je ne suis pas différent de M. Komatsu, se disait Tengo. Avant que les choses soient officiellement fixées, de mon propre chef, j'ai déjà commencé à avancer.

À dix heures, il se rendit à Shinjuku et acheta une machine à traitement de texte Fujitsu, qu'il paya avec sa carte bancaire. C'était le modèle le plus récent, et, par rapport aux précédents, il avait été considérablement allégé. Il acheta aussi des rubans encreurs de rechange et du papier. Il revint chez lui avec ses emplettes, installa l'appareil sur son bureau et brancha la prise sur le secteur. Même si ce modèle était plus petit, ses fonctions n'étaient pas fondamentalement différentes du gros Fujitsu qu'il utilisait à son école. Tengo s'assura qu'il maîtrisait le fonctionnement de la machine et commença à récrire *La Chrysalide de l'air*.

Il n'avait pas de plan très clair sur la manière dont il allait procéder. Simplement quelques idées sur tel ou tel détail, mais pas de méthode ou de principes établis. Tengo n'était pas certain que l'on puisse récrire en usant de logique un roman aussi délicat et fantastique que *La Chrysalide de l'air*. Comme l'avait dit Komatsu, il était évident qu'il devait considérablement modifier le style, mais, ce faisant, ne risquait-il pas de dégrader les qualités et l'atmosphère de l'œuvre originelle ? Cela ne reviendrait-il pas à donner un squelette à un papillon ? Ses réflexions le rendirent hésitant, son anxiété grandit. Mais les choses étaient déjà en marche. Et il était limité par le temps. Il n'avait pas le loisir de rester les bras croisés, plongé dans ses pensées. Après tout, il n'avait qu'à régler concrètement les détails, l'un après l'autre. Une fois qu'il aurait travaillé et organisé les à-côtés, il était possible que l'image d'ensemble se dessine d'elle-même en toute clarté.

Tengo, tu es le seul à pouvoir le faire. Je le sais, lui avait affirmé Komatsu avec confiance. Et sans très bien en comprendre la raison, Tengo était à même d'adhérer à ces mots, d'emblée, en totalité, du moment qu'ils venaient de Komatsu. Car si l'homme posait problème dans son comportement, il avait une pensée autonome. En cas de nécessité, Tengo était certain que Komatsu abandonnerait tranquillement un garçon tel que lui. Sans même se retourner. Mais comme éditeur il possédait un flair spécial, ainsi qu'il l'avait proclamé. Komatsu n'hésitait pas. Il jugeait et se déterminait sur-le-champ. Puis passait à l'action. Sans tenir aucun compte de l'avis de son entourage. Il aurait fait un excellent commandant de bataillon d'avant-garde. Et il possédait des dispositions qui faisaient totalement défaut à Tengo, du moins jusqu'à présent.

En fait, il était midi et demi lorsque Tengo s'attaqua à la réécriture. Les premières pages de *La Chrysalide de l'air*, jusqu'à un passage où il était facile de s'arrêter, il les tapa telles quelles sur l'écran de sa machine. Pour le moment, il essaierait de corriger cette partie jusqu'à en être satisfait. Il ne changerait rien au contenu, mais il réorganiserait la syntaxe et modifierait radicalement le style. De la même façon qu'on rénove les pièces d'un appartement. On conserve en l'état sa structure qui ne pose pas de problème en elle-même. On ne change pas non plus tout ce qui se situe autour des arrivées d'eau. Mais les éléments qui peuvent être transformés —— le sol, le plafond, les murs, les cloisons ——, on les enlève, on les renouvelle. C'est comme si j'étais un charpentier à qui l'on avait donné carte blanche, se dit Tengo. Je n'ai pas de tracé défini. Je dois juste m'ingénier à jouer librement de mon expérience et de mon intuition.

J'ajoute des explications aux passages difficiles à comprendre à la première lecture, je m'arrange pour que les phrases coulent mieux. Je coupe les endroits inutiles et les répétitions, je comble les lacunes. De loin en loin, j'introduis des changements dans l'ordre des phrases ou des paragraphes. Les adjectifs et les adverbes étant extrêmement rares dans l'original, je respecte cette particularité, mais, lorsque je sens que c'est nécessaire, j'y adjoins néanmoins un qualificatif, en choisissant les mots justes. Le style de Fukaéri était dans l'ensemble enfantin. Distinguer les bons passages des plus faibles ne posait pas de difficulté, choisir ne prenait pas beaucoup de temps. Le caractère enfantin rendait certaines parties malaisées à comprendre, mais ce même caractère faisait que d'autres recelaient une véritable fraîcheur d'expression. Les passages obscurs, il les enlevait résolument et les remplaçait ; les passages réussis, il les laissait tels quels.

Au fur et à mesure qu'il progressait dans sa tâche, Tengo pensait de nouveau que Fukaéri n'avait pas écrit ce texte en espérant qu'il deviendrait une œuvre littéraire. Elle avait cette histoire en elle —— pour reprendre ses paroles, c'étaient des choses qu'elle voyait vraiment —— et elle l'avait mise en mots. Elle aurait pu tout aussi bien ne pas se servir de mots, mais elle n'avait pas trouvé d'autre moyen d'expression. C'était aussi simple que ça. Elle n'avait jamais nourri d'ambition littéraire. Comme elle n'avait pas non plus l'intention de faire de son œuvre un produit à vendre, elle ne ressentait pas le besoin de prêter attention à la précision de la forme. Pour reprendre la métaphore de l'appartement, du moment qu'on a des murs et un toit, on peut considérer que cela suffit pour être protégé du vent et de la pluie. Aussi Fukaéri ne se souciait-elle pas de la manière dont Tengo modifierait son texte puisqu'elle avait atteint son objectif. « Fais-en ce que tu veux », lui avait-elle dit, et c'était certainement là le fond de sa pensée.

Il n'en restait pas moins que les phrases qui soustendaient *La Chrysalide de l'air* n'avaient pas été écrites pour que seul l'auteur puisse les comprendre. Si Fukaéri n'avait eu d'autre but que de noter, comme un aide-mémoire, ce qu'elle voyait ou ce qu'elle avait en tête, il lui aurait suffi de faire une sorte de catalogue. Il n'aurait pas été nécessaire de se donner la peine de construire quelque chose de lisible. Or le fait d'avoir composé cette histoire semblait présupposer qu'un *autre* serait invité à la lire. C'est pourquoi ce texte avait acquis sa puissance attractive, même s'il n'avait pas été réalisé dans une perspective littéraire, et malgré son style enfantin. Mais cet *autre*, Tengo avait le sentiment qu'il était bien différent de la masse anonyme des « lecteurs » que vise la littérature moderne.

Mais à quelle catégorie de lecteurs ce texte pouvait-il être destiné ?

Tengo l'ignorait, bien entendu.

Ce qu'il savait néanmoins, c'est que *La Chrysalide de l'air* était une fiction tout à fait unique, contradictoire, possédant à la fois une beauté originelle et de gros défauts, et qu'en même temps elle recelait un dessein particulier.

À la suite de son travail, le texte devint deux fois et demi plus long que le manuscrit original. Les passages à peine ébauchés étant bien plus nombreux que les passages superflus, s'il voulait continuer à rétablir de la cohérence, l'ensemble grossissait forcément. De toute façon, ce début *manquait de substance*. À présent les phrases étaient devenues logiques et sensées, le point de vue était clair, et la lecture d'autant plus fluide. Mais l'ensemble avait quelque chose de lourd. En privilégiant la logique, il avait affaibli l'acuité et le tranchant que possédait le début de l'original.

L'opération suivante consistait à supprimer de la nouvelle version les « passages non indispensables ». À éliminer tout excédent de chair. Le travail de rabotage était beaucoup plus facile que celui de remplissage. Après cette opération, le texte s'était réduit de près de soixante-dix pour cent. C'était une sorte de jeu intellectuel. Durant un laps de temps déterminé, il étoffait le texte, autant que possible, puis, durant un laps de temps déterminé, il le réduisait, autant que possible. En poursuivant obstinément ces opérations opposées et complémentaires, l'amplitude diminuait peu à peu et le texte finissait par se stabiliser à un niveau d'équilibre satisfaisant. Jusqu'à atteindre enfin le point où il n'y avait plus rien à rajouter, plus rien à retrancher. Les complaisances de son ego une fois élaguées, les qualificatifs superflus éliminés, la logique trop apparente se réfugiait à l'arrière-plan. Tengo était très doué pour ce genre de travail. C'était un technicien-né. Il respectait fidèlement la règle du jeu, jusqu'au bout, avec la même persévérance que celle d'un âne transportant de l'eau ou la tension et la vigilance d'un oiseau en vol en quête de nourriture.

Il poursuivit passionnément sa tâche presque jusqu'à s'étourdir. Quand il prit le temps de souffler, il regarda la pendule murale et vit qu'il était déjà presque trois heures. Ce qui signifiait qu'il n'avait pas encore déjeuné. Tengo se rendit à la cuisine, fit chauffer de l'eau dans la bouilloire et, pendant ce temps, moulut du café. Il mangea quelques biscuits avec du fromage, grignota une pomme, puis il se fit du café. Pour se changer les idées, en en buvant un grand mug, il pensa un moment au sexe avec sa petite amie plus âgée. En principe, à cette heure-ci, il aurait dû faire *ça* avec elle. Il ferma les yeux, la tête tournée vers le plafond, et poussa un profond soupir gonflé de suggestions et d'hypothèses. Lui, qu'aurait-il fait ? Et elle ?

Il revint ensuite à son bureau et, adoptant un point de vue différent, relut sur l'écran le début récrit de *La Chrysalide de l'air*. Comme le général qui fait une tournée d'inspection des tranchées, dans la scène initiale du film de Stanley Kubrick, *Les Sentiers de la gloire*. Pas mal, se dit-il. Le style avait été bien amélioré. Les choses avançaient. Mais ce n'était pas suffisant. Il restait beaucoup à faire. Ici ou là, des sacs de sable s'effondraient. Il n'y avait pas assez de munitions pour les mitrailleuses. Il constatait que, à certains endroits, le réseau de barbelés n'était pas assez fourni.

Il imprima les pages récrites. Puis, gardant le document sous la main, il éteignit la machine à traitement de texte et la poussa au bout du bureau. Il posa alors les pages imprimées devant lui et relut attentivement l'ensemble, un crayon à la main. Lorsqu'il estimait qu'un passage était oiseux, il le rayait ; lorsqu'il sentait qu'un autre était médiocre, il le développait. Il continua ainsi ses corrections jusqu'à ce que les parties mal adaptées au contexte soient satisfaisantes. Comme on choisit un carreau pour combler un petit espace dans une salle de bains, il sélectionnait précisément le mot qui convenait pour tel passage, il vérifiait son ajustement sous des angles variés. Si celui-ci était mauvais, il en harmonisait la forme. De minuscules nuances animaient le texte sans pour autant l'abîmer.

Tengo s'étonna de ce que les mêmes phrases lues sur l'écran lui donnent une impression aussi différente lorsqu'elles étaient imprimées sur le papier. Les mots lui paraissaient tout autres, selon qu'il les avait écrits au crayon sur du papier ou qu'il les avait tapés sur le clavier. Il devait vérifier cela sous les deux angles. Il rebrancha l'appareil et rentra l'une après l'autre les corrections qu'il avait rédigées au crayon sur les pages imprimées. Puis il relut le nouveau texte sur l'écran. Pas mal, songea Tengo. Chaque phrase possédait un poids convenable, se lisait naturellement, sans à-coups.

Tengo s'étira sur sa chaise, leva la tête au plafond et souffla un grand coup. Bien sûr, il était loin d'avoir terminé. S'il se relisait dans quelques jours, il trouverait sans doute nécessaire de faire des retouches ici ou là. Mais pour l'heure ça suffisait. Il avait atteint la limite de sa concentration. Il fallait laisser les choses se décanter. Les aiguilles de sa montre s'approchaient de cinq heures, il commençait à faire sombre. Demain, il attaquerait une autre partie. Pour récrire ce seul début, il lui avait fallu pratiquement une journée complète. Davantage que ce qu'il avait imaginé. Mais une fois que les rails seraient posés, qu'il aurait trouvé son rythme de croisière, le travail devrait avancer plus vite. Le début était toujours la partie le plus difficile et le plus dévoreuse de temps. Une fois cette partie surmontée, la suite……

Tengo imagina le visage de Fukaéri et réfléchit à ce qu'elle pourrait bien éprouver lorsqu'elle lirait le manuscrit modifié. Il était cependant incapable de deviner quels seraient ses sentiments, comment elle réagirait. Au fond, il ignorait tout d'elle, en tant que personne. Elle avait dix-sept ans, était en troisième année de lycée, n'avait aucune envie de se présenter aux concours d'entrée à l'université, elle avait une façon de parler très spéciale, elle aimait le vin blanc, et elle possédait cette beauté qui trouble le cœur des hommes. À part cela, il ne savait rien.

Mais il s'était produit en lui une sorte de contrecoup, comme une réaction spéciale, qui lui avait permis de saisir très exactement ce qu'était l'essence du monde qu'avait cherché à décrire (ou à enregistrer) Fukaéri dans *La Chrysalide de l'air*. Les scènes que Fukaéri avait voulu dessiner à l'aide de son vocabulaire spécial et limité étaient bien plus vivantes, plus claires, grâce à sa réécriture soigneuse. Tengo était convaincu qu'un flot harmonieux était né. Alors que ses retouches ne portaient que sur le plan technique, le résultat final était devenu si naturel et si juste qu'on aurait dit qu'il l'avait écrit lui-même à l'origine. Et l'histoire de *La Chrysalide de l'air* en prenait un relief bien plus saisissant.

C'était ce qui réjouissait le plus Tengo. Certes, ses longues heures de concentration l'épuisaient physiquement, mais lui apportaient aussi une sorte d'exaltation. À peine eut-il débranché la machine à traitement de texte et se fut-il éloigné du bureau qu'il ressentit le souhait d'y retourner. Il était pleinement heureux de retravailler ce récit. À ce train, il finirait peut-être par ne pas décevoir Fukaéri. Ou plutôt non, Tengo ne parvenait pas vraiment à imaginer que Fukaéri manifeste de la joie ou de la déception. Il ne se représentait même pas qu'elle esquisse un sourire ou qu'elle s'assombrisse. Son visage était dénué d'expression. Tengo ignorait si elle ne manifestait rien parce que par nature elle n'avait pas d'émotion, ou bien si elle était habitée par des émotions qu'elle n'exprimait pas. En tout cas, pensa de nouveau Tengo, c'était une jeune fille étrange.

Le personnage principal de *La Chrysalide de l'air* était vraisemblablement Fukaéri elle-même.

Lorsqu'elle avait dix ans, elle vivait dans une curieuse « commune » (ou ce qui s'en rapprochait) dans les montagnes, où elle s'occupait d'une chèvre aveugle. C'était la tâche qui lui était dévolue. Chaque enfant avait un travail spécifique à accomplir. Cette chèvre, très âgée, avait un sens particulier pour la communauté. Il fallait la surveiller afin qu'il ne lui arrive rien de mal. On avait bien répété à la petite fille qu'elle ne devait pas la quitter des yeux. Mais un jour, par négligence, elle avait oublié, et la chèvre était morte. La petite fille avait été punie. On l'avait enfermée avec le cadavre de la chèvre dans un ancien dépôt en terre, dix jours durant, isolée de tout, avec interdiction d'en sortir. Personne ne devait lui parler.

La chèvre avait pour fonction d'assurer le passage entre ce monde et celui des Little People. Ces Little People, la fillette ne savait pas si c'étaient des créatures bonnes ou mauvaises (Tengo non plus, bien sûr).

À la nuit tombée, les Little People transitaient par le cadavre de la chèvre pour entrer dans ce monde. Et, à l'aube, ils en repartaient pour retourner de l'autre côté. La petite fille était capable de parler avec les Little People. C'étaient eux qui lui avaient enseigné comment faire une chrysalide de l'air.

Tengo admirait avec quelle précision les habitudes et le comportement de la chèvre aveugle étaient décrits, dans les moindres détails. Ces passages donnaient de la vie au texte tout entier. Avait-elle réellement gardé une chèvre aveugle ? Et avait-elle réellement vécu dans une communauté montagnarde telle qu'elle la décrivait ? C'est possible, supposait Tengo. Si Fukaéri n'avait pas vraiment fait ce type d'expérience, il aurait fallu à la narratrice un talent exceptionnel.

Tengo se dit que, la prochaine fois qu'il la rencontrerait (ce qui était prévu pour dimanche), il l'interrogerait sur cette communauté et sur la chèvre. Bien entendu, il ignorait si Fukaéri lui répondrait. En se souvenant de leur conversation précédente, il lui sembla qu'elle choisissait les questions auxquelles elle voulait bien répondre ; les autres, elle n'en faisait tout simplement aucun cas. Comme si elle ne les avait pas entendues. Exactement comme Komatsu. Sur cet aspect-là, ils étaient de la même espèce. Tengo était très différent. Quand on l'interrogeait, il donnait toujours une réponse, honnêtement, quelle que soit la question. Sans doute était-ce sa nature.

À cinq heures et demie, il reçut un coup de téléphone de sa petite amie.

« Qu'est-ce que tu as fait, aujourd'hui ? lui demanda-t-elle.

— J'ai écrit toute la journée », répondit Tengo.

C'était une demi-vérité ou un demi-mensonge. Ce n'était pas à son roman qu'il avait travaillé. Mais il ne pouvait lui donner d'explications plus précises.

« Ton travail avance bien ?

— À peu près.

— Pardon pour aujourd'hui. J'espère qu'on se verra la semaine prochaine.

— Oui, ça me fera plaisir, répondit Tengo.

— Moi aussi », dit-elle.

Ensuite, elle lui parla de ses enfants, ce qu'elle faisait volontiers. Elle avait deux petites filles. Tengo était fils unique et n'avait pas d'enfants, bien sûr. Aussi ne savait-il pas grand-chose sur ces questions. Elle lui en parlait néanmoins. De son côté, Tengo se confiait peu. Mais il aimait écouter les autres. Et il leur prêtait une oreille attentive. Son aînée, lui raconta-t-elle, alors en deuxième année de primaire, était, semblait-il, un souffre-douleur à l'école. La fillette n'en avait pas parlé d'elle-même, mais elle l'avait appris par une autre mère. Bien entendu, Tengo ne connaissait pas cette petite fille. Il avait seulement vu sa photo une fois. Elle ne ressemblait pas beaucoup à sa mère.

« Et pour quelle raison se fait-elle brimer ? demanda Tengo.

— De temps en temps elle a des crises d'asthme, et il y a certaines choses qu'elle ne peut pas faire avec les autres. C'est peut-être pour ça. Elle est gentille, docile, et elle a d'assez bons résultats.

— Ah… Je ne comprends pas très bien, fit Tengo. Une enfant qui a des crises d'asthme, il faut la protéger, il ne faut pas la persécuter.

— Dans le monde des enfants, ça ne marche pas aussi simplement, répondit-elle en soupirant. Il suffit d'être un peu différent des autres pour être exclu du groupe. Chez les adultes, c'est à peu près pareil, mais, chez les enfants, ça prend une forme beaucoup plus directe.

— Concrètement, ça se traduit comment ? »

Elle lui donna plusieurs exemples. Chacun pris séparément n'était pas très grave, mais répété chaque jour, ça devenait *pénible* pour un enfant. On lui cachait quelque chose. On ne lui parlait pas. On l'imitait méchamment.

« Quand tu étais petit, il t'est arrivé d'être brimé ? »

Tengo réfléchit à son enfance.

« Je ne pense pas, mais si ça m'est arrivé, je ne m'en suis pas inquiété.

— Si tu ne t'en es pas soucié, cela veut dire que tu n'as jamais été brimé. Parce que le but essentiel de celui qui te brime, c'est justement que tu te fasses du souci. Quelqu'un qui est brimé et qui ne s'en soucie pas, ça n'existe pas. »

Dans son enfance déjà, Tengo était grand et fort. Tout le monde le respectait. Cela expliquait sûrement pourquoi il n'avait jamais été embêté. Mais le Tengo de cette époque portait en lui des problèmes plus graves que des taquineries d'écolier.

« Et toi, ça t'est arrivé ? demanda Tengo.

— Non », répondit-elle spontanément. Puis elle eut comme une hésitation. « Mais il m'est arrivé de persécuter quelqu'un.

— Avec les autres ?

— Oui. J'étais en cinquième année de primaire. On avait décidé de ne plus parler à un garçon. Pourquoi ? Je n'arrive absolument pas à m'en souvenir. Il y avait sûrement une raison mais comme je ne m'en souviens plus, ce n'était sans doute pas bien important. En tout cas, maintenant, je pense que c'était mal. J'ai honte. Pourquoi donc ai-je agi ainsi ? Je ne le sais pas très bien moi-même. »

Tengo se souvint brusquement d'un incident dans le même ordre d'idées. Cela s'était passé il y avait bien longtemps. Pourtant, il lui revenait en mémoire de temps en temps, aujourd'hui encore. Il ne l'avait jamais oublié. Mais il ne pouvait le raconter, ce serait trop long. Et puis, c'était le genre d'événement qui perdrait ses nuances essentielles, s'il avait mis des mots dessus. Jusque-là, il ne s'en était ouvert à personne et n'avait pas l'intention de le faire.

« Finalement, reprit sa petite amie, on est tranquille quand on appartient à la majorité, à ceux qui excluent les autres, plutôt qu'à la minorité des laissés-pour-compte. Ah, comme on est content de ne pas être du mauvais côté ! Même si, au fond, c'est la même chose dans toutes les époques et dans toutes les sociétés, au moins, quand on est du côté du plus grand nombre, ça vous évite de penser aux choses ennuyeuses.

— Si l'on se range du côté de la minorité, il ne nous reste plus qu'à penser aux choses embêtantes.

— Oui, c'est ça…, répondit-elle d'une voix quelque peu mélancolique. Mais au moins, on se sert de sa tête.

— Peut-être qu'on pense surtout à des choses désagréables quand on se sert de sa propre tête.

— Oui, c'est bien là le problème.

— Ne te tracasse pas trop, dit Tengo. En fin de compte, ce n'est sûrement pas aussi terrible qu'il y paraît. Dans sa classe aussi il doit y avoir des enfants sensés.

— Oui, sans doute », dit-elle.

Puis elle réfléchit un moment en silence. Tengo, le combiné contre l'oreille, attendit patiemment qu'elle organise ses pensées.

« Merci. Ça m'a un peu soulagée de parler avec toi », dit-elle un instant plus tard.

Il semblait qu'elle s'était rappelé quelque chose.

« Moi aussi, je me sens un peu mieux, dit Tengo.

— Pourquoi ?
— Parce que j'ai parlé avec toi.
— À vendredi prochain », conclut-elle.

Après ce coup de téléphone, Tengo sortit et se rendit au supermarché du coin faire quelques achats. De retour chez lui avec son sac de provisions, il enveloppa le poisson et les légumes dans du film plastique et mit le tout au réfrigérateur. Puis, alors qu'il écoutait une émission de musique à la radio en préparant son dîner, la sonnerie du téléphone retentit de nouveau. Il était extrêmement rare que Tengo reçoive durant la même journée quatre coups de téléphone. Au point qu'il aurait pu compter sur les doigts d'une main les jours où cela lui arrivait en une année. Cette fois, c'était Fukaéri.

« Pour ce dimanche… », dit-elle sans aucun préambule.

À travers l'écouteur, il entendait une succession de klaxons. Des chauffeurs furieux, sans doute. Peut-être Fukaéri lui téléphonait-elle d'un téléphone public donnant sur une grande artère.

« Dimanche, c'est-à-dire après-demain, nous nous retrouvons, toi et moi, et ensuite nous irons voir quelqu'un, répondit Tengo en complétant sa phrase.

— Le matin à neuf heures à la gare de Shinjuku le plus en avant en direction de Tachikawa… », dit-elle. Trois informations réunies en une seule phrase.

« Tu veux dire que, en descendant de la ligne Chuô, sur le quai, on se retrouve à la hauteur du wagon de tête, c'est bien ça ?
— Oui.
— J'achète un billet pour où ?
— N'importe…
— Donc, j'achète juste un billet, et je paierai le reste à l'arrivée ? » compléta Tengo d'après ce qu'il

supposait. Cela ressemblait à son travail sur *La Chrysalide de l'air*.

« Cela veut dire que nous irons assez loin ?

— Tu fais quoi maintenant…, demanda Fukaéri à Tengo en ignorant sa question.

— Je prépare mon dîner.

— C'est quoi…

— Je suis seul, alors, rien de bien compliqué. Je fais griller du brochet de mer séché, je râpe du gros radis blanc. Et puis de la soupe de miso avec des poireaux et des palourdes. Du tofu, des légumes marinés, des concombres et des algues wakame. Et du riz avec du chou chinois en saumure. C'est tout.

— Ç'a l'air bon.

— Ah… peut-être. Pas spécialement, non, je ne crois pas. Je mange toujours des trucs qui se ressemblent plus ou moins », dit Tengo.

Fukaéri resta silencieuse. Cela semblait être une habitude chez elle. Ce n'était pas le cas de Tengo.

« Bon, aujourd'hui, j'ai commencé à récrire ta *Chrysalide de l'air*, annonça-t-il. Je n'ai pas encore ton autorisation définitive, mais je n'ai pas tellement de temps devant moi. Ça risquait d'être un peu juste si je ne m'y mettais pas tout de suite.

— M. Komatsu l'a dit…

— Oui. M. Komatsu m'a dit que je devais commencer la réécriture.

— Tu t'entends bien avec M. Komatsu…

— Euh… oui, on peut dire ça. »

Personne ne s'entendait vraiment bien avec Komatsu, mais ce serait trop long de lui expliquer.

« Ça marche bien la réécriture…

— Pour le moment. Plutôt bien.

— Contente… », dit Fukaéri.

Il semblait qu'elle ne s'exprimait pas seulement du bout des lèvres, mais qu'elle manifestait une certaine joie à ce que la réécriture progresse bien. L'expression de ses sentiments était certes très limitée, à peine suggérée.

« J'espère que ça te plaira, dit Tengo.

— Pas d'inquiétude…, répliqua immédiatement Fukaéri.

— Comment ça ? » voulut-il savoir.

Fukaéri ne répondit pas à cette question. Elle resta muette à l'autre bout du fil. Il s'agissait là d'un silence intentionnel. Un silence qui avait peut-être pour but de faire réfléchir Tengo. Mais il eut beau se creuser la cervelle, il ne comprenait pas pourquoi elle avait une certitude aussi forte.

Tengo brisa ce silence : « Dis, il y a une chose que je voudrais te demander. Est-ce que tu as réellement habité dans cette espèce de communauté ? Et est-ce que tu as réellement gardé cette chèvre ? Les descriptions de ces épisodes-là sonnent vraiment très juste. Et j'aurais aimé savoir si tout cela avait véritablement eu lieu. »

Fukaéri eut une petite toux.

« Je ne parle pas de la chèvre…

— Bon, répondit Tengo. Si tu ne veux pas en parler, on n'en parle pas. Je voulais juste te demander. Ne t'inquiète pas. Pour les écrivains, ce qui compte, c'est l'œuvre. Pas la peine d'ajouter d'explications inutiles. On se voit dimanche. Et puis, à propos de la rencontre avec cette personne, est-ce qu'il faut prévoir quelque chose ?

— Je comprends pas bien…

— Eh bien… par exemple, vaut-il mieux être habillé très correctement, ou faut-il apporter un petit cadeau, enfin, ce genre de choses. Étant donné que je n'ai pas la moindre idée du genre de personne dont il s'agit. »

Fukaéri conserva encore le silence. Mais cette fois ce n'était pas un silence délibéré. Ce que la question de Tengo sous-tendait, elle était tout bonnement incapable de le saisir. Cette question ne pouvait pénétrer sa conscience. Elle dépassait ses limites, comme si elle était aspirée dans le néant à tout jamais. À la manière d'une sonde spatiale solitaire qui passe tout à côté de Pluton sans s'y poser.

« Bon, bon, ça ne fait rien, ce n'est pas très important », se résigna Tengo. Poser à Fukaéri ce genre de question était parfaitement inopportun. Aucune importance, il suffirait d'acheter des fruits quelque part.

« Alors, à dimanche, neuf heures », redit Tengo.

Après quelques secondes de pause, Fukaéri coupa la communication sans ajouter un mot. Ni « au revoir », ni « Eh bien, à dimanche ». Un simple clac, elle avait raccroché.

Ou peut-être n'avait-elle reposé le combiné qu'après avoir approuvé de la tête à l'intention de Tengo. Malheureusement, le langage corporel ne se transmet pas par le fil du téléphone. Tengo reposa le combiné, respira profondément à deux reprises et, pour se reconnecter avec le réel, il s'attela de nouveau à la préparation de son dîner frugal

7

Aomamé

Très doucement, pour ne pas éveiller le papillon

Samedi, peu après une heure de l'après-midi, Aomamé se rendit à la résidence des Saules. Il y avait là un certain nombre de gros saules pleureurs anciens, devenus très touffus, qui dépassaient le mur de pierre du jardin et qui, lorsque le vent soufflait, oscillaient sans bruit tel un rassemblement d'âmes errantes. C'est pourquoi les gens du voisinage, depuis bien longtemps, appelaient cette vieille demeure de style occidental la résidence des Saules. Elle était située dans le quartier d'Azabu, tout en haut d'une pente raide. Des oiseaux menus se perchaient au sommet des branches. Sur un coin ensoleillé du toit, un gros chat se chauffait, les yeux plissés. Les rues étaient si étroites et si tortueuses qu'aucune voiture ou presque n'y passait. Le grand nombre d'arbres à large ramure plongeait les alentours dans la pénombre, même en pleine journée. Dès qu'on avait posé le pied en ces lieux, on avait le sentiment que le cours du temps s'était légèrement ralenti. Plusieurs ambassades se trouvaient à proximité, mais les allées et venues des visiteurs étaient rares. Ordinairement, l'endroit était très silencieux. Pourtant, à l'approche de l'été, la situation changeait du tout au tout, tant les cigales étaient assourdissantes.

Aomamé appuya sur la sonnette du portail et donna son nom vers l'interphone. Puis elle releva la tête et adressa un petit sourire à la caméra installée au-dessus. Avec lenteur, la grille métallique s'ouvrit automatiquement. Une fois Aomamé de l'autre côté, elle se referma derrière elle. Aomamé traversa le jardin comme elle le faisait toujours, en se dirigeant vers l'entrée de la résidence. Sachant que la caméra de surveillance la suivait, elle marchait droit sur l'allée, à la manière d'un mannequin, le dos bien redressé, le menton rentré. Ce jour-là, Aomamé était en tenue décontractée. Elle portait une veste de marine grise sous un coupe-vent bleu foncé et un jean. Des baskets blanches et un sac à l'épaule. Son pic à glace ne s'y trouvait pas. Lorsqu'il ne lui était pas indispensable, il reposait paisiblement dans un tiroir de son armoire.

Devant l'entrée étaient disposées quelques chaises de jardin en teck. Sur l'une d'elles était assis, inconfortablement, semblait-il, un homme de forte carrure. Il n'était pas très grand, mais on remarquait que la partie supérieure de son corps était étonnamment développée. Il devait être âgé d'une quarantaine d'années, il avait le crâne rasé mais portait une moustache bien taillée. Sous une veste grise très épaulée, une chemise d'un blanc immaculé et une cravate gris foncé en soie. Des chaussures en cuir de Cordoue d'un noir profond, sans la moindre tache. Des boucles en argent aux deux oreilles. Il n'avait l'air ni d'un fonctionnaire du ministère des Impôts, ni d'un représentant de compagnie d'assurances automobiles. Au premier coup d'œil, il offrait l'apparence d'un garde du corps professionnel.

Et, en effet, c'était bien là son métier. Le cas échéant, il faisait fonction de chauffeur. Il possédait un grade élevé en karaté et si nécessaire, il était capable de se servir efficacement d'une arme. Il savait à l'occasion se défendre et se montrer plus violent que quiconque. À l'ordinaire pourtant, il était doux, calme et perspicace. Si on plongeait droit dans ses yeux – en admettant qu'il l'autorise –, on pouvait y discerner une lumière douce.

Quand il ne travaillait pas, il aimait bricoler toutes sortes de machines, il collectionnait des disques de rock progressif des années soixante à soixante-dix, et il vivait avec son petit ami, un jeune homme élégant, coiffeur de son état, dans les environs d'Azabu. Il s'appelait Tamaru. Était-ce son patronyme ou son prénom, on l'ignorait. On ne savait pas non plus comment ce nom s'écrivait en idéogrammes. Mais tout le monde l'appelait monsieur Tamaru.

Tamaru hocha la tête en voyant Aomamé. Il resta assis.

« Bonjour », dit Aomamé. Puis elle s'assit en face de lui.

« Il paraît qu'un homme est mort dans un hôtel à Shibuya, dit-il en examinant le lustre de ses chaussures en cuir.

— Je n'étais pas au courant, répondit Aomamé.

— Eh oui, les journaux n'en ont pas parlé. Apparemment une crise cardiaque. Le pauvre, il avait juste dépassé quarante ans.

— Quand on ne surveille pas son cœur. »

Tamaru opina.

« L'hygiène de vie, c'est important. Une vie déréglée, le stress, le manque de sommeil. Ça vous tue un homme.

— Tôt ou tard, il y a toujours quelque chose qui vous achève.

— Logiquement…

— Est-ce qu'il y a eu une autopsie ? » demanda Aomamé.

Tamaru se pencha et chassa une poussière presque invisible sur le dessus de sa chaussure.

« Les policiers sont très occupés. Et puis leur budget est limité. Ils n'ont pas le temps d'autopsier tous les cadavres, surtout ceux qui ne sont pas suspects et qui ne présentent pas de blessures apparentes. Quant à la famille du défunt, elle ne va tout de même pas laisser hacher menu son cher disparu sans raison.

— En particulier dans la situation où il a laissé sa femme. »

Tamaru garda le silence un moment, puis il tendit vers elle sa main droite, aussi épaisse qu'un gant. Aomamé la serra. Une poignée de main énergique.

« Vous devez être fatiguée ? Reposez-vous un peu », dit-il.

Aomamé releva légèrement les commissures de ses lèvres comme quelqu'un d'ordinaire qui s'apprête à devoir sourire, mais il n'y eut pas de sourire. À peine une vague allusion.

« Bun va bien ? s'enquit-elle.

— Ah oui, elle est en pleine forme », répondit Tamaru.

Bun était le berger allemand femelle de la résidence. Une chienne d'un bon naturel, intelligente. Affligée simplement de certaines habitudes étranges.

« Elle mange toujours des épinards ? demanda Aomamé.

— Oui, énormément. Ces jours-ci, le prix des épinards reste assez élevé, et on est un peu embêtés. Parce qu'il lui en faut des quantités gigantesques.

— Je n'ai jamais vu de berger allemand qui aimait les épinards… !

— C'est qu'elle ne se voit pas comme un chien.

— Ah… Et elle se voit comme quoi ?

— On dirait qu'elle se considère comme un être particulier, qui se situe au-delà de ces catégories.

— Un super-dog ?

— Par exemple.

— Et c'est pour cela qu'elle aimerait les épinards ?

— Non, il n'y a aucun rapport. Simplement, elle aime les épinards. Depuis qu'elle est toute petite.

— Mais ça pourrait peut-être lui donner des idées dangereuses ?

— Ce n'est pas impossible », répondit Tamaru. Puis il jeta un coup d'œil sur sa montre. « Au fait, je crois que votre rendez-vous était à une heure et demie, c'est bien ça ? »

Aomamé eut un hochement de tête. « Oui, j'ai encore un peu de temps. »

Tamaru se leva lentement. « Vous voulez bien attendre un peu ici ? Votre rencontre va peut-être être avancée », dit-il avant de disparaître dans l'entrée.

Aomamé contempla les saules splendides en attendant. Il n'y avait pas de vent, les branches retombaient vers le sol, silencieusement. Comme quelqu'un plongé dans des pensées décousues.

Tamaru revint peu après. « Voulez-vous passer par l'arrière ? Aujourd'hui, vous serez reçue dans la serre. »

Ils firent le tour du jardin, passèrent à côté des saules, puis, au-delà, se dirigèrent vers la serre, située à l'arrière du bâtiment principal. Aucun arbre n'avait été planté alentour de façon que le soleil y pénètre à flots. Tamaru ouvrit très légèrement la porte vitrée, avec beaucoup de précaution, afin que les papillons qui se trouvaient à l'intérieur ne s'échappent pas, et fit entrer Aomamé en premier. Puis, à son tour, il pénétra prestement à l'intérieur et se hâta de refermer la baie. Ce n'était pas une vélocité habituelle pour quelqu'un de son gabarit. Pourtant, les mouvements de Tamaru étaient rapides, ils allaient à l'essentiel. Simplement, ce n'était pas la gestuelle qu'il préférait.

Dans la vaste serre vitrée, c'était le règne d'un printemps parfait et sans partage. Différentes espèces de fleurs s'y épanouissaient. La plupart des végétaux installés là n'étaient pas exceptionnels et, même aux yeux d'Aomamé, il n'y avait là qu'un mélange de fleurs assez banales. Des glaïeuls, des anémones, des marguerites, des plantes en pots très communes s'alignaient sur des étagères. Il n'y avait aucune orchidée de prix, aucune rose rare, aucune fleur aux couleurs exubérantes originaire de Polynésie. Aomamé ne nourrissait pas d'intérêt particulier pour les fleurs, mais elle aimait cette serre et ses plantes peu recherchées.

En revanche, la serre abritait une multitude de papillons. Il semblait bien que la propriétaire préférait accorder toute son attention à l'élevage des papillons remarquables plutôt que cultiver des végétaux précieux dans ce vaste abri vitré. Et le cœur de la serre, c'était le riche nectar des fleurs dont raffolaient les papillons. Élever des papillons dans une serre exige qu'on y consacre une somme extraordinaire d'attention, de savoir et de travail. Aomamé, cependant, ignorait complètement jusqu'à quel point ces soins étaient nécessaires.

Sauf en plein été, la propriétaire invitait de temps à autre Aomamé dans sa serre. Là, elles bavardaient, toutes les deux seules, à l'abri d'éventuelles oreilles indiscrètes. Leurs conversations n'étaient pas de celles qu'on pouvait tenir à voix haute. Et puis cet environnement de fleurs et de papillons calmait les nerfs de la vieille femme. Cela se voyait à son expression. Il faisait un peu trop chaud pour Aomamé, mais pas à un degré insupportable.

La maîtresse des lieux était une petite femme de presque soixante-quinze ans. Ses beaux cheveux blancs étaient coupés court. Elle portait une chemise dungaree à manches longues, un pantalon en coton crème, et, aux pieds, des tennis maculées. Elle avait des gants blancs, et elle arrosait chacune de ses plantes à l'aide d'un gros arrosoir métallique. Ses vêtements paraissaient une taille trop grande, mais elle semblait à l'aise dedans. Quand Aomamé l'observait, elle ne pouvait s'empêcher d'éprouver chaque fois une sorte de respect à l'égard de sa distinction naturelle, dénuée de recherche.

Née dans une famille de grands industriels, elle avait épousé un aristocrate avant la guerre. Elle ne donnait pourtant pas l'impression de quelqu'un de gâté ou de fragile. Peu après la guerre, elle avait perdu son époux. Ensuite, elle avait pris part à la direction de la petite société d'investissement qui lui venait de sa famille. Et là, elle avait manifesté un talent extraordinaire dans la mise en valeur de ses actions. Chacun reconnaissait qu'elle possédait un vrai don en la matière. Grâce à son énergie, la société d'investissement s'était rapidement développée, ses propres capitaux avaient également beaucoup grossi. Avec ses fonds considérables, elle avait acquis un certain nombre de biens dans des lieux prestigieux de la capitale, autrefois propriétés de l'aristocratie ou de la famille impériale. Cela faisait environ dix ans qu'elle s'était retirée des affaires. Elle avait vendu au bon moment son capital avec une très forte plus-value, ce qui avait encore accru sa fortune. Comme elle évitait le plus possible de paraître en société, elle était à peu près inconnue du grand public, mais dans le monde des affaires tout le monde la connaissait. On disait qu'elle avait aussi des relations puissantes dans les cercles politiques. Quand on la rencontrait en tête à tête, on découvrait une femme sympathique et intelligente. Et puis c'était quelqu'un qui ignorait la peur. Elle avait foi en son instinct, et, dès qu'elle avait décidé quelque chose, elle passait à l'action.

Elle posa son arrosoir lorsqu'elle aperçut Aomamé, lui fit signe de s'asseoir en lui indiquant de petites chaises de jardin métalliques disposées tout près de l'entrée. Une fois Aomamé assise, elle-même prit place en face de son invitée. Ses gestes étaient quasiment silencieux. Comme une renarde avisée qui traverse une forêt.

« Désirez-vous boire quelque chose ? demanda Tamaru.

— Une infusion chaude », répondit-elle. Puis elle regarda Aomamé. « Et vous ?

— La même chose. »

Tamaru eut un petit signe de tête et s'apprêta à sortir de la serre. Il entrebâilla la porte en s'assurant qu'il n'y avait pas de papillons à proximité, se glissa prestement à l'extérieur et referma la porte. Comme s'il avait effectué quelques pas d'une danse de salon.

La maîtresse de maison retira ses gants de travail en coton et les posa délicatement sur la table, l'un sur l'autre, comme si elle manipulait des gants de soirée. Puis elle regarda Aomamé bien en face, de ses yeux d'un noir profond et lumineux. Des yeux qui avaient été témoins de tant d'événements. Aomamé lui rendit son regard, en tâchant de ne pas être discourtoise.

« J'ai entendu dire qu'on avait perdu un homme précieux..., dit la vieille dame. Quelqu'un qui, semble-t-il, était très connu dans les milieux du pétrole. Il était encore jeune, et pourtant très compétent. »

La propriétaire parlait toujours d'une toute petite voix. Un volume sonore si ténu qu'une rafale de vent un peu forte l'aurait anéanti. Son interlocuteur était donc contraint de tendre l'oreille. Aomamé avait parfois envie d'allonger la main et de tourner le bouton du volume vers la droite. Bien sûr, il n'y avait pas de bouton. Il ne lui restait qu'à écouter le plus attentivement possible.

Aomamé répondit : « Néanmoins, même s'il est parti soudainement, à mon avis, je ne crois pas que cela pose le moindre problème. La terre continue à très bien tourner. »

La maîtresse des lieux sourit.

« Dans notre monde, nul n'est irremplaçable. Quelles que soient nos connaissances ou nos capacités, quelqu'un, quelque part, prendra notre place. Si notre planète était peuplée d'hommes irremplaçables, ce serait terriblement ennuyeux, vous ne trouvez pas ? Bien entendu...... », allait-elle ajouter. Puis, comme pour insister, elle leva en l'air l'index de sa main droite. « Mais des personnes comme vous, je crois qu'il serait délicat de les remplacer.

— Même si on ne me trouvait pas de remplaçant, j'imagine qu'il ne serait pas très difficile d'utiliser des méthodes de substitution », observa Aomamé.

La propriétaire regardait Aomamé paisiblement. Avec, aux lèvres, un sourire de satisfaction.

« C'est possible, dit-elle. Mais je doute que ce que nous faisons ensemble, vous et moi, puisse nous survivre. Vous, vous êtes unique. Je vous remercie beaucoup. Je ne sais comment vous le dire. »

La maîtresse de maison se pencha en avant et posa sa main sur celle d'Aomamé. Elle la laissa ainsi environ dix secondes. Puis elle retira sa main, et, toujours avec une expression de satisfaction sur le visage, elle redressa le torse. Un papillon s'était approché en voletant et s'était posé sur son épaule, sur sa chemise de travail bleue. Un petit papillon blanc. Orné de différents motifs rouges. Il s'était endormi là, comme s'il ignorait la peur.

« Je pense que vous n'avez jamais dû voir le papillon qui est là », dit la propriétaire, qui avait jeté un rapide coup d'œil à son épaule. On percevait dans sa voix un léger orgueil. « Même à Okinawa, d'où il est originaire, on n'en trouve pas aisément. Ce papillon se nourrit exclusivement d'une essence spéciale. Une fleur, semble-t-il, qui ne fleurit que dans les montagnes d'Okinawa. Pour élever ce papillon ici, il a d'abord fallu transplanter cette fleur. Cela a demandé beaucoup de peine. Beaucoup d'argent aussi, bien sûr.

— On dirait que ce papillon vous est très attaché. »

La propriétaire sourit.

« Ce *petit* être pense qu'il est mon ami.

— Vous êtes amie avec les papillons ?

— Pour se lier d'amitié avec des papillons, il faut avant tout que vous deveniez vous-même une part de la nature. Bannir toute apparence humaine, demeurer parfaitement immobile comme si vous étiez un arbre, une plante ou une fleur. Cela vous demande du temps, mais une fois que votre partenaire vous aura accordé son consentement, vous deviendrez tout naturellement de bons amis.

— Est-ce que vous donnez des noms à vos papillons ? demanda Aomamé avec curiosité. Vous savez, comme à un chien ou à un chat. »

La propriétaire secoua la tête légèrement. « Non, je ne leur donne pas de noms. Mais je peux les distinguer tous, par leur taille ou leur forme. Et puis, à quoi bon, car sitôt leur aurais-je attribué un nom qu'ils auraient disparu. Ce sont juste des amis éphémères et anonymes. Je viens ici chaque jour, je retrouve mes papillons, je les salue et je leur parle de toutes sortes de choses. Mais quand leur temps est venu, les papillons disparaissent en silence. Je me dis qu'ils sont morts, mais j'ai beau chercher, jamais je ne retrouve leur dépouille. Ils ne laissent aucune trace, comme s'ils étaient aspirés dans l'air. Les papillons, ce sont vraiment les êtres vivants les plus élégants et les plus éphémères. Ils naissent on ne sait où, leur quête est paisible, très limitée, et ils disparaissent on ne sait où, imperceptiblement. Probablement dans un autre monde. »

L'atmosphère de la serre procurait une sensation de chaleur et d'humidité, lourdement saturée par le parfum des plantes. Et ici ou là apparaissaient ou disparaissaient les multiples papillons, tels des signes fugitifs ponctuant le flot d'une conscience sans début et sans fin. Chaque fois qu'Aomamé pénétrait en ce lieu, elle avait l'impression de perdre la sensation du temps.

Tamaru apporta une jolie théière en céladon et deux tasses sur un plateau métallique. Il y avait aussi des serviettes en tissu et des soucoupes garnies de cookies. Le parfum de l'infusion se mêlait à celui des fleurs.

« Merci, Tamaru. Nous nous servirons nous-mêmes », dit la propriétaire.

Tamaru posa le plateau sur la table de jardin, salua et repartit silencieusement. Puis, comme auparavant, il effectua une série de pas légers pour ouvrir la porte, la refermer et sortir de la serre. La maîtresse de maison souleva le couvercle de la théière, huma le parfum, vérifia l'épanouissement des herbes à l'intérieur et versa lentement l'infusion. Elle versa le liquide attentivement, de manière que son degré de coloration soit bien égal dans les deux tasses.

« Ma question est peut-être inutile, mais pourquoi n'y a-t-il pas un grillage à l'entrée de la serre ? » demanda Aomamé.

La propriétaire leva la tête et regarda Aomamé.

« Un grillage ?

— Oui, si on installait à l'intérieur de la porte une deuxième porte grillagée, il ne serait plus nécessaire de veiller à ce que les papillons ne s'échappent pas, chaque fois qu'on ouvre la porte. »

La propriétaire, tenant sa soucoupe de la main gauche, sa tasse de l'autre main, porta celle-ci à la bouche et but lentement une gorgée de l'infusion. Eut un petit signe approbateur en en goûtant la saveur. Reposa sa tasse sur la soucoupe, remit le tout sur le plateau. S'essuya délicatement les lèvres avec la serviette, la replaça sur ses genoux. Ces simples gestes lui avaient pris environ trois fois plus de temps qu'une personne ordinaire. On dirait une fée, au cœur d'une forêt, qui se nourrit en aspirant la rosée du matin, pensa Aomamé.

Après quoi, la propriétaire toussota. « Je n'aime pas les grillages ni rien de ce genre », dit-elle.

Aomamé attendit en silence la suite de ses paroles. Il n'y eut pas de suite. Était-ce une position globale à l'encontre de tous les dispositifs restreignant la liberté ? Ou s'agissait-il d'un point de vue esthétique ? Ou encore était-ce un dégoût purement physiologique dénué de raison particulière ? Avec ces mots plutôt équivoques, elle mit fin à la question. Dont il n'y avait pas à débattre pour le moment. C'était juste une interrogation qui lui était passée par l'esprit.

Comme la maîtresse des lieux, Aomamé prit sa tasse et but sans bruit une gorgée de son infusion. Aomamé n'aimait pas tellement ce breuvage. Elle, ce qu'elle aimait, c'était le café chaud et fort, corsé, âcre, voire diabolique. Mais ce n'était certes pas ce qui s'accordait à l'atmosphère d'une serre juste après midi. Aussi, lorsqu'elle se trouvait là, demandait-elle toujours la même boisson que la propriétaire. Sur la proposition de celle-ci, elle prit un cookie. Un cookie au gingembre. Il sortait du four et exhalait un bon goût de gingembre frais. Avant la guerre, la propriétaire avait passé un certain temps en Angleterre. Aomamé s'en souvint. La maîtresse de maison prit également un cookie et le grignota par toutes petites bouchées. Très doucement, très délicatement, pour ne pas éveiller le papillon rare qui dormait sur son épaule.

« Lorsque vous repartirez, Tamaru vous donnera la clé comme toujours, dit-elle. Une fois que vous n'en aurez plus besoin, renvoyez-la par la poste. Comme d'habitude.

— C'est entendu. »

Il y eut ensuite un silence paisible. À l'intérieur de la serre close ne pénétrait aucun bruit du monde extérieur. Le papillon continuait à dormir sereinement.

« Nous ne faisons rien de mal », déclara la propriétaire en regardant Aomamé droit dans les yeux.

Aomamé se mordit légèrement les lèvres. Puis elle approuva d'un signe de tête.

« Je le sais.

— Regardez ce qu'il y a à l'intérieur de cette enveloppe », lui dit la vieille femme.

Aomamé saisit l'enveloppe posée sur la table et aligna à côté de la précieuse théière en céladon sept polaroïds. Comme si elle disposait des cartes de tarot de mauvais augure. C'étaient des instantanés, pris de près, de différentes parties du corps dénudé d'une jeune femme. Le dos, les seins, les fesses, les cuisses. Et même la plante des pieds. Mais il n'y avait aucune photo de visage. Les clichés témoignaient des sévices endurés. Ecchymoses, meurtrissures. Il semblait qu'on s'était servi d'une ceinture. Sur la zone proche du pubis rasé, des marques de cigarettes écrasées. Involontairement, Aomamé contracta son visage. Elle avait déjà vu des photos du même type, mais jamais aussi atroces.

« C'est la première fois que vous voyez ça ? » demanda la vieille femme.

Sans un mot, Aomamé hocha la tête.

« J'avais entendu parler de ce genre de choses mais c'est la première fois que je les vois.

— C'est *son* œuvre, dit la vieille dame. Nous avons traité trois fractures, mais la victime présente des symptômes de surdité à une oreille. Peut-être conservera-t-elle des séquelles toute sa vie », ajouta-t-elle.

Elle n'avait pas parlé plus fort mais sa voix s'était faite plus froide et plus dure. Comme s'il était surpris par ce changement, le papillon posé sur son épaule s'éveilla, déploya ses ailes et s'envola.

Elle poursuivit. « Les individus qui infligent un traitement pareil à quelqu'un, il est impossible de ne pas s'en occuper. Il faut agir à tout prix. »

Aomamé remit les photos dans l'enveloppe.

« Vous n'êtes pas d'accord ?

— Si, approuva Aomamé.

— Ce que nous faisons est juste », dit la propriétaire.

Elle se leva de sa chaise et, pour se calmer peut-être, souleva l'arrosoir posé à côté. Comme si elle prenait en main une arme de précision. Son visage avait un peu pâli. Elle fixa d'un regard perçant un coin de la serre. Aomamé tourna les yeux dans cette direction, mais ne découvrit rien d'inhabituel. Seulement des chardons en pots.

« Merci de vous être déplacée. Je vous en suis reconnaissante », dit la propriétaire en tenant toujours à la main son arrosoir vide. Ces mots semblaient signifier la fin de l'entretien.

Aomamé se leva à son tour, reprit son sac.

« Je vous remercie de cette collation.

— C'est moi qui vous adresse de nouveau mes remerciements », dit la vieille femme.

Aomamé eut une ébauche de sourire.

« Ne vous faites aucun souci », reprit la maîtresse des lieux. Elle avait retrouvé son intonation paisible.

Dans ses yeux brillait une lumière chaude. Elle accompagna Aomamé en la prenant par le bras, d'une main légère. « Souvenez-vous que ce que nous faisons est juste. »

Aomamé acquiesça. Leur conversation se terminait toujours par les mêmes mots. Sans doute se les répète-t-elle comme pour mieux s'en persuader, songea Aomamé. Comme un mantra ou une prière. « Ne vous faites aucun souci. Ce que nous faisons est juste. » Ces mots-là.

Après s'être assurée qu'il n'y avait pas de papillons autour d'elle, Aomamé entrouvrit la porte de la serre, sortit et referma la porte. La maîtresse des lieux restait là avec son arrosoir dans la main. À l'extérieur, l'air était vif et frais. Il y avait les odeurs des arbres et de la pelouse. C'était là le monde réel. Le temps suivait son cours habituel. Aomamé s'emplit à fond les poumons de cet air réel.

Tamaru attendait devant l'entrée, toujours assis sur la même chaise en teck. Afin de lui donner la clé de la boîte postale.

« Tout est réglé ? lui demanda-t-il.

— Je pense que oui », répondit Aomamé.

Puis elle s'assit à côté de lui et glissa la clé dans une poche de son sac.

Sans prononcer un mot, tous deux observèrent un moment les mouvements des oiseaux qui venaient dans le jardin. Il n'y avait plus le moindre souffle de vent et les branches des saules retombaient paisiblement. L'extrémité de certaines d'entre elles allait bientôt atteindre le sol.

« Elle va bien, la femme ? demanda Aomamé.

— Quelle femme ?

— L'épouse du type qui a eu un problème cardiaque dans un hôtel de Shibuya.

— On ne peut pas dire qu'elle aille bien pour le moment, répondit Tamaru en grimaçant. Elle est toujours en état de choc. Elle n'est pas vraiment capable de parler. Il faudra du temps.

— C'est quel genre de femme ?

— La petite trentaine. Pas d'enfants. Belle femme. De l'allure. Malheureusement, elle ne se mettra pas en maillot de bain cet été. Peut-être le suivant. Vous avez vu les polaroïds ?

— Oui, à l'instant.

— Horrible, n'est-ce pas ?

— Plutôt », répondit Aomamé.

Tamaru continua : « C'est un schéma fréquent. Un homme parfaitement compétent, socialement parlant. Bonne réputation dans son entourage, bien élevé, bonne scolarité. Bonne position sociale.

— Pourtant, une fois rentré chez lui, il change du tout au tout, poursuivit Aomamé en prenant le relais. En particulier, quand il est sous l'emprise de l'alcool, il devient violent. En somme, le genre à ne se défouler que sur les femmes. À frapper seulement son épouse à coups de poing. Mais toujours en conservant des dehors aimables. Le voisinage le considère comme un bon mari, gentil et attentionné. Et si sa femme porte plainte, explique comment il la maltraite, on ne la croit sans doute pas. L'homme le sait bien, et lorsqu'il recourt à la violence, il choisit des parties du corps que les gens ne peuvent pas voir. Ou alors il s'arrange pour ne pas laisser de marques. C'est bien ça ? »

Tamaru acquiesça. « Dans les grandes lignes, car celui-là ne buvait pas une goutte d'alcool. Il agissait en plein jour, en étant tout à fait sobre. Une nature d'autant plus mauvaise. Sa femme souhaitait divorcer. Mais lui refusait obstinément. Peut-être l'aimait-il. Ou peut-être n'avait-il pas envie de libérer la victime qu'il avait à portée de main. Ou encore éprouvait-il un plaisir particulier à violer sa femme après l'avoir maltraitée. »

Tamaru souleva légèrement les jambes et vérifia encore une fois que le cuir de ses chaussures était bien brillant. Puis il poursuivit :

« On obtient le divorce quand on produit des preuves de violences conjugales. Mais cela prend du temps, bien sûr, et aussi de l'argent. Si le conjoint utilise les services d'un avocat avisé, le plaignant risque même d'avoir à supporter une situation très désagréable. Les tribunaux aux affaires familiales sont débordés et les magistrats en nombre insuffisant. En outre, quand la femme obtient le divorce, même si le montant des dommages et intérêts et celui de la pension alimentaire ont été fixés, les hommes sont peu nombreux à les régler honnêtement. Ils utilisent n'importe quel subterfuge pour y échapper. Pour la raison qu'au Japon on ne met presque jamais en prison un ex-mari qui ne paie pas. Alors que le tribunal se montre conciliant, s'il manifeste sa volonté de payer, et qu'il lâche un tant soit peu d'indemnités. La société japonaise est encore très indulgente vis-à-vis des hommes. »

Aomamé répondit : « Pourtant, il y a quelques jours, des mesures concrètes ont suffi pour qu'un mari violent soit terrassé par une crise cardiaque dans une chambre d'hôtel de Shibuya.

— Je crois que l'expression *mesures concrètes* est un peu trop directe, répliqua Tamaru en faisant légèrement claquer sa langue. Je préférerais dire qu'il s'agit de *l'œuvre de la providence*. De toute façon, comme les causes de sa mort n'ont rien de trouble, qu'il n'y a pas non plus en jeu une assurance vie énorme qui attirerait l'attention, la compagnie d'assurances n'aura pas de soupçons. L'épouse devrait être indemnisée. Malgré tout, ce sera une somme correcte, avec laquelle elle pourra faire ses premiers pas dans sa nouvelle vie.

En plus, elle aura épargné les frais et le temps qu'elle aurait consacrés à son divorce. Et échappé à toutes les formalités juridiques, compliquées et idiotes, ainsi qu'à la souffrance psychologique que génère ce genre de procédure.

— Sans compter que ce rebut de l'humanité ne fera plus d'autre victime.

— L'œuvre de la providence, répéta Tamaru. Tout a été réglé grâce à une simple crise cardiaque. Tout est bien qui finit bien.

— S'il existe une fin quelque part », remarqua Aomamé.

Tamaru plissa les lèvres, esquissant un semblant de sourire. « Toute chose a nécessairement une fin. On ne sait où. Même si n'est pas forcément écrit : "Ça s'est fini ici." Affiche-t-on sur le dernier barreau d'une échelle : "Ceci est le dernier barreau. Ne posez pas le pied au-delà" ? »

Aomamé secoua la tête.

« C'est la même chose », dit Tamaru.

Aomamé répliqua : « Il suffit de faire usage de sens commun, d'ouvrir grands les yeux, et la fin vous apparaît clairement. »

Tamaru acquiesça. « Même si on l'ignore…… » Il fit avec les doigts le geste d'une chute. « En tout cas, là, c'est la fin. »

Tous deux écoutèrent quelques instants le chant des oiseaux sans plus parler. C'était un après-midi d'un doux mois d'avril. Nulle malveillance, nulle violence n'était perceptible.

« En ce moment, combien de femmes *séjournent-elles* ici ? demanda Aomamé.

— Quatre, répondit Tamaru sur-le-champ.

— Des femmes qui se sont retrouvées dans la même situation ?

— Des situations qui se ressemblent. » Puis il fronça la bouche. « Mais pour les trois autres, ce n'est pas aussi grave. Leurs conjoints respectifs n'étaient que de pauvres types insignifiants, pas aussi mauvais foncièrement que l'homme dont nous venons de parler. Juste de minables fanfarons. Il n'était pas nécessaire de vous déranger pour cela. Nous avons pu régler la situation nous-mêmes.

— Légalement.

— *Plus ou moins* légalement. Avec tout de même certaines intimidations. Bien sûr, une crise cardiaque, n'est-ce pas, c'est aussi une cause de décès légale.

— Bien sûr », fit écho Aomamé.

Tamaru resta un moment silencieux, les deux mains posées sur les genoux, à contempler les branches des saules ployées vers le sol.

Aomamé hésita un peu puis reprit la parole :

« Dites, monsieur Tamaru, il y a quelque chose que j'aimerais vous demander…

— Oui, quoi donc ?

— Depuis combien d'années les uniformes et les armes des policiers ont-ils changé ? »

Tamaru fronça imperceptiblement les sourcils. Dans l'intonation d'Aomamé se mêlaient des accents qui avaient éveillé sa méfiance.

« Pourquoi est-ce que vous me demandez brusquement une chose pareille ?

— Il n'y a pas de raison particulière. Juste une question qui m'est revenue à l'esprit. »

Tamaru regarda Aomamé droit dans les yeux. Les siens étaient tout à fait neutres, sans la moindre expression. Il préservait là comme un espace vide, susceptible de pencher d'un côté ou de l'autre.

« En 1981, à la mi-octobre, il y a eu des combats dans la préfecture de Yamanashi, près du lac Motosu, entre la police locale et des extrémistes. L'année suivante, la police a connu de grands changements. C'était donc il y a deux ans. »

Aomamé acquiesça sans que son expression se modifie pour autant. Elle n'avait absolument aucun souvenir de cette affaire. Il lui fallait simplement s'accorder à ce que lui disait Tamaru.

« Ç'a été un bain de sang. D'un côté cinq kalachnikovs A47, de l'autre, des revolvers à six coups ancien modèle. Évidemment, la partie n'était pas égale. Trois malheureux policiers ont été déchiquetés, percés de partout comme par une machine à coudre. Des bataillons spéciaux des forces d'autodéfense ont été rapidement héliportés. La police a perdu la face. Tout de suite après, le Premier ministre Nakasone a voulu renforcer pour de bon les pouvoirs de la police. Il y a eu des changements profonds dans l'organisation, on a créé des forces armées spéciales. Les simples flics ont aussi été fournis en armes semi-automatiques plus performantes. Des Beretta modèle 92. Vous avez déjà tiré avec ? »

Aomamé secoua la tête. Non, non. Elle n'avait jamais tiré avec une arme à feu, même pas avec une carabine à air comprimé.

« Moi, j'en ai un, dit Tamaru. Un automatique à quinze coups. Qui peut recevoir des balles de neuf millimètres Parabellum. Une arme réputée, adoptée aussi par l'armée de terre américaine. Elle n'est pas bon marché, mais pas aussi chère que les Sig ou les Glock. Ce n'est pas une arme que le tout-venant peut manipuler aisément. Alors que les anciens revolvers ne pesaient que 490 grammes, celle-là fait 850 grammes. Il est complètement inutile de fournir de telles armes à des policiers non entraînés. Si des armes aussi performantes étaient utilisées dans des endroits publics, les conséquences risqueraient d'être catastrophiques.

— Et où tirez-vous avec cette arme ?

— Ah… On raconte beaucoup de choses à ce sujet. Un jour, alors que je jouais de la harpe au bord d'une source, une fée surgie de nulle part est apparue et m'a donné ce Beretta modèle 92. Et elle m'a dit : “Essaie donc de tirer sur ce petit lapin blanc !”

— Une histoire vraie ? »

La bouche de Tamaru se creusa de toutes petites rides.

« Je ne raconte que des histoires vraies », répliqua-t-il. En tout cas, les uniformes et le modèle des armes ont été renouvelés au printemps, il y a deux ans. Juste à la même période que maintenant. Est-ce que j'ai répondu à votre question ?

— Il y a deux ans », répéta-t-elle.

Tamaru lui lança de nouveau un regard aigu.

« Si quelque chose vous inquiète, mieux vaudrait que vous me le confiiez. Est-ce en rapport avec la police ?

— Non, non, pas du tout », répondit Aomamé. Puis elle agita les mains en l'air. « Juste que ces questions de changement d'uniforme me préoccupaient un peu. Quand donc avaient-ils changé, c'est tout. »

Il y eut ensuite un assez long silence, et leur conversation prit fin naturellement. Tamaru lui tendit encore une fois la main. « Je suis content que tout se soit bien passé », dit-il. Aomamé lui serra la main. Cet homme comprenait. Après un travail rude, en rapport avec la vie d'un homme, on avait besoin d'un encouragement chaud et paisible, assorti d'un contact physique.

« Prenez un peu de bon temps, ajouta Tamaru. Vous vous arrêtez, vous respirez à fond, vous vous videz la tête : de temps en temps, c'est indispensable. Vous pourriez aussi aller à Guam avec votre petit ami. »

Aomamé se leva, remit son sac à l'épaule, arrangea le capuchon de sa veste de marine. Tamaru se leva à son tour. Il n'était pas très grand mais, quand il se levait, c'était comme si un mur de pierre se dressait devant soi. Elle était toujours frappée par la sensation de densité qu'il donnait.

Alors qu'elle s'éloignait, Tamaru la suivit longuement du regard. Et Aomamé sentit dans son dos ce regard qui l'accompagnait. Aussi s'appliqua-t-elle à marcher droite, le menton rentré, en suivant une trajectoire très rectiligne. Pourtant elle nageait en pleine confusion, même si elle s'efforçait de ne pas le montrer. Une succession de faits dont elle ignorait tout s'étaient produits dans des lieux dont elle ignorait tout. Jusqu'à il y a peu, le monde était encore bien ordonné, elle l'avait bien en main. Il n'y avait ni rupture ni contradiction. À présent, il partait en lambeaux.

Les combats du lac Motosu ? Le Beretta modèle 92 ?

Que se passait-il donc ? Il était inimaginable qu'Aomamé n'ait pas eu vent d'événements aussi importants. Quelque part, le système de ce monde avait commencé à se détraquer. Tout en marchant, elle tentait de faire fonctionner sa tête rapidement. Quoi qu'il soit advenu, il fallait, d'une façon ou d'une autre, que le monde, encore une fois, retrouve son unité. Il fallait qu'il redevienne logique. Et au plus vite. Sinon, il n'était pas impossible que tout ne soit qu'extravagance.

Il était probable que Tamaru avait deviné l'état de confusion intérieure dans lequel se débattait Aomamé. C'était un homme à la fois très prudent et très intuitif. Et aussi un homme dangereux. Tamaru témoignait un profond respect à l'égard de la maîtresse des lieux, il lui était totalement fidèle. Il s'autoriserait presque tout afin d'assurer sa sécurité. Aomamé et Tamaru s'appréciaient et éprouvaient de la sympathie l'un pour l'autre. Du moins, quelque chose qui ressemblait à de la sympathie. Mais s'il estimait qu'Aomamé, par sa présence, constituait un risque pour la vieille femme, quelle qu'en soit la raison, il se débarrasserait d'elle sans hésiter, et peut-être même irait-il jusqu'à l'éliminer. De manière tout à fait professionnelle. Il n'y aurait alors aucun reproche à lui adresser puisqu'il n'aurait fait que son devoir.

Une fois qu'Aomamé eut traversé le jardin, le portail s'ouvrit devant elle. Elle adressa un sourire aussi aimable qu'elle le put à la caméra de surveillance, agita légèrement la main. Comme si tout allait très bien. Dès qu'elle fut à l'extérieur, le portail se referma lentement dans son dos. En descendant la pente raide d'Azabu, Aomamé mit de l'ordre dans sa tête et dressa une liste des choses dont elle devait absolument s'occuper. Avec minutie et subtilité.

8

Tengo

Aller dans un lieu inconnu, rencontrer quelqu'un d'inconnu

Pour beaucoup de gens, le dimanche matin est considéré comme le symbole du repos. Mais, depuis qu'il était enfant, Tengo n'avait pas pensé une seule fois à s'en réjouir. C'était plutôt une journée qui le déprimait énormément. Quand arrivait la fin de la semaine, il se sentait toujours pesant, accablé, il perdait l'appétit, il avait mal ici ou là. Le dimanche n'offrait à Tengo que son côté obscur, comme une lune déformée. Ah, comme ce serait bien si l'on sautait par-dessus, avait-il souvent pensé quand il était petit. Comme il serait heureux s'il y avait école tous les jours. Il priait même pour qu'il n'y ait plus jamais de dimanches. Une prière jamais exaucée, bien sûr. Une fois adulte, le dimanche avait cessé d'être une menace, mais aujourd'hui encore il lui arrivait de se sentir déprimé sans raison en s'éveillant le matin de ce jour-là. Il sentait son corps grincer, il avait même la nausée parfois. Tant ces réactions étaient inscrites en lui, dans les profondeurs de son inconscient sans doute.

Le dimanche, son père, collecteur de la NHK, emmenait avec lui le petit Tengo dans sa tournée de recouvrement de la redevance. Cette habitude avait commencé avant même qu'il entre au jardin d'enfants. Elle s'était poursuivie jusqu'à sa cinquième année de primaire, sans une interruption, sauf les rares dimanches où étaient programmées des activités scolaires spéciales. Ils se levaient le matin à sept heures, le père lui savonnait le visage soigneusement, vérifiait l'état de ses oreilles et de ses ongles, lui faisait enfiler des vêtements aussi propres que possible (mais pas voyants) et lui promettait qu'après il aurait un bon repas.

Tengo ignorait si les autres collecteurs de la NHK travaillaient également les jours de congé. Mais, dans son souvenir, son père accomplissait sa tâche tous les dimanches, sans faute. Il travaillait même avec plus d'ardeur que les jours ordinaires. Le dimanche, il avait plus de chances de rencontrer les gens chez eux, alors qu'ils étaient absents pendant la semaine.

Il y avait différentes raisons pour lesquelles il emmenait ainsi le petit Tengo dans sa tournée. L'une était qu'il ne voulait pas le laisser seul à la maison. Les jours de semaine et aussi le samedi, il pouvait le confier à la crèche, la maternelle ou l'école primaire, tous ces établissements étant fermés le dimanche. Il voulait aussi absolument lui montrer en quoi consistait son travail ; il fallait qu'il sache que leur existence reposait avant tout sur le labeur et la peine. Le père lui-même, du plus loin qu'il s'en souvienne, était allé travailler aux champs tous les jours, y compris le dimanche. Il manquait même l'école quand les travaux des champs l'exigeaient. Aux yeux du père, une telle existence était donc parfaitement normale.

La troisième et dernière raison était plus intéressée. C'est pourquoi elle avait davantage blessé Tengo. Le père savait très bien qu'il lui était plus facile de recouvrer la redevance en étant accompagné d'un enfant. Difficile de déclarer : « Allez-vous-en ! Je n'ai pas envie de payer ! » devant un collecteur qui tire par la main un jeune enfant. Face à un petit garçon qui lève les yeux pour vous regarder fixement, la plupart des gens finissaient par payer alors qu'ils n'avaient pas l'intention de le faire. Aussi le père choisissait-il les dimanches pour visiter les foyers particulièrement récalcitrants. Tengo, qui avait saisi dès le début ce qu'on attendait de lui, trouvait le procédé détestable, insupportable. D'un autre côté, il lui fallait interpréter son rôle intelligemment pour satisfaire son père...... Comme un singe qui fait son numéro. S'il rendait son père heureux, Tengo serait traité gentiment ce jour-là.

Son unique réconfort était que le secteur affecté à son père était relativement éloigné de chez eux. Tengo habitait dans une zone de maisons individuelles, dans la banlieue d'Ichikawa, alors que son père travaillait au centre-ville. Son école aussi était dans un autre quartier. Ils n'avaient donc pas à réclamer la redevance dans des maisons où habitaient ses camarades de la maternelle ou de l'école primaire. Néanmoins, il lui arrivait parfois d'en croiser un, dans les rues fréquentées du centre-ville. Quand cela se produisait, Tengo se cachait derrière son père, pour ne pas être vu.

Les pères de ses camarades étaient presque tous des salary-men qui allaient travailler au centre de Tokyo. Ils estimaient qu'Ichikawa faisait partie de Tokyo, et qu'elle n'avait été intégrée à la préfecture de Chiba qu'en raison de certaines circonstances. Le lundi, tout excités, les camarades de Tengo se racontaient leurs activités de la veille, et où ils étaient allés. Dans un parc d'attractions, par exemple, au zoo, ou sur un stade de base-ball. En été, ils allaient nager à Minami Bôsô, en hiver, ils allaient skier. Leurs pères les avaient conduits en voiture ici ou là, ou bien ils avaient fait une randonnée en montagne. Ils se communiquaient des informations sur différents lieux. Partageaient allègrement leurs expériences. Tengo, lui, n'avait rien à raconter. Il n'allait jamais dans aucun site touristique ou dans aucun parc de loisirs. Le dimanche, du matin au soir, en compagnie de son père, il sonnait chez des inconnus et, tête basse, encaissait de l'argent. Si la personne concernée ne voulait pas régler son dû, il fallait user de menace. Ou bien l'amadouer. Si elle se mettait à argumenter, il fallait débattre. Il arrivait même qu'ils se fassent insulter et chasser comme des chiens errants. Ce n'était pas là le genre d'histoires vécues qu'il pouvait rapporter à ses camarades. Quand il fut en troisième année de primaire, tout le monde dans sa classe apprit la profession de son père. Peut-être quelqu'un l'avait-il aperçu au cours de la tournée. Car après tout, chaque dimanche, du matin au soir, il parcourait les moindres recoins de la ville. Il était donc tout à fait naturel que quelqu'un en ait été le témoin (il était alors trop grand pour se cacher derrière son père). C'était même plutôt étonnant que son secret n'ait pas été découvert plus tôt.

Dès lors, on l'affubla du surnom NHK. Dans cette école fréquentée par des enfants de cols blancs, il apparaissait forcément comme quelqu'un de « différent ». La plupart des choses qui étaient naturelles aux yeux des autres ne l'étaient pas pour Tengo. Lui et eux vivaient dans des mondes différents. Ils menaient des existences différentes. Les résultats scolaires de Tengo étaient particulièrement bons, il excellait en gymnastique. Il avait une musculature très développée et beaucoup de force. Ses professeurs l'estimaient.

Aussi, même considéré comme « différent », n'était-il pas vraiment tenu à l'écart. On reconnaissait plutôt sa supériorité. Pourtant, quand on lui demandait si le dimanche suivant il se joindrait aux autres pour une sortie, ou pour une réunion, il ne pouvait accepter. Il lui était arrivé de dire à son père : « Tu sais, dimanche, j'ai été invité par des amis… », mais d'emblée il savait que celui-ci ne voudrait pas en entendre parler. Et toujours, il devait répondre : « Ah, dimanche, désolé, malheureusement, je ne peux pas. » À force, bien entendu, plus personne ne l'invitait. Et il avait bien compris qu'il ne faisait partie d'aucun groupe, qu'il était tout à fait seul.

Ce jour-là, quoi qu'il arrive, il lui fallait accomplir avec son père la tournée de la collecte, du matin au soir. C'était là la règle absolue, qui ne souffrait aucune exception, aucune modification. Qu'il soit enrhumé ou qu'il ne cesse de tousser, qu'il ait de la fièvre, des maux de ventre, peu importait, son père était impitoyable. Dans ces moments-là, tandis qu'il le suivait, les jambes flageolantes, bien souvent il songeait, ah… comme j'aimerais tomber raide mort. Ça le ferait un peu réfléchir. Peut-être se dirait-il, j'ai tout de même été trop dur avec cet enfant. Mais par chance ou par malchance, Tengo avait hérité d'une nature vigoureuse. Même fiévreux, même avec des maux d'estomac, même nauséeux, jamais il ne lui était arrivé de tomber, de perdre conscience sur les longs chemins de la collecte. Il ne lui était même jamais arrivé de pleurer.

L'année de la fin de la guerre, le père de Tengo fut rapatrié de Mandchourie sans un sou. Il était le troisième garçon d'une famille de paysans du Tôhôku, et, avec d'autres camarades de la même province, il avait dû participer au programme des « colonies de Mandchourie et de Mongolie ». Non pas qu'ils aient avalé, comme le slogan gouvernemental le proclamait, que la Mandchourie était « une terre paradisiaque, régie par la vertu », que les sols étaient immenses et fertiles, et qu'ils mèneraient là-bas une existence prospère. Dès le début ils avaient compris que ce pays n'était pas une « terre paradisiaque, régie par la vertu ». Simplement, ils étaient pauvres et affamés. En demeurant dans leur campagne, ils vivotaient à peine pour ne pas mourir de faim. En raison d'un terrible marasme économique, le monde alentour regorgeait de chômeurs. Même en ville, ils n'avaient aucune chance de trouver un travail convenable. Aller en Mandchourie était leur seule chance de survie. Ils reçurent un entraînement de base, pour, en cas de nécessité, savoir se servir d'une arme quand ils iraient exploiter les colonies agricoles. On leur fournit des informations rudimentaires sur les conditions de l'agriculture en Mandchourie, et après trois Banzai, ils dirent adieu à leur pays natal. Puis, depuis Dairen, ils furent expédiés en train jusqu'aux confins de la Mandchourie et de la Mongolie. Là, on leur donna une terre à cultiver, des outils agricoles, un fusil, et ils se mirent à travailler les champs. C'étaient des terres pauvres et pierreuses, totalement gelées en hiver. Ils n'avaient rien à manger et il leur arrivait de dévorer des chiens errants. Néanmoins, durant les premières années, ils reçurent une aide du gouvernement et réussirent à survivre tant bien que mal.

En août 1945, alors qu'ils commençaient à entrevoir une vie un peu plus facile, les armées soviétiques dénoncèrent le traité de neutralité et envahirent la totalité du Mandchoukuo[1]. La guerre avait cessé en Europe

1. Mandchoukuo : État factice créé dans le nord-est de la Chine, en 1932, par les militaires japonais, qui prit fin le 15 août 1945. *(Toutes les notes sont de la traductrice.)*

et la plus grosse partie des forces armées soviétiques fut transférée en Extrême-Orient, par le chemin de fer de Sibérie. Là, elles mirent progressivement en place les dispositifs en vue de franchir la frontière. Prévenu en secret par un fonctionnaire, le père de Tengo s'attendait à l'invasion imminente des troupes soviétiques. L'homme lui avait soufflé à l'oreille que l'armée du Kwantung, très affaiblie, ne serait pas en mesure de résister. Il devait se préparer à fuir en abandonnant tous ses biens. Le plus vite sera le mieux, avait-il dit. Aussi, dès qu'il sut que l'armée soviétique avait passé la frontière, il s'enfuit sur un cheval jusqu'à la gare et monta dans l'avant-dernier train en partance pour Dairen. De tous ses camarades, il fut le seul homme qui réussit à rejoindre le Japon sain et sauf cette année-là.

Après la guerre, le père se rendit à Tokyo où il s'essaya au marché noir, à l'apprentissage de la menuiserie, sans succès. Il parvenait à peine à se nourrir. À l'automne 1947, alors qu'il effectuait un petit travail de livraison pour un marchand de saké d'Asakusa, il rencontra par hasard une connaissance de l'époque de la Mandchourie. Justement ce fonctionnaire qui l'avait secrètement informé de l'imminence de la guerre entre le Japon et l'Union soviétique. L'homme avait été détaché à la poste du Mandchoukuo. Puis, de retour au Japon, il avait récupéré son ancien travail au ministère de la Poste et des Télécommunications. Il paraissait bien disposé à l'égard du père de Tengo, peut-être parce qu'il venait de la même province. Ou qu'il le savait dur à la tâche. Il l'invita à déjeuner.

Lorsque le fonctionnaire comprit qu'il se trouvait dans une situation difficile, ne parvenant pas à trouver un travail régulier, il lui fit la proposition suivante : « Pourquoi n'essaierais-tu pas de travailler comme collecteur de la redevance de la NHK ? J'ai des relations, et si je leur en touche un mot, ça devrait marcher.

— Je vous en serais très reconnaissant », répondit le père. Il ne savait pas très bien ce qu'était cette NHK, mais il serait heureux de tout travail qui lui procurerait un revenu fixe. Le fonctionnaire rédigea une lettre de recommandation. Il alla même jusqu'à se porter garant. Grâce à quoi, le père fut engagé à la NHK. Il suivit une formation, on lui remit un uniforme, on lui indiqua le quota à remplir. Les gens se relevaient avec peine du choc de la défaite, ils aspiraient au divertissement dans leur vie de pauvreté. La radio, qui fournissait des distractions proches des gens, peu onéreuses, de la musique, du rire, des sports, la radio s'était développée à un degré incomparable avec celui d'avant la guerre. La NHK avait besoin d'un grand nombre de travailleurs pour effectuer la tournée et récupérer la taxe aux domiciles des auditeurs.

Le père de Tengo se lança dans son travail avec une extrême ardeur. Sa complexion robuste et sa persévérance constituaient ses principaux atouts. Plus encore, depuis sa naissance, il n'avait jamais eu le ventre plein. Pour des gens comme lui, collecter la redevance de la NHK n'était absolument pas une tâche pénible. Et même les insultes dont il était abreuvé ne parvenaient pas à le toucher. Et puis il éprouvait une grande satisfaction à appartenir à un vaste système, même s'il était tout au bas de l'échelle. Il travailla environ un an en tant que collecteur, au rendement, sans garantie d'emploi. Comme ses résultats et son comportement étaient excellents, la NHK l'engagea avec le statut de collecteur agréé et permanent. De la part de la NHK, il s'agissait là d'une promotion exceptionnelle, contraire à ses usages. Il avait obtenu des résultats remarquables dans un secteur où la collecte était particulièrement difficile. Bien sûr, il bénéficiait aussi du prestige de son garant, le fonctionnaire du ministère des Postes et des Télécommunications. Son salaire de base était fixe, mais s'y ajoutaient diverses primes. Il obtint un logement de fonction. Il eut même droit à une assurance maladie. C'était le jour et la nuit avec le traitement réservé aux collecteurs ordinaires, plus proches des employés jetables. Pour lui, c'était la meilleure aubaine de toute sa vie. En tout cas, il avait trouvé sa place, même si elle se situait au plus bas échelon du mât totémique.

Telles étaient les histoires que son père lui racontait. Tant et tant que Tengo en avait par-dessus la tête. Son père ne lui chantait pas de chansons d'enfant, ne lui lisait pas de contes pour l'endormir. À la place, il lui rabâchait ses propres expériences. Comment il était né dans une petite ferme misérable du Tôhôku, comment il avait été élevé à la dure, battu comme un chien. Comment il avait été envoyé en Mandchourie, en tant que colon. Les terres lointaines où l'urine gelait avant de toucher le sol. Comment il cultivait des champs arides tout en prenant les armes pour chasser les bandits à cheval, ou les meutes de loups. Comment il l'avait échappé belle, juste avant l'arrivée des chars soviétiques. Comment il était revenu sain et sauf au Japon sans avoir été envoyé dans un camp en Sibérie. Comment il avait survécu tant bien que mal, le ventre vide, dans les désordres de l'après-guerre. Et enfin, par le plus heureux des hasards, comment il avait été engagé comme collecteur régulier de la NHK. Le fait qu'il soit devenu collecteur pour la NHK, c'était, dans son récit, le comble du happy end. L'histoire se terminait là, un peu comme : « et ils vécurent toujours heureux ».

Son père était un conteur hors pair. Il n'y avait pas moyen de vérifier dans quelle mesure ses histoires étaient vraies. Mais, jusqu'à un certain point, elles avaient de la cohérence. Sans dire qu'elles étaient riches et profondes, les détails étaient vivants et alertes, sa manière de les peindre débordante de couleurs. Il y avait des anecdotes amusantes, certaines étaient pleines d'émotion, d'autres sombres et violentes. Des récits extravagants qui laissaient Tengo bouche bée, d'autres qui avaient été si souvent narrés qu'ils en devenaient finalement incompréhensibles. Si la vie d'un homme se mesure à la variété des épisodes qui la composent, la sienne comptait probablement parmi les plus riches.

Cependant, les histoires du père, on ne sait trop pourquoi, perdaient brutalement toute couleur et toute réalité à partir du moment où il était engagé par la NHK. Son récit manquait alors de détails, de cohérence. Comme si ce n'était qu'une suite qui ne méritait pas d'être racontée. Il avait fait la connaissance d'une femme avec qui il s'était marié, ils avaient eu un enfant —— Tengo. Quelques mois après la naissance de son fils, la mère était tombée malade. Et puis elle avait disparu. Il ne s'était pas remarié, il avait élevé seul son fils en continuant à travailler dur pour la NHK. Et voilà, nous en arrivions au présent. Fin.

Comment, précisément, avait-il rencontré la mère de Tengo ? Comment s'étaient-ils mariés ? Et puis quelle sorte de femme était-elle ? Quelle était la cause de sa mort (y avait-il un rapport entre sa mort et la naissance de Tengo ?) ? S'était-elle éteinte paisiblement, ou avait-elle souffert ? Le père ne racontait pratiquement rien sur tous ces sujets. Même lorsque Tengo lui posait des questions, il éludait et ne répondait pas. La plupart du temps, il se renfrognait et se murait dans le silence. Il ne restait pas une seule photo de la mère de Tengo. Aucun cliché non plus de la cérémonie de mariage. Le père avait expliqué qu'ils n'avaient pas les moyens de louer les services d'un photographe de mariage, et eux-mêmes ne possédaient pas d'appareil.

Au fond, cependant, Tengo ne croyait pas aux histoires de son père. Il lui dissimulait la réalité, ses récits étaient truqués. Il n'était pas vrai que la mère de Tengo avait disparu quelques mois après la naissance du bébé. Dans ses propres souvenirs, elle était encore vivante quand il avait un an et demi. Et à côté de Tengo endormi, elle était étroitement enlacée avec un homme qui n'était pas son père.

Sa mère avait ôté son chemisier, avait descendu sa combinaison blanche au bas des épaules et laissait un homme qui n'était pas son père lui lécher les seins. Tengo, à côté, sommeillait, le souffle léger. Mais, en même temps, Tengo ne dormait pas. Il regardait sa mère.

C'était là, pour Tengo, la photo-souvenir de sa mère. Une scène d'environ dix secondes qui s'était gravée en lui dans toute sa clarté. La seule information concrète qu'il possédait sur sa mère. Par l'intermédiaire de cette image, la conscience de Tengo se frayait avec peine un chemin jusqu'à elle. Ils étaient reliés par cet hypothétique cordon ombilical. Sa conscience baignait dans le liquide amniotique du souvenir, d'où il percevait les échos du passé. Mais le père ignorait tout de cette vision qui avait gardé autant de netteté dans le cerveau de Tengo. Il ignorait que son fils, comme un ruminant dans une prairie, remâchait inlassablement ce fragment de scène, dont il avait fait sa substance nutritive fondamentale. Le père et le fils conservaient par-devers eux des secrets sombres et lourds.

C'était un dimanche matin agréablement ensoleillé. Mais le vent qui soufflait était assez frais. Signe que la saison pouvait facilement retourner en arrière, même si l'on était déjà au milieu du mois d'avril. Sur un léger pull ras du cou en laine noir, Tengo avait passé une veste à chevrons qu'il portait sans cesse depuis ses années d'étudiant. Il avait enfilé un pantalon chino beige, chaussé des Hush Puppies marron. À peu près neuves. C'était ce qu'il avait de plus convenable comme tenue.

Lorsqu'il arriva à la gare de Shinjuku, sur le quai de la ligne Chûô, près du wagon de tête en direction de Tachikawa, Fukaéri était déjà là. Elle était assise seule sur un banc, tout à fait immobile. Elle regardait en l'air, les yeux plissés. Sur une robe en coton imprimé qui faisait irrésistiblement penser à une robe d'été, elle portait un épais cardigan vert pré, plutôt hivernal. Elle avait glissé ses pieds nus dans des tennis grises décolorées. Une combinaison un peu étrange pour la saison. La robe était trop légère, le cardigan trop épais. Pour elle cependant, sa tenue ne manquait sans doute pas d'harmonie. Par cet ensemble *incongru*, peut-être manifestait-elle la conception du monde tel qu'il était pour elle. Ce n'était pas inconcevable. Mais peut-être n'avait-elle pensé à rien de particulier et s'était-elle contentée d'enfiler n'importe quel vêtement.

Elle ne lisait rien, ni livre ni journal, n'écoutait pas de Walkman. Elle était assise tranquillement, ses grands yeux noirs fixés devant elle. Elle avait l'air de scruter quelque chose. Mais elle avait l'air aussi de ne rien scruter du tout. Elle avait l'air de réfléchir à quelque chose, mais également à rien du tout. De loin, on aurait dit une sculpture très réaliste, faite en matériaux spéciaux.

« Tu as attendu ? » demanda Tengo.

Fukaéri regarda Tengo puis hocha la tête de côté, de quelques centimètres à peine. Dans ses yeux noirs, il y avait un lustre éclatant comme de la soie. Il n'y percevait pourtant pas la moindre expression, exactement comme la dernière fois qu'il s'était trouvé en face d'elle. À présent, elle semblait désireuse de ne parler à personne. Aussi Tengo renonça-t-il à poursuivre la conversation. Il s'assit à côté d'elle sans ajouter un mot.

Lorsque leur train arriva, Fukaéri se leva en silence. Et tous deux montèrent dans le train. Il y avait peu de voyageurs dans cet express en direction de Takao par cette journée de repos. Tengo et Fukaéri prirent place l'un à côté de l'autre. Muets, ils contemplèrent le paysage urbain qui défilait de l'autre côté de la fenêtre. Puisque Fukaéri ne parlait toujours pas, Tengo s'enferma lui aussi dans le silence. Fukaéri, comme pour se protéger d'un froid sévère qui risquait de surgir, rajusta étroitement le col de son cardigan. Ses lèvres se scellèrent alors qu'elle regardait droit devant elle.

Tengo sortit le livre de poche qu'il avait emporté et commença à le lire, mais il s'interrompit après une légère hésitation. Il remit le livre dans sa poche, posa les mains sur ses genoux comme pour accompagner l'attitude de Fukaéri. Il resta ainsi, les yeux dans le vague. Il aurait voulu réfléchir mais il ne parvenait pas à se fixer sur un objet de réflexion. Du fait qu'il s'était longtemps concentré sur la réécriture de *La Chrysalide de l'air*, on aurait dit que sa tête refusait de penser à quoi que ce soit d'un peu élaboré. Comme s'il y avait un gros écheveau de fils enchevêtrés au centre de son cerveau.

Tout en regardant défiler le paysage, Tengo tendait l'oreille aux roulements rythmés du train sur les rails. Comme un trait tracé à la règle sur un plan, la ligne Chûô semblait s'étirer, totalement rectiligne, sans fin. Ou plutôt c'était sûrement ainsi que les ingénieurs de l'époque l'avaient réellement conçue. Il n'y avait aucun obstacle topographique notable dans ces environs de la plaine du Kantô. Aussi avaient-ils réussi à construire une voie sans dénivelés ni courbes perceptibles, à éviter aussi les ponts et les tunnels. Une règle leur avait suffi. Le train se contentait de filer tout droit vers sa destination sans s'arrêter un instant.

À un moment, Tengo s'endormit. Il s'éveilla, en sentant des vibrations, alors que le train, après avoir ralenti peu à peu, s'apprêtait à faire halte dans la gare d'Ogikubo. Un tout petit somme. Fukaéri regardait toujours fixement devant elle, dans la même attitude qu'auparavant. Mais que regardait-elle réellement ? Tengo n'en avait pas la moindre idée. Elle donnait seulement l'impression de se concentrer sur quelque chose. Il ne semblait pas qu'elle avait l'intention de descendre du train avant un certain temps.

« Quels sont les livres que tu lis habituellement ? » interrogea Tengo pour tenter de surmonter l'ennui, tandis que le train dépassait les environs de Mitaka. Il s'était dit qu'il lui poserait cette question à un moment ou à un autre.

Fukaéri jeta un bref regard vers Tengo puis revint à sa posture précédente, le visage droit devant.

« Je lis pas de livres…, répondit-elle laconiquement.

— Jamais ? »

Fukaéri eut un minuscule hochement de tête.

« Ça ne t'intéresse pas de lire des livres ? insista Tengo.

— Pour lire ça prend du temps…, dit-elle.

— C'est parce que cela te prend du temps que tu ne lis pas de livres ? »

Tengo reformula sa question car il n'avait pas très bien compris ce qu'elle voulait dire.

Fukaéri, le visage toujours droit devant, ne répondit pas vraiment. Signe probable qu'elle ne le contredisait pas.

Évidemment, en général, lire un livre prend du temps. Ce n'est pas la même chose que de regarder la télévision ou de parcourir un manga. La lecture d'un livre est un acte continu qui s'effectue sur une durée de temps relativement longue. Mais dans la façon qu'avait eue Fukaéri de dire « Ça prend du temps », il y avait une nuance différente de ce que l'on entend là ordinairement.

« Ça prend du temps… tu veux dire, *beaucoup* de temps ? demanda Tengo.

— *Beaucoup*, confirma Fukaéri.

— Un peu plus que tout le monde ? »

Fukaéri hocha la tête.

« Eh bien, tu dois être bien embêtée à l'école ? Il faut tout de même lire pas mal de livres pour les cours. Et si ça te prend autant de temps !

— Fais semblant de lire… », dit-elle sur un ton indifférent.

Dans la tête de Tengo, une sorte de funeste toc-toc se fit entendre. Ce bruit-là, s'il avait eu le choix, il aurait aimé ne pas l'entendre, passer par-dessus, mais cela lui était impossible. Il devait savoir la vérité.

Il reprit ses questions.

« Est-ce que tu ne serais pas atteinte de ce que l'on appelle la dyslexie ?

— Dys-le-xie…, répéta Fukaéri.

— Un trouble de la lecture.

— On a dit ça. Dys…

— Qui te l'a dit ? »

La jeune fille rentra légèrement les épaules.

« Euh… » Tengo cherchait ses mots, à tâtons en quelque sorte. « Et ç'a toujours été comme ça ? »

Fukaéri opina de la tête.

« Et donc, c'est pour cela que jusqu'à présent tu n'as presque pas lu de romans ou d'autres ouvrages.

— Pas moi-même… », dit Fukaéri.

Voilà qui expliquait qu'on ne retrouve dans son texte l'influence d'aucun écrivain. Une explication logique, magnifique.

« Tu ne lisais pas seule ?

— Quelqu'un lisait pour moi…

— C'est ton père ou ta mère qui te lisait des livres ? »

À cela, Fukaéri ne répondit pas.

« En tout cas, même si tu ne lis pas, tu arrives à écrire », continua Tengo craintivement.

Fukaéri secoua la tête.

« Écrire aussi ça prend du temps…

— *Beaucoup* de temps ? »

Encore une fois, Fukaéri rentra un peu les épaules. Cela signifiait oui.

Tengo se redressa, changea de position sur son siège.

« Si je comprends bien, peut-être n'as-tu pas pu écrire toi-même le texte de *La Chrysalide de l'air* ?

— Je l'ai pas écrit… »

Tengo fit une pause de quelques secondes. De lourdes secondes.

« Alors, qui l'a écrit ?

— Azami, dit Fukaéri.

— Azami, c'est qui ?

— Elle a *deux ans de moins.* »

Il y eut un nouveau silence, bref celui-ci.

« Cette fille a écrit *La Chrysalide de l'air* à ta place. »

Fukaéri acquiesça, comme si c'était une évidence.

Tengo s'appliqua à faire fonctionner sa tête.

« Donc, toi, tu racontais ton histoire, et Azami écrivait. C'est bien ça ?

— Tapait imprimait… », dit Fukaéri.

Tengo se mordit les lèvres, aligna mentalement les divers éléments qui lui avaient été fournis, les ordonna. Puis il reprit : « C'est donc Azami qui a présenté ce texte imprimé à la revue, en vue du prix des nouveaux auteurs. Et probablement sans te le dire, c'est elle qui a choisi ce titre, *La Chrysalide de l'air*. »

Fukaéri inclina la tête, sans que l'on sache si cela signifiait oui ou non. Mais il ne s'agissait pas d'une réfutation. Ce devait être exact dans les grandes lignes.

« Et cette Azami, c'est une amie ?

— On habite ensemble…

— C'est ta petite sœur ? »

Fukaéri secoua la tête.

« La fille du Maître…

— Le Maître ? dit Tengo. Tu veux dire que ce *Maître* habite aussi avec vous ? »

Fukaéri eut un hochement de tête affirmatif. Du genre, pourquoi me demande-t-il encore tout ça ?

« Et la personne que je vais rencontrer, je suppose que c'est ce Maître ? »

Fukaéri se tourna vers Tengo et le scruta droit dans les yeux. Ce regard que l'on prend quand on observe les mouvements des nuages au loin. Ou bien quand on reste perplexe devant un chien empoté. Puis elle acquiesça.

« Nous allons rencontrer le Maître… », confirma-t-elle de sa voix atone.

La conversation se termina là-dessus. Tengo comme Fukaéri n'ouvrirent plus la bouche durant un certain temps, regardant le paysage extérieur par la fenêtre. Une plaine plate et monotone, des bâtiments sans aucun caractère, se dressant en alignements interminables. D'innombrables antennes de télévision pointaient vers le ciel telles des antennes d'insectes. Les gens qui vivaient là réglaient-ils correctement la redevance de la NHK ? Le dimanche, Tengo finissait toujours par y penser. Il n'en avait pas envie mais ne pouvait s'en empêcher.

Ce jour-là, par cette belle matinée dominicale de la mi-avril, avaient été éclaircis certains faits qu'il aurait eu du mal à qualifier d'amusants. D'abord, ce n'était pas Fukaéri elle-même qui avait écrit *La Chrysalide de l'air*. À croire ce qu'elle venait de lui confier (pour le moment, il n'avait aucune raison de ne pas le faire), Fukaéri s'était contentée de raconter son histoire et une autre jeune fille l'avait transcrite. La genèse de cette œuvre était semblable à celle d'autres œuvres littéraires transmises oralement, comme le *Kojiki*[1] ou *Le Dit des Heiké*[2]. Si cela atténuait quelque peu le sentiment de culpabilité qu'éprouvait Tengo à remanier *La Chrysalide de l'air*, il n'en restait pas moins que la situation générale en devenait plus complexe —— ou, pour le dire plus clairement, presque irrémédiable.

En outre, Fukaéri souffrait d'un trouble de la lecture, et était presque incapable de lire correctement un livre. Tengo s'efforça d'ordonner ses connaissances sur la dyslexie. À l'université, durant ses cours de formation pédagogique, il avait assisté à une conférence sur ce dérèglement. Fondamentalement, la dyslexie n'empêche ni de lire ni d'écrire. Il ne s'agit en rien d'un problème d'intelligence. Mais la lecture demande du temps. Tant qu'il est question de lire des phrases courtes, ce n'est pas un obstacle. Au fur et à mesure pourtant que le texte s'allonge, les capacités de traitement de l'information ne peuvent pas suivre. Les liens ne s'établissent pas correctement dans le cerveau

1. *Kojiki* : *Chronique des choses anciennes*. Le plus ancien classique de la littérature japonaise. Traduction de Masumi et Maryse Shibata, Maisonneuve et Larose, 1969.

2. *Heiké monogatari* : *Le Dit des Heiké*. La plus ancienne des épopées médiévales. Ce long chant, qui était déclamé par des moines aveugles accompagnés au luth biwa, raconte la lutte entre deux clans, les Taira et les Minamoto, au cours du XIIe siècle. Traduction de René Sieffert, Presses orientalistes de France, 1978.

entre les signes écrits et leur signification. Tels sont les symptômes habituels de la dyslexie. L'origine de ce dysfonctionnement n'est pas encore totalement établie. Mais il n'est pas étonnant de trouver dans une classe un ou deux enfants dyslexiques. Einstein était dyslexique. Et aussi Edison. Et Charlie Mingus également.

Tengo ne savait pas si les gens qui présentaient des difficultés de lecture éprouvaient la même gêne lorsqu'ils devaient écrire. Mais cela semblait bien être le cas de Fukaéri. Son problème était du même ordre, que ce soit pour lire ou pour écrire.

Si Komatsu était au courant, qu'en dirait-il ? Tengo soupira involontairement. Cette jeune fille de dix-sept ans, atteinte depuis toujours de troubles de la lecture, était très probablement incapable de lire un livre ou d'écrire de longues phrases. À peine prononçait-elle plus d'une phrase à la fois (si telle n'était pas son intention) au cours d'une conversation. Réussir à en faire une vraie romancière, ne serait-ce que pour l'apparence, c'était raté d'avance. Tengo aurait beau récrire au mieux *La Chrysalide de l'air*, l'œuvre aurait beau obtenir le prix des nouveaux auteurs, le texte être imprimé et estimé, il serait impossible de continuer à duper le monde. Même si les choses se passaient bien au début, il était évident que les gens, bientôt, trouveraient qu'« il y avait quelque chose d'un peu bizarre ». Si la réalité venait à être dévoilée, tous ceux qui avaient un lien avec l'affaire risquaient d'être discrédités. Et Tengo, en tant que romancier, verrait alors tout simplement sa carrière brisée —— avant même qu'elle ait vu le jour.

Il était inconcevable que ce projet fou soit mené à bon port. Depuis le début, songeait-il, ils avançaient sur une mince couche de glace près de se briser. Avec la tournure que les choses prenaient à présent, la glace faisait entendre des craquements avant même qu'on ait mis le pied dessus. De retour chez lui, il téléphonerait à Komatsu : « Excusez-moi, monsieur, mais je me retire de cette affaire. C'est trop dangereux. » Voilà, il n'aurait qu'à lui dire ça. C'était ce que ferait n'importe qui de sensé.

Pourtant, quand il se mettait à repenser à *La Chrysalide de l'air*, Tengo se sentait violemment perturbé, divisé. Aussi risqué que soit le projet de Komatsu, Tengo ne pouvait se résoudre à abandonner ce manuscrit. Peut-être en aurait-il été capable s'il n'avait pas encore commencé. Maintenant, c'était impossible. Il y était déjà plongé jusqu'au cou. Il respirait l'air de ce monde, il en avait assimilé la pesanteur. Il était viscéralement imprégné par l'essence de ce récit. Qui réclamait de façon pressante à être remanié par la main de Tengo. Il entendait cette demande vibrer au plus profond de lui. Lui seul pourrait le faire, cela en valait la peine, il *fallait absolument qu'il le fasse*.

Tengo ferma les yeux sur son siège et tenta d'aboutir à une conclusion. Comment faire face à des circonstances pareilles ? Il ne parvenait pas à se déterminer. Un homme perturbé et divisé ne peut aboutir à une conclusion logique.

« Azami, elle écrivait exactement ce que tu lui disais ? demanda Tengo.

— Quand je parlais…, répondit Fukaéri.

— Toi, tu parlais, et elle, elle écrivait, poursuivit Tengo.

— Mais il faut parler à voix basse…

— Pourquoi à voix basse ? »

Fukaéri inspecta le wagon. Il n'y avait presque pas de passagers. Sauf une mère et ses deux enfants, installés un peu plus loin, sur des sièges opposés. Ils avaient l'air d'être en route pour une joyeuse sortie. Il existait de par le monde des gens ainsi heureux.

« Pour pas qu'*ils* entendent…, dit Fukaéri d'une toute petite voix.

— Ils ? » répéta Tengo.

Même si elle ne regardait rien de précis, il était évident que ces mots ne désignaient pas le groupe formé par la mère et ses enfants. Fukaéri parlait de gens concrets, qu'elle connaissait bien —— mais pas Tengo —— et qui n'étaient pas là.

« Enfin, ils, c'est qui ? » demanda Tengo, lui aussi d'une voix plus basse.

Fukaéri ne répondit rien et fronça très légèrement les sourcils. Ses lèvres restèrent étroitement serrées.

« Tu parles des Little People ? » questionna Tengo.

Bien entendu, il n'y eut pas de réponse.

« Tu veux dire qu'*ils* se fâcheraient si ton récit était imprimé, rendu public, et si tout le monde en parlait ? »

Fukaéri, les yeux dans le vague, garda le silence. Tengo tenta une autre question, après s'être assuré, en patientant un instant, qu'il n'obtiendrait rien.

« Tu ne veux pas m'en dire un peu plus sur le Maître ? De qui s'agit-il ? »

Fukaéri regarda Tengo, l'air perplexe. Qu'est-ce qu'il raconte ? semblait-elle penser. Puis elle déclara : « Tu vas bientôt rencontrer le Maître…

— Évidemment, dit Tengo. Bien sûr. Après tout, je vais le rencontrer. Puisque je le verrai, je pourrai juger par moi-même. »

À la gare de Kokubunji, un groupe de personnes âgées qui avaient l'air de partir pour une randonnée en montagne monta. Ils étaient une dizaine en tout, autant de femmes que d'hommes, la soixantaine environ. Tous étaient munis de sacs à dos et de chapeaux. Ils se réjouissaient bruyamment, comme des écoliers en excursion. Ils avaient une gourde accrochée à la ceinture ou dans les poches de leur sac à dos. Pourrai-je avoir l'air aussi joyeux quand je serai vieux ? songea Tengo. Puis il secoua légèrement la tête. Non, cela me paraît impossible. Tengo imagina le spectacle de ces personnes âgées buvant fièrement l'eau de leur gourde sur quelque sommet.

À cause de leur petite taille, les Little People devaient boire énormément d'eau. Ils n'aimaient pas l'eau du robinet mais l'eau de pluie ou l'eau vive d'une rivière proche. C'est pourquoi, pendant la journée, la petite fille allait puiser des seaux d'eau à la rivière et les donnait à boire aux Little People. S'il pleuvait, elle disposait un seau au bas de la gouttière. Car les Little People, entre ces mêmes eaux naturelles, préféraient l'eau de pluie à celle de la rivière. Les Little People étaient reconnaissants à la petite fille pour sa gentillesse.

Tengo se rendit compte qu'il lui était difficile de rester lucide. Un mauvais signe avant-coureur. Peut-être était-ce parce qu'on était dimanche. Une certaine confusion s'empara de lui. Quelque part dans la plaine des émotions s'était levée une tempête de sable maléfique. Cela se produisait de temps en temps le dimanche.

« Tu as quoi… », demanda Fukaéri, en sautant la marque interrogative.

Il semblait qu'elle avait pu déceler la tension que ressentait Tengo.

« Est-ce que ça se passera bien ? dit Tengo.

— Quoi…

— Est-ce que je pourrai bien parler ?

— Tu pourras bien parler… », demanda Fukaéri.

On aurait dit qu'elle ne comprenait pas très bien ce que Tengo voulait dire.

« Avec le Maître, dit Tengo.

— Est-ce que tu pourras bien parler avec le Maître… » répéta Fukaéri.

Après un moment d'hésitation, Tengo lui livra son sentiment.

« Eh bien, finalement, j'ai l'impression que toutes sortes de choses ne s'accordent pas bien et que tout ça finira mal. »

Fukaéri modifia la position de son corps, regarda Tengo tout à fait en face.

« Quelque chose fait peur…, dit-elle.

— Tu veux dire, est-ce que j'ai peur de quelque chose ? » la reprit Tengo.

Fukaéri acquiesça en silence.

« Peut-être est-ce que je redoute de rencontrer quelqu'un de nouveau. Surtout un dimanche matin, dit Tengo.

— Pourquoi dimanche… », demanda Fukaéri.

Tengo commença à sentir ses aisselles transpirer. Il avait la sensation que sa poitrine était terriblement oppressée. Une nouvelle personne à rencontrer, et puis ce que cela provoquerait de nouveau. Avec tout cela, son existence actuelle serait menacée.

« Pourquoi dimanche… », demanda de nouveau Fukaéri.

Tengo se remémora les dimanches de son enfance. À la fin de la journée passée sur la tournée de collecte de la redevance, son père l'entraînait au restaurant devant la gare et lui disait de commander ce qu'il voulait en guise de récompense. Pour eux qui menaient une vie très modeste, cette sortie représentait presque la seule occasion de manger à l'extérieur. Son père commandait une bière, chose exceptionnelle (il ne buvait en général pas une goutte d'alcool). Cependant, Tengo n'avait pas le moindre appétit. D'habitude, il avait toujours faim, mais le dimanche tout ce qu'il avalait lui semblait mauvais. Devoir manger ce qu'il avait commandé sans rien laisser (il lui était absolument interdit de ne pas tout finir) était une souffrance. Parfois il avait envie de vomir. Voilà ce qu'étaient les dimanches pour Tengo, quand il était un enfant.

Fukaéri fixa Tengo. Elle cherchait ce qu'il y avait au fond de ses yeux. Puis elle allongea la main et prit celle de Tengo. Tengo fut surpris, mais il s'efforça de ne pas le montrer.

Fukaéri continua à serrer légèrement sa main, jusqu'à ce que le train arrive à la gare de Kunitachi. Sa main à elle était plus ferme qu'il ne l'aurait pensé, et lisse. Elle n'était ni chaude ni froide. Elle était à peu près moitié plus petite que celle de Tengo.

« Il n'y a pas à avoir peur. Ce n'est pas un dimanche comme les autres… », déclara-t-elle, comme si elle annonçait un fait connu de tout le monde.

C'était peut-être la première fois qu'elle prononçait deux phrases à la suite, songea Tengo.

9

Aomamé

Le paysage change, les règles ont changé

Aomamé se rendit à la bibliothèque municipale la plus proche de son domicile. À l'accueil, elle demanda à consulter les journaux sur microfilms. Durant les trois mois compris entre septembre et novembre 1981. « Nous avons le journal *Asahi*, le *Yomiuri*, le *Mainichi* et le *Nikkei* », lui indiqua la bibliothécaire. Lequel désirait-elle consulter ? C'était une femme d'âge moyen, portant lunettes, qui avait davantage l'air d'une ménagère travaillant à temps partiel que d'une bibliothécaire en bonne et due forme. Sans être vraiment grosse, ses poignets étaient boursouflés et faisaient penser à de petits jambons.

« En fait, cela m'est égal, répondit Aomamé. Ils sont tous pareils, de toute façon.

— Oui, c'est possible, mais ça m'ennuie que vous n'en choisissiez pas un », dit la femme, d'une voix monocorde, comme pour couper court à la discussion.

N'ayant nulle intention d'engager un débat, Aomamé se décida pour le *Mainichi*, sans raison particulière. Puis elle alla s'asseoir à une des tables installées dans des box, ouvrit un cahier et parcourut des yeux les articles, un stylo-bille à la main.

Au début de l'automne 1981, il ne s'était pas produit de grands événements. En juillet de cette année-là avait été célébré le mariage du prince Charles et de Diana, dont on parlait encore. Où le couple s'était-il rendu, que faisait-il, quels vêtements portait Diana, quels bijoux avait-elle ? Bien entendu, Aomamé connaissait l'existence de ce mariage. Mais elle ne s'y intéressait pas beaucoup. Aomamé ne comprenait absolument pas pourquoi les gens devaient porter une telle attention au destin du prince et de la princesse d'Angleterre. Charles avait plus l'air d'un professeur de physique souffrant de problèmes digestifs que d'un prince.

En Pologne, Walesa, le leader syndicaliste de Solidarnosc, menait l'opposition contre le gouvernement, ce que le pouvoir soviétique qualifiait de « préoccupant ». En termes plus explicites, cela signifiait que, si le gouvernement polonais ne mettait pas bon ordre à la situation, l'URSS enverrait ses chars comme en 1968, lors du « Printemps de Prague ». Aomamé se souvenait plus ou moins de ces événements. Elle savait aussi que, après diverses péripéties, l'Union soviétique avait finalement renoncé à intervenir. Aussi n'avait-elle pas besoin de lire le détail de ces articles. Sauf l'un d'entre eux, dans lequel le président américain Reagan déclarait, dans le but d'entraver l'ingérence de l'Union soviétique dans la politique intérieure de la Pologne : « Nous espérons que les tensions en Pologne n'auront pas de répercussions sur le projet américano-russe d'une base lunaire. » Une base lunaire ? Elle n'avait jamais entendu parler d'une histoire pareille. Ou plutôt si, elle se rappelait maintenant quelque chose de ce genre, qui avait été annoncé pendant le journal télévisé. La nuit où elle avait fait l'amour dans un hôtel d'Akasaka avec cet homme âgé, aux cheveux rares, qui venait du Kansai.

Le 20 septembre s'était tenu à Jakarta le plus grand rassemblement mondial de cerfs-volants, avec plus de dix mille participants. Qu'Aomamé ignore ce fait-là n'avait rien de bizarre. Qui se souviendrait d'un rassemblement de cerfs-volants qui avait eu lieu à Jakarta plus de trois ans auparavant ?

Le 6 octobre, le président égyptien Sadate avait été assassiné par des extrémistes islamistes. Aomamé se souvenait de cette affaire, et elle plaignit de nouveau le malheureux Sadate. Non seulement la tête presque chauve du président lui plaisait, mais elle éprouvait invariablement une profonde aversion à l'encontre des fondamentalistes, toutes religions confondues. Songer à leur conception du monde étriquée, à leur condescendance, à leur arrogance et à leur insensibilité vis-à-vis d'autrui la submergeait d'une colère irrépressible. La question n'avait pourtant pas de rapport avec son problème. Après s'être calmé les nerfs en respirant profondément à plusieurs reprises, Aomamé passa à la page suivante.

Le 12 octobre, à Tokyo, dans la zone résidentielle de l'arrondissement d'Itabashi, un collecteur de la NHK (56 ans) s'était disputé avec un étudiant qui refusait de payer sa redevance. Il avait grièvement blessé au ventre le jeune homme avec un couteau qu'il emportait toujours dans sa sacoche. Le collecteur avait été arrêté par des policiers accourus sur place. L'homme, qui tenait encore à la main son couteau ensanglanté, était resté là, presque prostré, et n'avait opposé aucune résistance lors de son arrestation. Un de ses collègues avait expliqué qu'il travaillait comme collecteur depuis six ans, que son comportement au travail était irréprochable et que ses résultats étaient excellents.

Aomamé ne savait pas qu'une telle affaire avait eu lieu. Abonnée au *Yomiuri*, elle le lisait assidûment chaque jour dans les moindres détails. Les faits divers —— en particulier ceux qui étaient liés à des crimes ——, elle les étudiait avec beaucoup d'attention. Et cet article occupait presque la moitié de la page consacrée aux faits divers. Inconcevable qu'un aussi long article lui ait échappé. Bien sûr, il n'était pas impossible que, pour une raison quelconque, elle ait négligé de le lire. La chose était tout à fait improbable, mais elle ne pouvait affirmer le contraire.

Des rides se creusèrent sur son front tandis qu'elle réfléchissait quelques instants à cette possibilité. Puis elle rédigea un résumé de l'affaire en notant la date.

Le nom du collecteur était Shinnosuke Akutagawa. Un nom splendide. Comme celui du grand écrivain. Il n'y avait pas de photo de l'homme. On voyait seulement celle du blessé, M. Akira Tagawa (21 ans), étudiant en 3e année de droit, à l'université Nihon, et 2e dan de kendô. S'il avait eu en main son sabre de bambou, il n'aurait sans doute pas été aussi facile de le blesser. Mais un individu normal ne discute pas avec un collecteur de la NHK, un sabre de bambou à la main. Pas plus qu'un collecteur normal n'emporte de couteau dans sa sacoche. Elle essaya de suivre l'incident sur plusieurs jours mais ne dénicha pas d'article signalant la mort de l'étudiant blessé. Peut-être avait-il finalement survécu.

Le 16 octobre, un grave accident avait eu lieu dans les mines de Yûbari, dans le Hokkaidô. Un incendie s'était déclaré dans les galeries d'extraction, à mille mètres sous terre. Plus de cinquante mineurs étaient morts par asphyxie. Comme le feu s'était propagé sur des zones proches du sol, dix autres personnes avaient perdu la vie. Pour empêcher la propagation du feu, la société avait inondé les galeries de la mine à l'aide d'une pompe sans vérifier s'il restait ou non des survivants au fond. Au total, le sinistre avait fait quatre-vingt-treize victimes. Une véritable tragédie. Le charbon est une source d'énergie « sale ». Son extraction dangereuse. La société minière avait rechigné à investir dans les équipements et les conditions de travail étaient mauvaises. Les accidents nombreux. Les poumons atteints à coup sûr. Mais, en raison de son faible coût, il restait toujours des hommes et des entreprises qui en avaient besoin. Aomamé avait un souvenir précis de cet accident.

L'affaire qu'elle recherchait s'était produite le 19 octobre, alors qu'il y avait encore des répercussions de l'accident de la mine de Yûbari. Aomamé ne savait rien de cet événement —— que Tamaru venait de lui évoquer, quelques heures auparavant. Il était pourtant invraisemblable qu'elle n'en ait pas eu connaissance. Le titre, en une de l'édition du matin, était imprimé en gras et en gros caractères. Impossible de le louper.

TROIS POLICIERS TUÉS DANS LES MONTAGNES DE YAMANASHI AU COURS DE COMBATS CONTRE DES EXTRÉMISTES.

Accompagné d'une grande photo. Une vue aérienne des lieux où s'étaient déroulés les faits. Aux alentours du lac Motosu. Un plan sommaire était dessiné. Au-delà de la zone défrichée pour des maisons de campagne, il s'agissait d'un terrain beaucoup plus enfoncé dans la montagne. Figuraient les photos des trois policiers tués. Le bataillon des troupes aériennes spéciales des forces d'autodéfense qui était intervenu en hélicoptère. En tenue de camouflage, avec des fusils équipés de viseurs et des armes automatiques à petit canon.

Aomamé grimaça intensément durant un certain temps. Elle éprouvait le désir légitime de manifester ses émotions et étira au maximum chacun des muscles de son visage. Heureusement, il y avait des cloisons des deux côtés de la table, et personne ne pouvait être témoin de sa transformation extraordinaire. Après quoi elle inspira résolument l'air environnant et le rejeta tout aussi résolument. Comme une baleine qui remonte à la surface de l'eau et qui renouvelle l'air de ses gigantesques poumons. Un lycéen qui travaillait derrière elle, surpris par ces bruits, se retourna, mais bien sûr il ne dit rien. Il était seulement effrayé.

Après une grimace aussi longue, Aomamé s'efforça de détendre ses muscles faciaux pour retrouver sa physionomie ordinaire. Puis elle tapota l'extrémité de son stylo-bille sur ses dents de devant. Enfin, elle tenta de mettre de l'ordre dans ses pensées. Il y a forcément des raisons à tout cela. Ou plutôt, *il faut* qu'il y ait des raisons. Comment se fait-il que j'aie laissé échapper des événements assez graves pour faire trembler le Japon tout entier ?

Non, il ne s'agit pas seulement de cet événement. Voyons, il y a aussi l'affaire du collecteur de la NHK qui a blessé un étudiant. Et je n'étais pas au courant. C'est très étrange. Il est invraisemblable que j'aie laissé passer cette succession de faits importants. Je suis avant tout quelqu'un de consciencieux, de méticuleux. Je suis capable de déceler une erreur de moins d'un millimètre. J'ai confiance en ma mémoire. C'est grâce à cela que j'ai survécu tout en *expédiant de l'autre côté* un certain nombre d'individus, sans commettre la moindre erreur. Chaque jour, je lis le journal très attentivement, et quand je dis « très attentivement », cela veut dire qu'aucune information digne d'intérêt ne m'échappe, aussi infime soit-elle.

Bien entendu, cette affaire du lac Motosu s'était étalée sur les journaux durant des jours et des jours. Les forces d'autodéfense et la police départementale avaient poursuivi la dizaine d'extrémistes en fuite, fouillant la montagne dans une chasse à l'homme de grande envergure. Ils en avaient tué trois, blessé grièvement deux autres, et quatre personnes (parmi lesquelles une femme) avaient été arrêtées. On avait perdu la trace de l'un des membres du groupe. Les journaux regorgeaient d'articles sur cette affaire. Du coup, ceux qui concernaient l'étudiant blessé par un collecteur de la NHK étaient passés à la trappe.

Nul doute que la NHK – sans le montrer ostensiblement – avait dû en être bien soulagée. S'il n'y avait pas eu l'affaire des policiers tués, tous les médias, profitant de l'occasion, auraient certainement manifesté à grands cris leurs doutes sur le système de la collecte, voire sur l'organisation même de la NHK. Au début de cette année-là, le PLD avait émis des remarques sur une émission spéciale de la NHK à propos du scandale de corruption de Lookheed. Le contenu en avait alors été modifié, ce qui avait provoqué des incidents. Avant sa diffusion, la NHK avait clairement précisé la teneur de l'émission à un certain nombre de politiciens du parti au pouvoir, puis leur avait respectueusement demandé : « Ce que nous allons diffuser vous conviendra-t-il ? » Cela paraît incroyable mais il s'agit d'un procédé habituel. Comme la NHK doit recevoir l'agrément de la Diète pour son financement, dans les étages supérieurs, on tremble à l'idée de subir des représailles, au cas où le parti au pouvoir ou le gouvernement se fâcheraient. En outre, à l'intérieur du parti majoritaire, certains considéraient la NHK comme un organe d'information à leur botte. Aussi, les dessous de l'histoire une fois révélés, de nombreux citoyens se mirent à douter de l'impartialité politique et de l'indépendance des programmes de la NHK. Par conséquent, le mouvement de refus de paiement de la redevance s'en trouva renforcé.

À part l'affaire du lac Motosu et celle du collecteur de la NHK, Aomamé se souvenait précisément de tous les événements traités par le *Mainichi* pendant cette période. Sa mémoire ne lui faisait pas défaut, excepté pour ces deux histoires. Pourquoi ?

Même si un dysfonctionnement s'est produit dans mon cerveau, comment est-il possible que j'aie sauté la lecture des articles sur ces deux seules affaires ? Autrement dit, comment se fait-il que seules ces deux affaires se soient évanouies de ma mémoire ?

Aomamé ferma les yeux, pressa longuement le bout de ses doigts sur ses tempes. Bon, après tout, peut-être est-ce possible. Il y aurait dans mon cerveau une fonction qui se serait activée à transformer la réalité. À cause d'elle, certaines informations auraient été totalement dissimulées sous un grand tissu noir, de façon que mes yeux ne les voient pas, qu'il n'en reste rien dans ma mémoire. Le renouvellement des armes et des uniformes des policiers, le projet d'établir une base lunaire, mené conjointement par l'Amérique et l'URSS, l'étudiant blessé par le coup de couteau d'un collecteur de la NHK, le violent échange de tirs entre un groupe d'extrémistes et un bataillon spécial des forces d'autodéfense près du lac Motosu. Ces informations-là.

Mais qu'y avait-il de commun entre elles ?

Aomamé avait beau y réfléchir, elle ne voyait là aucune analogie.

Elle continua à tapoter la pointe de son stylo-bille contre ses dents. Puis elle fit travailler sa tête.

Un bon moment plus tard, brusquement, lui vint une idée.

Ne pourrait-elle pas essayer de penser autrement… ? Le problème n'est pas en moi, mais dans le monde qui m'entoure. Ma conscience ou mon jugement ne se sont pas déréglés. Non. Une force tout à fait inconcevable s'est mise en activité, et le monde même qui m'environne a fini par en subir des modifications.

Plus elle réfléchissait, plus cette hypothèse lui paraissait la bonne. Car sa conscience n'avait pas été affectée par la moindre sensation de perte ou de déformation.

Elle s'attela alors à développer l'hypothèse plus avant.

Ce qui est devenu fou, ce n'est pas moi, c'est le monde.

Voilà. Bien.

À un point donné, le monde que je connaissais a disparu, ou bien s'est retiré, remplacé par un autre. Comme s'il avait été aiguillé ailleurs. En somme, la conscience qui est la mienne en ce moment appartient à celle du monde originel, lequel, cependant, a déjà cédé sa place à un autre. Les altérations qui ont eu lieu sont pour l'instant limitées. La plus grande part de ce nouveau monde a été détournée telle quelle du monde originel que je connaissais. Elle ne me porte donc pas vraiment préjudice (jusqu'ici, presque pas) dans mon quotidien. Pourtant, cette « part modifiée » aura comme conséquence de faire surgir de plus en plus d'écarts importants dans mon environnement. Les erreurs iront progressivement en s'amplifiant, et, selon les cas, ruineront la logique de mes actes et me feront peut-être commettre une faute mortelle. Si cela arrivait, cela serait pour moi, littéralement, fatal.

Parallel world.

Aomamé grimaça comme si une chose effroyablement aigre avait envahi sa bouche. Mais la distorsion ne fut pas aussi brutale que tout à l'heure. Puis elle recommença à marteler son stylo-bille contre ses dents. Elle émit un grognement qui lui vint du fond de la gorge. Cette fois le lycéen derrière fit semblant de n'avoir rien entendu.

Bon, eh bien, nous voilà en pleine science-fiction, songea Aomamé.

Mais ne serais-je pas en train d'échafauder des hypothèses à ma convenance pour assurer ma défense ? En réalité, peut-être est-ce *moi*, tout simplement, *qui suis en train de devenir folle*. Je considère mon esprit comme parfaitement normal. J'estime que ma conscience n'est pas altérée. Pourtant, la plupart des malades mentaux n'affirment-ils pas qu'ils sont tout à fait équilibrés et que c'est le monde alentour qui est devenu fou ? Lorsque je formule une hypothèse aussi extravagante que celle des mondes parallèles, ne serait-ce pas seulement pour tenter de légitimer ma démence à tout prix ?

Ce qu'il me faudrait, c'est l'opinion d'une tierce personne à la tête froide.

Il m'est impossible cependant d'aller consulter un psychanalyste. La situation est bien trop embrouillée, les faits que je ne peux me permettre d'évoquer bien trop nombreux. Par exemple, le « travail » que j'ai effectué ces temps-ci, évidemment incompatible avec le respect de la loi. J'ai tout de même tué des hommes avec un pic à glace, fabriqué de mes propres mains. Comment expliquer cela à un thérapeute ? Même si c'étaient d'ignobles pervers qui avaient mérité leur sort. À supposer que j'aie l'habileté de cacher cette partie illégale, sur le reste, je n'ai pas de quoi parader. Ma vie, c'est comme une malle bourrée de linge sale. Dedans il y a de quoi rendre un homme fou. Deux ou trois, même. Notamment ma vie sexuelle. Ce ne sont pas des trucs que je peux confier à un tiers.

Impossible d'aller voir un psy, conclut Aomamé. Il ne me reste plus qu'à éclaircir ma situation sans l'aide de personne.

Je vais essayer d'aller un peu plus loin, en suivant mon hypothèse.

Si vraiment les choses se sont réellement produites ainsi, c'est-à-dire si le monde où je me trouve a *vraiment* été modifié, où le changement d'aiguillage s'est-il concrètement effectué ? Quand et comment ?

Aomamé se concentra encore une fois et tenta de fouiller dans ses souvenirs.

Elle se rappela que les premières altérations du monde remontaient à quelques jours. Celui où elle avait réglé son compte au spécialiste du pétrole, dans la chambre d'un hôtel de Shibuya. Elle avait laissé le taxi sur la voie express n° 3, avait utilisé l'escalier de secours, était descendue sur la nationale 246, avait changé de collant et s'était dirigée vers la gare de Sangenjaya, pour prendre la ligne Tôkyû. Elle avait alors croisé un jeune policier et avait remarqué que sa tenue était différente de celle de d'habitude. C'était là que tout avait commencé. C'était donc sans doute juste avant qu'avait eu lieu le changement d'aiguillage du monde. Parce que, le matin du même jour, les policiers près de chez elle portaient leur uniforme habituel et leur revolver ancien modèle.

Elle se souvint de la sensation étrange qu'elle avait éprouvée dans le taxi au milieu des embouteillages, en entendant le début de la *Sinfonietta* de Janáček. L'impression que son corps subissait *une distorsion*. Elle avait eu alors la sensation que les composants de son corps étaient tordus. Comme lorsqu'on essore un torchon. Ensuite, le chauffeur m'avait appris l'existence de cet escalier de secours, se dit-elle. J'avais ôté mes talons hauts et descendu pieds nus ces marches périlleuses. Un vent violent soufflait, dans mes oreilles retentissait sans cesse la fanfare de la *Sinfonietta*. En somme, peut-être que tout avait commencé là.

Le chauffeur de taxi lui avait donné une impression curieuse. Aomamé se rappelait encore ses dernières paroles. Elle se les répéta mentalement, aussi précisément qu'elle le put.

Si vous faites cela, il n'est pas impossible qu'ensuite le paysage vous paraisse un peu différent de celui de tous les jours. Mais il ne faut pas se laisser abuser par les apparences. La réalité n'est toujours qu'une.

Ce chauffeur raconte n'importe quoi, avait alors pensé Aomamé. Mais, même si elle n'avait pas bien compris le sens de ses mots, elle ne s'en était pas beaucoup souciée. Elle était pressée d'aller de l'avant. Elle n'avait pas le temps de réfléchir sérieusement à ce genre de propos embrouillés. À présent pourtant qu'elle tentait d'y revenir, il était curieux que ces paroles aient été prononcées de manière aussi imprévue. Elles résonnaient comme un conseil, ou un message codé. Ce chauffeur, que voulait-il donc me transmettre ?

Et puis la musique de Janáček.

Pourquoi ai-je su immédiatement que c'était la *Sinfonietta* de Janáček ? Pourquoi savais-je que ce morceau avait été écrit en 1926 ? L'œuvre n'est pas populaire au point d'être reconnue dès les premières mesures. D'ailleurs, jusqu'ici, je n'ai jamais été folle de musique classique. Je ne sais pas vraiment distinguer Haydn de Beethoven. Pourquoi alors ai-je été aussitôt capable d'affirmer avec certitude que c'était la *Sinfonietta* de Janáček ? Et puis pourquoi ce morceau m'a-t-il ébranlée ?

Oui, elle s'était senti touchée, à titre tout à fait *personnel*.

C'était comme si des souvenirs latents, restés depuis très longtemps en sommeil, s'étaient éveillés inopinément. Un peu comme si on m'avait saisie à l'épaule et secouée. Ce qui signifierait peut-être que quelque chose en rapport avec ce que j'avais vécu jusque-là, un lien profond, en somme, me rattachait à cette musique. Dès les premières notes, un interrupteur s'était mis automatiquement sur « on ». Et un de mes souvenirs enfouis s'était éveillé. Possible. La *Sinfonietta*, de Janáček. Pourtant, Aomamé avait beau chercher au plus profond d'elle-même, cela ne lui disait rien du tout.

Aomamé lança un regard autour d'elle puis examina la paume de ses mains, scruta la forme de ses ongles, et, pour plus de sûreté, également celle de ses seins en les saisissant à deux mains par-dessus son chemisier. Pas de changement. C'était bien le même volume et la même forme. Je suis ce que je suis depuis toujours. Le monde est le monde de toujours. Pourtant, quelque chose a commencé à être différent. Cela, Aomamé le ressentait. Comme lorsque l'on observe deux images. Accrochées côte à côte sur un mur, elles ont l'air parfaitement identiques si vous essayez de les comparer. Mais, après un examen attentif des détails, vous découvrez qu'il existe de minuscules nuances qui les différencient.

Se ressaisissant, elle revint au journal, nota des détails sur les combats du lac Motosu. On supposait que les cinq kalachnikovs AK 47, de fabrication chinoise, avaient été importées illégalement de la péninsule Coréenne. Des armes sans doute en bon état, qui provenaient des surplus de l'armée. Les munitions étaient également abondantes. Les rivages de la mer du Japon sont très étendus. En utilisant des bateaux camouflés en bateaux de pêche, transporter des armes et des munitions à la faveur de la nuit n'est pas très difficile. Ces gens-là introduisent ainsi des drogues et des armes au Japon en échange de grandes quantités de yens.

Les policiers de Yamanashi ignoraient que le groupe extrémiste possédait un tel arsenal. Répartis dans deux voitures de police et un minibus, munis de leur mandat de recherche pour coups et blessures avec leur équipement ordinaire, ils s'étaient dirigés vers la « ferme », le bastion du groupe appelé « L'Aube ». En apparence, les gens pratiquaient une agriculture de type biologique. Ils refusèrent que la police inspecte les lieux. Il s'ensuivit naturellement une bousculade, prétexte au déclenchement des tirs. Les extrémistes étaient allés jusqu'à préparer des grenades très performantes de fabrication chinoise. En fait, ils ne s'en servirent pas. Ils ne les possédaient que depuis peu et n'avaient pas pu s'entraîner suffisamment. Fort heureusement. Car alors les pertes auraient sûrement été bien plus nombreuses chez les policiers ou les forces d'autodéfense. Au début, en effet, les policiers ne portaient même pas leur gilet pare-balles. On nota la faiblesse d'analyse des autorités policières ainsi que la vétusté des équipements des hommes. Mais ce qui stupéfia le plus le citoyen ordinaire, ce fut de savoir qu'existaient encore actuellement des extrémistes organisés en groupes de combat. Et qu'ils n'avaient pas été en mesure de déployer de véritables activités clandestines. On considérait que le grand tapage « révolutionnaire » de la fin des années soixante faisait partie du passé. On croyait que le reste des extrémistes avait été totalement anéanti au cours de l'affaire du mont Asama, en 1972.

Une fois son résumé terminé, Aomamé rapporta le journal au comptoir. Puis elle choisit dans le rayon musique un gros ouvrage intitulé *Les Compositeurs du monde* et retourna à sa place. Elle ouvrit le livre à la page Janáček.

Léos Janáček était né en 1854 dans un village de Moravie. Il était mort en 1928. Un portrait du compositeur, une photo prise dans ses dernières années, révélait un homme au crâne couvert d'abondants cheveux blancs, qui faisaient penser à de vigoureuses herbes des champs. La forme de sa tête était impossible à discerner. La *Sinfonietta* avait été écrite en 1926. Janáček avait connu une vie conjugale malheureuse et sans amour mais, en 1917, alors qu'il avait soixante-trois ans, il avait rencontré une femme mariée, Kamila, dont il était tombé amoureux. L'amour d'un homme et d'une femme âgés, déjà mariés. Janáček, qui avait souffert de dépression durant un certain temps, retrouva un impétueux désir de création grâce à la rencontre avec Kamila. Et les chefs-d'œuvre de ses dernières années se succédèrent.

Un jour, alors qu'ils se promenaient tous deux dans un parc, ils entendirent un concert qui se donnait dans un kiosque à musique. Ils s'arrêtèrent pour écouter. À ce moment-là, Janáček fut inondé par un sentiment de bonheur imprévu, qui lui inspira le début de la *Sinfonietta*. Il eut la sensation que quelque chose éclatait dans sa tête, qu'il était pris par une sorte d'extase vivifiante, comme il le raconta lui-même avec émotion. Il se trouve qu'à cette époque on lui avait demandé de composer une œuvre pour fanfare, destinée à une grande fête sportive. Ainsi naquit la *Sinfonietta*, résultat de cette commande particulière et de l'« inspiration musicale » qu'il eut dans le parc. L'œuvre porte aussi le nom de *Petite Symphonie*. Sa composition n'a rien de traditionnel. La fanfare festive et éclatante, jointe aux cuivres et à l'ensemble des cordes, typique d'Europe centrale, crée une atmosphère tout à fait originale —— oilà ce que disait le commentaire.

Pour plus de sûreté, Aomamé nota sur son cahier les données biographiques et les explications musicologiques. Mais quel lien y avait-il entre cette *Sinfonietta* et elle ? La notice n'en donnait aucune piste.

Lorsqu'elle sortit de la bibliothèque, c'était presque le coucher du soleil. Elle avança sans but dans les rues. Elle monologuait de temps en temps, de temps en temps secouait la tête.

Bien entendu, il s'agit d'une simple hypothèse, pensait Aomamé en marchant. Mais là, maintenant, elle me semble très convaincante. Du moins, tant qu'une autre, plus évidente, ne sera pas apparue, je dois m'y conformer. Sinon, je pourrais bien me retrouver rejetée je ne sais où. Il serait d'ailleurs bon de donner une appellation appropriée à ces conditions nouvelles dans lesquelles je me trouve. Et j'ai aussi besoin d'attribuer à ce monde un nom qui me sera propre, pour le démarquer du *monde d'autrefois*, celui où les policiers étaient munis de leurs vieux revolvers. Après tout, on donne bien des noms aux chiens ou aux chats. Il n'y a pas de raison que ce nouveau monde altéré n'en ait pas.

1Q84 —— voilà comment je vais appeler ce nouveau monde, décida Aomamé.

Q, c'est la lettre initiale du mot Question. Le signe de quelque chose qui est chargé d'interrogations.

Tout en marchant, elle hocha la tête pour s'approuver.

Que cela me plaise ou non, je me trouve à présent dans l'année 1Q84. L'année 1984 que je connaissais n'existe plus nulle part. Je suis maintenant en 1Q84. L'air a changé, le paysage a changé. Il faut que je m'acclimate le mieux possible à ce monde lourd d'interrogations. Comme un animal lâché dans une forêt inconnue. Pour survivre et assurer ma sauvegarde, je dois en comprendre au plus tôt les règles et m'y adapter.

Aomamé se rendit chez un marchand de disques, non loin de la gare de Jiyugaoka, et chercha la *Sinfo-*

nietta de Janáček. Janáček n'est pas un compositeur très populaire. Il y avait peu de disques de ce musicien, et elle découvrit un seul enregistrement de la *Sinfonietta*. Sous la direction de George Szell, avec l'orchestre symphonique de Cleveland. Sur une des faces figurait le *Concerto pour orchestre* de Bartók. Elle ne savait pas ce que valait cette interprétation, mais, n'ayant pas d'autre choix, elle acheta le 33 tours. Rentrée chez elle, elle sortit du réfrigérateur une bouteille de chablis, la déboucha, posa le disque sur le plateau et fit descendre l'aiguille. Ensuite, elle se plongea dans l'écoute de la musique en buvant le vin bien frais. L'ouverture de la fanfare éclatante retentit comme l'autre fois. C'était bien cette symphonie qu'elle avait entendue dans le taxi. Pas d'erreur. Elle ferma les yeux et se concentra. L'interprétation n'était pas mauvaise. Mais il ne se passa rien. Cette musique retentissait simplement. Elle n'éprouva aucune torsion dans son corps, aucune modification de ses perceptions.

Elle écouta le disque jusqu'à la fin, puis le remit dans sa pochette, s'assit sur le sol et but son vin, appuyée contre le mur. À boire seule, absorbée dans ses pensées, elle n'y découvrait aucune saveur. Elle se rendit à la salle de bains, se savonna le visage, égalisa ses sourcils à l'aide de petits ciseaux et se nettoya les oreilles avec des bâtonnets.

Est-ce moi qui suis devenue folle, ou est-ce le monde ? L'un ou l'autre. J'ignore laquelle de ces propositions est juste. La taille de la bouteille et celle du bouchon ne se correspondent pas. Peut-être est-ce à cause de la bouteille. Peut-être à cause du bouchon. Mais, même mal agencée, la réalité reste la réalité. C'est comme ça.

Aomamé rouvrit le réfrigérateur et examina son contenu. Cela faisait plusieurs jours qu'elle n'avait pas fait les courses, il n'était donc pas très rempli. Elle sortit une papaye mûre, la coupa en deux et se mit à la manger à la cuillère. Puis elle sortit trois concombres, les rinça à l'eau fraîche, les croqua avec un peu de mayonnaise. Elle prit le temps de les mastiquer lentement. Elle but un verre de lait de soja. Dîner frugal. Simple mais idéal contre la constipation. L'une des choses qui, dans ce monde, dégoûtaient Aomamé au plus haut point, c'était la constipation. À peu près autant que les pauvres minables qui brutalisaient leurs femmes ou les fondamentalistes religieux à l'esprit borné.

Après avoir terminé son repas, Aomamé se déshabilla et prit une douche bien chaude. Puis elle se sécha avec une serviette et s'observa nue dans le miroir fixé à la porte. Un ventre tout à fait plat, des muscles d'athlète. Une dissymétrie peu satisfaisante dans les seins, une toison pubienne qui évoquait un terrain de foot mal entretenu. Tandis qu'elle s'examinait ainsi, elle se souvint brusquement qu'elle aurait trente ans dans une semaine. Un retour désenchanté. Ah là là… Dire que ce trentième anniversaire va s'inviter dans un monde complètement bouleversé ! se dit Aomamé. Et elle fronça les sourcils.

L'année 1Q84.

C'était le lieu où elle se trouvait.

10

Tengo

Une révolution authentique au cours de laquelle coule un sang véritable

« On change… », dit Fukaéri. Puis de nouveau elle prit la main de Tengo. C'était juste avant que le train arrive à la gare de Tachikawa.

Ils sortirent du train et durant tout le temps où ils montèrent et descendirent les escaliers entre les différents quais, pas une seconde Fukaéri ne lui lâcha la main. Nul doute qu'ils avaient l'air de deux amoureux aux yeux des voyageurs. Certes, la différence d'âge était assez importante entre eux, mais Tengo faisait plus jeune qu'il ne l'était en réalité. Leur différence de taille, elle aussi remarquable, avait sûrement quelque chose d'attendrissant. Un jeune couple heureux, un dimanche matin de printemps.

Cependant, dans la main de Fukaéri qui serrait la sienne, Tengo ne ressentait pas ce qui aurait été comme une attraction érotique vis-à-vis d'une personne du sexe opposé. La main qui l'emprisonnait conservait une force invariable. Il y avait dans ses doigts quelque chose comme la précision professionnelle d'un médecin qui vous prend le pouls. Tengo eut soudain la pensée que Fukaéri, peut-être, par le contact de ses doigts et de sa paume, cherchait à établir un échange d'informations qu'elle était incapable de communiquer par des mots. Pourtant, si c'était vraiment le cas, la transmission se faisait à sens unique. Peut-être la jeune fille appréhendait-elle ainsi quelque chose venant de lui. Mais lui, de son côté, n'était pas en mesure de lire dans le cœur de Fukaéri. Il ne s'en préoccupait pas vraiment. Quoi qu'elle ait su déchiffrer, il ne détenait aucune information ou sentiment qu'il aurait été gênant que Fukaéri connaisse.

En tout cas, supposait Tengo, elle devait éprouver une certaine sympathie à son égard, même si elle n'avait pas conscience qu'il était un homme. Du moins ne lui faisait-il pas mauvaise impression. Sinon, elle n'aurait pas gardé sa main serrée aussi longtemps, quelle que soit par ailleurs son *intention*.

Ils se rendirent sur le quai de la ligne O-umé et montèrent dans le premier train en attente du départ. Il était plus bondé que prévu. Le dimanche matin, il y avait beaucoup de familles et de personnes âgées en tenue de montagne. Ils restèrent debout l'un à côté de l'autre près des portes.

« On dirait que nous partons en excursion, remarqua Tengo en jetant un regard dans les wagons.

— D'accord je te tiens la main... », demanda Fukaéri à Tengo.

Depuis qu'ils étaient montés dans le train, Fukaéri ne lui avait toujours pas lâché la main.

« Oui, bien sûr », répondit Tengo.

Fukaéri parut rassérénée. Sa paume et ses doigts étaient lisses et doux, sans trace de transpiration. On aurait dit qu'ils continuaient à chercher, ou à confirmer, quelque chose en lui.

« Plus peur…

— Non, je pense que je n'ai plus peur », répondit Tengo.

Il disait vrai. La panique qui l'envahissait le dimanche matin avait perdu de son intensité. Peut-être du fait que Fukaéri lui serrait la main. Il ne transpirait plus, ses palpitations avaient disparu. Il n'avait pas eu sa vision non plus. Sa respiration était redevenue paisible.

« Contente… », dit Fukaéri d'une voix monocorde.

Moi aussi je suis content, pensa Tengo.

Un simple avertissement précipité annonça le départ imminent. Puis les portes se refermèrent en émettant d'énormes bruits tremblés, tels de gros animaux primitifs qui s'éveillent en s'ébrouant. Lentement, comme s'il s'était enfin décidé, le train s'éloigna du quai.

Tengo, sa main toujours serrée dans celle de Fukaéri, observa le paysage à travers la vitre. D'abord une succession banale de maisons individuelles. Peu à peu cependant la plaine de Musashino se modifia et des montagnes firent leur apparition. À partir de Higashi O-umé, la ligne était réduite à une voie unique. Depuis qu'ils étaient montés dans un train de quatre voitures, les montagnes environnantes étaient devenues plus imposantes. Il n'était plus question d'aller travailler en centre-ville depuis cette région. Les versants conservaient les teintes flétries de l'hiver, mais le vert des arbres à feuilles persistantes en était d'autant plus frais et plus vivace. Quand les portes s'ouvraient à l'arrivée d'une gare, les parfums de l'air avaient changé. Les bruits semblaient résonner différemment. On voyait des champs le long de la voie ferrée, les bâtiments ressemblaient davantage à des fermes. Les petits camions se faisaient plus nombreux que les voitures de tourisme. On dirait que nous sommes déjà partis très loin, pensa Tengo. Mais jusqu'où irons-nous ?

« Pas d'inquiétude... », dit Fukaéri, qui paraissait lire dans son cœur.

Tengo approuva en silence. C'est comme si j'allais faire ma demande en mariage. Comme si j'allais rencontrer mes futurs beaux-parents, se dit-il.

Ils descendirent à une gare nommée « Futamatao[1] ». Tengo n'avait aucun souvenir d'un nom pareil. Une appellation très curieuse. C'était une petite construction en bois ancienne. À part eux, cinq passagers descendirent. Personne ne monta dans le train. Les gens voyageaient jusqu'à Futamatao pour gravir les chemins de montagne et respirer l'air pur. Ils ne venaient évidemment pas là dans le but d'assister à une représentation de *L'Homme de la Mancha*, de se rendre dans une discothèque réputée pour sa violence, de visiter un show-room Aston Martin, ou de déguster du gratin au homard dans un restaurant français renommé. Il suffisait de jeter un œil sur les voyageurs dont c'était la destination pour le comprendre.

Devant la gare, il n'y avait même pas un magasin digne de ce nom. Tout était désert. Un unique taxi à l'arrêt. Sans doute venu exprès pour l'arrivée du train. Fukaéri frappa légèrement à la fenêtre. La porte arrière s'ouvrit, elle monta. Puis elle fit signe à Tengo de la suivre. Une fois la portière refermée, Fukaéri indiqua brièvement la direction au chauffeur, qui hocha la tête.

Ils ne passèrent pas beaucoup de temps dans le taxi, mais le voyage fut ardu. Ils gravirent des collines escarpées, redescendirent des pentes raides. Le tout sur des routes étroites, qui ressemblaient plutôt à des chemins agricoles. Croiser une autre voiture aurait été périlleux. Même sur les nombreux virages aigus, le chauffeur ne ralentissait pas vraiment. Tengo,

1. Littéralement : « La queue fourchue ».

anxieux, était continuellement obligé de se cramponner à la poignée de la portière. Puis, après avoir escaladé un versant aussi abrupt qu'une piste de ski, le taxi se gara enfin au sommet d'une petite montagne. En fait, Tengo avait l'impression qu'ils avaient plutôt fait un tour sur des montagnes russes. Il sortit deux billets de mille yens de son portefeuille. Le chauffeur lui remit une facture et la monnaie.

Un Pajero Mitsubishi noir, de type court, et une grande Jaguar verte étaient garés devant la maison de style japonais traditionnel. Le Pajero était lustré et étincelant. La Jaguar, d'un modèle ancien, avait pris une couleur indéfinissable. Elle était couverte de poussière blanche, le pare-brise terne. La voiture semblait ne pas avoir été utilisée depuis longtemps. L'air était vif à couper le souffle, les alentours totalement silencieux. Une quiétude tellement profonde que l'ouïe devait s'y ajuster. La transparence du ciel exposait directement la peau à ressentir la chaleur du soleil. Parfois retentissait le cri perçant d'un oiseau, un appel inhabituel. Impossible cependant de distinguer sa silhouette.

L'imposante résidence avait sans doute été construite depuis longtemps, mais elle était très bien entretenue. Tout comme les arbres du jardin, artistement taillés. Certains étaient émondés avec tant de soin qu'on les aurait crus artificiels. De grands pins projetaient leur ombre généreuse sur le sol. La vue était tout à fait dégagée et ne laissait découvrir aucune habitation. Tengo supposa qu'un homme qui installait délibérément sa résidence en un lieu aussi isolé devait sûrement détester les contacts avec autrui.

Fukaéri manœuvra la porte à glissière qui n'était pas verrouillée. La porte cliqueta en s'ouvrant. Fukaéri pénétra à l'intérieur et fit signe à Tengo de la suivre. Personne n'était là pour les accueillir. Ils se déchaussèrent dans l'entrée étrangement vaste et silencieuse, avancèrent le long d'un corridor satiné et froid et entrèrent dans le salon. Les fenêtres offraient une vue panoramique sur les chaînes de montagnes. Tengo distingua une rivière qui serpentait, scintillante sous les rayons du soleil. La vue était splendide, mais il n'avait pas l'esprit assez détendu pour l'apprécier. Fukaéri le fit asseoir sur un grand canapé puis elle quitta la pièce sans un mot. Le canapé avait l'odeur du temps passé. Mais Tengo n'aurait pu estimer son ancienneté.

Le salon était d'une extrême sobriété. Aucun objet ne reposait sur la table basse faite d'une planche unique assez épaisse. Pas de cendrier, pas de nappe. Aucun tableau aux murs. Ni horloge ni calendrier. Pas de vase. Aucun meuble, bahut, ou autre. Ni livres ni revues. Sur le tapis ancien aux couleurs fanées, aux motifs indiscernables, étaient disposés des fauteuils assortis au vieux canapé. Il y avait donc ce grand canapé, aussi large qu'un radeau, sur lequel Tengo était assis, et trois fauteuils. Une cheminée vaste, mais nulle trace qu'on y ait fait du feu récemment. La pièce était très froide, même si le mois d'avril était déjà dans sa seconde moitié. Comme si le froid qui s'était infiltré durant l'hiver était encore bien présent. Il semblait que de très longs mois s'étaient écoulés depuis que cette salle avait pris la ferme résolution de n'accueillir personne avec cordialité. Fukaéri revint et prit place à côté de Tengo, toujours sans prononcer une parole.

Ni l'un ni l'autre ne parla durant un long moment. Fukaéri était plongée dans son monde énigmatique, Tengo s'efforçait de rester serein en respirant profondément et calmement. La pièce était silencieuse, en dehors d'un oiseau qu'on entendait parfois au loin. Tengo, tendant l'oreille, percevait dans cette quiétude quelque chose qui recelait certaines significations. Ce n'était pas simplement qu'il n'y avait aucun bruit. Ce silence semblait dire quelque chose sur lui-même.

Tengo regardait sa montre dans un geste vide de sens. Il levait la tête pour contempler le paysage extérieur puis jetait de nouveau un coup d'œil sur sa montre. Le temps ne s'écoulait pratiquement pas. Le dimanche matin, le temps ne pouvait avancer que très lentement.

Au bout d'une dizaine de minutes, la porte s'ouvrit soudain, sans avertissement préalable, et un homme maigre entra dans le salon à pas précipités. Il avait soixante-cinq ans environ. Il ne faisait pas plus d'un mètre soixante, mais son allure tonique réfutait toute faiblesse. Il se tenait très droit, comme si des étais métalliques le maintenaient fermement, et rentrait le menton avec énergie. Il avait des sourcils épais et portait des lunettes à large monture noire, qu'on aurait dites conçues pour intimider ses semblables. Sa manière de se mouvoir évoquait un mécanisme raffiné dont toutes les pièces avaient été miniaturisées. Chacun de ces éléments s'engrenait parfaitement, sans nul composant superflu. Tengo commença à se lever pour le saluer mais l'homme lui fit rapidement signe de rester assis. Sous sa directive, Tengo, encore à moitié debout, alla pour se rasseoir. Alors, comme pour le prendre de vitesse, l'homme prit place précipitamment dans un fauteuil en face de lui. Il resta muet durant quelques instants, fixant Tengo. Il y avait dans ses yeux une clairvoyance intransigeante, même si son regard n'avait rien d'inquisiteur. Ses pupilles s'étrécissaient ou se dilataient. À la manière d'un photographe qui règle l'objectif de son appareil.

L'homme portait un vieux pull-over vert foncé sur une chemise blanche, et un pantalon en laine gris sombre usagé. Ces vêtements tombaient bien sur lui. Ils semblaient avoir été portés au quotidien depuis une bonne dizaine d'années. Il ne se souciait probablement pas beaucoup de ces questions. Et probablement aussi n'y avait-il personne dans son entourage pour s'en soucier à sa place. Son crâne était dégarni, ce qui faisait ressortir la forme allongée de sa tête. Ses joues étaient amaigries, les os de ses mâchoires carrés. Seule sa petite bouche, potelée comme celle d'un enfant, détonnait dans l'impression d'ensemble. Ici ou là quelques poils de barbe avaient échappé au rasage, mais sans doute n'étaient-ils visibles que sous une bonne lumière. Comme la luminosité des montagnes qui entrait par la fenêtre, assez différente de celle que connaissait Tengo.

« Merci d'avoir fait tout ce chemin jusqu'ici. » L'homme articulait d'une manière spéciale. Celle d'un homme qui avait pendant longtemps eu l'habitude de s'adresser à un auditoire nombreux. Et qui s'exprimait avec logique. « J'ai dû vous demander de vous déplacer vous-même, les circonstances ne me permettant pas de quitter un lieu aussi reculé. »

Tengo répondit que cela n'avait aucune importance. Puis il se présenta, en s'excusant de ne pas avoir de carte de visite.

« Je m'appelle Ébisuno, déclara l'homme à son tour. Moi non plus, je n'ai pas de carte de visite.

— Monsieur Ébisuno, répéta Tengo.

— Tout le monde m'appelle "Maître". Même ma fille.

— Quels sont les idéogrammes qui composent votre nom ?

— Ah, c'est un patronyme rare. On le rencontre bien peu souvent. Éri, montre comment le nom s'écrit en idéogrammes. »

Fukaéri eut un petit signe de tête. Elle sortit un calepin et, sur une page blanche, traça lentement au stylo-bille – il lui fallut un certain temps – les deux caractères du nom Ébisuno. On aurait dit qu'ils avaient été encochés par un clou sur une brique. Pourtant, à leur manière, ils n'étaient pas dénués d'attrait.

« En anglais, cela signifie : "Field of savages". J'enseignais autrefois l'ethnologie. Ce nom, en somme, convenait bien à ma spécialité », dit le Maître. Ses lèvres se plissèrent alors en ce qui ressemblait à un sourire. Pourtant ses yeux ne relâchèrent pas leur attention. « Mais cela fait maintenant longtemps que j'ai rompu avec ma vie de chercheur. À présent, ce que je fais n'a plus aucun rapport. Je vis sur une autre sorte de terre sauvage. »

Si ce nom était rare, Tengo s'en souvenait néanmoins. Ébisuno était un savant réputé à la fin des années soixante. Les quelques ouvrages qu'il avait publiés avaient reçu à l'époque un accueil très favorable. Tengo ne savait pas très bien de quoi ils traitaient. Il ne lui restait en mémoire que le nom de leur auteur. Et puis, un jour, on n'avait plus entendu parler de lui.

« Je crois bien que votre nom ne m'est pas inconnu, dit Tengo, comme s'il tâtait le terrain.

— C'est possible, répondit le Maître en regardant au loin, comme lorsqu'on parle d'un absent. Enfin, quoi qu'il en soit, c'était il y a bien longtemps. »

Tengo pouvait percevoir la respiration paisible de Fukaéri assise à côté de lui. Un souffle profond et lent.

« Tengo Kawana, énonça le Maître, comme s'il faisait l'appel.

— Oui, c'est bien cela, répondit Tengo.

— À l'université, vous vous êtes spécialisé dans les mathématiques, et aujourd'hui, vous enseignez cette discipline dans une école préparatoire de Yoyogi, dit le Maître. Mais, à côté, vous écrivez des romans. C'est par Éri que je sais tout cela. Est-ce bien exact ?

— Tout à fait, confirma Tengo.

— Vous ne ressemblez ni à un professeur de mathématiques, ni à un romancier. »

Avec un sourire gêné, Tengo répondit : « C'est justement ce que quelqu'un m'a dit récemment. Sans doute à cause de ma corpulence.

— Je ne parlais pas dans un mauvais sens », répliqua le Maître. Puis il toucha du doigt l'arc de ses lunettes. « Il n'y a aucun mal à ce que vous n'ayez l'air de rien de particulier. Cela signifie que vous ne collez pas trop au cadre, c'est tout.

— Ce que vous me dites là est un honneur, mais en fait, je ne suis pas encore romancier. Je ne fais qu'essayer d'écrire des romans.

— Vous essayez… ?

— Oui, c'est-à-dire que je procède à toutes sortes de tentatives, je tâtonne…

— Ah ah », fit le Maître. Puis il se frotta légèrement les mains comme s'il remarquait enfin le froid qui régnait dans le salon. « Bon, à ce que j'ai entendu, vous allez remanier le roman qu'Éri a écrit. En faire une œuvre plus aboutie afin qu'elle concoure au prix des nouveaux auteurs organisé par une revue. Vous allez présenter cette petite en tant qu'auteur. Cette interprétation vous convient-elle ? »

Tengo pesa ses mots. « Sur le fond, ce que vous dites est exact. C'est l'éditeur Komatsu qui a élaboré ce projet. Va-t-il se réaliser ou pas, je n'en sais rien. Est-il juste sur le plan moral, ne l'est-il pas, je l'ignore également. Moi, ma seule participation dans cette affaire consiste à retoucher le style de *La Chrysalide de l'air*. Autrement dit, je ne suis qu'un technicien. Le reste, c'est l'éditeur Komatsu qui en assume la responsabilité. »

Le Maître se plongea un moment dans ses réflexions. Dans le silence ambiant, on avait l'impression d'entendre tourner les rouages de son esprit. Puis il reprit la parole.

« Cet éditeur, Komatsu, a bâti ce projet, et vous, vous y collaborez sur le plan technique.

— C'est exact.

— Je suis essentiellement un scientifique et, à vrai dire, je n'ai pas une passion pour les romans. C'est pourquoi je ne connais pas vraiment les usages de ce monde-là. Dans ce que vous avez l'intention d'entreprendre, néanmoins, je ne peux m'empêcher de déceler une sorte de fraude. Est-ce que je me trompe ?

— Non, non, vous ne vous trompez pas. Moi aussi, je le ressens ainsi », répondit Tengo.

Le Maître grimaça un peu.

« En dépit de vos doutes sur l'éthique du projet, vous êtes toujours intéressé et disposé à continuer ?

— Disposé à continuer, non, mais intéressé, c'est certain.

— Et pour quelles raisons ?

— C'est la question que je n'ai cessé de me poser pendant ces huit derniers jours », répondit Tengo avec honnêteté.

Le Maître et Fukaéri attendirent en silence que Tengo poursuive.

« Tout ce qu'il y avait en moi de raison, de bon sens et d'instinct plaidait pour que je me retire aussi vite que possible de cette histoire. Je suis avant tout un homme prudent, raisonnable. Je ne suis ni un joueur ni un aventurier. Sans doute suis-je plutôt peureux en la matière. Mais cette fois, exceptionnellement, j'ai été incapable de répondre non à M. Komatsu, de dire non à une entreprise aussi risquée. Pour la simple et unique raison que ce texte, *La Chrysalide de l'air*, m'a captivé. Avec tout autre manuscrit, j'aurais refusé immédiatement. »

Le Maître regarda Tengo avec curiosité.

« Donc, vous n'envisagez pas ce projet sous son aspect frauduleux, mais à travers l'intérêt profond que représente la réécriture de ce texte. C'est bien ça ?

— Exactement. J'éprouve même davantage qu'un *intérêt profond*. Si *La Chrysalide de l'air* doit être récrite, je ne voudrais surtout pas que le texte soit confié à quelqu'un d'autre.

— Ah ah… », dit le Maître.

Puis il eut une mimique comme si quelque chose d'acide s'était logé par erreur dans sa bouche.

« Ah ah, très bien. Je crois comprendre à peu près votre sentiment. Mais quel est le but de ce Komatsu ? L'argent ? La célébrité ?

— Honnêtement, j'ignore quel est le mobile de M. Komatsu, répondit Tengo. Mais je pense qu'il est d'un ordre beaucoup plus élevé que l'argent ou la renommée.

— Ah, et de quel ordre ?

— Il ne me l'a pas dit en termes clairs, cependant je crois que M. Komatsu est possédé par la littérature. Les gens comme lui cherchent à découvrir, au moins une fois dans leur vie, quelque chose de véritable, d'authentique. Ensuite, ils ont envie de l'offrir respectueusement au monde. »

Le Maître observa Tengo un instant. Puis il dit :

« Ainsi, vous avez l'un et l'autre des mobiles distincts. Des mobiles qui ne sont ni l'argent ni la célébrité.

— Je pense que l'on peut affirmer cela.

— Néanmoins, et sans préjuger de la nature de vos mobiles, ce projet est très risqué, comme vous l'avez reconnu vous-même. Si, à une étape quelconque, la vérité venait à être découverte, on crierait forcément au scandale, et les blâmes publics ne se porteraient pas que sur vous deux. C'est ce qui m'inquiète le plus dans cette affaire : Éri, qui n'a que dix-sept ans, pourrait en être mortellement blessée.

— Il est naturel que vous vous fassiez du souci, approuva Tengo. Vous avez tout à fait raison. »

Les sourcils noirs et épais du Maître se rapprochèrent.

« Et malgré tout, malgré les dangers que court Éri, vous souhaitez récrire vous-même *La Chrysalide de l'air* ?

— Comme je me suis permis de vous le dire, ce sentiment repose sur quelque chose qui est hors de portée de ma raison ou de mon bon sens. De mon côté, autant qu'il sera en mon pouvoir, je ferai tout pour protéger Éri. Mais je ne peux certifier qu'elle ne sera pas atteinte du tout. Ce serait mentir.

— Je vois », dit le Maître. Puis il toussa comme pour clore la discussion. « En tout cas, vous me paraissez quelqu'un d'honnête.

— Du moins, je m'efforce d'être aussi sincère que possible. »

Le Maître observa un moment ses mains posées sur ses genoux comme s'il s'agissait d'objets qu'il n'avait pas l'habitude de voir. Il en scruta le dos, puis il les retourna et contempla ses paumes. Après quoi il releva la tête.

« Cet éditeur, dit-il, Komatsu, n'est-ce pas… ? estime-t-il que son plan a des chances de se dérouler selon ses vœux ?

— Son credo est que “Chaque chose possède deux côtés : un bon côté, et un côté pas trop mauvais.” »

Le Maître sourit.

« C'est un point de vue plutôt original ! Cet homme, Komatsu, doit être un optimiste ou quelqu'un très sûr de lui…

— Ni l'un ni l'autre. Il est seulement cynique. »

Le Maître secoua légèrement la tête.

« S'il est cynique, il est aussi optimiste. Ou sûr de lui. N'est-ce pas ?

— Il a peut-être ce genre de tendance.

— Il paraît compliqué.

— Très, répondit Tengo. Mais ce n'est pas un imbécile. »

Le Maître souffla lentement. Puis il se tourna vers Fukaéri. « Bon, Éri, alors, que penses-tu de ce projet ? »

Fukaéri fixa quelques instants un point quelconque en l'air. Après quoi elle dit : « Ça va… »

Le Maître suppléa à sa réponse laconique par quelques mots indispensables.

« Tu veux dire que cela t'est égal que ce jeune homme récrive *La Chrysalide de l'air*, c'est bien ça ?

— M'est égal…, dit Fukaéri.

— Tu pourrais avoir des ennuis. »

À cela, Fukaéri ne répondit pas. Elle se contenta de resserrer plus fortement le col de son cardigan autour de sa nuque. Par ce geste, elle indiquait sans détour que sa résolution n'avait pas vacillé.

« Je suppose que cette petite a raison », dit le Maître d'un ton résigné.

Tengo observa les deux petits poings serrés de Fukaéri.

« Pourtant, il y a un autre problème, dit le Maître à l'adresse de Tengo. Vous deux, vous et ce Komatsu, vous allez publier *La Chrysalide de l'air*, en présentant Éri comme auteur de ce texte. Mais cette petite souffre d'un trouble de la lecture. Elle est dyslexique. Êtes-vous au courant de cela ?

— C'est ce que j'ai plus ou moins compris quand nous étions dans le train.

— Ce dysfonctionnement est sans doute congénital. À l'école, de ce fait, on a longtemps considéré qu'elle était retardée. En réalité, elle est très intelligente. Elle est même pleine d'idées. Néanmoins, le fait est qu'elle est dyslexique, même si on minimise son trouble. Cela ne risque-t-il pas d'avoir des conséquences néfastes sur votre projet ?

— Au total, combien de personnes le savent ?

— En dehors d'elle-même, trois, répondit le Maître. Moi-même et ma fille, Azami, et puis vous. Sinon, personne.

— Les instituteurs de son école ne le savaient-ils pas ?

— Non. C'était une petite école de campagne. Je suppose qu'ils n'avaient même pas entendu parler de dyslexie. En outre, elle n'est allée à l'école que très peu de temps.

— Dans ce cas, ce problème devrait pouvoir être facilement dissimulé. »

Le Maître regarda Tengo un instant comme s'il l'évaluait.

« Il semble en tout cas qu'Éri vous fasse confiance, dit-il après une pause. Ses raisons, je ne les connais pas, mais… »

Tengo attendit la suite en silence.

« Mais moi, je fais confiance à Éri. Du moment qu'elle estime bon de vous confier son œuvre, je ne peux qu'accepter sa décision. Simplement, si vous désirez vraiment mener ce projet à terme, il y a plusieurs faits la concernant que vous devez connaître, dit le Maître en tapotant à plusieurs reprises le genou droit de son pantalon comme pour en ôter un mince bout de fil. Quelle sorte d'enfance a-t-elle eue, et où, dans quelles circonstances ai-je été amené à prendre en charge son éducation. Cela peut être une longue histoire…

— Je vous écoute », dit Tengo.

Fukaéri rectifia sa position à côté de Tengo. Elle gardait les mains jointes autour de sa nuque, serrant toujours le col de son cardigan.

« Très bien, dit le Maître. Revenons aux années soixante. De longue date, le père d'Éri et moi étions amis intimes. J'ai une dizaine d'années de plus que lui, mais nous étions enseignants dans la même université, dans le même département. Notre tempérament et notre conception du monde étaient très différents, mais, pour une raison ou une autre, nous nous entendions très bien. Nous nous étions tous les deux mariés tard, et, peu après notre mariage, nous avions eu chacun une fille. Comme nous habitions dans les mêmes logements de fonction, nos familles se fréquentaient. Tout se passait aussi très bien dans notre travail. On nous présentait tous deux comme les "intellectuels de pointe" de l'époque. Les médias ne cessaient de publier notre photo. C'était pour nous une époque incroyablement passionnante.

« Pourtant, vers la fin des années soixante, les choses ont commencé à sentir le roussi. Dans les années soixante-dix, les mouvements étudiants opposés au traité de sécurité nippo-américain se sont amplifiés. Il y a eu un blocus des universités, des affrontements avec les gardes mobiles, des luttes internes sanglantes, et même des morts. La tournure des événements m'incita à démissionner. De toute façon, fondamentalement, le système universitaire ne me convenait pas. Mais, à cette époque, il m'a totalement dégoûté. Pour moi, être pour ou contre le système établi, cela revenait au même. Finalement, il ne s'agissait de rien de plus que de luttes entre organisations. Je n'avais plus aucune confiance en ce qui émanait d'une organisation, quelle que soit sa taille. À votre allure, jeune homme, à cette époque, vous ne deviez pas encore être étudiant… ?

— Lorsque je suis entré à l'université, tout était rentré dans l'ordre.

— Comme on dit, la fête était finie.

— Oui, je suppose. »

Le Maître leva les mains en l'air un instant, puis les reposa sur ses genoux.

« J'ai donc quitté l'université. Le père d'Éri, lui, en a été écarté deux ans plus tard. À l'époque, il était adepte de la pensée révolutionnaire de Mao Tsé-toung. Il soutenait la Révolution culturelle qui se déroulait en Chine. Nous étions très peu informés à ce moment-là, nous ignorions à quel point cette révolution culturelle était hideuse, nous ne savions rien de ses côtés inhumains. Arborer le Petit Livre rouge était devenu une mode idéologique chez un certain nombre d'intellectuels. Le père d'Éri avait organisé une partie des étudiants et mis sur pied un groupe radical, sur le modèle des Gardes rouges. Il avait participé à la grève à l'université. Des adeptes, venant d'autres facultés, prenaient part à son mouvement. Le groupuscule qu'il a dirigé s'est beaucoup étoffé à un certain moment. À la demande des autorités de l'université, les gardes mobiles ont fait irruption dans l'enceinte universitaire. Ses étudiants et lui, retranchés à l'intérieur, ont été arrêtés et renvoyés devant une cour pénale. Ensuite il a été révoqué. Éri était encore toute petite à l'époque, je suppose qu'elle ne se souvient de rien. »

Fukaéri était silencieuse.

« Son père s'appelle Tamotsu Fukada. Après sa mise à l'écart de l'université, ce qui restait du noyau de ses "gardes rouges", soit une dizaine d'étudiants, l'a suivi et est entré au "cours Takashima". La plupart d'entre eux avaient été exclus de l'université. Il leur fallait bien un endroit où aller. Takashima n'était pas une si mauvaise solution de repli. À l'époque, les médias s'en étaient même fait l'écho. Vous en avez entendu parler ? »

Tengo secoua la tête.

« Non, jamais.

— La famille de Fukada était à ses côtés. Enfin, sa femme et Éri. Ils ont donc intégré Takashima. Savez-vous ce qu'était le "cours Takashima" ?

— Dans les grandes lignes, répondit Tengo. C'est une sorte de système communautaire, dans lequel tout se fait collectivement, où l'on vit de l'agriculture. Avec un accent particulier mis sur les produits laitiers, qui ont commencé à se vendre dans tout le pays. Rien n'appartient à l'individu, tout au collectif.

— C'est bien ça. Fukada a cherché ce genre d'utopie dans le système de Takashima, dit le Maître, le visage soucieux. Mais il va sans dire que, dans le monde, ce type d'utopie n'existe nulle part. Pas plus que l'alchimie ou le mouvement perpétuel, ça n'existe pas. De mon point de vue, Takashima a produit des robots incapables de penser. Ils ont réussi à enlever de la tête des gens les mécanismes permettant de penser par soi-même. Un univers semblable à celui que George Orwell a décrit dans son roman. Mais comme vous le savez sans doute, sur terre, il existe pas mal d'individus qui cherchent volontairement à vivre dans cet état de mort cérébrale. Parce que, n'est-ce pas, c'est plus confortable. Ils n'ont plus à réfléchir à des choses compliquées, ils se contentent de faire ce qui leur a été ordonné d'en haut, sans rien dire. Ils ne sautent pas un repas. Pour ceux qui cherchent un tel environnement, le cours Takashima était à coup sûr une utopie sur terre.

« Pourtant, Fukada n'est pas quelqu'un de ce genre. C'est un homme qui cherche à penser exclusivement avec sa propre intelligence. Un homme qui vit pour la science. Il était donc incapable de se satisfaire d'un endroit comme Takashima. Bien sûr, Fukada le savait dès le début. Mais pour lui qui avait été chassé de l'université, avec à sa traîne ses étudiants beaux parleurs, il n'y avait pas d'autre issue. C'était un refuge provisoire. Mais je dirais plus : ce qu'il voulait, c'était comprendre comment fonctionnait le système Takashima. D'abord, ils devaient tout apprendre des techniques agricoles. Fukada et ses étudiants étaient des citadins, ils n'y connaissaient strictement rien en matière d'agriculture, pas plus que moi en technologies des fusées. Aussi leur a-t-il fallu tout assimiler par la pratique, et ce, depuis les rudiments. Puis ils ont dû se familiariser avec les mécanismes de la distribution, ils ont découvert l'autarcie et ses limites, ou encore les règles concrètes de la vie en commun. Il leur a bien fallu deux ans pour assimiler tout cela. Et encore, parce qu'ils s'y intéressaient et qu'ils apprenaient vite. Ils analysèrent précisément les qualités et les défauts de Takashima. Après quoi Fukada, accompagné d'un groupe de jeunes gens, a repris son autonomie.

— C'était bien Takashima… », dit Fukaéri.

Le Maître sourit.

« Pour les petits enfants, c'était sûrement un endroit où ils pouvaient être heureux. Mais quand ils devenaient adultes, que leur moi véritable se développait, pour beaucoup d'entre eux, la vie à Takashima se rapprochait de l'enfer. Leurs désirs spontanés de penser avec leur propre tête étaient impitoyablement étouffés. On pourrait dire qu'on leur bandait le cerveau, comme on a bandé les pieds.

— Bander les pieds…, demanda Fukaéri.

— En Chine, autrefois, on forçait les pieds des petites filles à entrer dans de tout petits souliers, afin qu'ils ne grandissent pas », expliqua Tengo.

Fukaéri, sans un mot, imagina la scène.

Le Maître poursuivit. « Le noyau du groupe dissident dirigé par Fukada, bien entendu, c'étaient ses anciens étudiants, organisés sur le modèle des Gardes rouges chinois. Ceux qui avaient mené des actions en concertation avec lui. Mais d'autres voulurent les rejoindre. Cette faction dissidente fit boule de neige et au total leur nombre fut bien supérieur à ce qu'il avait imaginé. Autour de lui, il y avait aussi pas mal de gens qui étaient entrés à Takashima en pensant y trouver un idéal, mais qui étaient déçus de la réalité, qui se sentaient désespérés. Certains recherchaient une vie communautaire du genre hippie ; il y avait des étudiants de gauche, découragés après les combats à l'université ; d'autres encore, insatisfaits de la vie ordinaire, conventionnelle, qui étaient venus à Takashima en quête d'une nouvelle spiritualité. Beaucoup étaient célibataires, mais il y avait aussi des familles comme celle de Fukada. En somme, un ensemble bigarré, un rassemblement de gens hétéroclites. Fukada s'efforça d'être leur leader. C'était un meneur-né. Comme Moïse pour les Hébreux. Il avait une intelligence aiguë, il était éloquent, il excellait dans ses jugements. C'était aussi une personnalité charismatique. Physiquement, une carrure imposante. Oui, voyons, à peu près comme la vôtre. Il était naturel que les gens l'aient placé à la tête de leur groupe et se soient ralliés à ses jugements. »

Le Maître écarta les mains pour indiquer les dimensions imposantes de cet homme. Fukaéri observa la mesure que dessinait cet écartement puis porta son regard sur la taille de Tengo. Mais elle ne dit pas un mot.

« Fukada et moi sommes extrêmement différents, tant pour la personnalité que pour le physique. Lui est un chef depuis toujours, moi un loup solitaire. Lui est un animal politique et moi j'ai toujours été apolitique. Lui est très grand, moi tout petit. Il a une belle prestance, moi, je suis un humble savant avec une tête à la forme bizarre. Et malgré tout, nous étions des amis très proches. Nous nous respections, nous nous faisions confiance. Sans exagérer, je dirais que c'est le seul ami que j'aie eu de toute ma vie. »

Le groupe dirigé par Fukada a eu comme dessein de trouver un village dépeuplé, dans les montagnes de la préfecture de Yamanashi. Un village pratiquement inhabité, où les fermes n'avaient plus de successeurs et où ne restaient que des personnes âgées incapables d'assurer le travail des champs. Là, ils ont été en mesure d'acquérir des terres et des habitations pour une bouchée de pain. Ils ont même eu des serres en plastique. La mairie leur a également fourni une subvention, à condition qu'ils continuent à exploiter les terres cultivées déjà existantes. Durant les premières années, ils ont bénéficié d'un traitement de faveur sur le plan fiscal. S'est ajouté à cela le fait que Fukada disposait d'une source de financement personnelle. Mais le Pr Ébisuno ne savait pas lui-même d'où provenaient ces fonds et quelle était leur nature.

« Fukada, très discret, n'a jamais livré son secret à personne à propos de cette source de financement. En tout état de cause, il avait amassé un capital important, qui provenait de *quelque part*, indispensable au lancement de son projet communautaire. Grâce auquel ses adeptes ont acquis du matériel agricole, acheté des matériaux de construction et mis de côté des fonds de réserve. Ils ont réparé les habitations existantes et construit les équipements indispensables à la vie de la trentaine de membres qui constituaient leur groupe. Cela, c'était en 1974. Ils appelèrent la nouvelle commune “Les Précurseurs”. »

Les Précurseurs ? songea Tengo. Il se souvenait d'avoir entendu ce nom. Mais il ne parvenait pas à se rappeler en quelle occasion. Il ne pouvait chercher dans ses souvenirs. Ses nerfs étaient inhabituellement à vif. Le Maître poursuivit son récit.

« Il leur fallut quelques années pour s'adapter à la nouvelle région. Fukada avait décidé que la gestion de la commune devrait être rigoureuse, mais tout se passa mieux qu'il ne l'avait prévu. Ils furent même favorisés par le climat et il arriva parfois que des voisins leur tendent une main secourable. Les gens avaient de la sympathie pour la personnalité honnête du leader Fukada, et ils étaient profondément admiratifs en constatant à quel point les jeunes Précurseurs étaient durs à la tâche. Les habitants du coin les voyaient souvent et leur donnaient de bons conseils. De cette façon, ils acquirent une connaissance pratique du travail agricole et apprirent la manière de vivre en commun sur ces terrains.

« Fondamentalement, Les Précurseurs conservèrent la façon de faire qui leur avait été enseignée à Takashima. Cependant, ils inventèrent des procédés originaux. Par exemple, ils adoptèrent des méthodes de culture entièrement biologiques. Ils n'utilisèrent plus d'insecticides chimiques et cultivèrent les légumes uniquement à l'aide d'engrais organiques. Puis ils commencèrent à vendre des produits alimentaires aux classes aisées des villes. Ce qui leur permettait d'augmenter leur marge bénéficiaire. Ils avaient frayé la voie à ce qui s'est appelé par la suite l'agriculture écologique. Ils avaient vu juste sur ce point. Beaucoup de membres du groupe avaient été élevés en ville. Ils connaissaient parfaitement les attentes des citadins. Ces gens-là sont prêts à payer des prix élevés pour de beaux légumes très frais et non pollués. Ils mirent au point un système indépendant en signant un contrat avec une société de livraison, en simplifiant la distribution et en livrant rapidement en ville des produits alimentaires. Ce sont également eux qui furent les premiers, à l'encontre de l'opinion générale, à vendre “des légumes aux formes irrégulières et couverts de terre”. »

« J’ai effectué plusieurs visites dans les fermes de Fukada et j’ai discuté avec lui, continua le Maître. Il m’a paru pleinement heureux dans ce nouvel environnement qui lui permettait d’expérimenter des possibilités audacieuses. Cette époque a peut-être été pour lui la plus paisible, celle où ses espoirs se réalisaient. Sa famille aussi semblait bien s’accommoder de sa nouvelle vie.

« La réputation des Précurseurs s’accroissait, et le nombre de personnes qui espéraient se joindre à eux s’élargit. Leur nom fut de plus en plus connu par le biais des expéditions de leurs produits. Les médias les citèrent en exemple de communauté réussie. Les hommes qui veulent travailler à la sueur de leur front, en pleine nature, en fuyant le monde où l’on est assailli par le trop-plein d’informations et l’argent ne sont pas rares. Les Précurseurs attiraient cette catégorie de gens. Les prétendants étaient soumis à un examen oral et ils devenaient membres s’ils pouvaient apporter leur contribution. Mais tout le monde n’était pas admis. Il fallait être sûr des qualités et de la moralité des candidats. Les personnes en bonne santé, aguerries aux techniques agricoles et résistantes au travail physique étaient les bienvenues. Ils accueillaient aussi les femmes afin de parvenir à une quasi-parité. Malgré l’augmentation de la population communautaire et le développement des entreprises agricoles, il restait aux alentours des terres cultivables disponibles et des habitations. Au début, les membres des exploitations agricoles étaient principalement de jeunes célibataires, mais, peu à peu, un grand nombre de familles les rejoignirent. Parmi les nouveaux arrivants, beaucoup travaillaient dans des domaines spécialisés et avaient fait des études supérieures. Des médecins, par exemple, des ingénieurs, des enseignants, des experts-comptables, ce type de professions. Ces personnes-là étaient bien accueillies dans la communauté. En effet, les spécialistes étaient utiles.

— Cette communauté avait-elle adopté le même système collectiviste primitif que celui de Takashima ? » demanda Tengo.

Le Maître secoua la tête.

« Non, Fukada avait renoncé à la propriété collective des biens. Même s'il était un extrémiste sur le plan politique, c'était aussi un homme à la tête froide, un réaliste. Il cherchait plutôt à promouvoir un communautarisme modéré. Il n'avait pas pour but de construire une société sur le modèle d'une fourmilière. Il avait élaboré un système divisé en un certain nombre d'unités. Les gens menaient une vie communautaire souple à l'intérieur de chacune de ces unités. La propriété individuelle des biens personnels était maintenue, et, jusqu'à un certain point, il y avait une répartition des rétributions. Si quelqu'un n'était pas satisfait de l'unité à laquelle il appartenait, il avait la possibilité d'en rejoindre une autre. Il était aussi possible de quitter Les Précurseurs. Les échanges avec l'extérieur se faisaient aussi en toute liberté. Il n'y a pratiquement pas eu de rééducation idéologique ni rien qui ait ressemblé à du lavage de cerveau. Fukada avait appris de l'époque où il était à Takashima qu'avec un système bien aéré et naturel on obtenait des rendements au travail bien meilleurs. »

« Sous la direction première de Fukada, la gestion des exploitations agricoles des Précurseurs fut mise en orbite correctement. Mais bientôt la communauté se scinda en deux factions distinctes. Cette scission était inéluctable, de par le système souple d'unités qui avait été fixé. L'une, la faction combattante, était un groupe à visée révolutionnaire, avec comme noyau les "gardes rouges" autrefois formés par Fukada. La communauté agricole où ils vivaient n'était considérée que comme une étape préparatoire à la révolution. Ils se dissimulaient derrière leurs activités agricoles, mais quand le temps serait venu, ils prendraient les armes —— telle était leur position inébranlable.

« L'autre faction était de tendance modérée, et si ses partisans avaient en commun avec la faction combattante de s'opposer au système capitaliste, ils se tenaient à distance de la politique. Leur idéal était de mener une vie communautaire, en autarcie, au sein de la nature. Les partisans de la faction modérée étaient plus nombreux à l'intérieur des exploitations agricoles. La faction combattante et la faction modérée, c'était comme l'huile et l'eau. S'il n'y avait pas de vrai problème quant au travail agricole ordinaire, lorsqu'il s'agissait de décider de l'orientation générale, les opinions étaient toujours divergentes. Il devenait souvent difficile de trouver des compromis. Dans ces moments-là, de violentes polémiques s'élevaient. La scission n'était plus qu'une question de temps.

« La possibilité d'un compromis s'amenuisait de jour en jour. Bientôt, même Fukada fut finalement acculé à devoir choisir. À cette époque-là, lui aussi avait à peu près compris que, dans le Japon des années soixante-dix, ce n'était ni le lieu ni l'heure qu'advienne la révolution. Ce qu'il gardait en tête au fond, c'était la révolution en tant que possibilité, ou, plus encore, la révolution en tant que métaphore, en tant qu'hypothèse. Aussi était-il persuadé que l'exercice d'une pensée destructrice, anti-système, était indispensable à une société saine. En d'autres termes, comme une épice salubre. Cependant, ce que voulaient les étudiants qu'il avait dirigés, c'était une révolution authentique, au cours de laquelle coulerait du sang véritable. Bien entendu, Fukada avait sa part de responsabilité. Il avait raconté à ses étudiants des histoires exaltantes sous la pression des circonstances, faisant naître ainsi dans leur tête ce mythe hasardeux. Il n'avait jamais dit : "Si je parle de révolution, il faut l'entendre entre guillemets, comme un concept, et non comme une réalité." C'était un homme honnête, très intelligent. Très compétent dans sa spécialité. Malheureusement, il avait tendance à s'enivrer de sa propre éloquence, et il semblait manquer d'esprit positif et d'introspection à un niveau plus profond.

« C'est ainsi que la communauté des Précurseurs se divisa en deux. La faction modérée demeura dans le village d'origine, celui des débuts, la faction combattante se déplaça dans un autre endroit, distant d'environ cinq kilomètres, où elle établit la base du mouvement révolutionnaire. La famille de Fukada et toutes les autres familles restèrent aux Précurseurs. La séparation se fit de manière à peu près amicale. Il semble que Fukada s'arrangea pour trouver les fonds nécessaires à l'établissement des dissidents. Après la séparation, les deux établissements agricoles entretinrent une collaboration superficielle. Ils échangeaient des provisions indispensables et la circulation de leurs produits empruntait les mêmes réseaux pour des raisons économiques. Une aide réciproque était nécessaire à la survie des deux petites communautés.

« Mais très vite, le va-et-vient entre Les Précurseurs d'origine et les dissidents s'interrompit de fait. Leurs visées respectives étaient trop éloignées. C'est seulement entre Fukada et les étudiants extrémistes, qu'il avait autrefois dirigés, que les échanges se poursuivirent. Fukada se sentait une grande responsabilité vis-à-vis d'eux. C'est lui qui les avait organisés à l'origine, et qui les avait entraînés jusque dans ces montagnes de Yamanashi. Il ne pouvait pas les abandonner simplement comme ça, par pure commodité. En outre, la source de financement secrète que détenait Fukada était indispensable à la communauté dissidente.

« Je dirais que Fukada était dans une situation ambivalente, continua le Maître. Au fond de lui, il ne croyait plus à la possibilité de la révolution ni à son romantisme. Pour autant, il ne pouvait pas la nier totalement. Nier la révolution, c'était nier aussi tout ce qu'ils avaient fait jusque-là, c'était reconnaître ses erreurs personnelles devant tout le monde. Et ça, il en était incapable. Il était trop fier pour agir ainsi. D'autre part il avait peut-être peur de provoquer de la confusion chez Les Précurseurs de la première heure. En effet, à ce stade, Fukada conservait encore un certain contrôle sur eux.

« C'est la raison pour laquelle il continua à vivre en faisant des allées et venues entre Les Précurseurs et la faction dissidente. Fukada remplissait son rôle de leader des Précurseurs et, parallèlement, il conseillait la communauté dissidente combattante. C'était un homme pour qui, au fond, la révolution, c'était terminé, mais qui continuait à prêcher les théories révolutionnaires aux autres. Les membres de la faction dissidente, à côté de leurs travaux des champs, se soumettaient à une éducation idéologique rigoureuse et s'entraînaient au maniement des armes. Politiquement, ils étaient de plus en plus radicalement opposés à la pensée de Fukada. Leur groupe était organisé de manière totalement clandestine et aucun élément extérieur n'y était admis. La police chargée de la sécurité publique les surveillait de loin, les considérant comme assez peu dangereux, malgré leurs déclarations sur une révolution armée. »

Le Maître contempla encore une fois les genoux de son pantalon. Puis il releva la tête.

« Les Précurseurs se sont divisés en 1976. Éri s'est échappée des Précurseurs et elle est venue se réfugier chez moi l'année suivante. Et c'est à cette époque que la faction dissidente a pris comme nouvelle appellation "L'Aube". »

Tengo plissa les yeux. « Attendez un peu », dit-il. L'Aube. Il se souvenait parfaitement d'avoir entendu ce nom. Il ne savait pas pourquoi mais ses souvenirs étaient confus et incohérents. Il tâtonnait, et tout ce qu'il retrouvait, c'étaient quelques fragments incertains, qui avaient juste *l'apparence* de la réalité.

« Est-ce que par hasard cette Aube n'a pas été mêlée, il n'y a pas si longtemps, à une affaire sérieuse ?

— Si, si, c'est exact », répondit le Pr Ébisuno. Puis il fixa Tengo d'un regard extrêmement grave. « Les combats armés qui ont eu lieu contre des policiers dans les montagnes, non loin du lac Motosu, c'était bien le fait de cette fameuse Aube. Bien sûr. »

Un combat armé, songea Tengo. Il se souvenait de cette histoire. Une grosse affaire. Mais, sans qu'il en sache la raison, il ne parvenait pas à se souvenir des détails. Le fil des événements s'embrouillait. Il s'efforça désespérément de se rappeler et eut alors la sensation que son corps entier se tordait puissamment. Comme si la partie supérieure et la partie inférieure tournaient chacune dans un sens opposé. Au fond de son crâne il ressentit de sourds élancements, l'air environnant commença soudain à se raréfier. Les sons étaient affaiblis et assourdis comme s'il se trouvait sous l'eau. Il semblait bien qu'il allait avoir une « crise ».

« Que vous arrive-t-il ? » lui demanda le Maître d'un air inquiet. Sa voix lui parvenait de très loin.

Tengo secoua la tête. Puis il réussit à articuler d'une voix étranglée : « Ça va. Ça va aller mieux tout de suite. »

11

Aomamé

Le corps est un temple

Très peu de gens, sans doute, pourraient se targuer d'avoir atteint la maestria avec laquelle Aomamé envoyait un coup de pied aux testicules. Comme elle s'adonnait à des exercices quotidiens pour acquérir la bonne technique selon les différents types de coups, elle ne manquait certes pas d'entraînement pratique. Le plus crucial quand on cherche à viser les testicules, c'est d'éliminer toute timidité. Il convient d'attaquer son adversaire à son point le plus faible sans pitié, avec férocité, de manière foudroyante. D'agir à la manière de Hitler, lequel a envahi la Hollande et la Belgique au mépris de leur proclamation de neutralité, a lancé son attaque sur les défenses les plus faibles de la ligne Maginot, et aisément contraint la France à capituler. Aucune hésitation ne doit être tolérée. Une seconde d'atermoiement est fatale.

Une femme, sinon, n'a pour ainsi dire aucun moyen de mettre hors de combat un homme, plus grand et plus fort qu'elle. C'était là la conviction inébranlable d'Aomamé. Ces attributs sensibles qui pendillent —— si l'on ose dire ——, c'est la plus grande faiblesse des mâles. Et, dans la plupart des cas, les hommes ne sont pas en mesure de les protéger. Il serait dommage de se priver de cet avantage.

La souffrance que cause un coup de pied furieux dans les testicules, Aomamé, bien sûr, ne pouvait la comprendre concrètement en tant que femme. Il lui était même impossible de l'entrevoir. Mais elle avait pu se faire une idée approximative de son intensité, à la réaction et à la tête de ceux qui avaient été ainsi frappés. Que l'homme soit extrêmement vigoureux ou très résistant n'y changeait rien. C'était une douleur intolérable. Et il semblait aussi qu'elle s'accompagnait d'une perte de dignité considérable.

« On a comme l'impression que le monde touche à sa fin. On ne peut vraiment évoquer rien d'autre. Ce n'est pas une douleur ordinaire », avait dit un homme après réflexion quand Aomamé lui avait demandé des explications.

Elle avait longuement songé à cette comparaison. La fin du monde ?

« En somme, pour le dire à rebours, la fin du monde imminente serait ressentie comme un grand coup de pied dans les testicules, c'est bien ça ? avait demandé Aomamé.

— Je n'en sais trop rien, étant donné que je n'ai pas vécu la fin du monde. Mais ça se pourrait bien, avait répondu l'homme, les yeux perdus dans le vague. On a juste un sentiment de totale impuissance. Tout est sombre et accablant, et il n'y a aucun secours à espérer. »

Un peu après, par hasard, Aomamé regarda à la télévision le film *Le Dernier Rivage*, diffusé tard dans la nuit. Un film américain qui datait des années soixante. Une guerre totale avait éclaté entre l'Amérique et l'Union soviétique. Une énorme quantité de missiles atomiques volaient superbement entre les continents comme des bancs de poissons volants. La planète allait être subitement anéantie, le genre humain allait disparaître presque partout. Seule l'Australie était épargnée par la retombée des cendres radioactives mortelles grâce à une certaine direction du vent. Toutefois, ce n'était qu'une question de temps avant que les cendres atteignent aussi ce continent. La destruction du genre humain était inévitable. Complètement impuissants, les survivants attendaient sur ces terres la fin imminente. Chacun vivait les derniers jours de sa vie sur un mode différent. Tel était le sujet du film. Un film sombre et désespérant. (Malgré tout, en le visionnant, Aomamé eut de nouveau la certitude que tout un chacun, au fond de soi, attend l'arrivée de la fin du monde.)

Ah… voilà donc ce qu'éprouvent les hommes en recevant un grand coup de pied dans les testicules, songeait-elle, alors qu'elle regardait *Le Dernier Rivage* seule au milieu de la nuit.

Après être sortie d'une université de sport, Aomamé travailla pendant environ quatre ans dans une société qui fabriquait des produits diététiques et des boissons pour sportifs. Elle était aussi leader dans l'équipe féminine de soft-ball de sa société (remarquable à la fois comme lanceuse et comme quatrième batteuse). L'équipe réalisa des performances suffisamment bonnes pour entrer à plusieurs reprises dans le « best-eight » du tournoi national. Mais, lors du mois qui suivit la mort de Tamaki Ootsuka, Aomamé démissionna de son entreprise et mit fin à sa carrière de joueuse de soft-ball. Désormais, elle n'avait plus aucune envie de pratiquer ce sport. Elle était aussi fermement décidée à changer de vie. Par l'intermédiaire d'une de ses aînées de l'époque de l'université, elle fut engagée comme instructrice dans un club de sport de Hiroo.

Elle était essentiellement chargée de l'entraînement musculaire et des classes d'arts martiaux. C'était un club réputé pour son caractère haut de gamme, à la cotisation d'entrée et aux tarifs élevés, que fréquentaient de nombreuses personnalités. Aomamé créa plusieurs cours d'autodéfense destinés aux femmes. C'était sa spécialité. Elle fabriqua un mannequin en tissu, à l'image d'un homme de grande taille, y cousit à l'entrejambe un gant de travail noir à la place des testicules, et fit longuement s'exercer les femmes à frapper cet endroit précis. Pour que le tableau soit plus réaliste, on fourrait parfois deux balles de squash dans le gant, sur lesquelles il fallait porter des coups de pied répétés, rapides et impitoyables. Beaucoup de femmes se prêtaient à cet exercice avec un plaisir sans partage et leurs progrès étaient remarquables. Mais certains trouvaient le spectacle fâcheux (des hommes principalement, bien sûr). La direction du club reçut des plaintes du genre : « Est-ce que ça ne va pas un peu trop loin… ? » Résultat, Aomamé fut convoquée par le manager, qui lui ordonna de cesser ses entraînements de frappe aux testicules.

« Pourtant, quand une femme est agressée par un homme, il lui est impossible de se protéger si elle ne le frappe pas précisément là, insista Aomamé. La plupart des hommes sont plus grands et plus forts. Une attaque éclair aux testicules, pour une femme, c'est la seule chance de gagner. C'est bien ce que Mao Tsé-toung a dit : cherchez et trouvez le point faible de votre adversaire, prenez-le par surprise et écrasez-le. Sinon, la guérilla n'a aucune chance de vaincre les armées régulières.

— Comme vous le savez, ici, nous sommes en plein Tokyo, et notre club de sport compte parmi les plus éminents, lui rétorqua le manager, l'air soucieux. Beaucoup de nos membres sont des personnalités importantes. Nous devons préserver notre réputation. Notre image est essentielle. Une troupe de jeunes femmes qui s'exercent à lancer des coups de pied à l'entrejambe d'un mannequin en hurlant, quelle qu'en soit la raison, cela manque de dignité. Un certain nombre de gens avaient l'intention d'adhérer à notre club. Ils sont venus en visiteurs, ont vu à cette occasion ce qui se passait dans vos cours et ont renoncé à adhérer. Peu m'importe ce que racontent Mao Tsé-toung ou Gengis Khan, pourquoi pas, la plupart des hommes ont jugé ce spectacle angoissant, vexant, pour tout dire répugnant. »

Que les membres masculins du club se sentent angoissés, vexés et dégoûtés laissait Aomamé indifférente. Comparé à la souffrance d'un viol, leur malaise n'était-il pas ridicule ? Il lui était cependant impossible d'aller à l'encontre des ordres de son supérieur. Le niveau des exercices de ses cours d'autodéfense dut être considérablement abaissé. On lui interdit d'utiliser le mannequin. Du coup, l'entraînement finit par n'être plus qu'une formalité sans réel intérêt pour Aomamé, bien entendu, mais aussi pour les femmes qui exprimèrent leur mécontentement. Mais Aomamé n'était qu'une employée sans aucun pouvoir.

Selon elle, lorsqu'une femme est violemment agressée par un homme et qu'elle ne peut lui envoyer un grand coup de pied dans les testicules, il ne lui reste quasiment aucun expédient. Parce que la technique très savante consistant à saisir le bras de l'agresseur sans qu'il s'y attende et à le lui tordre dans le dos est impossible à réaliser au cours d'un combat réel, qui survient à l'improviste. La réalité et le cinéma, c'est différent. Plutôt que de tenter ce genre de choses, mieux vaut fuir à toutes jambes.

En tout cas, Aomamé connaissait une dizaine de techniques différentes pour frapper les testicules. Elle les avait testées sur ses collègues plus jeunes, munis de coques de protection. « Ça fait un mal de chien, même avec la coque, quand Aomamé vous frappe aux couilles. Je vous en supplie, dispensez-moi de ça ! » imploraient-ils. Elle n'aurait pas hésité une seconde à mettre réellement en pratique ses techniques raffinées en cas de nécessité. Elle était tout à fait résolue, si un de ces salauds l'agressait, à lui révéler clairement ce qu'était la fin du monde. À bien lui faire voir en face la venue du Royaume. À l'envoyer droit sur l'hémisphère Sud rejoindre les kangourous et les wallabys, et à faire pleuvoir sur lui une profusion de cendres radioactives.

Aomamé, plongée dans ses réflexions sur la venue du Royaume, buvait par petites gorgées un Tom Collins, au comptoir d'un bar. Elle faisait semblant d'avoir un rendez-vous et jetait de temps à autre un coup d'œil à sa montre. En réalité, elle n'attendait personne. Elle était venue là uniquement pour dénicher parmi les clients un homme qui lui conviendrait. Sa montre indiquait vingt heures trente passées. Sous sa veste marron Calvin Klein, elle avait enfilé une blouse bleu pâle et elle portait une minijupe bleu foncé. Ce jour-là non plus, elle n'avait pas pris son pic à glace spécial. Enveloppé dans une serviette, il reposait paisiblement dans un tiroir de son armoire.

Ce bar de Roppongi était connu comme un établissement pour célibataires. Sa réputation tenait au fait que de nombreux hommes esseulés venaient là en quête de femmes solitaires —— ou l'inverse. Il y avait aussi beaucoup d'étrangers. Sa décoration intérieure voulait donner l'image du bistrot que fréquentait Hemingway dans les Bahamas. Des espadons ornaient les murs et des filets de pêche étaient suspendus au plafond. On voyait aussi des photos-souvenirs montrant des hommes et les énormes poissons qu'ils avaient attrapés. Et aussi une peinture, un portrait d'Hemingway. Le joyeux papa Hemingway. Les gens qui fréquentaient ce bar ne semblaient pas se soucier de l'écrivain qui, plongé dans ses dernières années dans les angoisses de son intoxication à l'alcool, s'était suicidé avec son fusil de chasse.

Ce soir-là, un certain nombre d'hommes avaient adressé la parole à Aomamé. Aucun ne lui plaisait. Deux étudiants aux allures de play-boy l'avaient invitée à les rejoindre, mais elle ne s'était même pas donné la peine de leur répondre. À un peu séduisant salaryman d'environ trente ans, elle avait rétorqué sèchement : « J'attends quelqu'un. » En général, Aomamé n'aimait pas les hommes jeunes. Ils étaient arrogants, ils débordaient de suffisance, alors qu'avec eux les sujets de discussion étaient pauvres, la conversation inintéressante. Et puis, au lit, ils se montraient avides et ignoraient ce qu'était le véritable plaisir sexuel. Ce qu'elle aimait, elle, c'étaient des hommes d'âge moyen, légèrement fatigués, dont les cheveux commençaient, si possible, à se clairsemer. Qui ne soient pas vulgaires, et qui soient propres. En outre, ils devaient avoir un joli crâne. Mais on ne rencontrait pas facilement des hommes de cette espèce. Elle était donc bien obligée d'accepter des compromis.

Aomamé regarda la salle et soupira silencieusement. Pourquoi donc n'arrivait-elle pas à découvrir un « homme convenable » en ce monde ? Elle songea à Sean Connery. Au simple souvenir de la forme de sa tête, elle ressentit au fond d'elle-même de sourds élancements. Si Sean Connery surgissait à l'improviste, se disait-elle, je ferais n'importe quoi pour que ce soit moi qui l'aie. Néanmoins il était impossible, cela allait sans dire, que dans ce bar pour célibataires de Roppongi, pâle reproduction d'un club des Bahamas, apparaisse Sean Connery.

Sur un mur, un téléviseur grand écran diffusait une vidéo de Queen. Aomamé n'appréciait guère la musique de Queen. Aussi essayait-elle autant que possible de ne pas regarder de ce côté. Elle s'évertuait également à ne pas écouter la musique qui sortait des haut-parleurs. Enfin, le morceau se termina mais ce fut le tour d'ABBA. Ah là là, se dit Aomamé. Je m'attends à une soirée épouvantable.

C'est au club de sport où travaillait Aomamé qu'elle avait fait connaissance de la vieille dame de la résidence des Saules. Cette dernière avait fait partie de son cours consacré à l'autodéfense. De cette classe radicale, qui avait connu une existence éphémère, et où l'essentiel des exercices consistait à frapper un mannequin. Très petite, elle était la plus âgée des participantes mais elle se déplaçait avec légèreté et avait aussi le coup de pied agile. Le cas échéant, cette femme n'hésitera pas à lancer un grand coup de pied dans les testicules d'un homme, avait pensé Aomamé. Sans paroles inutiles et sans louvoyer. Une attitude qu'appréciait Aomamé.

« À mon âge, il n'est plus vraiment nécessaire que je me protège d'un agresseur, avait-elle dit à Aomamé à la fin d'un cours, avec un sourire délicat.

— Ce n'est pas un problème d'âge, avait répondu péremptoirement Aomamé. Le problème, c'est la manière dont on vit. Le plus important est d'être toujours en mesure de se protéger soi-même. Quand on se résigne à être agressé, ça ne vous mène nulle part. Le sentiment d'impuissance chronique finit par détruire un être humain. »

La vieille dame avait observé Aomamé un moment en silence. On aurait dit que ses paroles, ou sa façon de s'exprimer, lui avaient fait forte impression. Elle avait approuvé calmement. « Ce que vous dites est juste. C'est exactement cela, en réalité. Je trouve votre façon de penser judicieuse. »

Quelques jours plus tard, Aomamé avait reçu un courrier. La missive avait été confiée à la réception du club. Un mot se trouvait dans l'enveloppe, sur lequel la vieille dame, d'une écriture élégante, avait indiqué ses nom et numéro de téléphone. Malgré vos occupations, je serais ravie que vous me contactiez quand vous le pourrez, était-il écrit dans la lettre.

Au téléphone, ce fut un secrétaire, semblait-il, qui lui avait répondu. Dès qu'Aomamé s'était annoncée, il l'avait transférée sans un mot sur une ligne intérieure. La vieille femme l'avait remerciée d'avoir appelé. Elle lui avait proposé d'aller dîner ensemble. Ajoutant qu'elle aurait aimé lui parler tranquillement de quelque chose de personnel. J'en serais enchantée, avait répondu Aomamé. Eh bien, que diriez-vous de demain soir ? avait proposé la vieille dame. Aomamé n'y avait pas vu d'objection. Elle s'était seulement sentie perplexe. De quoi pourrait donc parler cette femme âgée à quelqu'un comme elle ?

Elles s'étaient retrouvées dans un restaurant français situé dans le quartier tranquille d'Azabu. La vieille dame était cliente de ce restaurant depuis fort longtemps. Un serveur assez âgé, qui devait la connaître, l'avait guidée à la meilleure place, avec des manières particulièrement polies. Elle portait une robe unie d'une jolie coupe, vert clair (qui paraissait être de Givenchy, dans les années soixante), et un collier en jade. Au cours du dîner, le gérant était apparu et l'avait saluée respectueusement. Au menu figuraient de nombreux plats de légumes, des mets raffinés et légers. La soupe spéciale de ce jour, par hasard, était une soupe de pois[1]. La vieille dame avait commandé un verre de chablis et Aomamé en avait fait autant pour l'accompagner. Un vin au bouquet élégant, aussi délicat que la cuisine. Aomamé avait choisi du poisson grillé. La vieille dame avait commandé des légumes unique-

1. Autrement dit, « soupe d'Aomamé ».

ment. Sa manière de les manger était aussi esthétique qu'une œuvre d'art. Lorsqu'on arrive à un âge avancé comme le mien, avait-elle remarqué, il suffit de peu de nourriture pour rester en vie. Puis elle avait ajouté en plaisantant à moitié : « Alors, autant que faire se peut, je préfère qu'elle soit excellente. »

Son désir était qu'Aomamé lui organise un entraînement individualisé. Deux ou trois fois par semaine, chez elle, serait-il envisageable qu'elle lui dispense des cours d'art martial ? Et aussi, si elle le pouvait, de stretching.

« Bien sûr, tout cela est réalisable, avait répondu Aomamé. Pour les missions de training individuel, il suffit de les demander au secrétariat du club.

— Parfait, avait dit la vieille dame. Simplement, je voudrais que nous décidions de l'emploi du temps entre nous. J'aimerais éviter l'intervention d'un intermédiaire. Est-ce un problème pour vous ?

— Non, pas du tout.

— Dans ce cas, pourrions-nous commencer la semaine prochaine ? » avait demandé la vieille femme.

Leur conversation sur ce sujet s'était arrêtée là.

La vieille dame avait repris : « Ce que vous avez dit l'autre fois au club de sport, voyez-vous, m'a beaucoup impressionnée. Quand vous avez évoqué le sentiment d'impuissance. Et que ce sentiment pouvait gravement affecter les hommes. Vous vous en souvenez ? »

Aomamé avait acquiescé.

« Je m'en souviens.

— Puis-je vous poser une question ? avait-elle poursuivi. Une question directe, afin de nous épargner du temps.

— Demandez-moi tout ce que vous voulez.

— Êtes-vous féministe ? Lesbienne ? »

Aomamé avait rougi un peu puis avait secoué la tête.

« Non, non. C'est simplement ma manière de penser, purement personnelle. Je ne suis ni féministe ni lesbienne.

— Très bien. »

Visiblement rassurée, la vieille dame avait porté à sa bouche du brocoli de manière extrêmement raffinée, l'avait mâché très élégamment et avait bu une petite gorgée de vin. Après quoi elle avait repris :

« À supposer que vous soyez féministe ou lesbienne, cela ne me dérangerait ni ne m'influencerait en rien. Mais, si j'ose dire, le fait que vous ne le soyez pas rend les choses plus simples. Comprenez-vous ce que je veux dire ?

— Je pense que oui », avait répondu Aomamé.

Aomamé s'était alors rendue deux fois par semaine chez la vieille femme pour lui donner des cours d'arts martiaux. Au temps où sa fille était encore petite, elle lui avait fait aménager une vaste salle d'exercices avec de grands miroirs, pour ses leçons de danse classique. C'est là qu'à présent toutes deux exécutaient leurs mouvements rigoureux. La vieille femme était restée souple pour son âge, elle progressait rapidement. Elle avait été très attentive à bien entretenir son corps petit et mince tout au long des années. Aomamé lui enseignait les rudiments du stretching et lui prodiguait des massages afin de détendre ses muscles.

Aomamé avait un talent tout particulier pour masser. Personne ne l'égalait dans cette discipline à l'université. Elle avait mémorisé le nom de tous les os et muscles du corps humain, connaissait parfaitement la fonction et les propriétés de chacun d'eux, savait comment les exercer et les entretenir. Pour l'homme, estimait-elle, le corps était un temple. Quoi qu'on y vénère, il fallait de toute façon le conserver le plus robuste et le plus propre possible. C'était chez elle une conviction inébranlable.

À côté de la médecine sportive classique, un intérêt personnel l'avait poussée à acquérir les techniques de l'acupuncture, qu'elle avait étudiée plusieurs années durant auprès d'un maître chinois, de la manière la plus authentique. Ce professeur fut impressionné par la rapidité de ses progrès. Elle était désormais apte à pratiquer en professionnelle, lui dit-il un jour. Outre son excellente mémoire, Aomamé possédait un immense désir d'étudier le plus précisément possible les fonctions du corps humain. Et, plus que tout, elle avait, au bout de ses doigts, un instinct remarquable. De même que certaines personnes possèdent l'oreille absolue ou ont le pouvoir de découvrir des sources souterraines, les doigts d'Aomamé étaient capables de pénétrer instantanément le point crucial, l'endroit subtil, qui contrôle les fonctions corporelles. Et cela, personne ne le lui avait enseigné. Aomamé le savait naturellement.

Lorsque les exercices et les massages étaient terminés, Aomamé et la vieille dame avaient coutume de bavarder un moment en buvant du thé. Tamaru le leur apportait sur un plateau en argent sur lequel étaient disposées les tasses et la théière. Durant le premier mois, Tamaru n'avait pas prononcé la moindre parole devant Aomamé, qui s'était sentie obligée de demander à la vieille dame si cet homme était muet.

Une fois, la maîtresse de maison avait interrogé Aomamé. Avait-elle dû, pour se protéger, mettre en pratique son fameux coup de pied dans les testicules ?

« Cela m'est arrivé seulement une fois, avait répondu Aomamé, une seule.

— Avec succès ?

— Ç'a été efficace. »

Telle avait été la réponse prudente et laconique d'Aomamé.

« Pensez-vous que cette technique serait valable sur Tamaru ? »

Aomamé avait secoué la tête.

« Sans doute pas. M. Tamaru s'y connaît. On n'a aucune chance avec des gens qui savent deviner vos mouvements. La technique du coup de pied dans les testicules n'est valable que contre des amateurs, ceux qui n'ont pas l'habitude des vrais combats.

— Et donc, vous avez deviné que Tamaru n'était pas un "amateur" ? »

Aomamé avait choisi ses mots. « Oui, je pense. Il a l'air différent des gens ordinaires. »

La vieille dame avait versé un peu de crème dans son thé. Elle avait lentement tourné sa cuillère dans sa tasse.

« L'homme que vous avez frappé, cette fois-là, était donc un amateur. Est-ce qu'il était grand ? »

Aomamé avait acquiescé sans prononcer un mot de plus. L'homme était bien bâti, il semblait fort. Mais il était arrogant et s'était laissé prendre par surprise parce qu'elle était une femme. Jusque-là il n'avait jamais reçu de coup de pied dans les testicules. Surtout de la part d'une femme. Jamais il n'avait même envisagé que cela puisse lui arriver.

« A-t-il été blessé ?

— Non. Il a eu très mal un certain temps, c'est tout. »

La vieille femme était restée silencieuse un moment. Puis elle l'avait de nouveau questionnée :

« Vous est-il déjà arrivé d'attaquer un homme ? Non pas simplement pour lui faire mal mais dans le but de le blesser intentionnellement ?

— Oui, avait répondu Aomamé, peu rompue aux mensonges.

— Vous pourriez me raconter dans quelles circonstances ? »

Aomamé avait secoué faiblement la tête.

« Excusez-moi, mais cela m'est difficile.

— Je comprends. Bien entendu, ce n'est pas quelque chose dont on puisse parler aisément. Il n'est pas du tout indispensable que vous vous y forciez. »

Toutes deux avaient bu leur thé en silence. L'une et l'autre perdues dans leurs pensées respectives.

Puis la vieille dame avait repris : « Mais si un jour vous aviez envie d'en parler, vous pourriez peut-être me confier ce qui est arrivé ? »

Aomamé lui avait répondu : « Peut-être le pourrai-je un jour, en effet, mais il se peut aussi que je ne puisse jamais le faire. Honnêtement, je ne sais pas. »

La vieille femme avait regardé Aomamé un moment avant de reprendre : « Je ne vous interroge pas par curiosité personnelle. »

Aomamé avait conservé le silence.

« Il me semble que vous gardez au fond de vous un poids. Un fardeau très pesant. Je l'ai ressenti dès notre première rencontre. Vous avez un regard fort et déterminé. À vrai dire, en moi aussi, il y a *quelque chose du même genre*. Je porte en moi un lourd fardeau. C'est pourquoi je comprends. Inutile de vous presser. Mais il serait préférable que vous puissiez faire sortir cela de vous. Je suis quelqu'un qui sait garder les secrets. J'ai aussi un certain nombre de moyens à ma disposition. Peut-être aurai-je la chance de vous être utile. »

Lorsque Aomamé s'était confiée à la vieille femme plus tard, cela lui avait donné l'occasion d'ouvrir une autre porte de sa vie.

« Dites, qu'est-ce que vous buvez ? » lui demanda quelqu'un à l'oreille. C'est une femme qui lui parlait.

Aomamé revint à elle, leva la tête et regarda la jeune femme, les cheveux en queue-de-cheval dans le style des années cinquante, assise sur le tabouret à côté d'elle. Elle portait une robe à fins motifs de fleurs, et un petit sac Gucci à l'épaule. Les ongles parfaitement manucurés, vernis en rose pâle. Elle n'était pas vraiment grosse mais son visage rond la faisait paraître potelée. Un visage aimable. Une poitrine épanouie.

Aomamé se sentit un peu embarrassée. Elle ne s'attendait pas à ce qu'une femme lui adresse la parole. Ce bar était un endroit où les hommes parlaient aux femmes.

« Un Tom Collins, répondit Aomamé.

— C'est bon ?

— Oui, plus ou moins. Mais ce n'est pas trop fort, on peut le faire durer en le buvant à petites gorgées.

— Pourquoi ce nom de Tom Collins ?

— Ah… ça, je n'en sais rien, dit Aomamé. C'est peut-être le nom de celui qui l'a préparé la première fois. Quoique l'invention ne me semble pas tellement extraordinaire. »

La femme agita la main, appela le barman et lui dit qu'elle voulait elle aussi un Tom Collins.

« Vous permettez que je m'asseye à côté de vous ? demanda la femme.

— Oui. C'est libre. »

De toute façon, maintenant, tu es déjà assise là, pensa Aomamé.

« Mais vous attendiez sans doute quelqu'un… ? » insista la femme.

Sans lui répondre, Aomamé l'observa en silence. Elle avait peut-être trois ou quatre ans de moins qu'elle.

« Vous savez, je n'ai pas ce *genre de tendance*. Alors ne vous faites pas de souci, lui confia-t-elle en chuchotant. Au cas où vous auriez des soupçons. Moi aussi, je préfère les hommes. Comme vous.

— Comme moi ?

— Eh bien, quand on vient seule ici, c'est bien pour chercher un homme plutôt pas mal, non ?

— C'est de ça que j'ai l'air ? »

La femme plissa un peu les yeux.

« Je le devine. Ici, c'est un endroit pour ça. Mais nous ne sommes pas des professionnelles.

— Non, bien entendu ! répondit Aomamé.

— Dites, ça ne vous intéresserait pas qu'on fasse équipe toutes les deux ? Pour les hommes, c'est plus facile, vous comprenez, d'adresser la parole à deux filles. Et pour nous, ce serait plus agréable d'être deux. Et puis un peu plus rassurant, non ? Moi, je donne une impression un peu plus féminine, et vous, vous avez une allure décidée, un peu "garçonne". Je crois qu'à nous deux on devrait former un tandem plutôt réussi ! »

Garçonne ? songea Aomamé. C'était la première fois qu'elle s'entendait qualifier ainsi.

« Mais même si on fait équipe, ça ne nous empêche pas d'avoir des goûts différents en matière d'hommes. Ça pourrait bien marcher, après tout… »

La femme tordit un peu les lèvres.

« Oui, sûrement. D'ailleurs, les préférences… Au fait, vous, quel type d'hommes aimez-vous ?

— Si possible, des hommes d'un certain âge, répondit Aomamé. Je ne raffole pas des jeunes. J'aime les types un peu chauves.

— Ah… Ah bon…, d'un certain âge, fit la femme, l'air admiratif. Moi, je dirais que j'aime les garçons beaux, jeunes et vigoureux, je ne suis pas trop attirée par les hommes un peu âgés. Mais à vous entendre, je devrais peut-être essayer, si l'occasion se présente. Ce serait une expérience. Ils sont bien, les types un peu vieux ? Enfin, je veux dire, pour le sexe…

— Ça dépend des hommes, j'imagine.

— Évidemment », fit la femme. Puis elle plissa les yeux comme si elle vérifiait quelque théorie. « On ne peut pas généraliser sur la question, bien sûr. Pourtant, qu'est-ce que vous en diriez, dans l'ensemble ?

— Ils ne sont pas mauvais. Avec eux, ce n'est pas une question de fréquence. Ils prennent leur temps. Ils ne sont pas pressés. Avec de la chance, ils peuvent nous faire jouir plusieurs fois. »

La femme réfléchit un instant.

« D'après ce que vous dites, ça me donne plutôt envie. Je devrais essayer une fois.

— Comme vous voudrez, dit Aomamé.

— Dites-moi, avez-vous déjà essayé le sexe à quatre ? En changeant de partenaire au milieu ?

— Non.

— Moi non plus, jamais. Ça vous tenterait ?

— Je ne crois pas, répondit Aomamé. Bon, ce serait peut-être bien de faire équipe mais si nous devons agir en duo, ne serait-ce que temporairement, j'aimerais vous connaître un peu mieux. Sinon, l'affaire risque de capoter au milieu.

— Mais oui, bien sûr. Vous avez parfaitement raison. Que souhaitez-vous apprendre sur moi ?

— Eh bien… par exemple… Qu'est-ce que vous faites comme travail ? »

La femme avala une gorgée de son Tom Collins et reposa son verre sur le dessous-de-verre. Puis elle se tapota la bouche avec la serviette en papier et examina les traces qu'avait laissées son rouge à lèvres.

« Vous savez, c'est vraiment bon, ce truc, dit la femme. La base, c'est bien du gin ?

— Gin, jus de citron et soda.

— On ne dira pas que c'est une invention extraordinaire mais le goût est réussi.

— Si ça vous plaît.

— Bon, alors, qu'est-ce que je fais comme travail ? Là, c'est une question un peu délicate. Si je vous le dis franchement, vous ne me croirez peut-être pas.

— Eh bien, je vais d'abord vous parler du mien, dit Aomamé. Je travaille comme prof dans un club de sport. Principalement d'arts martiaux et de stretching.

— Des arts martiaux ! s'exclama la femme, impressionnée. Comme Bruce Lee ?

— *Genre…*

— Et vous êtes forte là-dedans ?

— Plutôt. »

La femme sourit avec grâce puis leva son verre comme si elle trinquait.

« Si ça se trouve, nous allons former une équipe invincible ! Moi, malgré mon apparence, j'ai pratiqué l'aïkido très longtemps. Et pour tout vous avouer, je suis policière.

— Policière », répéta Aomamé.

Elle resta la bouche entrouverte, sans trouver d'autres mots.

« Je travaille à la préfecture de police. Je n'en ai pas l'air, hein ? dit la femme.

— Non, absolument pas.

— Si, je vous assure ! Sérieux. Je m'appelle Ayumi.

— Et moi, Aomamé.

— Aomamé. C'est votre vrai nom… ? »

Aomamé approuva de la tête avec un air grave.

« Alors vous portez l'uniforme, vous avez un pistolet, vous conduisez une voiture de police, vous faites des patrouilles dans les rues, c'est ça ?

— C'est ce qui m'a attirée dans ce métier, mais, en réalité, on ne me laisse rien faire de tout ça », déclara Ayumi.

Puis elle croqua un des petits bretzels salés disposés dans une coupelle.

« Mon travail consiste à porter un uniforme pour la comédie, à conduire une mini-voiture de police pour contrôler les voitures mal garées, c'est tout. Évidemment, je n'ai pas droit à un pistolet, ou à une arme quelconque. On n'a tout de même pas besoin de tirer en l'air pour intimider les braves citoyens qui ont garé leur Corolla Toyota devant une bouche d'incendie. J'avais pourtant de bons résultats au cours des entraînements de tir. Mais tout le monde s'en fiche. Simplement parce que je suis une femme, tout ce que je dois faire, chaque jour, chaque jour, c'est écrire à la craie sur l'asphalte l'heure et le numéro d'immatriculation.

— À propos de pistolet, vous avez déjà tiré avec un Beretta semi-automatique ?

— Oui. C'est l'arme dont tout le monde se sert aujourd'hui. Pour moi, le Beretta, c'est un petit peu lourd. Quand il est chargé, il pèse pas loin d'un kilo, il faut dire.

— Son poids total est de 850 grammes », précisa Aomamé.

Ayumi regarda Aomamé à la manière d'un prêteur sur gages qui évaluerait une montre.

« Dites, Aomamé, comment se fait-il que vous connaissiez ce genre de détail ?

— Je me suis toujours intéressée aux armes, répondit Aomamé. Bien sûr, je n'ai jamais réellement utilisé ces armes-là.

— Ah bon, fit Ayumi d'un air convaincu. Moi aussi, en fait, j'aime bien tirer au pistolet. Le Beretta est lourd, c'est vrai, mais comme le contrecoup n'est pas aussi important que celui des vieux modèles, à force d'entraînement, même une femme petite peut le manipuler sans problème. Mais aux yeux des chefs, non, ils pensent que non. Pour eux, une femme armée, ça n'est pas possible. Les hauts gradés de la police, c'est tous des machos, de vrais fascistes. Pourtant, moi, je réussissais très bien avec les matraques. La plupart des hommes n'arrivaient pas à me battre. Mais ils n'en faisaient aucun cas. Tout ce qu'ils étaient capables de sortir, c'étaient des insinuations obscènes. Du genre, elle sait bien s'y prendre, hein, pour empoigner la matraque. Ou alors, si tu veux qu'on fasse un vrai exercice avec, vas-y, dis-le-moi, te gêne pas surtout. Tous ces pauvres types, ils ont un siècle et demi de retard. »

Là-dessus, Ayumi sortit de son sac des Virgin slim, planta une cigarette entre ses lèvres d'une main experte et l'alluma avec un fin briquet en or. Puis elle souffla lentement la fumée en direction du plafond.

« À l'origine, pourquoi avez-vous voulu entrer dans la police ? demanda Aomamé.

— Ce n'était pas mon intention première, pas du tout. Mais je ne voulais pas faire un travail ordinaire, dans un bureau. Je n'avais pas non plus de talents particuliers. Alors, mon choix était limité. Donc, en quatrième année d'université, j'ai passé l'examen pour entrer à la préfecture de police. En plus, dans ma famille, il se trouve qu'il y a beaucoup de policiers. Mon père, mon frère aîné, et aussi un oncle. La police, vous voyez, c'est un système qui fonctionne surtout en vase clos, du coup, qu'il y ait des policiers dans ma famille, ça m'a aidée à être admise en priorité.

— La grande famille de la police.

— Oui, un truc de ce genre. Mais en fait, avant d'y être vraiment, je ne savais pas qu'il y avait une telle discrimination sexuelle. Dans ce monde-là, les femmes sont des citoyennes de seconde zone. On les cantonne dans des tâches complètement inintéressantes : surveiller les infractions à la circulation, s'occuper de la paperasse en étant vissées à leur table. Expliquer les règles de la sécurité aux enfants des écoles primaires. Pratiquer les fouilles des suspects féminins. Alors que les hommes qui sont clairement moins compétents, on les laisse évoluer, les uns après les autres, vers des postes à responsabilité. Là-haut, ils professent les grands principes de l'égalité des chances entre hommes et femmes, mais, dans la réalité, ce n'est pas aussi simple. Les femmes finissent par manquer complètement d'ardeur au travail. Vous comprenez, hein ? »

Aomamé compatit.

« À force, tout ça me monte à la tête, franchement !

— Et vous n'avez pas de petit ami ? »

Ayumi fit la grimace. Puis elle fixa longuement la mince cigarette coincée entre ses doigts. « Quand on devient une femme flic, c'est difficile, sur le plan pratique, d'avoir un amoureux. Les horaires de travail ne sont pas réguliers, alors ça ne coïncide pas avec les heures de travail d'un salarié normal. Et même si ça marche à peu près bien, dès qu'il comprend que je suis flic, le petit copain lambda, il se dépêche de reculer. Comme les crabes qui s'enfuient sur la plage. C'est terrible, vous ne trouvez pas ? »

Aomamé approuva d'un hochement de tête.

« Alors bien sûr, on peut se trouver un chéri au travail, mais là non plus, il n'y a aucun type vraiment à la hauteur. Rien que de pauvres minables qui lâchent des blagues obscènes. Ils sont soit idiots de naissance, soit totalement arrivistes. Ce sont pourtant ces types-là qui garantissent la sécurité de la société. L'avenir du Japon n'est pas rose, croyez-moi.

— Mais vous êtes mignonne, et vous avez sûrement du succès auprès des hommes, s'exclama Aomamé.

— Mmm, oui, un certain succès. Tant que je ne dis rien de mon métier. Alors, du coup, quand je suis dans des endroits comme celui-ci, je raconte que je travaille pour une société d'assurances.

— Vous venez souvent ici ?

— *Souvent*, c'est exagéré. De temps en temps », répondit Ayumi. Puis, après quelques instants de réflexion, elle ajouta, comme en confidence : « Parfois, je sens que j'ai envie de faire l'amour. Pour le dire franchement, j'ai besoin d'un homme. Enfin, je ne sais pas trop pourquoi, ça m'arrive périodiquement, voilà. Alors, dans ces moments-là, je me fais élégante, je mets des dessous sexy, et je viens ici. Je me trouve un partenaire qui me convient et je baise toute la nuit. Ensuite, je me sens plus tranquille pendant un certain temps. C'est juste un désir sexuel sain. Je ne suis pas du tout une nymphomane ou une obsédée sexuelle, et une fois que c'est fait, ça va. Je me sens délivrée de tous mes soucis. Le lendemain, je retourne au boulot et je repars en chasse des voitures mal garées. Et vous ? »

Aomamé buvait tranquillement son verre de Tom Collins.

« Eh bien, c'est à peu près pareil.

— Vous n'avez pas de petit ami régulier ?

— J'ai décidé une fois pour toutes que non. C'est trop compliqué.

— Toujours le même homme, ça vous complique la vie…

— Oui, c'est ça.

— Mais de temps en temps, vous *avez envie de le faire*, au point que ça devient insupportable ? dit Ayumi.

— Quand j'*ai envie de me délivrer,* ça me convient mieux comme expression.

— Vous voulez dire, *de passer une nuit grandiose* ?

— Oui, dit comme ça aussi, ce n'est pas mal.

— En tout cas, si c'est l'affaire d'une nuit, mieux vaut un type que vous pouvez oublier le lendemain. »

Aomamé acquiesça.

Ayumi, accoudée sur la table, la joue dans la main, réfléchit un instant.

« Nous avons peut-être pas mal de choses en commun.

— Peut-être bien », confirma Aomamé.

Simplement, toi, tu es dans la police, et moi, je tue des hommes. Par rapport à la loi, nous sommes sur deux versants opposés. Et ça, pas de doute, ça fait une grosse différence, songea-t-elle.

« Alors, on fait comme on a dit ? proposa Ayumi. Nous travaillons toutes les deux dans la même société d'assurances. Son nom reste secret. Vous, Aomamé, vous êtes l'aînée, et moi, la cadette. Et comme on a eu une journée difficile au bureau, nous sommes venues ici pour boire et nous détendre. Et ça nous a permis de retrouver un peu de notre bonne humeur. Ce genre de scénario vous convient ?

— Oui, mais je n'y connais rien en assurances.

— Pour ça, faites-moi confiance. Raconter des histoires, c'est ma grande spécialité.

— Je vous fais confiance, dit Aomamé.

— À propos, à la table juste derrière nous, il y a deux hommes d'âge moyen. Depuis tout à l'heure, ils parcourent la salle avec des yeux gourmands », dit Ayumi.

Aomamé se retourna dans un mouvement très naturel. Elle vit les deux hommes, à l'allure de salary-men, en costume-cravate, qui étaient sans doute venus passer un peu de bon temps après le travail. Les costumes n'étaient pas trop fatigués, les cravates étaient plutôt de bon goût. Au moins, ils n'avaient pas l'air sales. L'un des deux avait plus de quarante ans, l'autre semblait en avoir un peu moins. Le plus âgé avait un visage ovale et maigre, son front se dégarnissait. Le plus jeune était du genre à avoir joué dans l'équipe universitaire de rugby et à s'être mis à grossir récemment, par manque de pratique. Ses traits conservaient des restes de jeunesse mais ils s'épaississaient autour du menton. Tous deux riaient en buvant des whiskies à l'eau mais il était évident que leurs regards, mine de rien, furetaient dans tout le bar.

Ayumi analysa le tandem. « À ce que je vois, ce ne sont pas des habitués de ce type d'établissement. Ils sont venus pour s'amuser mais ils ne savent pas comment aborder les femmes. En plus, ils sont sans doute mariés. Ils donnent un peu l'impression d'avoir mauvaise conscience. »

Aomamé admira sa précision de jugement. Comment avait-elle réussi à deviner tout cela en si peu de temps, et en bavardant avec elle qui plus est ? Elle avait peut-être bien l'esprit policier, après tout.

« Aomamé, il vous plaît, celui qui n'a plus beaucoup de cheveux ? Parce que moi, je prends le plus costaud. Ça ne vous dérange pas ? »

Aomamé se retourna encore une fois. La forme de la tête de l'homme qui se dégarnissait n'était pas trop vilaine. Bien sûr, à des années-lumière de celle de Sean Connery. On lui donnerait tout juste la moyenne. Mais bon, c'était une nuit où la seule musique, c'était Queen et ABBA. Le luxe, ce serait pour une autre fois.

« Bon, d'accord. Mais comment faire pour qu'ils nous parlent ?

— Pas question d'attendre tranquillement jusqu'à l'aube. Nous allons prendre les devants. Gracieusement, amicalement et, surtout, positivement, déclara Ayumi.

— Vous êtes sérieuse ?

— Bien sûr. Je vais aller les trouver et faire des présentations rapides. Faites-moi confiance, Aomamé, attendez-moi ici », ajouta Ayumi. Elle but avec énergie une gorgée de Tom Collins et se frotta les mains vigoureusement. Après quoi elle remit son sac Gucci à l'épaule et afficha un grand sourire. « Eh bien, voici venue l'heure des matraques. »

12

Tengo

Que Votre Royaume advienne pour nous

Le maître se tourna vers Fukaéri et lui dit : « S'il te plaît, Éri, peux-tu apporter du thé ? »

La jeune fille se leva et sortit du salon. Elle referma doucement la porte. Le Maître attendit sans mot dire que Tengo, sur le canapé, retrouve une respiration régulière et reprenne ses esprits. Retirant ses lunettes à monture noire, il les essuya avec un mouchoir qui ne semblait pas très net avant de les remettre. De l'autre côté de la fenêtre, quelque chose, tout petit et noir, traversa le ciel à l'horizontale, très vite. Un oiseau peut-être. Ou peut-être l'âme de quelqu'un emportée aux confins du monde.

« Je vous demande de m'excuser, dit Tengo. Ça va bien, à présent. Ce n'était rien du tout. Poursuivez, je vous en prie. »

Le Maître acquiesça et reprit son récit.

« Le violent combat armé conduisit à la dissolution de la communauté dissidente L'Aube, en 1981. Ces graves incidents se sont donc déroulés il y a trois ans de cela, quatre ans après l'arrivée d'Éri ici. Mais le fait qu'elle soit venue chez nous est sans rapport avec les problèmes de L'Aube, du moins pour le moment, je pense.

« Éri avait dix ans lorsqu'elle est venue vivre chez nous. Elle est apparue à notre porte sans crier gare. Totalement différente de l'Éri que j'avais connue. Enfant, elle était de nature taciturne, elle gardait ses distances avec les inconnus. Pourtant, avec moi qu'elle connaissait bien depuis toute petite, elle parlait beaucoup. Mais quand elle est arrivée ici, elle était devenue muette. Comme si elle avait perdu l'usage des mots. Même quand on s'adressait à elle, tout ce qu'elle pouvait faire, c'était un signe de tête pour approuver ou pour refuser. »

Le Maître s'exprimait à présent avec un débit plus rapide, et sa voix même était devenue plus claire. Comme s'il profitait de l'absence de Fukaéri pour faire avancer son récit jusqu'à un certain point.

« Cela avait dû être très difficile pour elle de parvenir en haut de cette montagne. Elle avait certes un peu d'argent et un morceau de papier où figurait notre adresse. Mais elle avait été élevée dans un environnement particulièrement isolé et, de plus, elle était incapable de s'exprimer. Néanmoins, avec son bout de papier à la main, elle a finalement réussi à arriver devant chez nous, en utilisant les correspondances des différents moyens de transport.

« Au premier regard, on comprenait qu'il lui était arrivé quelque chose de funeste. La femme qui était là pour nous aider et ma fille Azami ont pris soin d'elle. Quelques jours après, quand Éri m'a paru plus calme, j'ai téléphoné aux Précurseurs. J'ai dit que je voulais parler à Fukada. On m'a répondu qu'il n'était pas en situation de le faire à ce moment-là. Quand j'ai demandé ce qu'était cette situation, on ne m'a donné aucune information. J'ai réclamé alors qu'on me passe sa femme. Impossible, m'a-t-on répondu. En somme, aucun des deux n'était en mesure de me parler.

— Avez-vous dit alors que c'était vous qui vous chargiez d'Éri ? »

Le Maître secoua la tête. « Non, j'ai senti qu'il valait mieux que je garde le silence à ce sujet, tant que je ne pouvais pas parler directement à Fukada. Bien entendu, par la suite, j'ai fait de nombreuses tentatives pour entrer en relation avec lui. J'ai utilisé tous les moyens possibles. Mais aucun n'a abouti. »

Tengo fronça les sourcils. « Cela signifie que, depuis sept ans, elle n'a eu aucun contact avec ses parents ? »

Le Maître hocha la tête.

« Strictement aucun.

— Pendant ces sept années, les parents d'Éri n'ont jamais cherché à savoir ce qu'était devenue leur fille ?

— Je sais, cela paraît tout à fait incompréhensible. D'autant plus que les Fukada aimaient énormément Éri, qu'elle était leur bien le plus précieux. Et que j'étais le seul qui pouvait l'héberger. Les deux parents d'Éri ont rompu avec leur propre famille et la petite fille a grandi sans connaître aucun de ses grands-parents. Le seul endroit où Éri pouvait être aidée, c'était chez nous. Ses parents lui avaient dit que, s'il le fallait, elle pourrait venir ici. Et malgré tout, de leur part, rien, pas la moindre nouvelle. C'est inconcevable. »

Tengo demanda : « Vous m'avez dit tout à l'heure que Les Précurseurs étaient une communauté plutôt ouverte ?

— C'est exact. Depuis leur création, Les Précurseurs ont constamment fonctionné sur ce mode. Mais, peu avant la fugue d'Éri, progressivement, ils ont eu tendance à s'isoler de l'extérieur. Le premier signe, pour moi, a été le retard que Fukada a commencé à prendre dans sa correspondance. Il a toujours beaucoup écrit. Il m'envoyait de longues lettres, dans lesquelles il me décrivait les événements internes de la communauté et aussi ses propres sentiments. À partir d'un certain moment, cela s'est interrompu. De mon côté, j'avais beau lui écrire, il ne répondait pas. Si je lui téléphonais, je ne parvenais pas à l'avoir au bout du fil. Même si on me passait la communication, le peu de temps qui m'était accordé interdisait une vraie conversation. D'ailleurs Fukada lui-même parlait d'une manière brusque, comme s'il savait que quelqu'un était là, en train de l'écouter. »

Le Maître joignit les mains sur ses genoux.

« Je me suis déplacé plusieurs fois jusque chez Les Précurseurs. Il fallait que je parle d'Éri avec Fukada, et puisque par lettres ou par téléphone c'était devenu impossible, il ne me restait plus qu'à y aller directement. Mais on ne m'a pas laissé pénétrer. J'ai été littéralement mis à la porte. Ils n'ont rien voulu savoir malgré toutes mes tentatives de négociation. Le domaine des Précurseurs, un jour, avait été entièrement clôturé avec une haute palissade et les étrangers étaient tous, sans exception, interdits d'entrée.

« Difficile, de l'extérieur, de se faire une idée de ce qui se passait dans la communauté. Je conçois aisément la nécessité d'une stricte clandestinité pour une faction armée comme L'Aube. Je comprends que ces gens-là avaient des choses à dissimuler, eux qui avaient la révolution armée en ligne de mire. Mais Les Précurseurs se bornaient à pratiquer paisiblement de l'agriculture biologique. Dès le début, ils avaient adopté une attitude amicale vis-à-vis du monde extérieur. Par conséquent les gens du coin les avaient tout de suite pris en sympathie. Mais désormais c'était devenu une forteresse. On aurait dit que l'attitude des membres et leur physionomie, même, avaient changé du tout au tout. Les gens du voisinage étaient tout aussi ébahis que moi. Et moi, forcément, j'étais très inquiet à l'idée qu'il était peut-être arrivé quelque chose de fâcheux aux époux Fukada. Mais je n'ai rien pu faire, à part m'occuper du mieux possible d'Éri. C'est ainsi que se sont écoulées ces sept années. Il m'a été impossible d'éclaircir la situation.

— Vous ne savez donc même pas si M. et Mme Fukada sont encore en vie ? » demanda Tengo.

Le Maître hocha la tête.

« Non, je ne le sais pas. Je n'ai pas la moindre piste. J'espère au moins que le pire n'est pas arrivé. Mais étant donné qu'aucune nouvelle de Fukada ne m'est parvenue durant ces sept années, la situation est évidemment anormale. Je suis obligé de penser qu'il leur est arrivé quelque chose, dit-il en baissant la voix. Peut-être sont-ils retenus de force à l'intérieur. Ou peut-être leur a-t-on réservé un traitement plus terrible encore.

— Plus terrible ?

— Eh bien, il est impossible d'exclure la pire des hypothèses, voilà ce que je veux dire. Les Précurseurs ne sont dorénavant plus la paisible communauté agricole d'autrefois.

— Autrement dit, vous pensez que ces Précurseurs se sont engagés sur une pente périlleuse ?

— Oui, c'est ce que je pense. Selon les gens du coin, le nombre de personnes qui entrent ou sortent de la communauté semble avoir beaucoup augmenté par rapport aux époques précédentes. Le va-et-vient des véhicules est également plus intense. Les voitures immatriculées à Tokyo sont nombreuses. On voit aussi souvent des limousines haut de gamme, très rares à la campagne. Le nombre des membres a brusquement augmenté. Ils ont construit de nouveaux bâtiments, leur intérieur s'est amélioré. Ils ont frénétiquement acheté tous les terrains voisins disponibles, à des prix très bas, et ont fait venir dans leur domaine toutes sortes de tracteurs, d'excavatrices ou même de bétonnières. Le travail agricole s'est poursuivi comme auparavant, ce qui constitue sans doute pour eux une source de revenus précieuse. Les légumes labellisés Précurseurs sont de plus en plus réputés. Ils les livrent directement à des restaurants ou des boutiques qui proposent des aliments naturels. Ils passent des contrats avec des supermarchés de luxe. Leurs profits se sont sans doute accrus. Pourtant, en parallèle, il semble que *quelque chose* se soit mis en marche, qui n'a pas de rapport avec l'agriculture. Il est impossible d'amasser autant de fonds uniquement grâce à la vente de denrées agricoles, même produites en grandes quantités. Donc, les gens du coin ont l'impression que ce qui se passe à l'intérieur de la communauté – quoi que ce soit, car ils agissent à présent en secret – doit être dissimulé au public.

— Ils auraient de nouveau entrepris de lancer un mouvement politique ? demanda Tengo.

— Non, sûrement pas, répliqua le Maître. Les Précurseurs fonctionnent en dehors de la politique. C'est bien pour cette raison qu'ils ont dû se séparer de L'Aube.

— Pourtant, plus tard, quelque chose s'est produit et Éri a dû s'enfuir.

— Quelque chose s'est produit, répéta le Maître. Un événement lourd de sens. Quelque chose de très grave qui l'a obligée à s'enfuir toute seule, en abandonnant ses parents. Mais Éri ne veut pas en parler.

— Elle aurait subi un choc ? Ou cet événement serait si traumatisant qu'elle ne pourrait pas l'évoquer ?

— Non, elle ne m'avait pas donné l'impression d'avoir subi un choc, ni d'avoir peur, ni d'être angoissée au point de se séparer de ses parents. Simplement, elle semblait totalement insensible. Néanmoins, elle s'est adaptée sans difficulté à la vie chez nous. Beaucoup plus facilement que ce que nous aurions imaginé. »

Le Maître jeta un regard sur la porte du salon. Puis ses yeux revinrent à Tengo.

« Quoi qu'il lui soit arrivé, je n'ai pas voulu la forcer à ouvrir son cœur. J'ai pensé que ce dont avait besoin cette petite, c'était du temps. Aussi ne lui ai-je posé aucune question. Même si elle restait muette, j'ai fait comme si cela ne m'inquiétait pas. Éri était toujours en compagnie d'Azami. Dès qu'Azami rentrait de l'école, à peine le repas terminé, elles s'enfermaient dans leur chambre, toutes les deux seules. Ce qu'elles faisaient, je n'en sais rien. Peut-être avaient-elles une sorte de conversation. Mais je n'ai jamais cherché à m'immiscer, je les ai laissées libres d'agir comme il leur plaisait. Si on met de côté le fait qu'Éri ne parlait pas, il n'y a pas eu le moindre problème dans la vie que nous avons menée ensemble. C'est une enfant intelligente, qui écoutait bien ce que je lui disais. Avec Azami, elles étaient devenues inséparables. Simplement, durant cette période, Éri n'a pas fréquenté l'école. Il était impossible d'envoyer à l'école une enfant qui ne prononçait pas un mot.

— Jusque-là, vous viviez seul avec Azami ?

— Ma femme est morte il y a déjà dix ans », dit le Maître. Puis il fit une petite pause. « Nous avons été heurtés par une voiture à l'arrière, elle est morte sur le coup. Ensuite, nous sommes restés seuls tous les deux, Azami et moi. J'ai fait appel à une parente éloignée vivant dans le voisinage pour l'entretien de la maison. Elle a également pris soin des deux fillettes.

La disparition de ma femme a été extrêmement difficile à surmonter, aussi bien pour Azami que pour moi. Comme sa mort a été soudaine, nous n'avons pas pu nous y préparer psychologiquement. Aussi, le fait qu'Éri vienne vivre avec nous à ce moment a finalement été un bonheur – si l'on ne tient pas compte des détails de l'affaire qui l'ont amenée ici. Même si elle ne participait pas à la conversation, sa simple présence, étrangement, nous a apaisés. Et puis, durant ces sept années, Éri a peu à peu récupéré l'usage de la parole. Ses capacités langagières ont notablement progressé par rapport à l'époque où elle est arrivée. Sans doute, pour les autres, semble-t-elle s'exprimer de manière singulière, peu ordinaire. Mais pour nous, l'amélioration est considérable.

— Aujourd'hui, Éri va-t-elle à l'école ?

— Non. Elle y est inscrite pour la forme. Elle ne peut pas vraiment s'adapter à la vie scolaire. Je me suis occupé moi-même de ses études quand j'en avais le temps, avec des étudiants qui venaient lui donner des cours à domicile. Enfin, ce ne sont que des bribes de savoir, on ne dira pas qu'il s'agit d'un cursus complet. Comme elle a tellement de mal à lire seule, je lui ai lu des textes à haute voix quand j'en avais l'occasion. Je lui ai aussi donné des cassettes enregistrées. Voilà ce qu'elle a reçu en guise d'éducation. Mais c'est une enfant étonnamment intelligente. Quand elle l'a décidé, elle est capable d'étudier une question très vite. De se l'approprier en profondeur, avec efficacité. Une faculté extraordinaire. Mais elle ne jette même pas un œil sur les sujets qui ne l'intéressent pas. »

La porte du salon ne s'ouvrait toujours pas. Il fallait vraiment longtemps à Éri pour faire chauffer de l'eau et préparer du thé.

« Ensuite, Éri a raconté *La Chrysalide de l'air* à Azami ? demanda Tengo.

— Comme je vous l'ai dit plus tôt, le soir venu, Éri et Azami s'enfermaient toutes les deux dans leur chambre. Je ne sais pas ce qu'elles faisaient. C'est leur secret. Mais je crois qu'à un certain moment elles parlaient principalement de cette histoire. Azami notait ou enregistrait ce qu'Éri racontait. Puis elle le transcrivait en se servant de la machine à traitement de texte qui se trouve dans mon bureau. À partir de là, il m'a semblé qu'Éri recommençait à éprouver des émotions. La totale indifférence qui l'enveloppait, à la manière d'une membrane, a disparu. Des expressions sont un peu réapparues sur son visage. Elle est redevenue plus proche de l'Éri d'autrefois.

— Elle a donc commencé à se rétablir à partir de ce moment-là ?

— Seulement en partie. Mais c'est exact. Le rétablissement d'Éri est sans doute lié au fait qu'elle ait raconté cette histoire. »

Tengo réfléchit à ce point. Puis il posa une question sur un autre sujet.

« Avez-vous dit à la police que vous n'aviez plus aucune nouvelle des époux Fukada ?

— Bien sûr, je suis allé voir la police locale. Sans évoquer la question d'Éri, j'ai expliqué que des amis se trouvaient à l'intérieur de cette communauté, que je n'avais plus de contacts avec eux depuis très longtemps, et qu'il n'était pas impossible qu'ils soient retenus là de force. Mais la police n'avait aucun moyen d'intervenir. Le terrain des Précurseurs est une propriété privée. Tant qu'il n'y a aucune preuve qu'un acte délictueux y a été commis, la police ne peut y pénétrer. J'ai bien dit que j'avais essayé de négocier mais qu'ils n'en avaient tenu aucun compte. Puis, à partir de 1979, il est devenu de fait impossible de mener la moindre investigation à l'intérieur. »

Le Maître secoua la tête à plusieurs reprises, comme s'il cherchait à se souvenir de cette époque.

« Il s'est passé quelque chose en 1979 ? interrogea Tengo.

— Cette année-là, Les Précurseurs ont reçu l'agrément pour se constituer en association religieuse. »

Tengo en perdit la parole un instant.

« Une association religieuse ?

— C'est vraiment surprenant, dit le Maître. Brusquement, Les Précurseurs étaient devenus l'association religieuse dite Les Précurseurs. La préfecture de Yamanashi leur avait accordé l'agrément officiel. Une fois qu'ils pouvaient se prévaloir de cette appellation, il devenait extrêmement difficile à la police d'enquêter à l'intérieur de leur domaine – ce qui aurait constitué une atteinte à la liberté de croyance garantie par la Constitution. En tout cas, il semble que Les Précurseurs aient eu de bons avocats et se soient assuré une défense solide. La police locale ne pouvait pas se mesurer avec eux.

« Moi aussi j'ai été stupéfait lorsque la police m'a appris ce qu'il en était. C'était tellement inattendu que je ne voulais pas y croire. Même avec les documents sous les yeux, que j'étais à même de vérifier de mes propres yeux, il ne m'était pas facile de l'admettre. Je connaissais Fukada depuis si longtemps. Je connaissais son tempérament et sa personnalité. Moi qui suis un chercheur en ethnologie, j'entretiens, par ma spécialité, des rapports étroits avec la religion. Mais lui, contrairement à moi, est foncièrement un animal politique, un homme mû avant tout par la raison. Il éprouve presque un dégoût physiologique vis-à-vis de tous les systèmes religieux. Et il est invraisemblable, à mon avis, qu'il ait accepté cet agrément d'association religieuse, même pour des raisons stratégiques.

— En plus, il n'est pas simple, je suppose, de l'obtenir ?

— Pas forcément, dit le Maître. Il est certain qu'on vous fait subir d'innombrables vérifications de qualité. Il faut passer par toutes sortes de procédures administratives compliquées. Mais grâce à des manœuvres politiques en sous-main, on peut franchir ce genre d'obstacles assez facilement. Il est délicat, par nature, de tracer une frontière entre une véritable religion et une secte. Il n'y a pas de définition claire. Tout est question d'interprétation. Et du moment qu'il y a matière à interprétation, il y a toujours moyen de faire intervenir le pouvoir politique ou des passe-droits. Dès que l'on a obtenu le statut officiel d'association religieuse, on jouit d'un traitement de faveur en matière fiscale. On est largement assuré aussi de bénéficier d'une protection juridique.

— En somme, Les Précurseurs ont cessé d'être une simple communauté agricole et sont devenus une organisation religieuse. Et même un groupe religieux extrêmement fermé.

— Une nouvelle religion. Pour dire les choses directement, ils sont devenus une secte.

— Je ne comprends pas très bien. Pour qu'un tel virage s'accomplisse, il a fallu qu'il se produise quelque chose de particulièrement grave ? »

Le Maître contempla le dos de ses mains. Hérissé d'une foule de poils grisonnants et frisés.

« C'est exact. Il y a forcément une explication à ce tournant radical. J'y ai réfléchi pendant longtemps. J'ai envisagé diverses possibilités. Mais finalement, je ne comprends toujours pas. Qu'est-ce qui a bien pu se passer ? Ils fonctionnent de façon totalement secrète, et agissent de manière que rien ne filtre de leurs activités internes. Et puis le nom même de Fukada, le guide des Précurseurs, n'est dès lors plus jamais réapparu.

— Et trois ans auparavant, il y avait eu ces combats, et L'Aube avait été dissoute », dit Tengo.

Le Maître acquiesça.

« Les Précurseurs ont survécu en éliminant de fait L'Aube. Ils ont prospéré et se sont développés en tant que groupe religieux.

— Autrement dit, cette affaire n'a pas causé de dommages aux Précurseurs ?

— C'est exact, dit le Maître. Bien au contraire, elle leur a plutôt apporté de la publicité. Ces gens sont malins. Ils ont manœuvré de manière à orienter les choses à leur convenance. De toute façon, cela s'est produit après le départ d'Éri. Comme je vous l'ai dit plus tôt, ces événements n'ont pas de lien direct avec Éri. »

Il devenait impératif de changer de sujet, semblait-il.

« Avez-vous lu *La Chrysalide de l'air* ? interrogea Tengo.

— Bien entendu.

— Qu'en pensez-vous ?

— C'est une histoire très intéressante, dit le Maître. Et aussi extraordinairement suggestive. Mais ce qu'elle veut suggérer, à vrai dire, je l'ignore. Par exemple, quelle est la signification de la chèvre aveugle, ou quel est le sens des Little People et de la chrysalide de l'air…

— Pensez-vous qu'Éri, lorsqu'elle vivait chez Les Précurseurs, ait réellement vécu des scènes décrites dans cette histoire ? Fait-elle allusion à des faits concrets auxquels elle aurait assisté ?

— La seconde hypothèse n'est pas impossible. Mais il est difficile de déterminer où finit la réalité et où commence ce qui relève du fantastique. On peut lire aussi ce texte comme une sorte de mythe ou encore comme une ingénieuse allégorie.

— Éri m'a dit que les Little People existaient *vraiment.* »

Le Maître eut une expression soucieuse. Puis il demanda : « Vous-même, pensez-vous que l'histoire que décrit *La Chrysalide de l'air* soit *réellement* arrivée ? »

Tengo secoua la tête.

« Ce que je voulais dire, c'est que cette histoire contient des descriptions extrêmement réalistes, jusque dans les moindres détails, ce qui, pour un roman, est une grande vertu.

— Donc, vous aimeriez donner une forme plus claire à *ce qui* n'est que suggéré, en récrivant le texte avec vos propres mots. C'est bien cela ?

— C'est ce que je vais m'efforcer de faire.

— Je suis ethnologue, dit le Maître. J'ai cessé mon travail de chercheur, mais je reste profondément imprégné de l'esprit de cette science. L'une de ses visées consiste à comparer entre elles les images particulières qu'a forgées l'humanité, pour tenter de découvrir ce qu'elles ont de commun et d'universel. Ensuite, à chercher quelles en sont les répercussions sur les individus. L'homme, ainsi, peut être vu à la fois dans son autonomie et dans son appartenance à un autre ordre. Vous saisissez ce que je vous dis là ?

— Je pense que oui.

— C'est peut-être ce que vous cherchez à faire dans votre travail. »

Tengo déplia ses mains sur ses genoux.

« Cela me paraît un objectif difficile à atteindre.

— Oui, mais je crois que ça vaut la peine d'essayer.

— Je ne sais même pas si j'en ai les compétences. »

Le Maître fixa Tengo. Dans les yeux du professeur brillait à présent une lumière particulière.

« Ce que j'aimerais savoir, c'est ce qui est arrivé à Éri lorsqu'elle était chez Les Précurseurs. Et puis quel a été le sort réservé aux époux Fukada. Durant ces sept années, j'ai bataillé seul pour essayer de démêler tout cela. En fin de compte, je n'ai aucune piste. Des murs se sont dressés devant moi, si épais et si solides que je m'y suis cassé les dents. Alors il y a peut-être, dans l'histoire de *La Chrysalide de l'air*, une clé cachée qui éclaircirait l'énigme. Même si la chance est infime, si elle existe, je m'y accrocherai jusqu'au bout. Moi aussi j'ignore si vous avez les compétences nécessaires ou non. Mais vous avez estimé que *La Chrysalide de l'air* avait beaucoup de valeur. Vous vous y êtes profondément immergé. Vous êtes donc certainement qualifié pour ce travail.

— Il y a un point sur lequel j'aimerais avoir une confirmation claire, que vous me disiez oui ou non, dit Tengo. C'est pour cette raison que je suis venu ici aujourd'hui. M'accordez-vous l'autorisation de récrire *La Chrysalide de l'air* ? »

Le Maître eut un signe de tête affirmatif. Puis il reprit la parole. « J'aimerais que vous me fassiez lire la version remaniée. Il semble qu'Éri vous fasse pleinement confiance. Elle ne se fie à personne d'autre que vous. Sans parler, bien sûr, d'Azami et de moi-même. Donc, allez-y, essayez. Vous avez toute liberté par rapport à cette œuvre. Autrement dit, ma réponse est oui. »

À peine ces paroles énoncées, le silence, comme un destin qui viendrait d'être scellé, envahit pesamment la pièce. À ce moment précis, Fukaéri apporta le thé. Comme si elle avait attendu le moment où la conversation entre les deux hommes était close.

Il fit le chemin du retour seul. Fukaéri était sortie promener le chien. Tengo fit appeler un taxi pour se rendre à la gare de Futamatao. Puis il changea de train à Tachikawa et emprunta la ligne Chûô.

À la gare de Mitaka, une mère et sa fille s'installèrent en face de lui. Toutes les deux portaient des vêtements irréprochables. Non pas qu'il se soit agi d'habits coûteux ni même neufs. Mais ils étaient très nets, parfaitement entretenus, soigneusement repassés, les parties blanches d'un blanc immaculé. La petite fille devait être en deuxième ou troisième année de primaire. Elle avait de grands yeux et un visage harmonieux. La mère, maigre, les cheveux tirés, noués en arrière, portait des lunettes à monture noire. Elle avait un volumineux sac en toile, aux couleurs fanées, qui paraissait plein à craquer. Son visage était également régulier mais elle semblait plus âgée qu'elle ne l'était sans doute en réalité, en raison de la fatigue nerveuse qui se lisait au coin de ses yeux. On n'était encore qu'à la mi-avril, mais elle était munie d'une ombrelle. Tel un gourdin tout desséché, l'ombrelle était roulée serrée.

La mère et la fille restèrent silencieuses. La mère paraissait occupée à ordonner des choses dans sa tête. La fillette, à côté d'elle, désœuvrée, regardait tantôt ses chaussures, tantôt le sol, tantôt les publicités qui pendaient du plafond. Parfois, elle jetait des regards brefs vers Tengo, assis en face d'elle. Il semblait que c'étaient sa haute taille et ses lobes d'oreilles chiffonnés qui l'intéressaient. Les petits enfants contemplaient souvent Tengo avec ce genre de regard. Comme s'ils observaient un animal rare et inoffensif. Le visage et le corps de la petite fille restaient immobiles. Seuls ses yeux s'activaient à examiner ce qui l'entourait.

La mère et la fille descendirent à la gare d'Ogikubo. Dès que le train ralentit, la mère saisit son ombrelle d'une main et, sans un mot, se leva prestement de son siège. De la main gauche elle tenait son ombrelle, de la droite son sac en tissu. La fillette l'imita. Elle sauta sur ses pieds précipitamment et suivit sa mère. Lorsqu'elle se leva, elle regarda encore une fois Tengo à la dérobée. Là, dans son regard, brillait une lueur étrange, comme un appel ou une plainte. C'était une lueur minuscule mais Tengo put la déceler. Cette petite fille me lance une sorte de signal —— voilà ce que ressentit Tengo. Il allait sans dire que, quel qu'ait été le signal envoyé, Tengo ne pouvait rien faire. Il ignorait tout de la situation et n'était pas autorisé à s'en mêler. La fillette descendit avec sa mère à Ogikubo, les portes se refermèrent et Tengo resta assis tandis que le train roulait vers la gare suivante. À la place vide laissée par la fillette et sa mère s'était installé un groupe de trois collégiens qui rentraient chez eux après avoir passé un examen blanc, semblait-il. Ils se mirent aussitôt à bavarder gaiement. Pourtant, malgré leur présence, subsista encore un certain temps l'image rémanente de la silencieuse petite fille.

Les yeux de cette enfant avaient éveillé chez Tengo le souvenir de ceux d'une autre fillette. Celle-là avait été dans la même classe que lui durant deux ans, lorsqu'il était élève de troisième année, puis de quatrième année de primaire. Elle avait les mêmes yeux que la petite fille de tout à l'heure. Elle avait longuement regardé Tengo. Et puis…

Les parents de cette fillette-là étaient tous deux membres d'une secte religieuse, Les Témoins. C'était un groupe dissident, issu du christianisme, qui prêchait l'eschatologie, qui pratiquait avec zèle sa mission évangélisatrice et qui prenait au pied de la lettre les écrits bibliques. Par exemple, les fidèles refusaient catégoriquement la transfusion sanguine. Aussi leurs chances de survie étaient-elles très minces en cas de blessure grave. Les interventions chirurgicales importantes leur étaient également interdites. En échange, ils pensaient que, lorsque arriverait la fin du monde, ils seraient les seuls survivants, en tant qu'élus de Dieu. Et qu'ils vivraient mille ans durant dans un monde de félicité.

Cette fillette-là, comme celle de tout à l'heure, avait de grands yeux, très beaux. Des yeux impressionnants. Un joli visage, sur lequel il y avait constamment comme une sorte de voile opaque. Destiné à éteindre tout signe d'existence. Dans la mesure où ce n'était pas indispensable, elle n'ouvrait pas la bouche devant les autres. Elle n'avait aucune expression. Ses lèvres minces étaient en permanence étroitement closes.

Au début, si Tengo s'était intéressé à cette petite fille, c'était parce que, chaque fin de semaine, elle devait accompagner sa mère dans sa mission évangélisatrice. Dans les familles des Témoins, dès que les enfants savaient marcher, on leur demandait de prendre part avec leurs parents à cette activité missionnaire. À partir de trois ans à peu près, ils cheminaient le plus souvent avec leurs mères qui allaient de maison en maison, distribuant la brochure *Avant le Déluge* et exposant leur doctrine. Les fidèles expliquaient aux gens, de façon très simple, tout ce qui annonçait la fin imminente de notre monde contemporain. Ils nommaient Dieu « Jéhovah ». Bien entendu, dans la plupart des maisons, on ne les laissait pas entrer. On leur fermait la porte au nez. Leur dogme était trop étriqué, arbitraire, trop éloigné de la réalité —— du moins, telle qu'elle était perçue par la majorité des gens. Pourtant, très rarement, quelques-uns leur prêtaient une oreille attentive. Car il existe des gens qui recherchent des interlocuteurs, quel que soit le sujet de la conversation. Et parmi ceux-là, il y en avait, encore moins nombreux, qui assistaient ensuite à leurs réunions. Ainsi, en quête de cette infime possibilité d'un pour mille, les fidèles continuaient à sonner à l'entrée des maisons. L'obligation sacrée qui leur avait été assignée était de ne jamais relâcher leurs efforts pour tenter d'amener les hommes à l'éveil – même si leur nombre était minime. Et plus cette obligation était mal accueillie, plus la félicité qui leur serait accordée serait éclatante.

Cette fillette accompagnait sa mère dans sa tournée missionnaire. La mère portait d'une main un sac en étoffe bourré des brochures *Avant le Déluge*, et, la plupart du temps, elle tenait dans l'autre main une ombrelle. La fillette la suivait à quelques pas derrière. Toujours les lèvres serrées, inexpressive. Tengo l'avait croisée à plusieurs reprises alors qu'il était avec son père dans sa tournée de collecte de la redevance pour la NHK. Tengo reconnaissait la fillette comme elle-même le reconnaissait. Chaque fois, il voyait dans ses yeux une sorte de lumière fugace. Bien entendu, ils ne s'adressaient pas la parole. Ils ne se saluaient même pas. Le père de Tengo était trop préoccupé par son rendement, la mère de la fillette trop absorbée à prêcher l'inéluctable fin du monde. Ces dimanches-là, à la remorque de leurs parents, le petit garçon et la fillette échangeaient à peine un bref regard.

Dans la classe, tout le monde savait qu'elle appartenait aux Témoins. Elle ne participait pas à la fête de Noël pour « raison religieuse ». Pas non plus aux voyages scolaires ou aux excursions au cours desquels était prévue la visite d'un temple bouddhiste ou d'un sanctuaire shintô. Elle ne prenait pas part à la fête de la Gymnastique et ne chantait pas avec les autres l'hymne national ou le chant de l'école. Ces comportements extrêmes et incompréhensibles l'isolaient toujours plus. En outre, avant le déjeuner, elle devait absolument réciter une prière spéciale. Et il fallait qu'elle le fasse d'une voix claire et forte, afin que tout le monde l'entende bien. Évidemment, cette prière semblait inquiétante pour les autres enfants. On pouvait bien penser qu'elle-même n'avait nulle envie de prononcer ces paroles en public. Mais on lui avait inculqué qu'elle devait débiter sa prière avant le repas. Même si aucun autre fidèle ne l'observait, il lui était impossible de s'y dérober. « Jéhovah », de l'endroit élevé où il se trouvait, voyait tout, dans les plus infimes détails.

Jéhovah, qui êtes aux cieux, que Votre Nom soit sanctifié, que Votre Royaume advienne pour nous. Pardonnez nos nombreux péchés. Accordez-nous Votre bénédiction tout au long de notre modeste marche. Amen.

La mémoire est quelque chose d'étrange. Même si ces faits remontaient à vingt ans, il se souvenait des termes de la prière. **Que Votre Royaume advienne pour nous**. Chaque fois que Tengo, alors écolier, entendait cette phrase, il songeait : Mais enfin, de quelle sorte de royaume s'agit-il ? Est-ce qu'il y aurait une NHK là-bas ? Non, sûrement pas. Et s'il n'y avait pas de NHK, bien sûr, il n'y avait pas non plus de redevance. Alors, en effet, ce serait bien que ce Royaume arrive le plus vite possible.

Tengo n'avait jamais parlé à la petite fille. Ils étaient dans la même classe, et pourtant il n'avait jamais eu l'occasion de s'entretenir avec elle. Elle-même restait toujours à l'écart des autres, seule dans son coin, sans dire un mot à personne, sauf en cas de nécessité absolue. Ce n'était pas une atmosphère propice pour s'approcher d'elle et amorcer une véritable conversation. Mais, au fond de lui, Tengo éprouvait de la sympathie pour elle, car ils avaient un point commun bien particulier. Ils devaient accompagner leurs parents de maison en maison, le dimanche et les jours de congé, ils devaient sonner chez des étrangers. Même si le prosélytisme et la collecte de la redevance étaient des activités différentes, Tengo avait bien compris que ce rôle qui leur était imposé blessait profondément leur cœur d'enfant. Le dimanche, les enfants devraient s'amuser avec d'autres enfants autant qu'ils le voudraient, et non pas aller menacer les gens à propos d'une redevance ou leur annoncer une fin du monde terrifiante. Ces choses-là – à supposer qu'elles soient indispensables –, c'était l'affaire des adultes.

Une seule fois, Tengo avait eu l'occasion de tendre une main secourable à la petite fille. Cela s'était passé à l'automne, alors qu'il était en quatrième année de primaire. En cours de science, pendant une expérience, elle avait dû essuyer des paroles méchantes de la part d'un élève, assis à la même table. Sous prétexte qu'elle s'était trompée. Il ne se souvenait plus de quelle erreur il s'agissait. Le garçon s'était alors moqué d'elle, de ses missions de Témoin. Du fait qu'elle allait de maison en maison distribuer ses brochures idiotes. Et il l'avait imitée en répétant : « Jéhovah. » C'était un incident plutôt rare. Parce que, en fait, plutôt que de la malmener ou de se moquer d'elle, tout le monde faisait comme si elle *n'existait pas*. Les autres, impitoyablement, ne tenaient aucun compte d'elle. Toutefois, il était impossible de l'exclure pour les travaux en commun, comme les expériences du cours de science. Les paroles qu'on lui avait jetées à la figure à ce moment-là étaient vraiment venimeuses. Tengo, qui faisait partie du groupe voisin, n'avait pu les laisser passer. Pourquoi, il l'ignorait. Mais il lui était impossible de laisser les choses telles quelles.

Il s'approcha de la fillette, lui dit de changer de groupe, de prendre place dans le sien. Il n'avait pas réfléchi profondément, ni hésité. C'était plutôt une sorte de réflexe. Puis il lui expliqua minutieusement les points essentiels de l'expérience. Elle l'écouta avec attention, elle comprit ses explications et ne reproduisit pas son erreur. Ils étaient dans la même classe depuis deux ans et c'était la première fois qu'il lui adressait la parole (ce fut aussi la dernière). Tengo avait de bons résultats, il était très grand, très fort et respecté. Aussi personne ne plaisanta sur son attitude protectrice – en ces circonstances, du moins. Pourtant, son prestige en sortit diminué sans que ce soit dit ouvertement. Comme s'il était contaminé en ayant pris le parti de Jéhovah.

Mais Tengo ne se souciait pas de ce genre de choses. Il savait que la fillette était parfaitement normale. Si ses parents n'avaient pas été des Témoins, elle aurait été éduquée comme une fillette ordinaire et sans doute acceptée de tous. Elle aurait pu se faire de vrais amis. Or, du simple fait que ses parents étaient des Témoins, on la traitait comme si elle était transparente. Personne ne lui parlait. Et, même, personne ne la voyait. Tengo estimait cela totalement injuste.

Après cet incident, Tengo ne parla pas vraiment à la fillette. Il n'en ressentit pas le besoin, n'en eut pas l'occasion. Mais, quand leurs regards se croisaient par hasard, son visage se tendait légèrement, ce que Tengo percevait. Il n'était pas impossible non plus qu'elle se soit senti embarrassée par la façon dont Tengo avait agi à son égard au moment de cette expérience. Peut-être avait-elle été irritée. Elle aurait préféré qu'il ne fasse rien, qu'il laisse les choses en l'état. Tengo ne parvenait pas à juger correctement ce qu'il en était. Il était encore un enfant. Il n'était pas capable de lire sur le visage des autres leurs variations psychologiques.

Puis, un jour, au début d'un après-midi ensoleillé de décembre, cette petite fille avait saisi la main de Tengo. De l'autre côté de la fenêtre s'étendait un ciel immense avec des nuages blancs horizontaux. Tengo et la fillette s'étaient retrouvés par hasard seuls dans la salle de classe, après les cours, alors que le ménage était achevé. Il n'y avait personne d'autre. Elle avait résolument traversé la classe en toute hâte, s'était approchée de Tengo et s'était plantée à côté de lui. Et puis, sans la moindre hésitation, elle lui avait saisi la main. Ensuite elle avait levé la tête (Tengo mesurait dix bons centimètres de plus qu'elle) et l'avait regardé fixement. Étonné, il s'était tourné vers elle. Leurs regards s'étaient croisés. Tengo avait découvert, au fond de ses prunelles, une profondeur, une transparence telles qu'il n'en avait jamais vu jusqu'alors. La fillette était restée longtemps ainsi, sans prononcer un mot, à lui tenir la main. Avec beaucoup de force, sans desserrer un instant sa prise. Après quoi, elle l'avait brusquement lâché, et elle était sortie de la classe en courant, le bas de sa jupe voletant derrière elle.

Stupéfait, Tengo était resté là, muet. Sa première pensée avait été, ah, heureusement que personne ne nous a vus. Si quelqu'un les avait surpris, impossible d'imaginer l'effervescence qui se serait ensuivie. Il avait bien regardé partout autour de lui et avait été soulagé. Ensuite, il s'était senti profondément perplexe.

Peut-être la mère et sa fille, assises en face de lui de Mitaka à Ogikubo, étaient-elles des Témoins, elles aussi. Peut-être, comme tous les autres dimanches, allaient-elles accomplir leur tournée missionnaire. On aurait dit que le sac en étoffe rebondi était plein des brochures *Avant le Déluge*. L'ombrelle que tenait la mère et la lueur fugace qui était apparue dans les yeux de sa fille avaient rappelé à Tengo sa silencieuse camarade de classe.

Mais non, voyons, ces deux voyageuses n'étaient pas des Témoins. Sans doute n'étaient-elles qu'une mère et une fille parfaitement ordinaires qui allaient suivre quelque cours. Le sac contenait des partitions de piano ou du matériel de calligraphie, rien d'autre. Je crois que je deviens hypersensible, se dit Tengo. Puis il ferma les yeux et soupira lentement. Le dimanche, le temps adopte un cours bizarre, le paysage se dénature étrangement.

De retour chez lui, il se prépara un dîner tout simple. Il s'aperçut d'ailleurs qu'il n'avait pas déjeuné. Il se dit qu'il téléphonerait à Komatsu après le repas. Il aimerait sûrement connaître les résultats de la rencontre. Mais on était dimanche, il ne serait pas au bureau. Et Tengo ne connaissait pas son numéro personnel. Bon, et puis après tout, s'il avait envie de savoir ce qu'il en était, Komatsu téléphonerait lui-même.

Au moment où les aiguilles de la pendule allaient atteindre dix heures, alors que Tengo songeait à se coucher, le téléphone sonna. Il supposa que c'était Komatsu, mais à l'autre bout du fil ce fut la voix de sa petite amie qu'il entendit.

« Dis, je me demandais si, après-demain, dans l'après-midi, je ne pourrais pas venir chez toi, juste pour un petit moment… ? » proposa-t-elle.

En arrière-fond, on entendait un piano. Tiens, on dirait que son mari n'est pas encore rentré… « Oui, d'accord », répondit Tengo. Si son amie lui rendait visite, il serait obligé d'interrompre son travail de réécriture de *La Chrysalide de l'air*. Mais, en entendant sa voix, Tengo se rendit compte qu'il la désirait violemment. Après ce coup de fil, il alla à la cuisine, se versa un verre de Wild Turkey et, debout devant l'évier, il le but sec. Après quoi il se coucha, lut quelques pages d'un livre et s'endormit.

Voilà comment s'acheva le long et étrange dimanche de Tengo.

13

Aomamé

Victime-née

Lorsqu'elle ouvrit les yeux, Aomamé comprit qu'elle était dans un état d'ébriété avancée. Cela n'arrivait pour ainsi dire jamais qu'elle reste ivre aussi longtemps. Même si elle buvait beaucoup, le lendemain matin elle retrouvait une conscience claire et elle était opérationnelle immédiatement. Elle en était fière. Mais ce jour-là, pour des raisons qu'elle ne s'expliquait pas, sa tête était brumeuse, elle avait la sensation qu'un cercle métallique se resserrait étroitement autour de son crâne. Les aiguilles du réveil avaient déjà dépassé dix heures. La lumière crue du matin lui piquait douloureusement les yeux. Le vrombissement d'une moto qui passait dans la rue devant chez elle résonna dans la pièce comme le hurlement d'un instrument de torture.

Elle ne se rappelait absolument plus comment elle s'était retrouvée endormie dans son lit, sans rien sur elle, ni comment elle avait réussi à rentrer à la maison. Par terre, en désordre, étaient jetés les vêtements qu'elle avait portés la veille. Il semblait bien qu'elle se les était arrachés elle-même. Son sac était sur la table. Elle enjamba ses habits dispersés sur le sol pour aller à la cuisine et but plusieurs verres d'eau du robinet à la suite. Après quoi elle se rendit à la salle de bains, s'aspergea le visage d'eau froide et s'observa dans le grand miroir, totalement nue. Elle s'examina dans les moindres détails, mais non, il n'y avait rien d'inhabituel. Elle poussa un soupir de soulagement. Ouf. Néanmoins subsistait dans le bas du corps, sourdement, la sensation qu'elle éprouvait le lendemain d'une nuit de sexe violent. Un émoi agréable, comme si on avait fourragé jusqu'au fond d'elle-même. Elle ressentait aussi un vague malaise dans l'anus. Ah mince, se dit Aomamé. Puis elle pressa ses tempes du bout des doigts. Ah là là, on est allés jusque-là. Mais ce qui lui semblait vexant, c'était de ne se souvenir de rien.

L'esprit toujours aussi lourd et embrumé, elle prit une douche brûlante en se tenant au mur. Elle se récura au savon pour effacer de son corps les souvenirs de la nuit passée – ou le quelque chose sans nom qui s'en rapprochait. Elle nettoya avec un soin particulier la zone génitale et l'anus. Elle se lava aussi les cheveux. Elle se brossa les dents avec du dentifrice, malgré son parfum mentholé déplaisant, afin d'éliminer les odeurs âcres de sa bouche. Puis elle retourna dans la chambre, ramassa ses sous-vêtements et son collant et, en détournant les yeux, les fourra dans le panier de linge sale.

Elle inspecta le contenu de son sac. Son portefeuille était bien là. Ses cartes de crédit et sa carte bancaire soigneusement rangées à l'intérieur. L'argent liquide n'avait pas beaucoup diminué. La veille, elle n'avait payé que le taxi du retour en espèces. La seule chose qui manquait, c'étaient des préservatifs qu'elle avait préparés. Elle compta ceux qui restaient et vit qu'il en manquait quatre. Quatre ? Dans son portefeuille était glissée une feuille de carnet pliée, sur laquelle était inscrit un numéro de téléphone de Tokyo. Mais elle ignorait complètement à qui il appartenait.

Elle retourna s'étendre sur son lit et tenta de se remémorer les événements de la veille. Ayumi était allée à la table des deux hommes, leur avait parlé, tout sourires. Ils avaient bu tous les quatre et s'étaient sentis bien ensemble. Ensuite, le parcours avait été routinier. Ils avaient pris deux chambres dans un hôtel proche. Aomamé avait fait l'amour avec le type aux cheveux clairsemés, comme elles en étaient convenues. Ayumi était allée avec le jeune costaud. Le sexe, pour Aomamé, avait été plutôt satisfaisant. Avec l'homme, ils étaient allés ensemble dans la baignoire, et là, il y avait eu une séance de sexe oral, longue et minutieuse. Avant la pénétration, il n'avait pas négligé de mettre un préservatif.

Environ une heure plus tard, le téléphone avait sonné dans la chambre et Ayumi avait demandé si elle était d'accord pour qu'elle-même et son partenaire les rejoignent pour un dernier verre. Oui, avait dit Aomamé. Peu après, Ayumi et l'autre homme étaient arrivés. Ils avaient commandé une bouteille de whisky et des glaçons et avaient bu ensemble.

Après, elle ne se souvenait plus très bien. Une fois qu'ils avaient été réunis tous les quatre, il semblait qu'elle s'était retrouvée ivre rapidement. Était-ce à cause du whisky ? (Aomamé n'en buvait pas ordinairement.) Ou bien, n'étant pas comme les autres fois seule avec un homme, avait-elle relâché sa vigilance parce que sa coéquipière était à ses côtés ? Ensuite, il y avait eu échange de partenaires et elle se rappelait vaguement qu'elle avait fait l'amour encore une fois. Voyons, oui, moi, j'étais avec le jeune sur le lit, et Ayumi sur le canapé avec l'homme aux cheveux rares.

Oui, c'était ça. Et après… c'était le brouillard épais. Plus aucun souvenir. Bon, tant pis. J'ai tout oublié, et voilà. Je me suis bien éclatée, c'est tout. D'ailleurs, ces types, je ne les reverrai sans doute jamais.

Mais le deuxième, est-ce qu'il avait bien mis un préservatif ? Aomamé n'en était pas sûre et cela l'inquiétait. Il n'était pas question qu'elle se retrouve enceinte ou qu'elle attrape une sale maladie avec ces galipettes. Mais peut-être qu'il n'y avait pas de problème. Même quand je suis bien partie, je fais toujours très attention à ces trucs-là.

Aujourd'hui, est-ce que je travaille ? Non, c'est samedi. Ah mais si, cet après-midi, à trois heures, je dois aller à la résidence des Saules, à Azabu. J'ai une séance d'étirements avec la vieille dame. Elle devait aller à l'hôpital pour un examen et elle a changé la séance du vendredi pour aujourd'hui. Tamaru m'a prévenue. J'avais complètement oublié. Mais il me reste encore quatre heures et demie. D'ici là, ma migraine aura disparu. Je suppose que j'aurai retrouvé mes esprits.

Elle se prépara du café et se força à en avaler plusieurs tasses. Puis elle enfila simplement sa robe de chambre et retourna s'allonger, passant le reste de la matinée au lit à contempler le plafond. Elle n'avait envie de rien faire. Seulement de regarder le plafond. Il n'y avait là rien d'intéressant, mais elle n'allait pas se plaindre. Les plafonds n'étaient pas faits pour distraire les gens. Le réveil indiquait midi, mais elle n'avait absolument aucun appétit. Les moteurs des motos ou des voitures résonnaient encore dans sa tête. C'était sa première vraie longue cuite.

Pourtant, le sexe semblait lui avoir procuré un réconfort appréciable. Être prise dans les bras d'un homme, être observée nue, être caressée partout, être léchée, mordue, pénétrée, avoir plusieurs orgasmes, tout cela avait réussi à dénouer l'obscur *ressentiment* qui l'habitait. Bien sûr, une cuite carabinée, c'était dur, mais c'était largement compensé par le sentiment de délivrance qu'elle ressentait.

Tout de même, jusqu'à quand est-ce que je continuerai à faire des choses pareilles ? se disait Aomamé. Enfin, jusqu'à quand est-ce que je *pourrai* continuer comme ça ? Je vais avoir trente ans. Bientôt, la quarantaine va me tomber dessus.

Mais elle laissa de côté cette question. Elle y songerait tranquillement une autre fois. L'échéance n'était tout de même pas imminente. Réfléchir sérieusement à ce genre de chose, je……

À ce moment-là, la sonnerie du téléphone retentit. Dans les oreilles d'Aomamé, ça faisait un fracas tonitruant. Comme si elle était dans un train express qui passait sous un tunnel. Elle sortit du lit d'un pas vacillant et attrapa le combiné. La grande pendule murale indiquait midi et demi.

« Aomamé ? » fit une voix de femme un peu rauque.

C'était Ayumi.

« Oui, répondit Aomamé.

— Ça va ? À ta voix, on dirait que tu viens d'être écrasée par un autobus…

— C'est à peu près ça…

— La gueule de bois depuis hier ?

— Mmm… assez pénible…, reconnut Aomamé. Comment est-ce que tu connais mon numéro de téléphone ?

— Tu ne te rappelles pas ? Tu me l'as écrit ! Tu m'as dit qu'on se verrait bientôt. Et moi, j'ai noté le mien sur un papier et je l'ai mis dans ton portefeuille.

— Ah bon… Je ne me souviens de rien.

— Oui. C'est ce que je me disais. C'est pour cela que je m'inquiétais un peu et que je t'ai appelée, dit Ayumi. Je me demandais si tu étais bien rentrée chez toi. Je t'ai mise dans un taxi au croisement de Roppongi et j'ai indiqué la direction au chauffeur. »

Aomamé soupira.

« Je ne m'en souviens pas, mais bon, finalement, je suis bien rentrée. Et quand je me suis réveillée, j'étais dans mon lit.

— Ah, eh bien, tant mieux.

— Qu'est-ce que tu fais, maintenant ?

— Fidèle au poste ! dit Ayumi. Depuis dix heures, je suis dans ma mini-voiture de police et je fais des contrôles. Là maintenant, j'ai une pause.

— Bravo ! fit Aomamé, admirative.

— Mais je n'ai pas assez dormi. Sinon, c'était génial, hein, la nuit dernière ? C'est la première fois que c'était aussi animé. Grâce à toi, Aomamé ! »

Aomamé pressa sa tempe du doigt.

« À vrai dire, je ne me souviens pas bien de la dernière partie de la nuit. Enfin, je veux dire, de ce qui s'est passé à partir du moment où vous êtes venus dans notre chambre.

— Ha ha ha ! Quel dommage ! répliqua Ayumi d'une voix rieuse. Eh bien, après, ç'a été grandiose ! On a fait plein de trucs à quatre. Des choses invraisemblables ! Comme dans les films pornos. Toi et moi, on a même joué aux lesbiennes. Et après… »

Aomamé se hâta de l'interrompre.

« Bon, d'accord, ça va comme ça, mais est-ce qu'ils ont bien mis des préservatifs ?

— Bien sûr. Pour ça, tout va bien. J'ai été très attentive. Tu sais, je dresse des contraventions, mais, à côté de ça, je fais la tournée des lycées municipaux. Quand les lycéennes sont réunies dans l'auditorium, je leur indique de façon détaillée la bonne manière de mettre un préservatif.

— La manière de le mettre ? fit Aomamé, surprise. Pourquoi la police se mêle-t-elle de ça ?

— À l'origine, je devais donner des informations dans les écoles ; apprendre aux adolescentes à se protéger contre les pervers, à se prémunir contre les agissements des cinglés. Par la même occasion, j'en profite pour rajouter mon message personnel. Je leur explique que bon, jusqu'à un certain point, faire l'amour, pourquoi pas, mais à condition qu'elles ne se retrouvent pas enceintes ou qu'elles n'attrapent pas de maladies sexuellement transmissibles. Je ne parle pas aussi clairement en présence des professeurs, bien sûr. Tu vois, c'est un peu mon instinct professionnel. Même si j'ai absorbé beaucoup d'alcool, je ne me dispense jamais de ces précautions. N'aie aucun souci, Aomamé, ne t'en fais pas, tu es complètement clean ! Pas de capote, pas de sexe. C'est ma devise !

— Merci. Ça me soulage.

— Dis, tu n'as pas envie de savoir précisément ce qu'on a fait, la nuit dernière ?

— Une autre fois », répondit Aomamé.

Puis elle souffla tout l'air qui s'était lourdement accumulé dans ses poumons.

« Tu me raconteras tout ça en détail un jour. Mais là, tout de suite, ce n'est pas possible. Rien qu'à entendre des histoires pareilles, j'ai l'impression que ma tête se casse en deux !

— Oui, je comprends. Alors, ce sera pour plus tard, répondit Ayumi d'une voix joyeuse. Mais tu sais, Aomamé, j'y ai bien repensé depuis que je me suis réveillée ce matin. Je trouve qu'on forme une superéquipe. Ça ne t'embête pas si je te téléphone un de ces jours ? Enfin, si tu veux bien qu'on refasse les mêmes choses qu'hier…

— D'accord, dit Aomamé.

— Ah, je suis contente.

— Merci de m'avoir téléphoné.

— Remets-toi bien ! » fit Ayumi avant de couper.

À deux heures de l'après-midi, grâce au café fort et au repos, Aomamé avait retrouvé ses esprits. Sa migraine avait fort heureusement disparu. Il ne lui restait qu'une légère langueur dans le corps. Elle sortit de chez elle en emportant son sac de sport. Bien entendu, son pic à glace spécial n'était pas à l'intérieur. Dans son sac, il n'y avait que des vêtements de rechange et une serviette. Tamaru l'accueillit devant l'entrée, comme d'habitude.

Aomamé entra dans le solarium, une pièce longue et étroite. Les grandes fenêtres vitrées qui donnaient sur le jardin étaient ouvertes, mais les rideaux de dentelle protégeaient des regards extérieurs. Sur les rebords des fenêtres étaient disposées des plantes vertes. De petits haut-parleurs installés au plafond diffusaient de la musique baroque paisible. Des sonates pour flûte à bec avec accompagnement de clavecin. Au centre de la pièce était installée une table de massage où était déjà allongée la vieille dame, vêtue d'une robe d'intérieur blanche.

Après le départ de Tamaru, Aomamé se changea pour pouvoir bouger commodément. La vieille dame, sur sa table de massage surélevée, tordit le cou et observa Aomamé qui se déshabillait. Aomamé ne se souciait pas que quelqu'un du même sexe qu'elle la voie nue. En tant que sportive, c'était pour elle tout à fait banal. Et puis la vieille dame aussi était presque nue lorsqu'elle la massait. Elle pouvait ainsi mieux s'assurer de sa condition musculaire. Aomamé enleva son pantalon en coton et son chemisier, revêtit un ensemble en jersey. Après quoi elle plia ses vêtements et les posa en pile dans un coin de la pièce.

« Vous avez un véritable corps d'athlète », remarqua la vieille femme. Puis elle se redressa, ôta sa robe d'intérieur ; elle portait des sous-vêtements de soie légère.

« Je vous remercie, répondit Aomamé.

— Moi aussi, autrefois, j'étais comme vous.

— Je vous crois », fit Aomamé.

Elle pensait que ça devait avoir été le cas, en effet. Alors qu'elle avait plus de soixante-dix ans, sa silhouette était encore jolie, souvenir de sa jeunesse. Sa taille ne s'était pas tassée et sa poitrine était plutôt ferme. Elle conservait sa beauté d'origine grâce à une alimentation modérée et des exercices quotidiens. S'ajoutaient sans doute à cela quelques interventions de chirurgie esthétique, supposait Aomamé, comme un léger lifting autour des yeux et de la bouche.

« Aujourd'hui encore, vous avez un corps magnifique », dit Aomamé.

La vieille femme grimaça. « Merci. Mais il n'a rien de comparable avec celui que j'avais autrefois. »

Aomamé ne répondit rien à cette remarque.

« Mon corps m'a procuré beaucoup de plaisir, tout autant que j'en ai donné à mes partenaires. Vous voyez ce que je veux dire ?

— Je vois.

— Et vous ?

— Parfois, dit Aomamé.

— Parfois, ce n'est peut-être pas suffisant, déclara la vieille femme allongée. Ces choses-là, il faut en profiter pleinement quand on est jeune. Jusqu'à plus soif. Cela devient impossible quand on est vieux. On se réchauffe alors avec les souvenirs du passé. »

Aomamé se remémora la nuit précédente. Il lui restait dans l'anus une infime sensation de la pénétration. Était-ce ce genre de souvenir qui la réchaufferait lorsqu'elle serait vieille ?

Aomamé posa la main sur la vieille femme et commença à lui étirer les muscles. Le léger engourdissement de tout à l'heure avait disparu. Maintenant qu'elle s'était changée, depuis qu'elle s'était mise à palper le corps de la vieille femme, ses nerfs avaient retrouvé toute leur acuité.

Comme si elle suivait un itinéraire sur un plan, Aomamé contrôla ses muscles, l'un après l'autre, du bout des doigts. Elle se souvenait précisément de la vigueur de chacun d'eux, de sa raideur, de son degré de réactivité. Comme un pianiste qui connaît sa partition par cœur. Aomamé détenait le pouvoir de se souvenir avec minutie, dès qu'il était question du corps. Et même en cas d'oubli passager, ses doigts réagissaient. Dès qu'elle sentait qu'un des muscles répondait différemment, même d'une façon insignifiante, elle le stimulait en variant l'angle d'attaque et en modulant sa force. Et elle vérifiait ses réactions. Est-ce que cela provoquait de la douleur ? Ou une sensation agréable ? Ou encore le muscle restait-il insensible ? Elle ne se contentait pas de détendre les zones raides et crispées. Elle montrait à la vieille femme comment bouger ces muscles par sa propre force. Bien entendu, il y avait aussi des endroits qu'elle pouvait difficilement dénouer par ses propres moyens. Sur ces zones-là, Aomamé pratiquait des étirements minutieux. Mais les efforts personnels et quotidiens étaient ce que les muscles appréciaient le plus.

« Est-ce douloureux ici ? » demanda Aomamé. Les muscles du haut des cuisses étaient beaucoup plus raides qu'à l'ordinaire. Terriblement crispés. Elle enfonça les doigts dans l'articulation du bassin pour tordre très légèrement la cuisse selon un angle spécial.

« Oui, très, dit la vieille femme en grimaçant.

— Bon. C'est bien que vous éprouviez la douleur. Si vous ne la sentiez pas, ce serait bien pire. Pouvez-vous supporter d'avoir mal encore un peu ?

— Bien sûr », dit la vieille femme.

Inutile de le lui demander, elle était résistante à la douleur. Elle endurait presque tout sans un mot. Même si son visage se tordait, elle ne lâchait pas une plainte. Bien des fois, Aomamé avait entendu des hommes grands et forts gémir involontairement quand elle leur prodiguait des massages. Aussi ne pouvait-elle s'empêcher d'éprouver de l'admiration pour la volonté d'acier de la vieille dame.

Se servant de son coude droit comme point d'appui, elle tordit plus fortement sa cuisse. Il y eut un craquement lourd, l'articulation bougea. La vieille femme en eut le souffle coupé, mais resta stoïque.

« Ça devrait aller mieux ensuite, dit Aomamé. Ça vous fera du bien. »

La vieille femme soupira profondément. Son front était luisant de transpiration. « Merci », dit-elle d'une petite voix.

Durant une bonne heure, Aomamé massa toutes les parties du corps de sa patiente, stimula ses muscles, les étira, décrispa les articulations. Ce traitement était très douloureux. Mais il était impossible d'arranger les choses sans infliger des souffrances en même temps. Aomamé le savait bien et la vieille femme également. Aussi cette heure s'écoula-t-elle sans qu'elles disent pratiquement un mot. Les sonates pour flûte à bec s'étaient achevées, le lecteur de disques compacts était à présent silencieux. On n'entendait plus que le chant des oiseaux dans le jardin.

« J'ai l'impression que mon corps s'est considérablement allégé », dit la vieille femme après un petit moment.

Elle était couchée sur le ventre, totalement épuisée. La grande serviette de bain qui recouvrait la table de massage était trempée par sa sueur.

« J'en suis heureuse, dit Aomamé.

— Cela m'aide beaucoup que vous soyez à mes côtés. Si vous n'étiez pas là, ce serait sûrement plus dur.

— Allons, tout va bien. Je n'ai pas l'intention de disparaître pour le moment. »

Comme si elle hésitait à lui poser la question, la vieille femme, après avoir laissé passer un petit silence, lui demanda :

« J'ai l'air de vous interroger sur ce qui ne me regarde pas, mais, dites-moi, y a-t-il quelqu'un que vous aimez ?

— Oui, il y a un homme que j'aime, répondit Aomamé.

— Ah, eh bien, vous m'en voyez ravie.

— Malheureusement, cet homme ne m'aime pas.

— C'est peut-être une question un peu bizarre, reprit la vieille femme, mais comment se fait-il que cet homme ne vous aime pas ? Objectivement, vous êtes une jeune femme pleine de charme…

— Il ne sait rien de mon existence. »

La vieille femme médita un instant les paroles d'Aomamé.

« De votre côté, vous ne voudriez pas communiquer à cet homme le fait que vous existez ?

— Non, pas pour le moment.

— Y a-t-il des circonstances particulières ? Il vous est impossible de tenter une approche de votre côté ?

— Certes, il y a des circonstances. Mais il s'agit presque entièrement du problème de mes propres sentiments. »

La vieille femme regarda Aomamé avec étonnement.

« J'ai rencontré jusqu'à présent toutes sortes de personnes très étranges. Mais vous, vous êtes unique. »

La bouche d'Aomamé se relâcha quelque peu.

« Je ne suis pas particulièrement étrange. Je suis seulement sincère avec moi-même.

— Vous observez à la lettre les règles que vous vous êtes fixées.

— Exactement.

— Et puis vous êtes plutôt opiniâtre, voire irascible.

— Oui, ce n'est pas impossible.

— Pourtant, la nuit dernière, vous vous êtes permis certains excès ? »

Aomamé rougit.

« Vous l'avez perçu ?

— À votre peau. À l'odeur. Il reste en vous les traces d'un homme. En vieillissant, on comprend un tas de choses. »

Aomamé contracta très légèrement son visage.

« Ces choses sont nécessaires. De temps en temps. Même si je ne m'en félicite pas. »

La vieille femme allongea le bras et posa délicatement sa main sur celle d'Aomamé.

« Bien entendu. Ces choses-là sont parfois nécessaires. Il n'y a pas de quoi s'en vouloir. Jamais je ne vous ferai de reproches à ce sujet. Mais j'ai l'impression que ce serait mieux si vous étiez heureuse de manière plus *ordinaire*. Si vous finissiez par conclure un happy-end avec un homme que vous aimez.

— Moi aussi, je pense que ce serait bien. Mais ce sera difficile.

— Pourquoi ? »

Aomamé ne répondit pas. Ce n'était pas simple d'expliquer ça.

« Si vous avez envie de prendre conseil auprès de quelqu'un sur des questions personnelles, je serai toujours là », dit la vieille femme. Puis elle retira sa main et sécha la transpiration de son visage avec une petite serviette. « Pour n'importe quoi. Il y a peut-être quelque chose que je pourrai faire pour vous.

— Je vous remercie, répondit Aomamé.

— Si vous vous contentez de dépasser la mesure, certains problèmes ne se résoudront pas.

— Oui, comme vous le dites.

— Vous n'avez rien fait de dégradant, affirma la vieille femme. Rien du tout. Vous comprenez ?

— Oui, je comprends », fit Aomamé.

Mais oui, c'est vrai, pensait-elle. Elle n'avait rien fait de dégradant. Pourtant, il lui en restait quelque chose, tapi en silence. Comme de la lie au fond d'une bouteille de vin.

Aomamé se souvenait très bien des circonstances qui avaient entouré la mort de Tamaki Ootsuka. À la pensée qu'elle ne la reverrait plus, qu'elle ne lui parlerait plus, elle s'était sentie déchirée de l'intérieur. Tamaki avait été sa toute première amie. Elle pouvait tout lui avouer, sans rien lui cacher. Avant Tamaki, elle n'avait pas eu une seule véritable amie, et n'en avait eu aucune après. Personne ne l'avait remplacée. Sans cette rencontre, la vie d'Aomamé aurait été encore plus pitoyable, plus sombre qu'elle ne l'était.

Elles avaient le même âge et jouaient dans la même équipe de soft-ball d'un lycée municipal de Tokyo. Aomamé, en tout cas, du collège au lycée, s'était consacrée avec ardeur à ces matchs de soft-ball. Au début, elle y avait participé à contrecœur, seulement parce qu'on manquait de joueuses, mais finalement c'était devenu sa raison d'être. Elle vivait en se raccrochant à ces matchs comme quelqu'un qui s'agrippe à un pilier au beau milieu d'une tempête. C'était exactement ce dont elle avait besoin. Même si elle l'avait ignoré jusque-là, Aomamé avait un tempérament de sportive hors pair. Au collège comme au lycée, elle fut l'âme de l'équipe, et c'est grâce à elle que celle-ci commença à remporter des tournois d'une manière étonnante. Cela lui procura une sorte de confiance en elle (ce n'était pas exactement de la confiance, mais quelque chose qui s'en rapprochait). Elle avait le sentiment de compter pour ses coéquipières. Au sein de ce petit monde au moins, la position éminente qu'elle avait acquise la remplissait de joie. *On a besoin de moi.*

Aomamé, comme lanceuse ou comme quatrième batteuse, était au fond la joueuse centrale. Tamaki Ootsuka, pivot de l'équipe en tant que gardienne de la seconde base, jouait aussi le rôle de capitaine. Tamaki était petite mais elle avait des réflexes remarquables et elle savait se servir de sa cervelle. Elle savait analyser instantanément une situation complexe. À chaque lancer, elle savait où placer son centre de gravité, et à chaque frappe, elle s'assurait immédiatement de la direction que prenait la balle et courait pour couvrir la position exacte. Aucune joueuse de champ intérieur n'était capable de faire ça aussi bien qu'elle. Grâce à sa capacité de jugement, elle avait tiré son équipe du pétrin on ne sait combien de fois. Elle ne battait pas sur d'aussi longues distances qu'Aomamé mais ses frappes étaient sèches et sûres, et sa course était rapide. Comme leader, en outre, Tamaki était remarquable. Elle savait motiver l'équipe, élaborer des plans, prodiguer des conseils utiles, encourager tout le monde. Sa direction était sévère mais elle avait gagné une belle popularité auprès des autres joueuses. Grâce à elle, l'équipe s'était renforcée de jour en jour et, lors de la grande compétition de Tokyo, elle était allée jusqu'en finale. Elle avait figuré aussi dans le championnat interlycées. Aomamé et Tamaki avaient également été choisies comme membres de l'équipe départementale du Kantô.

Aomamé et Tamaki appréciaient leurs qualités mutuelles, elles s'étaient rapprochées naturellement, sans intention préméditée, et finalement étaient devenues amies intimes. Lorsque l'équipe partait pour une tournée de matchs, elles passaient beaucoup de temps ensemble. Elles se racontaient leur enfance respective sans rien se cacher. Quand Aomamé était en cinquième année de primaire, elle avait pris la décision de rompre avec ses parents, elle était partie vivre chez un oncle maternel. La famille de l'oncle comprenait la situation. Elle avait été accueillie avec affection. Mais elle ne se sentait tout de même pas chez elle. Elle était solitaire, avide de tendresse. Elle ne savait où chercher le sens ou le but de sa vie. Ses jours s'écoulaient vides et mornes. La famille de Tamaki était fortunée et occupait une position sociale élevée, mais la terrible mésentente de ses parents lui rendait la vie impossible. Le père ne rentrait presque plus à la maison, la mère souffrait de confusion mentale. Parfois, elle ne pouvait se lever en raison de ses atroces migraines. Tamaki et son jeune frère étaient dans une situation de quasi-abandon. Les deux enfants se nourrissaient la plupart du temps dans les petits restaurants du voisinage. Ou avec les produits des fast-food, ou encore avec des casse-croûte vendus dans les supermarchés. Ainsi, Aomamé comme Tamaki avaient de bonnes raisons de se passionner pour le soft-ball.

L'une et l'autre solitaires, confrontées à bien des problèmes, il y avait énormément de choses dont elles avaient besoin de discuter. Durant les vacances d'été, elles étaient parties en voyage toutes les deux seules. Et à l'hôtel, un jour où elles n'avaient rien de particulier à se dire, nues dans le lit, elles s'étaient caressées. C'était arrivé juste comme ça, une seule fois. Elles n'avaient jamais recommencé et n'en avaient plus jamais parlé. Mais cela avait plutôt renforcé leurs liens et leur complicité.

Après le lycée, alors qu'elle s'engageait dans un cursus sportif universitaire, Aomamé avait continué le soft-ball. Elle avait été reconnue comme une joueuse de grande valeur à l'échelle nationale. Du coup, elle avait été démarchée par une université privée, avait obtenu une bourse d'études spéciale. Et elle avait eu un rôle important dans l'équipe universitaire. À côté, elle s'intéressait à la médecine sportive et s'était mise à travailler sérieusement cette discipline. Elle se découvrit aussi une curiosité pour les arts martiaux. Elle cherchait à acquérir le maximum de connaissances et de techniques spécialisées pendant ses années d'études. Elle n'avait pas le temps de se prêter à des divertissements insouciants.

Tamaki avait intégré une des meilleures universités privées de droit. Elle avait cessé de pratiquer le soft-ball après le lycée. Pour elle, qui avait des résultats scolaires excellents, ce sport n'avait été qu'une distraction passagère. Son ambition était de devenir avocate, une fois qu'elle aurait réussi le concours de la magistrature. Mais, même si leurs chemins divergeaient, elles continuaient à être amies. Aomamé habitait dans une résidence universitaire où elle était dispensée de loyer, Tamaki continuait à vivre chez elle, dans sa famille déchirée – mais qui lui procurait une aisance économique. Elles se retrouvaient une fois par semaine pour déjeuner et bavarder. Elles avaient beau parler tant et plus, les sujets de conversation n'étaient jamais épuisés.

Tamaki perdit sa virginité à l'automne de sa première année d'université. Son partenaire fréquentait le même club de tennis, il avait un an de plus qu'elle. Il l'avait invitée dans sa chambre après une réunion et, là, il l'avait plus ou moins violée. Ce n'était pas qu'elle n'éprouvait pas une certaine sympathie pour lui. C'est bien pour cela qu'elle l'avait suivi dans sa chambre. Mais la brutalité et le manque d'égards dont il fit preuve dans cette relation sexuelle forcée lui causèrent un choc énorme. Elle cessa de fréquenter le club de tennis et sombra dans la dépression. On aurait dit que cet événement lui avait laissé au cœur un sentiment de grande impuissance. Elle perdit l'appétit, maigrit de six kilos en un mois. Ce qu'elle avait recherché chez lui, c'étaient des sentiments. De la compréhension, de la prévenance. S'il lui avait témoigné ce genre d'attentions, s'il avait pris son temps, elle se serait sans doute offerte d'elle-même. Pourquoi avait-il fallu qu'il use d'une telle violence ? Il n'y avait à cela aucune nécessité. Tamaki était vraiment incapable de le comprendre.

Aomamé avait tenté de la réconforter et lui avait conseillé de dénoncer cet homme, pour qu'il soit puni d'une manière ou d'une autre. Tamaki n'était pas d'accord. J'aurais dû rester sur mes gardes. À présent, ce serait inutile de porter plainte, disait-elle. Il m'a invitée, oui. Mais c'est ma faute si je suis allée seule dans sa chambre. Je finirai peut-être par oublier, voilà tout. Pourtant Aomamé savait douloureusement quelle blessure profonde l'agression avait infligée à son amie. Ce n'était pas simplement la question superficielle de la perte de sa virginité. Il s'agissait de sa dignité. Personne n'avait le droit de la fouler aux pieds. Quant au sentiment d'impuissance, c'était quelque chose qui rongeait les gens éternellement.

Aussi Aomamé avait-elle décidé de punir personnellement cet homme. Elle s'était fait indiquer par Tamaki l'endroit où il habitait et elle s'était rendue sur place, avec une batte de soft-ball cachée dans un grand cylindre en plastique pour dessins industriels. Ce jour-là, Tamaki était allée à Kanazawa pour une célébration à la mémoire d'un parent. Ainsi, elle aurait un alibi. Aomamé s'était assurée au préalable que le garçon serait absent. Elle avait brisé la serrure de sa porte à l'aide d'un marteau et d'un tournevis et avait pénétré dans la chambre. Et puis, avec la batte enveloppée dans plusieurs serviettes, en prenant bien garde de faire le moins de bruit possible, elle s'était livrée à un saccage systématique. Depuis le téléviseur, le lampadaire, le réveil, les disques, le grille-pain, jusqu'aux vases, elle avait brisé tout ce qui pouvait l'être. Elle avait sectionné les fils du téléphone avec des ciseaux. Les livres, elle les avait ouverts, déchirés, puis avait éparpillé les pages, et elle avait répandu le contenu entier des tubes de dentifrice et de crème à raser sur le tapis. Elle avait versé de la sauce dans le lit. Elle avait déchiré les cahiers des tiroirs. Cassé les stylos et les crayons. Brisé les ampoules électriques. Lacéré au couteau les rideaux et les coussins. Elle avait également découpé aux ciseaux toutes les chemises qui se trouvaient dans l'armoire. Et aussi barbouillé de ketchup les sous-vêtements et les chaussures rangés dans les tiroirs. Elle avait retiré les fusibles du réfrigérateur et les avait jetés par la fenêtre. Elle avait ôté la bonde de la chasse d'eau des toilettes et l'avait brisée. Elle avait aussi écrasé la pomme de la douche. Une destruction méthodique, qui n'avait rien épargné. La chambre était devenue proche du paysage des rues de Beyrouth après un bombardement, comme sur les photos qu'elle avait vues il y avait un certain temps, dans le journal.

Tamaki était une jeune fille intelligente (Aomamé ne pouvait rivaliser avec elle pour les résultats scolaires), c'était une joueuse très vigilante, parfaite durant les matchs de soft-ball. Si Aomamé était dans un mauvais pas, elle venait immédiatement sur la position de lanceuse, prodiguait en peu de mots le conseil efficace, lui donnait en souriant un petit coup sur le derrière avec son gant, et retournait dans sa position de défense. Elle avait l'esprit ouvert, le cœur généreux, elle possédait le sens de l'humour. En ce qui concernait ses études, elle était travailleuse et elle savait se montrer éloquente. Si elle continuait à étudier ainsi, on pouvait s'attendre à ce qu'elle devienne une grande avocate.

Mais avec les hommes elle perdait tout jugement, à un point étonnant. Tamaki aimait les beaux garçons. Elle était sensible aux jolis visages. Et cette tendance, aux yeux d'Aomamé, atteignait presque les limites de la maladie. Un homme pouvait avoir une personnalité merveilleuse, des compétences remarquables, se montrer prévenant à son égard, du moment que son physique ne lui convenait pas, Tamaki n'était pas séduite. Pour quelque raison inconnue, ceux qui, immanquablement, lui faisaient battre le cœur étaient de jolis garçons à l'esprit vain. En outre, dès qu'il s'agissait des hommes, Tamaki se montrait terriblement entêtée, n'écoutant rien de ce que lui disait Aomamé. En règle générale, elle acceptait docilement les opinions de son amie. Elle les respectait. Sauf qu'elle n'acceptait pas les critiques contre ses petits amis. De son côté, Aomamé avait fini par se résigner. Elle avait cessé de lui donner des conseils. Elle n'avait pas envie de perdre l'amitié de Tamaki en s'opposant à elle sur ce sujet. Après tout, il s'agissait de sa vie à elle. Elle devait la mener à son gré. Toujours est-il que, durant ses années d'université, Tamaki eut de nombreuses relations masculines. Qui toujours lui causèrent des tracas, d'une manière ou d'une autre. Elle était toujours trompée, blessée et, en fin de compte, abandonnée. Chaque fois, elle se retrouvait dans un état de quasi-démence. Elle subit deux avortements. En termes de relations hommes-femmes, Tamaki était vraiment une victime-née.

Aomamé n'avait pas de petit ami attitré. Il lui arrivait d'avoir des rendez-vous de temps en temps. Certains avec des hommes plutôt assez bien. Mais les relations ensuite ne s'approfondissaient pas.

« Tu veux rester vierge, tu ne veux pas avoir d'amoureux ? lui demandait Tamaki.

— Je suis trop occupée, répondait Aomamé. Je m'en sors à peine chaque jour avec la vie que je mène. Je n'ai pas de temps à perdre avec un petit ami. »

Une fois que Tamaki fut diplômée, elle entra en maîtrise pour se préparer à l'examen de la magistrature. Aomamé décrocha un travail dans une société de boissons pour sportifs et de produits diététiques, et elle continua à jouer au soft-ball. Tamaki vivait toujours dans sa famille, Aomamé habitait dans un logement de fonction à Yoyogi Hachiman. Comme au temps de leurs études, elles se retrouvaient chaque week-end pour déjeuner et bavardaient à n'en plus finir.

Tamaki se maria à l'âge de vingt-quatre ans avec un homme de deux ans son aîné. Elle interrompit sa maîtrise, renonça à ses études de droit. Son époux ne le lui permettait pas. Aomamé n'avait rencontré cet homme qu'une fois. C'était le fils d'une famille riche, et, comme attendu, il était assez mignon, mais insignifiant. Son passe-temps favori était le yachting. Mielleux en paroles, il semblait à peu près intelligent, mais il manquait de personnalité et sa conversation était futile. Un homme comme les avait toujours aimés Tamaki. Il donnait l'impression qu'il y avait en lui quelque chose de maléfique. D'emblée, Aomamé ne l'avait pas aimé et c'était sans doute réciproque.

« Ce mariage ne pourra pas marcher ! » avait-elle dit à Tamaki. Elle ne voulait pas parler pour rien, mais là, tout de même, il s'agissait du mariage, pas d'une simple amourette. Il lui était impossible de se taire et de laisser faire alors qu'il en allait du bonheur de son amie la plus chère. Pour la première fois, elles eurent une violente dispute. Tamaki, presque hystérique à l'idée qu'Aomamé s'oppose à son mariage, lui lança à la figure des mots très durs. Aomamé dut alors supporter des paroles qu'elle n'aurait en aucun cas voulu entendre. Elle n'assista pas à la cérémonie du mariage.

Mais Aomamé et Tamaki se réconcilièrent bientôt. À peine revenue de son voyage de noces, Tamaki se rendit chez Aomamé sans prévenir et s'excusa. Je voudrais que tu oublies tout ce que je t'ai dit alors, lui dit-elle. Je n'étais pas dans mon état normal. Pendant mon voyage de noces, je n'ai cessé de penser à toi. Ne t'en fais pas, répondit Aomamé, j'ai déjà oublié. Elles tombèrent dans les bras l'une de l'autre. Échangèrent des plaisanteries en riant.

Pourtant, après le mariage, elles eurent de moins en moins l'occasion de se revoir. Elles avaient de fréquents échanges de lettres, elles se parlaient au téléphone. Mais Tamaki, semblait-il, avait du mal à dégager du temps pour qu'elles se retrouvent. Je suis très occupée par les affaires du ménage, s'excusait-elle. Être femme au foyer, c'est très prenant, tu sais. Aomamé avait pourtant l'impression qu'elle laissait entendre que son mari ne souhaitait pas qu'elle voie quelqu'un à l'extérieur. En outre, le couple vivait dans la même propriété que les beaux-parents de Tamaki et il semblait qu'il lui était difficile de sortir librement. Aomamé n'avait jamais été invitée dans sa nouvelle demeure.

Ma vie conjugale marche très bien, lui disait Tamaki en toute occasion. Mon mari est affectueux, ses parents très gentils. Je ne manque de rien. Parfois, en week-end, nous partons faire de la voile à Enoshima. Je ne regrette pas vraiment d'avoir arrêté le droit. Le concours de la magistrature, c'était une pression énorme. Peut-être que, au fond, j'étais faite pour ce genre de vie paisible. Bientôt, nous aurons des enfants, et alors je deviendrai une maman ennuyeuse comme on en voit partout. Et tu finiras peut-être par t'éloigner de moi. La voix de Tamaki était toujours claire. Il n'y avait pas de raison de douter de ses déclarations. Eh bien, tant mieux, lui disait Aomamé. Vraiment, je suis contente de m'être trompée, que mes mauvais pressentiments ne se soient pas réalisés, songeait-elle. Aomamé supposait que son amie s'était installée dans une sorte de routine, dont elle se contentait. Du moins, c'est ce qu'elle s'efforçait de croire.

Comme elle n'avait personne en dehors d'elle, ni amie ni copain à appeler, la vie quotidienne d'Aomamé finit par être assez vide quand les contacts avec Tamaki se raréfièrent. Elle ne se passionnait plus comme avant pour le soft-ball. On aurait dit que son intérêt pour les matchs s'était émoussé du fait de l'éloignement de Tamaki de sa vie. Aomamé avait vingt-cinq ans à présent, elle était toujours vierge. Il lui arrivait de se masturber quand elle était énervée. Mais elle ne considérait pas sa vie comme particulièrement triste. Pour Aomamé, entretenir une relation approfondie était douloureux. Par conséquent mieux valait rester solitaire.

Tamaki s'était suicidée trois jours après l'anniversaire de ses vingt-six ans, un jour de fin d'automne où le vent soufflait fort. Elle s'était donné la mort chez elle. Elle s'était pendue. Son mari l'avait découverte le lendemain soir en rentrant à la maison après un voyage d'affaires.

« Il n'y a aucun problème chez nous. Je ne l'ai jamais entendue se plaindre. Je n'ai aucune idée sur les raisons qui ont pu la pousser à se suicider », avait-il déclaré à la police. Ses parents avaient dit la même chose.

Mais ce n'étaient que des mensonges. Tamaki avait subi des tortures constantes, aussi bien physiques que psychologiques, de la part de son mari, un homme au tempérament violent et sadique. Son comportement était proche de la paranoïa. Ses parents étaient plus ou moins au courant. En voyant l'état du corps de Tamaki, la police aussi avait deviné la situation. Rien cependant n'avait été révélé au grand jour. On avait convoqué le mari comme témoin, mais la cause de la mort était évidemment un suicide, et au moment des faits l'homme était en déplacement à Hokkaidô. Il n'avait été accusé d'aucun crime sur le plan pénal. C'est ce qu'avait révélé à Aomamé le jeune frère de Tamaki, plus tard, dans le plus grand secret.

Les violences s'étaient produites dès le début, mais plus le temps passait, plus l'homme s'était montré odieux. Tamaki était cependant incapable de fuir ces lieux, comme si elle s'était trouvée en plein cauchemar. Elle n'en avait rien dit à Aomamé. Car, si elle avait pris conseil auprès d'elle, son amie lui aurait répondu qu'elle l'avait prévenue. Quitte cette maison immédiatement, voilà ce qu'elle lui aurait dit. *Mais elle en était incapable.*

Juste avant de se suicider, dans les tout derniers jours, Tamaki avait écrit une longue lettre à Aomamé. *Je me suis trompée dès le début, et toi, Aomamé, tu avais raison depuis le début*, disait-elle en préambule de sa lettre, qu'elle concluait de la même façon.

Ma vie est un enfer quotidien. Mais je ne peux absolument pas m'échapper de cet enfer. Si même je parvenais à le faire, j'ignore où je pourrais aller. Je suis enfermée dans la prison folle de mon impuissance. C'est moi qui ai marché vers cette prison, moi qui ai fermé la porte à clé et moi qui ai jeté cette clé très loin. Ce mariage était évidemment une erreur. Comme tu l'avais dit. Mais le problème le plus profond ne vient pas de mon mari, ni de ma vie conjugale, il est en moi. Toutes les sortes de douleurs que je ressens, je mérite de les subir. Je ne fais de reproche à personne. Toi, tu as été ma seule amie. Tu as été la seule et unique personne dans ce monde en qui j'ai pu avoir confiance. Pour moi désormais il n'y a plus de salut. Si c'est possible, souviens-toi de moi toujours. Comme ç'aurait été bien si toi et moi nous avions pu jouer au soft-ball pour toujours !

Après avoir lu cette lettre, Aomamé s'était sentie terriblement mal. Elle ne parvenait pas à s'arrêter de trembler. Elle essaya de téléphoner chez Tamaki à différentes reprises, mais personne ne répondit. Elle n'obtenait qu'un message enregistré. Elle prit le train et se rendit jusque chez elle, à Okusawa, dans l'arrondissement de Setagaya. C'était une vaste résidence, avec une haute clôture. Elle sonna à l'interphone du portail. Il n'y eut pas de réponse. Seul un chien aboya. Elle se résigna à repartir. Ce que ne savait évidemment pas Aomamé, c'est qu'à cet instant Tamaki rendait son dernier soupir. Elle avait noué une corde au barreau d'un escalier et là, toute seule, elle s'était pendue. Dans la maison tout à fait silencieuse, il n'y avait que le téléphone et le carillon de l'entrée qui sonnaient en vain.

Lorsqu'elle apprit la mort de Tamaki, Aomamé ne fut presque pas surprise. Sûrement, quelque part dans sa tête, s'y attendait-elle. Elle n'éprouva pas de tristesse. Elle eut une réaction que l'on pourrait appeler efficace. Elle coupa le téléphone, s'assit sur une chaise. Ensuite, après qu'un long moment eut passé, elle eut la sensation que tous ses fluides corporels la quittaient. Elle ne se releva pas de sa chaise durant très longtemps. Puis elle téléphona à sa société, dit qu'elle n'était pas bien et qu'elle prenait quelques jours de repos. Elle s'enferma chez elle. Elle ne mangeait pas, ne dormait pas, buvait à peine un peu d'eau. Elle n'alla pas même aux funérailles. Elle sentait qu'à l'intérieur d'elle quelque chose s'était brisé, bruyamment, et avait été remplacé par autre chose. Elle avait l'intime sensation qu'elle avait passé une frontière et que, désormais, elle ne serait plus jamais la même.

Je dois punir cet homme, décida alors Aomamé. Il faut à tout prix que je lui fasse connaître la fin du monde. Sinon, il est certain qu'il recommencera les mêmes actes sur quelqu'un d'autre.

Aomamé élabora un plan de manière très minutieuse, y consacra énormément de temps. Si elle le piquait avec une aiguille effilée sur la nuque, à un point précis, selon un angle particulier, elle savait que cela provoquerait une mort instantanée. Bien sûr, personne n'était capable de cela. Elle, oui. Il lui fallait juste affiner à l'extrême son toucher pour atteindre en un bref instant ce point extraordinairement délicat, et posséder l'instrument approprié à cette opération. À l'aide de divers outils, elle fabriqua un instrument très particulier, qui ressemblait à un tout petit pic à glace extrêmement fin. L'extrémité de l'aiguille était affilée, aiguë et froide comme un concept impitoyable. Ensuite, elle s'entraîna méticuleusement à pratiquer toutes sortes de techniques. Puis, quand elle se sentit prête, elle passa à l'acte. Sans aucune hésitation, avec sang-froid et précision, elle fit advenir le Royaume sur la tête de cet homme. Après quoi, elle prononça sa prière. Les mots sortaient de sa bouche presque par réflexe.

Jéhovah, qui êtes aux cieux. Que Votre Nom soit sanctifié, que Votre Royaume advienne pour nous. Pardonnez-nous nos nombreux péchés. Apportez-nous le bonheur tout au long de notre modeste marche. Amen.

Après, périodiquement, Aomamé eut le besoin irrépressible de faire l'amour avec des hommes de passage.

14

Tengo

Quelque chose qu'aucun lecteur n'a encore vu

Komatsu et Tengo se rencontrèrent à l'endroit habituel. Dans un café proche de la gare de Shinjuku. La tasse de café n'était pas bon marché mais l'espace entre les sièges était assez large. Ils pouvaient donc bavarder sans se soucier d'être entendus. L'air était relativement pur et une musique anodine était diffusée à faible volume. Comme à son habitude, Komatsu arriva avec vingt minutes de retard. Même si l'éditeur était rarement, voire jamais, à l'heure, Tengo, lui, n'était presque jamais en retard. C'était là comme une convention bien établie. Komatsu portait une de ses habituelles vestes de tweed, un polo bleu foncé, et avait à la main une serviette en cuir pleine de documents.

« Désolé de t'avoir fait attendre », lança-t-il, sans avoir l'air très gêné cependant. Il paraissait d'humeur plus joyeuse qu'à l'ordinaire, avec même un mince sourire aux lèvres.

Tengo ne répondit pas, se contentant d'un signe de tête.

« Pardon de t'avoir autant pressé. Ç'a dû être assez difficile ! reprit Komatsu en s'asseyant en face de Tengo.

— Je ne veux pas en rajouter, mais pendant ces dix jours je ne savais plus trop si j'étais vivant ou mort ! répondit Tengo.

— Mais tu t'en es bien sorti. Tu as obtenu sans problème l'accord du tuteur de Fukaéri et tu as parfaitement récrit le roman. Formidable, je dois le dire. Pour quelqu'un qui vit à l'écart du monde, tu t'es vraiment très bien débrouillé. Je t'avais mal jugé. »

Tengo laissa passer ces éloges.

« Avez-vous lu le rapport que j'ai rédigé sur l'histoire de Fukaéri ? C'était un peu long.

— Oui, je l'ai lu. Bien sûr. Je l'ai lu attentivement. Comment dirais-je, c'est une succession d'événements vraiment complexe. On se croirait dans un roman-fleuve. Par ailleurs, je n'aurais jamais imaginé que le Pr Ébisuno soit le tuteur de Fukaéri. Le monde est petit. Et donc, le Maître t'a parlé de moi ?

— De vous ?

— Eh bien, oui, de moi…

— Non, il n'a rien dit de particulier.

— Ah, c'est bizarre, fit Komatsu d'un ton perplexe. Autrefois, Ébisuno et moi avons travaillé ensemble. Je suis allé récupérer certains de ses manuscrits jusque dans son bureau de l'université. C'était il y a bien longtemps, et moi, je n'étais alors qu'un tout jeune éditeur.

— Si c'était il y a si longtemps, il ne s'en souvient peut-être pas. Il m'a seulement demandé quel genre d'homme vous étiez.

— Non, non, dit Komatsu en secouant la tête, l'air soucieux. Ça ne va pas. Absolument impossible. Cet homme n'oublie rien. Sa capacité à se souvenir de tout est même effrayante. Et puis, à l'époque, nous avons eu de longues conversations… mais bon, laissons cela. C'est un vieux renard. Donc, selon ton rapport, on dirait que les circonstances qui entourent Fukaéri sont plutôt compliquées.

— Oh, compliquées, pas seulement, c'est bien pire que ça. Ce que nous avons dans les bras, littéralement, c'est une bombe. Fukaéri n'est pas ordinaire, dans tout ce que cela implique. Elle n'est pas qu'une jolie jeune fille de dix-sept ans. Elle est dyslexique, et donc pas vraiment capable de lire. Encore moins d'écrire. Elle a subi une sorte de traumatisme, ce qui, semble-t-il, a entraîné la perte d'une partie de ses souvenirs. Elle a été élevée dans un genre de communauté et n'est pour ainsi dire pas allée à l'école. Son père était le leader d'un groupe révolutionnaire d'extrême gauche, et indirectement lié à la fusillade de L'Aube. Elle a été recueillie chez un homme qui fut l'un des grands ethnologues de son temps. Si le roman fait parler de lui, les médias vont se régaler ! Les révélations seront *exquises* ! Ça risque d'être chaud.

— Mmm, sûrement. Ça fera un raffut de tous les diables », dit Komatsu.

Pourtant, son petit sourire ne s'était pas effacé.

« Bon, alors, le projet est annulé ?

— Annulé ?

— Cette histoire va trop loin. C'est trop dangereux. Rétablissons le manuscrit tel qu'il était à l'origine.

— Ah, mais c'est impossible. Ça ne marche pas aussi simplement. *La Chrysalide de l'air* remaniée est déjà partie à l'imprimerie. On est en train de préparer les épreuves. Dès qu'elles seront terminées, elles seront envoyées au rédacteur en chef, au directeur des publications et aux quatre membres du jury. Je ne vais pas aller leur dire : "Oh, pardon, je me suis trompé. Rendez-moi ce texte, faites comme si vous ne l'aviez pas vu." »

Tengo soupira.

« C'est comme ça. On ne peut pas remonter le temps », fit Komatsu. Puis il porta une Marlboro à ses lèvres et l'alluma avec une allumette du café en plissant les yeux. « Pour la suite, je me charge de tout. Toi, Tengo, ne te tracasse pas. Et même au cas où *La Chrysalide de l'air* obtiendrait le prix, je m'arrangerais pour que Fukaéri apparaisse le moins possible. Je suppose que ce serait bien, non, ce genre de stratégie, le jeune auteur énigmatique qui refuse de se montrer en public. Moi, en tant qu'éditeur, je ferai un bon porte-parole. Tout ira bien, je connais tous les petits arrangements.

— Sans mettre en doute vos talents, j'insiste sur le fait que Fukaéri n'est pas une jeune fille ordinaire. Elle n'est pas du genre à faire en silence ce qu'on lui dira. Si c'est elle-même qui l'a décidé, elle agira exactement comme on le lui aura dit. Mais pour ce qui ne lui plaît pas, elle est capable de ne pas l'entendre. Tout ça ne marchera pas aussi simplement. »

Komatsu, sans dire un mot, tourna et retourna la boîte d'allumettes dans la main.

« Écoute, Tengo, la seule chose à faire au point où nous en sommes, c'est de garder notre calme, l'un comme l'autre. Pour commencer, *La Chrysalide de l'air*, tu l'as magnifiquement remaniée. D'une manière infiniment plus belle que prévu. Le texte est presque parfait. Il va très certainement obtenir le prix des nouveaux auteurs et tout le monde va en parler. On ne va tout de même pas l'enterrer maintenant ! Pour moi, ce serait une sorte de crime. Et puis, comme je l'ai déjà dit, l'affaire est déjà trop avancée.

— Une sorte de crime ? répéta Tengo en regardant Komatsu.

— Quelqu'un a dit : “Tout art et toute investigation, et pareillement, toute action et tout choix tendent vers quelque bien, à ce qu'il semble. Aussi a-t-on déclaré avec raison que le Bien est ce à quoi toutes choses tendent."

— Qu'est-ce que c'est que ça ?

— Aristote. *Éthique à Nicomaque*. As-tu déjà lu Aristote ?

— Presque pas.

— Tu devrais. Je suis sûr que ça te plairait. Moi, quand je n'ai plus rien à lire, je lis les philosophes grecs. Je ne m'en lasse pas. Il y a toujours quelque chose à en tirer.

— Qu'est-ce que ça signifie, au fond ?

— Que tout aboutit au Bien. Le Bien, autrement dit, est la conséquence de toute chose. Et le doute, on le garde pour demain, répondit Komatsu. Voilà ce que ça veut dire, en substance.

— Que dit Aristote au sujet de l'Holocauste ? »

Le mince sourire de Komatsu s'élargit.

« Dans cet ouvrage, Aristote traite principalement des arts, de l'étude et des techniques. »

Tengo avait noué des relations avec Komatsu depuis assez longtemps déjà. Il avait eu le temps de découvrir la face publique de cet homme aussi bien que sa part d'ombre. Dans son milieu, Komatsu faisait cavalier seul et semblait vivre en agissant selon son bon plaisir. Beaucoup se laissaient prendre à cette apparence. Mais si on l'observait avec attention, en ayant bien en tête la situation dans son ensemble, on comprenait que ses actions obéissaient à des plans extrêmement minutieux. En termes de shôgi, les échecs japonais, on dirait qu'il préparait longtemps à l'avance ses attaques et ses contre-attaques. S'il aimait sans aucun doute les stratagèmes inattendus, il savait tracer une ligne qu'il prenait bien garde de ne pas franchir. Mais on pouvait aussi estimer qu'il était plutôt sensible et que la plus grande part de ses comportements de voyou n'était qu'une comédie superficielle.

Prudemment, il s'était ménagé diverses assurances pour lui-même. Par exemple, il écrivait chaque semaine une chronique littéraire dans un journal du soir, où il louait ou dénigrait différents écrivains. Ses critiques pouvaient être féroces. La virulence était sa marque de fabrique. La chronique était certes anonyme, mais tout le monde savait qui en était l'auteur dans les cercles littéraires. Personne, évidemment, n'apprécie d'être éreinté dans un journal. Aussi les auteurs faisaient-ils attention, autant que possible, à ne pas se mettre Komatsu à dos. S'il leur demandait un article pour sa revue, ils s'arrangeaient pour ne pas le lui refuser. Ou bien ils acceptaient au moins une fois. Car ils ne savaient pas ce qu'il était capable d'écrire sur eux dans sa chronique.

Tengo ne parvenait pas à apprécier ce côté calculateur de Komatsu. Il se moquait du monde littéraire tout en profitant largement du système. En tant qu'éditeur, il possédait un instinct très sûr et s'était montré bienveillant à l'égard de Tengo. Ses conseils en matière d'écriture étaient généralement pertinents. Tengo veillait cependant à garder une certaine distance. S'il se liait trop, s'il s'engageait trop inconsidérément, il se retrouverait dans une situation intenable dans l'hypothèse où Komatsu déciderait de l'abandonner ensuite. Dans ce sens-là, Tengo aussi était un homme prudent.

« Comme je viens de te le dire, *La Chrysalide de l'air* telle que tu l'as remaniée est proche de la perfection. Un travail épatant ! continua Komatsu. Il y a juste un passage que j'aimerais que tu reprennes encore un peu. Pas forcément aujourd'hui. Le niveau du texte est bien suffisant pour le prix des nouveaux auteurs. Si on obtient le prix, tu pourras le retoucher avant la publication dans la revue.

— De quel passage s'agit-il ?

— Lorsque les Little People fabriquent une chrysalide de l'air, deux lunes apparaissent. La petite fille lève la tête vers le ciel, et elle voit deux lunes. Tu t'en souviens ?

— Bien sûr que je m'en souviens !

— À mon avis, mentionner qu'il y a deux lunes, ce n'est pas suffisant. J'aimerais que tu en donnes une description plus concrète, plus détaillée. Ce serait la seule demande que je formulerais.

— C'est vrai que ce passage est plutôt succinct. Mais je ne voulais pas, en donnant des explications, briser la manière originelle de Fukaéri. »

Komatsu leva la main qui tenait sa cigarette.

« Tengo, essaie de réfléchir à ceci : les lecteurs ont toujours vu une lune dans le ciel, une seule. Tu es bien d'accord ? Mais on peut supposer que personne n'a jamais vu deux lunes. Lorsqu'on introduit dans un roman quelque chose qu'aucun lecteur *n'a encore vu*, cela nécessite une description aussi précise et détaillée que possible. *A contrario*, on peut se dispenser de décrire une chose que la plupart des lecteurs ont *déjà vue*.

— Je suis d'accord », dit Tengo. L'objection de Komatsu était logique en effet. « Je reprendrai la partie où les deux lunes apparaissent et je la développerai.

— Très bien. Après, ce sera parfait », répondit Komatsu. Puis il écrasa sa cigarette. « Je n'ai pas d'autre objection.

— Je suis toujours heureux que vous me félicitiez pour mon travail. Pourtant, cette fois-ci, je ne peux pas me réjouir franchement, dit Tengo.

— Tu fais des progrès rapides, dit lentement Komatsu en articulant bien ses mots. Comme romancier, comme écrivain, tu progresses, et de cela tu devrais te réjouir sans réserve. Je présume que tu as beaucoup appris sur le roman grâce à la réécriture de *La Chrysalide de l'air*. La prochaine fois, lorsque tu écriras une œuvre personnelle, cela te sera extrêmement utile.

— Ce serait bien qu'il y ait une prochaine fois. »

Komatsu rit malicieusement. « Ne t'inquiète pas. Tu as fait ce que tu devais faire. Maintenant, c'est mon tour. Toi, tu restes assis tranquillement et tu regardes le match se dérouler. »

La serveuse s'approcha et versa de l'eau dans leurs verres. Tengo but le sien à moitié avant de s'apercevoir qu'il n'avait pas envie d'eau.

« Est-ce bien Aristote qui a dit que l'âme des hommes était composée de raison, de volonté, de désirs ? demanda Tengo.

— Non, c'est Platon. Pour prendre un exemple, Aristote et Platon sont à peu près aussi différents que Mel Tormé et Bing Crosby. De toute façon, autrefois, les choses pouvaient être plus simples, ajouta Komatsu. Ne serait-ce pas amusant d'imaginer que la raison, la volonté et les désirs se réunissent autour d'une table et débattent passionnément ?

— On pourrait presque prédire qui serait le gagnant.

— Ce que j'aime chez toi, dit Komatsu en levant l'index en l'air, c'est ton sens de l'humour. »

Ah bon, c'était de l'humour… ? songea Tengo. Mais il ne formula pas sa pensée en mots.

Après avoir quitté Komatsu, Tengo entra dans la librairie Kinokuniya et acheta quelques livres. Il se rendit ensuite dans un bar proche et se mit à lire en buvant une bière. C'était le genre de situation où il se sentait le plus détendu. Assis dans un café, un verre à la main, en train de feuilleter des nouveautés.

Ce soir-là pourtant, pour une raison inconnue, il ne parvenait pas à se concentrer sur sa lecture. Lui revenait la vision habituelle de sa mère. Elle ne disparaissait pas. Sa mère avait fait descendre sa combinaison blanche sous les épaules, elle exhibait ses jolis seins et laissait un homme les sucer. Cet homme n'était pas le père de Tengo. Il était beaucoup plus grand, plus jeune, ses traits étaient réguliers. Dans le lit de bébé, Tengo, nourrisson, avait les yeux fermés. Il respirait doucement dans son sommeil. Tandis que l'homme suçait ses mamelons, le visage de sa mère prenait une expression d'extase. Qui ressemblait à celle de sa petite amie plus âgée au moment où elle atteignait l'orgasme.

Un certain temps auparavant, Tengo, par curiosité, lui avait fait une demande.

« Dis, tu ne voudrais pas mettre une combinaison blanche ?

— Oui, si tu veux, avait-elle répondu en riant. La prochaine fois. Si ça te plaît. Tu aurais d'autres souhaits ? Demande-moi ce que tu veux, dis-le sans honte.

— Si tu le peux, mets un chemisier blanc. Aussi simple que possible. »

La semaine suivante, elle avait revêtu une combinaison et un chemisier blancs. Il lui avait ôté son chemisier, avait fait glisser sa combinaison et sucé ses mamelons. Exactement comme le faisait l'homme qui apparaissait dans ses visions. À ce moment-là, il avait éprouvé de légers vertiges. Sa tête s'était embrumée et tout s'était brouillé. Une sensation de lourdeur avait surgi autour de son bas-ventre qui s'était rapidement amplifiée. Il s'était mis à trembler brusquement et avait eu une violente éjaculation.

« Eh bien, qu'est-ce qui se passe ? lui avait demandé son amie, surprise. Tu as déjà joui ? »

Tengo lui-même ne comprenait pas très bien ce qui était arrivé. Mais il avait éjaculé sur sa combinaison, à peu près au niveau des hanches.

« Pardon, avait dit Tengo. Ce n'était pas mon intention.

— Ça va. Pas la peine de t'excuser, avait dit sa petite amie pour le réconforter. Il me suffira de la rincer au robinet. Ça arrive *tout le temps, ce genre de chose*. De la sauce de soja ou du vin rouge, ç'aurait été plus embêtant. »

Elle avait ôté la combinaison et était allée laver la tache de sperme dans la salle de bains. Puis elle avait mis la combinaison à sécher sur la tringle du rideau de douche.

« Tu étais peut-être trop excité », avait-elle remarqué en souriant gentiment. Puis elle avait lentement caressé le ventre de Tengo avec la paume de ses mains. « Alors, tu aimes bien les combinaisons blanches, hein, mon petit Tengo…

— Je ne sais pas trop… », avait-il répondu. Mais il ne pouvait lui expliquer ses véritables raisons.

« Quels que soient tes fantasmes, tu peux me les confier. Et je me montrerai tout à fait coopérative. Moi aussi, tu sais, les fantasmes, ça me plaît. Je crois que, peu ou prou, sans les fantasmes, l'homme ne pourrait pas vivre. Tu ne penses pas ? Alors, pour la prochaine fois, veux-tu que je remette une combinaison blanche ? »

Tengo secoua la tête. « Non, ça va comme ça. Une fois, ça suffit. Merci. »

L'homme jeune qui suçait les seins de sa mère, celui qui apparaissait dans sa vision n'était-il pas son père biologique ? Tengo avait souvent réfléchi à ce sujet. Car celui qui était son père en titre – l'homme qui récoltait avec tant de succès les redevances de la NHK – ne lui ressemblait en rien. Tengo était très grand, il était bien bâti, il avait un front large, un nez fin, des oreilles rondes et chiffonnées. Son père était petit et trapu, d'apparence plutôt chétive. Le front étroit, le nez aplati, les oreilles pointues comme celles d'un cheval. Des visages pratiquement à l'opposé l'un de l'autre. En comparaison de celui de Tengo qui reflétait plutôt l'insouciance et la générosité, le visage de son père, de tempérament nerveux, semblait comme parcimonieux. Beaucoup de gens avaient d'ailleurs remarqué qu'on n'aurait pas dit, à les voir, qu'ils étaient père et fils.

Mais l'étrangeté que Tengo ressentait vis-à-vis de son père s'appliquait davantage à ses dispositions mentales et à son tempérament psychique. Son père, il est vrai, ne donnait pas l'impression de posséder la moindre curiosité intellectuelle. Il est certain que son éducation avait été pour le moins rudimentaire et que, dans sa famille très pauvre, il n'avait pu apprendre à penser de façon autonome. Dans une certaine mesure, Tengo ressentait de la pitié pour lui en songeant aux conditions de vie qui avaient été les siennes. Néanmoins, estimait-il, presque tous les hommes n'aspiraient-ils pas naturellement à acquérir des connaissances ? Et pourtant, chez son père, ce désir était quasiment absent. Il possédait l'intelligence pratique nécessaire pour vivre, mais ne se montrait nullement enclin à s'imposer des efforts, à approfondir les choses, à avoir envie de contempler un horizon plus vaste.

Il se bornait à vivre selon ses règles étriquées, dans son monde médiocre. Ce faisant, il ne paraissait pas particulièrement souffrir de cette étroitesse de vue et de cette atmosphère suffocante. À la maison, Tengo ne l'avait jamais vu un livre à la main. Encore moins un journal (il proclamait que le journal télévisé de la NHK, c'était bien suffisant). Il n'avait aucune curiosité pour la musique ou le cinéma. N'était jamais parti en voyage. Son unique intérêt, aurait-on dit, se portait sur les itinéraires de sa collecte. Il avait dessiné le plan de son secteur sur lequel il avait ajouté des sigles à l'aide de stylos à bille de couleurs différentes ; il le vérifiait dès qu'il avait un peu de temps libre. Exactement comme un biologiste qui classifie des chromosomes.

Par comparaison, Tengo, depuis tout petit, avait été considéré comme un génie en mathématiques. Il avait des notes remarquables en calcul. En troisième année de primaire, il était capable de résoudre des problèmes de lycée. Et il obtenait également des résultats brillants dans d'autres matières scientifiques sans vraiment se donner de mal. Et puis, dès qu'il avait des loisirs, il dévorait des livres. Avec une curiosité toujours en éveil, il absorbait efficacement des connaissances sur les sujets les plus divers, comme une pelle mécanique qui creuse la terre. Aussi, quand il considérait son père, il ne pouvait concevoir que les gènes d'un homme aussi borné et inculte aient concouru biologiquement pour au moins la moitié de sa propre existence.

Son vrai père devait se trouver quelque part, ailleurs. Telle était la conclusion à laquelle était parvenu Tengo lorsqu'il était adolescent. Pour une raison ou pour une autre, les aléas de la vie l'avaient placé sous l'autorité d'un homme qu'il appelait son père, alors que, en réalité, ils n'étaient pas du même sang. Comme les enfants au destin malheureux qui peuplaient les romans de Dickens.

Pour Tengo adolescent, cette hypothèse était un grand espoir et un cauchemar en même temps. Dickens le passionnait. Il avait commencé par lire *Oliver Twist* puis il avait dévoré presque tous les romans de cet auteur qui se trouvaient à la bibliothèque municipale. En voyageant dans cet univers romanesque, Tengo donnait libre cours à son imagination, toujours inassouvie. Ses fantaisies imaginatives (ou ses illusions) se déployaient toujours plus. Elles devenaient de plus en plus complexes. Le schéma général était le même, mais elles jouaient en variations innombrables. Dans tous les cas, Tengo se persuadait que son origine devait être ailleurs. Je suis enfermé par erreur dans une prison qui n'est pas la mienne. Mes vrais parents, guidés par un juste hasard, m'apparaîtront sûrement un jour. Et moi, je serai libéré de cette horrible cage mesquine, je retrouverai la place qui m'appartenait à ma naissance. Et mes dimanches seront des dimanches libres, que je vivrai dans la paix et la beauté.

Son père était heureux que Tengo ait des résultats excellents, voire extraordinaires, à l'école. Il en était fier et s'en vantait auprès du voisinage. Pourtant, en même temps, il semblait que l'intelligence de son fils, la hauteur de ses talents lui causaient au fond un certain mécontentement. Quand Tengo était assis à sa table, en train d'étudier, il le dérangeait très souvent, sûrement à dessein. Il lui ordonnait de faire le ménage, ou bien lui adressait des reproches incessants pour des broutilles. La teneur de ses réprimandes était toujours la même. Moi, en qualité de collecteur, je trime comme un malade, avec cette si longue tournée que je dois accomplir chaque jour, parfois en me faisant agonir d'injures. Si je compare, tu as de la chance, toi, hein, tu mènes la belle vie. Quand j'avais ton âge, j'étais exploité à la maison à un point que tu ne peux même pas imaginer. Combien de fois ne me suis-je pas fait corriger à coups de poing par mon père ou mon frère, pour n'importe quoi ? Je n'avais pas assez à manger, j'étais traité comme un animal. D'accord, tes résultats scolaires sont bons, mais tu m'embêtes avec tes grands airs. Et son père continuait ainsi à ressasser sans fin.

Tengo en était arrivé à penser qu'il était peut-être jaloux de lui. Il était possible qu'il éprouve de l'envie à son égard, qu'il jalouse sa situation. Mais un père peut-il réellement avoir ce sentiment vis-à-vis de son fils ? Bien sûr, Tengo, qui était encore un enfant, n'était pas capable d'avoir des jugements aussi sévères. Mais il lui était impossible de ne pas ressentir, dans les paroles et les actes de son père, une *étroitesse d'esprit* qui lui était physiquement insupportable. Non, non, ce n'était pas seulement de la jalousie. Cet homme hait quelque chose en moi, sentait souvent Tengo. Ce n'était pas Tengo en tant que personne qu'il haïssait. Mais *quelque chose* qu'il abritait en lui. Voilà ce que son père haïssait, qu'il ne lui pardonnait pas.

Les mathématiques avaient fourni à Tengo une échappatoire salvatrice. En pénétrant dans le monde des formules, il pouvait s'évader de la geôle odieuse de la réalité. Il avait compris, depuis tout petit, qu'il lui suffisait de se brancher sur « on » pour se transporter sans peine dans cet autre monde. Il se sentait absolument libre tant qu'il évoluait dans ce territoire idéalement ordonné et sans limites. Il suivait les corridors tortueux d'un gigantesque bâtiment et en ouvrait l'une après l'autre les portes numérotées. Chaque fois qu'un nouveau paysage s'offrait à ses yeux, les traces horribles du monde réel se diluaient et finissaient par disparaître. Le monde régi par les équations était pour lui un lieu légitime, secret et sûr. Mieux que quiconque, Tengo en comprenait exactement la géographie, il savait choisir les bons itinéraires en toute connaissance de cause. Personne n'était capable de le suivre. Tant qu'il était dans cet autre monde, il oubliait totalement les fardeaux et les règles que lui imposait le monde réel, il pouvait n'en tenir aucun compte.

À l'opposé du splendide bâtiment aérien des mathématiques, le monde romanesque de Dickens représentait pour Tengo une forêt touffue et enchantée. À l'inverse des mathématiques qui s'étiraient sans fin jusqu'au ciel, c'était une forêt muette qui s'étendait sous ses yeux. Ses racines robustes et sombres plongeaient en un réseau profond dans la terre. Là, il n'y avait ni plan ni portes numérotées.

De l'école primaire au collège, Tengo s'était plongé avec passion dans le monde des mathématiques. Leur évidence et leur liberté absolue le fascinaient plus que tout. Elles lui étaient indispensables pour vivre. Mais, quand il entama sa puberté, il eut le sentiment croissant qu'elles ne lui suffisaient plus. Il n'avait aucun problème tant qu'il restait dans leur royaume. Tout allait à son gré. Aucun obstacle ne se mettait au travers de son chemin. Cependant lorsqu'il revenait dans le monde réel d'où il s'était éloigné (il lui était impossible de ne pas y revenir), il se retrouvait dans son ignoble cachot, toujours inchangé. Il n'y avait aucune amélioration. Il pensait même que ses fers s'étaient alourdis. Dès lors, à quoi pouvaient bien lui servir les mathématiques ? N'étaient-elles rien de plus qu'un moyen d'évasion provisoire ? Ou n'avaient-elles pas contribué à rendre pire encore sa condition présente ?

Au fur et à mesure que ses doutes s'amplifiaient, Tengo mit en place, consciemment, une distance entre les mathématiques et lui. En parallèle, la forêt romanesque le séduisit davantage. Sans contredit, il le savait bien, lire un roman, c'était aussi une évasion. Une fois qu'il avait refermé un livre, il lui fallait bien retourner au monde réel. Mais un jour Tengo avait pris conscience que, lorsqu'il revenait dans la réalité depuis le monde des romans, sa frustration n'était pas aussi forte que lorsqu'il rentrait de son voyage au pays des mathématiques. Pourquoi cela ? Il y avait beaucoup réfléchi et était parvenu à une conclusion. Dans la forêt romanesque, quelle que soit la clarté qui relie entre eux les événements, une réponse claire ne vous est jamais offerte. Ce qui est bien différent des mathématiques. Pour l'exprimer sommairement, la fonction des récits, par rapport à une problématique donnée, est de substituer une forme à une autre. Par le biais du récit, une réponse se laisse présager, selon les caractéristiques et la direction de ce changement. Tengo revenait dans la réalité avec ce présage à la main. Comme une incantation inintelligible notée sur un bout de papier. Parfois, cela manquait de cohérence et cela n'avait pas d'utilité pratique immédiate. Mais la possibilité y était enfermée. Un jour peut-être, il serait capable de comprendre cette incantation. Cette possibilité lui réchauffait le cœur.

Au bout de quelques années, Tengo s'intéressa de plus en plus à ce que signifiait ce présage romanesque. Les mathématiques, à présent qu'il était un adulte, restaient encore pour lui un grand bonheur. Lorsqu'il faisait cours à ses étudiants montait spontanément en lui la même joie que celle qu'il éprouvait durant son enfance. Il avait besoin de partager avec d'autres le bonheur de cette liberté abstraite. C'était là une chose magnifique. Aujourd'hui pourtant, Tengo ne pouvait plus s'enfoncer sans réserve dans un monde régi par des formules. Parce qu'il avait compris qu'aussi loin qu'il avance sur ce territoire il ne trouverait pas les réponses qu'il recherchait véritablement.

Lorsque Tengo fut élève de cinquième année de primaire, au terme d'une réflexion longue et ardue, il se tourna vers son père et lui fit la déclaration suivante.

Je voudrais cesser de t'accompagner le dimanche, lors de ta collecte de la redevance pour la NHK. Je voudrais utiliser ce temps pour étudier, pour lire et aussi pour sortir et m'amuser. De même que toi, papa, tu as ton propre travail, moi aussi j'ai des choses personnelles à faire. Je voudrais vivre une vie normale, celle de tout le monde.

C'est tout ce qu'il lui dit. Un discours bref mais explicite.

Bien entendu, son père entra dans une colère noire. Cela m'est complètement égal, ce qui se passe dans les autres familles ; ici, c'est différent. Chez nous, c'est comme ça, voilà, lui répondit son père. C'est quoi, hein, une vie normale. Qu'est-ce que tu me chantes avec tes belles paroles. Qu'est-ce que tu y connais, toi, à la vie normale. Tengo ne fit aucune objection. Il resta totalement silencieux. Il savait d'emblée que quelle que soit sa réponse son père ne comprendrait pas. Bon, et puis, si c'est comme ça, ça suffit, ajouta-t-il. Tu ne veux plus m'obéir, bien, alors je ne te nourris plus. Sors d'ici, et vite.

Tengo fit son bagage comme son père le lui avait dit et quitta la maison. Il avait pris sa décision depuis le début. Peu importait la colère de son père. Même s'il tempêtait, s'il allait jusqu'à employer la violence (en réalité, il n'y recourut jamais), cela ne l'affecterait pas. Puisqu'il lui donnait la permission de s'échapper de sa cage, il se sentait plutôt soulagé.

Néanmoins, vivre seul, pour un enfant de dix ans, c'était impossible. Il se résolut donc, après les cours, à exposer honnêtement sa situation à son professeur responsable. Il n'avait aucun endroit pour dormir cette nuit. Il expliqua aussi qu'accompagner son père le dimanche dans sa collecte était devenu pour lui un fardeau trop pesant. L'institutrice responsable était une femme célibataire, petite, d'une trentaine d'années. On ne pouvait pas la qualifier de jolie, avec ses affreuses grosses lunettes. Mais elle avait une personnalité chaleureuse et elle était équitable. En général douce et peu expansive, il lui arrivait de se montrer irascible. Lorsqu'elle se mettait en colère, elle changeait brusquement d'attitude au point que personne ne pouvait l'arrêter. Tout le monde était stupéfait par sa métamorphose. Mais Tengo l'aimait bien. Même quand elle entrait en fureur, Tengo ne trouvait pas cela effrayant.

Elle écouta Tengo, comprit ce qu'il ressentait, lui montra de la sympathie. Elle lui offrit de venir dormir chez elle pour la nuit. Elle le fit coucher sur le canapé du salon et lui donna des couvertures. Le lendemain matin, elle lui prépara un petit déjeuner. Et le soir, elle emmena Tengo chez son père. Il y eut une longue discussion.

Comme il ne put assister à la conversation, il ne sut pas ce qui s'était dit entre eux. Finalement, son père fut obligé de rendre les armes. Malgré toute sa colère, il lui était impossible de laisser un enfant de dix ans seul à la rue. La loi stipulait que les parents avaient le devoir d'entretenir leurs enfants.

Le résultat de la discussion fut que Tengo aurait la possibilité de passer ses dimanches à sa guise. Durant la matinée, il devrait aider à la maison mais ensuite il ferait ce qu'il voudrait. C'était la toute première victoire que Tengo remportait sur son père. Concrètement, il avait acquis un droit. Son père, très irrité, ne lui adressa pas la parole durant un certain temps, mais c'étaient des représailles insignifiantes aux yeux de Tengo. Il avait obtenu quelque chose d'infiniment plus important. C'était son premier pas vers la liberté et l'indépendance.

Après sa sortie de l'école primaire, Tengo ne vit plus cette institutrice durant une longue période. Il aurait pu en avoir l'occasion s'il avait assisté aux réunions des anciens élèves où il était parfois invité, mais il n'avait nulle envie de participer à ce genre d'événements. Il n'avait pour ainsi dire pas un seul souvenir heureux de cette école. Pourtant, de temps à autre, il repensait à cette enseignante. En fait, davantage que son invitation à dormir chez elle une nuit, il se souvenait qu'elle avait réussi à convaincre son père, l'exemple même de l'obstination. Cela ne s'oubliait pas facilement.

Il était en deuxième année de lycée lorsqu'il la revit. Il faisait alors partie de la section de judo. Mais, en raison d'une douleur au mollet, il n'avait pu participer aux rencontres sportives pendant deux mois environ. À la place, il avait été enrôlé comme percussionniste dans la fanfare des cuivres. Alors qu'un concours était tout proche, l'un des deux percussionnistes avait soudain changé d'école, l'autre avait attrapé une mauvaise grippe ; pour se sortir de ce guêpier, l'ensemble musical avait cherché quelqu'un, n'importe qui, qui serait capable de tenir deux baguettes. Le regard du professeur de musique était tombé sur Tengo, désœuvré depuis qu'il était blessé. Il avait donc été recruté pour les répétitions – on lui avait promis de le nourrir généreusement et de se montrer indulgent pour le rapport de fin de semestre.

Tengo n'avait jamais joué d'un instrument à percussion, et il n'y portait guère d'intérêt. À peine s'y essaya-t-il pourtant que la pratique s'adapta étonnamment bien à ses dispositions mentales.

Il éprouva un bonheur spontané à diviser le temps en petits intervalles puis à recomposer le tout en une structure nouvelle devenue une harmonieuse suite sonore. Il visualisait mentalement l'ensemble des sons sous forme d'un schéma. Comme une éponge qui se gonfle d'eau, il assimila le système des différents instruments à percussion. Grâce à la recommandation du professeur de musique, il se rendit chez un percussionniste qui jouait dans un orchestre symphonique. Celui-ci l'initia au maniement des timbales. Après quelques heures de leçons, il avait à peu près saisi comment l'instrument fonctionnait et comment on en jouait. Apprendre à déchiffrer les partitions ne fut pas très difficile pour lui car elles ressemblaient à des équations mathématiques. Ce fut une heureuse surprise pour le professeur de découvrir son talent musical. On dirait que tu as un sens inné des rythmes complexes. Tu as aussi un instinct musical extraordinaire. Si tu étudies sérieusement, tu pourras peut-être devenir professionnel, lui dit-il.

Les timbales sont des instruments complexes. Elles ont une profondeur et une force persuasive particulières. Elles recèlent des possibilités illimitées pour ce qui est de combiner des sons. L'orchestre s'entraînait alors sur des extraits de la *Sinfonietta* de Janáček, dans une transcription pour une fanfare de cuivres. Telle était l'œuvre à interpréter dans la section : « morceaux libres » du concours. La *Sinfonietta* de Janáček est ardue à exécuter pour des lycéens. Et les timbales jouent un rôle prépondérant dans la partie pour fanfare. Le professeur de musique, qui faisait fonction de chef, l'avait choisie dans le but de faire valoir l'excellence de ses percussionnistes. Mais, pour les raisons exposées précédemment, ceux-ci avaient soudain fait défaut. Il s'était retrouvé bien embêté. Naturellement, ce rôle décisif échut au remplaçant Tengo. Mais lui ne sentit aucune pression et prit grand plaisir à interpréter le morceau.

Après le concours qui s'était achevé sans incident (ils ne le remportèrent pas mais furent classés parmi les premiers), l'enseignante s'approcha de Tengo. Elle le félicita pour sa magnifique interprétation.

« J'ai tout de suite vu que c'était toi, Tengo, lui dit cette petite femme. (Tengo ne se souvenait pas de son nom.) Je regardais attentivement ton visage alors que tu jouais si bien des timbales et je me disais : “Mais oui, c’est Tengo.” Tu as bien grandi, mais je t’ai reconnu aussitôt. Depuis quand joues-tu des timbales ? »

Tengo lui expliqua sommairement les circonstances.

« Tu as toutes sortes de talents ! lui dit-elle, admirative.

— Le judo est nettement plus facile ! répondit-il en riant.

— Et sinon, ton père va bien ? demanda-t-elle.

— Oui, il est en bonne santé », répondit Tengo.

Ce n’étaient que des paroles en l’air. Il ignorait complètement comment se portait son père. C’était une question à laquelle il ne voulait pas penser. À cette époque, Tengo avait quitté la maison, il était pensionnaire, et il n’avait pas parlé à son père depuis bien longtemps.

« Pourquoi êtes-vous venue ici ? demanda Tengo.

— Ma nièce m’a invitée. Elle fait partie de l’orchestre de cuivres d’un autre lycée, et elle m’a demandé d’écouter son solo de clarinette. Et toi, tu penses continuer la musique ?

— Dès que ma jambe sera guérie, je reprendrai le judo. Le judo, vous comprenez, c’est ce qui me fait vivre. Notre école met l’accent sur ce sport. J’ai une allocation qui me permet de loger à la pension et de manger trois repas par jour. Ce ne serait pas possible avec la fanfare.

— Dans la mesure du possible, tu ne veux pas être à la charge de ton père ?

— Parce qu’il est ce qu’il est », répondit Tengo.

L’enseignante sourit.

« C’est dommage, pourtant, avec tous les talents que tu as… »

Tengo considéra du haut de sa taille cette petite femme. Puis il se souvint du temps où il avait dormi dans son appartement. Il revit clairement la pièce très propre, tout à fait fonctionnelle, où elle habitait. Les rideaux en dentelle, les quelques plantes en pots. La planche à repasser et les livres en cours de lecture. À un mur était accrochée une petite robe rose. L'odeur du canapé où elle l'avait fait dormir. Et aujourd'hui, alors qu'elle se tenait devant lui, Tengo s'aperçut qu'elle avait l'air d'une jeune fille toute gênée. Puis il se rendit compte aussi qu'il n'était plus un petit garçon désarmé de dix ans, qu'il était à présent un grand jeune homme de dix-sept ans. Le torse large, barbu, avec de puissants désirs sexuels dont il ne savait que faire. Et lorsqu'il était avec des femmes plus âgées, il était bizarrement apaisé.

« J'ai été contente de te revoir, dit l'enseignante.

— Moi aussi, cela m'a fait plaisir », répondit Tengo.

Et il était sincère. Pourtant, il ne parvenait absolument pas à se souvenir de son nom.

15

Aomamé

Comme un ballon solidement ancré

Aomamé était très attentive à sa nourriture. Les légumes constituaient l'essentiel de ses repas, accompagnés de coquillages ou de poissons, surtout à chair blanche. Pour la viande, elle en mangeait peu, et c'était alors du poulet. Elle choisissait uniquement des produits frais, utilisait le moins possible d'assaisonnement. Elle évitait les aliments trop gras et limitait la quantité des glucides. Elle ne mettait pas de sauce dans la salade ou à peine un filet d'huile d'olive, du sel et du citron. Cependant, il ne s'agissait pas seulement pour elle de manger beaucoup de légumes. Elle étudiait soigneusement leurs substances nutritives et cherchait à obtenir un bon équilibre en combinant diverses variétés végétales. Elle concoctait elle-même ses menus et, quand on le lui demandait, elle donnait volontiers des conseils à son club de sport. « Oubliez le nombre de calories ! » était son expression favorite. Du moment que vous choisissez de bons produits et que vous sentez que vous en avez mangé la bonne quantité, inutile de vous ennuyer à faire des calculs.

Mais comme il était impossible de vivre en s'astreignant à des menus aussi ascétiques, s'il lui en prenait l'envie impérative, elle se précipitait dans un restaurant et commandait un steak épais ou des côtelettes d'agneau. Quand, à l'occasion, elle éprouvait une envie irrépressible pour quelque nourriture, elle réfléchissait aux raisons pour lesquelles son corps lui faisait cette demande, et au signal qu'il lui envoyait. Et ensuite, elle obéissait à cet appel naturel.

Elle aimait le vin et le saké, mais elle évitait d'absorber trop d'alcool afin de préserver son foie et de limiter la quantité de sucres. Trois fois par semaine, elle s'abstenait de boire. Pour Aomamé, son corps était sacré, elle devait en préserver la pureté. Toute malpropreté lui était intolérable, la moindre *souillure* inadmissible. Ce qui était célébré là, elle y réfléchirait plus tard.

Pour le moment, elle était très musclée, sans un soupçon de graisse. Chaque jour, nue devant son miroir, elle se soumettait à un examen minutieux. Non pour s'admirer, bien au contraire. Ses seins n'étaient pas assez volumineux. Dissymétriques, en outre. Sa toison pubienne ressemblait à un champ piétiné par un bataillon d'infanterie après un défilé. Chaque fois qu'elle observait son corps, elle ne pouvait s'empêcher de grimacer. Enfin, au moins était-il dépourvu d'embonpoint. Elle ne pouvait même pas pincer entre les doigts un peu de chair superflue.

Aomamé menait une vie très simple. Elle ne dépensait volontairement beaucoup d'argent que pour la nourriture. Elle ne lésinait pas sur la qualité des produits et ne buvait que du bon vin. Lorsqu'il lui arrivait de manger à l'extérieur, elle choisissait des établissements où l'on cuisinait avec soin. Sinon, rien ne l'intéressait vraiment.

Elle ne se souciait ni des vêtements, ni du maquillage, ni des accessoires. Pour aller au travail, elle se contentait de tenues décontractées, jean et sweat. Dès qu'elle entrait dans la salle de sport, de toute façon, elle revêtait un pantalon et un tee-shirt de jersey, et restait toute la journée dans cette tenue. Évidemment, elle ne portait aucun colifichet. Les occasions où elle faisait un effort spécial de toilette étaient rares. Elle n'avait pas d'amoureux et personne avec qui sortir. Depuis que Tamaki Ootsuka s'était mariée, elle n'avait plus d'amie avec qui aller déjeuner ou dîner. Lorsqu'elle était en quête de partenaires sexuels de passage, elle se maquillait et s'habillait avec la recherche de mise, mais cela lui arrivait une fois par mois tout au plus. Elle n'avait pas besoin de beaucoup de vêtements.

S'il le fallait, elle faisait le tour des boutiques d'Aoyama pour chercher une robe de « killer », achetait aussi un ou deux accessoires pour aller avec, et une paire de chaussures à hauts talons. C'était bien suffisant. Ordinairement, elle portait des chaussures à semelles plates et s'attachait les cheveux en arrière. Elle se nettoyait le visage soigneusement au savon puis se mettait simplement une crème de base. Aussi avait-elle toujours le teint frais. Du moment que son corps était propre et en bonne santé, elle était satisfaite.

Depuis qu'elle était petite, elle était habituée à une vie modeste et sans extra. L'ascèse et la tempérance lui avaient été inculquées dès son plus jeune âge. Dans son foyer, il n'y avait absolument rien de superflu. « C'est du gaspillage ! » étaient des mots qu'elle avait entendus très souvent à cette époque. Chez eux, il n'y avait pas de télévision, pas de journaux non plus. Quant aux informations, elles étaient jugées *inutiles*.

La viande et le poisson n'apparaissaient à leur table que très rarement, et c'était surtout à la cantine de son école qu'Aomamé trouvait les aliments nécessaires à sa croissance. Tout le monde jugeait cette nourriture « mauvaise » et en laissait sur son assiette. Alors qu'elle aurait bien aimé récupérer la part des autres.

Ses vêtements étaient toujours des affaires de seconde main. Chez les adeptes, on récupérait les vieux vêtements et on les redistribuait. Aussi, en dehors des tenues de gymnastique réglementaires, ne lui avait-on jamais acheté d'habits neufs pour l'école. Elle n'avait pas souvenir d'avoir eu des vêtements ou des chaussures exactement à sa taille. Ce qu'elle portait était affreusement mal assorti, pour les couleurs ou les motifs. Si sa famille avait été obligée de mener une vie aussi misérable, il n'y aurait eu qu'à se résigner. Mais les parents d'Aomamé n'étaient absolument pas dans le besoin. Son père étant ingénieur, le foyer disposait de revenus décents et même d'une bonne épargne. C'étaient ses parents qui, par principe, avaient choisi de mener une vie aussi radicalement dépouillée.

Toujours est-il que son quotidien était tellement éloigné de celui des enfants de son entourage qu'elle n'avait pu nouer aucun lien amical. Elle n'avait ni la tenue qui convenait, ni le loisir de sortir avec des amis. On ne lui donnait pas d'argent de poche, et si elle avait été invitée à un anniversaire (par chance ou par malchance, cela n'était jamais arrivé) elle n'aurait pu acheter le moindre cadeau.

Aussi haïssait-elle ses parents, haïssait-elle profondément le monde auquel ils appartenaient, ainsi que leur idéologie. Elle aspirait à vivre comme les autres une *vie ordinaire.* Elle ne rêvait pas de luxe. Juste d'une vie simple, tout ce qu'il y aurait de plus ordinaire. Je n'ai besoin de rien de plus, songeait-elle. Ah, vivement que je sois adulte et que j'aille vivre seule, comme il me plaira, loin de mes parents. Je mangerai ce que j'aurai envie de manger, et je dépenserai librement ce qu'il y aura dans mon porte-monnaie. Je porterai des vêtements neufs qui me plairont, je mettrai des chaussures à ma taille, j'irai où il me plaira d'aller. J'aurai plein d'amies, et nous échangerons des cadeaux magnifiquement emballés.

Mais, une fois adulte, Aomamé découvrit une réalité indubitable : c'était lorsqu'elle menait une vie ascétique et frugale qu'elle se sentait le mieux. Ce qu'elle aimait plus que tout, c'était rester seule chez elle, en sweat et pantalon de sport. Elle ne cherchait pas à être élégante et à sortir avec des amis.

Après la mort de Tamaki, Aomamé quitta la société de boissons pour sportifs pour laquelle elle travaillait, abandonna la pension où elle habitait jusqu'alors. Elle déménagea à Jiyugaoka, où elle loua un appartement de deux pièces cuisine. Il n'était certes pas très grand, mais au moins l'espace lui semblait vaste et vide. La cuisine était correctement équipée, les meubles étaient réduits au strict minimum. Elle possédait peu de chose. Elle aimait lire mais, dès qu'elle avait achevé un livre, elle le revendait dans une librairie d'occasion. Elle aimait écouter de la musique mais n'accumulait pas de disques. C'était pour elle une épreuve de voir s'entasser sous ses yeux le peu qu'elle possédait. Elle se sentait coupable chaque fois qu'elle achetait quelque chose dans un magasin. Elle se disait que *ces choses-là, au fond, n'étaient pas indispensables*. Quand elle voyait ses chaussures ou ses jolis vêtements dans son placard, elle avait le cœur serré et se sentait oppressée. Cette image d'opulence et de grande liberté, paradoxalement, rappelait à Aomamé l'époque de son enfance pauvre et entravée, quand on ne lui donnait rien.

Devenir libre, qu'est-ce que cela veut dire finalement ? s'interrogeait-elle bien souvent. Est-ce que cela signifie réussir à s'échapper d'une cage pour s'enfermer dans une autre, beaucoup plus grande ?

Après avoir expédié dans l'autre monde l'homme qui lui avait été désigné, elle recevait une sorte de rémunération de la vieille femme d'Azabu. Une liasse de billets, enveloppés dans un solide emballage en papier, sans mention de destinataire ni nom ou adresse d'expéditeur, était déposée dans une boîte postale. Tamaru donnait la clé de cette boîte à Aomamé, qui en sortait le contenu puis la lui rendait. Ce qui se trouvait dans l'enveloppe, elle le déposait ensuite dans un coffre à la banque, sans même prendre la peine d'en vérifier le montant. Dans son coffre se trouvaient enfermées deux liasses, semblables à des briques compactes.

Aomamé ne dépensait même pas son salaire mensuel. Il restait tel quel en réserve. C'est pourquoi cet argent ne lui était absolument pas nécessaire. Elle l'avait expliqué à la vieille femme la première fois qu'elle avait reçu sa rétribution.

« Ce n'est que pour la forme, avait répondu la vieille femme de sa petite voix douce, comme pour lui faire entendre raison. Considérez ceci comme quelque chose de protocolaire. Vous devez l'accepter. Si cet argent ne vous est pas indispensable, ne vous en servez pas. Ou bien si vraiment il vous fait horreur, faites-en don de manière anonyme à quelque organisation caritative. Votre liberté est totale. Mais si vous prêtez attention à mon conseil, il vaudrait mieux le déposer quelque part sans y toucher durant un certain temps.

— Je ne veux pas recevoir de l'argent en échange de ce que j'ai fait, avait dit Aomamé.

— Oui, je comprends votre sentiment. Pourtant, grâce au fait que *vous avez magnifiquement déplacé* ces hommes qui ne valaient rien, vous avez épargné à leurs femmes d'assommants procès en divorce, sans compter les conflits concernant l'autorité parentale. Elles n'auront plus jamais à craindre que leur mari ne revienne un jour à la maison et ne les batte au point de les défigurer. Elles ont touché assurance vie et pension de réversion. Considérez l'argent qui vous est remis comme une *forme* de reconnaissance de la part de ces femmes. Ce que vous avez accompli est absolument juste. Mais ce n'est pas un acte gratuit. Comprenez-vous bien pourquoi ?

— Pas très bien, répondit Aomamé honnêtement.

— Parce que vous n'êtes ni un ange ni un dieu. Je sais bien que vous agissez selon des mobiles très purs. Et je comprends donc que vous ne désiriez pas recevoir de l'argent pour cela. Mais ce genre de sentiment totalement pur et sans mélange est, d'un certain côté, quelque chose de dangereux. Pour un simple humain, ce n'est pas facile de vivre dans de telles dispositions d'esprit. Aussi devez-vous brider votre sentiment, comme un ballon solidement ancré au sol. Il en va de vous-même. Même quand quelque chose est juste, que votre mobile est pur, cela ne signifie pas pour autant que vous puissiez agir. Vous comprenez ? »

Après avoir réfléchi un moment, Aomamé eut un signe de tête. « Non, je ne comprends pas très bien. Mais pour le moment, je ferai comme vous le dites. »

La vieille femme sourit. Puis elle avala une gorgée de son infusion.

« Il vaut mieux ne pas déposer cet argent sur votre compte bancaire. Si le fisc s'en mêle, il risque de se montrer curieux. Il est préférable de mettre cet argent liquide tel quel dans un coffre. Cela pourra vous être utile un jour.

— C'est ce que je vais faire », dit Aomamé.

Aomamé venait juste de rentrer du club, elle préparait son repas quand la sonnerie du téléphone retentit.

« Aomamé ? » fit une voix de femme. Légèrement rauque. C'était Ayumi.

Le combiné contre l'oreille, Aomamé allongea le bras pour baisser la flamme du gaz.

« Alors, ça marche, la police ?

— J'ai flanqué des contraventions pour stationnement interdit à la pelle et je me suis fait détester des gens. Pas un seul homme à l'horizon. Tu imagines, j'ai pris un plaisir fou à travailler !

— Tu en as, du courage !

— Dis-moi, Aomamé, qu'est-ce que tu fais, maintenant ?

— Je prépare mon dîner.

— Après-demain, tu es libre ? Le soir ?

— Oui, je suis libre, mais je n'ai pas envie de trucs comme la dernière fois. De ce côté-là, je préfère prendre un peu de repos, tu comprends ?

— Mmm. Moi aussi, ça va pour un moment, ce genre de choses. Mais ça fait longtemps que je ne t'ai pas vue. Je voudrais qu'on se rencontre toutes les deux, qu'on bavarde. »

Aomamé réfléchit un peu. Mais elle n'arrivait pas à se décider.

« Écoute, là, j'ai des légumes sur le feu, répondit-elle. Je n'ai pas les mains libres. Tu peux me rappeler dans une demi-heure environ ?

— D'accord, je te rappelle plus tard. »

Aomamé coupa la communication et finit de surveiller la cuisson de son plat. Puis elle prépara de la soupe au miso aux germes de soja et du riz complet. Elle but une demi-canette de bière et jeta le reste. Elle fit la vaisselle, et elle venait juste de s'asseoir sur le canapé en soupirant quand Ayumi l'appela de nouveau.

« J'aimerais qu'on dîne ensemble, proposa-t-elle. C'est pas drôle de manger toujours seule.

— Tu es toujours seule ?

— Non, je prends mes repas dans ma pension. Mais tout le monde discute et ça fait un raffut terrible. Alors j'aimerais bien de temps en temps aller manger de bonnes choses au calme, en prenant mon temps. Si possible, dans un endroit chic. Mais ça ne me dit rien d'y aller seule. Tu comprends ?

— Bien sûr.

— Je n'ai personne pour m'accompagner. Ni homme ni femme. Ceux qui m'entourent, leur style, c'est plutôt les petits bouis-bouis. Alors, je me disais qu'on pourrait se retrouver quelque part, toi et moi. Mais j'ai peur que ça te gêne.

— Non, non, pas du tout, répondit Aomamé. Bon, d'accord, on va aller déguster des trucs chic. Moi aussi, ça fait un bon moment que ça ne m'est pas arrivé.

— Vraiment ? dit Ayumi. Ah, ça me fait plaisir.

— Après-demain, ça te va ?

— Oui, le lendemain, je ne suis pas de service. Tu connais un bon endroit ? »

Aomamé lui dit alors le nom d'un restaurant français à Nogizaka.

En entendant ce nom, Ayumi en resta abasourdie.

« Mais c'est un restaurant extrêmement réputé ! Les prix sont très élevés, et puis j'ai lu dans je ne sais plus quelle revue qu'il fallait réserver au moins deux mois à l'avance ! Je ne crois pas qu'avec mon salaire je puisse aller dans un établissement de ce genre…

— Ne t'en fais pas. Le propriétaire est membre de mon club, et je suis son coach personnel. En plus, je lui donne des conseils sur la valeur nutritionnelle de ses menus. Alors, si je le lui demande, il nous donnera une table en priorité et en plus il nous fera un prix. Bon, ce ne sera peut-être pas une table très bien placée…

— Oh, pour moi, même si c'est dans un placard, ça m'ira !

— Alors, fais-toi belle ! » conclut Aomamé.

Après avoir reposé le combiné, Aomamé fut un peu surprise de s'apercevoir qu'elle ressentait de la sympathie pour la jeune policière. Depuis la mort de Tamaki Ootsuka, c'était la première fois qu'elle éprouvait ce sentiment pour quelqu'un. Bien sûr, il était très différent de celui qui l'avait liée à Tamaki. Pourtant cela faisait longtemps qu'elle n'avait même pas imaginé sortir au restaurant avec quelqu'un. Et voilà que justement ce quelqu'un était une policière. Aomamé soupira. Le monde était étrange.

Aomamé revêtit une robe à demi-manches bleu-gris sur laquelle elle posa un petit cardigan blanc et elle enfila des hauts talons Ferragamo. Elle mit aussi des boucles d'oreilles et un fin bracelet en or. Elle laissa chez elle le sac à bandoulière habituel (ainsi, bien sûr, que son pic à glace) et se munit d'une petite pochette de La Bagagerie. Ayumi portait une veste noire simple Comme des garçons, avec, dessous, un tee-shirt marron largement décolleté, une jupe évasée à motifs fleuris. Elle avait pris son sac Gucci, mis des boucles d'oreilles ornées de petites perles véritables, et enfilé des chaussures à talons plats marron. Elle paraissait plus élégante et plus jolie que la dernière fois. On n'aurait jamais pensé qu'elle était policière.

Elles attendirent d'abord au bar en dégustant un cocktail Mimosa, puis on les conduisit à leur table. Qui n'était pas si mal placée. Le chef apparut et parla avec Aomamé. Puis il leur déclara que le vin était pour lui.

« Pardon, la bouteille a déjà été ouverte et on en a bu un peu, pour la tester. Hier, voyez-vous, quelqu'un s'est plaint à propos de son goût, on a dû remplacer la bouteille. En fait, il n'y avait aucun problème. Mais le client était un homme politique très connu, et dans ces sphères-là ils se croient grands connaisseurs. En réalité, ils sont nuls. C'est juste pour avoir l'air d'un expert devant les autres qu'il a voulu se plaindre. Style : "Ce bourgogne n'aurait-il pas un peu d'amertume ?" Le client, c'est le client, hein, alors moi, j'ai dit : "Ah oui… Il se peut qu'il y ait un peu d'amertume. Peut-être de mauvais contrôles dans les entrepôts de notre importateur. Je vous en apporte immédiatement une autre. On voit que vous êtes un vrai connaisseur…", enfin, les mots qu'il voulait entendre, et je leur ai apporté une autre bouteille. Comme ça, je ne risquais pas d'envenimer les choses. Vous savez, je ne vais pas le crier trop fort, mais j'en ai rajouté un peu sur leur addition. Parce que, de toute façon, eux, ils le font passer sur leurs frais. Il va de soi que, dans notre établissement, on ne va pas servir aux clients une bouteille une fois qu'elle a été retournée à la suite d'une plainte. C'est normal.

— Mais avec nous, pas de problème. »

Le chef cligna de l'œil.

« Ça ne vous dérange pas ?

— Bien sûr que non, dit Aomamé.

— Absolument pas, ajouta Ayumi.

— Cette jolie demoiselle est votre sœur ? demanda le chef à Aomamé.

— Elle en a l'air ? interrogea Aomamé.

— Vous ne vous ressemblez pas de visage, mais on dirait pourtant…, dit le chef.

— C'est une amie, dit Aomamé. Elle travaille dans la police.

— Oh ! C'est vrai ? s'exclama le chef, l'air incrédule, en regardant de nouveau Ayumi. Vous faites des patrouilles avec un pistolet ?

— Je n'ai encore tiré sur personne, répliqua Ayumi.

— Bon, je ne vous ai rien dit de mal, hein ! » dit le chef.

Ayumi secoua la tête. « Rien du tout. »

Le chef sourit et joignit les mains sur la poitrine.

« C'est un excellent bourgogne que je recommande les yeux fermés à tous mes clients ; il a été produit dans un domaine illustre, il est d'une bonne année, et il coûte, ah… je ne vous dirai pas combien de milliers de yens. »

Le serveur s'approcha et versa le vin. Toutes deux levèrent leurs verres pour trinquer. Lorsqu'ils se touchèrent légèrement, il y eut un son qui tinta comme la clochette d'un paradis lointain.

« Aaah ! C'est la première fois de ma vie que je bois un vin aussi bon ! fit Ayumi en plissant les yeux après avoir avalé une gorgée. Je ne vois vraiment pas ce qu'on peut trouver à redire à un vin pareil !

— Il y a des gens qui trouvent à redire à n'importe quoi », observa Aomamé.

Après quoi toutes deux examinèrent le menu en détail. Ayumi, l'œil pénétrant, comme un avocat expérimenté lisant un contrat important, relut de fond en comble, à deux reprises, la liste des plats proposés sur la carte. Ne risquait-elle pas de laisser échapper quelque chose de crucial ? Allait-elle déceler une tromperie bien dissimulée ? Elle étudiait mentalement les diverses conditions et clauses qui étaient inscrites là. Délibérait sur une possible conclusion à en tirer. Elle *pesait* soigneusement les profits et les pertes. De sa place en face d'elle, Aomamé observait son expression avec un grand intérêt.

« Tu as choisi ? demanda-t-elle.

— À peu près, répondit Ayumi.
— Alors, qu'est-ce que tu prends ?
— La soupe de moules, la salade aux trois sortes d'oignons, et, après, le mijoté de cervelle de veau d'Iwaté au vin de Bordeaux. Et toi ?
— La soupe de lentilles, l'assortiment de légumes tièdes de printemps, et ensuite le foie de lotte de mer grillée en papillote accompagné de polenta. Bien sûr, du vin rouge avec tout ça, ce n'est pas ce qui va le mieux, mais comme on nous l'offre…
— On pourra se faire goûter nos plats ?
— Bien sûr, dit Aomamé. Et si tu veux, on pourrait se partager des gambas frites en hors-d'œuvre.
— Génial ! s'exclama Ayumi.
— Si nous sommes décidées, il faut fermer la carte, sinon le serveur ne viendra jamais.
— D'accord. »

Ayumi replia la carte avec regret et la reposa sur la table. Le serveur arriva à la seconde et prit leur commande.

« Dès que j'ai commandé, j'ai l'impression que je n'ai pas choisi les bons plats, expliqua Ayumi quand le serveur fut parti. Et toi ?
— Même si c'est le cas, ce n'est jamais que de la nourriture. En comparaison des erreurs que nous commettons dans la vie, ce n'est qu'une bagatelle.
— Oui, évidemment, approuva Ayumi. Mais pour moi, c'est extrêmement important. J'ai toujours été comme ça, depuis toute petite. Toujours, toujours, j'ai des regrets… "Ah, je n'aurais pas dû choisir un hamburger, j'aurais dû prendre des croquettes de crevettes…" Et toi, tu as toujours été aussi détachée ?
— Dans ma famille, pour des tas de raisons, on ne m'a pas habituée à manger à l'extérieur. Jamais. Je ne peux même pas me souvenir d'avoir mis les pieds dans un restaurant. J'ai dû attendre d'être assez âgée

avant d'ouvrir une carte et de choisir des plats qui me feraient envie. Avant, je mangeais en silence ce qu'il y avait à table. Même si c'était mauvais, même si ce n'était pas suffisant, même si j'en avais horreur, je n'avais pas le droit de me plaindre. Et aujourd'hui, si je suis honnête, ce genre de choses, ça n'a pas d'importance pour moi.

— Ah, ça se passait comme ça chez toi ? On ne dirait pas, à te voir. Tu donnes plutôt l'impression d'avoir été habituée depuis toute petite à fréquenter des endroits comme celui-ci. »

C'était Tamaki Ootsuka qui l'avait entièrement initiée à ce genre de choses. Tamaki lui avait tout appris : comment se comporter quand on pénétrait dans un restaurant chic, comment bien choisir ses plats pour ne pas être méprisée par le personnel. La manière de s'y prendre avec les serveurs, de commander le vin, le dessert, la façon correcte de se servir des couverts. C'était Tamaki qui avait fait d'elle une connaisseuse avisée en la matière. Elle lui avait enseigné comment choisir ses vêtements, comment assortir ses accessoires, et aussi la façon de se maquiller. Pour Aomamé, tout était une découverte. Tamaki avait grandi dans une famille riche, qui résidait dans un beau quartier, et sa mère, très sociable, était particulièrement à cheval sur le savoir-vivre et la toilette. Aussi Tamaki avait-elle assimilé ce type de savoir mondain alors qu'elle était encore lycéenne. Elle n'éprouvait aucune gêne à évoluer dans des lieux fréquentés par des adultes. Toutes ces bonnes manières, Aomamé les avait apprises avec avidité. Sans la rencontre avec un maître aussi émérite que Tamaki, elle serait sans doute devenue quelqu'un d'autre. Elle avait parfois l'impression que Tamaki était encore vivante, qu'elle était comme cachée à l'intérieur d'elle.

Au début, Ayumi se montra un peu tendue, mais avec le vin elle parut se décontracter.

« J'aimerais te poser une question, annonça-t-elle. Si tu n'as pas envie de répondre, ça ne fait rien. Mais j'aimerais juste savoir. Tu ne te fâcheras pas ?

— Bien sûr que non.

— C'est une question un peu bizarre, mais ce n'est pas méchant de ma part. Tu comprends, n'est-ce pas ? C'est juste que je suis très curieuse. Mais parfois sur ces choses-là les gens se mettent en colère.

— Ne te fais pas de souci. Je ne me fâcherai pas.

— Sûr ? Tout le monde dit ça et après, à tous les coups, on s'énerve.

— Pas moi. Alors, ne t'en fais pas.

— Bon. Quand tu étais petite, est-ce qu'il t'est arrivé qu'un homme te fasse des trucs bizarres ? »

Aomamé secoua la tête.

« Non, je ne crois pas. Pourquoi ?

— Je voulais seulement te poser la question. Mais c'est bon », fit Ayumi. Puis elle changea de sujet. « Tu as déjà eu un amoureux ? Je veux dire, un vrai ?

— Non.

— Pas un seul ?

— Pas un seul », répondit Aomamé. Puis elle hésita un peu avant de poursuivre. « À vrai dire, à vingt-six ans, j'étais encore vierge. »

Ayumi en resta sans voix un instant. Elle posa sa fourchette et son couteau, s'essuya les lèvres à sa serviette, puis étrécit les yeux et regarda fixement Aomamé.

« Alors que tu es si jolie ? C'est incroyable.

— Ça ne m'intéressait absolument pas.

— Tu veux dire que les hommes ne t'intéressaient pas ?

— Il n'y a qu'un homme que j'aime, déclara Aomamé. J'ai aimé ce garçon quand j'avais dix ans, je lui ai serré la main.

— Tu as aimé un garçon quand tu avais dix ans. Et c'est tout ?

— C'est tout. »

Ayumi prit sa fourchette et son couteau, coupa un petit morceau de gamba, plongée dans ses pensées. « Et maintenant, ce garçon, où est-il ? Que fait-il ? »

Aomamé secoua la tête.

« Je ne sais pas. Nous étions dans la même classe, en troisième et quatrième année de primaire, à Ichikawa, dans la préfecture de Chiba. Mais moi, en cinquième année, je suis allée dans une autre école à Tokyo, et depuis je ne l'ai jamais revu. Je n'en ai plus jamais entendu parler. Tout ce que je sais de lui, s'il est encore en vie, c'est qu'il doit avoir vingt-neuf ans. Trente à l'automne.

— Et tu n'as pas eu l'idée de découvrir ce qu'il était devenu ? Je suppose que ce ne doit pas être très difficile. »

De nouveau, Aomamé secoua la tête énergiquement.

« Je n'ai pas voulu.

— C'est bizarre. Moi, j'aurais utilisé tous les moyens possibles pour savoir où il vivait. Si tu l'aimes tant que ça, tu le rechercherais, et une fois que tu l'aurais retrouvé, tu lui avouerais en face que tu l'aimes.

— Je ne veux pas faire ça, dit Aomamé. Ce que j'espère, c'est qu'un jour, quelque part, je le rencontrerai par hasard. Par exemple, nous nous croiserions sur une route, ou bien nous prendrions le même bus.

— Un hasard providentiel.

— Euh… oui, quelque chose comme ça », fit Aomamé. Puis elle but une gorgée de vin. « À ce moment-là, je lui dirais : “Tu es le seul homme que j'aie aimé de toute ma vie.”

— Ça alors, c'est drôlement romantique ! fit Ayumi, qui semblait stupéfaite. J'ai tout de même l'impression que vous avez très peu de chances de vous retrouver de cette façon. En plus, comme tu ne l'as pas vu depuis vingt ans, son visage a peut-être changé, tu sais. Est-ce que tu le reconnaîtras vraiment si tu le croises ? »

Aomamé secoua la tête.

« Même s'il a changé, je le reconnaîtrai au premier coup d'œil. J'en suis sûre.

— Tu le crois vraiment ?

— Oui, je le crois vraiment.

— Et tu attends sérieusement cette rencontre du hasard ?

— C'est pour cela que je ne manque pas d'être très attentive quand je marche dans la ville.

— Mmm, marmonna Ayumi. Pourtant, tout en aimant cet homme aussi passionnément, cela ne t'a pas gênée de faire l'amour avec d'autres. Enfin, je veux dire, après tes vingt-six ans. »

Aomamé réfléchit un instant. Puis elle répondit : « Ce ne sont que des hommes de passage. Il ne m'en reste rien après. »

Pendant le silence qui suivit, les deux jeunes femmes se concentrèrent sur ce qu'elles dégustaient. Puis Ayumi reprit la parole. « J'ai l'air de me mêler de tes affaires, mais est-ce qu'il s'est passé quelque chose quand tu as eu vingt-six ans ? »

Aomamé eut un signe de tête affirmatif.

« Oui, un événement s'est produit, qui m'a complètement transformée. Mais il m'est impossible d'en parler ici et maintenant. Excuse-moi.

— Mais non, je t'en prie, répondit Ayumi. Tu ne m'en veux pas de te poser ces questions si insistantes ?

— Pas du tout », répondit Aomamé.

On leur apporta leurs soupes, qu'elles savourèrent tranquillement en silence. Elles reposèrent leurs cuillères et se remirent à bavarder une fois que le serveur eut débarrassé.

« Dis-moi, Aomamé, tu n'as pas peur ?

— Peur de quoi ?

— Eh bien, de ne pas le rencontrer. Bien sûr, il peut y avoir un hasard heureux. Ce serait magnifique. Je te le souhaite vraiment. Mais dans la réalité, je suppose, il est beaucoup plus probable que vous ne vous revoyiez pas. Et même si tu le rencontres de nouveau, il sera peut-être marié. Peut-être aura-t-il des enfants, je ne sais pas, deux par exemple. N'est-ce pas ? Et alors, tu serais condamnée à vivre le reste de ta vie seule. Sans t'être liée au seul homme que tu aimes sur cette terre. Quand tu y penses, est-ce que cela ne te fait pas peur ? »

Aomamé contempla le vin rouge à l'intérieur de son verre.

« J'ai peut-être peur. Mais au moins il existe un homme que j'aime.

— Même si de son côté il ne t'aimait pas ?

— Du moment que je peux aimer quelqu'un du fond du cœur, et même s'il n'existe pour moi que lui et lui seul, l'aimer m'aide à vivre. Même si je ne peux pas être avec lui. »

Ayumi médita un instant. Le serveur s'approcha et leur versa un peu de vin. Aomamé en but une gorgée et songea qu'Ayumi avait raison. Qui oserait se plaindre d'un vin aussi merveilleux ?

« Tu es vraiment extraordinaire, Aomamé. De te montrer aussi philosophe.

— Non, je ne suis pas philosophe. C'est juste ce que je pense, honnêtement.

— Moi aussi, j'ai aimé un homme, avoua Ayumi. Celui avec lequel j'ai fait l'amour la première fois, juste après être sortie du lycée. Il avait trois ans de plus que moi. Mais immédiatement après il s'est marié avec une autre. Après ça, pendant un certain temps, je me suis un peu laissée aller. Pour moi, tu comprends, ç'avait été assez rude. J'ai renoncé à lui, mais je ne me suis pas tout à fait rétablie de ces désordres. C'était un pauvre type sans intérêt, qui jouait double jeu. Un baratineur. Enfin, en tout cas, j'en étais tombée amoureuse. »

Aomamé acquiesça. Ayumi prit son verre et but un peu de vin.

« De temps en temps, il me téléphone, encore aujourd'hui. Il me dit, tu veux pas qu'on se voie. Bien sûr, ce qui l'intéresse, c'est juste le sexe. Je le sais parfaitement. Alors, non. Si je le revoyais, c'est sûr, ça me ferait encore des trucs horribles. Je le sais bien dans ma tête, mais physiquement, ça n'empêche que j'ai des réactions. Ça m'électrise quand je pense à lui. Lorsque ça se répète trop, je sors m'éclater quelque part. Tu comprends ça, hein, Aomamé ?

— Oui, je comprends !

— Franchement, il n'a aucun intérêt. Méchant de nature, et en plus, pas génial côté sexe. Mais au moins il n'avait pas peur de moi et pendant qu'on était ensemble, il s'occupait bien de moi.

— On ne peut pas choisir ses sentiments, observa Aomamé.

— Ça vous tombe dessus à l'improviste. Ce n'est pas comme si on choisissait ses plats sur une carte.

— Oui, mais quand tu t'aperçois que tu t'es trompée, dans les deux cas, tu le regrettes ! »

Elles rirent toutes deux.

Aomamé reprit : « Tu sais, que ce soit à propos d'un menu ou des hommes, ou de n'importe quoi d'autre, nous avons l'impression de choisir par nous-mêmes. Alors qu'au fond il se peut que nous n'ayons pas le choix. Tout a déjà été décidé dès le départ et nous faisons seulement *semblant* de choisir. Comme si nous avions vraiment du libre arbitre, enfin, comme on dit. Parfois, c'est ce que je pense.

— Eh bien alors, la vie est vraiment sombre.

— Mmm, oui.

— Mais quand on aime quelqu'un du fond du cœur, et même si c'est un horrible personnage, et même si de son côté il ne t'aime pas, au moins la vie n'est pas un enfer. Même si elle n'est pourtant pas gaie.

— Oui, c'est ça.

— Tu vois..., continua Ayumi. Moi, je crois qu'il n'y a aucune logique dans ce monde et pas assez de bonté.

— Peut-être bien, fit Aomamé. Mais il est trop tard pour en changer !

— On a dépassé la date limite pour rendre la marchandise, ajouta Ayumi.

— Et on a jeté le ticket de caisse.

— Exactement.

— Mais écoute donc. Un jour, ce monde-ci s'achèvera en un clin d'œil, déclara Aomamé.

— J'en serai heureuse !

— Et le Royaume adviendra.

— Je ne peux plus attendre », conclut Ayumi.

Après le dessert, elles burent un express et se partagèrent l'addition (étonnamment peu élevée). Puis elles se rendirent dans un bar des environs et prirent chacune un cocktail.

« Dis-moi, est-ce que par hasard il y aurait ici un homme qui te plairait ? »

Aomamé jeta un regard circulaire. Un homme d'âge moyen, grand, buvait seul un martini à un bout du comptoir. Le genre à avoir été un lycéen avec de bons résultats scolaires et qui réussissait en sport. À présent, alors qu'il vieillissait, ses cheveux commençaient à se clairsemer, mais sa physionomie restait juvénile.

« Oui, ça se peut, mais aujourd'hui, non, je ne veux pas d'homme, déclara fermement Aomamé. En plus, ici, ce n'est pas le lieu.

— D'accord. C'était juste pour parler.

— Une autre fois. »

Ayumi regarda Aomamé.

« Tu veux dire, la prochaine fois, on refera équipe ? Quand on se remettra en chasse ?

— Oui, oui, dit Aomamé. On le fera ensemble.

— Ah, génial ! J'ai l'impression que si je suis avec toi, je peux tout faire ! »

Aomamé buvait un daïquiri. Ayumi un Tom Collins.

« L'autre jour, au téléphone, tu m'as dit que toi et moi, nous avions joué aux lesbiennes, dit Aomamé. Mais qu'est-ce qu'on a fait exactement ?

— Ah… eh bien…, commença Ayumi. Rien de bien méchant. C'était seulement pour animer l'atmosphère, on a fait comme si. Mais honnêtement, tu ne te souviens de rien ? À ce moment-là, tu étais pleine d'entrain !

— Non, je ne me souviens de rien. Tout s'est envolé, répondit Aomamé.

— Eh bien, toutes les deux, on étaient nues, on se touchait un peu les seins, et on s'embrassait là…

— *On s'embrassait là ?* »

Aomamé, affolée, regarda autour d'elle. Dans ce bar paisible, elle avait parlé trop fort. Heureusement, personne ne semblait l'avoir entendue.

« Mais c'était juste pour s'amuser. On n'a pas mis la langue.

— Eh bien dis donc… » Aomamé pressa ses tempes du doigt et soupira. « On en a fait, de ces trucs !

— Pardon, dit Ayumi.

— Non, non, ça va. Pas la peine de t'inquiéter. C'est moi qui ai eu le tort d'être partie à ce point.

— Mais tu sais, Aomamé, *là*, c'était tout mignon, tout joli. J'avais l'impression que c'était comme neuf.

— Tu peux le dire ! Parce que, en effet, c'est du pour ainsi dire neuf ! répliqua Aomamé.

— Ça ne sert que de temps en temps… ? »

Aomamé approuva.

« Oui, c'est bien ça. Dis-moi, est-ce que, par hasard, tu aurais déjà eu ce genre de tendance ? »

Ayumi secoua la tête.

« Non, c'était la première fois de ma vie. Je t'assure. Mais moi aussi, j'étais vraiment cuitée, et puis, comme il s'agissait de toi, Aomamé, alors je me suis dit, eh bien, pourquoi pas. C'était juste pour faire semblant, rien de plus qu'un jeu. Et toi, de ton côté ?

— Non, pas du tout. Mais une seule fois, quand j'étais lycéenne, ça m'est arrivé avec ma meilleure amie. Nous n'avions pas d'intention préméditée. C'est juste arrivé.

— Oui, peut-être que ça se fait comme ça. Et à cette époque, tu as aimé ?

— Hmm. Je pense que oui, répondit Aomamé avec honnêteté. Mais cela ne s'est passé qu'une fois. J'ai estimé qu'il ne fallait pas, et nous n'avons pas recommencé.

— Il ne fallait pas… ?

— Non. Ce n'est pas que ce ne soit pas bien, ou sale, ce genre de choses, non. C'était qu'*avec elle* je ne voulais pas établir ce rapport-là. Je ne voulais pas qu'une amitié précieuse prenne cette forme.

— Ah bon, fit Ayumi. Dis, tu veux bien que je dorme chez toi, cette nuit ? Je n'ai pas envie de rentrer dans ma pension. Parce que dès que je serai retournée là-bas, tout ce raffinement que j'aurai vécu avec toi sera gâché à la seconde. »

Aomamé but la dernière gorgée de son daïquiri et reposa son verre sur le comptoir.

« D'accord pour dormir, mais *pas* de choses bizarres.

— Oui, oui, je te promets. Je veux juste rester encore un peu avec toi. Tu peux me faire coucher n'importe où. Je suis capable de m'endormir par terre, s'il le faut. Et demain, je ne suis pas de service, alors j'ai le temps. »

Après une correspondance dans le métro, elles arrivèrent dans l'appartement de Jiyugaoka. La pendule ne marquait pas tout à fait onze heures du soir. Elles étaient toutes les deux agréablement alcoolisées, elles avaient sommeil. Aomamé installa de quoi dormir sur le canapé puis elle prêta un pyjama à Ayumi.

« Tu veux bien que je vienne juste un peu dans ton lit ? demanda Ayumi. J'ai envie d'être près de toi. Mais je ne ferai rien. Je te le promets.

— Bon, d'accord », répondit Aomamé.

Elle était abasourdie à la pensée qu'une femme qui avait jusqu'alors tué trois hommes allait dormir dans le même lit qu'une femme policier en exercice. Le monde était décidément étrange.

Ayumi se glissa dans le lit et prit Aomamé dans ses bras. Ses seins fermes se pressaient sur le bras d'Aomamé. Les odeurs de l'alcool et du dentifrice se mêlaient dans son souffle.

« Aomamé, tu ne trouves pas que mes seins sont trop gros ?

— Non, pas du tout. Ils ont une très jolie forme.

— Mais une femme avec de gros seins, on la considère comme une idiote, pas vrai ? Et puis, quand je cours, ils ballottent, et j'ai honte de faire sécher mes soutiens-gorge. On dirait deux saladiers.

— Mais il semble que les hommes aiment bien ça.

— En plus, les pointes sont trop grandes. »

Ayumi déboutonna son pyjama, sortit un sein et montra son téton à Aomamé. « Regarde un peu la taille qu'il fait ! Tu ne le trouves pas anormal ? »

Aomamé regarda le mamelon. Certes, il n'était pas petit, mais pas excessivement grand. Un peu plus que celui de Tamaki.

« Il est tout à fait mignon. Quelqu'un t'a dit qu'ils étaient trop grands ?

— Un homme. Il a dit qu'il n'avait jamais vu de mamelons aussi énormes.

— Il n'avait pas dû en voir beaucoup. Ils sont normaux. Les miens, au contraire, sont trop petits.

— Moi, tu sais, je les aime bien, tes seins. Leur forme est élégante, et ils donnent une impression d'intelligence.

— Allons, tu plaisantes. Ils sont trop petits, et asymétriques. C'est embêtant pour choisir un soutien-gorge. Et le droit est plus gros que le gauche.

— Ah… on a tous nos petits soucis dans la vie.

— C'est bien vrai, conclut Aomamé, qui ajouta : Maintenant, tu dors ! »

Ayumi allongea la main vers le bas et tenta d'introduire les doigts sous le pyjama d'Aomamé. Celle-ci retint sa main.

« Non ! Tu avais promis, non ? Tu avais bien dit : je ne ferai pas de choses bizarres.

— Pardon ! dit Ayumi, qui retira sa main. Oui, c'est vrai, je te l'ai promis. Je dois être un peu partie. Mais tu sais, je t'admire, Aomamé. Comme une pauvre petite lycéenne. »

Aomamé resta silencieuse.

« Dis-moi, tu es bien sûre de garder pour ce garçon ce qui est pour toi le plus précieux ? dit Ayumi en chuchotant. Si c'est vrai, alors j'en suis jalouse. Que tu aies quelqu'un pour qui tu gardes ce que tu as de plus précieux. »

Peut-être, songea Aomamé. Mais qu'est-ce qui est le plus précieux, pour moi ?

« Allez, dors ! dit Aomamé. Je te tiens dans mes bras jusqu'à ce que tu sois endormie.

— Merci, dit Ayumi. Pardon. Je te dérange.

— Pas la peine de me remercier, répondit Aomamé. Tu ne me déranges pas. »

Aomamé sentait sous ses bras le souffle chaud d'Ayumi. Au loin un chien aboya, quelqu'un ferma bruyamment une fenêtre. Durant tout ce temps, elle caressa les cheveux d'Ayumi.

Quand Ayumi fut complètement endormie, Aomamé descendit du lit. Il semblait bien que cette nuit elle dormirait sur le canapé. Elle prit de l'eau minérale dans le réfrigérateur et en but deux verres. Puis elle sortit sur le petit balcon, s'assit sur la chaise d'aluminium et contempla la ville. C'était une nuit paisible de printemps. Portée par la brise, on entendait la rumeur de la circulation au loin, comme le mugissement artificiel de la mer. Minuit était passé, les scintillements des néons s'étaient quelque peu raréfiés.

J'éprouve une sorte de sympathie pour Ayumi, c'est sûr. J'ai envie de l'aimer autant qu'il m'est possible. À la mort de Tamaki, j'ai décidé que je n'aurais plus de vraies relations avec personne. Je ne voulais pas avoir une nouvelle amie. Mais avec Ayumi, je ne sais pas pourquoi, je peux ouvrir mon cœur naturellement. Je peux lui dévoiler mes sentiments, jusqu'à un certain point. « Bien sûr, elle est tout à fait différente de toi, expliqua Aomamé à Tamaki qui se trouvait en elle. Toi, tu es spéciale. J'ai grandi avec toi à mes côtés. Personne d'autre ne peut t'être comparé. »

Aomamé rejeta la tête en arrière. Alors que ses yeux se perdaient dans le ciel, sa conscience errait parmi des souvenirs lointains. Le temps passé avec Tamaki, leurs échanges. Et puis leurs caresses… Soudain, elle remarqua qu'il y avait quelque chose de différent dans le ciel nocturne. Quelque chose qui différait du ciel nocturne qu'elle voyait ordinairement. Quelque chose avait changé. Il était apparu une discordance subtile, mais indéniable.

Il lui fallut du temps pour comprendre quelle était cette différence. Ensuite, même après qu'elle en eut pris conscience, elle fut contrainte à bien des efforts pour en accepter la réalité. Ce qui avait pénétré son champ visuel, sa conscience était incapable de l'assimiler.

Dans le ciel brillaient deux lunes. Une petite et une grande. Deux lunes se côtoyaient. La grande était la lune de toujours. Presque pleine, de couleur jaune. Mais à côté il y en avait une autre. Une lune au contour inhabituel. Légèrement déformée. Et d'un vert tendre comme des jeunes mousses. Voilà ce que captait son champ visuel.

Aomamé étrécit les yeux et contempla longuement les deux lunes. Puis elle ferma les yeux, attendit un long moment, respira profondément et rouvrit les yeux. Elle espérait que tout serait revenu à la normale, qu'il n'y aurait plus qu'une lune. Mais la situation restait inchangée. Il ne s'agissait pas d'une diffraction de la lumière, sa vue n'avait subi aucune altération. Dans le ciel, sans la moindre erreur possible, deux lunes brillaient côte à côte. Une jaune, une verte.

Aomamé songea à réveiller Ayumi. Pour lui faire voir la scène. Lui demander si, comme elle, elle voyait deux lunes dans le ciel. Mais elle y renonça. « Voyons, tout est normal. La lune s'est dédoublée depuis l'an dernier », lui dirait-elle peut-être. Ou bien peut-être : « Qu'est-ce que tu racontes, Aomamé ? Je ne vois qu'une lune ! Tu es sûre que tout va bien avec tes yeux ? » Dans les deux cas, mon problème ne serait pas résolu. Il deviendrait même plus complexe.

Le menton dans les mains, Aomamé regarda fixement les deux lunes. Il n'y a aucun doute, quelque chose est en train de se passer, se dit-elle. Le rythme de son cœur s'était accéléré. Il est arrivé quelque chose au monde. Ou bien il m'est arrivé quelque chose. C'est l'un ou l'autre. Le problème est-il dans la bouteille, ou bien dans le bouchon ?

Elle retourna dans la chambre, ferma la porte vitrée à clé, tira les rideaux. Elle prit une bouteille de brandy sur l'étagère, s'en versa un verre. Ayumi, dans le lit, respirait tranquillement dans son sommeil. Aomamé but son brandy à petites gorgées en la regardant. Les deux coudes sur la table de la cuisine, s'efforçant de ne pas penser à ce qu'il y avait de l'autre côté des rideaux.

Il n'est pas impossible, songea-t-elle, que la fin du monde approche.

« Ensuite le Royaume adviendra, prononça Aomamé à voix basse.

— Je ne peux plus attendre », dit quelqu'un, quelque part.

16

Tengo

... que le résultat te plaise...

Après avoir remanié *La Chrysalide de l'air* durant dix jours, après l'avoir perfectionnée et avoir peiné à en faire une œuvre, somme toute, nouvelle, après l'avoir transmise à Komatsu, Tengo connut une période paisible, comme dans une bonace. Il se rendit à l'école préparatoire trois fois par semaine, rencontra sa petite amie mariée. Le reste du temps, il s'occupa de son ménage, se promena, se consacra à l'écriture de son roman. Et le mois d'avril s'en alla ainsi. Les fleurs des cerisiers s'éparpillèrent, les jeunes pousses firent leur apparition, les magnolias s'épanouirent, la saison amorça une nouvelle phase. Les jours s'écoulaient sans dérèglement, sans heurt ni incident. C'était précisément la vie que souhaitait Tengo —— une semaine se liait à la suivante mécaniquement, comme en continu.

Pourtant, il lui semblait qu'un changement était intervenu. Un *bon*. Il avait l'impression que, en écrivant, une nouvelle source jaillissait en lui. Non que l'eau en sorte à profusion. C'était plutôt une source modeste qui sourdait d'entre des rochers. Mais, même si son débit était faible, il semblait ininterrompu. Tengo ne devait pas se hâter. Ni s'impatienter. Il pouvait attendre le temps qu'il faudrait pour qu'il y ait suffisamment d'eau dans le creux des roches et qu'il y puise avec les mains. Ensuite, assis à sa table, il n'avait plus qu'à transcrire sous forme de phrases ce qu'il avait glané. Et ainsi l'histoire avançait naturellement.

En s'absorbant sans relâche dans la réécriture de *La Chrysalide de l'air*, peut-être avait-il déplacé la roche qui obstruait cette source. Tengo ne comprenait pas très bien la raison qui avait rendu cela possible. Pourtant, par contrecoup, il était certain qu'un « pesant couvercle avait enfin été ôté ». Il se sentait léger, comme s'il s'était extirpé d'un espace trop confiné. On aurait dit que ses membres pouvaient enfin s'allonger à leur guise. Le texte de *La Chrysalide de l'air* avait peut-être activement stimulé quelque chose qui se trouvait à l'intérieur de lui depuis toujours.

Tengo constatait qu'une sorte de désir était né en lui. Il ne se souvenait pas d'avoir été gratifié de ce genre d'émotion jusque-là. Depuis le lycée jusqu'à l'université, ses aînés ou ses entraîneurs de judo lui avaient souvent répété : « Tu as l'étoffe, tu as la force, tu t'entraînes bien. Mais tu ne possèdes pas ce qui s'appelle le désir. » C'était peut-être vrai. La volonté de « vaincre à tout prix » était vacillante chez Tengo. Du coup, s'il arrivait souvent jusqu'en demi-finale ou en finale, il finissait par être battu et n'avait jamais gagné une compétition importante. Il ne s'agissait pas seulement de judo. Tengo se comportait ainsi dans tous les domaines. Il était sans doute trop accommodant et ne voulait pas réussir *coûte que coûte*. Il en allait de même pour les romans. Ses textes n'étaient pas mauvais, il parvenait à construire des histoires intéressantes, mais pas assez puissantes pour vraiment captiver les lecteurs. Une fois la lecture achevée subsistait une insatisfaction, la sensation d'un manque. C'est pourquoi il avait souvent figuré dans la dernière sélection, mais sans jamais parvenir à être lauréat. Comme le lui avait bien fait observer Komatsu.

Après avoir terminé la réécriture de *La Chrysalide de l'air*, Tengo éprouva néanmoins une sorte de profonde irritation, pour la première fois de sa vie. Il avait été complètement absorbé tant qu'il avait remanié le texte. Sa main œuvrait sans qu'il se pose de questions. Mais, après l'avoir achevé et remis à Komatsu, un fort sentiment d'impuissance le submergea. Quand cette émotion retomba d'un cran naquit alors en lui, venant du plus profond de son être, quelque chose qui ressemblait à de la colère. Dirigée contre lui-même. Je me suis approprié l'histoire d'une autre, j'en ai fait une contrefaçon. Et j'y ai mis beaucoup plus de passion que lorsque j'écris mes propres textes. Cette pensée le remplissait de honte. Un écrivain, n'est-ce pas celui qui découvre une histoire cachée au fond de lui, et qui la fait apparaître avec les mots justes ? Tu ne te sens pas un peu minable ? Toi aussi, si tu en avais le véritable désir, c'est ainsi que tu devrais écrire.

Il lui fallait faire ses preuves.

Il décida de jeter résolument son manuscrit en cours et commença à écrire une histoire tout à fait nouvelle. Il ferma les yeux, écouta longuement, attentivement, la petite source qui dégouttait en lui. Enfin, les mots lui vinrent naturellement. Tengo les ordonna en phrases, petit à petit, en prenant tout son temps.

Le mois de mai arriva. Komatsu, qui ne l'avait pas appelé depuis longtemps, lui téléphona, peu avant neuf heures du soir.

« Ça y est ! » annonça-t-il. On entendait dans sa voix une légère excitation, inhabituelle chez lui.

D'abord, Tengo ne comprit pas très bien de quoi parlait l'éditeur.

« Ça y est… quoi ?

— Enfin, quoi ! *La Chrysalide de l'air* a remporté le prix des nouveaux auteurs. À l'unanimité des membres du jury. Il n'y a pour ainsi dire pas eu de débat. C'était évident. C'était le seul texte fort. En tout cas, nos affaires prennent bonne tournure. Ce qui implique que nous sommes tous embarqués sur le même bateau. Il faut que nous tenions bon ensemble ! »

Tengo jeta un coup d'œil sur le calendrier mural. Il constata que, en effet, ce jour était celui de la désignation du prix. Absorbé dans son propre roman, il avait perdu la notion du temps.

« Et maintenant, que va-t-il se passer ? Je veux dire, quel est le programme ? demanda Tengo.

— Le résultat sera publié demain dans les journaux. Il y aura des articles dans toute la presse du pays. Peut-être même des photos. Une jolie jeune fille de dix-sept ans, rien que ça, ça devrait alimenter les conversations. L'intérêt médiatique serait totalement différent, je dois le dire, si le lauréat était un trentenaire, ressemblait à un ours sortant d'hibernation, et était prof, par exemple, dans une école préparatoire.

— Le jour et la nuit, dit Tengo.

— La cérémonie de remise du prix aura lieu le 16 mai, dans un hôtel de Shimbashi. Ensuite, il y aura une conférence de presse.

— Fukaéri sera présente ?

— Oui, ce serait mieux. Au moins cette fois. Il serait invraisemblable que la lauréate n'assiste pas à la remise du prix. S'il n'y a pas alors de grosse boulette, ensuite nous réclamerons pour elle le strict respect de sa vie privée. Pardon, mais l'auteur n'aime pas se montrer en public. On s'en tiendra à cette ligne. Et de cette manière, on *sauvera les apparences.* »

Tengo tenta d'imaginer Fukaéri à la conférence de presse, dans le grand salon de l'hôtel. Les micros alignés, les flashs crépitant. Il avait du mal à visualiser la scène.

« Avez-vous vraiment envie qu'elle participe à cette conférence de presse ?

— Il me semble impossible qu'elle n'apparaisse pas au moins une fois en public.

— Oui, mais cela risque fort de tourner à la catastrophe !

— Eh bien justement, Tengo, ton rôle consistera à l'éviter ! »

Tengo resta silencieux. Il entendait là un présage funeste, comme un nuage sombre à l'horizon.

« Hé ! Tu es toujours là ? fit Komatsu.

— Mais oui, répondit Tengo. Dites-moi, qu'avez-vous voulu dire ? À propos de mon rôle ?

— Eh bien voilà : tu vas préparer Fukaéri à cette conférence de presse. Tu imagines à peu près le type de questions qu'on lui posera. Alors, tu lui donnes à l'avance les réponses et tu les lui fais bien mémoriser. Tu enseignes dans une école préparatoire, hein ? Donc, tous ces trucs-là, tu les connais.

— C'est moi qui dois faire ça ?

— Ah, eh bien oui. Pour une raison que j'ignore, Fukaéri te fait confiance. Elle t'écoutera. Avec moi, ce serait impossible. Elle ne m'a même pas encore permis de la voir. »

Tengo soupira. Il aurait aimé rompre avec les complications de *La Chrysalide de l'air*. Il avait fait ce qu'on lui avait demandé. Il voulait se concentrer sur son propre travail. Mais il pressentait que ça ne se ferait pas aussi facilement. Un mauvais pressentiment, selon toute probabilité.

« Est-ce que tu es libre, après-demain soir ? demanda Komatsu.

— Oui, je suis libre.

— Alors, au café habituel de Shinjuku, à six heures. Fukaéri sera là.

— Écoutez, monsieur, je ne peux pas faire ça. Je ne sais même pas très bien en quoi consiste une conférence de presse. Je n'ai jamais assisté à ce genre de rencontre.

— Tu veux devenir écrivain… ? Eh bien, imagine. Est-ce que ce n'est pas le travail d'un écrivain d'imaginer ce qu'il n'a jamais vu ?

— Mais n'aviez-vous pas dit que ma tâche serait terminée quand j'aurais récrit *La Chrysalide de l'air* ? Vous qui aviez ajouté : “Ensuite, je me charge de tout. Toi, tu restes assis sur un banc et tu regardes tranquillement le déroulement du jeu.”

— Tengo, écoute-moi, si je le pouvais, je le ferais volontiers moi-même. Et je ne suis pas quelqu'un qui aime solliciter les autres. C'est bien parce que là je ne peux pas faire autrement que je réclame ton aide, tu comprends ? Tiens, je te donne un exemple : nous sommes sur un bateau qui descend un rapide. Moi, je tiens la barre, je ne peux pas la lâcher. Alors, je te passe les rames. Mais si toi, tu refusais de les prendre, le bateau pourrait bien se renverser, et nous risquerions de sombrer ensemble. Y compris Fukaéri. Je suppose que ce n'est pas ce que tu souhaites ? »

Tengo soupira encore une fois. Comment se débrouillait-il pour se retrouver constamment dans des situations sans issue ?

« Bon, d'accord. Je vais tâcher de faire de mon mieux. Mais le succès n'est pas garanti.

— Essaie, je t'en prie. Je t'en serai reconnaissant, répondit Komatsu. Qu'est-ce que j'y peux, si cette petite a décidé de ne parler qu'à toi ! ajouta-t-il. Ah, encore une chose. Nous allons fonder une nouvelle société.

— Une société ?

— Oui, un bureau, un office, une agence de production… appelle ça comme tu veux.. En tout cas, une société qui va gérer les activités littéraires de Fukaéri. Bien sûr, ce sera juste sur le papier. Mais officiellement ce sera cette société qui rétribuera Fukaéri. J'ai obtenu du Pr Ébisuno qu'il soit son représentant. Toi aussi, Tengo, tu en feras partie. Il faut bien, à un titre ou à un autre, que tu touches une rémunération. J'y participerai également, même si mon nom n'apparaîtra pas publiquement. Parce que si l'on comprend que je suis impliqué dans l'affaire, ça créera des problèmes. Nous nous partagerons les gains. Toi, il te suffira d'apposer ton sceau sur des documents. Je m'occuperai du reste. Je connais d'ailleurs un bon avocat. »

Tengo réfléchit.

« Dites, est-ce que je ne pourrais pas rester en dehors de tout ça ? Je n'ai pas besoin de rémunération. J'ai été heureux de récrire *La Chrysalide de l'air*. Cela m'a beaucoup appris. Je suis ravi que Fukaéri ait obtenu le prix des nouveaux auteurs. Je vais faire de mon mieux pour qu'elle réponde correctement à la conférence de presse. Jusque-là, d'accord. Mais je ne veux pas être mêlé à cette société louche. Il s'agit là clairement d'une fraude organisée.

— Tengo, tu ne peux pas revenir en arrière, répliqua Komatsu. Une fraude organisée ? Tu as peut-être raison. Si tu veux. On peut appeler les choses ainsi. Mais tu le savais depuis le début. Nous avions bien projeté de faire de Fukaéri un écrivain à moitié fictif, non ? Évidemment, à présent, l'argent s'en mêle. Il faut bien imaginer un système pour gérer ça. Ce n'est pas un jeu d'enfant. Alors, maintenant, les lamentations du genre : “J'ai peur, je ne veux pas être impliqué, je n'ai pas besoin d'argent", ça ne marche plus. Tu oublies. Si tu voulais descendre du bateau, il fallait le faire bien avant, quand le courant était encore calme. Maintenant, c'est trop tard. Pour créer une société, il faut le nom de plusieurs personnes. Et il est hors de question d'y inclure des gens qui ne connaissent pas déjà la situation. Tu dois impérativement en faire partie. Les événements suivent leur cours, et tu y es obligatoirement impliqué. »

Tengo se creusa la tête. Aucune bonne idée ne lui venait.

« J'ai une question, dit-il. D'après ce que vous avez laissé entendre, le Pr Ébisuno aurait l'intention de s'engager sans réserve dans ce nouveau plan. Et il aurait déjà accepté d'être le représentant de cette société fictive.

— Ébisuno, en tant que tuteur de Fukaéri, s'est montré compréhensif et m'a donné son feu vert. Après ce que tu m'avais dit sur votre rencontre, je lui ai téléphoné. Bien entendu, il se souvenait de moi. Simplement, il voulait entendre de ta bouche ton impression sur moi. Il a admiré l'acuité de ton jugement. Qu'est-ce que tu lui as donc raconté à mon propos ?

— Mais qu'est-ce qui a bien pu pousser le Maître à s'engager dans ce projet ? Je ne peux croire que ce soit pour l'argent…

— Bien sûr que non. Ce n'est pas quelqu'un de vénal.

— Bon, alors, pourquoi accepte-t-il de se trouver mêlé à une affaire aussi risquée ? Qu'a-t-il à y gagner ?

— Je l'ignore moi aussi. C'est un homme dont il est impossible de deviner les intentions secrètes.

— Si vous-même n'y parvenez pas, c'est que ce doit être un homme particulièrement insondable…

— Eh bien…, répondit Komatsu, en apparence, c'est un vieillard innocent, mais en fait il est extraordinairement énigmatique.

— Et Fukaéri, que sait-elle de la situation, au juste ?

— Elle ignore tout des dessous de l'histoire. Il n'est d'ailleurs pas nécessaire qu'elle en sache quoi que ce soit. Fukaéri fait confiance au Pr Ébisuno, elle a de la sympathie pour toi. C'est pourquoi je te demande de lui prêter main-forte. »

Tengo changea le combiné de main. Il était obligé, tant bien que mal, de suivre la progression des choses.

« Mais le Pr Ébisuno n'exerce plus comme ethnologue. Il s'est retiré de l'université et n'écrit plus de livres.

— Oui, il a coupé définitivement toute relation avec les milieux scientifiques. C'était un excellent spécialiste. Mais il n'était pas à l'aise avec le monde universitaire. Le prestige et le système, ça ne lui convenait pas. C'était plutôt un hérétique.

— Et quelle profession exerce-t-il, à présent ?

— Je crois qu'il est agent de change, répondit Komatsu. Agent de change, ça fait vieux comme expression, alors, disons plutôt qu'il est consultant en investissements. Il amasse de gros capitaux, il fait des placements judicieux et en retire des bénéfices importants. Il envoie ses instructions d'achat ou de vente du haut de sa montagne. Il a un flair prodigieux. Il est aussi très doué pour analyser les informations et s'est construit un système personnel. Au début, il faisait ça par curiosité intellectuelle, mais finalement, il en a fait son métier. Voilà à peu près l'histoire. Il semble qu'il soit assez réputé dans ce milieu-là. En tout cas, il a largement de quoi vivre.

— Je ne vois pas très bien les relations entre l'ethnologie et la Bourse !

— À proprement parler, il n'y en a pas, sauf pour lui.

— Et pour vous, il demeure indéchiffrable.

— Exactement. »

Tengo pressa ses doigts un instant sur sa tempe. Puis il se résigna : « À six heures, après-demain, je rencontrerai Fukaéri dans le café habituel de Shinjuku. Je mettrai les choses au point avec elle pour la conférence de presse. C'est bien ce que vous voulez ?

— C'est parfait. Écoute, Tengo, dis-toi bien que ce ne sont que des difficultés passagères. Laisse-toi plutôt porter par le courant. Une chose pareille, ça n'arrive qu'une fois dans une vie, tu comprends ! C'est le monde fastueux des romans picaresques. Goûtons-en les odeurs fortes en nous préparant au pire ! Réjouissons-nous de descendre des rapides ! Et lorsque nous dévalerons du haut d'une cascade, tombons-y ensemble, et hardiment ! »

Deux jours plus tard, en fin d'après-midi, Tengo rencontra Fukaéri dans le café de Shinjuku. Elle portait un jean étroit et un pull d'été léger qui mettait en valeur sa jolie poitrine. Ses cheveux étaient longs et lisses, son teint éclatant. Les hommes, autour, lui jetaient des coups d'œil furtifs. Si Tengo sentait leurs regards, Fukaéri semblait n'en avoir aucune conscience. Il y avait en effet de grandes chances qu'une jeune fille comme elle fasse sensation en recevant le prix des nouveaux auteurs.

Fukaéri savait qu'elle était lauréate. Elle n'en paraissait ni excitée ni spécialement heureuse. On aurait dit que cela lui était indifférent. La journée faisait penser à l'été, mais elle commanda un chocolat chaud. Puis elle le but en entourant la tasse des deux mains, comme s'il s'agissait de quelque chose de précieux.

Elle ignorait qu'il y aurait une conférence de presse et ne manifesta aucune réaction quand elle l'apprit.

« Sais-tu ce qu'on appelle une conférence de presse ?

— Conférence de presse…, répéta Fukaéri.

— Des journalistes de divers journaux et revues seront réunis et te poseront des tas de questions. Toi, tu seras assise sur une estrade. On te prendra en photo. Peut-être y aura-t-il des télévisions. Et ce que tu diras sera retransmis dans tout le pays. C'est rare, une jeune fille de dix-sept ans qui obtient le prix des nouveaux auteurs. Ce sera une nouvelle dont tout le monde parlera. Et que le jury t'ait choisie à l'unanimité, ça fera sensation. Ça n'arrive presque jamais.

— Questions…, demanda Fukaéri.

— Ils vont te poser des questions. Toi, tu y répondras.

— Quelles questions…

— De toutes sortes. Sur ce texte, sur toi, sur ta vie, sur tes goûts, et aussi sur tes projets. Il vaut peut-être mieux s'y préparer dès maintenant.

— Pourquoi…

— On serait plus tranquilles. Pour que tu saches comment répondre, ou que tu ne dises rien qui prête à confusion. Qu'a-t-on à perdre à se préparer un peu ? C'est comme une répétition. »

Fukaéri buvait son chocolat sans prononcer un mot. Puis elle lança à Tengo un regard qui semblait signifier : « Ça ne m'intéresse pas tellement, mais si tu penses que c'est nécessaire… » Ses yeux étaient parfois plus éloquents que ses paroles. Du moins, plus expressifs. Mais cela ne suffirait pas pour des journalistes.

Tengo sortit des papiers de son sac et les étala. Il avait noté les questions qui, supposait-il, lui seraient posées. La veille au soir, il s'était creusé la tête et y avait passé beaucoup de temps.

« Alors voilà, je te pose une question, et tu me réponds en imaginant que je suis un journaliste, d'accord ? »

Fukaéri opina.

« Avez-vous écrit beaucoup de romans jusqu'à présent ?

— Beaucoup..., répondit Fukaéri.

— Depuis quand avez-vous commencé à écrire ?

— Depuis longtemps...

— C'est très bien comme ça, dit Tengo. Des réponses courtes, c'est parfait. Ce n'est pas la peine de dire des trucs inutiles. Très bien. C'est Azami qui a écrit à votre place ? »

Fukaéri fit un signe de tête affirmatif.

« Non, ça, il ne faut pas le dire. C'est un secret entre toi et moi.

— Je le dis pas..., approuva Fukaéri.

— Lorsque vous vous êtes inscrite pour le prix des nouveaux auteurs, vous imaginiez-vous lauréate ? »

Fukaéri eut un petit sourire. Elle resta silencieuse.

« Tu n'as pas envie de répondre ? demanda Tengo.

— Non...

— Bon. Quand tu ne voudras pas répondre, tu gardes le silence et tu souris. De toute façon, ce sont des questions idiotes. »

De nouveau Fukaéri opina.

« D'où provient l'histoire de *La Chrysalide de l'air* ?

— De la chèvre aveugle...

— Ah... "aveugle", ça ne va pas, dit Tengo. Il vaut mieux dire : "la chèvre non voyante".

— Pourquoi...

— Eh bien, “aveugle”, c’est un terme discriminant. Certains journalistes risquent d’en avoir une petite attaque cardiaque.

— Terme discriminant…

— Ce serait trop long de t’expliquer. Bon, en tout cas, tu ne dis pas “chèvre aveugle”, et tu dis plutôt : “chèvre non voyante”. »

Après une petite pause, Fukaéri reprit : « De la chèvre non voyante…

— Très bien, fit Tengo.

— *Aveugle* c’est interdit, vérifia Fukaéri.

— Oui, c’est ça. Mais ta réponse est très bonne. »

Tengo poursuivit ses questions.

« Que vous ont dit vos amies du lycée à propos de votre prix ?

— Je ne vais pas au lycée…

— Pourquoi n’allez-vous pas au lycée ? »

Pas de réponse.

« Et ensuite, allez-vous continuer à écrire des romans ? »

Silence, évidemment.

Tengo vida sa tasse de café et la reposa sur la soucoupe. Les haut-parleurs dissimulés au plafond du café diffusaient à faible volume une des chansons de *La Mélodie du bonheur*, pour instruments à cordes. « *Raindrops on roses and whiskers on kittens…* »

« Je réponds mal…, demanda Fukaéri.

— Non, pas du tout, répliqua Tengo. Absolument pas. C’est très bien.

— Contente… »

Tengo avait dit le fond de sa pensée. Elle ne prononçait qu’une phrase à la fois, son ton était monocorde, et pourtant sa manière de répondre était parfaite, en un sens. Le plus agréable était que ses répliques fusaient immédiatement. Et puis elle parlait en regardant son interlocuteur droit dans les yeux, sans même battre des cils. Preuve qu'elle s'exprimait honnêtement. Qu'elle ne donnait pas des réponses courtes pour se moquer des gens. Pour être franc, de surcroît, personne ne comprendrait ce qu'elle dirait. Du moins, c'est ce qu'espérait Tengo. Qu'elle mystifie parfaitement les journalistes tout en donnant une impression de sincérité.

« Les romans que vous aimez ?

— *Le Dit des Heiké*... »

Superbe réponse, songea Tengo.

« Et quels passages du *Dit des Heiké* ?

— Tous...

— Et à part cela ?

— *Les histoires qui sont maintenant du passé*[1]...

— Vous ne lisez pas de littérature plus récente ? »

Fukaéri réfléchit un instant. « *L'Intendant Sanshô*... »

Magnifique. *L'Intendant Sanshô*, d'Ôgai Mori, avait été écrit au début de l'ère Taishô. Ce qu'elle estimait être de la littérature récente.

« Quels sont vos centres d'intérêt ?

— Écouter de la musique...

— Quelle musique ?

— Bach c'est bien...

— Une œuvre que vous aimez en particulier ?

— De *BWV 846* à *BWV 893*... »

Tengo réfléchit un moment puis reprit : « *Le Clavier bien tempéré*, premier et deuxième volume.

— Oui...

— Pourquoi donnez-vous les numéros ?

— C'est plus facile à se rappeler... »

1. *Konjaku monogatari* : célèbre recueil d'anecdotes qui se déroulent en Inde, en Chine et au Japon, datant de la fin du XIe siècle, et resté anonyme. Traduction et commentaires de Bernard Frank. Connaissance de l'Orient, Gallimard, 1968.

Le Clavier bien tempéré est véritablement une musique céleste pour les mathématiciens. Composée de préludes et de fugues, dans chacune des tonalités majeure et mineure, elle utilise également les douze tons de la gamme chromatique. Chaque volume comprend vingt-quatre opus. Si l'on réunit les deux livres, on obtient un total de quarante-huit opus. Un cycle intégral a été ainsi constitué.

« Et une autre œuvre ?

— *BWV 244*… »

Qu'est-ce que c'était déjà, le *BWV 244* ? Tengo ne parvenait pas à s'en souvenir. Le titre correspondant ne lui revenait pas en tête.

Fukaéri se mit à chanter.

« *Buß'und Reu'*
Buß'und Reu'
Knirscht das Sündenherz entzwei
Buß'und Reu'
Buß'und Reu'
Knirscht das Sündenherz entzwei
Knirscht das Sündenherz entzwei
Buß'und Reu'
Buß'und Reu'
Knirscht das Sündenherz entzwei
Buß'und Reu'
Knirscht das Sündenherz entzwei
Daß die Tropfen meiner Zähren
Angenehme Spezerei
Treuer Jesu, dir gebären. »

Tengo en resta muet un long moment. Elle ne chantait pas tout à fait juste, mais sa prononciation de l'allemand était nette, d'une précision étonnante.

« *La Passion selon saint Matthieu*, dit Tengo. Tu as appris les paroles par cœur.

— J'ai pas appris… »

Tengo aurait voulu dire quelque chose mais les mots ne lui venaient pas. Il renonça à parler, regarda les notes qu'il avait sous la main, et passa à la question suivante.

« Avez-vous un petit ami ? »

Fukaéri secoua la tête.

« Et pourquoi n'en avez-vous pas ?

— Je ne veux pas être enceinte…

— Tu ne seras pas forcément enceinte si tu as un petit ami. »

Fukaéri ne répondit rien. Elle se contenta de cligner des yeux à plusieurs reprises, paisiblement.

« Pourquoi ne veux-tu pas être enceinte ? »

Bien sûr, Fukaéri demeura la bouche étroitement close. Tengo eut le sentiment d'avoir posé une question complètement stupide.

« Bon, ça suffit, déclara-t-il en remettant ses notes dans son sac. En réalité, je ne sais pas quelles questions on te posera. Tu n'auras qu'à répondre comme il te plaira. Tu en es capable.

— Tant mieux…, dit Fukaéri d'un air rassuré.

— Tu penses que cette préparation aux réponses des interviews ne sert à rien ? »

Fukaéri rentra un peu les épaules.

« Moi aussi, je partage ton opinion. Ce n'est pas pour mon plaisir que je te pose des questions comme ça. Mais M. Komatsu me l'a demandé, alors… »

Fukaéri hocha la tête en signe d'acquiescement.

« Simplement, reprit Tengo, j'aimerais que tu ne dises à personne que j'ai remanié ta *Chrysalide de l'air*. Tu comprends bien ça ? »

Fukaéri hocha la tête à deux reprises.

« Je l'ai écrite toute seule…

— De toute façon, *La Chrysalide de l'air* est ton œuvre à toi seule. Ce n'est l'œuvre de personne d'autre. C'était clair dès le début.

— Je l'ai écrite toute seule…, répéta Fukaéri.
— Est-ce que tu as lu le texte remanié ?
— Azami me l'a lu…
— Alors ?
— Tu l'as fait très bien…
— C'est-à-dire que tu en es contente ?
— Comme si je l'avais écrite… », déclara Fukaéri.

Tengo la regarda. Elle buvait son chocolat en soulevant la tasse. Il devait s'efforcer de ne pas porter les yeux sur la rondeur de ses jolis seins.

« Je suis heureux de t'entendre dire cela, dit Tengo. J'ai pris beaucoup de plaisir à récrire *La Chrysalide de l'air*. Bien sûr, je me suis aussi donné de la peine. Pour ne pas perdre la vérité de ce qu'il y avait dans *ta propre œuvre*. C'est pourquoi il était très important pour moi que le résultat te plaise. »

Fukaéri opina en silence. Puis elle porta les mains à ses petits lobes d'oreille bien dessinés, comme pour vérifier quelque chose.

La serveuse s'approcha et versa de l'eau glacée dans leurs verres. Tengo en but une gorgée pour se rafraîchir. Après quoi il prit son courage à deux mains et lui exposa une idée qui lui était venue un instant plus tôt.

« J'aurais quelque chose de personnel à te demander. Bien entendu, c'est toi qui vois.
— Quoi…
— J'aimerais que tu portes la même tenue qu'aujourd'hui lors de la conférence de presse, voilà. »

Fukaéri fixa Tengo d'un air un peu perdu. Elle examina ensuite chacun de ses vêtements. Comme si elle n'avait pas fait attention à ce qu'elle portait jusqu'à cet instant.

« J'y vais avec ces vêtements…, interrogea-t-elle.
— Oui. À la conférence de presse, tu mettras les habits que tu portes en ce moment.
— Pourquoi…

— Parce qu'ils te vont bien. Par exemple, ta poitrine est joliment mise en valeur ; ce n'est qu'une intuition de ma part, mais je pense que les journalistes y seront attentifs. Du coup, ils ne te poseront pas de questions trop embêtantes. Mais si ça t'ennuie, ça ne fait rien. Je ne te force pas. »

Fukaéri répondit : « Les vêtements c'est Azami qui les a tous choisis…

— Ce n'est pas toi ?

— Moi ce que je porte ça m'est égal…

— Et ta tenue d'aujourd'hui, c'est aussi Azami qui l'a choisie ?

— Azami l'a choisie…

— Mais ça te va très bien.

— Avec ce vêtement la poitrine est jolie…, interrogea-t-elle – comme toujours sans tonalité interrogative.

— Exactement. Comment dire, elle se remarque.

— Ce pull est assorti au soutien-gorge… »

Sous le regard fixe de Fukaéri, Tengo sentit ses joues s'enflammer.

« Je ne sais pas s'ils sont assortis mais en tout cas, comment dirais-je, le résultat est réussi », déclara-t-il.

Fukaéri continua à dévisager Tengo. Puis elle demanda sérieusement : « Tu as été attentif…

— Je n'ai pas pu m'empêcher de le remarquer », répondit Tengo en pesant soigneusement ses mots.

Fukaéri tira le col de son pull et jeta un coup d'œil à l'intérieur, comme si elle voulait y enfouir son nez. Sans doute vérifiait-elle ce qu'elle portait sous son pull, ce jour-là. Elle contempla ensuite le visage cramoisi de Tengo durant quelques instants, à la manière de quelque chose d'insolite. Finalement elle déclara : « Je fais comme tu dis…

— Merci », répondit Tengo.

Et la répétition fut terminée.

Tengo reconduisit Fukaéri jusqu'à la gare de Shinjuku. Nombreux étaient les hommes qui marchaient dans les rues en bras de chemise. On voyait des femmes en vêtements sans manches. La rumeur des piétons et le bruit des voitures se fondaient en un seul brouhaha, qui formait le tumulte engageant, particulier à la ville. Une brise rafraîchissante de début d'été glissait dans les rues. D'où venait donc ce vent chargé d'odeurs aussi agréables qui soufflait dans Shinjuku ? Tengo trouvait le phénomène étrange.

« Après, tu rentres chez toi ? » demanda Tengo à Fukaéri. Les trains seraient bondés et il lui faudrait pas mal de temps pour regagner son domicile.

Fukaéri secoua la tête.

« Il y a un appartement à Shinanomachi…

— Quand il est tard, c'est là que tu dors ?

— Futamatao est trop loin… »

Pendant qu'ils avançaient vers la gare, Fukaéri avait pris la main gauche de Tengo comme la dernière fois. On aurait dit une petite fille qui tenait la main d'un adulte. Malgré tout, le cœur de Tengo tressaillit d'avoir ainsi sa main serrée par celle d'une aussi jolie jeune fille.

Une fois qu'ils furent arrivés à la gare, Fukaéri lui lâcha la main. Puis elle acheta un billet pour Shinanomachi au distributeur automatique.

« Pas de souci pour la conférence de presse…, dit-elle.

— Je ne me fais pas de souci !

— Ça ira bien pas de souci…

— J'ai bien compris, répondit Tengo. Je n'ai aucune inquiétude. Je suis sûr que tout se passera bien. »

Fukaéri ne dit rien et disparut parmi la foule des voyageurs au-delà des guichets.

Après avoir quitté Fukaéri, Tengo se rendit dans un petit bar, non loin de la librairie Kinokuniya, et commanda un gin tonic. C'était un bar où il allait de temps en temps. L'atmosphère à l'ancienne lui plaisait, et il n'y avait pas de musique. Il s'assit seul au comptoir et contempla un moment sa main gauche, l'esprit vide. La main qu'avait serrée Fukaéri. Il lui restait la sensation des doigts de la jeune fille. Puis lui revint en tête la forme de sa poitrine. Une très jolie forme. Si régulière et si belle qu'elle en perdait presque toute signification d'ordre sexuel.

Lui prit alors l'envie d'appeler sa petite amie plus âgée. Peu importait de quoi ils parleraient. Des plaintes sur l'éducation des jeunes enfants, ou de la cote de popularité de Nakasone, cela lui était égal. Il avait juste terriblement envie d'entendre sa voix. Et si cela avait été possible, il aurait voulu la voir, faire l'amour avec elle. Mais il ne pouvait pas téléphoner chez elle. Peut-être serait-ce son mari qui décrocherait. Ou ses enfants. Ce n'était jamais lui qui appelait. C'était une chose sur laquelle ils s'étaient mis d'accord.

Tengo commanda un second gin tonic et, en attendant, il s'imagina sur un petit bateau, en train de descendre un rapide. « Et lorsque nous dévalerons du haut d'une cascade, tombons-y ensemble, et hardiment ! » avait proclamé Komatsu au téléphone. Devait-il lui faire confiance ? Juste avant d'atteindre la cascade, Komatsu ne sauterait-il pas seul sur un rocher ?

« Tengo, pardon. Je me rappelle que j'ai quelque chose à faire absolument. Pour le reste, débrouille-toi. » Voilà le genre de chose qu'il pourrait lui dire juste avant. Et peut-être que lui, Tengo, acculé, tomberait seul de la cascade, hardiment. Ce n'était pas du tout impossible. Et même, cela pouvait parfaitement arriver de cette manière.

De retour chez lui, il se coucha, s'endormit et rêva. Il y avait bien longtemps qu'il n'avait fait un rêve aussi clair. Dans ce rêve, il était une toute petite pièce d'un gigantesque puzzle. Mais cette pièce n'était pas fixe, sa forme ne cessait de changer à chaque instant. Par conséquent, elle ne s'emboîtait nulle part. Évidemment. De surcroît, alors qu'il s'appliquait déjà à découvrir sa place, il lui fallait, dans un temps donné, rassembler les pages d'une partition pour timbales. Les pages avaient été dispersées par un vent violent, elles s'étaient éparpillées un peu partout. Il les ramassait une à une. Puis il devait vérifier leurs numéros et les remettre dans le bon ordre. Pendant ce temps, son corps ne cessait de changer de forme, comme une amibe. La situation devenait inextricable. Finalement, Fukaéri arrivait de nulle part et lui prenait la main. La forme de Tengo se stabilisait. Le vent tombait brusquement, la partition n'était plus désordonnée. Ouf, se disait Tengo. Mais, au même moment, le temps qui lui avait été accordé touchait à son terme. « C'est fini », annonçait Fukaéri, d'une petite voix. Bien sûr, une seule phrase. Le temps stoppait net, le monde s'arrêtait là. La terre cessait lentement de tourner, tous les sons et toutes les lumières s'évanouissaient.

Le lendemain matin, lorsqu'il ouvrit les yeux, le monde continuait sans encombre. Et les choses, tournées vers l'avant, étaient déjà en mouvement. En train de faire périr tous les êtres vivants qui se trouvaient devant elles, en les écrasant l'un après l'autre, comme le gigantesque char de la mythologie indienne.

17

Aomamé

Heureux ou malheureux

Le lendemain soir, il y avait encore deux lunes. La grande était celle de toujours. Elle avait des teintes d'une étrange blancheur, comme si elle venait de traverser une montagne de cendres. Mais sinon, c'était le même vieil astre familier. Celui sur lequel, par un chaud été de 1969, Neil Armstrong avait modestement fait son tout premier pas de géant. Et puis, à côté, il y avait une petite lune verte, à la silhouette déformée. Elle se tenait toute penaude près de la grande, comme une enfant coupable.

Je dois être folle, se disait Aomamé. De toute éternité, il n'y a eu qu'une lune et il ne devrait y en avoir qu'une aujourd'hui. Si la lune s'était brusquement dédoublée, toutes sortes de changements auraient affecté la vie sur terre. Le flux et le reflux des marées, par exemple, auraient été complètement modifiés. Tout le monde en aurait parlé. Impossible que je ne m'en sois pas aperçue. Si, au contraire, une raison quelconque m'a poussée à laisser échapper l'information, alors là, les choses sont très différentes.

Je m'interroge pourtant. Est-ce que je suis vraiment *folle* ? Puis-je en être sûre à cent pour cent ?

Aomamé grimaça. Des choses curieuses ne cessent de se produire autour de moi. Des changements surviennent sans que j'en sache rien. Comme si le monde jouait à un 1, 2, 3 soleil. Dans cette hypothèse, ce ne serait finalement pas si étrange que deux lunes se côtoient dans le ciel. À un moment, alors que ma conscience était en sommeil, depuis un point de l'univers, par hasard, est apparue une cousine lointaine de la lune. Elle a décidé de s'installer dans le champ de la gravitation terrestre.

Les uniformes et les armes de la police ont été renouvelés. Dans les montagnes de Yamanashi ont eu lieu de violents échanges de tirs entre la police et un groupe radical. Tout cela s'est produit sans que j'en aie eu connaissance. Et puis, aux informations, on a annoncé que l'Amérique et l'URSS travaillaient ensemble à l'établissement d'une base lunaire. Y aurait-il là un rapport avec le dédoublement de la lune ? Je fouille dans ma mémoire. Dans ce que j'ai lu à la bibliothèque, y avait-il un article qui évoquait une nouvelle lune ? Je ne m'en souviens pas.

Aomamé aurait voulu interroger quelqu'un. Mais auprès de qui aurait-elle pu se renseigner en toute confiance ? Comment aurait-elle formulé sa question ? « Ah, au fait, je crois qu'il y a deux lunes dans le ciel. Tu ne voudrais pas regarder ? » À la réflexion, la question était idiote. Soit il était de fait que la lune s'était dédoublée, et il aurait été curieux qu'elle l'ignore, soit il n'y avait qu'une lune, et elle passerait pour une folle.

Aomamé s'enfonça dans sa chaise en aluminium, posa les pieds sur la balustrade et réfléchit à dix manières de poser sa question. Elle essaya même de l'énoncer. Non, elle était toujours aussi stupide. Tant pis. C'était la situation même qui était extravagante. Impossible de formuler une question logique. C'était évident.

Elle décida de laisser en suspens le problème de la seconde lune. Elle y penserait plus tard. Pour l'heure, à la vérité, cela ne la gênait pas. Peut-être que le petit astre, tout comme il était brusquement apparu, s'évanouirait soudain.

Le lendemain après-midi, elle se rendit à son club de sport à Hiroo, donna deux cours d'arts martiaux et une leçon individuelle. Alors qu'elle se trouvait près de la réception, on l'informa que la vieille femme avait laissé un message pour elle. C'était inhabituel. Elle demandait qu'Aomamé téléphone dès qu'elle serait libre.

Comme toujours, ce fut Tamaru qui répondit.

« Si cela vous convient, pourriez-vous venir ici demain ? Madame souhaiterait le programme habituel. Ensuite, vous pourriez prendre ensemble un dîner léger, lui dit-il.

— C'est entendu, dites-lui que je viendrai vers quatre heures et que je serai heureuse de dîner avec elle, répondit Aomamé.

— Parfait, répondit-il. Nous disons donc demain, vers quatre heures.

— Dites, est-ce que vous avez regardé la lune récemment ? demanda Aomamé.

— La lune ? fit Tamaru. Euh, la lune dans le ciel ?

— Oui.

— Je ne m'en souviens pas. Pas spécialement. Qu'est-ce qu'il y a avec la lune ?

— Non, non, rien, répondit Aomamé. Alors, à demain, vers quatre heures. »

Tamaru marqua une petite pause avant de raccrocher.

Cette nuit-là aussi, il y avait deux lunes. L'une et l'autre étaient en phase descendante depuis deux jours. Aomamé, un verre de brandy à la main, les observa longuement toutes les deux, la grande et la petite, alternativement, comme si elle contemplait un puzzle impossible à reconstituer. Plus elle les contemplait, plus cette combinaison lui paraissait énigmatique. Elle aurait bien aimé questionner la lune, directement. Qu'est-ce qui a permis que cette petite escorte verte t'accompagne soudain ? Bien sûr, la lune ne lui répondrait pas.

La lune est la plus fine observatrice de la Terre. Elle a été le témoin de tous les phénomènes qui sont apparus à sa surface, de tous les événements qui s'y sont produits. Mais la lune reste silencieuse et ne s'explique pas. Elle ne se départ jamais de son indifférence et garde précisément en elle le lourd passé terrestre. Là-bas, il n'y a pas d'air, pas de vent non plus. Le vide permet certainement de conserver les souvenirs intacts. Personne ne peut dégeler le cœur de cette lune-là. Aomamé leva son verre dans sa direction.

« Ces derniers temps, as-tu étreint quelqu'un ? » demanda Aomamé à la lune.

La lune ne lui répondit pas.

« As-tu des amis ? » demanda Aomamé.

La lune ne lui répondit pas.

« N'es-tu pas lasse de vivre ainsi, avec autant de froideur ? »

La lune ne lui répondit pas.

Tamaru accueillit Aomamé dans l'entrée, comme d'habitude.

« J'ai regardé la lune, hier soir, furent ses premières paroles.

— Ah ? dit Aomamé.

— Vous m'en aviez parlé, du coup j'en ai eu envie. La lune, c'est quelque chose de beau, quand on ne l'a pas regardée depuis longtemps. Elle vous donne un sentiment de sérénité.

— Vous l'avez admirée avec votre amoureux ?

— Oui, c'est bien ça », répondit Tamaru. Puis il porta le doigt à l'aile du nez. « Et alors, qu'est-ce qu'il y a avec la lune ?

— Rien du tout, répondit Aomamé. Simplement, ces derniers temps, la lune, d'une certaine façon, me préoccupe, continua-t-elle en choisissant ses mots.

— Sans raison ?

— Sans raison particulière », répliqua Aomamé.

Tamaru acquiesça en silence. On aurait dit qu'il se livrait à des suppositions. Il n'était pas homme à croire que les choses arrivaient sans motif. Mais il ne chercha pas à poursuivre et, marchant devant Aomamé, il l'accompagna jusqu'au solarium. La vieille dame, vêtue de sa tenue d'entraînement, assise dans un fauteuil, lisait un livre en écoutant *Lachrimae* de John Dowland, dans une version pour ensemble instrumental. C'était une de ses pièces favorites. Elle l'avait fait écouter à Aomamé à plusieurs reprises et sa mélodie lui était familière.

« Pardon de ne vous avoir prévenue qu'hier, dit la vieille femme. J'aurais aimé m'y prendre plus tôt, mais ce moment s'est libéré brusquement.

— Je vous en prie, cela ne m'a pas dérangée », répondit Aomamé.

Tamaru apporta un plateau sur lequel était posé un pot contenant une infusion, qu'il leur versa dans deux tasses élégantes. Une fois que Tamaru fut sorti, qu'il eut refermé la porte, la vieille femme et Aomamé écoutèrent la musique de Dowland et burent paisiblement leur infusion, tout en contemplant les azalées fleuries dans le jardin, d'un rouge qu'on aurait dit de feu. Chaque fois que je viens ici, se dit Aomamé, j'ai l'impression que l'on est dans un monde différent. Il y a de l'épaisseur dans l'air. Et le temps s'écoule d'une manière spéciale.

« Cette musique me fait parfois appréhender le temps étrangement, déclara la vieille femme à Aomamé, comme si elle lisait en elle. Par exemple, n'est-il pas étonnant de penser que nous écoutons aujourd'hui la même musique que les hommes d'il y a quatre cents ans ?

— Oui, tout à fait, convint Aomamé. Mais on pourrait dire aussi que les hommes d'il y a quatre cents ans voyaient la même lune que nous. »

La vieille dame, un peu étonnée, regarda Aomamé. Puis elle acquiesça.

« C'est juste. Vous avez raison. Ce qui nous amène à penser qu'il n'est peut-être pas si étrange que nous écoutions la même musique que quatre siècles plus tôt.

— Il faudrait plutôt dire *presque* la même lune. »

Aomamé observa la vieille femme. Mais il ne semblait pas que ses paroles aient éveillé chez elle un intérêt particulier.

« Sur ce disque compact, dit-elle, les musiciens ont utilisé des instruments d'époque et ont respecté la partition du temps. Nous entendons donc à peu près la même musique qu'alors. Comme la lune est la même. »

Aomamé reprit : « Si les *choses* sont bien les mêmes, la façon de les percevoir est probablement très différente. Les ténèbres des nuits d'alors étaient beaucoup plus profondes, l'obscurité était bien plus intense et la lune, sans doute, brillait d'un éclat bien plus vif. Et puis, cela va sans dire, les gens n'avaient pas de vinyles, de magnétophones ou de disques compacts. Ils n'étaient pas en mesure d'écouter de la musique à n'importe quel moment. C'étaient toujours des circonstances spéciales.

— Oui, c'est vrai, approuva la vieille femme. À vivre dans un monde tellement facile, notre sensibilité s'émousse peut-être. Si la lune qui brille dans le ciel est bien la même, nous la voyons sans doute tout à fait différemment. Il y a quatre siècles, les hommes avaient peut-être une âme plus profonde, beaucoup plus proche de la nature.

— Mais c'était un monde cruel. Plus de la moitié des enfants mouraient avant l'âge adulte, à cause des épidémies ou par insuffisance alimentaire. La poliomyélite, la tuberculose, la variole ou la rougeole faisaient des ravages. Chez les gens du peuple, ils n'étaient pas nombreux à dépasser quarante ans. Les femmes donnaient naissance à une ribambelle d'enfants ; à trente ans, leurs dents tombaient et elles avaient l'air de grand-mères. La violence était souvent l'unique moyen de survivre. Depuis tout petits, les enfants étaient soumis à des tâches très dures qui leur déformaient les os, la prostitution des petites filles ou des petits garçons était chose courante. La plupart des gens menaient une existence *a minima*, dans un monde qui n'avait rien à voir avec la sensibilité ou la richesse de l'âme. Les rues des villes regorgeaient d'infirmes, de mendiants ou de criminels. Ceux qui contemplaient la lune avec émotion, qui admiraient le théâtre de Shakespeare ou qui s'absorbaient dans la superbe musique de Dowland, c'était une toute petite partie de l'humanité. »

La vieille femme sourit. « Vos positions sont très affirmées. »

Aomamé répondit : « Je suis une femme ordinaire. Simplement, j'aime lire. Surtout des livres d'histoire.

— Moi aussi. L'Histoire nous enseigne que, au fond, nous sommes les mêmes, autrefois comme aujourd'hui. Même si nos vêtements ou nos modes de vie ont beaucoup changé, nos pensées et nos actes ne sont pas très différents. L'être humain, finalement, n'est qu'un simple véhicule, ou un vecteur, pour les gènes. Nous sommes leurs montures tout au long de leur voyage, de génération en génération, exactement comme des chevaux que l'on remplace lorsqu'ils vont mourir. Et les gènes n'ont aucune notion de ce qui est bien ou de ce qui est mal. Ni la moindre idée de ce que nous éprouvons. Ils ignorent si nous sommes heureux ou malheureux. Nous ne sommes pour eux qu'un moyen. Leur priorité, c'est d'obtenir pour *eux-mêmes* le meilleur rendement.

— Néanmoins, nous ne pouvons pas ne pas réfléchir au bien et au mal. N'est-ce pas ? »

La vieille femme acquiesça. « Vous avez raison. Les humains ne peuvent pas ne pas réfléchir à cela. Mais, au fond, ce sont les gènes qui régissent notre mode de vie. Évidemment, la situation génère des contradictions », ajouta la vieille femme en souriant.

Leur conversation sur l'Histoire se termina sur cette dernière remarque. Les deux femmes burent leur infusion et se mirent aux exercices d'arts martiaux.

Ce jour-là, ce fut un repas très simple qui fut servi dans la salle de séjour.

« Nous n'allons vous proposer qu'un dîner frugal. J'espère que cela vous conviendra ? dit la vieille femme.

— Bien entendu », répondit Aomamé.

Tamaru apporta les mets disposés sur une desserte roulante. Un cuisinier avait sans doute préparé le repas, mais il revenait à Tamaru de faire le service. Il déboucha la bouteille de vin blanc qui avait été mise dans un seau à glace et leur versa le vin d'une main experte. Les deux femmes y goûtèrent. Le parfum était exquis, la température parfaite. Le repas était constitué d'asperges blanches, de salade niçoise et d'une omelette au crabe. Accompagné de petits pains et de beurre. Les ingrédients étaient très frais, le tout était excellent, les portions équilibrées. De toute façon, la vieille femme mangeait toujours très peu. Comme un petit oiseau. Elle maniait avec élégance sa fourchette et son couteau en portant à la bouche de minuscules quantités de nourriture. Durant tout le repas, Tamaru, posté à l'endroit le plus reculé de la pièce, attendait, immobile. Qu'un homme au physique aussi massif puisse se rendre presque invisible si longtemps était surprenant. Chaque fois, Aomamé ne manquait pas de s'en étonner.

Les deux femmes n'échangèrent que quelques bribes de conversation pendant le dîner. Elles se concentraient sur la nourriture. De la musique était diffusée à faible volume. Un concerto pour violoncelle de Haydn, une pièce qu'aimait la vieille femme.

Le repas terminé, Tamaru leur versa le café, puis la vieille femme leva un doigt dans sa direction.

« Je vous remercie », dit-elle.

Tamaru exécuta un petit salut. Ensuite, comme à son habitude, il quitta la pièce et referma la porte sans le moindre bruit. Pendant que les deux femmes buvaient leur café, le disque prit fin et un silence nouveau envahit la salle.

« Nous nous faisons confiance mutuellement, n'est-ce pas ? » demanda la vieille femme en regardant Aomamé droit dans les yeux.

Aomamé approuva laconiquement, mais sans aucune réserve.

« Nous avons en commun des secrets très importants, continua la vieille femme. Nous nous sommes littéralement livrées l'une à l'autre. »

Aomamé acquiesça en silence.

C'était dans cette même pièce qu'elle lui avait dévoilé son secret. Aomamé se souvenait bien de ce moment-là. Elle avait eu besoin de délivrer son cœur de son lourd fardeau. Le fait de continuer à vivre de la sorte, seule avec ce poids sur la poitrine, avait peu à peu atteint ses limites. Aussi, lorsque la vieille femme l'avait incitée à parler, Aomamé lui avait-elle résolument ouvert les portes du secret qu'elle avait longtemps gardées closes.

Elle lui avait raconté que sa meilleure amie, une amie incomparable, avait subi des violences de la part de son mari durant des années, qu'elle en avait perdu son équilibre psychologique, qu'elle n'avait trouvé aucune issue pour se sortir de là et qu'elle en était venue à se suicider après de longues souffrances. Elle, Aomamé, avait consacré près d'une année à ses préparatifs, puis elle s'était rendue dans la maison de cet homme et s'était habilement arrangée pour le piquer à la nuque à l'aide d'une aiguille effilée. Une simple piqûre, qui n'avait laissé aucune trace ni aucune goutte de sang. Elle avait réglé les choses de telle sorte que cela apparaisse comme une mort naturelle, due à la maladie. Personne n'avait eu de soupçons. Aomamé n'estimait pas avoir mal agi. Aujourd'hui encore, elle n'en éprouvait pas mauvaise conscience. Néanmoins, le poids de son acte, le fait qu'elle ait ôté la vie d'un être humain intentionnellement, elle ne pouvait l'alléger.

La vieille femme avait prêté une oreille attentive à sa longue confession. Elle s'était contentée d'écouter en silence jusqu'à ce qu'elle ait terminé de raconter, avec beaucoup d'embarras, les détails de son histoire. Elle lui avait posé quelques questions sur des points qui lui paraissaient obscurs. Puis elle avait allongé le bras et lui avait serré la main avec force, longuement.

« Ce que vous avez fait était juste, lui avait dit la vieille femme en parlant lentement, comme pour lui faire bien comprendre le sens de ses paroles. Si cet homme était resté en vie, il aurait forcément fait subir le même genre de sévices à d'autres femmes. Ces individus-là trouvent toujours d'autres victimes. Ils sont toujours prêts à recommencer. Vous avez coupé le mal à la racine. Cela n'a rien à voir avec une vengeance personnelle. Tranquillisez-vous. »

Aomamé s'était caché le visage dans ses mains et avait pleuré un moment. C'était pour Tamaki qu'elle pleurait. La vieille femme avait sorti un mouchoir et lui avait séché ses larmes.

« Par un étrange hasard, avait dit la vieille femme d'une voix paisible et ferme, j'ai moi-même *fait disparaître* un homme pour des raisons similaires. »

Aomamé avait relevé la tête et regardé la vieille femme. Les mots ne lui venaient pas. De quoi parlait-elle donc ?

La vieille femme avait poursuivi. « Bien sûr, je ne m'en suis pas occupée personnellement. Je ne suis pas assez forte et je ne dispose pas d'une technique particulière, comme la vôtre. Je l'ai *fait disparaître* par les moyens qui étaient en ma possession. Sans qu'il en reste le moindre indice concret. Si même j'allais me dénoncer et avouer, on ne pourrait rien prouver. Comme dans votre cas. S'il existe un tribunal après la mort, je serai jugée par les dieux. Mais cela ne me fait pas peur. Je n'ai rien fait de mal. Je suis prête à exposer mes raisons ouvertement, devant n'importe qui. »

La vieille femme avait poussé un soupir, de soulagement semblait-il. Puis elle avait continué.

« Maintenant, chacune de nous connaît les plus lourds secrets de l'autre. N'est-ce pas ? »

Aomamé n'avait toujours pas compris de quoi parlait la vieille femme. Fait disparaître ? Le visage d'Aomamé, entre doutes profonds et révélations brutales, avait commencé à perdre son apparence normale. Pour la calmer, la vieille femme, d'une voix douce, lui avait donné des explications supplémentaires.

La vie de sa propre fille s'était terminée dans des circonstances analogues à celles de Tamaki Ootsuka. Elle avait épousé le mauvais partenaire. La vieille femme avait compris dès le début que sa vie conjugale ne serait pas heureuse. À ses yeux, il était clair que cet homme avait un esprit malsain. Sa perversité, dont l'origine devait se trouver dans les profondeurs de son âme, lui avait déjà occasionné des problèmes. Mais personne n'avait pu empêcher ce mariage. Comme on pouvait le craindre, il s'était livré à de graves violences conjugales. Sa fille avait peu à peu perdu tout amour-propre, toute confiance en elle, et, traquée, s'était enfoncée dans la dépression. Elle n'avait pas eu la force de reconquérir son indépendance, et, telle une fourmi tombée dans le piège d'un fourmilion, elle avait été tout à fait incapable de s'échapper. Et puis un jour elle avait avalé une grosse quantité de somnifères avec du whisky.

À l'autopsie, on avait découvert de nombreuses traces de sévices corporels. Des contusions, des coups violents, des signes de fracture et des brûlures dues sans doute à des cigarettes qu'il avait écrasées sur son corps. Les mamelons étaient déformés. Ses deux poignets portaient encore les traces de liens qui avaient été étroitement serrés. Il semblait que cet homme aimait à se servir de cordes. La police l'avait convoqué comme témoin. Il avait reconnu jusqu'à un certain point avoir pratiqué des actes violents, mais il avait prétendu que cela ne s'était fait qu'avec le consentement de sa femme, comme une sorte de jeu sexuel, et que c'était plutôt sa femme qui aimait cela.

Finalement, comme dans le cas de Tamaki, la police n'avait imputé aucune responsabilité pénale à l'encontre du mari. Il jouissait d'une bonne position sociale, avait engagé un avocat très compétent. La défunte n'avait jamais porté plainte auprès de la police. Enfin, il ne faisait aucun doute que le suicide était la cause du décès.

« Vous avez fait assassiner cet homme ? avait demandé hardiment Aomamé.

— Non, *cet homme*, je ne l'ai pas tué », avait répondu la vieille femme.

Aomamé avait considéré la vieille femme en silence. Elle ne saisissait pas encore très bien la logique de l'histoire.

La vieille femme avait repris : « Cet homme qui a été jadis le mari de ma fille, ce lâche, il est encore de ce monde. Il se réveille chaque matin dans son lit, il se promène dans les rues sur ses deux jambes. Mon intention n'a jamais été de le tuer. »

Elle avait marqué une petite pause. Avait attendu qu'Aomamé assimile ce qu'elle venait de lui dire.

« Ce que j'ai fait contre celui qui était mon gendre, c'est que je l'ai entraîné à la ruine sociale. Totalement perdu. Il se trouve que j'ai *ce genre de pouvoir*. C'est un faible. Intelligent à sa façon, beau parleur, jouissant d'une certaine réussite, mais, fondamentalement, c'est un homme faible et abject. Les hommes qui exercent de graves violences domestiques sur leurs femmes ou sur leurs enfants, ce sont toujours des hommes à la personnalité timorée. Et justement parce qu'ils sont faibles, ils ont besoin de se trouver des proies plus faibles encore. Le perdre a été simple. Et ces hommes-là, une fois perdus, sont incapables de remonter à la surface. Cela fait déjà longtemps que ma fille est morte, mais je surveille cet homme sans relâche. S'il essayait de remonter, *moi*, je ne le permettrais pas. Il vit encore, mais c'est un cadavre vivant. Il ne se suicidera pas. Il n'en a pas le courage. Voilà quelle a été ma manière de procéder. Je n'ai pas voulu lui accorder une mort rapide. J'ai voulu qu'il continue à souffrir à perpétuité. Sans pour autant le faire mourir, je ne lui ai octroyé aucune bienveillance. Comme un écorché vif. J'ai *fait disparaître* d'autres hommes. Il y avait des raisons concrètes qui rendaient nécessaire de les déplacer. »

La vieille femme avait donné encore d'autres explications à Aomamé. L'année qui avait suivi le suicide de sa fille, elle avait mis en place une *safe house* privée pour des femmes qui, comme sa fille, avaient souffert de violences domestiques. Elle possédait, non loin de sa résidence d'Azabu, un petit bâtiment à un étage. Comme elle avait l'intention de le faire démolir, les appartements en étaient inoccupés. Elle avait fait réaménager le bâtiment pour ces femmes qui ne savaient plus où aller. Des avocats, de Tokyo principalement, avaient mis sur pied une « consultation destinée aux femmes victimes de violences », où des volontaires, à tour de rôle, assuraient des entretiens par téléphone. La vieille femme était contactée à partir de ce bureau. On envoyait à sa *safe house* les femmes qui avaient besoin d'être mises à l'abri en urgence. Il n'était pas rare qu'elles emmènent avec elles de jeunes enfants. Il y avait eu des fillettes d'une dizaine d'années, qui avaient subi des violences sexuelles de la part de leur père. Elles séjournaient là jusqu'à ce qu'elles aient trouvé un point de chute. On leur donnait tout ce qui était indispensable, des produits alimentaires et des vêtements de rechange. Les femmes s'entraidaient et menaient une sorte de vie communautaire. C'était la vieille femme qui prenait à sa charge, personnellement, tous les frais.

Les avocats et les conseillers venaient périodiquement à la *safe house* s'entretenir avec ces femmes afin de déterminer avec elles les mesures à prendre pour l'avenir. Lorsque la vieille femme avait le temps, elle se montrait aussi, elle venait écouter chacune de ces femmes, individuellement, et leur prodiguait de bons conseils. Elle leur cherchait aussi un emploi et un logement définitif. Si des troubles surgissaient, nécessitant une intervention physique, Tamaru y mettait personnellement bon ordre. Par exemple, il pouvait se produire qu'un mari, ayant appris où se réfugiait sa femme, veuille la ramener de force à la maison. Personne n'était aussi prompt et aussi efficace que Tamaru pour traiter ce genre de problèmes.

« Néanmoins, nous ne pouvons pas tout régler à nous seuls, Tamaru et moi. Il y a aussi des cas où la loi ne nous est d'aucune aide », avait poursuivi la vieille femme.

Aomamé avait constaté que, au fur et à mesure qu'elle parlait, son visage avait pris un éclat particulier, une teinte cuivrée. L'impression d'élégance due à sa douceur habituelle s'était estompée, voire avait disparu. Se devinait *quelque chose* qui allait au-delà de la simple colère ou de la répugnance. Sans doute situé au plus profond de son âme, comme un petit noyau dur, qui n'avait pas de nom. Néanmoins, sa voix restait calme.

« Bien sûr, il est impossible de décider arbitrairement de l'existence d'un individu uniquement pour des raisons pratiques. Par exemple, parce que, si l'homme venait à décéder, on épargnerait le temps du procès en divorce ou que l'assurance paierait aussitôt. Nous prenons en compte tous les éléments, nous les examinons de manière équitable et rigoureuse. C'est seulement lorsque nous arrivons à la conclusion que tel homme ne mérite aucune pitié que nous nous voyons alors forcés de passer à l'acte. Cela vaut pour des hommes qui ne vivent qu'en aspirant le sang des plus faibles, comme des parasites. Des hommes incurablement pervers, qui n'ont aucune volonté de se régénérer, et chez qui on ne voit vraiment rien qui donnerait du sens à leur survie.»

La vieille femme s'était tue et avait scruté Aomamé d'un regard qui aurait transpercé une paroi rocheuse. Puis elle avait continué d'un ton plus paisible.

« Ces hommes-là, je veux les faire disparaître, *d'une manière ou d'une autre*. Si possible selon une méthode qui ne suscite aucun soupçon.

— Est-ce possible ?

— Il existe toutes sortes de moyens pour qu'un homme disparaisse », avait déclaré la vieille femme en choisissant ses mots. Puis elle avait marqué un temps d'arrêt. « J'ai établi *une manière de* les faire disparaître. J'ai ce genre de pouvoir. »

Aomamé médita sur cette question. Mais l'expression de la vieille femme était restée très ambiguë.

Elle avait continué. « Nous perdons des gens qui nous sont précieux dans des circonstances absurdes, et nous en gardons au cœur de profondes cicatrices. Je crains que ces blessures psychologiques ne cicatrisent jamais. Il nous est cependant impossible de rester éternellement immobiles à contempler nos plaies. Il faut que nous nous relevions pour passer à l'acte suivant. Non pour accomplir une vengeance individuelle, mais pour pratiquer une vraie justice. Qu'en pensez-vous… ? Accepteriez-vous de m'aider ? J'ai besoin de collaborateurs compétents, en qui je puisse placer ma confiance. De personnes qui sachent partager des secrets et m'accompagner dans ma mission. »

Il avait fallu du temps à Aomamé, une fois l'histoire plus ou moins ordonnée dans son esprit, pour assimiler tout ce qu'elle avait entendu. Cette proposition qui venait à la suite d'un aveu difficile à croire. Il lui avait fallu encore plus de temps pour se décider, durant lequel la vieille femme était restée parfaitement immobile sur sa chaise, silencieuse, l'observant avec attention. Elle n'était pas pressée. Elle semblait capable d'attendre indéfiniment.

Il y a sans doute chez elle une sorte de démence, avait pensé Aomamé. Mais elle n'est pas folle. Ce n'est pas une malade mentale. Non, elle fait plutôt preuve de sang-froid et d'impassibilité. Elle n'est pas démente, mais ce qui l'habite se *rapproche* de la folie. Peut-être serait-il plus approprié de parler de « fureur justicière ». Ce qu'elle recherche à présent, c'est que je partage avec elle son espèce de folie. Que j'aie le même sang-froid. Elle croit que j'en ai l'étoffe.

Sa réflexion s'était prolongée, combien de temps, elle n'aurait su le dire. Totalement absorbée dans ses pensées, elle avait comme perdu toute sensation du temps. Seul son cœur battait solidement, à un rythme régulier. Aomamé avait revisité des lieux intimes en elle. Elle avait remonté le temps comme des poissons remontent une rivière. Elle y retrouvait des scènes familières, des odeurs oubliées depuis longtemps. Une douce nostalgie, une douleur intense. Un rayon de lumière fine, par quelque fente, s'était introduit là, qui, de manière imprévue, la transperçait de part en part. C'était une sensation étrange, comme si elle était devenue transparente. Comme si, en mettant sa main dans la lumière, elle voyait au travers. Elle avait l'impression que son corps s'était brusquement allégé. À ce moment-là, Aomamé avait pensé : Qu'aurais-je à y perdre si je m'abandonnais ici et maintenant à cette folie ou à cette fureur justicière ? Même si je me dissolvais, même si le monde disparaissait ?

« Je suis d'accord », avait dit Aomamé. Après s'être mordu les lèvres un moment, elle avait de nouveau ouvert la bouche. « Je vous aiderai, comme je le pourrai. »

La vieille femme avait tendu les bras et serré la main d'Aomamé. Dès lors, elle avait partagé ses secrets, sa mission, et ce qui se *rapprochait* de la folie. Non, en fin de compte, c'était peut-être une véritable folie. Aomamé n'était toutefois pas en mesure de dire où se situait la frontière. En outre, ceux qu'elle avait envoyés dans un monde lointain, de concert avec la vieille femme, ne méritaient pas d'être épargnés.

« Il ne s'est pas encore écoulé beaucoup de temps depuis que vous avez déplacé cet homme *vers un autre monde*, dans un hôtel de Shibuya », dit tranquillement la vieille femme. Lorsqu'elle disait « déplacer vers un autre monde », on aurait cru entendre qu'elle parlait de déplacer des meubles.

« Cela fera juste deux mois dans quatre jours, répondit Aomamé.

— Ah, deux mois, ce n'est pas suffisant, continua la vieille femme. Cela m'ennuie donc beaucoup de vous confier une nouvelle mission. Mieux vaudrait laisser passer au moins six mois avant de l'entreprendre. La pression psychologique est trop lourde pour vous quand l'intervalle est très rapproché. Et puis, comment dirais-je, il ne s'agit pas d'un cas ordinaire. Sans compter qu'il n'est pas impossible que certains s'interrogent. Le pourcentage d'hommes qui ont un rapport avec ma *safe house* et qui succombent à une crise cardiaque ne serait-il pas un peu trop élevé ? »

Aomamé eut un petit sourire. « Il y a beaucoup de gens soupçonneux dans le monde. »

La vieille femme sourit à son tour. « Comme vous le savez, je suis d'un naturel extrêmement prudent. Je ne compte ni sur le hasard, ni sur la probabilité, ni sur la chance. Je cherche tous les moyens raisonnables et n'utilise celui que vous savez qu'en dernier recours. Et lorsque je *le* fais mettre à exécution, j'ai déjà éliminé tous les risques envisageables. Tous les facteurs ont été minutieusement examinés, les dispositions nécessaires ont été prises. Et je me tourne vers vous uniquement quand je suis tout à fait certaine que l'exécution se déroulera parfaitement bien. C'est pourquoi jusqu'ici il n'y a pas eu l'ombre d'un problème. Vous êtes d'accord ?

— C'est exact », confirma Aomamé.

C'était vrai en effet. Elle s'était rendue à l'endroit convenu avec son outil préparé. Tout avait été soigneusement réglé à l'avance. Elle avait enfoncé son aiguille effilée dans la nuque de l'homme. Puis, après s'être assurée que l'individu en question avait bien « été déplacé », elle avait quitté les lieux. Jusqu'à présent tout s'était déroulé selon les plans.

« Je suis extrêmement ennuyée, mais je vais être obligée de vous demander de vous occuper du cas suivant. L'opération n'est pas encore tout à fait au point, de nombreux éléments sont incertains, et il est possible que nous ne puissions pas nous organiser comme les autres fois. La situation est assez spéciale.

— En quel sens ?

— L'individu n'occupe pas une position ordinaire, dit la vieille femme en choisissant prudemment ses mots. Pour parler concrètement, je dois vous dire qu'il est placé sous haute surveillance.

— S'agit-il d'un homme politique ? »

La vieille femme secoua la tête.

« Non, ce n'est pas un homme politique. Je vous parlerai plus tard de cet aspect du problème. J'aurais vraiment souhaité ne pas vous impliquer dans cette affaire. Mais tout ce que j'échafaude me paraît voué à l'échec. Avec la méthode habituelle, nous nous casserons les dents. Je suis désolée, mais je ne vois pas d'autre moyen que de me tourner vers vous.

— Est-ce un travail urgent ? demanda Aomamé.

— Non, pas particulièrement. Nous n'avons pas de date butoir. Mais si nous tardons trop, il se peut qu'il y ait de nouvelles victimes. Et puis les occasions que nous avons d'approcher l'homme sont limitées. Nous ne pouvons prévoir s'il y en aura d'autres. »

De l'autre côté de la fenêtre, la nuit était tombée, et le silence avait envahi le solarium. La lune serait-elle apparue ? se demanda Aomamé. Mais de sa place elle ne voyait pas le ciel.

La vieille femme reprit : « J'ai l'intention de vous expliquer la situation de manière aussi détaillée que possible. Mais, auparavant, j'aimerais vous faire rencontrer quelqu'un. Nous irons la voir dans un moment.

— Elle vit à la *safe house* ? » demanda Aomamé.

La vieille femme inspira lentement en produisant un petit bruit de fond de gorge. Dans ses yeux brillait une lueur particulière, qui ne s'y trouvait pas ordinairement.

« Le bureau de consultations, il y a six semaines de cela, nous l'a envoyée. Pendant un mois, elle n'a pas prononcé un mot, comme si elle était absente. Elle avait totalement perdu l'usage de la parole. Tout ce que nous savions, c'étaient son nom et son âge. Elle dormait dans une gare, son état était pitoyable, et après avoir été envoyée ici et là, elle a finalement atterri chez nous. J'ai passé beaucoup de temps à lui parler. Ici, c'est un endroit sûr, elle ne devait pas avoir peur. Il a fallu du temps pour le lui faire comprendre. À présent, elle dit quelques mots. Elle ne parle que de façon confuse et décousue, mais, en assemblant ces bribes, j'ai à peu près reconstitué ce qui lui était arrivé. Quelque chose d'indicible. D'abominable, de déchirant.

— Elle a subi des violences de la part de son mari ?

— Non, répondit la vieille femme d'une voix sèche. Elle n'a que dix ans. »

La vieille femme et Aomamé traversèrent le jardin, passèrent par une petite porte en bois qu'il fallut déverrouiller, et se dirigèrent vers la *safe house* située sur le terrain voisin. C'était un joli petit bâtiment en bois. Autrefois, à l'époque où de nombreux serviteurs travaillaient à la résidence, ces logements leur étaient principalement destinés. La construction à un étage n'était pas dépourvue de charme, mais elle était un peu trop vétuste pour être louée. Comme refuge provisoire pour des femmes qui n'avaient nulle part où aller, elle était néanmoins suffisante. Un vieux chêne étendait sa ramure comme s'il protégeait le bâtiment, et sur la porte de l'entrée étaient insérés des carreaux gravés de motifs délicats. La maison contenait dix chambres. À certaines périodes, toutes étaient occupées. En général, cinq ou six femmes vivaient là à l'abri. À cette heure, on voyait de la lumière aux fenêtres de la moitié des chambres. En dehors de quelques voix d'enfants, que l'on entendait ici ou là, régnait surtout un étrange silence. On aurait dit que le bâtiment lui-même retenait son souffle. Les bruits divers qui accompagnent la vie étaient absents de ces lieux. Près de la porte était attaché le berger allemand femelle, qui grondait doucement avant d'aboyer à plusieurs reprises dès que quelqu'un s'approchait. Si c'étaient des hommes, elle aboyait violemment. On ignorait qui l'avait ainsi entraînée, et selon quelle méthode. Et pourtant, c'était à Tamaru que la chienne était le plus liée.

Lorsque la vieille femme vint près d'elle, la chienne cessa à l'instant d'aboyer, elle agita frénétiquement la queue en jappant de joie. La vieille femme se pencha et lui tapota le crâne. Aomamé à son tour la gratta derrière les oreilles. La chienne la reconnut. C'était un animal intelligent. Et qui, pour une raison mystérieuse, adorait les épinards. La vieille femme se servit de sa clé pour ouvrir la porte de l'entrée.

« Une des femmes qui vivent ici s'occupe de cette enfant, expliqua-t-elle à Aomamé. Elle dort dans la même chambre. Je lui ai demandé de faire son possible pour ne pas quitter la petite des yeux. Je me sens encore inquiète de la laisser seule un instant. »

Les femmes s'entraidaient dans la *safe house*. Elles se racontaient les malheurs qu'elles avaient traversés, et étaient tacitement encouragées à partager leurs souffrances. Ainsi, peu à peu, beaucoup d'entre elles entraient naturellement sur la voie de la guérison. Celles qui séjournaient depuis plus longtemps expliquaient aux nouvelles venues les règles de vie dans ces lieux. Elles se répartissaient les objets nécessaires au quotidien. Le ménage et la cuisine se faisaient plus ou moins à tour de rôle. Bien sûr, certaines désiraient rester seules ou ne souhaitaient pas parler de leur passé. On respectait leur solitude et leur silence. Mais la plupart, avides de ces échanges, s'entretenaient franchement de leurs épreuves. Dans la maison, on ne buvait pas d'alcool, on ne fumait pas et il était interdit de faire venir des visiteurs sans autorisation, mais en dehors de cela il n'y avait aucune contrainte.

Un téléphone et un téléviseur étaient installés dans la salle commune, à côté de l'entrée. Il y avait également un vieux canapé, des fauteuils et une table pour déjeuner. La plupart des femmes semblaient passer la majeure partie de la journée dans cette pièce. Le téléviseur n'était presque jamais allumé. Quand il marchait, le volume était si faible qu'on l'entendait à peine. Les femmes préféraient lire, feuilleter un journal, tricoter ou se chuchoter des confidences. Certaines dessinaient toute la journée. Dans cet espace étrange stagnait une lumière ternie, comme s'il s'agissait d'un lieu intermédiaire, temporaire, situé entre le monde réel et le monde d'après la mort. Que le temps soit ensoleillé ou nuageux, que ce soit le jour ou la nuit, c'était toujours la même lumière. Chaque fois qu'Aomamé venait dans cette maison, elle se sentait déplacée, comme une intruse indélicate. Comme dans un club où était exigée une qualification spéciale. La solitude de ces femmes et celle d'Aomamé avaient des origines différentes.

Lorsque la vieille femme apparut, les trois femmes présentes dans la salle de séjour se levèrent. On voyait au premier regard qu'elles lui témoignaient un profond respect. Elle leur fit signe de se rasseoir.

« Je vous en prie, ne bougez pas. Je voudrais seulement parler à la petite Tsubasa.

— Elle est dans sa chambre », répondit une femme, sans doute plus ou moins du même âge qu'Aomamé. Elle avait des cheveux longs et raides.

« Elle est avec Saéko. Je crois qu'elle ne veut toujours pas descendre, dit une autre, un peu plus âgée.

— Il lui faut encore un peu de temps », dit la vieille femme en souriant.

Les trois femmes approuvèrent en silence. Elles comprenaient bien ce que voulait dire : il faut du temps.

Quand la vieille femme fut montée à l'étage et eut pénétré dans la chambre, elle pria la petite femme mince, un peu effacée, qui se trouvait là, de bien vouloir sortir un moment. Saéko, un pâle sourire aux lèvres, quitta la pièce, referma la porte et descendit l'escalier. Ne demeura là que Tsubasa, la fillette de dix ans. Une petite table pour les repas avait été installée dans la chambre. La vieille femme, Aomamé et l'enfant s'assirent autour. Des rideaux épais étaient tirés à la fenêtre.

« Cette jeune femme s'appelle Aomamé, dit la vieille femme en s'adressant à la fillette. Elle travaille avec moi. Tu ne dois donc pas t'inquiéter. »

La fillette jeta un regard rapide vers Aomamé puis acquiesça vaguement. Un mouvement si infime qu'il aurait pu passer inaperçu.

« Cette enfant s'appelle Tsubasa », dit la vieille femme pour la présenter. Puis elle demanda à la fillette : « Tsubasa, depuis combien de temps es-tu ici ? »

La fillette secoua très légèrement la tête de côté dans un geste qui signifiait qu'elle l'ignorait. À peine si elle avait bougé d'un centimètre.

« Cela fait six semaines et trois jours, déclara la vieille femme. Tu n'as peut-être pas compté mais moi, si, très exactement. Tu sais pourquoi ? »

De nouveau, la fillette eut un mouvement de tête imperceptible.

« Il y a des cas où le temps est une donnée très importante, reprit la vieille femme. C'est pourquoi le compter peut avoir beaucoup de sens. »

Aux yeux d'Aomamé, cette petite Tsubasa ressemblait à n'importe quelle enfant de dix ans. Pour son âge, elle était assez grande, mais elle était maigre et n'avait pas encore de poitrine. Elle semblait avoir souffert d'insuffisance alimentaire chronique. Son visage n'était pas vilain, mais il ne renvoyait aucune expression. Ses yeux faisaient penser à des vitres dépolies. Impossible d'y saisir la moindre lueur, même en plongeant dedans. Parfois, elle agitait nerveusement ses lèvres sèches et fines, comme si elle voulait former un mot, mais aucun son n'en sortait.

La vieille femme sortit une boîte de chocolats du sac en papier qu'elle avait apporté. Sur le couvercle figurait un paysage de montagnes suisses. La boîte contenait une douzaine de jolis chocolats, chacun d'une forme différente. La vieille femme en présenta un à Tsubasa, un à Aomamé et en prit un elle-même. Aomamé porta le sien à la bouche. Après avoir observé les deux femmes, Tsubasa mangea aussi le sien.

Toutes trois dégustèrent leur chocolat en silence.

« Est-ce que vous vous souvenez de l'époque de vos dix ans ? demanda la vieille femme à Aomamé.

— Oui, très bien », répondit Aomamé.

Cette année-là, elle avait serré la main d'un garçon, qu'elle avait juré ensuite d'aimer toute sa vie. Dans les quelques mois qui avaient suivi, elle avait eu ses premières règles. Aomamé avait beaucoup changé à cette époque. Elle s'était éloignée de sa foi, avait rompu tout lien avec ses parents.

« Moi aussi, je m'en souviens bien, dit la vieille femme. L'année de mes dix ans, mon père m'a emmenée avec lui à Paris. Nous y sommes restés environ une année. Mon père était diplomate. Nous habitions dans un vieil appartement, tout près du jardin du Luxembourg. La Première Guerre mondiale touchait à sa fin et les gares étaient pleines de soldats blessés. Certains avaient l'air d'être encore des enfants, d'autres étaient âgés. Paris est d'une beauté à couper le souffle, en toutes saisons. Moi, cependant, il ne m'en reste que des impressions sanglantes. Dans la terrible guerre de tranchées qui se déroulait sur le front, des hommes avaient perdu un bras, une jambe, un œil, et ils erraient dans les rues comme des spectres abandonnés. J'étais frappée par la blancheur de leurs bandages et par le noir du crêpe que les femmes portaient au bras. Des voitures à cheval transportaient des monceaux de cercueils neufs vers les cimetières. Sur leur passage, les gens détournaient les yeux et se taisaient. »

La vieille femme allongea le bras sur la table. La fillette, après une courte réflexion, souleva la main qui était sur ses genoux et la posa sur celle de la vieille femme. Celle-ci la serra. Sans doute ses parents lui serraient-ils la main avec la même force, lorsqu'elle-même avait cet âge et qu'elle croisait dans les rues des cercueils entassés dans des voitures à cheval, au coin des rues, à Paris. Et puis ils lui disaient des paroles encourageantes : « Ne te fais pas de souci. Tu es en sécurité, il ne t'arrivera rien. » Ce genre de paroles.

« Chaque jour, les hommes fabriquent des millions de spermatozoïdes, déclara la vieille femme à Aomamé. Le saviez-vous ?

— Je ne connaissais pas le nombre précis, répondit Aomamé.

— Moi non plus, bien entendu. En tout cas, un nombre infini, lancé en une fois. Mais le nombre d'ovules arrivés à maturité que les femmes produisent est limité. Vous en connaissez le nombre ?

— Précisément, non.

— Pas plus de quatre cents pour toute une vie, répondit la vieille femme. Les ovules ne sont pas renouvelés chaque mois. Dès la naissance, ils sont tous en réserve à l'intérieur du corps des femmes. Après les premières règles, ils sortent chaque fois, l'un après l'autre, dès qu'ils sont arrivés à maturité. Dans cette enfant aussi, les ovules sont en réserve. Comme elle n'est pas encore réglée, on peut s'attendre à ce qu'ils soient tous là, intacts. Bien rangés, comme dans un tiroir, chez elle. Il va sans dire que le rôle des ovules est de servir à la conception, une fois qu'ils ont été pénétrés par les spermatozoïdes. »

Aomamé opina.

« Si la mentalité des hommes et celle des femmes sont différentes en bien des points, c'est sans doute dû à la différence du système de reproduction. La tâche principale des femmes, si nous nous plaçons uniquement du point de vue biologique, est de veiller sur ces ovules en nombre limité. Vous, moi, et aussi cette enfant. » Puis un pâle sourire flotta sur ses lèvres. « Enfin, dans mon cas, évidemment, je parle *au passé.* »

Aomamé calcula rapidement dans sa tête. Voyons, j'ai déjà rejeté à peu près deux cents ovules. Il m'en reste environ la moitié. Sur lesquels, probablement, est apposée l'étiquette : « En réserve ».

« Mais les ovules de cette enfant ne pourront être le point de départ d'aucune naissance, dit la vieille femme. La semaine dernière, un médecin de mes connaissances a pratiqué un examen. Son utérus a été détruit. »

Aomamé, le visage déformé, regarda la vieille femme. Puis elle tourna légèrement la tête et jeta un coup d'œil à la fillette. Elle avait du mal à parler.

« Détruit ?

— Oui, il est détruit, répéta la vieille femme. Une opération chirurgicale ne pourrait pas le restaurer.

— Mais qui a bien pu faire une chose pareille ? demanda Aomamé.

— Nous ne le savons pas encore très bien, dit la vieille femme.

— Little People », dit la fillette.

18

Tengo

Big Brother n'a plus sa place sur scène

Dès que la conférence de presse fut terminée, Komatsu téléphona à Tengo pour lui dire que tout s'était très bien déroulé, sans aucun problème.

« Ç'a extrêmement bien marché ! lui annonça-t-il, avec dans la voix une excitation rare chez lui. Non, je n'aurais jamais pensé qu'elle s'en tirerait aussi bien ! Non seulement elle a répondu très intelligemment, mais en plus elle a fait une excellente impression sur tous ceux qui assistaient à la scène. »

Tengo n'était pas du tout étonné. Il ne s'était pas vraiment inquiété à propos de la conférence de presse, même s'il n'avait rien de spécial sur quoi se fonder. Il s'attendait à ce que Fukaéri se débrouille parfaitement toute seule. Pourtant, dans l'expression « excellente impression », il entendait un je-ne-sais-quoi qui ne s'appliquait pas très bien à elle.

« Personne n'a rien remarqué de bizarre ? demanda-t-il pour plus de précaution.

— Ah… eh bien, ses réponses étaient brèves. Quant aux questions qui ne lui plaisaient pas, elle les a esquivées très habilement. En fait, il n'y a presque pas eu de questions *méchantes*. Tu sais, de toute façon, les journalistes n'avaient pas envie de jouer le rôle du méchant en face d'une mignonne jeune fille de dix-sept ans. Voilà comment je commenterais les choses. Bien sûr, "pour le moment du moins". Ce qui se passera ensuite, je n'en sais rien. Dans ce milieu, le vent peut tourner n'importe quand ! »

Tengo imagina la scène. Komatsu, le visage grave, debout sur une haute falaise, se léchait le doigt et tentait d'évaluer la direction du vent.

« En tout cas, tout cela, c'est grâce aux formidables exercices préparatoires que tu lui as fait pratiquer. Je t'en remercie. La remise du prix et la conférence de presse seront annoncées dans les journaux de demain, dans les éditions du soir.

— Comment était habillée Fukaéri ?

— Comment ? Ah, eh bien, des vêtements ordinaires. Un jean et un léger pull moulant.

— Qui faisait ressortir sa poitrine ?

— Euh… oui, si tu veux. On voyait bien la forme de ses seins, très jolie. On aurait dit qu'ils étaient *tout juste* démoulés, dit Komatsu. Tu sais, Tengo, cette petite va faire sensation, on va la considérer comme un écrivain génial ! Son look est parfait, sa façon de parler un peu bizarre, certes, mais on voit bien qu'elle est intelligente. Et, plus que tout, elle a une aura extraordinaire. J'ai assisté aux débuts de nombreux auteurs. Mais elle, elle est spéciale. Et quand je dis spéciale, c'est vraiment spéciale. Je te parie n'importe quoi que, dans une semaine, la revue avec le texte de *La Chrysalide de l'air* sera exposée dans toutes les librairies. J'en mettrais ma main à couper. Et je suis sûr que tous les exemplaires seront vendus en trois jours. »

Tengo le remercia de son appel puis raccrocha. Il se sentait quelque peu soulagé. La première haie était franchie. Mais il n'était pas en mesure de deviner combien d'obstacles il faudrait encore sauter.

Les comptes rendus de la conférence de presse furent publiés dans les éditions du soir du lendemain. Tengo acheta quatre journaux au kiosque de la gare en revenant de son école, qu'il se mit à lire et à comparer une fois chez lui. Le contenu était à peu près le même. Les articles n'étaient pas très longs, mais il était rare que soit donnée une information sur le prix des nouveaux auteurs (en général, cela faisait moins de cinq lignes). Ainsi que l'avait prévu Komatsu, les médias se jetaient sur le fait que la lauréate était une jeune fille de dix-sept ans. On soulignait que les quatre membres du jury avaient désigné sa *Chrysalide de l'air* à l'unanimité, quasiment sans discussion, en quinze minutes. Un cas exceptionnel. Il était inouï que quatre écrivains renommés, à l'ego très développé, se mettent d'accord. L'œuvre avait déjà acquis sa réputation dans le monde littéraire. Une petite conférence de presse avait eu lieu dans le salon de l'hôtel où s'était tenue la cérémonie de remise du prix et la jeune lauréate avait répondu aux questions des journalistes « avec clarté et en souriant ».

À la question : « Avez-vous envie de continuer à écrire des romans ? », elle avait répondu : « Le roman n'est qu'une des formes possibles sous lesquelles ma pensée se manifeste. Cette fois, j'ai choisi la forme du roman, mais la prochaine fois je ne sais pas quelle forme elle prendra. » Il était difficile d'imaginer que Fukaéri ait prononcé une phrase aussi longue. Sans doute le journaliste avait-il réuni plusieurs bribes, comblé les manques et reconstruit une belle phrase bien ordonnée. Quoique, après tout, peut-être avait-elle parlé ainsi. Rien n'était vraiment prévisible avec elle.

À la question : « Vos œuvres préférées ? », elle avait répondu, bien sûr : « *Le Dit des Heiké.* » Comme un des journalistes lui demandait quel passage elle préférait, elle l'avait alors psalmodié. Une longue récitation de cinq minutes. Tout le monde avait été impressionné. À la fin, il y avait eu un très long silence. Heureusement (devrait-on dire), on ne lui avait pas posé de questions sur la musique qu'elle aimait.

« Quand vous avez reçu le prix, qui en a été le plus heureux ? » Après une longue pause (Tengo imaginait bien la scène), elle avait répondu : « C'est un secret. »

La lecture des articles, en tout cas, lui laissait penser que Fukaéri n'avait pas menti durant cet échange. Ce qu'elle avait dit était totalement vrai. Il y avait une photo d'elle dans les journaux. Sur laquelle elle était encore plus belle que dans son souvenir. En fait, quand ils se parlaient face à face, l'attention de Tengo se portait davantage sur les mouvements de son corps, sur ses changements d'expression, sur les mots qu'elle prononçait. Maintenant, en observant la photo qui la rendait immobile, il constatait de nouveau à quel point son visage était harmonieux. C'était, semble-t-il, un cliché pris durant la conférence de presse (elle portait bien le même pull d'été), qui laissait transparaître une sorte de rayonnement. Peut-être était-ce ce que Komatsu avait qualifié d'« aura extraordinaire ».

Tengo replia les journaux. Il but une canette de bière, debout dans la cuisine, tout en commençant à se préparer un dîner simple. Le texte qu'il avait lui-même récrit avait obtenu à l'unanimité le prix des nouveaux auteurs, tout le monde en parlait et il deviendrait certainement un best-seller. Il éprouvait un sentiment étrange. Il aurait voulu se sentir content, heureux, sans réserve. Pourtant, il était inquiet, nerveux. Le plan qu'ils avaient conçu allait-il vraiment se dérouler aussi aisément ?

Il s'aperçut alors qu'il n'avait plus d'appétit. Il s'était senti affamé jusque-là, mais à présent il n'avait plus envie d'avaler quoi que ce soit. Il enveloppa le plat à moitié cuisiné dans un film plastique, le mit au réfrigérateur et s'assit sur une chaise dans la cuisine. Il se contenta de boire tranquillement sa bière en observant le calendrier mural. C'était un cadeau de sa banque, avec des photos du mont Fuji aux différentes saisons. Tengo n'était encore jamais monté sur le mont Fuji. Ni sur la tour de Tokyo. Sur aucun building élevé, d'ailleurs. Depuis toujours, il n'avait aucune curiosité pour les lieux en hauteur. Pourquoi ? se demanda-t-il. Peut-être parce que j'ai passé ma vie au ras du sol.

La prédiction de Komatsu se réalisa. Les exemplaires de la revue où était publiée *La Chrysalide de l'air* de Fukaéri furent presque tous vendus le premier jour et disparurent des librairies. Jamais la revue ne s'était vendue aussi bien. L'éditeur continuait à la faire paraître chaque mois en accumulant les déficits. Mais c'était la raison d'être de cette revue : les textes primés des jeunes auteurs tout juste lauréats y étaient d'abord publiés avant de paraître sous forme de livre. On ne s'attendait pas à ce que la revue se vende pour elle-même ou fasse des bénéfices. Par conséquent, que la totalité des exemplaires soit épuisée en un seul jour faisait sensation. Comme une averse de neige qui serait tombée sur Okinawa. Même si cela ne changeait rien au problème de trésorerie.

C'est par un coup de fil de Komatsu que Tengo eut ces informations.

« Excellent ! s'écria l'éditeur. Comme la revue est déjà introuvable, les gens seront d'autant plus intéressés. Tout le monde va vouloir lire le texte. D'ailleurs, là, maintenant, l'imprimeur est en train de s'activer comme un fou pour le sortir en livre. Une édition en priorité absolue, en ultra-urgence. Et donc, on se fiche d'avoir ou non le prix Akutagawa. Le plus important, c'est de continuer à vendre pendant que c'est tout chaud ! Aucun doute, ça va faire un best-seller. Je te le garantis. Alors, Tengo, tu devrais te mettre à penser à ce que tu feras de ton argent ! »

Dans la rubrique littéraire des éditions du samedi soir figurait un article sur *La Chrysalide de l'air*. Qui titrait sur le fait que la revue avait été épuisée en un rien de temps. Quelques critiques littéraires donnaient leur opinion, en majorité favorable. Une puissance littéraire inconcevable pour un texte écrit par une jeune fille de dix-sept ans, une sensibilité aiguë, et aussi une force imaginative débordante. *Peut-être* cette œuvre indiquait-elle l'émergence d'un nouveau style littéraire. Selon l'un des critiques : « On pourrait éventuellement déplorer que la force de l'imagination plane aussi haut et qu'il n'y ait pas de contact avec la réalité. » C'était l'unique note négative que découvrit Tengo. Mais le même journaliste concluait sur un ton modéré : « Nous sommes sincèrement impatients de voir ce que cette jeune fille écrira ensuite. » Bon, finalement, la direction du vent ne semblait pas mauvaise jusque-là.

Quatre jours avant la date prévue pour la parution en livre, Fukaéri lui téléphona. À neuf heures du matin.

« T'es levé…, demanda-t-elle, de son ton monocorde habituel.

— Bien sûr que je suis levé ! répondit Tengo.

— Aujourd'hui dans l'après-midi tu es libre…

— Si c'est après quatre heures, je suis libre.

— On se voit si tu peux…

— Oui, je peux.

— Même endroit ça va…

— Oui, d'accord, répondit Tengo. J'irai à quatre heures au même café de Shinjuku. Et sinon, la photo qui est parue dans les journaux est très bien. Celle qui a été prise au moment de la conférence de presse.

— J'ai mis le même pull…

— Il t'allait très bien.

— Tu aimes la forme de ma poitrine…

— Oui, ça se peut. Mais le plus important, c'est que ç'ait donné une bonne impression aux gens. »

Fukaéri resta silencieuse un moment à l'autre bout du fil. Un silence durant lequel, peut-être, elle contemplait quelque chose placé sur une étagère près d'elle. Ou peut-être méditait-elle sur le rapport entre la forme de sa poitrine et la bonne impression qu'elle avait donnée. En y réfléchissant, Tengo comprenait de moins en moins le lien qu'il y aurait entre la forme de sa poitrine et la bonne impression.

« À *quatre heures…* », dit Fukaéri. Puis elle raccrocha.

Lorsqu'il pénétra dans le café un peu avant quatre heures, Fukaéri était déjà là à l'attendre. À côté d'elle était assis le Pr Ébisuno. Il portait une chemise gris clair à manches longues et un pantalon gris foncé. À son habitude, il se tenait très droit et immobile comme une statue. Tengo fut un peu surpris de le voir. Selon Komatsu, il était exceptionnel qu'il « descende de sa montagne ».

Tengo prit place en face de Fukaéri et du Maître, et commanda un café. La saison des pluies n'avait pas encore débuté, mais la journée était chaude et faisait penser au plein été. Néanmoins, Fukaéri, comme la dernière fois, buvait un chocolat chaud, par toutes petites gorgées. Le Pr Ébisuno avait pris un café glacé, mais il ne le buvait pas. Les glaçons fondaient, formant sur le dessus une couche transparente.

« Merci d'être venu », dit le Pr Ébisuno.

Son café lui fut apporté et Tengo porta la tasse à sa bouche.

« On dirait que toutes sortes de choses se passent bien, ces derniers temps, déclara très lentement le Pr Ébisuno, comme s'il testait le bon fonctionnement de sa voix. Votre contribution a été importante. Vraiment fondamentale. Je voulais avant tout vous en remercier.

— Je vous en sais gré, mais dans cette affaire, comme vous le savez, je n'ai pas d'existence officielle, répondit Tengo. Quelqu'un dépourvu d'existence officielle ne peut avoir contribué à quoi que ce soit. »

Le professeur se frotta les mains au-dessus de la table. On aurait dit quelqu'un qui cherchait à se réchauffer.

« Allons, il ne faut pas se montrer aussi modeste. Vous existez bel et bien. Sans vous, les choses ne se seraient pas déroulées aussi aisément. C'est grâce à vous que *La Chrysalide de l'air* est devenue une œuvre aussi remarquable. Qu'elle a révélé un contenu plus profond et plus riche, qui va bien au-delà de ce à quoi je m'attendais. Vraiment, Komatsu a un bon jugement. »

À côté, Fukaéri continuait à boire son chocolat en silence, comme un chaton qui laperait du lait. Elle portait un simple chemisier blanc à mi-manches et une jupe courte bleu foncé. Elle n'avait aucun bijou, comme à son habitude. Quand elle se penchait en avant, ses longs cheveux tout raides lui cachaient en partie le visage.

« Je voulais absolument vous dire cela en personne. C'est pour cette raison que je vous ai demandé de venir jusqu'ici, dit le Pr Ébisuno.

— Ce n'était pas la peine de vous donner cette peine. J'ai pris un grand plaisir à récrire *La Chrysalide de l'air*.

— Je veux néanmoins vous réitérer mes remerciements.

— Je vous en prie, répondit Tengo. Mais, concernant Éri, puis-je me permettre de vous demander quelque chose de personnel ?

— Bien entendu. Si je peux vous répondre.

— Êtes-vous son tuteur légal ? »

Le Pr Ébisuno secoua la tête.

« Non, je ne suis pas son tuteur légal. Je le voudrais bien, si c'était possible. Mais, comme je vous l'ai dit l'autre fois, il n'y a absolument aucun moyen d'entrer en communication avec ses parents. Je ne possède aucun droit sur elle sur le plan juridique. Je m'occupe d'elle depuis qu'elle est venue chez nous, il y a sept ans, c'est tout.

— Par conséquent, il serait normal de penser que, en ce qui vous concerne, vous aimeriez qu'on la laisse tranquille ? Ne craignez-vous pas des ennuis en l'exposant de manière aussi tapageuse devant les feux de la rampe ? D'autant qu'elle est encore mineure.

— Par exemple, ne serais-je pas dans une situation embarrassante si ses parents engageaient une action en justice et s'ils proposaient de la reprendre ? Même si elle a choisi de s'enfuir, ne devrait-elle pas être ramenée chez ses parents contre sa volonté ? Ce genre d'ennuis ?

— Oui. J'ai du mal à comprendre.

— Vos doutes sont légitimes. Mais, en face, ils se trouvent dans une situation qui les empêche d'agir ouvertement. Plus Éri est exposée à la lumière des projecteurs, plus l'attention du monde se porterait sur eux s'ils voulaient tenter une action en rapport avec elle. Et c'est ce qu'ils redoutent sans doute le plus.

« *Ils*, répéta Tengo. Vous voulez dire par là Les Précurseurs, je suppose ?

— Bien sûr, répondit le Maître. L'association religieuse, dite Les Précurseurs. J'ai obtenu des résultats durant ces sept années pendant lesquelles j'ai élevé

Éri. Et Éri elle-même souhaite clairement rester chez nous. Et puis ses parents, quelle que soit leur situation, l'ont tout de même abandonnée pendant ces sept années. Je ne peux pas la leur livrer *docilement.* »

Tengo tenta d'ordonner ses pensées. Puis il demanda :

« *La Chrysalide de l'air* va très certainement devenir un best-seller. Tout le monde va s'intéresser à Éri. À l'inverse, Les Précurseurs n'ont pas de véritable liberté d'action. Jusque-là, je comprends. Mais alors, professeur, *selon vous*, quelle sera la suite de l'histoire ?

— Je n'en sais rien, répondit calmement le Pr Ébisuno. Ce qu'il adviendra pour chacun de nous, c'est un territoire inexploré, dont il n'existe aucune carte. Ce qui nous attend au prochain tournant, on ne le saura que lorsqu'on l'aura passé. Impossible de l'imaginer.

— Impossible de l'imaginer ? répéta Tengo.

— Exactement. Peut-être cela vous paraît-il irresponsable, mais c'est justement ce qui est *impossible à imaginer* qui constitue l'essentiel de l'affaire. Nous avons jeté une pierre dans un étang profond. Plouf ! Des échos bruyants se sont ainsi fait entendre partout à la ronde. Nous retenons tous notre souffle en observant ce qui en sortira. »

Ils restèrent silencieux un moment, durant lequel chacun se représentait à sa façon les rides qui s'élargissaient à la surface de l'eau. Tengo ouvrit lentement la bouche lorsqu'il estima que ces remous imaginaires avaient disparu.

« Je vous l'ai dit dès le début. À présent, ce que nous allons faire, c'est une escroquerie. On pourrait même parler d'acte antisocial. Bientôt, des quantités non négligeables d'argent vont circuler, les mensonges vont faire boule de neige. Un mensonge en appellera un autre, tout deviendra de plus en plus compliqué, au point que nous ne contrôlerons plus rien. Lorsque la vérité sera dévoilée, tous ceux qui sont concernés, y compris Éri, subiront forcément des dommages. Au pire, nous serons ruinés. Ou mis au ban de la société. Vous êtes bien d'accord ? »

Le Pr Ébisuno porta la main à la monture de ses lunettes.

« Je n'ai pas le choix.

— Pourtant, selon M. Komatsu, vous deviendriez le représentant de la société fantôme qu'il va créer en lien avec *La Chrysalide de l'air* ? Vous auriez l'intention de participer ouvertement au plan de M. Komatsu. En d'autres termes, dans cette affaire, vous êtes prêt à salir votre réputation.

— On peut s'attendre en effet à ce genre de conséquence.

— Dans les limites de ce que je comprends, vous, professeur, vous êtes quelqu'un d'une intelligence remarquable, apte à juger avec discernement, selon une conception du monde que vous avez vous-même bâtie. Et pourtant, vous ne savez pas ce qu'il adviendra de ce plan. Vous dites que vous ne pouvez pas deviner ce qui apparaîtra en tournant au prochain carrefour ! Moi, voyez-vous, j'ai du mal à comprendre pourquoi un homme tel que vous s'engage sur un terrain aussi incertain, aussi glissant.

— Je suis confus de l'estime que vous me portez, sans doute excessive, mais cela étant… » Le Pr Ébisuno marqua alors une pause. « Je comprends bien ce que vous voulez dire. »

Il y eut un silence.

« Personne sait ce qui arrive… », lâcha soudain Fukaéri. Puis elle retomba dans son mutisme. Sa tasse de chocolat était vide à présent.

« Exactement, dit le Maître. Personne ne sait ce qui peut arriver. Comme le dit Éri.

— Néanmoins, dans une certaine mesure, vous cherchez à atteindre un objectif, déclara Tengo.

— Dans une certaine mesure, je vise un objectif, confirma le Pr Ébisuno.

— Puis-je émettre une hypothèse ?

— Bien sûr.

— Vous espérez, par le biais de la publication de *La Chrysalide de l'air*, que la lumière sera faite sur ce qui est arrivé aux parents d'Éri. Est-ce là la signification de la pierre jetée dans l'étang ?

— Votre hypothèse est juste dans les grandes lignes, répondit le Pr Ébisuno. Si *La Chrysalide de l'air* devient un best-seller, les médias vont pulluler comme des carpes dans un étang. À vrai dire, il y a déjà un sacré tapage. Depuis la conférence de presse, les propositions des revues ou des télévisions affluent. Bien sûr, nous refusons tout en bloc. Mais, une fois que le texte sera publié sous forme de livre, la situation risque de devenir brûlante. Même si les médias n'obtiennent rien de nous, ils ne se gêneront pas pour utiliser tous les moyens possibles afin de découvrir qui est Éri. Tôt ou tard, son identité sera dévoilée. Le nom de ses parents, la façon dont ils ont éduqué leur fille, etc. Et aussi le nom de la personne qui s'occupe d'elle maintenant. Nous devons nous attendre à ce que ces informations suscitent une énorme curiosité.

« Moi, si j'agis ainsi, évidemment ce n'est pas par plaisir. Je mène une vie paisible dans mes montagnes. Je n'ai pas du tout envie de me trouver piégé dans ce tourbillon. Ça ne me rapportera rien. Mais, si je sème correctement mes appâts, il y a fort à parier que je saurai orienter la curiosité des médias du côté des parents d'Éri. *Où se trouvent-ils et que font-ils ?* Autrement dit, si la police ne peut ou ne veut pas agir, les médias pourraient s'en charger à sa place. En m'y prenant bien, je compte profiter de la situation pour pouvoir les secourir. Les époux Fukada m'importent énormément, et, bien sûr, ils comptent aussi beaucoup pour

Éri. Il m'est impossible d'accepter l'idée qu'ils aient ainsi disparu sans laisser de trace.

— Mais si M. et Mme Fukada se trouvent bien là-bas, pour quelle raison auraient-ils été contraints d'y rester durant sept ans ? C'est tout de même très long.

— Ça, je n'en sais rien. Je ne peux qu'émettre des suppositions, répondit le Pr Ébisuno. Comme je vous l'ai dit l'autre fois, Les Précurseurs étaient à l'origine une communauté agricole révolutionnaire qui après s'être séparée de L'Aube, un groupe extrémiste, a énormément modifié sa ligne et s'est transformée en groupe sectaire. La police a enquêté sur ses liens possibles avec la fusillade de L'Aube. Pour finalement conclure qu'elle n'avait aucun rapport avec cette affaire. Après quoi, la secte s'est progressivement consolidée. Non, en fait, je devrais plutôt dire rapidement. Toutefois, personne ne connaît ses véritables activités. Vous, par exemple, vous n'en savez rien.

— Absolument rien, répondit Tengo. Mais moi, je ne regarde pas la télévision, je ne lis presque pas de journaux. Je pense donc que je ne suis pas représentatif de la normalité.

— Non, vous n'êtes pas le seul à ne rien savoir. Ils agissent en secret pour dérober au regard des curieux le plus de choses possible. Les autres sectes religieuses cherchent à attirer l'attention. Elles essaient d'augmenter, ne serait-ce qu'un peu, le nombre de leurs fidèles afin de stabiliser leurs revenus. Mais pas Les Précurseurs. Ils ne tiennent pas à avoir un plus grand nombre d'adeptes. Ce qu'ils veulent avant tout, ce sont des gens compétents. Des gens jeunes et en bonne santé, qui possèdent différents savoir-faire spécifiques, et qui sont fortement motivés. C'est pourquoi ils ne font pas de prosélytisme. N'importe qui ne peut être admis. Ils sélectionnent les postulants après un entretien. Ou ils recrutent les plus compétents dans les domaines qui les intéressent. Le résultat, c'est une secte dont les membres sont des experts qui ont un mental d'acier. Officiellement, ils font de l'agriculture. En parallèle, ils se soumettent à des pratiques ascétiques rigoureuses.

— En fin de compte, sur quelle base doctrinale s'appuie la secte ?

— Ils n'ont probablement pas de textes sacrés bien définis. C'est très éclectique. En gros, le groupe appartient au courant ésotérique, mais il place au centre de ses activités le travail et les exercices. Bien davantage qu'une doctrine précise. Et l'entraînement est très sévère. Il n'a rien de frivole. Attirés par cette réputation, des jeunes gens viennent de tout le pays, en quête de ce genre de vie spirituelle. Ils se livrent à des pratiques secrètes en se montrant solidaires et soudés vis-à-vis de l'extérieur.

— Y a-t-il un gourou ?

— Officiellement, non. Tout culte personnel est prohibé. La communauté est administrée par une direction collective. Mais comment cela se passe-t-il en réalité ? Ce n'est pas clair. Même pour moi, qui ai rassemblé le plus d'informations possible. Ce qui filtre à l'extérieur des murs est très maigre. Tout ce que je peux dire, c'est que la secte se développe régulièrement et qu'elle semble disposer de fonds abondants. Elle a acheté de nouveaux terrains, ses équipements sont de plus en plus perfectionnés. Et les murs qui l'entourent sont également devenus plus imposants.

— Et puis, un jour, le nom de M. Fukada, à l'origine leur leader, a disparu ?

— Exactement. Tout est anormal et incompréhensible », dit le Pr Ébisuno. Il jeta un rapide coup d'œil vers Fukaéri puis regarda de nouveau Tengo. « Les Précurseurs dissimulent quelque secret inimaginable. Il ne fait pas de doute que, à un moment donné, il s'est produit un bouleversement. Quelque chose de comparable, je dirais, aux mouvements de l'écorce terrestre. Quoi exactement ? Je n'en sais rien. Mais Les Précurseurs ont totalement changé d'orientation. Cette communauté modérée, ouverte sur le monde extérieur, a opéré un revirement brutal et s'est transformée en une secte austère aux agissements ultrasecrets.

« Je me suis demandé s'il n'y avait pas eu une sorte de *coup d'État*[1] chez Les Précurseurs. Et si Fukada n'y avait pas été englouti. Comme je vous l'ai dit plus tôt, Fukada n'était pas homme à s'aventurer du côté des religions. C'est un matérialiste convaincu. Ce n'est pas quelqu'un qui va rester les bras croisés, alors que la communauté qu'il a lui-même bâtie s'est changée en secte religieuse. Il a certainement engagé toutes ses forces pour faire obstacle à cette dérive. Il se peut qu'il ait alors perdu son autorité. »

Tengo essaya de réfléchir.

« Je comprends ce que vous m'expliquez mais, même en admettant provisoirement votre hypothèse, est-ce qu'il n'aurait pas été plus simple d'exclure M. Fukada ? Comme lui-même avait procédé lorsqu'il s'était séparé pacifiquement de L'Aube ? Était-il nécessaire de le garder prisonnier ?

— Vous avez entièrement raison. Dans un cas ordinaire, il n'aurait pas été indispensable d'utiliser une méthode aussi déplaisante et de le garder confiné. Mais Fukada ne connaîtrait-il pas des secrets sur Les Précurseurs ? Des choses qu'il serait très malvenu d'exposer au monde ? Dans ce cas, ils ne pouvaient pas se permettre de le laisser sortir.

« Fukada a fondé la communauté. De surcroît, il a été son véritable guide très longtemps. Et donc témoin de tout ce qui a pu s'y passer. Peut-être en sait-il trop. Et puis son nom est connu dans le monde. Le nom

1. En français dans le texte.

de Tamotsu Fukada est lié à une époque, comme une figure emblématique. Aujourd'hui encore son charisme ne s'est pas complètement éteint. Si Fukada quittait Les Précurseurs, ce qu'il dirait ou ce qu'il ferait attirerait forcément l'attention. Donc, à supposer que le couple Fukada veuille quitter la communauté, pour Les Précurseurs, il est impossible de le laisser partir.

— Vous espérez donc que les débuts sensationnels d'Éri, la fille de M. et Mme Fukada, susciteront une énorme curiosité, de même que *La Chrysalide de l'air* en devenant un best-seller. Alors, enfin, la situation qui était figée serait peut-être ébranlée.

— Sept années constituent un laps de temps vraiment considérable. Rien de ce que j'ai pu tenter durant cette période n'a abouti. Si je ne me risque pas à présent à cette mesure radicale, il se peut que l'énigme ne soit jamais élucidée.

— Éri serait l'appât qui ferait sortir le tigre de sa tanière.

— Personne ne sait ce qui va en sortir. Rien ne dit qu'il s'agira d'un tigre.

— Pourtant, après tout ce qui s'est passé, il me semble, professeur, que vous n'excluez pas que des événements violents surviennent.

— Cette possibilité ne peut pas être écartée, répondit prudemment le Maître. Vous le savez probablement vous-même. À l'intérieur d'un groupe très fermé et composé d'individus très soudés, n'importe quoi peut arriver. »

Il y eut un lourd silence. Que brisa Fukaéri.

« Parce que les Little People sont venus… », dit-elle à voix basse.

Tengo se tourna vers Fukaéri. Son visage était inexpressif comme toujours.

« Après l'arrivée des Little People, quelque chose a changé chez Les Précurseurs, c'est ce que tu veux dire ? » lui demanda Tengo.

Fukaéri ne répondit pas. Elle tripotait le bouton du col de son chemisier.

Le Pr Ébisuno ouvrit la bouche, comme pour pallier le silence de Fukaéri.

« Je ne comprends pas très bien la signification des passages où Éri décrit les Little People. Elle-même ne peut expliquer ce qu'ils sont avec des mots. Ou bien elle ne le souhaite pas. Toujours est-il qu'on dirait, en effet, que ces Little People ont joué un rôle dans le fait que la communauté agricole des Précurseurs a brutalement dérivé vers une secte religieuse.

— Ou encore ce seraient des êtres qui seraient *comme des Little People*, dit Tengo.

— Oui, c'est exact, approuva le Maître. Que ce soit des Little People, ou des comme-des-Little-People, je n'en sais rien. À tout le moins, il semble qu'Éri ait voulu dire quelque chose d'important en mettant en scène les Little People dans sa *Chrysalide de l'air*. »

Le Maître contempla ses mains un instant puis il releva la tête et déclara :

« Dans le roman de George Orwell, *1984*, comme vous le savez, le personnage de Big Brother est représenté sous la forme d'un dictateur. Il s'agissait à l'époque pour l'auteur d'une allégorie du stalinisme, mais ensuite le terme de Big Brother est devenu le symbole de toute société totalitaire. Il faut porter cela au crédit d'Orwell. Aujourd'hui, alors que nous sommes vraiment en 1984, Big Brother est tellement célèbre qu'il en est devenu trop évident. S'il se manifestait devant nous, nous dirions en le montrant du doigt : “Attention ! Prenez garde, lui, là, c'est Big Brother !” Autrement dit, Big Brother n'a plus sa place sur la scène de notre monde. Ce sont ces Little People qui ont fait leur entrée. Ne pensez-vous pas que le contraste des termes est extrêmement significatif ? »

Le Maître regarda fixement Tengo, une sorte de sourire aux lèvres.

« Les Little People sont des êtres invisibles. Nous ne savons pas s'ils sont bons ou mauvais, s'ils possèdent une substance ou non. Pourtant, constamment, ils semblent creuser et démolir le sol sous nos pieds », continua le Maître. Puis il marqua une petite pause. « Pour apprendre ce qui est arrivé aux Fukada, ou à Éri, nous devrions d'abord savoir ce que sont les Little People.

— Votre intention est de débusquer les Little People par la ruse ? demanda Tengo.

— Est-il vraiment en notre pouvoir de faire sortir par la ruse des êtres dont nous ignorons s'ils possèdent une existence ? » dit le Maître. Il avait toujours son petit sourire sur les lèvres. « Le tigre que vous avez évoqué semble avoir un peu plus de réalité, non ?

— En tout cas, cela ne change rien au fait qu'Éri va servir d'appât.

— Je considère que ce terme d'appât ne convient pas. L'image d'un tourbillon serait plus juste. Bientôt, sous l'effet de ce tourbillon, tout ce qui se trouve autour se mettra à tourner. Moi, je reste là dans l'attente. »

Le Maître fit lentement tourner son index en l'air. Puis il poursuivit :

« Éri se situe au centre du tourbillon. On n'a pas besoin de bouger quand on est au milieu. Ce sont les autres qui vous tournent autour. »

Tengo écoutait en silence.

« Si vous permettez que je reprenne votre comparaison inquiétante, ce ne serait pas seulement Éri, mais nous tous qui deviendrions des appâts. » Puis le Maître, étrécissant les yeux, regarda Tengo. « Y compris vous.

— Moi, je me suis contenté de récrire *La Chrysalide de l'air*. Autrement dit, j'ai accompli un travail de sous-technicien. Toute l'affaire a été enclenchée depuis le début par M. Komatsu.

— Oui, bien sûr.

— Mais, en cours de route, elle a commencé à se transformer petit à petit, dit Tengo. À propos, avez-vous voulu apporter vos propres amendements au plan originel de M. Komatsu ?

— Non, je n'ai pas cherché à le modifier. Komatsu avait son intention, comme moi j'avais la mienne. Actuellement, ces deux *intentions* vont dans la même direction.

— Le projet avance parce que vos *intentions* empruntent la même direction.

— On pourrait peut-être le dire ainsi.

— Deux personnes qui ont des destinations différentes avancent sur le même cheval. Jusqu'à un certain point, le chemin est le même, mais elles ignorent ce que sera la suite.

— Vous êtes écrivain, vous savez vous exprimer. »

Tengo soupira.

« Je n'ai pas l'impression que la perspective soit très rassurante. En tout cas, je crois qu'on ne pourra pas revenir en arrière.

— Si même on revenait en arrière, il serait difficile de revenir au point de départ », dit le Maître.

Sur ce, la conversation prit fin. Tengo estimait qu'il n'avait rien à ajouter.

Le Pr Ébisuno se leva et déclara qu'il avait quelqu'un à voir pour ses affaires non loin de là. Fukaéri resta à sa place. Durant un moment, Tengo et Fukaéri demeurèrent silencieux, tous les deux seuls, l'un en face de l'autre.

« Tu n'as pas faim ? demanda Tengo.

— Pas faim vraiment… », dit Fukaéri.

Comme le café était bondé à présent, ils sortirent sans avoir eu besoin de se le suggérer. Puis ils se promenèrent dans les rues de Shinjuku sans but précis. Beaucoup de gens se hâtaient vers la gare. Il était bientôt six heures du soir, le ciel, pourtant, était encore clair. Les rayons de soleil de ce début d'été baignaient la ville. Au sortir des cafés en sous-sol, la lumière paraissait étrangement artificielle.

« Tu vas quelque part ensuite ? demanda Tengo.

— Je vais spécialement nulle part…, dit Fukaéri.

— Je te raccompagne chez toi ? proposa Tengo. Enfin, je veux dire, jusqu'à Shinanomachi. C'est bien là que tu vas dormir ?

— Je vais pas là-bas…, dit Fukaéri.

— Pourquoi ? »

Elle ne lui fournit pas de réponse.

« Tu as le sentiment qu'il vaut mieux que tu n'ailles pas là-bas ? » tenta de savoir Tengo.

Fukaéri opina en silence. Pourquoi a-t-elle pensé que ce serait mieux pour elle de ne pas aller là-bas ? Il aurait aimé le lui demander mais il sentait bien qu'elle ne lui donnerait pas de vraie réponse.

« Bon, alors, tu retournes chez le Maître ?

— Futamatao est trop loin…

— Tu as un autre point de chute ?

— Je peux venir chez toi…, dit Fukaéri.

— C'est peut-être un peu gênant, répondit Tengo en choisissant soigneusement ses mots. C'est tout petit, je vis seul, et le Pr Ébisuno n'aimerait sûrement pas ça.

— Le Maître s'en fait pas… », répondit Fukaéri. Puis elle eut un mouvement comme pour voûter les épaules. « Moi non plus je m'en fais pas…

— Mais moi, peut-être que si ! répliqua Tengo.

— Pourquoi…

— Eh bien… », commença-t-il, mais la suite ne vint pas. Tengo avait déjà oublié ce qu'il allait dire.

Quelquefois, lorsqu'il parlait avec Fukaéri, il lui arrivait de perdre un instant le fil de ses pensées. Comme si un vent violent s'était mis brusquement à souffler au milieu d'un concert, éparpillant les partitions.

Fukaéri avança sa main droite et prit doucement la main gauche de Tengo comme pour l'apaiser.

« Tu comprends pas bien…, dit-elle.

— Qu'est-ce que je ne comprends pas ?

— Nous sommes devenus un seul…

— Devenus un seul ? demanda Tengo, surpris.

— Écrit un livre ensemble… »

Tengo sentit la force des doigts de Fukaéri dans le creux de sa main. Une force non pas agressive mais sûre et mesurée.

« Oui, c'est vrai. Nous avons écrit ensemble *La Chrysalide de l'air*. Nous serons ensemble aussi lorsque le tigre nous mangera.

— Le tigre ne sort pas…, dit Fukaéri d'une voix exceptionnellement sérieuse.

— Eh bien, j'en suis heureux », dit Tengo.

Pourtant, il n'en éprouvait pas de véritable joie. Le tigre ne sortirait peut-être pas, mais il ignorait ce qui surgirait à sa place.

Ils se placèrent devant le guichet des billets de la gare. Fukaéri gardait la main de Tengo dans la sienne et le regardait. Le flot rapide des gens s'écoulait autour d'eux.

« Bon. Si tu veux dormir chez moi, eh bien, tu dormiras chez moi, se résigna à déclarer Tengo. Moi, je dormirai sur le canapé.

— Merci… », dit Fukaéri.

C'était la première fois qu'il entendait de sa bouche un mot de ce genre, songea Tengo. Enfin, non, peut-être pas. Mais il avait beau chercher, il ne se souvenait pas quand il avait pu en entendre auparavant.

19

Aomamé

Femmes qui partagent un secret

« Little People ? demanda Aomamé d'une voix douce en fixant la petite fille. Dis-moi, c'est qui, les Little People ? »

Mais à peine Tsubasa avait-elle dit ces deux mots que, de nouveau, elle ferma étroitement la bouche et que ses prunelles retrouvèrent leur obscurité précédente. Comme si cette simple énonciation avait épuisé la plus grande partie de son énergie.

« Ce sont des gens que tu connais ? » dit Aomamé.

Toujours pas de réponse.

« Cette enfant a prononcé ces mots plusieurs fois, dit la vieille femme. Little People. Je ne comprends pas ce que cela veut dire. »

Ces deux mots, Little People, renfermaient un écho funeste. Très faible, comme le tonnerre qui gronderait au loin, mais qu'Aomamé percevait.

Aomamé demanda à la vieille femme : « Ces Little People lui auraient-ils fait du mal physiquement ? »

La vieille femme secoua la tête. « Je n'en sais rien. Mais, ce qui paraît sûr, c'est que *quelque chose comme* ces Little People revêt pour elle une signification importante. »

La fillette, immobile, ses petites mains posées l'une à côté de l'autre sur la table, considérait de ses yeux opaques un point en l'air, fixement.

Aomamé eut une question pour la vieille femme : « Mais que lui est-il donc arrivé ? »

Celle-ci expliqua sur un ton presque détaché : « Il y a des traces de viol évidentes. Et cet acte a été répété. L'appareil génital externe et le vagin ont été gravement atteints, ainsi que l'utérus. Dans ses parties intimes non encore complètement formées s'est introduit un sexe d'homme adulte. La zone où s'implantent les ovules en a été fortement endommagée. Le médecin a estimé qu'elle ne pourrait jamais être enceinte. »

La vieille femme semblait avoir choisi plus ou moins intentionnellement d'utiliser ces mots directs devant la petite fille. Tsubasa écoutait sans rien dire, sans manifester la moindre expression. De temps en temps sa bouche formait de petits mouvements, mais aucun son n'en sortait. La fillette donnait l'impression qu'elle écoutait un peu par politesse une conversation concernant quelqu'un qu'elle ne connaissait pas et qui se trouvait très loin.

« Ce n'est pas tout, poursuivit calmement la vieille femme. Même si par miracle son utérus retrouvait ses fonctions, plus tard, elle ne voudrait sans doute avoir de relations sexuelles avec personne. Parce que, avec des lésions aussi considérables, la pénétration lui causera obligatoirement d'affreuses douleurs, qui se répéteront chaque fois. Le souvenir de cette souffrance ne s'effacera pas facilement. Vous comprenez, n'est-ce pas, ce que je veux dire… »

Aomamé acquiesça. Ses doigts empoignèrent fermement ses genoux.

« Autrement dit, la zone où ses ovules, déjà prêts en elle, auraient dû s'implanter, a été endommagée. Cette fillette est… » La vieille femme jeta un bref regard du côté de Tsubasa, puis elle continua : « … d'ores et déjà stérile. »

Aomamé ignorait jusqu'à quel point Tsubasa comprenait ce qui se disait. Néanmoins, quoi qu'elle ait saisi, ce qu'elle recelait d'émotion vivante se trouvait sans doute ailleurs. Sûrement pas ici. Son cœur était emprisonné *quelque part* très loin, dans une remise obscure bien verrouillée.

La vieille femme poursuivit : « Je ne prétends pas que l'unique raison d'être, pour une femme, soit la gestation et l'enfantement. Chaque femme fait son choix. C'est sa liberté individuelle. Mais que quelqu'un supprime, d'emblée et de manière extrêmement violente, le droit naturel qu'a toute femme d'enfanter, on pourra en débattre comme on voudra, c'est de toute manière intolérable. »

Aomamé approuva silencieusement.

« On ne peut pas le tolérer », répéta la vieille femme. Aomamé se rendit compte que sa voix tremblait légèrement. Elle semblait avoir de plus en plus de mal à contrôler son émotion. « Cette enfant s'est enfuie seule, de *là-bas*. Comment s'y est-elle prise, je n'en sais rien. Mais elle n'a pas d'autre lieu où aller qu'ici. Nulle part elle ne serait plus en sécurité qu'ici.

— Où se trouvent ses parents ? »

Le visage de la vieille femme s'assombrit, elle tapota légèrement la table de ses ongles.

« Nous savons où sont ses parents. Mais ce sont eux qui ont toléré ces actes barbares. Autrement dit, cette petite a fui ses parents.

— Ses parents ont accepté que leur fille soit violée. C'est ce que vous voulez dire ?

— Ils ne l'ont pas seulement accepté. Ils l'ont encouragé.

— Comment une chose pareille… », commença Aomamé. Mais elle ne put continuer.

La vieille femme secoua la tête.

« C'est une affaire abominable. Totalement impardonnable. Les circonstances sont particulièrement ténébreuses. Il ne s'agit pas de simples violences domestiques. Le médecin pensait qu'il fallait le signaler à la police. Pourtant je l'ai prié de n'en rien faire. J'ai plus ou moins réussi à le convaincre, car c'est quelqu'un que je connais bien.

— Pourquoi ? demanda Aomamé. Pourquoi n'avez-vous pas signalé l'affaire à la police ?

— Ce que cette enfant a subi, c'est à l'évidence un crime contre l'humanité, une violence que la société ne peut tolérer. C'est un acte abject qui doit être lourdement sanctionné par les tribunaux, déclara la vieille femme en pesant bien ses mots. Mais, précisément pour cette raison, que se passerait-il si nous déposions plainte ? Quelles mesures prendraient les autorités ? Cette enfant ne parle presque pas. Elle ne pourrait pas expliquer clairement ce qui s'est passé ou ce qu'on lui a fait. Et en admettant qu'elle puisse donner quelques informations, il n'y aurait aucun moyen de vérifier ses dires. Si la police s'en mêlait, peut-être serait-elle tout simplement renvoyée chez ses parents. C'est son seul foyer, et, malgré ce qu'ils ont laissé faire, ils conservent leur autorité parentale. Et si elle retournait chez eux, les mêmes choses risqueraient de se reproduire. Il n'est pas question de laisser faire ça. »

Aomamé acquiesça.

« Je vais m'occuper de cette enfant moi-même, déclara résolument la vieille femme. Peu m'importe que ses parents, ou quelqu'un d'autre, viennent la chercher, je ne la renverrai jamais chez elle. Je la cacherai s'il le faut. Je vais donc la prendre en charge et m'en occuper. »

Le regard d'Aomamé se posa alternativement sur la vieille femme et sur la fillette.

« Sait-on qui lui a infligé ces violences sexuelles ? Est-ce un seul homme ? demanda Aomamé.

— Oui, nous le savons. C'est un seul homme.

— Mais vous ne pouvez pas le poursuivre en justice.

— Cet homme exerce une très grande influence, dit la vieille femme. Une influence personnelle et *extrêmement* forte. Y compris sur les parents de cette fillette. Ils sont encore aujourd'hui soumis à son pouvoir. Ce sont des gens qui obéissent à tous ses ordres. Ils ne possèdent plus ni individualité propre ni jugement personnel. Pour eux, tout ce que dit cet homme est absolument juste. Aussi, s'il leur a déclaré qu'il fallait lui céder leur fille, leur a-t-il été impossible de s'y opposer. La moindre de ses paroles est acceptée inconditionnellement. Ils ont été heureux de lui céder leur fille. Même s'ils avaient compris ce qui allait arriver. »

Il fallut un certain temps à Aomamé pour assimiler tout ce qu'avait dit la vieille femme. Elle tenta de mettre de l'ordre dans ses pensées.

« S'agit-il d'une espèce d'association spéciale ?

— Oui. Une association très spéciale, dont les membres ont en commun un esprit malade et intolérant.

— Une sorte de secte ? » demanda Aomamé.

La vieille femme approuva. « Oui. Une secte dangereuse, extrêmement malfaisante. »

Bien sûr. Cela ne pouvait être qu'une secte. Des gens qui obéissent quels que soient les ordres. Des gens qui ont perdu toute individualité et toute capacité de jugement. *Il n'aurait pas été étonnant que la même chose me soit arrivée*, songeait Aomamé en se mordant les lèvres.

Évidemment, chez les Témoins, cela n'allait pas jusqu'à de véritables viols. Du moins elle-même n'avait pas été l'objet de menaces sexuelles. Les « frères » et les « sœurs » qui l'entouraient étaient tous des gens pondérés et sincères. Ils réfléchissaient sérieusement à propos de leur foi et vivaient dans le respect de leur doctrine —— dans certains cas, au risque de leur vie. Mais des mobiles justes n'entraînent pas nécessairement des effets justes. Et puis ce que l'on appelle un viol ne cible pas uniquement le corps. Les violences ne prennent pas toujours une forme visible, les plaies ne font pas toujours couler du sang.

Tsubasa rappelait à Aomamé la petite fille qu'elle avait été au même âge. J'ai réussi à m'échapper à grand-peine de là-bas, j'y suis parvenue grâce à ma volonté. Mais il se peut que cette enfant ne soit jamais en mesure de se rétablir après avoir enduré une telle souffrance. Peut-être ne reviendra-t-elle jamais à son état originel. À ces pensées, Aomamé se sentait terriblement oppressée. Ce que découvrait Aomamé chez Tsubasa, c'était ce qu'elle-même *aurait pu être*.

« Aomamé, commença la vieille femme, comme si elle était sur le point de lui avouer quelque chose. Je dois vous dire que j'ai fait enquêter sur vos antécédents, en sachant néanmoins que c'était assez indélicat. »

À ces mots, Aomamé revint à elle et regarda la vieille femme. Qui poursuivit : « Tout de suite après notre première rencontre et notre première conversation ici. J'espère que cela ne vous est pas trop désagréable.

— Non, non, pas du tout, répondit Aomamé. Il est tout à fait normal que vous ayez enquêté sur moi. Parce que nous n'accomplissons pas des choses ordinaires.

— Oui, vous avez raison. Nous avançons sur une ligne très étroite. C'est pourquoi nous devons nous faire entièrement confiance. Mais on ne peut faire confiance à quelqu'un si l'on ignore ce qu'il faut qu'on sache de lui. Aussi ai-je fait procéder à une enquête en profondeur sur vous. Pas seulement sur votre situation actuelle. Nous sommes aussi remontés dans votre passé. Bien sûr, seulement sur *presque tous* les aspects de votre personnalité. Personne ne peut prétendre tout savoir sur quelqu'un. Peut-être même pas Dieu.

— Ni même le diable, dit Aomamé.

— Ni même le diable », répéta la vieille femme. Qui eut alors l'ombre d'un sourire. « Nous savons que, lorsque vous étiez enfant, une secte vous a fait souffrir psychologiquement. Vos parents étaient de fervents adeptes des Témoins, et le sont toujours aujourd'hui. Ensuite, vous avez abandonné cette foi, ce qu'ils ne vous ont jamais pardonné. À présent encore, cela vous est pénible. »

Aomamé acquiesça en silence.

La vieille femme continua : « Pour dire le fond de ma pensée, je ne peux considérer les Témoins comme une véritable religion. Imaginez que, lorsque vous étiez enfant, vous ayez été grièvement blessée ou très malade et que vous ayez eu besoin d'une intervention chirurgicale. Étant donné les principes des Témoins, vous seriez peut-être morte. Une religion qui va jusqu'à dénier la nécessité d'une intervention chirurgicale parce qu'elle prend les écrits bibliques au pied de la lettre, ce n'est rien d'autre qu'une secte. Il s'agit là d'une interprétation abusive du dogme. »

Aomamé approuva. La théorie du refus de la transfusion sanguine était inculquée très tôt aux enfants. On leur expliquait qu'ils obtiendraient un bonheur infiniment plus élevé en mourant, le corps et l'esprit purs, et en allant au paradis plutôt qu'en acceptant une transfusion sanguine qui allait à l'encontre des enseignements de Dieu et les précipiterait en enfer. Il n'y avait pas de compromis possible. On empruntait obligatoirement l'un de ces deux chemins. Celui qui vous jetait en enfer ou celui qui vous conduisait au paradis. Les enfants ne disposent pas encore de capacité de jugement. Ils ne sont pas en mesure de savoir si cette théorie constitue une simple opinion reçue ou si elle se justifie scientifiquement. Ils ne peuvent qu'accepter et croire ce que leur enseignent leurs parents. Lorsque j'étais enfant, si je m'étais trouvée dans la situation qui nécessitait une transfusion sanguine, j'aurais écouté mes parents, refusé l'intervention, et j'aurais donc été conduite à la mort. Et transportée au paradis ou dans je ne sais quel lieu abracadabrant.

« Est-ce que cette secte est connue ? demanda Aomamé.

— Oui, elle s'appelle Les Précurseurs. Sans doute en avez-vous entendu parler. À une certaine époque, ce nom apparaissait chaque jour dans les journaux. »

Aomamé ne se souvenait pas d'avoir jamais entendu cette appellation. Mais elle ne dit rien et se contenta d'approuver de manière ambiguë. Elle avait l'impression que ce serait mieux ainsi. Elle prenait conscience qu'à présent elle ne semblait plus être dans l'année 1984 originelle. Qu'elle vivait dans le monde légèrement modifié de l'année 1Q84. Ce n'était qu'une hypothèse mais sa réalité prenait davantage d'épaisseur de jour en jour. Il était vraisemblable que dans ce nouveau monde nombreuses étaient les informations dont elle n'avait pas eu connaissance. Elle devait se montrer extrêmement attentive.

La vieille femme poursuivit son récit : « Les Précurseurs étaient à l'origine une petite communauté agricole. Le noyau dirigeant était un groupe de la nouvelle gauche qui avait fui la ville. À un moment, la communauté a brutalement changé d'orientation et s'est bizarrement transformée en groupe religieux. Nous ne comprenons pas très bien les raisons précises de ce virage. C'est une histoire très curieuse. En tout cas, il semble que la plupart des membres soient restés dans le groupe. Aujourd'hui, la communauté a un statut d'association religieuse, mais on ignore quelle est sa véritable nature. Elle prétend se rattacher pour l'essentiel à la branche du bouddhisme ésotérique, mais le contenu de la doctrine doit relever du trucage. Pourtant, le groupe a rapidement attiré des fidèles, il s'est beaucoup renforcé. En dépit du fait qu'il a sans doute pris une certaine part à la *grave affaire*, son image n'a pas été écornée. Ils ont réagi d'une manière étonnamment habile. Cela leur a même fait de la publicité. »

La vieille femme soupira puis continua :

« On ignore presque tout d'eux, mais nous savons que le fondateur du groupe se fait appeler "leader". On dit qu'il possède des pouvoirs spéciaux. Grâce auxquels il guérirait de graves maladies, il prédirait l'avenir et saurait faire advenir toutes sortes de phénomènes supranaturels. Bien sûr, ce ne sont que des trompe-l'œil astucieux. Néanmoins il semble qu'il séduise beaucoup de gens.

— Des phénomènes supranaturels ? »

La vieille femme rapprocha ses sourcils bien dessinés.

« Je ne sais pas ce que cela veut dire concrètement. Moi, pour être claire, je n'ai aucun intérêt pour tout ce qui touche aux phénomènes occultes. Depuis l'Antiquité, des arnaques du même genre se sont répétées partout dans le monde. Toujours les mêmes trucs. Et pourtant, ces mystifications honteuses ne connaissent pas de déclin. Énormément de gens ne croient pas à ce qui est vrai. Ils se complaisent à tenir pour vrai ce en quoi ils ont envie de croire. Ils ont beau écarquiller les yeux, ils sont en réalité incapables de rien voir. Tromper ces gens, c'est un jeu d'enfant.

— Les Précurseurs », articula Aomamé.

On dirait le nom d'un train express, songea-t-elle. Cela ne lui évoquait pas le nom d'un groupe religieux.

En entendant ces mots, Tsubasa baissa très brièvement les yeux, comme si elle réagissait à quelque écho particulier. Mais, aussitôt après, elle les releva et reprit son visage d'avant, dépourvu d'expression. On aurait dit qu'en elle quelque chose comme un petit tourbillon s'était soudain mis en branle puis immédiatement apaisé.

« Le fondateur des Précurseurs... c'est lui qui a violé Tsubasa, dit la vieille femme. Sous le prétexte qu'il devait être fourni en stimulants spirituels, voilà ce qu'il lui a imposé. Il fallait que le rite soit accompli avant qu'elle ait ses premières règles, a-t-il annoncé à ses parents. Ce pur stimulant spirituel ne pouvait lui être administré qu'avec une petite fille non encore souillée. La terrible souffrance que cet acte générerait était inévitable, il fallait en passer par là si l'on voulait accéder à un stade plus élevé. Les parents l'ont cru. Jusqu'à quel point les hommes peuvent être stupides, c'est véritablement stupéfiant. Tsubasa n'est pas le seul cas. D'après nos informations, d'autres fillettes ont subi le même sort à l'intérieur de la secte. Ce gourou est un pervers qui a des goûts sexuels dépravés. Il n'y a aucun doute là-dessus. Le groupe religieux et la doctrine, ce ne sont rien de plus que des habits commodes pour dissimuler ses appétits personnels.

— Ce gourou a-t-il un nom ?

— Malheureusement, nous ne le connaissons pas encore. Quelle sorte d'homme est-ce, quel est son passé, et même quel visage a-t-il ? Tout cela est incertain. Nous avons beau chercher, aucune information ne ressort. Tout est intégralement bloqué. Il se cantonne dans la section principale du groupe, dans les montagnes du département de Yamanashi, et ne se montre presque pas. Même à l'intérieur de la communauté, très rares sont ceux qui l'ont rencontré. Il se tient d'ordinaire en un lieu obscur où il reste absorbé dans sa méditation.

— Et nous, nous ne pouvons accepter de laisser un personnage pareil en liberté. »

La vieille femme porta les yeux sur Tsubasa, puis hocha lentement la tête.

« Nous ne pouvons accepter qu'il y ait de nouvelles victimes. Ne pensez-vous pas ?

— Autrement dit, nous devons prendre des mesures, d'une manière ou d'une autre. »

La vieille femme allongea le bras et posa sa main sur celle de Tsubasa. Elle resta plongée dans le silence durant un certain temps. Puis elle ouvrit la bouche.

« Exactement.

— Est-on sûr et certain qu'il a réitéré ces actes pervers ? » demanda Aomamé à la vieille femme.

Celle-ci hocha la tête.

« Nous avons eu confirmation que ces viols de fillettes se sont perpétrés avec le consentement du groupe.

— Si les faits sont avérés, il est évident qu'on ne peut les tolérer, déclara Aomamé d'une voix calme. Comme vous le dites, il est impossible de le laisser faire d'autres victimes. »

La vieille dame semblait se débattre au milieu de pensées diverses. Puis elle reprit :

« Sur ce personnage, ce “leader”, il est indispensable que nous en sachions davantage, de manière plus détaillée et plus approfondie. Nous ne pouvons laisser aucune zone d'ombre. Car après tout, c'est une question de vie ou de mort.

— Cet homme n'apparaît presque pas à l'extérieur, avez-vous dit ?

— Oui, c'est exact. Et puis il a sans doute une garde rapprochée. »

Aomamé plissa les yeux et vit en pensée son pic à glace spécial, enfermé au fond d'un tiroir de son armoire. Son extrémité parfaitement effilée.

« En tout état de cause, ce travail semble bien difficile, dit-elle.

— C'est un travail *particulièrement* difficile », confirma la vieille femme. Puis elle retira la main qui était posée sur celle de Tsubasa et appuya légèrement son majeur sur ses sourcils. C'était là le signe – peu fréquent – qu'elle peinait dans ses réflexions.

Aomamé reprit : « Il me semble difficile d'aller seule dans les montagnes de Yamanashi, de m'introduire subrepticement à l'intérieur de ce groupe très surveillé, de *régler son compte* au leader, et puis de ressortir de là paisiblement. Sauf si nous étions dans un film de ninjas.

— Je n'ai jamais envisagé de vous envoyer là-bas. Évidemment », répliqua la vieille femme d'une voix sérieuse. Puis, comme si elle avait compris que c'était une plaisanterie, elle rajouta un maigre sourire. « Ceci est hors de question.

— Il y a un autre point qui me tracasse, continua Aomamé en regardant la vieille femme droit dans les yeux. Ce sont ces Little People. Que sont-ils, finalement ? Qu'ont-ils fait à Tsubasa ? Il serait peut-être nécessaire d'en savoir davantage sur eux. »

La vieille femme répondit, son doigt toujours posé sur un sourcil.

« Cette question me préoccupe, moi aussi. Cette enfant ne parle pratiquement pas mais, comme je vous l'ai dit tout à l'heure, elle a prononcé ces mots à plusieurs reprises. Ils ont sans doute une signification importante. Mais elle ne peut pas nous expliquer ce que sont ces Little People. Lorsqu'on aborde le sujet, elle garde obstinément le silence. Patientez un peu. Nous allons enquêter là-dessus aussi.

— Connaissez-vous quelqu'un qui pourrait obtenir des informations plus précises sur Les Précurseurs ? »

La vieille femme arbora un sourire serein. « Pour tout ce qui a une forme matérielle, il n'y a rien qui ne puisse s'acheter avec de l'argent. Et j'ai beaucoup d'argent en réserve. Que je peux dépenser pour cette affaire en particulier. Cela prendra peut-être un peu de temps, mais je suis sûre d'obtenir les éclaircissements nécessaires. »

Il y a des choses que l'on ne peut acheter, même avec beaucoup d'argent, songea Aomamé. *La lune, par exemple*.

Elle changea de sujet.

« Vous avez vraiment l'intention de prendre en charge Tsubasa et de vous occuper d'elle ?

— Tout à fait. Je veux l'adopter légalement.

— Vous savez, je pense, que les procédures juridiques ne sont pas simples. Surtout dans ce genre de situation.

— Je suis prête à les affronter, évidemment, dit la vieille femme. Je mettrai tout en œuvre pour parvenir à mes fins. Je ferai tout ce qui est en mon pouvoir. Cette enfant ne sera pas confiée à d'autres mains que les miennes. »

Dans la voix de la vieille femme s'entendaient toutes sortes d'accents intenses. Jamais elle n'avait manifesté devant Aomamé une émotion aussi forte. Ce qui l'inquiéta un peu. On aurait dit que la vieille femme avait perçu, à l'expression d'Aomamé, son appréhension.

Elle lui dit alors, d'une voix plus calme, comme en confidence :

« Ce que je vais vous dire maintenant, je ne l'ai dit à personne. Je l'ai gardé en moi jusqu'à ce jour. En parler aurait été trop douloureux. À vrai dire, lorsque ma fille s'est suicidée, elle était enceinte. De six mois. Peut-être ne souhaitait-elle pas donner naissance à un enfant de cet homme. Aussi a-t-elle mis fin à sa vie en même temps qu'à celle de ce fœtus. Si l'enfant était venu au monde, il aurait le même âge que cette petite fille. À cette époque, j'ai perdu en même temps deux vies précieuses.

— J'en suis sincèrement désolée, dit Aomamé.

— Mais tranquillisez-vous, ces circonstances personnelles n'altèrent en rien mon jugement. Je ne vais pas vous exposer à des dangers inutiles. Vous aussi, vous êtes devenue pour moi une fille précieuse. Nous formons déjà une famille. »

Aomamé acquiesça en silence.

« Il y a des liens plus importants que les liens du sang », déclara la vieille femme d'une voix paisible.

Aomamé hocha encore une fois la tête.

« Il faut que cet homme soit supprimé, d'une manière ou d'une autre », dit la vieille femme, comme si elle voulait se le faire confirmer. Puis elle regarda Aomamé. « À la première occasion, il sera indispensable de l'expédier dans un autre monde. Avant qu'il n'inflige des blessures à d'autres. »

Aomamé observa le visage de Tsubasa, assise de l'autre côté de la table. Ses pupilles ne se reliaient à rien. Ce qu'elle contemplait, ce n'était qu'un point imaginaire. La fillette lui apparaissait comme la dépouille abandonnée par quelque être vivant.

« En même temps, il ne faut pas agir dans la précipitation, continua la vieille femme. Nous devons être extrêmement prudents et très patients. »

Aomamé sortit de la pièce. La vieille femme avait dit qu'elle resterait auprès de l'enfant jusqu'à ce que cette dernière s'endorme. Dans la grande salle du rez-de-chaussée, quatre femmes assises autour d'une table ronde chuchotaient, leurs visages se touchant presque. La scène sembla irréelle à Aomamé, comme si ces femmes composaient une partie d'un tableau imaginaire. Dont le titre aurait pu être *Femmes qui partagent un secret*. Lorsque Aomamé passa à côté d'elles, la composition resta inchangée.

Une fois dehors, Aomamé s'accroupit et caressa le berger allemand, qui agita vivement la queue en signe de joie. Aomamé trouvait étrange, chaque fois qu'elle voyait la chienne, que celle-ci se livre à un bonheur qui paraissait sans réserve. Elle n'avait jamais élevé d'animaux, ni chiens, ni chats, ni oiseaux. Elle n'avait même pas cherché à acheter une plante verte. Soudain, comme si la pensée lui revenait soudain à l'esprit, elle leva la tête vers le ciel. Mais il était couvert de nuages gris impénétrables, comme pour suggérer la venue de la saison des pluies. Les contours lunaires n'étaient pas discernables. La nuit était paisible. Il n'y avait pas de vent. Aomamé devinait les clartés lunaires qui filtraient légèrement à travers les nuages sans pouvoir distinguer le nombre des astres.

En marchant jusqu'à la station du métro, Aomamé médita sur la bizarrerie du monde. Si nous n'étions rien de plus que des convoyeurs de gènes, comme l'avait dit la vieille femme, pourquoi un si grand nombre d'hommes devaient-ils mener une vie aussi incroyable ? Est-ce que l'objectif des gènes – à savoir la transmission de l'ADN – ne serait pas pleinement atteint si nous nous efforcions simplement de nous maintenir en vie et de nous reproduire ? Sans nous repaître de pensées inutiles ? Quel avantage retirent les gènes que tant d'hommes mènent une existence compliquée, bancale, voire extravagante ?

Un homme qui prend plaisir à violenter des fillettes prépubères, un garde du corps gay et musculeux, des croyants fervents qui préfèrent mourir plutôt que d'accepter une transfusion sanguine, une femme enceinte de six mois qui se suicide aux tranquillisants, une femme qui assassine des hommes violents au moyen d'une aiguille plantée dans la nuque, des hommes qui haïssent les femmes, des femmes qui haïssent les hommes.

Quel intérêt pour les gènes que des hommes de ce genre existent ? Les gènes se servent-ils de ces épisodes biscornus comme d'un simple divertissement ou bien dans une intention particulière ?

Aomamé l'ignorait. Ce qu'elle savait pourtant, c'est qu'elle n'avait pas le choix d'une autre vie. De toute manière, se disait-elle, je ne peux que vivre cette vie. Je ne peux la renvoyer ni la changer pour une nouvelle. Si étrange soit-elle, si tordue soit-elle, cette vie qu'empruntent mes gènes, c'est la mienne.

Comme ce serait bien si la vieille femme et Tsubasa pouvaient trouver le bonheur, se disait Aomamé en marchant. Si elles finissaient par être heureuses toutes les deux, cela me serait égal de me sacrifier pour cela. Moi, je n'ai aucun avenir qui vaille la peine d'être mentionné. Mais, pour être honnête, Aomamé ne croyait pas qu'elles pourraient mener une vie heureuse et satisfaisante – ou, à tout le moins, une vie ordinaire. Nous sommes plus ou moins de la même espèce, se disait-elle. Nous avons traversé des épreuves trop dures. La vieille femme a raison. Nous sommes comme une famille. Une grande famille qui mène un combat sans fin. Ce que nous avons en commun, ce sont nos profondes blessures psychologiques et nos manques.

Alors qu'Aomamé songeait à tout cela, un violent désir sexuel monta en elle. Comment diable à un moment pareil puis-je avoir envie d'un homme ? se disait-elle en secouant la tête. Son exaltation sexuelle résultait-elle d'une tension mentale ? ou bien était-ce le cri naturel que poussaient ses ovules qui se trouvaient en réserve en elle ? ou encore était-ce une ruse de ses gènes pervertis ? Aomamé n'était pas en mesure de le savoir. Ce désir semblait cependant puissant. S'il s'était agi d'Ayumi, sûrement l'auraitelle exprimé ainsi : « Je crève d'envie de baiser ! » Qu'est-ce que je fais ? se demandait Aomamé, plongée dans ses réflexions. Je pourrais aller dans mon bar habituel et chercher un homme qui me convient. Par le métro, Roppongi n'est qu'à une station. Mais elle était trop fatiguée. Et puis elle n'était pas dans la tenue pour inviter un homme à une aventure. Elle n'était pas maquillée, elle était en baskets, avec son sac de sport en plastique. Une fois rentrée chez elle, elle ouvrirait une bouteille de rouge, elle se masturberait et elle s'endormirait. C'était ce qu'elle avait de mieux à faire. Et puis elle cesserait de penser à la lune.

Justement, l'homme qui était assis en face d'Aomamé, de Hiroo à Jiyugaoka, était à son goût, à première vue. Quarante-cinq ans environ, un visage ovale, un front qui commençait à se dégarnir. La forme de sa tête n'était pas déplaisante. Des joues au teint vif, des lunettes élégantes, à la monture noire et fine. Des vêtements de bon goût. Une veste d'été en coton léger, un polo blanc, et un porte-documents en cuir posé sur les genoux. Des mocassins marron. Apparemment, il travaillait dans une société, mais sans doute pas dans une entreprise au règlement trop strict. Peut-être rédacteur dans une maison d'édition, ou architecte dans une petite agence. Ou un métier en rapport avec les vêtements. Il était complètement absorbé dans la lecture d'un livre de poche.

Aomamé serait volontiers allée quelque part avec cet homme. Ils auraient fait l'amour violemment. Elle s'imaginait agripper son pénis durci. Elle le serrerait très fort, au point de bloquer la circulation du sang. Et, de l'autre main, elle lui masserait doucement les testicules. Elle en avait comme des démangeaisons dans les mains, posées sur ses genoux. Ses doigts s'ouvraient ou se refermaient à son insu. Elle respirait plus vite, ses épaules montaient et redescendaient. Elle se léchait lentement les lèvres du bout de la langue.

Mais il fallait qu'elle descende à Jiyugaoka. L'homme, ignorant qu'il était l'objet de son fantasme érotique, était assis à sa place, se rendant elle ne savait où, toujours plongé dans son livre de poche. On aurait dit qu'il n'avait même pas remarqué la femme qui avait voyagé en face de lui. Au moment de descendre, Aomamé eut l'envie irrésistible de lui arracher son livre absurde. Bien sûr, elle se contrôla.

À une heure du matin, Aomamé dormait profondément dans son lit. Elle faisait un rêve sexuel. Dans son rêve, elle avait de beaux seins dont la forme et la taille étaient semblables à des pamplemousses. Ses mamelons étaient grands et durs. Elle pressait avec force ses seins contre le bas-ventre d'un homme. Elle dormait, nue, les jambes écartées, ses vêtements jetés au sol. Ce dont n'avait pas connaissance Aomamé endormie, c'était que, dans le ciel, à ce moment-là aussi, brillaient deux lunes. À côté de la grande lune de toujours se tenait l'autre, la petite nouvelle.

Tsubasa et la vieille femme dormaient dans la même chambre. Tsubasa, dans son pyjama neuf à carreaux, était toute recroquevillée dans son lit. La vieille femme, qui avait gardé ses vêtements, était allongée sur une chaise longue. Elle avait posé une couverture sur ses genoux. Elle avait eu l'intention de se retirer une fois Tsubasa endormie, mais avait fini par sombrer dans le sommeil. Les alentours de la maison, située sur une hauteur un peu à l'écart, étaient déserts et silencieux. On entendait parfois les bruits aigus des pots d'échappement des motos qui accéléraient dans les rues au loin, ou les sirènes des ambulances. Le berger allemand, tapi devant la porte du vestibule, dormait lui aussi. Les rideaux des fenêtres étaient tirés, mais la clarté des lampes à vapeur de mercure les teintait de blanc. Les nuages commençaient à se déchirer et laissaient de temps en temps apparaître dans leurs intervalles l'alignement des deux lunes. Les mers du monde réglaient sur elles le flux de leurs marées.

Tsubasa avait la bouche entrouverte, une joue collée contre l'oreiller. Sa respiration était paisible, son corps ne bougeait presque pas – de temps en temps, ses épaules tremblaient légèrement. Ses cheveux recouvraient ses yeux.

Puis sa bouche s'ouvrit lentement, et de là sortirent, l'un après l'autre, des Little People. Ils se manifestèrent en examinant la place, prudemment, un, puis un autre. Si la vieille femme avait été éveillée, elle les aurait vus, bien sûr, mais elle était profondément endormie. Elle ne s'éveillerait pas de sitôt. Les Little People le savaient. Au total, il y eut cinq Little People. Au moment où ils émergèrent de la bouche de Tsubasa, ils étaient à peu près de la taille de son petit doigt, mais, dès qu'ils eurent fini de sortir, ils se tortillèrent dans tous les sens, un peu comme quand on déploie des ustensiles pliables, et atteignirent une trentaine de centimètres. Tous étaient vêtus de la même façon, sans rien de marquant. Les traits de leurs visages non plus ne présentaient rien de particulier. Il était impossible de les distinguer les uns des autres.

Ils sautèrent doucement du lit jusqu'au sol et tirèrent de sous le lit un objet de la taille d'une grosse brioche. Ils firent ensuite cercle autour et se mirent fébrilement à le manier. C'était un objet blanc, très flexible. Ils allongèrent les mains en l'air d'où ils tirèrent habilement un fil blanc, presque transparent. Grâce à ce fil, ils commencèrent à faire gonfler la chose, à la faire grossir peu à peu. On aurait dit que le fil avait juste la viscosité qui convenait. En un rien de temps, les Little People avaient atteint près de soixante centimètres. Leur taille pouvait librement être modifiée, au gré des nécessités.

Ils poursuivirent leur tâche plusieurs heures durant. Les cinq Little People, sans prononcer un mot, œuvrèrent avec zèle. Comme une équipe impeccablement soudée. Pendant tout ce temps, Tsubasa et la vieille femme continuèrent à dormir sans faire le plus petit mouvement. Toutes les femmes de la *safe house*, elles aussi, étaient plongées dans un profond sommeil, contrairement à leur habitude. Le berger allemand, roulé sur la pelouse, paraissait faire un rêve et, du fond de son inconscient, lançait de faibles aboiements.

Au-dessus, les deux lunes, comme si elles avaient conclu un pacte, éclairaient le monde d'une lumière étrange.

20

Tengo

Pauvres Ghiliak

Tengo ne dormait pas. Fukaéri, dans un de ses pyjamas, s'était glissée dans son lit et s'était profondément endormie. Tengo avait installé de quoi dormir sur le petit canapé (il lui arrivait souvent de faire la sieste dessus, cela ne le dérangeait donc pas vraiment). Pourtant, comme il n'avait pas sommeil, il s'était mis à la table de la cuisine et travaillait à son roman. La machine à traitement de texte étant dans la chambre, il écrivait au stylo-bille, sur un cahier. Cela non plus ne le gênait pas. Le traitement de texte était bien sûr pratique en ce qui concernait la vitesse d'écriture et la conservation des documents, mais Tengo aimait tracer à la main les caractères sur du papier à la manière classique.

Il était plutôt rare qu'il écrive la nuit. Il préférait travailler quand il faisait jour et que les gens vaquaient à leurs occupations habituelles à l'extérieur. Au milieu de l'ample paix nocturne, quand tout était sombre autour de lui, son style était parfois trop lourd. Les passages qu'il avait rédigés la nuit, il devait souvent les retoucher à la lumière du jour. Mieux valait donc écrire d'emblée durant les heures diurnes.

Néanmoins, alors que cela faisait bien longtemps qu'il n'avait pas manié son stylo-bille en pleine nuit, sa tête fonctionna aisément. Son imagination se déployait, l'histoire coulait librement. Une idée s'enchaînait naturellement à une autre, presque sans interruption. La pointe de son stylo-bille crissait avec obstination sur le papier blanc. Quand sa main accusa la fatigue, il posa son stylo et leva en l'air les doigts de sa main droite, tel un pianiste qui s'exerce à des gammes imaginaires. Les aiguilles de la pendule lui indiquèrent qu'il était près d'une heure et demie du matin. Aucun écho ne venait du dehors, étrangement. Les nuages qui recouvraient le ciel de la métropole, comme une épaisse couche de coton, paraissaient absorber les bruits inutiles.

Il reprit son stylo et continua à aligner des mots sur son cahier. Au milieu d'une phrase, soudain, il se souvint. Le lendemain était le jour où venait sa petite amie. Elle lui rendait toujours visite le vendredi matin, aux environs de onze heures. Il fallait que, auparavant, il ait envoyé Fukaéri quelque part. Par chance, celle-ci ne portait ni parfum ni eau de Cologne. S'il restait l'odeur de quelqu'un dans le lit, sa petite amie s'en apercevrait immédiatement. Tengo connaissait sa nature jalouse et méfiante. Qu'elle fasse l'amour avec son mari de temps en temps ne la dérangeait pas. Mais elle entrerait dans une vraie colère si Tengo sortait avec une autre femme.

« Faire l'amour entre gens mariés, c'est un peu différent, tu comprends ! lui avait-elle expliqué. C'est comme un compte spécial.

— Un compte spécial ?

— Eh bien, si tu veux, une rubrique à part.

— Tu veux dire que tu utilises des rubriques distinctes pour tes sentiments ?

— Eh bien ! oui. Même si on se sert des mêmes parties du corps, les sentiments, on ne les utilise pas de la même façon. Alors, ça va. Moi qui suis une femme mûre, ça, je peux le faire. Mais toi, si tu fais l'amour avec une autre fille, je ne te le pardonnerai pas.

— Je ne fais pas des choses pareilles, avait dit Tengo.

— Même si tu ne faisais pas l'amour avec une autre, avait-elle insisté. J'estimerais insultant que tu en envisages seulement la possibilité.

— Simplement la possibilité ? avait demandé Tengo, surpris.

— On dirait que tu ne connais pas bien les sentiments des femmes. Même si tu écris des romans.

— En tout cas, pour ma part, je trouve que ce n'est pas équitable du tout.

— Peut-être. Mais je te dédommage bien », avait-elle répliqué. Et elle ne mentait pas.

Tengo était satisfait de ses relations avec son amie plus âgée. On n'aurait pas dit d'elle qu'elle était jolie, au sens commun du terme, car son visage avait quelque chose de spécial, que certains hommes pouvaient trouver laid, mais qui avait tout de suite plu à Tengo. Par ailleurs, au lit, il n'avait rien à lui reprocher. Elle, de son côté, n'avait pas beaucoup d'exigences. Si ce n'est, une fois par semaine, de passer avec lui entre trois et quatre heures, durant lesquelles ils faisaient l'amour. Quelquefois, quand c'était possible, deux fois. Et qu'il garde ses distances vis-à-vis des autres femmes. Au fond, c'était tout ce qu'elle lui réclamait. Elle tenait à son foyer et n'avait pas l'intention de le détruire pour Tengo. Simplement, les relations sexuelles avec son mari ne la satisfaisaient pas pleinement. Ainsi, Tengo et elle y trouvaient chacun leur compte.

Tengo n'éprouvait pas de désir particulier pour d'autres femmes. Ce qu'il voulait avant tout, c'était du temps à lui, pendant lequel on ne le dérangeait pas. Du moment qu'il était assuré de faire l'amour régulièrement, il n'avait nul besoin d'aller voir ailleurs. Il n'avait guère envie de connaître une fille de son âge. Cela ne lui disait rien de tomber amoureux, d'entamer une liaison, avec les responsabilités qu'il lui faudrait assumer. Les étapes psychologiques par lesquelles il devrait passer au cours de cette liaison, les signes mêmes de son éventualité, les attentes et les conflits qui ne manqueraient pas de se produire à ce propos… cette série d'embêtements, il faisait tout pour les éviter.

L'idée même du devoir avait toujours effrayé Tengo. Cela le poussait à reculer. Jusque-là, il s'était habilement arrangé pour éviter toute obligation. Il vivait seul, libre et tranquille, sans s'impliquer dans la complexité des relations humaines, sans être lié par des règles, sans être l'obligé de quelqu'un, ni à l'inverse sans que quiconque soit son obligé. Il était resté fidèle à ce principe. Et s'était préparé à en supporter les inconvénients.

Très tôt dans sa vie, Tengo avait mis au point une méthode pour ne pas se faire remarquer, et ce afin de fuir toute obligation. Il s'efforçait d'atténuer sa personnalité, de ne pas exposer ses opinions, s'arrangeant pour ne pas se distinguer et rester en arrière-plan. Depuis son enfance, il avait été placé dans une situation où il devait survivre grâce à ses seules forces, sans compter sur personne. Mais l'enfant, en fait, n'a pas de force. Dès qu'un vent violent se met à souffler, il lui faut se cacher dans l'ombre et se raccrocher à n'importe quoi pour ne pas se faire emporter. Il lui faut garder en tête ces stratagèmes. Comme les orphelins dans les romans de Dickens.

La vie de Tengo, jusqu'à présent, s'était à peu près bien déroulée. Il avait obstinément esquivé les obligations de toutes sortes. Sans avoir continué ses études à l'université, sans un travail fixe et sans s'être marié, il avait déniché un emploi qui lui laissait beaucoup de liberté, il avait trouvé une partenaire sexuelle satisfaisante (et qui avait peu d'exigences) et il écrivait un roman en disposant d'énormément de loisirs. L'heureuse rencontre avec Komatsu, son mentor, lui avait enfin procuré des tâches régulières, en quelque sorte littéraires. Certes, aucun des romans qu'il avait écrits n'avait encore été publié, mais la vie qu'il menait à l'heure actuelle n'était pas problématique. Il n'avait pas d'amis proches, ni d'amoureuse qui attendrait des rendez-vous. Les liaisons qu'il avait eues avec une dizaine de femmes n'avaient jamais duré bien longtemps. Mais au moins il était libre.

Pourtant, depuis qu'il avait eu *La Chrysalide de l'air* entre les mains, il lui semblait que son quotidien tellement plat s'était comme fissuré quelque part. D'abord, Komatsu l'avait entraîné presque de force dans son projet dangereux. Puis cette jolie jeune fille lui avait étrangement ébranlé le cœur, d'une manière très particulière. Ensuite, il avait l'impression que la réécriture de son manuscrit avait produit en lui une sorte de modification, grâce à laquelle il avait été pris du désir impétueux d'écrire *son propre* roman. C'était là, bien sûr, une modification positive. En même temps, il était de fait que sur la vie idéale qu'il avait réussi à conserver jusque-là planaient des changements imminents.

En tout cas, le lendemain était un vendredi. Sa petite amie allait venir. Il fallait que Fukaéri soit partie avant.

Vers deux heures du matin, Fukaéri se leva. Elle ouvrit la porte de la chambre et entra dans la cuisine, vêtue du pyjama de Tengo. Elle but un grand verre d'eau du robinet puis s'assit en face de Tengo en se frottant les yeux.

« Je te dérange…, demanda-t-elle, sans intonation interrogative, comme à son habitude.

— Non, non. Tu ne me gênes pas.

— Tu écris quoi… »

Tengo referma son cahier et posa son stylo-bille.

« Rien d'important, répondit-il. D'ailleurs, j'avais l'intention de m'arrêter bientôt.

— Ça va on est ensemble un moment…

— Pas de problème. Je bois un peu de vin. As-tu envie de quelque chose ? »

La jeune fille secoua la tête. Cela signifiait qu'elle ne désirait rien.

« Je voudrais rester un peu ici…

— Oui, d'accord. Moi non plus, je n'ai pas encore sommeil. »

Comme le pyjama de Tengo était trop grand pour elle, elle l'avait largement replié aux bras et aux jambes. Lorsqu'elle se penchait, le renflement de ses seins se devinait dans l'encolure. À la voir dans son pyjama, Tengo, bizarrement, se sentit un peu oppressé. Il ouvrit le réfrigérateur et versa dans un verre ce qui restait de vin au fond d'une bouteille.

« Tu n'as pas faim ? » demanda-t-il. En revenant à l'appartement, ils s'étaient arrêtés en chemin et avaient mangé des spaghettis dans un petit restaurant proche de la gare de Kôenji. Le plat avait été peu consistant, et pas mal de temps avait passé depuis.

« Je peux te préparer un sandwich ou un petit truc simple ?

— Pas faim. J'aime mieux tu me lis ce que tu as écrit…

— Ce que je viens d'écrire ?

— Oui… »

Tengo reprit son stylo-bille et le fit tourner entre ses doigts. Le stylo semblait terriblement minuscule dans sa grande main.

« Tant que ce n'est pas terminé et tout à fait au point, je ne montre mon manuscrit à personne. Ce serait un mauvais présage.

— Mauvais présage…

— Une superstition personnelle. »

Fukaéri observa Tengo un instant. Puis elle resserra le col de son pyjama.

« Bon alors tu lis un livre…

— Tu veux dire, je te lis un livre et tu te recouches ?

— Oui…

— Le Pr Ébisuno t'a lu des livres bien souvent de cette façon ?

— Le Maître reste toujours éveillé jusqu'à l'aube…

— C'est aussi le Maître qui t'a lu *Le Dit des Heiké* ? »

Fukaéri secoua la tête.

« Enregistré…

— Et tu l'as retenu. Mais ça devait être un très long enregistrement ! »

Des deux mains, Fukaéri indiqua la quantité de cassettes.

« Très long…

— Quel est l'épisode que tu as récité durant la conférence de presse ?

— "Yoshitsuné exilé en province"…

— C'est le moment où, après l'effondrement du clan des Taïra, Minamoto Yoshitsuné quitte Kyôto, la vieille capitale, chassé par Yoritomo. C'est le début d'une lutte intestine au sein de la famille victorieuse.

— Oui…

— Quel autre passage pourrais-tu réciter ?

— Dis ce que tu veux entendre… »

Tengo essaya de se souvenir d'un épisode du *Dit des Heiké*. Le récit était particulièrement long, et les épisodes étaient innombrables. « “La bataille de Dan-no-ura” », dit-il, sans trop réfléchir.

Fukaéri se concentra en silence une vingtaine de secondes. Puis elle commença sa récitation.

« Comme les guerriers des Genji déjà montaient à l'abordage des vaisseaux des Heiké, matelots et timoniers, tués à coups de flèche ou de sabre, gisaient au fond des navires désemparés. Le nouveau moyen conseiller messire Tomomori monta dans une barque et rejoignit le vaisseau impérial : “Il semble bien que notre temps touche à sa fin ! Que l'on jette à la mer tout ce qui pourrait offenser la vue !” s'écria-t-il et, courant de la poupe à la proue, il balayait, essuyait, ramassait la poussière, nettoyant tout de ses propres mains. Les dames : “Messire Conseiller ! Comment tourne la bataille ?” lui demandaient-elles et lors : “Vous allez faire la connaissance des hommes d'Azuma, des gens extraordinaires !” dit-il, ricanant, et elles : “Comment pouvez-vous plaisanter à cette heure ?” dirent-elles, gémissant et criant.

« La Dame du Second Rang à cette vue, ainsi qu'elle y était dès longtemps résolue, se couvrit la tête d'une robe double couleur de deuil, releva haut la traîne de sa jupe de soie sans apprêt, mit dans sa manche le joyau divin, passa dans sa ceinture le sabre précieux et prit le Souverain dans ses bras : “Toute femme que je sois, je ne tomberai point aux mains de l'ennemi ! J'accompagne Sa Majesté ! Quiconque voudra lui témoigner sa fidélité me suive !” dit-elle, puis elle marcha vers le bordage. Le Souverain était alors dans sa huitième année, mais il était de loin plus développé que son âge et telle était sa beauté qu'elle rayonnait autour de lui. Sa noire chevelure retombait en un flot souple plus bas que le dos. Il semblait effrayé et surpris : "Madame, où donc voulez-vous m'emmener ?" dit-il et lors, s'adressant à l'enfant souverain, retenant ses larmes voici ce qu'elle dit : "Votre Majesté ne le sait-Elle encore ? Par la force de l'exercice des dix vertus en Sa vie passée, il Lui fut donné de naître en la présente en maître des dix mille chars, mais, entraînée par un enchaînement fatal, déjà Sa fortune est épuisée. Qu'Elle veuille tout d'abord face au Levant prendre congé du Grand Sanctuaire d'Isé, puis, afin que l'accueillent en leur Terre Pure de l'Occident les saints bouddhas, qu'Elle veuille face au Ponant invoquer le Saint Nom ! Puisque ce pays est une terre de misère, je L'emmènerai en un pays heureux que l'on dit la Terre Pure de Parfaite Félicité !" Voilà ce qu'elle dit, pleurant et pleurant, et lors, dans sa robe couleur de ramier des monts, les cheveux noués en anneaux, le visage noyé de larmes, il joignit ses jolies petites mains et tout d'abord, incliné en direction du Levant, il prit congé du Grand Sanctuaire d'Isé, puis face au Ponant dès qu'il eut invoqué le Saint Nom, la Dame du Second Rang aussitôt le reprit dans ses bras : "Dessous les vagues il est une autre capitale !" le consola-t-elle et elle se précipita dans l'abîme de mille brasses[1]. »

En l'écoutant réciter l'histoire les yeux fermés, Tengo avait l'impression d'entendre déclamer un moine aveugle accompagné au luth biwa. Il lui revint en mémoire que le *Dit des Heiké* était à l'origine un

1. Traduction de René Sieffert, « Le Dit des Heiké », *in Le Cycle épique des Taïra et des Minamoto*, Publications orientalistes de France, 1978.

poème épique qui s'était transmis oralement. D'ordinaire, la façon de parler de Fukaéri était tout à fait plate, sans accent ni intonation, mais, dès qu'elle avait commencé à réciter, sa voix était devenue étonnamment puissante, pleine de riches couleurs. On aurait dit que quelque chose avait pris possession d'elle. Le spectacle de la bataille féroce qui avait eu lieu sur mer dans le détroit de Kanmon au cours de l'année 1185 était ressuscité là d'une manière éclatante. La défaite de Heishi une fois consommée, Tokiko, l'épouse de Kiyomori, s'était jetée dans les flots en tenant dans les bras le tout jeune empereur Antoku. Puis les dames d'honneur les avaient suivis pour éviter le malheur de tomber aux mains des samouraïs de l'Est. Dissimulant son accablement et sa tristesse, Tomomori avait incité les dames d'honneur au suicide par quelques mots légers. Si vous vous contentez d'attendre, vous aurez de votre vivant un avant-goût de l'enfer ! Mieux vaut vous donner la mort ici même.

« Je continue encore..., demanda Fukaéri.

— Non, c'est très bien, ça suffit. Merci », répondit Tengo, sidéré.

Il comprenait fort bien que les journalistes en soient demeurés sans voix.

« Mais comment est-il possible que tu aies retenu un texte aussi long ?

— Écouté l'enregistrement plein de fois...

— Un homme ordinaire n'aurait jamais pu s'en souvenir, même en ayant écouté mille fois les cassettes », répondit Tengo.

Puis il eut une pensée soudaine. La jeune fille n'aurait-elle pas développé une capacité extraordinaire de mémorisation auditive, en raison de sa dyslexie ? Comme les enfants atteints de syndrome savant, qui sont aptes à retenir instantanément des quantités prodigieuses d'informations visuelles.

« Je voudrais que tu lises un livre…
— Qu'est-ce qui te plairait ?
— Tu as parlé d'un livre avec le Maître… Il y a Big Brother dedans…
— Ah ! *1984*. Oui, mais je ne l'ai pas ici.
— C'est quoi l'histoire…
— Je l'ai lu il y a bien longtemps, à la bibliothèque de l'école, et je ne me rappelle pas bien les détails. En tout cas, au moment où le livre a été publié en 1949, 1984 était un futur lointain.
— Cette année…
— Oui, nous sommes justement en 1984. Le futur aussi devient réalité. Et puis, aussitôt, il se transforme en passé. George Orwell, dans ce roman, décrit une société future très sombre, sous le joug du totalitarisme. Rigoureusement contrôlée par un dictateur, Big Brother. La moindre information est soumise à la censure, l'Histoire est sans cesse récrite. Le héros travaille dans un ministère, sa tâche consiste à remplacer les mots, à choisir les nouveaux termes qui conviennent. Du fait qu'une nouvelle Histoire est fabriquée, l'Histoire ancienne doit être entièrement annulée. Comme la langue doit changer, la signification des mots en vigueur jusque-là change aussi. L'Histoire ne cesse d'être récrite, si bien que plus personne, en fin de compte, ne parvient à savoir ce qui est vrai. Plus personne ne sait qui est l'ennemi, qui est l'allié. Voilà de quoi parle ce livre.
— Récrire l'Histoire…
— Dépouiller l'Histoire de sa vérité, c'est comme dépouiller quelqu'un d'une partie de sa personnalité. C'est un crime. »

Fukaéri médita cette question un instant.

« Notre mémoire est constituée par la réunion de la mémoire individuelle et de la mémoire collective, déclara Tengo. L'une et l'autre sont intimement imbriquées. Et l'Histoire appartient à la mémoire collective. Lorsqu'elle est dépouillée de sa vérité, ou lorsqu'elle est récrite, nous ne sommes plus en mesure de conserver notre personnalité légitime.

— Toi aussi tu récris... »

Tengo but une gorgée de vin en riant.

« Moi, je me suis contenté de retoucher ton roman. Récrire l'Histoire, c'est totalement différent.

— Mais le livre de Big Brother n'est pas ici..., demanda Fukaéri.

— Non, malheureusement. C'est pourquoi je ne peux pas te le lire.

— Un autre livre ça va... »

Tengo se planta devant ses étagères et examina le dos de ses livres. Il en possédait peu, même s'il en avait lu beaucoup. Il n'aimait pas s'encombrer chez lui. Aussi, dès qu'il avait terminé un livre, à moins qu'il ne s'agisse d'un ouvrage spécial, il allait le porter chez un bouquiniste. Il achetait seulement les livres qu'il pouvait lire aussitôt. Ceux qui étaient importants, il les lisait très attentivement jusqu'à les garder en mémoire. Par ailleurs, il empruntait à la bibliothèque la plus proche les ouvrages dont il avait besoin.

Il lui fallut du temps pour arrêter son choix. Il n'avait pas l'habitude de lire un livre à haute voix et ne parvenait pas à se décider sur le type d'ouvrage qui conviendrait à cet exercice. Après avoir longtemps hésité, il choisit *L'Île de Sakhaline* d'Anton Tchekhov. Il l'avait achevé la semaine précédente et avait mis des signets aux passages les plus intéressants. Il pourrait donc ne lui lire que ces extraits-là.

Avant de se lancer, Tengo donna des explications sommaires à Fukaéri. Lorsque Tchekhov avait entrepris ce voyage à Sakhaline en 1890, il n'avait que trente ans. Il appartenait à la génération qui suivait celle de Tolstoï et de Dostoïevski. C'était un jeune écrivain encore débutant, encensé par les critiques. Un citadin qui menait une existence très agréable dans la capitale, Moscou. Personne n'avait compris les vraies raisons pour lesquelles il avait décidé de partir seul pour une île aussi reculée et d'y faire un séjour prolongé. Sakhaline était un lieu dévolu principalement à la relégation. Pour tout homme normal, cette terre symbolisait le malheur et la misère. Et puis, à cette époque, le chemin de fer de Sibérie n'existait pas encore. Il avait dû parcourir plus de quatre mille kilomètres en voiture à cheval, sous un froid extrême. Un calvaire pour son organisme, déjà fragile à l'origine. Le livre *L'Île de Sakhaline*, fruit de son séjour de huit mois dans cette région extrême-orientale, avait finalement déconcerté la plupart de ses lecteurs. En effet, l'approche littéraire était limitée au minimum, l'ouvrage se rapprochait davantage d'un rapport pratique ou d'une description topographique. Tout le monde s'interrogeait. Pourquoi Tchekhov, à cette période de la vie tellement importante pour un écrivain, avait-il entrepris une tâche aussi « inutile » et aussi « insensée » ? Certains critiques allèrent jusqu'à affirmer qu'il avait « juste cherché à se faire mousser avec des préoccupations sociales ». Ou bien on supposa qu'il « ne parvenait plus à écrire » et qu'il avait besoin de « matériaux » pour son inspiration. Sur une carte incluse dans le livre, Tengo montra à Fukaéri où se trouvait Sakhaline.

« Pourquoi Tchekhov est allé à Sakhaline..., demanda Fukaéri.

— Tu veux dire, quel est *mon* sentiment à ce sujet ?

— Oui. Tu as lu le livre...

— Oui, je l'ai lu.

— Tu penses quoi...

— Il se peut que Tchekhov lui-même n'ait pas su quelles étaient ses motivations exactes, répondit

Tengo. Après tout, peut-être avait-il eu juste envie d'y aller, rien de plus. Il en avait eu brusquement le désir après avoir regardé la forme de l'île de Sakhaline sur une carte. Moi aussi, ça m'est arrivé. Avoir envie, coûte que coûte, d'aller ici ou là, en observant une carte. Et je ne sais trop pourquoi, mais, en général, c'étaient des endroits très lointains, pas faciles à atteindre. Il arrive qu'on ait absolument envie de savoir ce que sont les paysages, là-bas, et de savoir ce qui s'y passe. C'est un peu comme la *rougeole*. Une passion ou une maladie de jeunesse. De la curiosité pure. Une inspiration qu'on ne peut expliquer. Mais, à l'époque de Tchekhov, le voyage de Moscou à Sakhaline était une torture inimaginable et je ne pense pas que, dans son cas, son seul motif pour l'entreprendre ait été la curiosité.

— Alors…

— Tchekhov était un romancier, mais aussi un médecin. Il se peut donc qu'il ait voulu, en tant que scientifique, observer de ses yeux les parties souffrantes de l'immense pays qu'était la Russie. Tchekhov se sentait mal à l'aise d'être un citadin et un écrivain fêté. Il en avait assez de l'atmosphère du monde littéraire de Moscou où toutes les occasions étaient bonnes pour se mettre en travers du chemin des autres. Par ailleurs, le snobisme de ses pairs, les gens de lettres, ne lui convenait pas. Il n'éprouvait que de l'aversion vis-à-vis des critiques hypocrites. Le voyage à Sakhaline, c'était peut-être une sorte de pèlerinage qui avait pour but de le purifier de toute cette saleté littéraire. Et puis l'île de Sakhaline lui en imposait, sous de multiples aspects. C'est pourquoi, justement, il n'a pas fait œuvre littéraire à partir des matériaux que son voyage lui a fournis. Ç'aurait été une démarche bien trop superficielle que d'en faire simplement un roman. Et aussi, Sakhaline, cette zone malade, l'a pour ainsi dire infecté. Il l'a faite sienne. Peut-être a-t-il trouvé là-bas précisément ce qu'il recherchait.

— Le livre est intéressant…, demanda Fukaéri.

— Moi, je l'ai lu avec intérêt. Il a accumulé des chiffres, systématiquement, et des statistiques, et, comme je te l'ai déjà dit, il n'y a presque pas d'éléments littéraires. C'est son côté scientifique que Tchekhov a mis en avant. Mais moi, j'ai pu y lire la détermination et l'énergie de l'homme. Et puis, mêlées à ces rapports objectifs et dépouillés, il y a ici ou là des observations de personnages et des descriptions de paysages tout à fait impressionnantes. C'est un ouvrage surtout documentaire, qui n'expose presque que des faits, mais c'est intéressant. Il y a parfois des passages vraiment réussis. Notamment quand il parle des Ghiliak.

— Les Ghiliak…, répéta Fukaéri.

— Les Ghiliak étaient les autochtones qui vivaient sur l'île de Sakhaline bien avant que les Russes ne colonisent la région. À l'origine, ils s'étaient installés dans la partie sud de l'île mais, repoussés par les Aïnous qui venaient de Hokkaidô, ils se sont réfugiés dans la région centrale. Les Aïnous eux-mêmes avaient dû quitter Hokkaidô car ils étaient chassés par les Japonais. Tchekhov avait compris que la culture et le mode de vie des Ghiliak étaient en train de disparaître. En raison de la russification, leur déclin était imminent et il s'est efforcé de noter tout ce qui restait de leur culture, le plus exactement possible. »

Tengo ouvrit l'ouvrage aux passages concernant les Ghiliak et se mit à lire. Pour que son auditrice comprenne plus facilement, il passa certaines phrases de l'original sous silence.

« Le corps du Ghiliak est robuste et trapu ; il est de taille moyenne, petite même. Une taille trop élancée le gênerait dans la taïga. Son ossature est forte et se distingue par la proportion volumineuse de toutes les apophyses, crêtes et éminences où s'insèrent les muscles, ce qui suppose une musculature très développée et vigoureuse, faite pour livrer contre la nature une lutte incessante. Il est sec et nerveux, dépourvu de téguments adipeux ; on ne voit jamais de Ghiliak gras ou obèse. Selon toute apparence, il brûle toutes les graisses pour produire les grandes quantités de chaleur dont le corps d'un Sakhalinien a besoin afin de compenser les pertes provoquées par les basses températures et l'humidité excessive, et l'on comprend alors pourquoi sa nourriture est si grasse : chair de phoque, de saumon, graisse d'esturgeon et de baleine, viande saignante, tout cela en grande quantité, à l'état cru, sec et souvent gelé ; parce qu'il mange une nourriture grossière, les points d'insertion des muscles masticateurs sont extraordinairement développés et ses dents s'usent beaucoup. Son alimentation est exclusivement animale et il faut la rare occasion d'un repas pris chez soi ou de quelque festin pour le voir ajouter à sa viande ou à son poisson de l'ail de Mandchourie ou des baies. D'après le témoignage de Nevelskoï, le Ghiliak considère l'agriculture comme un grand péché : quiconque fouille la terre ou y plante un arbre ne tarde pas à mourir. Néanmoins il consomme comme une gourmandise le pain que les Russes viennent de lui faire découvrir, et il n'est plus rare d'en rencontrer, à Alexandrovsk ou à Rykovskoïè, qui porte une miche de pain sous le bras. »

Tengo interrompit sa lecture et reprit son souffle. Fukaéri était toute tendue dans son écoute. Il était incapable en la regardant de deviner ce qu'elle ressentait.

« Alors ? Tu veux que je continue à lire ? Ou bien que je lise un autre livre ? lui demanda-t-il.

— Je veux savoir encore des choses sur les Ghiliak…

— Bien, je poursuis ma lecture.

— Ça va si je retourne dans le lit…, lui demanda-t-elle.

— Oui, bien sûr », répondit Tengo.

Ils se déplacèrent alors dans la chambre à coucher. Fukaéri se glissa dans le lit, Tengo s'assit sur une chaise à côté. Puis il recommença à lire.

« Les Ghiliak ne se lavent jamais, si bien que les ethnographes eux-mêmes ont du mal à déterminer la véritable couleur de leur figure ; ils ne lavent pas leur linge non plus ; quant à leurs vêtements de fourrure et à leurs bottes, ils ont l'air d'avoir été arrachés cinq minutes plus tôt à la carcasse d'un chien crevé. Les Ghiliak dégagent une odeur âcre et lourde et la proximité de leur logis se reconnaît à des relents fétides, parfois à peine supportables, de poisson séché ou de déchets pourris. D'ordinaire, on aperçoit près de chaque iourte un séchoir garni jusqu'en haut de poissons ouverts et étalés qui, de loin et surtout lorsqu'ils sont éclairés par le soleil, ressemblent à des fils de corail. À côté des séchoirs, Krusenstern a vu un grouillement d'asticots d'un pouce d'épaisseur. »

« Krusenstern…

— Je suppose que c'était un des premiers explorateurs. Tchekhov était quelqu'un de consciencieux. Il a étudié toutes sortes d'ouvrages qui avaient été écrits jusque-là à propos de Sakhaline.

— Lis la suite… »

« En hiver, la iourte est pleine d'une fumée piquante qui provient du foyer mais aussi du tabac que fument les Ghiliak, leurs femmes et même leurs enfants. On ne sait rien de leur morbidité et de leur mortalité, mais on aurait lieu de penser que leur manque d'hygiène ne laisse pas d'exercer une mauvaise influence sur leur santé. Peut-être est-ce à lui qu'ils doivent leur petite taille, leur visage bouffi, une certaine mollesse, une certaine paresse du geste. »

« Pauvres Ghiliak… », dit Fukaéri.

« Chaque auteur commente le caractère des Ghiliak à sa façon, mais tous sont d'accord pour dire qu'ils n'ont rien de belliqueux, qu'ils répugnent aux querelles et aux bagarres et s'accommodent pacifiquement de leurs voisins. Ils accueillent toute arrivée d'hommes nouveaux avec circonspection, craignant pour leur avenir, mais se montrent à chaque fois aimables, ne s'insurgent jamais ; le pire qu'ils aient jamais fait est d'avoir menti en brossant de Sakhaline un tableau exagérément sombre, dans l'espoir d'éloigner ainsi les étrangers. Ils accueillirent les compagnons de Krusenstern à bras ouverts et lorsque Schrenk tomba malade, la nouvelle se répandit très vite et provoqua une tristesse non feinte. Ils ne mentent que lorsqu'ils marchandent ou lorsqu'ils ont devant eux un interlocuteur qu'ils considèrent comme dangereux, mais avant de formuler le mensonge, ils s'entre-regardent, exactement comme des enfants. La fausseté, la vantardise, dans leur vie quotidienne – en dehors de la sphère des affaires –, leur répugnent. »

« Formidables Ghiliak… », dit Fukaéri.

« Lorsqu'ils se chargent d'une commission, ils l'accomplissent soigneusement et l'on n'a jamais vu un Ghiliak abandonner la poste à mi-chemin ou gaspiller quelque chose qui ne lui appartenait pas. Ils sont vifs, avisés, gais, dégagés et n'éprouvent aucune contrainte en la société des puissants et des riches. Ils ne reconnaissent aucune autorité, il semble bien que la conception de "supérieur" et d'"inférieur" leur est inconnue. De même, ainsi qu'on l'a déjà dit et écrit, la notion d'autorité familiale leur est inconnue. Le père ne songe pas qu'il est supérieur à son fils, le fils ne l'honore nullement et vit à sa guise ; dans la iourte, la vieille mère n'a pas plus d'influence que sa fillette adolescente. Bochniak écrit qu'il a vu, à plusieurs reprises, un fils tomber à bras raccourcis sur sa mère et la jeter dehors sans que personne ose élever la voix. Tous les hommes d'une même famille sont égaux entre eux ; si vous leur offrez de la vodka, il faut en régaler même les tout-petits. Quant aux femmes, elles sont toutes égales dans l'absence totale de droits, qu'il s'agisse de la grand-mère, de la mère ou d'une fillette au berceau ; on ne les respecte pas plus que les animaux domestiques, qu'un objet qu'on peut jeter ou vendre, ou qu'un chien qu'on chasse à coups de pied. Encore que les chiens, les Ghiliak les caressent parfois, les femmes jamais. Ils attachent moins d'importance à une noce qu'à une banale ribote, ne l'entourent d'aucun rite religieux ou païen. Le Ghiliak troque un épieu, une barque ou un chien contre une jeune fille qu'il emmène dans sa iourte et avec laquelle il s'étend sur une peau d'ours – un point c'est tout. La polygamie est admise mais ne semble pas très répandue, bien que les femmes soient apparemment plus nombreuses que les hommes. Le mépris du Ghiliak envers la femme, considérée comme un être inférieur, atteint un tel degré qu'il ne trouve nullement répréhensible de la réduire en esclavage au sens le plus direct et le plus dur de ce mot. Il est probable que la femme est pour eux un objet de commerce au même titre que le tabac et le calicot. Strindberg, l'écrivain suédois, ce misogyne célèbre qui voudrait que la femme fût uniquement destinée à se soumettre aux caprices de l'homme, se trouve par conséquent en communion d'idées avec les Ghiliak ; s'il venait à Sakhaline-Nord, ils pourraient se donner de longues accolades. »

Tengo marqua une nouvelle pause, mais Fukaéri ne manifesta aucune réaction. Elle resta silencieuse. Tengo poursuivit.

« Ils ne possèdent pas de tribunal et ne savent pas ce que signifie le mot "justice". On peut évaluer leur difficulté à nous comprendre par le fait qu'ils n'ont pas tout à fait saisi à quoi sont destinées les routes. Même lorsqu'elles existent, ils continuent à voyager à travers la taïga. On les voit souvent aller en file indienne, suivis de leur famille et de leurs chiens, le long d'un marécage, tout près de l'une d'elles. »

Fukaéri avait fermé les yeux. Son souffle était tout à fait paisible. Tengo observa son visage un moment. Mais il ne pouvait savoir si elle s'était endormie ou pas. Il feuilleta son livre et reprit sa lecture à haute voix. Si elle s'était endormie, elle n'en dormirait que mieux. Et lui aussi avait plaisir à lire le texte de Tchekhov ainsi.

« Il y avait autrefois à l'embouchure de la Naïbou un Poste nommé Naïboutchi ; il fut fondé en 1866. Mitsoul y a trouvé dix-huit édifices, habitables ou non, une chapelle et un magasin à vivres. Un journaliste qui visita Naïboutchi en 1871 écrit qu'il y avait vingt soldats commandés par un élève officier ; dans l'une des isbas, une grande et belle femme de soldat lui offrit des œufs frais et du pain noir, se loua de la vie qu'elle menait et ne se plaignit que de la cherté du sucre. Les maisons ont disparu sans laisser de trace et la belle et grande femme de soldat, lorsqu'on contemple le désert qui vous entoure, apparaît comme un mythe. La seule maison en construction est un logement de surveillant ou un relais – c'est tout.

« La mer est froide, trouble, elle mugit et ses hautes lames blanches se brisent sur le sable et semblent vouloir dire : "Seigneur ! Pourquoi nous as-tu créés ?" C'est déjà le Grand Océan, l'océan Pacifique. Sur cette rive de la Naïbou, on entend résonner les haches des forçats occupés au chantier ; l'autre rive, lointaine, imaginaire, c'est l'Amérique. À gauche, à travers la brume, on aperçoit les caps de Sakhaline, à droite, ce sont d'autres caps… alentour, nulle âme qui vive, pas un oiseau, pas une mouche, et je ne comprends plus pour qui les vagues mugissent, qui les écoute dans la nuit, ce qu'elles veulent, et enfin pour qui elles mugiront quand je serai parti. Ce qui s'empare de moi sur ce rivage, ce ne sont pas des idées, mais bien une méditation. Je suis saisi d'angoisse, mais en même temps, je voudrais demeurer ici sans fin, à contempler le mouvement monotone des vagues et écouter leur bruit menaçant[1]. »

Fukaéri semblait complètement endormie. En tendant l'oreille, il percevait son souffle paisible. Tengo referma le livre et le posa sur la petite table placée à côté du lit. Puis il se leva et éteignit la lumière de la chambre. Enfin il contempla encore une fois le visage

1. Anton Tchekhov, *L'Île de Sakhaline*, traduction de Lily Denis, Éditeurs Français Réunis, 1971.

de Fukaéri. Elle dormait calmement, tournée face au plafond, sa bouche close dessinant un seul trait. Tengo ferma la porte et retourna dans la cuisine.

Mais il ne pouvait se remettre à son propre texte. Les descriptions de Tchekhov, le spectacle des bords de mer dévastés de Sakhaline s'étaient durablement installés dans son cerveau. Tengo pouvait entendre le bruit des vagues. S'il fermait les yeux, il se voyait debout seul sur les rivages déserts de la mer d'Okhotsk, captif d'une profonde méditation. Il pouvait faire sienne la mélancolie sans objet de Tchekhov. Ce qu'il ressentait dans ce lieu du bout du monde, n'était-ce pas quelque chose comme un sentiment écrasant d'impuissance ? Être un écrivain russe à la fin du XIXe siècle, c'était sans aucun doute être livré à un destin cruel et sans issue. Plus les romanciers tentaient de fuir la Russie, plus la Russie les engloutissait en elle.

Tengo rinça son verre de vin et, après s'être brossé les dents dans la salle de bains, il éteignit la cuisine, s'allongea sur le canapé, tira sur lui la couverture et essaya de dormir. Le mugissement énorme de la mer lui restait dans les oreilles. Mais finalement sa conscience se dilua et il sombra dans un sommeil profond.

Lorsqu'il ouvrit les yeux, il était huit heures et demie. Fukaéri n'était plus dans le lit. Le pyjama qu'il lui avait prêté était jeté en boule dans la machine à laver de la salle de bains. Les revers des bras et des jambes étaient restés tels quels. Un message était posé sur la table de la cuisine. Sur une page de son carnet, au stylo-bille, était écrit : « Aujourd'hui que sont devenus les Ghiliak ? Je rentre à la maison. » Les caractères étaient petits, anguleux, et paraissaient peu naturels. Cela lui donnait le sentiment que c'était comme s'il avait contemplé de très haut des coquillages alignés sur une plage de sable pour former ces idéogrammes.

Il plia la feuille de papier et la mit dans le tiroir de son bureau. Sa petite amie devait venir à onze heures et, si elle découvrait une chose pareille, elle se mettrait sûrement dans tous ses états.

Tengo refit soigneusement le lit, replaça l'étude de Tchekhov sur son étagère. Après quoi il se prépara du café et se fit griller des toasts. En prenant son petit déjeuner, il remarqua que quelque chose lui pesait dans la poitrine. Il lui fallut du temps pour comprendre ce que c'était. C'était le visage calme de Fukaéri dans son sommeil.

Se pourrait-il que je sois amoureux de cette petite ? Non, ce n'est pas ça, se répondit Tengo. Seulement, il y a quelque chose en elle qui, parfois, m'ébranle physiquement. Néanmoins, pour quelle raison cela me soucie-t-il autant qu'elle ait porté mon pyjama ? Pourquoi (sans en avoir vraiment conscience) l'ai-je pris dans les mains et en ai-je respiré l'odeur ?

Les questions étaient trop nombreuses. « Le romancier n'est pas quelqu'un qui résout les problèmes. C'est quelqu'un qui pose les questions. » C'était sûrement Tchekhov qui avait dit cela. Une remarque judicieuse. Mais Tchekhov ne s'était pas contenté en cela de se confronter à son œuvre. Il avait eu la même attitude face à sa vie. Des problèmes se posaient sans qu'il y ait de solutions pour autant. Tout en sachant qu'il souffrait d'une tuberculose incurable (il ne pouvait l'ignorer, étant médecin), il s'était efforcé de ne faire aucun cas de cette réalité. Il ne croyait pas que sa fin arrivait avant de se trouver sur son lit de mort. Il mourut alors qu'il était encore jeune, d'une violente hémorragie pulmonaire.

Tengo secoua la tête et se leva. Sa petite amie allait venir tout à l'heure. Il fallait avant son arrivée qu'il fasse la lessive et le ménage. Il réfléchirait plus tard.

21

Aomamé

J'ai beau tenter d'aller le plus loin possible

Aomamé se rendit à la bibliothèque de l'arrondissement et, comme la dernière fois, consulta les journaux sur microfilm. Elle rechercha méthodiquement ce qui s'était écrit à propos des combats armés entre extrémistes et policiers, trois ans auparavant, en automne, dans le département de Yamanashi. Or le domaine des Précurseurs, dont lui avait parlé la vieille dame, se trouvait dans ces montagnes de Yamanashi. Là où avaient eu lieu ces combats. Peut-être une simple coïncidence. Mais Aomamé n'aimait pas du tout les coïncidences. Il était possible qu'il y ait un lien. C'est ce que semblait avoir suggéré la vieille dame quand elle avait parlé de « cette grave affaire ».

Les combats s'étaient déroulés le 19 octobre 1981 (selon l'hypothèse d'Aomamé, « trois ans avant 1Q84 »). Lors de sa dernière visite à la bibliothèque, elle en avait déjà lu le récit détaillé. Elle parcourut donc rapidement ce qui concernait les faits proprement dits et s'appliqua à étudier les articles qui analysaient l'affaire sous différents angles.

Pendant le combat initial, trois policiers avaient été tués par des tirs de kalachnikov de fabrication chinoise, deux autres avaient été blessés, plus ou moins grièvement. Les extrémistes s'étaient ensuite volatilisés dans les montagnes avec leur armement. Une traque de grande envergure avait été menée par des policiers sur les hauteurs environnantes. En même temps, une compagnie des forces d'autodéfense lourdement armée avait été envoyée par hélicoptère au-dessus de la zone. À la suite de quoi, parmi les extrémistes qui avaient refusé de se rendre, trois avaient été tués et deux autres avaient été grièvement blessés (l'un d'eux était mort trois jours plus tard à l'hôpital. Ce qu'était devenu le second, l'article ne le disait pas clairement). Quatre autres hommes indemnes ou légèrement blessés avaient été arrêtés. Grâce à leurs gilets pare-balles, les forces d'autodéfense et les policiers n'avaient subi aucune perte. Seul un policier s'était cassé une jambe en dégringolant d'une falaise durant les poursuites. Un seul des extrémistes avait pu s'échapper. Malgré les moyens mis en œuvre pour le retrouver, l'homme semblait s'être évaporé.

Une fois le choc des combats un peu retombé, les journaux commencèrent à décrire longuement la formation du groupe extrémiste. Ils étaient en quelque sorte les descendants adultérins des étudiants révoltés des années soixante-dix. Plus de la moitié d'entre eux avaient participé à l'occupation de l'amphithéâtre Yasuda de l'université de Tokyo ou de l'université Nihon. Délogés de leur « bastion » par les gardes mobiles, ils s'étaient rendus et avaient été exclus de l'université. Une partie des enseignants et certains étudiants étaient conscients que faire des campus universitaires le cœur du mouvement politique urbain aboutissait à une impasse. Ils se regroupèrent alors au-delà des factions et mirent sur pied une communauté de type agraire, dans le département de Yamanashi. Ils avaient d'abord rejoint le « cours Takashima », qui regroupait également des communautés agricoles. Insatisfaits de cette vie, ils s'étaient réorganisés et avaient repris leur autonomie. Ils avaient acquis à peu de frais un village abandonné au plus profond de la montagne et ils s'étaient lancés dans le travail des champs. Les débuts furent difficiles, semble-t-il, mais bientôt, les citadins se prirent d'engouement pour leurs produits biologiques. Les livraisons de légumes devinrent un véritable business. Portés par ce courant favorable, ils purent développer leurs fermes. Il est vrai que ces hommes travaillaient dur, qu'ils étaient bien organisés et bien dirigés. Le nom de cette communauté, c'était Les Précurseurs.

Aomamé grimaça fortement et ravala sa salive. Une déglutition bruyante au fond de sa gorge. Puis elle poursuivit sa lecture en tapotant la table avec son stylo-bille.

Néanmoins, en même temps que leurs affaires se stabilisaient, des divergences apparurent peu à peu dans la communauté. Le groupe se scinda en deux grands courants : d'un côté, la « faction armée » radicale, nourrie de marxisme, qui prônait toujours la guérilla révolutionnaire ; de l'autre, la « faction communautaire » relativement modérée, qui admettait que la révolution violente n'était pas une option réaliste dans le Japon moderne. Ces modérés refusaient malgré tout l'esprit du capitalisme et voulaient vivre naturellement, grâce à la terre. Puis, en 1976, la faction modérée, forte de sa supériorité numérique, en vint à expulser la faction armée.

Cela ne signifiait pas pour autant que Les Précurseurs avaient usé de la force pour chasser les radicaux.

Selon les journaux, ils les « prièrent de se retirer en paix » et leur fournirent de nouvelles terres ainsi que le capital nécessaire. Les radicaux acceptèrent ces conditions et fondèrent leur propre communauté, L'Aube. Puis, à un moment donné, ils achetèrent des armes très performantes. L'enquête était encore en cours d'élucidation pour savoir par quelle voie et avec quel argent.

De son côté, à quel moment et comment la communauté agricole avait-elle changé d'orientation pour se muer en secte religieuse ? Quel avait été le déclencheur de cette transformation ? Ni la police ni la presse ne paraissaient le savoir. Mais l'infléchissement semblait s'être rapidement accentué depuis la séparation pacifique d'avec la faction radicale. En 1979, Les Précurseurs réussirent à être déclarés « association religieuse ». Puis ils achetèrent tous les terrains du voisinage, les uns après les autres, augmentèrent leurs surfaces cultivées et développèrent leur activité économique. Ils érigèrent une haute clôture autour du domaine. Dès lors, les gens de l'extérieur ne purent plus y pénétrer. La raison invoquée était qu'ils faisaient « obstacle aux exercices spirituels ». D'où provenaient les fonds ? Comment avaient-ils pu obtenir leur habilitation aussi rapidement ? Ces questions restaient sans réponses.

Une fois sur leur nouveau territoire, les radicaux s'appliquèrent à pratiquer l'agriculture tout en s'entraînant au maniement des armes, ce qui provoqua un certain nombre de troubles avec les paysans voisins. En particulier éclata bientôt une querelle à propos du droit d'utilisation d'une petite rivière qui coulait sur les terrains de L'Aube. Le cours d'eau avait toujours été utilisé comme source commune d'irrigation. Mais L'Aube en refusa l'accès aux habitants du voisinage. Le litige se poursuivit plusieurs années durant et, un jour, dégénéra. Venus se plaindre face aux barbelés, des habitants furent sévèrement molestés par des membres de L'Aube. La police départementale de Yamanashi établit un mandat d'arrêt pour voies de fait avec coups et blessures, envoya des hommes à L'Aube. Là, à la surprise des policiers, une fusillade éclata.

Après ce violent échange de tirs dans les montagnes qui entraîna la dissolution de L'Aube, Les Précurseurs ne tardèrent pas à faire une déclaration publique. Un jeune et élégant porte-parole, en costume de businessman, lut un communiqué devant un certain nombre de journalistes. L'argumentaire était précis. Malgré leur passé commun, il n'y avait actuellement plus aucun lien entre L'Aube et Les Précurseurs. Après leur scission, sauf pour des raisons professionnelles, les allées et venues entre les communautés avaient pratiquement cessé. Les Précurseurs formaient une communauté agricole qui aspirait à un monde spirituel paisible en toute légalité. Alors que les membres de L'Aube avaient cherché à promouvoir une pensée révolutionnaire radicale. En conséquence de quoi, aucune action commune n'avait plus été possible. Ils avaient donc rompu d'un commun accord. Les Précurseurs avaient ensuite obtenu le statut d'association religieuse. Ils regrettaient cet incident sanglant et désiraient exprimer leurs condoléances attristées aux familles des policiers tués dans l'accomplissement de leur devoir. Les Précurseurs n'avaient d'aucune façon participé à l'incident. Même s'il était difficile de démentir que L'Aube avait pris naissance chez Les Précurseurs, afin d'éviter toute méprise, l'association était prête à accueillir, si nécessaire, des enquêteurs mandatés par la justice. « Notre association est légale, ouverte à la société, elle n'a rien à cacher. Dans la mesure de nos possibilités, nous satisferons à toute demande d'information ou d'explication nécessaire. »

Quelques jours plus tard, comme en réaction à cette déclaration, la police départementale pénétra sur les terres de l'association. Elle parcourut ses vastes domaines durant une journée entière, se livrant à une inspection minutieuse de tous les corps de bâtiments et des diverses sortes de documents. Plusieurs cadres furent auditionnés. Bien que les deux groupes se soient officiellement séparés, les échanges s'étaient poursuivis entre eux et les autorités en charge de l'enquête avaient des doutes. Les Précurseurs n'auraient-ils pas, en sous-main, commandité l'action de L'Aube ? Mais on ne découvrit aucune preuve pour étayer cette théorie.

Au cœur d'un taillis, un sentier serpentait doucement jusqu'à des loges en bois, dispersées ici et là, où un grand nombre de fidèles, vêtus de simples habits de culte, s'adonnaient à la méditation et à des pratiques ascétiques. D'autres travaillaient aux champs. Les outils agricoles et les machines étaient bien entretenus. La police ne découvrit rien qui s'apparentait à des armes, rien non plus qui suggérait la violence. Tout était propre et bien ordonné. Il y avait une jolie petite salle à manger, des logements, et même un établissement hospitalier rudimentaire (mais bien aménagé). La bibliothèque à un étage abritait un grand nombre de soutras et d'ouvrages en rapport avec le bouddhisme. Des spécialistes travaillaient à des études et des traductions. L'impression générale était davantage celle d'un campus d'une petite université privée que d'un établissement religieux. Les policiers repartirent pratiquement bredouilles.

Quelques jours plus tard, des journalistes de la presse écrite et de la télévision furent à leur tour conviés dans la communauté. Ils y découvrirent à peu près le même spectacle que les policiers. Il ne s'agissait pas d'une visite organisée, car les journalistes furent libres de visiter le domaine sans personne pour les suivre. Ils purent parler à qui ils voulaient sans interdit, et en rendre compte comme ils l'entendaient. Simplement, pour sauvegarder la vie privée des fidèles, les médias acceptèrent de n'utiliser que des images ou des photos autorisées par l'association. Rassemblés dans une vaste salle de réunion, un grand nombre de cadres, qui avaient revêtu l'habit cultuel, répondirent aux questions des journalistes. Ils s'expliquèrent sur la constitution de leur association, sa doctrine religieuse, ses principes de gestion. Ils parlaient courtoisement, avec sincérité, sans faire de prosélytisme, travers qu'on retrouve fréquemment dans les associations religieuses. Ces hommes n'avaient pas vraiment l'air de cadres d'une secte religieuse. On aurait plutôt dit des publicitaires de haut vol qui connaissaient à fond leur argumentaire. Seuls leurs vêtements étaient différents.

« Nous n'avons pas de doctrine précise, expliquèrent-ils. Nous n'avons pas besoin d'un manuel codifié. Nous étudions les principes du bouddhisme tel qu'il existait à l'origine et nous mettons en pratique différentes sortes d'exercices. Notre objectif, grâce à ce type d'actions concrètes, est d'atteindre l'Éveil, une spiritualité fluide et libre, plutôt que de suivre un dogme littéral. Nous aimerions que vous compreniez que notre doctrine se constitue grâce à la conjugaison des éveils individuels et spontanés, propres à chacun. Ce n'est pas le dogme qui nous met en éveil. D'abord, nous nous éveillons individuellement. Et notre doctrine, qui déterminera nos règles, surgit après coup d'une façon spontanée et naturelle. Telle est notre orientation fondamentale. En ce sens, nous différons grandement des religions établies.

« Pour ce qui est de nos fonds, comme beaucoup d'associations religieuses, nous avons recours pour une part aux contributions volontaires de nos fidèles.

Mais, en définitive, notre objectif est de mener une vie simple, en autarcie, principalement grâce à l'agriculture, sans nous reposer sur les dons. La purification du corps et les exercices spirituels nous aident à atteindre la sérénité de l'âme et à vivre en sachant nous contenter de ce que nous avons. Conscients de la vanité à l'œuvre dans le matérialisme de l'économie de marché, toujours plus d'hommes viennent pousser la porte de notre association. Ils sont en quête d'autres perspectives, plus valorisantes. Parmi eux, nombreux sont ceux qui ont bénéficié d'une éducation supérieure, qui occupent des postes de spécialistes et qui jouissent d'une position sociale élevée. Nous nous démarquons nettement de ce que l'on appelle d'ordinaire "nouvelle religion". Nous ne sommes pas une "secte fast-food" qui décharge les gens de leurs soucis et les assiste en tout. Ce n'est pas l'objectif que nous nous sommes fixé. L'assistance en direction des faibles est bien entendu importante, mais nous voulons offrir un lieu approprié et une aide judicieuse à des hommes qui ont atteint un haut niveau de conscience, et qui sont désireux de se sauver eux-mêmes. Autrement dit une sorte de "séminaire de doctorat" religieux.

« Entre les membres de L'Aube et nous-mêmes étaient apparues depuis un certain temps déjà des divergences d'opinion sur les principes de gestion. À un moment, nous nous sommes même opposés les uns aux autres. Mais, après en avoir débattu, nous avons abouti à un accord serein. Une fois la scission opérée, chaque groupe a suivi son propre chemin. Eux, à leur manière, ont poursuivi leur idéal d'ascétisme et de pureté. Mais nous sommes obligés de qualifier de tragédie le fait qu'ils aient en fin de compte abouti à un tel désastre. La cause primordiale tient à ce qu'ils avaient perdu tout contact avec la société réelle en devenant trop dogmatiques. Nous aussi, à cette occasion, nous avons compris que nous devions nous livrer à une autocritique radicale et aussi qu'il fallait impérativement nous ouvrir toujours plus vers l'extérieur. La violence ne résout aucun problème. Nous ne sommes pas une organisation qui veut imposer sa religion. Nous aimerions que vous le compreniez. Nous ne sollicitons pas les fidèles et nous n'attaquons pas non plus les autres religions. Nous, ce que nous faisons, c'est offrir un domaine communautaire bien conçu à des hommes en quête d'éveil et de recherche spirituelle. »

La plupart des reporters repartirent avec une impression positive. Tous les fidèles, hommes et femmes, étaient minces, relativement jeunes (même si parfois on remarquait quelques personnes plus âgées), ils avaient un beau regard limpide. Ils s'exprimaient avec déférence, ils se montraient courtois. La plupart des adeptes ne parlaient pas beaucoup de leur passé mais il semblait que nombre d'entre eux, en effet, avaient reçu une éducation poussée. Les repas qu'on leur servit (presque les mêmes que ceux que les fidèles consommaient habituellement, à ce qu'on leur dit) étaient frugaux. Mais les produits étaient frais, en provenance exclusive des champs de l'association, et très savoureux dans leur genre.

Aussi la plupart des médias parlèrent-ils du groupe révolutionnaire L'Aube comme d'un rejeton diabolique que Les Précurseurs, qui s'attachaient avant tout à des valeurs spirituelles, avaient dû fatalement éliminer. Dans le Japon des années 1980, la pensée révolutionnaire fondée sur le marxisme était devenue anachronique. Les jeunes gens qui voulaient des changements politiques radicaux lors de la décennie précédente travaillaient désormais dans des entreprises, ils se disputaient âprement sur le champ de bataille de l'économie de marché. Ou alors ils se tenaient à l'écart du tapage et des luttes de la société réelle et aspiraient à se réaliser eux-mêmes individuellement. Quoi qu'il en soit, le cours du monde avait changé du tout au tout, la saison politique faisait figure de passé lointain. L'incident de L'Aube avait été extrêmement sanglant, il s'était agi d'un événement tragique mais, vu de loin, ce n'était rien de plus qu'un épisode imprévu, hors de propos, rien d'autre que la réapparition d'un fantôme du passé. C'était le dernier acte d'une époque révolue. Tel était le ton général des journaux. Les Précurseurs représentaient une alternative pleine d'avenir. Dans L'Aube au contraire, il n'y avait pas de futur.

Aomamé abaissa son stylo-bille et respira profondément. Puis elle revit en pensée les yeux totalement inexpressifs de Tsubasa, des yeux qui avaient perdu toute profondeur. Ces yeux m'ont regardée. Mais en même temps ils ne voyaient rien. Quelque chose de primordial leur faisait défaut.

Ce n'est pas si simple, songea Aomamé. Les véritables Précurseurs ne sont pas aussi limpides que ce qu'ont écrit les journaux. Ils cachent leur part ténébreuse. Selon le récit de la vieille femme, le personnage qu'ils appellent « leader » viole des fillettes de dix ans ou même moins, prétendant qu'il s'agit là d'actes de nature religieuse. Les journalistes ignorent cela. Ils ne sont restés sur place qu'une demi-journée. On les a guidés dans les salles d'exercices bien rangées, on leur a servi un déjeuner à partir de produits frais, ils ont écouté de belles explications à propos de l'éveil de l'âme et ils sont rentrés chez eux pleinement convaincus. Ce qui se passait en coulisse, ils n'en ont rien vu.

Aomamé sortit de la bibliothèque, entra dans un café et commanda un espresso. Depuis le téléphone de l'établissement, elle passa un coup de fil à Ayumi.

C'était un numéro qu'elle pouvait appeler en toute circonstance, lui avait indiqué son amie. Un collègue répondit et lui dit qu'Ayumi était à l'extérieur et qu'elle devrait revenir dans deux heures environ. Sans donner son nom, Aomamé dit simplement qu'elle rappellerait plus tard.

De retour chez elle, deux heures plus tard, Aomamé composa une nouvelle fois ce numéro. Ayumi décrocha.

« Bonjour, Aomamé ! Tu vas bien ?

— Ça va. Et toi ?

— Moi aussi, je vais bien. Juste qu'il n'y a pas de beau garçon… Et toi, Aomamé ?

— Même chose, répondit Aomamé.

— C'est tout de même pas possible ! fit Ayumi. Des jeunes femmes aussi séduisantes que nous, débordantes de leur trop-plein de désir, il y a quelque chose qui ne tourne pas rond ! Il faut vraiment faire quelque chose…

— Oui, bien sûr, mais… dis-moi, ce n'est pas un problème que tu parles si fort ? Tu es à ton travail, tout de même. Il n'y a personne à côté de toi ?

— Ça va, je peux parler, répondit Ayumi.

— Je voudrais te demander un service, enfin seulement si tu peux. Tu es la seule à qui je puisse le demander.

— Dis toujours, dis-moi. On verra si je peux t'être utile.

— Est-ce que tu connais l'association religieuse Les Précurseurs ? Son siège se trouve dans les montagnes du département de Yamanashi.

— Ah… Les Précurseurs », répéta Ayumi. Puis elle fouilla dans ses souvenirs quelques secondes. « Oui, je crois que oui. Le groupe extrémiste, L'Aube, appartenait à l'origine à cette espèce de communauté religieuse, n'est-ce pas ? Ces radicaux qui ont provoqué une fusillade à Yamanashi. Trois policiers du département avaient été tués après l'échange de tirs. Les malheureux. Mais Les Précurseurs n'y avaient pas participé. On avait enquêté dans la secte pour cette affaire et il n'en était rien sorti. Et donc ?

— Je voudrais savoir si, après la fusillade, il ne se serait pas produit chez Les Précurseurs une histoire quelconque. Une affaire criminelle, ou une affaire civile, n'importe. Mais moi, citoyenne ordinaire, j'ai beau chercher, je ne trouve rien. Il n'est pas question de lire sur microfilms tous les journaux de l'époque. Je me disais que la police, elle, aurait les moyens d'investiguer autrement…

— J'aimerais te répondre oui, c'est facile ! Avec les ordinateurs, si je lançais une recherche, je le saurais tout de suite… malheureusement, la police japonaise n'a pas encore assez informatisé son matériel. Je pense qu'il faudra plusieurs années avant que ce soit mis en œuvre. Aussi, si je veux savoir quelque chose à ce sujet aujourd'hui, je dois m'adresser à la police départementale de Yamanashi. Elle devra m'envoyer par courrier la copie du dossier. Pour ce faire, au préalable, il est indispensable que j'aie fait par écrit une demande de documentation, et pour cela obtenu l'autorisation de mes supérieurs. Bien entendu, il faut aussi que les raisons soient parfaitement explicitées. Parce que, vois-tu, ici, c'est l'Administration, et nous sommes payés pour compliquer plus que nécessaire tout et n'importe quoi.

— Ah bon… », dit Aomamé. Puis elle soupira. « Donc, tu ne peux rien faire pour moi ?

— Mais pourquoi veux-tu savoir cela ? Est-ce qu'une de tes connaissances serait impliquée dans une affaire en lien avec Les Précurseurs ? »

Aomamé hésita sur la conduite à tenir puis parla franchement. « Oui, c'est à peu près ça. Cela concerne des viols. Pour le moment, je ne peux rien dire de très précis, mais il s'agit de viols de fillettes. J'ai des informations selon lesquelles ces crimes auraient été commis au sein même de l'organisation, couverts par la secte. »

À travers le combiné, elle devina qu'Ayumi fronçait les sourcils.

« Oh… des viols de fillettes. Ça, c'est intolérable.

— Évidemment, répondit Aomamé.

— Des fillettes, tu dis… de quel âge ?

— Dix ans, ou moins. En tout cas, des petites filles qui n'étaient pas encore réglées. »

Ayumi resta silencieuse un instant à l'autre bout du fil. Elle répondit ensuite d'une voix plate : « D'accord. Dans ce cas, je vais essayer de trouver un moyen. Tu me laisses deux ou trois jours ?

— Oui, bien sûr. Téléphone-moi quand tu voudras. »

Ensuite, elles parlèrent de petites choses sans importance, puis Ayumi déclara : « Bon, il faut que je retourne travailler ! »

Après avoir raccroché, Aomamé s'assit sur une chaise près de la fenêtre et observa un moment sa main droite. De longs doigts fins, des ongles coupés court. Des ongles bien entretenus mais non vernis. En regardant ses ongles lui vint la pensée, de plus en plus insistante, qu'elle n'avait qu'une existence très éphémère et périlleuse. Sur la forme de ses ongles, ce n'était pas elle qui en avait décidé. Quelqu'un l'a résolu à sa guise, et moi, j'en ai été réduite à accepter sa décision en silence. Peu importe que ça me plaise ou non. Mais, bon sang, qui donc a décidé que mes ongles devaient avoir cette forme ?

La vieille femme avait dit l'autre jour à Aomamé : « Vos parents étaient de fervents adeptes des Témoins, ils le sont encore aujourd'hui. » À l'heure actuelle, sans doute s'efforçaient-ils de poursuivre leur prosélytisme. Aomamé avait un frère aîné, de quatre ans plus âgé. Un garçon doux. Lorsqu'elle avait quitté la maison familiale, lui, au contraire, s'était soumis aux instructions de leurs parents et avait continué sa vie de croyant. Qu'était-il devenu ? Mais Aomamé ne souhaitait pas vraiment avoir des nouvelles de sa famille. Pour elle, ils étaient une partie désormais révolue de sa vie. Le lien était rompu.

Elle avait fait des efforts constants pour tenter d'oublier tout ce qui s'était passé avant qu'elle ait dix ans. Ma vie a véritablement commencé à partir de mes dix ans. Tout ce qui a eu lieu avant, ce n'était rien qu'un rêve misérable. Des souvenirs pareils, je les abandonne, je les oublie. Pourtant, malgré ses efforts, son cœur était ramené sans cesse dans le monde de ce rêve pitoyable. Il lui semblait que presque tout ce qu'elle faisait s'enracinait dans ce sol obscur et s'en nourrissait. J'ai beau tenter d'aller le plus loin possible, en fin de compte je dois y revenir, se disait Aomamé.

Ce « leader », il me faut l'expédier dans un autre monde, se promit Aomamé. Pour moi aussi.

Trois jours plus tard, Ayumi lui téléphona, le soir.

« J'ai découvert un certain nombre de choses, lui annonça-t-elle.

— Sur Les Précurseurs ?

— Oui. Après avoir bien réfléchi, je me suis brusquement souvenue qu'un type de ma promotion avait un oncle policier dans le département de Yamanashi. Quelqu'un d'assez gradé, je pense. Alors, je l'ai appelé et je lui ai dit que, dans ma famille, un adolescent avait tenté d'entrer dans cette secte, et ça nous avait causé bien des ennuis. Je lui ai raconté ce genre de trucs, tu vois. Du coup, je rassemble des informations sur

Les Précurseurs. Bien sûr, je sais, c'est gênant, mais s'il vous plaît, j'ai besoin de votre aide. C'est comme ça que je m'y suis prise. Tu sais, je suis assez habile dans le genre.

— Merci. Je te remercie vraiment, dit Aomamé.

— Donc, ce type a téléphoné à son oncle de Yamanashi, lui a raconté ma petite histoire, et l'oncle m'a mise en contact avec le responsable de l'enquête sur Les Précurseurs. Pour le détail de l'affaire, j'ai pu parler directement à cet homme au téléphone.

— Magnifique.

— Mouais. Ç'a duré assez longtemps, mais il m'a raconté plein de trucs à propos des Précurseurs. Enfin, tu as déjà lu tout ce que les journaux en ont écrit, et je vais te raconter seulement ce que le grand public ignore. D'accord ?

— Oui, très bien.

— D'abord, le plus important. Les Précurseurs font l'objet de diverses procédures judiciaires. Ils sont poursuivis dans plusieurs procès au civil. Pour la plupart, ce sont des problèmes relatifs à des transactions foncières. Cette secte dispose, semble-t-il, de fonds vraiment importants, et elle achète les terres du voisinage, les unes après les autres. Bon, on est à la campagne et ce n'est pas très cher, c'est vrai, mais tout de même. Et puis, bien souvent, ils s'arrangent pour forcer les gens. Ils ne cessent d'acquérir des biens immobiliers sous couvert d'une société écran, de manière à ce qu'on ne s'aperçoive pas que la secte est partie prenante. Alors, ça finit par faire pas mal de problèmes avec les propriétaires fonciers et les collectivités indépendantes. De vrais requins. Mais jusqu'à présent, la police n'est pas intervenue dans ces procès au civil. Elle a été à deux doigts de le faire, mais cela n'a pas été révélé. Si ça se trouve, il n'est pas impossible que des types du milieu ou des politiques y soient mêlés.

Et du moment que les politiques sont impliqués, la police se montre discrète. Ce serait très différent si l'affaire gonflait et que le parquet soit alors obligé d'intervenir…

— En ce qui concerne leurs finances, Les Précurseurs ne sont pas aussi clean qu'ils veulent le faire croire.

— On ignore si ça touche les fidèles de base, mais pour les cadres chargés de mettre en valeur les fonds, on peut affirmer qu'ils ne sont pas très clean, du moins d'après les rapports concernant leurs transactions immobilières. Même en leur accordant une grande bienveillance, il est difficile de penser que cet argent a pour objectif de financer la recherche d'une pure spiritualité. D'ailleurs, ils ne se limitent pas au seul département de Yamanashi, ils consolident leurs positions avec des terrains et des immeubles au cœur même de Tokyo et d'Osaka. Et chaque fois, dans des zones très recherchées. Shibuya, Minami Aoyama, Shôtô… On dirait que cette secte cherche à se développer à l'échelle de tout le pays. À moins que Les Précurseurs ne souhaitent changer de métier et se transformer en agents immobiliers…

— Si l'association a comme but ultime de vivre au sein de la nature tout en pratiquant d'innocents et rigoureux exercices spirituels, pourquoi aurait-elle besoin de s'étendre dans les grandes villes du pays ?

— Et ces énormes sommes d'argent, d'où proviennent-elles ? ajouta Ayumi avec suspicion. Ce n'est pas en produisant et en vendant des daikon ou des carottes qu'ils ont pu réunir un tel capital !

— Il se peut qu'ils extorquent des donations aux fidèles…, suggéra Aomamé.

— Peut-être en partie, mais, à mon avis, on est loin du compte. Il y a sûrement une autre explication. Et puis, par ailleurs, j'ai obtenu une information plutôt inquiétante. Qui devrait t'intéresser. Dans la secte, il y a pas mal d'enfants de fidèles, qui, en principe, fréquentent l'école primaire locale. Mais beaucoup d'entre eux cessent d'y aller au bout d'un certain temps. L'enseignement étant obligatoire, l'école les somme d'assister à la classe. Du côté de la secte, on n'en tient pas compte et on se contente de répondre : “Certains de ces enfants trouvent difficile d'aller à l'école.” Ils prétendent qu'à ceux-là, ils leur dispensent eux-mêmes leur éducation scolaire et qu'il n'y a pas de souci à se faire à ce sujet. »

Aomamé se souvint de l'époque où elle fréquentait l'école primaire. Elle pouvait comprendre le sentiment des enfants de la secte qui n'avaient pas envie d'y aller. Parce que, considérés comme des éléments trop différents, ils étaient soit brimés soit méprisés.

« Il est possible qu'ils soient mal à l'aise à l'école du coin, dit Aomamé. En plus, l'absentéisme scolaire n'est pas rare.

— Mais, selon les enseignants responsables, de nombreux enfants de la secte donnent l'impression d'avoir des troubles psychologiques, aussi bien les garçons que les filles. Au début, quand ils sont encore petits, ils paraissent tout à fait normaux, joyeux, mais, en grandissant, ils parlent de moins en moins, ils sont de plus en plus éteints. Bientôt ils deviennent insensibles à l'extrême et finalement cessent de fréquenter l'école. Les enfants des Précurseurs passent quasiment tous par ces phases et présentent les mêmes troubles. Alors les enseignants s'inquiètent. Ces enfants qu'on ne voit plus à l'école, qui s'enferment dans la secte, dans quelle situation se retrouvent-ils ensuite ? Vivent-ils bien ? Mais ils ne peuvent pas les voir. On refuse aux non-adeptes l'accès au domaine. »

Les mêmes troubles que chez Tsubasa, se dit Aomamé. Une extrême insensibilité, aucune émotion, un quasi-mutisme.

« Aomamé, tu supposes que ces enfants des Précurseurs ont subi de mauvais traitements. Systématiquement. Et que des viols ont même été commis.

— Mais avec l'imagination d'un simple citoyen qui ne se fonde sur rien, la police ne va pas bouger, n'est-ce pas ?

— Mmm. C'est vrai que la police est une administration trop rigide. Que là-haut, ils ne pensent qu'à leur carrière. Oh, il y en a bien qui ne sont pas comme ça chez nous, mais la majorité travaille pépère, puis après la retraite, le but unique est de se faire parachuter dans une agence paragouvernementale ou dans une entreprise privée. Alors, pour tout ce qui est un peu louche ou casse-gueule, d'emblée, ils n'y touchent pas. Ils sont plutôt du genre à n'avaler une pizza que si elle a bien refroidi. Si de vraies victimes se présentent et qu'elles témoignent sous serment devant la justice, l'affaire prendra une autre tournure, mais franchement, cela me paraît improbable !

— Oui. Tu as sans doute raison, dit Aomamé. En tout cas, merci. Tes informations sont tout à fait utiles. Je te suis vraiment reconnaissante.

— Non, non, ça va, mais dis-moi, un de ces jours, est-ce que ça te dirait de retourner du côté de Roppongi ? Histoire d'oublier tous ces trucs démoralisants ?

— Oui, bien sûr, répondit Aomamé.

— Formidable ! dit Ayumi. Et, dis-moi, est-ce que ça t'intéresse, le jeu des menottes ?

— Je ne crois pas, non », répondit Aomamé. Le jeu des menottes ?

« Ah bon, dommage », dit Ayumi avec regret.

22

Tengo

Le temps avance en se déformant

Tengo réfléchissait à son cerveau. Et c'était un sujet sur lequel il y avait beaucoup à penser. En l'espace de 2 500 000 ans, le cerveau humain avait plus ou moins quadruplé en volume. Et si le cerveau ne représentait que 2 % du poids total d'un homme, il consommait 40 % de son énergie (il avait lu cela récemment quelque part). Grâce à l'extension aussi gigantesque de leur cerveau, ce que les hommes avaient réussi à concevoir, c'étaient le temps, l'espace et le possible.

Les concepts du temps, de l'espace, du possible.

Tengo savait que le temps progresse en se déformant. Le temps est uniforme en soi, mais il se transforme et se déforme lorsqu'il est consommé. Il y a des temps incroyablement lourds et longs, d'autres légers et brefs. Et puis il arrive que l'ordre du temps se renverse, que l'avant et l'après se remplacent, et parfois même, au pire, que le temps disparaisse. Il peut aussi s'en rajouter qui n'étaient pas prévus. Il est vraisemblable que les hommes ont ordonné le sens de leur propre existence en y intégrant arbitrairement la régulation du temps. Pour le dire autrement, s'ils ont pu préserver leur santé mentale, c'est uniquement grâce à cette opération. Les hommes n'auraient pas pu tenir le coup psychiquement s'il leur avait fallu accepter que le temps qui passe soit uniforme et ordonné. Ç'aurait été une torture. C'est ce que Tengo pensait.

Grâce à cette énorme dilatation du cerveau, les hommes ont pu appréhender la temporalité. En parallèle, ils se sont forgé une méthode qui la régule et la modifie. En même temps que les hommes traversent le temps qui s'écoule sans trêve, la conscience des hommes reproduit sans trêve un temps qu'elle a régulé à sa façon. Ce n'est pas une mince affaire. Il est donc normal que le cerveau consomme 40 % de l'énergie totale du corps.

Les souvenirs qui me restent de l'époque où j'avais un an et demi à deux ans au maximum sont-ils les témoins d'événements que j'ai réellement vécus ? Tengo réfléchissait souvent à cette question. Le spectacle de sa mère en combinaison, se laissant sucer les seins par un homme qui n'était pas son père. Ses bras entourant le corps de cet homme. Un bébé d'un ou deux ans peut-il avoir un discernement aussi précis ? Peut-il se souvenir aussi distinctement d'une scène de ce genre ? Pour sa propre sauvegarde, Tengo n'aurait-il pas construit *a posteriori* de faux souvenirs qui lui convenaient ?

Ce n'était pas impossible. À partir d'un certain moment, le cerveau de Tengo avait peut-être fabriqué inconsciemment le souvenir d'un autre homme (possiblement, son véritable père) pour se prouver qu'il n'était pas le fils biologique de celui qui se prétendait son père. C'était une tentative pour éliminer des liens du sang le « soi-disant père ». Et peut-être une manière de se ménager une porte de sortie dans sa vie limitée et suffocante, en posant en lui-même l'existence hypothétique d'un père authentique et d'une mère qui serait vivante quelque part.

Pourtant, dans ce souvenir, il y avait un sentiment de réalité très vif. Une sensation indiscutable, un poids, une odeur, une profondeur. À la manière d'une huître collée à une épave, cette image se cramponnait fermement, de manière extravagante, au mur de sa conscience. Il avait beau essayer de la secouer, de tirer dessus, il ne pouvait l'en décoller. Tengo n'arrivait pas à croire que ce souvenir n'ait été construit que pour répondre à des besoins psychologiques, que ce ne soit qu'une contrefaçon. Pour quelque chose d'imaginaire, il y avait trop de réalité, trop de consistance.

Essayons de le considérer comme le souvenir d'un événement réel, comme quelque chose de vrai, décida-t-il.

Tengo, nourrisson, avait vu cette scène et, sans aucun doute, en avait été terrorisé. Un autre être humain suçait les seins qui lui étaient destinés. Quelqu'un qui était bien plus grand et bien plus fort que lui. En outre, il semblait alors que sa mère l'avait complètement oublié, même si ça n'avait été que quelques instants. C'était une situation qui menaçait la base même de sa fragile existence. La terreur originelle de ce moment s'était peut-être gravée violemment sur le papier sensible de sa conscience.

Ensuite le souvenir de cette terreur lui revenait à l'improviste, à des moments inattendus, l'engloutissait comme dans une crue soudaine et le plongeait dans une sorte de panique. La terreur lui parlait, afin qu'il n'oublie pas : Où que tu ailles, quoi que tu fasses, tu ne parviendras pas à échapper à la pression de l'eau. Ce souvenir te définit comme être humain, dessine la forme de ta vie, t'assigne *un lieu déterminé*. Tu auras beau te débattre, tu ne pourras échapper à sa puissance.

Brusquement, Tengo se souvint. Le pyjama que Fukaéri avait porté, il l'avait ressorti de la machine à laver, il en avait respiré l'odeur. Il eut alors le sentiment que c'était peut-être celle de sa mère qu'il avait voulu retrouver. Mais pourquoi diable fallait-il qu'il cherche l'image de sa mère disparue dans l'odeur d'une jeune fille de dix-sept ans ? Ne pouvait-il pas la rechercher ailleurs ? Par exemple, sur le corps de sa petite amie ?

La petite amie de Tengo, de dix ans son aînée, avait des seins dont la jolie forme et la grosseur se rapprochaient de ceux de sa mère. Tels qu'il s'en souvenait. Sa combinaison blanche, qui ressemblait à celle de sa mère, lui allait très bien. Pourtant, il ignorait pourquoi, il ne recherchait pas en elle l'image maternelle. Il n'avait pas d'intérêt particulier pour l'odeur de son corps. Une fois par semaine, elle absorbait les pulsions sexuelles de Tengo avec beaucoup d'efficacité. Lui aussi (la plupart du temps) parvenait à lui donner du plaisir. Bien entendu, c'était là une performance qui avait son importance. Mais, dans leurs relations, il n'y avait aucune signification plus profonde.

C'était elle qui, pour l'essentiel, dirigeait la chose. Tengo, sans presque penser à rien, faisait ce qu'elle lui disait. Il était inutile qu'il choisisse quoi que ce soit ni qu'il décide quoi que ce soit. Deux choses seulement lui étaient réclamées. Que son pénis durcisse et qu'il éjacule au bon moment. Si elle lui disait : « Non, pas encore. Attends un peu », il faisait son possible pour se maîtriser. Quand elle lui chuchotait à l'oreille : « Oui, là, maintenant. Vas-y, vite ! » il éjaculait ponctuellement, aussi violemment qu'il le pouvait. Alors elle le félicitait. Elle lui caressait tendrement la joue et lui disait : « Ah, mon petit Tengo, tu es génial ! » La recherche de la précision, c'était une des spécialités dont Tengo se targuait. Aussi bien pour placer le bon signe de ponctuation que pour trouver la formule mathématique la plus courte.

Lorsqu'il faisait l'amour avec une femme plus jeune que lui, ça ne marchait pas aussi bien. Il fallait qu'il pense à des tas de choses du début à la fin, qu'il tranche entre diverses options, qu'il porte des jugements. Cela le mettait mal à l'aise. Toutes ces responsabilités lui pesaient. Il avait l'impression d'être le capitaine d'un petit bateau ballotté sur une mer démontée. Il devait tenir la barre, vérifier l'état des voiles, garder en tête la pression atmosphérique et la direction du vent. Il devait se contrôler, regonfler le moral de son équipage. De toutes petites erreurs ou des bévues sans importance risquaient de provoquer une catastrophe. L'échange sexuel se rapprochait alors d'un devoir. Le résultat, c'était qu'il était trop stressé et qu'il n'éjaculait pas selon le bon timing, ou bien que son érection n'était pas au rendez-vous au moment décisif. Du coup, il doutait de plus en plus de lui.

Mais, avec sa petite amie plus âgée, les problèmes de ce genre ne s'étaient jamais produits. Elle appréciait hautement ses capacités sexuelles. Elle le félicitait toujours, lui prodiguait des encouragements. Depuis l'unique mésaventure où Tengo avait éjaculé trop tôt, elle avait veillé à ne plus porter de combinaison blanche. Pas seulement sa combinaison, du reste. Elle avait cessé de mettre des sous-vêtements blancs.

Ce jour-là aussi, elle portait de la lingerie noire. Elle lui avait fait une fellation consciencieuse. Ensuite, elle s'était régalée de la dureté de son pénis et de la douceur de ses testicules. Tengo pouvait voir ses seins emprisonnés dans son soutien-gorge en dentelle noire qui montaient et descendaient au rythme des mouvements de sa bouche. Afin d'éviter de jouir trop vite, il ferma les yeux et pensa aux Ghiliak.

Ils ne possèdent pas de tribunal et ne savent pas ce que signifie le mot « justice ». On peut évaluer leur difficulté à nous comprendre par le fait qu'ils n'ont pas encore tout à fait saisi à quoi sont destinées les routes. Même lorsqu'elles existent, ils continuent à voyager à travers la taïga. On les voit souvent aller en file indienne, suivis de leur famille et de leurs chiens, le long d'un marécage, tout près de l'une d'elles.

Il imaginait la scène : la file des Ghiliak, pauvrement vêtus, accompagnés de leurs chiens et de leurs femmes, qui avançaient, taciturnes, au travers de la taïga, non loin d'une route. Dans ce qu'ils ont appréhendé du temps, de l'espace et du possible, la route n'existe pas. Plutôt que de marcher sur une route, ils cheminent, impassibles, au travers de la taïga, même si c'est malcommode. Sans doute peuvent-ils saisir plus clairement ainsi la signification de leur propre existence.

« Pauvres Ghiliak », avait dit Fukaéri.

Tengo revit en pensée le visage endormi de Fukaéri. Elle dormait dans le pyjama de Tengo, trop grand pour elle. Elle l'avait largement replié aux manches et aux jambes. Lui l'avait sorti de la machine à laver, l'avait approché de son nez et en avait respiré l'odeur.

Je ne dois pas penser à ce genre de choses, songea Tengo en revenant brusquement à lui. Mais à ce moment-là il était trop tard.

Tengo avait éjaculé plusieurs fois dans la bouche de sa petite amie. Elle gardait tout jusqu'au bout, puis elle sortait du lit et se rendait à la salle de bains. Il entendait le bruit qu'elle faisait en ouvrant le robinet, en faisant couler l'eau et en se rinçant la bouche. Après quoi, elle revenait au lit comme si de rien n'était.

« Pardon, fit Tengo.

— Tu n'as pas pu te retenir », lui dit son amie. Puis elle caressa du doigt le nez de Tengo. « Ça ne fait rien. Dis, c'était agréable comme ça ?

— Oui, très, répondit-il. Dans un petit moment, je crois que je pourrai encore.

— C'est très bien », lui dit-elle.

Puis elle colla sa joue contre la poitrine nue de Tengo. Elle ferma les yeux et resta ainsi sans bouger. Tengo pouvait sentir son souffle paisible sur ses mamelons.

« Quand je regarde ta poitrine, que je la touche, sais-tu ce que ça me rappelle toujours ?

— Je ne sais pas.

— Les portes d'un château dans des films d'Akira Kurosawa.

— Les portes d'un château, répéta Tengo en lui caressant le dos.

— Oui, tu sais, des portes de château, grandes et solides, que l'on voit dans ces vieux films en noir et blanc, comme *Le Château de l'araignée* ou *La Forteresse cachée*. Des portes renforcées avec plein de trucs comme des clous énormes. Ça me fait toujours penser à ça. Très solides, très épaisses.

— Moi, je n'ai pas de clous, dit Tengo.

— Ah, je ne m'en étais pas aperçue », répondit-elle.

Depuis sa parution sous forme de livre, *La Chrysalide de l'air* figurait pour la deuxième semaine sur la liste des best-sellers. Il était au top des ventes dans la catégorie littérature pour la troisième semaine consécutive. Tengo, qui disposait de plusieurs journaux dans la salle des professeurs, avait suivi sa progression vers les sommets des ventes. À deux reprises, il y avait eu des publicités. À côté de la photo de la couverture du livre, on avait placé un cliché de Fukaéri. Dans son léger pull d'été moulant qui lui était familier et qui révélait la jolie forme de sa poitrine (sans doute la photo prise lors de la conférence de presse). Ses cheveux lisses lui retombant jusqu'aux épaules, ses yeux noirs énigmatiques regardant droit devant. Ses yeux braqués sur l'objectif touchaient quelque chose de caché dans le cœur des gens – quelque chose dont ils n'avaient pas conscience d'ordinaire. On aurait dit que ses yeux vous fixaient ingénument. Ils étaient neutres et pourtant doux. Le regard libre de cette jeune fille de dix-sept ans débloquait les défenses psychologiques et provoquait en même temps un léger malaise. Ce n'était qu'une petite photo en noir et blanc. Pourtant, ceux qui la contemplaient seraient probablement nombreux à vouloir acheter son livre.

Quelques jours après sa mise en vente, Komatsu lui avait envoyé deux exemplaires par la poste. Il ne les avait pas ouverts. Certes, ce qu'il avait lui-même écrit était pour la première fois imprimé sous la forme d'un livre. Mais il n'eut pas envie de les lire, ni même de les feuilleter. Il n'éprouva aucune joie. Car l'histoire restait exclusivement celle de Fukaéri. Une histoire qu'elle avait fait surgir d'elle-même. Son modeste rôle d'artisan de l'ombre était achevé. Il n'était plus concerné par le destin de ce livre. Il ne devait plus l'être. Ces deux exemplaires, encore sous leurs enveloppes de plastique, il les fourra sur une étagère, dans un endroit où il ne les voyait pas.

Après la nuit où Fukaéri était restée dormir chez lui, le cours de sa vie se déroula paisiblement pendant un certain temps, sans rien de particulier. Il plut beaucoup mais Tengo ne prêtait presque aucune attention à la météo. Cette question figurait tout en bas de la liste des sujets qui l'intéressaient. Fukaéri ne lui avait plus donné de nouvelles. Qu'elle nc l'ait pas contacté signifiait probablement qu'elle n'avait pas de problèmes.

Il continua à écrire son roman jour après jour et, à côté, rédigea, à la demande, de petits articles pour des revues. Des papiers anonymes, rémunérés, pour n'importe qui. Mais qui lui changeaient les idées et qui étaient relativement bien payés pour le temps qu'il y consacrait. Et puis, comme d'habitude, il alla trois fois par semaine à son école donner ses cours de maths. Dans l'intention d'oublier tout ce qui était préoccupant – avant tout, ce qui concernait *La Chrysalide de l'air* et Fukaéri –, il s'enfonça encore plus profondément qu'auparavant dans le monde des mathématiques. Dès qu'il y pénétrait, les circuits de son cerveau se renouvelaient (en produisant de petits bruits). Sa bouche émettait des mots d'une espèce différente, son corps utilisait des muscles d'une espèce différente. Le ton de sa voix se transformait, les traits de son visage changeaient légèrement. Tengo aimait la sensation que ces modifications lui procuraient. Il avait le sentiment que c'était comme s'il s'était déplacé d'une maison à une autre, ou comme s'il avait changé de chaussures.

Une fois dans l'univers des mathématiques, il pouvait se détendre un peu. Davantage que dans sa vie quotidienne ou qu'en écrivant son roman. Il devenait même brillant. Pourtant, en même temps, il se sentait alors comme un être en transit. Il ne pouvait décider quel était son vrai moi. Néanmoins il était apte à faire advenir ces modifications très naturellement, sans en être vraiment conscient. Il comprenait qu'elles lui étaient plus ou moins nécessaires.

Lui, le prof de maths, depuis son estrade, il faisait entrer dans le crâne de ses étudiants comment les mathématiques étaient avides de logique. Sur le territoire mathématique, ce qui n'est pas démontré n'a pas de sens mais, dès qu'une preuve est établie, les énigmes du monde cèdent comme une huître débarrassée de sa coquille dans la main de l'homme. Le cours était inhabituellement passionné, les étudiants écoutaient malgré eux ses explications éloquentes. Il leur enseignait les manières pratiques et sûres de résoudre des problèmes, et, ce faisant, libérait avec magnificence le romantisme tapi en eux. Quand Tengo parcourait du regard la salle de classe, il savait qu'un certain nombre de jeunes filles de dix-sept ou dix-huit ans le fixaient d'un œil plein de respect. Il savait qu'il les séduisait par le biais des mathématiques. Sa volubilité était une sorte de prélude intellectuel à l'acte sexuel. Les fonctions leur effleuraient le dos, les théorèmes exhalaient leur souffle tiède à leur oreille. Mais, depuis qu'il avait rencontré Fukaéri, Tengo n'éprouvait plus aucun intérêt sexuel vis-à-vis de ces jeunes filles. Il n'aurait même jamais imaginé respirer l'odeur de leur pyjama.

Fukaéri est quelqu'un de vraiment spécial, songea Tengo encore une fois. Sans comparaison avec une autre jeune fille. Il ne fait aucun doute qu'elle a pour moi une signification particulière. Elle personnifie, si j'ose dire, un message qui m'est adressé. J'ai beau faire pourtant, ce message, je ne parviens pas à le déchiffrer. Néanmoins, il vaut mieux que je n'aie plus rien à voir avec tout ce qui la concerne.

Telle était la conclusion claire à laquelle aboutissait sa raison. Mieux valait s'éloigner autant que possible de *La Chrysalide de l'air* dont les piles envahissaient les librairies. Du Pr Ébisuno dont il ignorait quelles étaient les pensées. Ou de la secte religieuse peuplée d'inquiétantes énigmes. Mieux valait aussi se tenir à distance de Komatsu, ne serait-ce que pendant un certain temps. Sinon, il serait entraîné vers des zones de plus en plus troubles. Acculé dans un recoin périlleux où toute logique aurait disparu, il se retrouverait dans une impasse.

Cependant Tengo comprenait bien que, au point où il en était, il ne serait pas facile de se retirer de cette intrigue aux ramifications enchevêtrées. Il était déjà *impliqué*. À la différence des personnages des films de Hitchcock, il n'avait pas été mêlé à son insu à quelque conspiration. Il s'y était jeté de son propre chef, alors qu'il savait, dans une certaine mesure, qu'elle comportait des risques. Le mécanisme était déjà en marche. Non seulement Tengo ne pouvait arrêter ces forces tout juste enclenchées, mais, indubitablement, il était devenu un rouage du mécanisme. Et même un rouage *essentiel*. Il en percevait le faible gémissement et pouvait ressentir à l'intérieur de son corps son « moment », pour employer un terme de physique, obstiné.

Komatsu lui téléphona alors que, depuis plusieurs jours, *La Chrysalide de l'air* occupait la première place des best-sellers, catégorie littérature. La sonnerie du téléphone retentit à onze heures du soir passées. Tengo était déjà en pyjama. Couché sur le ventre, il lisait depuis un moment et s'apprêtait à éteindre sa lampe de chevet. À la façon dont le téléphone sonna, il comprit que c'était Komatsu. Même s'il ne pouvait l'expliquer clairement, il savait toujours quand c'était lui. La sonnerie était spéciale. Comme un texte qui a un style propre, son coup de fil résonnait d'une manière spécifique.

Tengo sortit du lit, se rendit à la cuisine et décrocha. En fait, il n'en avait pas envie. Il avait juste envie de dormir. Il avait envie de rêver à n'importe quoi, aux chats sauvages d'Iriomote, au canal de Panamá, à la couche d'ozone, à Basshô Matsuo, en tout cas à des choses aussi lointaines que possible. Mais, s'il ne décrochait pas, la sonnerie du téléphone retentirait de nouveau dans un quart d'heure ou une demi-heure. Komatsu n'avait pour ainsi dire aucune notion de l'heure. Il n'avait absolument aucune attention ni sentiment vis-à-vis des gens qui menaient une vie ordinaire. Aussi valait-il mieux répondre maintenant.

« Hé, Tengo, tu dormais déjà ? s'écria Komatsu, avec son habituelle insouciance.

— J'allais m'endormir, répondit Tengo.

— Ah… désolé, fit Komatsu, sans paraître spécialement désolé. Les ventes de *La Chrysalide de l'air* marchent à merveille. Je voulais te le dire brièvement.

— Bon, parfait.

— Ça se vend comme des petits pains ! À peine cuits, il n'y en a plus. Pour rattraper la production, les malheureux, à la fabrication, ils y travaillent toute la nuit. Pourtant, bien sûr, on avait prévu un très gros premier tirage. Un roman écrit par une jolie fille de dix-sept ans. Et puis on en parle beaucoup. Tout ce qu'il faut pour de bonnes ventes.

— Ça n'aurait rien à voir si c'était un roman écrit par un enseignant d'une école préparatoire, qui ressemble à un ours et qui a trente ans.

— Eh oui, tu as raison ! Pourtant, on ne dira pas qu'il est du genre tape-à-l'œil. Pas de sexe, pas de grands sentiments qui vous arrachent des larmes. Même moi, je n'imaginais pas qu'il s'en écoulerait autant. »

Komatsu marqua une pause comme pour tester la réaction de Tengo. Ce dernier restant muet, il poursuivit.

« D'ailleurs, ce n'est pas seulement la question du nombre d'exemplaires vendus. Les critiques sont excellentes. Cela n'a rien à voir avec ces petits romans qu'écrivent les jeunes et qui obtiennent un succès éphémère. Là, au contraire, il y a de la substance. Bien sûr, cela a été rendu possible grâce à ta technique littéraire, qui est magnifique. C'est sûr, tu as fait un travail parfait. »

Rendu possible. Tengo appuyait légèrement sur ses tempes en écoutant le flot de louanges de Komatsu. Lorsque l'éditeur le félicitait ainsi, ensuite, invariablement, il lui annonçait une nouvelle désagréable.

Tengo dit : « Bon, monsieur Komatsu, quelle est la mauvaise nouvelle ?

— Comment sais-tu qu'il s'agit d'une mauvaise nouvelle ?

— Eh bien, si vous me téléphonez à cette heure, n'est-ce pas parce qu'il y a une mauvaise nouvelle ?

— C'est vrai, répondit Komatsu, l'air étonné. C'est tout à fait vrai. Tu as vraiment un bon instinct. »

Il ne s'agit pas d'instinct, c'est juste une question d'expérience, songea Tengo. Mais il ne dit pas un mot et se contenta d'attendre.

« C'est exact. Malheureusement, il y a une nouvelle pas très réjouissante », dit Komatsu. Puis il marqua une pause lourde de sous-entendus. Tengo imaginait au travers du combiné ses yeux qui brillaient comme les prunelles d'une mangouste dans l'obscurité.

« Probablement en rapport avec l'auteur de *La Chrysalide de l'air*, ajouta Tengo.

— Exact. Ça concerne Fukaéri. Nous sommes bien embêtés. En fait, ça fait un moment que nous ne savons pas où elle se trouve. »

Tengo continua de plus belle à se presser les tempes. « Un moment… depuis quand ?

— Il y a trois jours, mercredi matin, elle est partie d'Okutama pour se rendre à Tokyo. Le Pr Ébisuno l'a accompagnée à la gare. Elle n'a pas précisé où elle allait. Elle lui a téléphoné plus tard et lui a dit qu'elle ne rentrerait pas dans les montagnes, qu'elle dormirait dans l'appartement de Shinanomachi. Ce jour-là, la fille d'Ébisuno y était aussi. Mais Fukaéri n'est pas allée là-bas. Depuis, plus de contact. »

Tengo fouilla dans ses souvenirs des trois derniers jours. Rien ne lui revint en mémoire.

« Nous n'avons aucune idée de l'endroit où elle a pu aller. Je pensais qu'elle t'aurait peut-être fait signe ?

— Je n'ai pas de nouvelles », répondit Tengo.

Plus de quatre semaines s'étaient écoulées depuis que Fukaéri avait passé une nuit chez lui.

Tengo hésita un peu. Devait-il apprendre à Komatsu que Fukaéri lui avait dit alors qu'il valait mieux qu'elle ne retourne pas à l'appartement de Shinanomachi ? Il était possible qu'elle ait déjà eu de mauvais pressentiments. Finalement, il garda le silence. Il ne voulait pas confier à Komatsu que Fukaéri avait dormi chez lui.

« C'est une fille étrange, dit Tengo. Peut-être est-elle simplement allée seule quelque part et n'a-t-elle pas envie de donner de nouvelles.

— Non, ce n'est pas ça. Cette jeune Fukaéri a quelque chose de très probe, malgré les apparences. Elle a toujours été très claire et a toujours dit où elle se trouvait, et aussi où elle allait et quand. Ébisuno me l'a confirmé. Alors, c'est plutôt anormal qu'elle n'ait plus donné signe de vie depuis trois journées entières. Il lui est peut-être arrivé quelque chose d'ennuyeux. »

Tengo gémit tout bas.

« D'ennuyeux ?

— Ébisuno et sa fille sont très inquiets, dit Komatsu.

— Sa disparition vous met vous aussi, sûrement, dans une situation inconfortable, non ?

— Ah, si la police s'en mêle, ça deviendra très compliqué, c'est sûr. Tu imagines ? La fugue d'une jolie fille auteur d'un livre qui fonce droit sur la route des best-sellers. Les médias vont être surexcités. Et moi, l'éditeur responsable, on va me solliciter de partout, on va m'obliger à commenter l'affaire.

C'est tout à fait assommant. Moi, je suis un homme de l'ombre, je ne me fais pas à la lumière du jour. En plus de ça, va savoir comment et où nos secrets seront révélés.

— Qu'en pense le Pr Ébisuno ?

— Il m'a dit qu'il irait demain à la police pour déposer une demande de recherche, répondit Komatsu. Je l'ai supplié d'attendre quelques jours. Mais il ne retardera sans doute pas la démarche très longtemps.

— Dès que l'on saura qu'il a déposé une demande de recherche, les médias vont se montrer.

— Je ne sais pas quelles mesures prendra la police, mais Fukaéri est une célébrité. Rien à voir avec une simple adolescente qui fugue de chez elle. Il semble difficile de cacher l'histoire au public. »

Ou peut-être est-ce justement ce que souhaite le Pr Ébisuno, songea Tengo. Faire beaucoup de bruit grâce à la disparition de Fukaéri, l'utiliser afin d'éclaircir les liens de ses parents avec Les Précurseurs et finir par découvrir où ils se trouvent. Si tel était le plan du Maître, ses attentes seraient satisfaites. Mais avait-il bien pris la mesure du danger que cela représentait ? Probablement. Le Pr Ébisuno n'était pas un imbécile. Après tout, c'était son travail de réfléchir à tous les aspects d'un problème. Et par ailleurs, il était vraisemblable, songeait Tengo, que plusieurs faits importants concernant Fukaéri ne lui avaient pas encore été communiqués. Il avait l'impression qu'on ne lui avait pas transmis toutes les pièces pour reconstituer le puzzle. Un homme intelligent n'aurait pas dû s'embarquer dans de telles complications.

« Sur l'endroit où elle a pu aller, Tengo, tu n'en aurais pas une petite idée ?

— Pour l'instant, aucune.

— Ah… », répondit Komatsu.

Tengo sentait de la lassitude dans sa voix. Il n'arrivait pas souvent que l'éditeur manifeste de la faiblesse.

« Je suis désolé de t'avoir fait lever en pleine nuit. »

Il était aussi très rare que Komatsu prononce des mots d'excuse.

« Non, non, ça va, répondit Tengo. Les circonstances étant ce qu'elles sont.

— Tu sais, je n'avais pas envie de t'entraîner dans un tel imbroglio. Ton rôle consistait seulement à récrire le texte. Et tu as parfaitement accompli ta mission. Mais c'est la vie, n'est-ce pas, et on ne dispose pas des événements comme on veut. Et puis, comme je te l'ai dit un jour, nous sommes embarqués sur un bateau qui traverse des rapides.

— Nos destins sont liés, ajouta mécaniquement Tengo.

— Exactement.

— Mais, dites-moi, si la fugue de Fukaéri était connue, *La Chrysalide de l'air* ne se vendrait-elle pas encore davantage ?

— Oh, on en a déjà bien assez vendu comme ça, répliqua Komatsu, avec une certaine résignation. On n'a pas besoin de pub supplémentaire. Un scandale tonitruant, ce serait juste une source d'embêtements. Pour ce qui nous concerne, je préférerais penser avant tout à un atterrissage tranquille.

— Un atterrissage ? » répéta Tengo, étonné.

Komatsu fit entendre un bruit dans le téléphone. Comme s'il avalait quelque chose d'imaginaire. Puis il eut une petite toux. « Nous reparlerons de tout ça quand nous dînerons ensemble. Quand les embrouilles d'aujourd'hui seront réglées. Bonne nuit, Tengo ! Et surtout, dors bien ! »

Là-dessus, Komatsu raccrocha. Mais, comme s'il lui avait jeté une malédiction, Tengo ne parvint pas à s'endormir. Il avait sommeil et ne pouvait dormir.

Pourquoi a-t-il dit « Surtout, dors bien » ? songea-t-il. Il se dit qu'il allait travailler à la table de la cuisine. Mais il n'arrivait pas à se concentrer. Il prit une bouteille de whisky sur une étagère, en remplit un verre et le but sec, par petites gorgées.

Peut-être Fukaéri avait-elle joué le rôle d'appât vivant tel qu'il lui avait été assigné et Les Précurseurs l'avaient-ils kidnappée. L'hypothèse avait un certain poids pour Tengo. Des membres de la secte avaient surveillé l'appartement de Shinanomachi et, dès qu'elle s'était montrée, ils l'avaient forcée à monter dans une voiture et l'avaient enlevée. Ce n'était pas du tout impossible s'ils avaient agi rapidement, en choisissant bien leur moment. Quand Fukaéri lui avait dit : « Il vaut mieux ne pas revenir à l'appartement de Shinanomachi », peut-être avait-elle eu un mauvais pressentiment.

Elle lui avait dit aussi que les Little People et la chrysalide de l'air existaient vraiment. Quand elle avait été punie pour avoir laissé mourir par étourderie la chèvre aveugle, chez Les Précurseurs, elle avait fait connaissance avec les Little People. Ensemble, chaque nuit, ils avaient fabriqué une chrysalide de l'air. Et tout cela avait pour elle une grande signification. De cet événement, elle avait fait son histoire. Tengo avait donné une forme romanesque à son récit. Autrement dit, il l'avait transformé en *marchandise*. Et, à peine fabriquée, cette marchandise s'était vendue comme des petits pains (pour emprunter l'expression de Komatsu). Aux yeux des Précurseurs, ce dénouement était sûrement inopportun. L'histoire des Little People et de la chrysalide de l'air était sans doute un secret important qu'il ne fallait pas divulguer à l'extérieur. Aussi avaient-ils kidnappé Fukaéri pour empêcher qu'il ne s'ébruite davantage. Il fallait lui fermer la bouche. Ils étaient obligés de recourir à la force, même si sa disparition suscitait des questions dans le public et malgré les risques auxquels ils s'exposaient.

Mais tout cela, bien sûr, ce n'étaient que des hypothèses. Tengo ne les étayait avec rien et ne pouvait en fournir la moindre preuve. S'il se mettait à proclamer à haute voix : « Les Little People et la chrysalide de l'air existent vraiment », qui le croirait ? D'ailleurs, « exister vraiment », concrètement, qu'est-ce que cela signifiait ? Tengo lui-même ne le savait pas très bien.

Ou alors, Fukaéri avait-elle disparu volontairement, parce qu'elle en avait par-dessus la tête du tapage provoqué par son roman ? Il devait réfléchir aussi à cette possibilité. Il était quasiment impossible de prévoir le comportement de Fukaéri. Néanmoins, si tel était le cas, elle aurait sûrement envoyé un message au Pr Ébisuno ou à sa fille Azami pour qu'ils ne s'inquiètent pas. Il n'y avait pas de raison qu'elle ne l'ait pas fait.

Mais, si Fukaéri avait été kidnappée par la secte, il n'était pas difficile pour Tengo d'imaginer à quels dangers elle était exposée. Peut-être n'entendrait-on plus parler d'elle, tout comme ses parents, à partir d'un certain moment, n'avaient plus donné signe de vie. Quand bien même les liens entre Fukaéri et Les Précurseurs seraient éclaircis (ce n'était qu'une question de temps), et même si les médias s'emballaient, les autorités policières ne feraient rien, parce que cette thèse ne s'appuyait sur aucun élément matériel. Au bout du compte, ce serait juste beaucoup de bruit pour rien. Fukaéri resterait à jamais séquestrée derrière la haute clôture de la secte. Ou peut-être son sort serait-il encore plus terrifiant. Le Pr Ébisuno avait-il élaboré un plan incluant le pire des scénarios ?

Tengo aurait aimé s'entretenir avec lui de toutes ces possibilités. Mais on était déjà en pleine nuit. Il ne lui restait qu'à attendre le lendemain.

Le lendemain matin, il téléphona plusieurs fois chez le Pr Ébisuno, au numéro qu'il lui avait donné. Mais il tombait toujours sur le même message : « Le numéro que vous avez demandé n'est plus attribué. Veuillez vérifier avant de recommencer. » Il s'y reprit à plusieurs fois, pour un résultat identique. Après les débuts littéraires de Fukaéri, peut-être le Maître avait-il changé de numéro en raison d'un trop-plein de sollicitations.

Ensuite, durant une semaine, il ne se passa rien d'inhabituel. *La Chrysalide de l'air* continuait à se vendre magnifiquement bien. Le livre était toujours au top des ventes dans tout le pays. Personne ne chercha à entrer en contact avec Tengo. Il essaya à plusieurs reprises de téléphoner à Komatsu à son bureau, mais ce dernier n'était jamais là (ce qui n'était pas exceptionnel). Il fit savoir qu'il désirait parler à l'éditeur, qu'on lui transmette ce message. Pas une seule fois pourtant il ne reçut d'appel (ce qui, là non plus, n'était pas exceptionnel). Il parcourait les journaux systématiquement chaque jour, mais ils ne contenaient rien sur d'éventuelles recherches à propos de Fukaéri. Le Pr Ébisuno avait-il fini par renoncer à déposer cette demande de recherche à la police ? Ou bien la démarche avait-elle été faite mais la police s'abstenait-elle d'en parler afin d'agir secrètement ? Ou encore, étant donné le nombre de fugues d'adolescentes, les policiers n'avaient-ils pas accordé une attention particulière à celle-ci ?

Tengo donna comme d'habitude ses cours de maths et par ailleurs continua de travailler chaque jour sur son roman, puis, le vendredi, il eut une séance de sexe intense avec sa petite amie, chez lui, en début d'après-midi. Pourtant, il n'arrivait pas à se concentrer sur ce qu'il faisait. Comme quelqu'un qui aurait avalé par erreur un morceau de nuage compact, il passait ses journées dans l'anxiété, la tête embrumée. Il avait de moins en moins d'appétit. Il se réveillait n'importe quand dans la nuit et ne pouvait plus se rendormir. Il restait là, incapable de retrouver le sommeil, et pensait à Fukaéri. Où est-elle ? Que fait-elle ? Y a-t-il quelqu'un avec elle ? Que voit-elle ? Il imaginait toutes sortes de situations. Ses visions étaient presque toujours teintées de pessimisme. Et puis, parmi ces images sombres, il la voyait, elle, avec son pull d'été moulant qui soulignait joliment la forme de ses seins. Cette évocation faisait suffoquer Tengo et le bouleversait.

Quand Fukaéri donna de ses nouvelles, c'était un jeudi, et cela faisait six semaines que *La Chrysalide de l'air* était installée sur la liste des best-sellers.

23

Aomamé

Ce n'est qu'un début

On aurait pu dire qu'Aomamé et Ayumi formaient une combinaison idéale, digne de figurer au menu d'un festin modeste, mais exquis, d'une nuit érotique. Ayumi était petite, souriante, elle n'était pas farouche et avait la repartie facile. Dès qu'elle avait décidé quelque chose, elle y faisait face avec une attitude constructive. Elle possédait aussi un sens de l'humour très salubre. En comparaison, Aomamé, longue et musclée, restait pour ainsi dire inabordable et à peu près sans expression. Elle n'était pas capable non plus de parler aimablement aux hommes qu'elle rencontrait pour la première fois. Dans ce qu'elle disait, on percevait des accents clairement agressifs ou cyniques. Il subsistait une lueur d'intolérance au fond de ses yeux. Malgré tout, si elle le désirait, Aomamé pouvait dispenser une sorte d'aura qui attirait les hommes. Quelque chose de semblable aux parfums chargés de stimulus sexuels qu'exhalent si besoin est les animaux ou les insectes. Non qu'elle ait cherché intentionnellement à acquérir cette aptitude, ou fait des efforts pour cela. C'était sans doute naturel chez elle. Enfin, pas tout à fait, il y avait certaines raisons. À une étape de sa vie, il avait fallu qu'elle s'imprègne de ce parfum. Toujours est-il que cette aura excitait non seulement ses interlocuteurs masculins, mais aussi, de manière indéfinissable, sa partenaire Ayumi, qui devenait alors plus assurée et plus éclatante.

Une fois qu'elles avaient détecté des hommes qui leur convenaient, Ayumi partait en reconnaissance, déployant son amabilité innée, offrant les prémices de liens amicaux. Quand le timing était bon apparaissait Aomamé. Il s'établissait alors une harmonie pleine de profondeur, une ambiance spéciale, mélange d'opérette et de film noir. À ce point, la suite allait de soi. On se déplaçait dans un lieu propice et (pour utiliser l'expression franche d'Ayumi) il ne restait plus qu'à *baiser*. Le plus difficile était de dénicher des hommes qui obtenaient leur agrément conjoint. Ils devaient être deux, il fallait qu'ils soient agréables, propres, et qu'ils aient, au moins jusqu'à un certain degré, belle allure. Qu'ils aient un niveau intellectuel minimal, mais pas trop élevé, car cela risquait de devenir embêtant —— les conversations soporifiques auraient rendu leur précieuse nuit improductive. Ils faisaient aussi l'objet d'une appréciation sur leurs capacités financières. Parce que, forcément, les hommes devaient régler la note du bar, du club et de l'hôtel.

Toutefois, lorsqu'elles tentèrent de se programmer un humble festin sexuel à l'approche de la fin juin (qui devait se révéler être leur dernière activité en tandem), il leur fut impossible de trouver les hommes adéquats, malgré leurs efforts. Elles eurent beau prendre leur temps, changer plusieurs fois de lieu, le résultat fut chaque fois le même. C'était pourtant un vendredi soir, mais, de Roppongi à Akasaka, les établissements étaient tous étonnamment déserts, le nombre de clients était restreint, le choix des hommes impossible. De surcroît, le temps était morne, nuageux, l'atmosphère était pesante dans les rues de Tokyo. Tout le monde semblait avoir pris le deuil.

« On dirait bien que c'est raté pour aujourd'hui. Tant pis ! » déclara Aomamé. À sa montre, il était déjà vingt-deux heures trente.

Ayumi se rendit à cet avis à contrecœur.

« Franchement, je n'ai jamais vu de *pêche aussi maigre* pour un vendredi soir ! Et dire que j'avais mis exprès des dessous violets sexy !

— Rentre chez toi, mets-toi devant ton miroir et extasie-toi devant ton reflet !

— Tu parles ! Je n'aurais pas le culot de faire ça dans la salle de bains de ma pension !

— De toute façon, pour aujourd'hui, il faut se résigner. Alors, buvons gentiment du vin toutes les deux, et puis rentrons chez nous et dormons !

— Oui, c'est peut-être aussi bien », répondit Ayumi. Puis elle proposa, comme si l'idée lui venait subitement en tête : « Ah mais tu ne voudrais pas qu'on dîne légèrement avant de rentrer ? Il me reste à peu près 30 000 yens ! »

Aomamé grimaça. « Tant que ça ? Et d'où ça sort ? Toi qui te plains toujours de ton salaire minable, qui rouspètes sur ton manque d'argent ? »

Ayumi se gratta l'aile du nez de son index.

« Eh bien, en fait, l'autre fois, un type m'a donné 30 000 yens. Il me les a tendus quand on s'est séparés. Pour le taxi, il a dit. C'est quand on a fait ça avec les deux hommes, tu sais, ils avaient dit qu'ils travaillaient dans l'immobilier.

— Et tu les as acceptés comme ça ? demanda Aomamé, surprise.

— Ils nous voyaient peut-être comme des semi-professionnelles, pouffa Ayumi. Ils ne se seraient jamais imaginé que j'étais flic et toi une instructrice en arts martiaux ! Qu'est-ce que ça peut faire ! Ils gagnent gros dans l'immobilier, ils se font plein de fric ! Je me suis dit qu'après, avec toi, on irait se manger un bon petit plat. Alors, je les ai mis de côté, et voilà. Et puis, tu comprends, cet argent, je n'ai pas envie de le dépenser pour quelque chose d'ordinaire ! »

Aomamé n'exprima aucune opinion sur le sujet. Accepter de l'argent pour avoir fait l'amour avec des inconnus ne lui avait jamais effleuré l'esprit. Elle avait du mal à accepter qu'une chose pareille lui arrive. C'était comme si elle s'était vue dans un miroir déformant. Mais d'un point de vue moral, après tout, qu'est-ce qui était le plus *honnête* ? Accepter de l'argent pour avoir assassiné des hommes ou accepter de l'argent pour avoir fait l'amour avec d'autres hommes ? Difficile de trancher.

« Dis, ça te soucie que j'aie accepté l'argent de ce type ? » demanda Ayumi, inquiète.

Aomamé secoua la tête.

« Non, ça ne m'ennuie pas, je trouve ça un peu étrange, simplement. Et, plus que ça, je pense que tu as sans doute de la peine, sur le plan sentimental, à admettre qu'une femme policier agisse comme une prostituée.

— Mais pas du tout ! répliqua joyeusement Ayumi. Je ne pense pas du tout comme ça ! Écoute, Aomamé. La prostituée est celle qui fait l'amour à un prix tarifé. Et pour ça, elle se fait payer d'abord. "S'il te plaît, tu oublies pas mon petit quelque chose avant d'enlever ton pantalon, hein ?" C'est le principe. Si on lui disait, après : "Euh, en fait, je n'ai pas d'argent", elle serait obligée d'arrêter le métier. Alors que là, ce n'est pas du tout ça, on ne discute pas des prix à l'avance, et lorsqu'un homme me donne un peu d'argent après, comme ça, en disant : "Tiens, c'est pour le taxi", c'est juste pour montrer sa reconnaissance. Rien à voir avec la prostitution professionnelle. C'est tout à fait distinct. »

L'objection d'Ayumi n'était pas dénuée d'une certaine logique.

La dernière fois, les partenaires qu'Aomamé et Ayumi avaient choisis se situaient entre la trentaine avancée et la petite quarantaine. L'un et l'autre avaient des cheveux abondants. Sur cette question, Aomamé avait fait une concession. Ils leur avaient dit qu'ils travaillaient dans l'immobilier. Mais à voir leurs costumes Hugo Boss, leurs cravates Missoni homme, on devinait qu'ils n'appartenaient pas à l'une des principales sociétés immobilières, Mitsubishi ou Mitsui. Plutôt à une entreprise plus agressive, qui savait s'adapter aux changements. Peut-être une société étrangère. Dans laquelle ils n'étaient pas contraints à assister à des réunions interminables, durant lesquelles on blablatait à propos de règlements fastidieux ou de l'orgueil des traditions. Quand ils réussissaient à faire la preuve de leurs talents individuels, ils gagnaient gros. L'un des deux avait en main les clés d'une Alfa Romeo flambant neuve. À Tokyo, on manquait de place pour les bureaux, avaient-ils expliqué. L'économie s'était remise du choc pétrolier et montrait tous les signes d'une reprise fébrile. Il y avait une circulation intense de capitaux. On pourrait construire sans cesse de nouvelles tours, ce ne serait jamais suffisant.

« Et, du coup, l'immobilier en profite, on dirait, avait dit Aomamé.

— Aomamé, si tu as de l'argent en réserve, tu devrais investir là-dedans, avait suggéré Ayumi. Vu les gigantesques sommes d'argent qui affluent, les prix du mètre carré flambent dans des zones aussi restreintes que

Tokyo. On ne perd rien à acheter maintenant. Comme si on achetait un ticket de PMU qu'on sait gagnant. Malheureusement, pauvre sous-fifre d'employée que je suis, je ne dispose pas d'assez d'argent. Mais toi, Aomamé, tu saurais faire de bons placements ? »

Aomamé avait secoué la tête. « Moi, je n'ai confiance que dans le cash. »

Ayumi avait éclaté de rire.

« Ha ! Ça, c'est la mentalité des bandits !

— En cas de pépin, quand on cache son fric sous son matelas, on l'attrape vite fait et on saute par la fenêtre !

— Oui, comme ça ! avait dit Ayumi, en claquant des doigts. Comme dans *Guet-Apens*. Le film avec Steve McQueen. Une grosse liasse de billets et un fusil de chasse. Ça me plaît, ces trucs-là.

— C'est mieux que de rester du côté de la loi ?

— Sur le plan personnel, seulement..., avait répondu Ayumi, toujours en riant. À titre personnel, je préfère les hors-la-loi. C'est tout de même plus excitant que de surveiller les autos mal garées, dans ma minivoiture de police. Carrément. D'ailleurs, ce qui m'a attirée chez toi, c'est peut-être cet aspect-là.

— J'ai l'air d'une hors-la-loi ? »

Ayumi avait approuvé.

« Comment dire, il y a quelque chose comme ça en toi, même si tu n'en es pas encore au stade Faye Dunaway et sa mitrailleuse.

— Je n'ai pas besoin d'une mitrailleuse », avait dit Aomamé.

« Pour ce dont on a parlé l'autre fois, tu sais, au sujet des Précurseurs », dit Ayumi.

Elles étaient entrées dans un petit restaurant italien qui servait jusque tard dans la nuit. Elles avaient dîné légèrement en buvant du chianti. Aomamé avait pris une salade au thon, Ayumi des gnocchis sauce basilic.

« Oui ? fit Aomamé.

— Comme ça m'intéressait, j'ai fait des recherches dans mon coin. Plus je fouillais, plus je les trouvais louches. Les Précurseurs ont obtenu leur habilitation en tant qu'association religieuse, mais, au fond, on ne dirait pas qu'il y ait une véritable réalité spirituelle. Il s'agit presque, comment dire, de "déconstruction" doctrinaire, ce genre de truc, tu vois… En fait, c'est juste un bric-à-brac. Un mélange bien dosé de spiritualisme new age, d'académisme chic, de retour à la nature et d'anticapitalisme, avec des relents d'occultisme. Et c'est tout. Il n'y a rien de vraiment substantiel. Le manque de substance est pour ainsi dire la substance de cette secte. En termes empruntés à Mac Luhan : « Le médium, c'est le message. » Autrement dit, quand on déclare que quelque chose est cool, c'est cool, n'est-ce pas ?

— Mac Luhan ?

— Tu sais, j'ai lu quelques livres ! s'exclama Ayumi d'un ton un peu contrarié. Mac Luhan était en avance sur son époque. Il a été plus ou moins sous-estimé un temps, parce qu'il a été trop à la mode, mais ce qu'il a dit est globalement juste.

— En d'autres termes, c'est l'habillage qui fait le fond. C'est bien ça ?

— Oui, exactement. Le fond se construit selon la spécificité de l'habillage. Et pas l'inverse. »

Aomamé réfléchit. Puis elle dit :

« La doctrine des Précurseurs n'est pas claire et, malgré tout, les gens sont attirés par eux, ils veulent les rejoindre. C'est exact ?

— Disons qu'ils attirent un assez grand nombre de sympathisants, répondit Ayumi. Du fait de cet afflux de fidèles, l'argent abonde. C'est évident. Bon, maintenant, pourquoi tant de gens sont-ils attirés par cette secte ? À mon avis, c'est justement parce qu'elle n'a pas une allure trop religieuse. Elle a l'air tout à fait clean, intellectuellement, elle semble rigoureuse. Pour le dire vite, elle ne fait pas pouilleux. C'est ce qui séduit les jeunes spécialistes ou les chercheurs. Ça stimule leur curiosité intellectuelle. Ils ont le sentiment de réaliser ce qu'ils n'ont pu obtenir dans le monde réel. L'impression de pouvoir l'atteindre, de l'avoir entre leurs mains. Après, ces adeptes intellectuels, à la manière des officiers d'élite des armées, constituent le cerveau puissant de la secte, son cœur.

« Par ailleurs, il semble que leur dirigeant, celui qu'on appelle leader, jouisse d'une personnalité très charismatique. Les gens sont profondément influencés par cet homme. On pourrait aller jusqu'à dire que ce leader fait fonction de noyau dur dans leur doctrine. En somme, la secte se rapproche d'une religion primitive. Un peu comme la religion chrétienne à ses débuts, si tu veux. Mais Lui ne se montre jamais à l'extérieur. On ne connaît même pas son visage. On ne sait ni son nom ni son âge. La secte est gérée selon le principe de la collégialité. Quelqu'un d'autre occupe une position de président, et c'est cette personne qui apparaît lors des événements officiels. En réalité, c'est juste pour la forme. Celui qui est au cœur de tout le système, il semble bien que ce soit ce leader non identifié.

— On dirait que cet homme veut à tout prix cacher ses antécédents.

— Soit il veut dissimuler certaines circonstances particulières, soit il utilise cette atmosphère mystérieuse intentionnellement, de sorte que le monde extérieur doute de son existence même.

— Ou alors il aurait un visage épouvantable ?

— Ce n'est pas impossible. Une sorte de créature mythique, dit Ayumi en grognant tout bas à la manière d'une créature monstrueuse. En tout cas, en dehors de son fondateur, il y a dans cette secte beaucoup trop d'éléments obscurs. Je te l'ai déjà dit au téléphone, d'abord ces acquisitions immobilières extrêmement agressives. Tout ce qu'ils donnent à voir n'est que *faux-semblant*. Les jolis équipements, les communicants élégants, les théories intelligentes, les fidèles issus des milieux intellectuels, l'entraînement stoïque, le yoga et la paix du cœur, la négation du matérialisme, l'agriculture bio, l'air pur et le beau régime végétarien... tout ça, c'est pour fignoler l'image. Comme ces pubs pour des résidences secondaires de luxe qu'on trouve dans les journaux du dimanche. L'habillage est très soigné. Mais au revers tout laisse à penser qu'il se trame des trucs louches. Sans doute des choses en partie illégales. En tout cas, sincèrement, c'est mon impression, après tout ce que j'ai récolté comme données.

— Mais la police ne bouge pas pour le moment.

— Il est possible qu'elle agisse en sourdine, mais je n'en sais rien. Tout de même, il me semble que la police de Yamanashi garde l'œil, jusqu'à un certain point, sur les mouvements de la secte. C'est l'impression que j'ai eue, au ton du responsable avec qui j'ai parlé au téléphone. Quoi qu'ils en disent, Les Précurseurs sont à l'origine de L'Aube, responsable de la fusillade. Quant aux kalachnikovs de fabrication chinoise, on peut supposer qu'elles proviennent de Corée du Nord, mais cela n'a pas encore été totalement éclairci. Les Précurseurs, dans une certaine mesure, ont sans doute été mis à l'index à ce sujet aussi. Pourtant, comme la secte a reçu l'agrément d'association religieuse, il faut y aller prudemment. Il y a déjà eu une enquête, et il a été à peu près établi qu'elle n'avait pas de lien direct avec la fusillade. Et je ne sais pas ce que fait la sécurité publique de son côté. Ces gens-là agissent en grand secret, et traditionnellement il n'y a aucune coopération entre la police et la sécurité publique.

— Et à propos des enfants qui ne vont plus à l'école, as-tu appris quelque chose d'autre ?

— Non, je n'en sais pas plus. Dès que ces enfants ne fréquentent plus l'école, ils ne ressortent plus du domaine, à ce qu'il semble. On n'a aucun moyen d'enquêter sur eux. L'affaire serait différente s'il y avait des faits concrets de sévices sur enfants. À l'heure actuelle, on ne les a pas.

— Et as-tu obtenu des informations sur des adeptes qui auraient quitté Les Précurseurs ? Il doit bien y avoir des gens qui s'en vont, parce qu'ils sont déçus, ou parce qu'ils ne supportent pas la rigueur de l'entraînement ?

— Bien sûr, quelques-uns quittent la secte. Certains fidèles ont perdu leurs illusions et abandonnent. Ils sont en principe libres de partir. Au moment où ils adhèrent, ils versent une grosse somme d'argent, une donation dite de "contribution perpétuelle", à propos de laquelle il est stipulé par contrat qu'ils n'en récupéreront jamais un sou. Du moment qu'ils ont accepté cette clause, ils peuvent partir. Certains anciens adeptes se sont constitués eux aussi en association. Ils affirment que Les Précurseurs sont une secte dangereuse, antisociale, qui agit frauduleusement. Ils ont engagé des poursuites, et également publié de petites brochures. Mais leur voix est inaudible et n'a presque aucune influence sur l'opinion publique. La secte dispose d'éminents avocats. Sur le plan juridique, elle s'est assuré une défense sans faille. Même si des procès étaient engagés contre elle, elle s'en tirerait sans dommage.

— Ces gens qui ont quitté la secte, ont-ils dit quelque chose sur le leader, ou sur les enfants des fidèles ?

— Je n'ai pas lu leurs brochures, alors je ne sais pas très bien, répondit Ayumi. Pourtant, j'ai fait quelques vérifications sommaires et constaté que les mécontents qui se retirent, en général, ce sont des sans-grade. Du menu fretin. Les Précurseurs ont beau proclamer avec orgueil qu'ils réfutent toute valeur terrestre, il s'agit d'une société de classes, plus marquée encore que dans le monde ordinaire. Les cadres et les sous-ordres sont très nettement séparés. Quand vous n'avez pas fait de longues études ou que vous n'êtes pas un spécialiste, vous ne serez jamais cadre. Seule l'élite des fidèles est en relation avec le centre du système, peut voir le leader en personne et recevoir ses directives. Quant au reste, la grande masse des obscurs, ils apportent leur contribution financière, ils s'entraînent assidûment à l'air pur, ils travaillent dans les fermes, ils s'adonnent au recueillement dans la salle de méditation, voilà comment ils vivent, jour après jour, dans leur bulle aseptisée. Exactement comme un troupeau de moutons. Sous le contrôle du gardien et du chien, le matin, on les emmène au pâturage, le soir, on les ramène dans la bergerie. C'est ça, leur train-train paisible. Ils espèrent améliorer leur position dans la secte et attendent tout béats le jour où ils pourront se trouver face à face avec leur illustre Big Brother. Mais ce jour-là ne vient jamais. Aussi les fidèles ordinaires ne savent-ils presque rien des dessous du système. Même s'ils quittent Les Précurseurs, ils n'ont aucune information importante à divulguer au public. Ils n'ont même jamais vu le visage du leader.

— Aucun membre de l'élite n'a quitté la secte ?

— Je n'en ai vu aucun exemple, du moins dans la limite de mes recherches.

— Est-ce qu'il leur serait impossible de s'évader, dès qu'ils connaissent les secrets du système ?

— Peut-être qu'on en arrive à ces développements dramatiques », répondit Ayumi. Puis elle eut un petit soupir. « Et puis, tu sais, Aomamé, les viols de petites filles dont tu m'as parlé l'autre fois… à ce sujet, eh bien, y a-t-il quelque chose d'avéré ?

— Les faits sont avérés, mais pour le moment nous ne pouvons pas les prouver.

— Et ça se serait passé de façon systématique à l'intérieur de la secte ?

— Ça non plus, je ne peux pas le prouver. Mais les victimes existent bien, et j'ai vu moi-même une enfant. Elle était dans un état vraiment lamentable.

— Quand tu parles de viol, tu veux dire qu'il y a eu pénétration ?

— Sans aucun doute. »

Ayumi tordit la bouche et réfléchit.

« D'accord. Je vais encore essayer de faire des recherches plus approfondies.

— Ne t'y sens pas obligée.

— Tu ne m'obliges à rien, répondit Ayumi. Je suis quelqu'un de très scrupuleux. »

Quand elles eurent terminé leurs plats, le serveur vint débarrasser leurs assiettes. Elles ne prirent pas de dessert et se contentèrent de savourer leurs verres de vin.

« Dis, Aomamé, tu m'avais bien dit que, quand tu étais petite, tu n'avais jamais été embêtée par un homme… ? »

Aomamé observa rapidement Ayumi puis acquiesça.

« Ma famille était profondément croyante et on ne parlait jamais de sexe. Autour de nous, tout le monde était comme ça. Le sexe était un sujet qu'il ne fallait pas aborder.

— Oui mais, tout de même, on peut à la fois avoir une foi profonde et des désirs sexuels forts. L'un n'empêche pas l'autre, non ? Tout le monde sait bien qu'il y a de nombreux maniaques sexuels dans le clergé. Dans la pratique, parmi les hommes que la police arrête pour prostitution ou pour des actes pervers, eh bien, il y a de très nombreux religieux et enseignants.

— Oui, c'est possible. En tout cas, dans mon entourage, cela ne s'est jamais passé. Personne non plus qui faisait des trucs bizarres.

— Eh bien tant mieux, dit Ayumi. Je suis contente d'entendre ça.

— Pour toi, cela n'a pas été le cas ? »

Ayumi voûta un peu les épaules en hésitant. Puis elle dit : « En fait, moi, j'ai été embêtée plusieurs fois. Quand j'étais petite.

— Par qui ?

— Par mon grand frère et par mon oncle. »

Aomamé grimaça légèrement.

« Ton frère et ton oncle ?

— Oui. Aujourd'hui, ils sont tous les deux dans la police. Mon oncle, récemment, a été récompensé en tant que policier émérite. Pour avoir hautement contribué, durant trente années de service, à la sécurité de la région et à l'amélioration de l'environnement, ils ont dit. Il a secouru un tandem de chiens idiots – la mère et son fils – qui s'étaient engagés dans un passage à niveau. Ç'a même été publié dans le journal.

— Et eux, qu'est-ce qu'ils t'ont fait ?

— Ils m'ont tripotée, ils m'ont fait toucher leur zizi. »

Les rides sur le visage d'Aomamé se creusèrent davantage.

« Ton frère et ton oncle ?

— Oui, enfin, bien sûr, séparément. Moi, j'avais dix ans, et mon frère à peu près quinze. Mon oncle, c'était bien avant. Quand il était resté dormir à la maison, deux ou trois fois.

— Tu l'as dit à quelqu'un ? »

Ayumi secoua lentement la tête à plusieurs reprises.

« Non, je n'ai rien dit. On m'a bien avertie de ne jamais le raconter à personne. Et puis, si j'avais cafardé, j'aurais couru le risque qu'on m'en fasse trop voir. Mais même sans cette menace, si j'avais rapporté des trucs pareils, je sentais bien que c'est moi qui aurais été accusée, bien davantage qu'eux, que j'aurais été encore plus malmenée. J'étais tellement terrifiée que je ne l'ai dit à personne.

— Même pas à ta mère ?

— *Surtout pas* à ma mère, répondit Ayumi. Ma mère a toujours préféré mon grand frère. Moi, je l'ai toujours déçue. J'étais pas raffinée, pas jolie – j'étais grosse et pas brillante en classe. Ma mère aurait voulu une autre fille. Une fillette mignonne, style petite poupée, toute svelte, qu'elle aurait emmenée faire de la danse classique. Elle réclamait la lune, en fait.

— Donc, tu ne voulais pas décevoir ta mère encore davantage ?

— C'est bien ça. Si j'avais rapporté ce que mon frère m'avait fait, elle aurait éprouvé encore plus de rancune ou de haine à mon égard. Elle aurait sûrement pensé que j'étais à l'origine de ce qui m'était arrivé. Plutôt que de blâmer mon frère. »

Avec les doigts de ses deux mains. Aomamé effaça les rides de son visage. Quand j'avais dix ans, j'ai proclamé que j'abandonnais ma foi. Ma mère ne m'a plus jamais adressé la parole. Pour ce qui était indispensable, elle l'écrivait et me tendait la feuille de papier. Mais elle ne me parlait pas. Désormais je n'étais plus sa fille. Rien d'autre que « quelqu'un qui avait abandonné sa foi ». Après quoi, j'ai quitté la maison.

« Mais il n'y a pas eu pénétration ? demanda Aomamé à Ayumi.

— Non, répondit Ayumi. Malgré tout, ils ne m'ont pas infligé cette souffrance. Ils ne sont pas allés jusque-là.

— Tu les vois encore ?

— Presque jamais. Mais, comme nous sommes dans la même branche, inévitablement je me retrouve quelquefois face à eux. Dans ces cas-là, je fais comme je peux, je reste souriante. Pour ne pas aggraver la situation. Je crois qu'eux, ils ont complètement oublié que ces choses s'étaient passées.

— Oublié ?

— *Eux*, ils peuvent oublier, dit Ayumi. Mais moi, jamais je ne l'oublierai.

— Évidemment, dit Aomamé.

— C'est comme les génocides de l'histoire.

— Les génocides ?

— Les auteurs de ces faits peuvent rationaliser leurs actes avec des arguments appropriés et même finir par oublier. Ils peuvent aussi détourner le regard de ce qu'ils n'ont pas envie de voir. Mais ceux qui en ont été victimes ne peuvent oublier. Ni détourner les yeux. Le souvenir se transmet des parents aux enfants. Le monde, vois-tu, Aomamé, c'est une lutte sans fin entre un souvenir et un autre souvenir, qui lui est opposé.

— Sûrement », répondit Aomamé.

Puis elle grimaça légèrement. *Une lutte sans fin entre un souvenir et un autre souvenir, qui lui est opposé ?*

« À vrai dire, Aomamé, j'avais plus ou moins imaginé que toi aussi, tu avais eu une expérience de ce genre.

— Pourquoi t'es-tu mis cette idée en tête ?

— Je ne peux pas très bien l'expliquer, c'est une impression un peu vague. Quand on a subi ce genre de truc, est-ce que ça ne conduit pas, finalement, à mener ce genre de vie… où on *baise* avec des inconnus ? Et dans ton cas, il me semble que ça provient de ta colère. De ta colère ou de ta fureur. On dirait que tu ne peux pas faire comme les gens normaux, enfin, les gens ordinaires, eux, qui ont un brave amoureux, qui vont à des rendez-vous, qui prennent des repas ensemble, qui font l'amour de manière tout à fait normale avec juste cette personne-là. Dans mon cas aussi, c'est impossible.

— Tu veux dire que si je n'ai pas eu envie d'adopter ce genre de vie banale, ordinaire, c'est parce que j'aurais été embêtée quand j'étais petite, c'est ça ?

— J'ai cette impression », dit Ayumi. Puis elle rentra un peu les épaules. « En ce qui me concerne, les hommes me font peur. Enfin, je veux dire, pour des relations avec des partenaires fixes, des relations où je m'engagerais vraiment. Ou pour accepter totalement ce partenaire. Rien que d'y penser, ça me terrifie. Mais être seule, parfois, c'est dur. J'ai envie d'être prise dans les bras d'un homme, qu'il me pénètre. *Envie* au point que ça devient insupportable. Dans ces moments-là, c'est plus facile avec des hommes que je ne connais pas du tout. Beaucoup plus.

— Tu as peur d'avoir un vrai amoureux ?

— Oui, je crois que j'en ai très peur.

— Moi, je ne crois pas avoir ce genre de peur vis-à-vis des hommes, dit Aomamé.

— Et y a-t-il des choses qui t'effraient ?

— Oui, il y en a, bien sûr, dit Aomamé. Mais c'est de moi que j'ai le plus peur. De ne pas savoir ce que je fais. De ne pas savoir vraiment ce que je suis en train de faire là, maintenant.

— *Ce que tu fais*, là, maintenant ? »

Aomamé contempla un moment le verre de vin qu'elle avait à la main.

« Ce serait bien si je le savais, dit-elle en relevant le visage. Mais je ne le sais pas. Maintenant, dans quel monde est-ce que je vis ? dans quelle année ? Même de ça, je ne suis pas sûre.

— Maintenant, nous sommes en 1984, et pour le lieu, nous sommes à Tokyo, Japon.

— Ce serait bien si je pouvais le dire avec autant de certitude que toi.

— Étrange, dit Ayumi en riant. Sur des choses aussi évidentes, on ne peut qu'être sûr ou affirmatif…

— Je ne peux pas te l'expliquer. En tout cas, pour moi, ces choses-là ne sont pas évidentes.

— Ah…, dit Ayumi, étonnée. Je ne sais pas ce qu'on peut ressentir dans ta situation. Mais, de toute façon, peu importe la date à laquelle tu vis aujourd'hui, peu importe le lieu où tu te trouves ici… parce qu'il y a un homme, Aomamé, que tu aimes profondément. Ça me rend terriblement jalouse. Moi, je n'ai personne comme ça. »

Aomamé reposa son verre sur la table. Elle s'essuya légèrement la bouche avec sa serviette. Puis elle déclara :

« Tu as peut-être raison. Peu importe la date à laquelle je vis aujourd'hui, peu importe le lieu où je me trouve ici. Ça n'a aucun rapport avec le fait que j'ai envie de le voir. Envie de le voir à en mourir. Il me semble que c'est la seule certitude que j'aie. La seule chose que je pourrais affirmer sans l'ombre d'un doute.

— Si tu veux, je pourrais le chercher grâce aux dossiers de la police ? Si tu me donnes quelques informations, je pourrais peut-être savoir où se trouve cet homme et ce qu'il fait. »

Aomamé secoua la tête.

« Ne le cherche pas. Je t'en prie. Je crois que je te l'ai dit déjà, mais un jour, quelque part, je le rencontrerai *par hasard*. Fortuitement. J'attends patiemment sans bouger qu'arrive ce moment.

— Un drame d'amour au long cours ! s'exclama Ayumi, surprise. Mais ça me plaît. Ça me donne des frissons.

— Mais dans la réalité, ce n'est pas évident.

— Oui, j'imagine que ce n'est pas évident », dit Ayumi. Du bout des doigts, elle se pressa légèrement la tempe. « Pourtant, même si tu aimes toujours cet homme, de temps en temps tu as envie de faire l'amour avec des inconnus. »

De l'ongle, Aomamé donna une chiquenaude sur le bord fin du verre.

« Il le faut. Pour conserver un équilibre.

— Mais en faisant ça, l'amour que tu as en toi ne risque-t-il pas d'être abîmé ? »

Aomamé dit : « C'est comme la roue des passions, au Tibet. Chaque fois que la roue tourne, les valeurs et les émotions qui se trouvent sur le bord de la roue montent ou descendent. Les unes et les autres sont tantôt éclairées, tantôt dans l'ombre. Mais l'amour véritable, fixé à l'essieu, ne bouge pas.

— Génial, dit Ayumi. La roue des passions du Tibet. »

Puis elle finit ce qui restait de vin dans son verre.

Deux jours plus tard, vers huit heures du soir, Aomamé reçut un coup de fil de Tamaru. Sans prendre la peine de la saluer, il entama tout de suite les questions de travail, comme à son habitude.

« Demain après-midi, êtes-vous libre ?

— Je n'ai rien de prévu l'après-midi, je pourrai donc me déplacer à l'heure qui conviendra.

— Quatre heures et demie, ça vous irait ? »

Aomamé répondit que c'était possible.

« Très bien », dit Tamaru. Elle entendit le bruit de son stylo-bille qui notait l'horaire sur le planning. La pression du stylo était forte.

« Comment va Tsubasa ? demanda Aomamé.

— Je pense qu'elle va bien. Madame lui rend visite et s'en occupe tous les jours. On dirait que la petite aussi s'attache à Madame.

— Tant mieux.

— Oui, c'est très bien. Par ailleurs, il s'est produit quelque chose de plutôt désagréable.

— “Plutôt désagréable” ? » répéta Aomamé.

Lorsque Tamaru disait « *plutôt* désagréable », cela signifiait « *très* désagréable », elle le savait.

« La chienne est morte, dit Tamaru.

— La chienne, vous voulez parler de Bun ?

— Oui. Notre étonnant berger allemand qui aimait les épinards. Elle est morte hier, dans la nuit. »

Aomamé fut surprise. La chienne n’avait que cinq ou six ans. Ce n’était pas un âge pour mourir.

« Pourtant, quand je l’ai vue la dernière fois, elle avait l’air en pleine forme.

— Elle n’est pas morte de maladie, expliqua Tamaru d’une voix monocorde. Au matin, elle était éparpillée en mille morceaux.

— *Éparpillée* ?

— Ses viscères se sont dispersés comme à la suite d’une explosion. Violemment, dans toutes les directions. J’ai dû me servir de papier-toilette pour ramasser chaque morceau. On aurait dit que son corps avait été totalement retourné de l’intérieur. Que quelqu’un lui avait introduit dans le ventre une petite bombe très puissante.

— C’est triste.

— Ce n’était qu’un chien, dit Tamaru. Les morts ne ressuscitent pas. On pourra trouver un remplaçant à Bun. Ce qui me préoccupe, c’est de comprendre *ce qui s’est passé*. Ce n’est pas l’œuvre de gens ordinaires. Que de pouvoir introduire une bombe puissante dans le ventre d’un chien. Dès que des inconnus s’approchaient de Bun, elle se mettait à aboyer, à croire qu’on avait soulevé la marmite des enfers. Il est impossible d’avoir pu faire ça facilement.

— C’est sûr, dit Aomamé d’une voix sèche.

— Les femmes de la *safe house* sont sous le choc elles aussi, elles sont terrorisées. C’est la femme qui avait la charge de la nourrir qui l’a découverte le matin. Après avoir vomi tant et plus, elle m’a appelé au téléphone. J'ai essayé de l'interroger. Est-ce qu'il s'était passé quelque chose d'anormal pendant la nuit ? Non, rien. On n'avait pas non plus entendu d'explosion. En général, avec un bruit aussi fort, tout le monde se réveille. D'autant plus si les gens qui vivent là sont des gens qui ont peur d'habitude. Autrement dit, c'était une explosion silencieuse. On n'a pas non plus entendu le chien gémir. C'était une nuit particulièrement calme. Mais, au matin, le chien était sens dessus dessous. Ses entrailles encore toutes fraîches étaient éparpillées partout alentour, et depuis le matin, les corbeaux du voisinage s'en donnaient à cœur joie. Mais moi, je suis très préoccupé.

— Il se passe quelque chose de bizarre.

— C'est sûr et certain, dit Tamaru. Il se passe quelque chose de bizarre. Et si mon intuition est juste, ce n'est qu'un début.

— Vous avez prévenu la police ?

— Vous voulez rire. » Tamaru émit un étrange bruit de nez comme pour se moquer. « La police, enfin, ça ne sert à rien. Ils vont aller au mauvais endroit faire ce qu'il ne faut pas, et l'affaire va devenir de plus en plus épineuse, c'est tout.

— Et Madame, qu'est-ce qu'elle en dit ?

— Elle n'a rien dit. Elle s'est contentée d'écouter mon rapport et puis elle a hoché la tête, répondit Tamaru. Tout ce qui concerne la sécurité, c'est moi qui suis en charge de le régler. De A à Z. Après tout, c'est mon boulot. »

Il y eut un silence qui dura un moment. C'était un silence pesant à la mesure de sa responsabilité.

« Demain, quatre heures et demie, dit Aomamé.

— Demain, quatre heures et demie », répéta Tamaru.

Puis il coupa calmement la communication.

24

Tengo

Que signifierait un monde qui n'est pas celui d'ici ?

Le jeudi, il plut dès le matin. Une pluie qui n'était pas très forte, mais effroyablement insistante. Il avait commencé à pleuvoir depuis la veille, un peu après midi, et cela n'avait pas cessé. À peine se disait-on que la pluie s'interromprait bientôt qu'elle redoublait d'intensité. La mi-juillet était déjà passée, mais la saison des pluies ne semblait pas vouloir s'arrêter. Le ciel était sombre et pesait comme un couvercle qui maintenait sur le monde une lourde humidité.

Vers midi, Tengo enfila un imperméable, mit un chapeau et sortit dans l'intention d'aller faire des courses. Mais il vit une épaisse enveloppe matelassée dans sa boîte aux lettres. Sur l'enveloppe brune, ni cachet postal, ni timbre. Son adresse n'avait pas été écrite et il n'y avait pas de nom d'expéditeur. Au milieu, simplement, en deux petits caractères raides, tracés au stylo-bille : Tengo. Une inscription qui aurait pu être faite à l'aide d'un clou sur de la terre glaise séchée. Tout à fait dans le style de Fukaéri. Il ouvrit l'enveloppe et découvrit à l'intérieur une cassette TDK de soixante minutes, à l'apparence très administrative. Il n'y avait ni lettre ni message. Pas de boîtier et pas d'étiquette sur la cassette.

Tengo hésita un peu puis, renonçant à ses courses, rentra chez lui pour écouter la cassette. Il la souleva et la secoua à plusieurs reprises. Malgré son allure un peu énigmatique, ce n'était jamais qu'un objet produit en série parfaitement banal. Et il ne semblait pas qu'elle exploserait lorsqu'il l'écouterait.

Il ôta son imperméable, posa sa radiocassette sur la table de la cuisine et inséra la cassette dans l'appareil. Il prépara un carnet et un stylo-bille au cas où il faudrait prendre des notes. Après s'être assuré que personne ne pouvait le voir aux alentours, il appuya sur le bouton lecture.

Au début, il ne perçut aucun son. Le silence dura un certain temps. Alors qu'il commençait à se demander si ce n'était pas une cassette vierge, brusquement il entendit en arrière-fond une sorte de fort raclement. Comme une chaise qu'on tire. Une toux légère (lui sembla-t-il) fut également perceptible. Soudain, Fukaéri commença à parler.

« Tengo », dit-elle comme pour tester sa voix. Dans son souvenir, c'était la première fois que Fukaéri l'appelait par son prénom.

Elle toussa encore une fois. Comme si elle était un peu tendue.

Faire une lettre oui mais je suis pas forte alors j'enregistre une cassette. C'est plus facile que le téléphone. Au téléphone je sais pas si quelqu'un écoute aussi. Attends je bois de l'eau.

Il perçut le bruit que faisait Fukaéri en prenant un verre, en avalant une gorgée et (probablement) en reposant le verre sur une table. Sa manière particulière de parler sans intonation, sans marque interrogative ni pause, ressortait encore plus à l'écoute de la cassette. L'impression était encore plus extraordinaire que quand on l'entendait en tête à tête. C'était presque irréel. Pourtant, elle enchaînait là un grand nombre de phrases, ce qu'elle ne faisait pas d'habitude.

J'ai entendu on disait j'avais disparu on sait pas où. Peut-être tu t'es fait du souci. Mais ça va je suis maintenant dans un endroit il n'y a pas de danger. Ça je voulais te dire. C'est pas bien vraiment pourtant c'est mieux tu le sais j'ai pensé.

(Silence de dix secondes.)

On m'a dit c'est mieux de dire à personne. Que je suis ici. Le Maître a demandé une enquête sur moi à la police. Mais la police ne fait rien. Les enfants qui fuguent c'est pas rare. Donc je reste ici sans bouger un moment.

(Silence de quinze secondes.)

Ici un endroit très loin il faut marcher beaucoup personne me trouve sinon. Très très loin. Azami porte cette cassette. La poste ça va pas. Il faut beaucoup de prudence. Attends. J'essaie si ça enregistre.

(Un bruit sec. Un petit blanc. Le son revient.)

Ça va ça enregistre.

(Il perçut des voix d'enfants qui criaient au loin. Également une faible musique. Peut-être s'agissait-il de bruits de l'extérieur qui entraient par une fenêtre ouverte. Il se pouvait qu'il y ait un jardin d'enfants à proximité.)

L'autre fois j'ai dormi chez toi merci. Il fallait faire ça. Il fallait je te connaisse aussi. Tu as lu un livre pour moi merci. Les Ghiliak touchent mon cœur. Les Ghiliak pourquoi ils marchent pas sur des routes larges ils marchent sur des chemins de boue de forêt.

(Tengo, à la fin de cette phrase, ajouta *in petto* un point d'interrogation.)

Les routes sont pratiques mais les Ghiliak marchent loin des routes dans la forêt c'est plus facile. Marcher sur les routes les Ghiliak il faut apprendre depuis le début. Il faut apprendre encore à marcher et d'autres choses il faut apprendre changer. Moi comme les Ghiliak je veux pas vivre. J'aime pas être battue toujours par les hommes. Plein de vers une vie sale j'aime pas. Mais moi non plus j'aime pas beaucoup marcher sur des routes larges. Je bois de l'eau encore.

Fukaéri but un peu d'eau. Il y eut un silence durant un moment, puis le bruit du verre reposé sur une table. Encore un instant pendant lequel elle s'essuyait la bouche du bout des doigts. Ne savait-elle pas utiliser le bouton pause ?

Je suis plus là peut-être tu es ennuyé. Mais être romancière j'ai pas envie de devenir et écrire autre chose après je veux pas. Sur les Ghiliak j'ai demandé à Azami de chercher. Azami est allée à la bibliothèque elle a cherché. Les Ghiliak vivent à Sakhaline comme les Aïnous les Indiens d'Amérique ils ont pas de signes écrits. Ils font pas de documents. Moi aussi pareil. Dès que c'est écrit c'est plus mon histoire. Tu as très bien changé l'écrit personne peut faire mieux je pense. Mais ça alors c'est plus mon histoire. Mais pas de souci. C'est pas ta faute. Juste je marche loin des routes larges.

Fukaéri marqua de nouveau une pause à ce moment. Tengo imaginait la scène où la jeune fille cheminait loin des larges routes, seule et silencieuse.

Le Maître a des grandes forces et une profonde intelligence. Pourtant aussi les Little People ont autant une profonde intelligence et des grandes forces. Dans la forêt il faut faire attention. Des choses importantes sont dans la forêt dans la forêt sont les Little People. Pour pas les Little People font du mal il faut trouver les choses les Little People n'ont pas. Alors comme ça on peut traverser la forêt sain et sauf.

Fukaéri dit tout cela presque d'un seul souffle, puis elle respira un grand coup, sans s'éloigner du micro. Le bruit enregistré évoquait une violente bourrasque qui aurait soufflé entre de hauts immeubles. Le calme revenu, il entendit des klaxons au loin. Un son grave comme une trompe de brume, particulier aux poids lourds de gros gabarit. Deux fois, des appels brefs. Le lieu où elle se trouvait ne semblait pas très éloigné de grandes artères.

(Toux) Ma voix est enrouée. Tu t'inquiètes pour moi merci. Tu fais attention à la forme de ma poitrine tu m'as laissée dormir dans ta chambre tu m'as prêté ton pyjama merci. Je pourrai pas te voir peut-être pour le moment. On a fait des écrits avec les Little People alors peut-être les Little People sont en colère. Mais pas de souci. Je suis habituée dans la forêt. Au revoir.

Il y eut alors un bruit et l'enregistrement se termina.

Tengo appuya sur le bouton d'arrêt puis rembobina la cassette depuis le début. Il respira profondément à plusieurs reprises en écoutant les gouttes de pluie qui tombaient de l'avant-toit, fit tourner son stylo-bille en plastique dans sa main. Puis il le reposa sur la table. Il n'avait rien noté finalement. Il s'était seulement immergé dans l'écoute de la voix particulière de Fukaéri. Même s'il n'avait rien écrit, les points essentiels de son message étaient clairs.

I. Elle n'a pas été kidnappée, elle se cache simplement quelque part durant un certain temps. Il n'y a pas à s'inquiéter.

II. Elle n'a pas l'intention d'écrire un autre livre. Étant donné que son histoire est faite pour être dite, l'écrit ne lui convient pas.

III. Les Little People possèdent une intelligence et des forces qui ne le cèdent en rien à celles du Pr Ébisuno. Il faut faire attention.

Tels étaient les trois points principaux qu'elle voulait lui transmettre. Sinon, il y avait la question des

Ghiliak. Ce groupe d'hommes qui devaient marcher loin des routes larges.

Tengo se prépara du café. Ensuite, tandis qu'il en buvait une tasse, il contempla la cassette, un peu perplexe. Puis il la réécouta depuis le début. Cette fois, avec beaucoup d'attention, en appuyant de temps en temps sur pause, notant brièvement les points importants. Après quoi, il parcourut des yeux ce qu'il avait griffonné. Il n'y avait rien de vraiment nouveau.

Fukaéri aurait-elle fait un petit résumé par écrit qu'elle aurait lu ensuite ? Tengo ne le pensait pas. Ce n'était pas son genre. Il ne faisait pas de doute qu'elle avait parlé dans le micro, en suivant le fil de ses idées comme elles venaient (et sans appuyer sur le bouton pause).

Mais où se trouvait-elle ? Le fond sonore ne lui donnait pas beaucoup d'indices. Au loin, une porte qui se fermait bruyamment. Des cris d'enfants qui, semblait-il, pénétraient par une fenêtre ouverte. Un jardin d'enfants ? Des klaxons de poids lourds. En tout cas, Fukaéri ne se trouvait certainement pas au cœur d'une forêt profonde. Il supposait qu'elle était quelque part dans une ville. Pour l'heure, c'était sans doute assez tard dans la matinée, ou encore en début d'après-midi. Le bruit de la porte qui se fermait suggérait que peut-être elle n'était pas toute seule.

La seule chose dont il pouvait être certain, c'était que Fukaéri s'était rendue de son propre chef là où elle se cachait. Rien, dans ce qu'il avait entendu, n'indiquait qu'elle était retenue de force par quelqu'un. C'était tout à fait perceptible à sa voix et à sa façon de parler. Il sentait une légère tension au début de l'enregistrement, mais, sinon, elle semblait s'exprimer en direction du micro librement, de la manière qu'elle avait elle-même choisie.

Le Maître a des grandes forces et une profonde intelligence. Pourtant aussi les Little People ont autant une profonde intelligence et des grandes forces. Dans la forêt il faut faire attention. Des choses importantes sont dans la forêt dans la forêt sont les Little People. Pour pas les Little People font du mal il faut trouver les choses les Little People n'ont pas. Alors comme ça on peut traverser la forêt sain et sauf.

Tengo réécouta cette partie une nouvelle fois. Dans ce passage, Fukaéri parlait légèrement plus vite. L'intervalle entre les phrases était un peu plus bref. Il n'était pas impossible que les Little People puissent faire du mal au Pr Ébisuno ou à lui, Tengo. Mais le ton de Fukaéri ne suggérait pas du tout qu'elle considérait les Little People comme nocifs. La façon dont elle en parlait faisait penser qu'ils se contentaient de rester neutres. Un autre passage tracassait Tengo.

On a fait des écrits avec les Little People alors peut-être les Little People sont en colère.

Si vraiment les Little People étaient irrités, Tengo constituerait une cible à leur colère, évidemment. Il était en quelque sorte celui qui avait contribué à élargir leur visibilité dans le monde, du fait que grâce à lui leur histoire avait été imprimée et publiée. Même s'il plaidait qu'il n'avait eu nulle mauvaise intention, y seraient-ils sensibles ?

Quelle sorte de mal les Little People pouvaient-ils bien causer aux hommes ? Tengo n'avait aucun moyen de le savoir. Il rembobina la cassette, la remit dans son enveloppe et déposa le tout dans un tiroir. Il enfila de nouveau son imperméable, remit son chapeau et sortit faire ses courses sous la pluie persistante.

Ce soir-là, vers neuf heures, Komatsu lui téléphona. Avant de soulever le combiné, Tengo savait qu'il s'agissait de l'éditeur. À ce moment-là, il était au lit, il lisait. Après avoir laissé sonner trois fois, il se leva lentement et, planté devant la table de la cuisine, décrocha.

« Hé, Tengo, fit Komatsu. Dis-moi, est-ce que tu aurais bu un petit coup, là, tout de suite ?

— Non, je suis à jeun.

— Quand tu connaîtras l'histoire, tu auras peut-être besoin d'avaler quelque chose, dit Komatsu.

— C'est sûrement une histoire agréable, alors…

— Eh bien… non, pas franchement agréable. Plutôt un peu paradoxale et un peu comique.

— Comme les nouvelles de Tchekhov.

— Exactement, répondit Komatsu. Comme chez Tchekhov. Tu as toujours l'expression à propos. »

Tengo resta silencieux. Komatsu poursuivit :

« Les choses deviennent délicates. Ébisuno a signalé la disparition de Fukaéri, et la police enquête, officiellement. Enfin, ça ne veut pas dire qu'elle enquête sérieusement. Ce n'est tout de même pas comme s'il y avait une demande de rançon. Mais si elle ne faisait rien, il pourrait y avoir des pépins, alors elle montre juste qu'elle bouge. Néanmoins les médias, eux, sont bien plus coriaces. Ils sont venus me relancer jusque chez moi. Évidemment, moi, je me borne à déclarer : "J'ignore tout." Parce que, après tout, il n'y a rien à dire pour le moment. Je suppose que les journalistes sont déjà en train d'éclaircir les rapports entre Fukaéri et le Pr Ébisuno. À force de fouiner, ils vont certainement découvrir les antécédents de ses parents, leur passé de révolutionnaires. Tout ça devrait finir par sortir petit à petit. Le problème, c'est les hebdos. Que ce soit les free-lance ou les journalistes en poste, ils vont tous se rameuter comme des requins qui ont senti l'odeur du sang. Une fois qu'ils vous ont mis le grappin dessus, ils ne vous lâchent plus. Après tout, il faut bien qu'ils gagnent leur vie. Et la vie privée ou la discrétion, ils n'en ont rien à faire. C'est le jour et la nuit avec toi, jeune homme de lettres paisible.

— Donc, il vaudrait mieux que je reste sur mes gardes, moi aussi ?

— Oui, tout à fait. Mieux vaut être prêt et assurer ses arrières. On ne sait pas où ils vont renifler quelque chose. »

Tengo imagina un petit bateau encerclé par une troupe de requins. Mais il ne voyait qu'une scène caricaturale qui se terminait mal. « Il faut trouver les choses que n'ont pas les Little People », avait dit Fukaéri. Mais de quoi s'agissait-il ?

« Pourtant, monsieur Komatsu, ce qui est en train d'arriver, ce n'était pas ce que le Pr Ébisuno cherchait à déclencher dès le début ?

— Ah oui, possible, répondit Komatsu. Peut-être avons-nous été adroitement manipulés. À un certain degré, j'aurais dû comprendre où Ébisuno voulait en venir. Il n'a jamais cherché à nous duper. Dans ce sens, eh bien, c'était un marché loyal. Moi aussi, à ce moment-là, je pouvais refuser et dire : "C'est un projet dangereux. On n'y va pas." C'est ce qu'aurait fait un éditeur honnête. Mais tu le sais bien, Tengo, je ne suis pas comme ça. La machine était déjà en marche, et j'avais moi aussi intérêt à laisser aller les choses. Et peut-être ai-je été imprudent. »

Dans l'écouteur il y eut un silence. Bref mais pesant, que brisa Tengo.

« En somme, le Pr Ébisuno a détourné votre plan en cours de route ?

— On pourrait le dire ainsi. En tout cas, ses intentions étaient très claires.

— Le Maître va-t-il s'en sortir avec un tel tapage ?

— Bien sûr. C'est quelqu'un qui voit loin et qui est sûr de lui. Et il est possible que tout se passe comme il l'a prévu. Mais si le scandale dépasse ses calculs, il perdra peut-être le contrôle de la situation. Le plus remarquable des hommes a tout de même ses limites. Alors, à mon avis, mieux vaut être bien attaché.

— Monsieur Komatsu, quand on est assis dans un avion qui s'écrase, on a beau attacher sa ceinture, ça ne sert à rien.

— Mais ça vous calme. »

Tengo sourit involontairement. C'était un sourire d'impuissance.

« C'était ça, votre histoire ? Pas vraiment agréable, mais un peu paradoxale et un peu comique ?

— Je suis désolé de t'avoir entraîné là-dedans. Sincèrement, dit Komatsu d'une voix atone.

— Pour moi, je n'ai aucun regret. Rien à perdre. Pas de famille, pas de position dans la société, pas d'avenir. Celle pour qui je m'inquiète le plus, c'est Fukaéri. Elle n'a que dix-sept ans.

— Moi aussi, je me fais du souci pour elle. Il serait impossible de ne pas s'inquiéter. Mais, à l'heure actuelle, on n'y peut plus rien. Pour le moment, on doit songer à bien s'attacher. Pour que la tempête ne nous emporte pas. On a intérêt à bien lire les journaux.

— C'est ce que je fais chaque jour, très attentivement.

— Très bien, dit Komatsu. Sinon, tu n'aurais pas une petite idée de l'endroit où a pu aller Fukaéri ? N'importe quel indice serait le bienvenu.

— Non, pas la moindre », répondit Tengo.

Il n'était pas habitué à mentir. Et puis Komatsu possédait une intuition étonnante. Cependant, il ne semblait pas avoir relevé le léger tremblement de sa voix. Sans doute était-il trop préoccupé par ses propres soucis.

« S'il y a quoi que ce soit, on se recontacte », dit Komatsu. Et il raccrocha.

Après avoir reposé le combiné, la première chose que fit Tengo, ce fut de prendre un verre et de se verser deux doigts de bourbon. Komatsu avait raison : après cette conversation, il avait besoin d'un petit remontant.

Le vendredi, sa petite amie vint chez lui comme d'habitude. Il avait cessé de pleuvoir, mais le ciel était encore entièrement couvert de lourds nuages gris. Ils déjeunèrent légèrement et se mirent au lit. Durant l'amour, Tengo continua à penser à toutes sortes de choses, de manière décousue, ce qui ne l'empêcha pas d'éprouver du plaisir. Elle fit rondement surgir chez Tengo le désir sexuel hebdomadaire et, grâce à elle, tout fut habilement réglé. Elle aussi jouit à la perfection. Tel un consultant fiscal compétent qui éprouve une grande joie dans les manipulations complexes de la comptabilité. Néanmoins, bien sûr, elle parut deviner que quelque chose préoccupait Tengo.

« On dirait que ton whisky a bien diminué ! » remarqua-t-elle. Sa main reposait sur la large poitrine de Tengo, comme si elle goûtait aux résonances du plaisir. À son annulaire brillait son alliance en diamant, petite mais étincelante. « Cela fait bien longtemps que cette bouteille de Wild Turkey est posée sur l'étagère », ajouta-t-elle. Elle remarquait les moindres changements, comme beaucoup de femmes d'un certain âge qui ont une liaison avec un homme plus jeune.

« Ces derniers temps, je me réveille souvent la nuit, reconnut Tengo.

— Tu ne serais pas amoureux… ? »

Tengo secoua la tête.

« Je ne suis pas amoureux.

— C'est ton travail qui ne marche pas bien ?

— Mon travail marche bien en ce moment. Du moins, il *avance*.

— Pourtant, on dirait que quelque chose te tracasse.

— Ah. Non, c'est juste que je n'arrive pas à bien dormir. Tu sais, ce n'est pas fréquent chez moi. En principe, quand je dors, c'est vraiment à poings fermés.

— Pauvre petit Tengo », commenta-t-elle, et elle lui massa doucement les testicules, de la paume de la main qui ne portait pas de bague. « Ou alors, tu fais des mauvais rêves ?

— Je ne rêve presque jamais », répondit Tengo.

C'était vrai.

« Moi, je rêve beaucoup. Et je fais souvent le même rêve. Si souvent que, parfois, je m'en aperçois moi-même, et dans mon rêve je me dis : "J'ai déjà vu ça avant." Tu ne trouves pas ça bizarre ?

— Donne-moi un exemple.

— Eh bien, il y a le rêve avec une cabane dans la forêt.

— Une cabane dans la forêt », répéta Tengo.

Il pensa aux gens qui se trouvaient dans les forêts. Les Ghiliak, les Little People, et puis Fukaéri.

« Et c'était quel genre de cabane ?

— Tu veux vraiment écouter cette histoire ? C'est ennuyeux, non, d'écouter les rêves des autres ?

— Non, pas pour moi. Si tu es d'accord, j'aimerais que tu me le racontes, répondit franchement Tengo.

— Je marche seule dans une forêt. Mais ce n'est pas une forêt maléfique comme celle où Hansel et Gretel se sont perdus. C'est une forêt très lumineuse, pas très épaisse. C'est le matin, il fait chaud, c'est agréable, et je marche là-dedans le cœur heureux.

Après, je me dirige vers une petite maison. Avec une cheminée, un petit porche et, à la fenêtre, des rideaux en vichy. En somme, tout cela paraît très accueillant. Je frappe à la porte et je dis : "Bonjour !" Mais personne ne me répond. Alors je frappe un peu plus fort et la porte s'ouvre toute seule. Elle n'était pas bien fermée. J'entre. "Bonjour, euh… il y a quelqu'un ? Je suis entrée…" »

Tout en caressant doucement ses testicules, elle regarda Tengo.

« Tu vois à peu près l'atmosphère ?

— Oui, très bien.

— C'est une petite cabane d'une seule pièce. Très simple. Il y a un petit coin cuisine, un lit, une table. Au milieu, un poêle à bois, et, sur la table, des plats sont prêts pour quatre personnes. De la vapeur blanche s'élève des assiettes. Mais il n'y a personne. Le repas est prêt, mais quelque chose de bizarre a dû se produire, par exemple l'apparition d'une sorte de monstre, et tout le monde s'est enfui. Voilà ce que je ressens. Mais les chaises ne sont pas en désordre. Tout est paisible, étrangement normal. Simplement il n'y a personne.

— Ils avaient préparé quel genre de plats ? »

Elle pencha la tête.

« Je ne m'en souviens pas. Oui, au fait, c'était quoi, comme plats ? Bon, enfin, ce qu'il y avait dans les assiettes, ce n'est pas la question. La question, c'est qu'elles étaient *fumantes*. En tout cas, je me suis assise sur une chaise et j'ai attendu que la famille revienne. Il fallait que j'attende qu'ils rentrent. Pourquoi ? Je n'en sais rien. C'est un rêve. On ne peut pas tout expliquer. Je voulais peut-être qu'ils me disent quel était le chemin du retour, ou qu'il fallait que j'obtienne quelque chose, enfin, ce genre de trucs. Bon, en tout cas, j'ai attendu sans bouger que ces gens reviennent. Mais j'avais beau attendre, personne ne revenait. La fumée continuait à monter des plats. En voyant ça, j'ai eu très faim. Mais même si j'étais affamée, tant que les gens n'étaient pas là, il n'était pas question pour moi de toucher aux plats. Tu comprends ça, bien sûr ?

— Oui, je crois que oui, plus ou moins, dit Tengo. C'est un rêve, alors, je ne suis pas très sûr…

— En tout cas, bientôt, le soir est tombé. Dans la cabane, c'est devenu sombre. La forêt alentour s'est faite de plus en plus ténébreuse. Je voulais allumer la lumière, mais je ne savais pas comment faire. Peu à peu, je me suis sentie angoissée. Et puis, brusquement, je me suis aperçue de quelque chose. Bizarrement, la quantité de vapeur qui s'élevait des plats ne diminuait pas du tout. Le temps avait beau passer, la cuisine restait toujours *fumante*. Alors, j'ai commencé à me dire que c'était étrange. Que quelque chose n'allait pas. Et là, le rêve se terminait.

— Et tu ne sais pas ce qui aurait pu se passer après.

— C'est sûr que quelque chose allait arriver, répondit son amie. Le soleil était couché, je ne connaissais pas le chemin pour rentrer, j'étais tout à fait seule dans cette cabane invraisemblable. Quelque chose arriverait. J'ai l'impression que ç'aurait été quelque chose que je n'aurais pas beaucoup aimé. Mais le rêve se termine toujours à ce moment-là. Et je refais ce même rêve, toujours et toujours. »

Elle cessa de caresser ses testicules et mit sa joue sur la poitrine de Tengo.

« Ce rêve me suggère peut-être quelque chose.

— Quoi par exemple ? »

Elle ne répondit pas à sa question et lui en posa une à son tour.

« Tengo, tu veux savoir quelle est la partie du rêve qui me fait le plus peur ?

— Oui, dis-moi. »

Elle poussa un grand soupir, et ce fut comme un vent chaud qui aurait soufflé sur un mince détroit quand il atteignit les mamelons de Tengo.

« Eh bien, peut-être que le monstre, c'est moi. J'ai fait cette hypothèse, une fois. Alors que j'avançais et que je me rapprochais, les gens m'ont vue, ils ont laissé en plan leur repas et ils ont fui leur maison… Non ? Et tant que j'étais chez eux, ils ne pouvaient plus revenir. Et pourtant, moi, il fallait que je les attende. Ça me fait très peur, ce genre de pensée. Personne pour me sauver.

— Ou alors, dit Tengo, c'était ta propre maison et tu t'attendais toi-même, après t'être enfuie. »

À peine eut-il dit ces mots que Tengo se rendit compte qu'il aurait dû s'en abstenir. Mais on ne peut pas reprendre des paroles une fois qu'elles ont été prononcées. Elle resta longtemps silencieuse. Puis elle saisit résolument ses testicules. Si fort qu'il en perdit presque le souffle.

« Pourquoi dis-tu des trucs aussi horribles ?

— Ça ne veut rien dire. Juste une pensée qui m'est venue comme ça », répondit Tengo d'une voix étranglée.

Elle relâcha sa prise, soupira. Puis elle dit : « Maintenant, à ton tour. Raconte-moi un rêve. »

Tengo récupéra sa respiration.

« Comme je te l'ai déjà dit, je ne rêve pratiquement pas. En tout cas, ces derniers temps.

— Tu rêves au moins un peu. Tout le monde rêve. Sinon, ça fâcherait le Dr Freud.

— Je rêve peut-être mais dès que je me réveille, je ne m'en souviens plus. Même si j'ai rêvé, même s'il me reste la sensation d'avoir rêvé, le contenu, je ne m'en souviens pas. »

Elle posa le pénis de Tengo toujours relâché sur la paume de sa main, et le soupesa avec soin. Comme si ce poids disait quelque vérité importante.

« Bon, d'accord, ça suffit, ces questions de rêves. Parle-moi plutôt du roman que tu écris.

— J'aimerais mieux pas.

— Écoute, je ne te demande pas de me faire une analyse complète. Je ne suis pas aussi exigeante. Je sais bien que mon petit Tengo est un jeune homme très sensible, même s'il est très robuste. Donne-moi juste quelques éléments. Raconte-moi au moins un épisode pas trop important. J'aimerais que tu me confies, à moi seule, quelque chose que personne ne cònnaît encore. Tu m'as dit des choses horribles, alors j'aimerais avoir une compensation. Tu comprends ce que je veux dire ?

— Oui. Je crois que oui, répondit Tengo d'une voix peu assurée.

— Bon, alors, vas-y. »

Son pénis reposant toujours dans la main de son amie, Tengo parla.

« C'est une histoire qui est en rapport avec moi. Ou avec quelqu'un dont je suis une sorte de modèle.

— C'est sans doute plutôt ça, commenta sa petite amie. Et alors, moi, j'apparais dans cette histoire ?

— Non. Je suis dans un monde qui n'est pas celui d'ici.

— Je n'apparais pas dans ce monde qui n'est pas celui d'ici.

— Pas seulement toi. Les gens du monde d'ici n'apparaissent pas dans le monde qui n'est pas celui d'ici.

— Le monde qui n'est pas celui d'ici, en quoi est-il différent du monde d'ici ? Celui qui est toi maintenant, sait-il discerner dans quel monde il se trouve ?

— Oui, je sais. C'est moi qui écris ce livre, tout de même.

— Ce que je veux dire, c'est *pour les autres*. Par exemple, si par hasard je m'égarais dans ce monde ?

— Je pense que tu ferais la distinction, répondit Tengo. Par exemple, dans cet autre monde, il y a deux lunes. Tu comprendrais donc la différence. »

Tengo s'était inspiré du monde de *La Chrysalide de l'air* dans lequel deux lunes brillaient dans le ciel. Il avait l'intention d'écrire sur ce monde une histoire beaucoup plus longue et plus complexe – et qui serait sa propre histoire. Qu'il y ait des éléments communs serait peut-être un problème plus tard. Pour l'instant, Tengo voulait à tout prix écrire l'histoire d'un monde où brillaient deux lunes. Il réfléchirait plus tard à ce qui se passerait après.

Son amie dit : « Donc, la nuit, on lève la tête vers le ciel, et là, en voyant qu'il y a deux lunes, on comprend et on dit : "Ah, ce n'est pas le monde d'ici !"

— C'est un signe.

— Les deux lunes ne risquent-elles pas de se superposer ? » demanda-t-elle.

Tengo secoua la tête. « La distance entre ces deux lunes reste toujours la même, je ne sais pas pourquoi. »

De son côté, la petite amie réfléchit un moment à ce monde-là. Ses doigts dessinaient des sortes de plans sur la poitrine nue de Tengo.

« Dis, tu connais, en anglais, la différence entre *lunatic* et *insane* ? lui demanda-t-elle.

— Ce sont l'un et l'autre des adjectifs qui qualifient des gens atteints de troubles mentaux. Mais je ne connais pas la différence exacte.

— *Insane*, c'est pour des problèmes mentaux que l'on a de naissance. Dans ce cas, il vaut mieux être traité par des spécialistes. Alors que *lunatic*, c'est lorsqu'on est privé de raison temporairement, sous l'effet de la lune – en latin *luna*. En Angleterre, au XIXᵉ siècle, les hommes qui étaient reconnus comme *lunatic* étaient condamnés à des peines plus légères, s'ils avaient commis un forfait. Car on estimait que l'influence de la lune pesait davantage que leur responsabilité personnelle. Cela paraît incroyable, mais le fait était établi sur le plan juridique. Autrement dit, même la loi reconnaissait que la lune déréglait l'esprit des hommes.

— Comment se fait-il que tu saches ce genre de choses ? demanda Tengo, surpris.

— Je ne vois pas pourquoi tu es si étonné. J'ai vécu dix ans de plus que toi. Donc, il n'y a rien d'étrange à ce que je sache beaucoup plus de choses que toi. »

Tengo admit le fait.

« Pour être honnête, j'ai suivi un cours de littérature anglaise à l'université de filles Nihon. Un cours sur Dickens. Le prof était un type étonnant, qui racontait toutes sortes de trucs sans rapport avec les romans. Mais ce que je voulais te dire, c'est que, si une seule lune détraque considérablement le cerveau, avec deux lunes, tu ne crois pas que les hommes deviendront de plus en plus fous ? Sans compter que le mouvement des marées changera, que les règles des femmes seront perturbées. Je suppose qu'il y aura de plus en plus de dérèglements. »

Tengo tenta de réfléchir.

« Cela paraît probable.

— Dans ce monde, les hommes sont fous ?

— Non, tout de même pas. Ils ne sont pas spécialement fous. J'imagine, à peu près comme ici. »

Elle saisit doucement le pénis de Tengo.

« Dans le monde qui n'est pas celui d'ici, les hommes sont à peu près comme nous ici. Dans ce cas, que signifierait un monde qui n'est pas celui d'ici ?

— Je pourrais récrire le passé du monde d'ici, répondit Tengo.

— Tu pourrais récrire le passé autant que tu le voudrais et comme tu aimerais qu'il soit ?

— Oui.

— Tu aurais envie de récrire ton passé ?

— Tu n'aurais pas envie de récrire ton passé ? »

Elle secoua la tête.

« Je n'imagine absolument pas avoir envie de récrire le passé ou l'Histoire. Ce que je voudrais récrire, c'est le présent, d'ici et de maintenant.

— Mais si tu récrivais le passé, évidemment, le présent changerait aussi. Le présent, ça se construit à partir d'une accumulation de choses passées. »

Elle poussa de nouveau un profond soupir. Puis elle fit monter et descendre à plusieurs reprises le pénis de Tengo dans la paume de sa main. Comme un mécanicien qui testerait un ascenseur. « Je te dirais une seule chose. Tu as été un génie des maths, tu es très qualifié en judo, tu écris un gros roman. Malgré tout ça, *tu ne comprends rien* aux choses de ce monde. Rien du tout. »

Tengo ne fut pas vraiment surpris d'une affirmation aussi catégorique. Que le Tengo d'ici et d'aujourd'hui ne comprenne rien à rien, c'était devenu une situation qu'il aurait qualifiée de normale. Ce n'était franchement pas une découverte.

« Bon, ce n'est pas grave, même si tu ne comprends rien. » Sa petite amie plus âgée changea de position et pressa ses seins contre Tengo. « Mon petit Tengo continue à écrire jour après jour un long roman, il fait de beaux rêves et il enseigne les maths dans son école préparatoire. Reste tel que tu es. Moi, j'adore ton zizi. Sa forme, sa taille, sa douceur. Quand il est raide ou quand il est mou, quand il ne va pas bien ou quand il est tout guilleret. Et depuis pas mal de temps, il est à moi, à moi toute seule. Pas vrai ?

— Bien sûr, convint Tengo.

— Je te l'ai déjà dit, je suis une femme affreusement jalouse, tu le sais ?

— Tu me l'as dit. Jalouse au-delà de la logique.

— Au-delà de *toute* logique. Je suis comme ça depuis toujours. »

Puis elle commença à bouger ses doigts lentement dans tous les sens. « Je vais le faire durcir tout de suite. À moins que tu n'aies quelque objection ? »

Il n'avait pas particulièrement d'objection, lui répondit Tengo.

« À quoi tu penses, maintenant ?

— À toi étudiante, quand tu suivais ton cours de littérature anglaise à l'université de jeunes filles Nihon.

— Le roman, c'était *La Vie et les Aventures de Martin Chuzzlewit*. Moi, j'avais dix-huit ans, je portais une robe toute mignonne à volants, j'avais les cheveux en queue-de-cheval, j'étais une étudiante extrêmement sérieuse, et, à ce moment-là, j'étais vierge. Ça fait un peu penser à une vie antérieure, mais en tout cas, la différence entre *lunatic* et *insane*, c'est une connaissance que j'ai acquise dès mon entrée à l'université. Dis-moi, à imaginer ça, ça t'excite ?

— Bien sûr. »

Il ferma les yeux et imagina la robe à volants et la queue-de-cheval. L'étudiante vierge extrêmement sérieuse. Mais jalouse au-delà de toute logique. La lune qui éclairait le Londres de Dickens. Là où erraient des hommes insanes, des hommes lunatiques. Ils portaient des chapeaux presque identiques, et des barbes presque identiques. Comment les distinguer ? Alors qu'il avait les yeux fermés, Tengo devint de moins en moins sûr du monde auquel il appartenait dans le moment présent.

Fin du livre 1

TABLE

MIXTE
Papier issu de
sources responsables
FSC® C003309

10/18, une marque d'Univers Poche,
est un éditeur qui s'engage pour
la préservation de son environnement
et qui utilise du papier fabriqué à partir
de bois provenant de forêts gérées
de manière responsable.

Impression réalisée par

BRODARD & TAUPIN

La Flèche (Sarthe), 69643
Dépôt légal : septembre 2012

Imprimé en France